피아노 소나타 1987

피아노 소나타 1987

Piano
Sonata
1987

강유일 장편소설

민음사

차 례

피아노 소나타 1987 _ 9

저자의말 _ 550

감사의 말 _ 554

오오, 친구여. 이 소리가 아니다!
O Freunde, nicht diese Töne!

—베토벤 교양곡 9번 『함창』
제4악장 "환회에 부치는 찬가"에서

프롤로그

대홍수가 있던 해 임진강변 한 마을에서 한 소녀가 자결했다. 가슴에 겨우 생후 한 달 된 아이를 끌어안은 채 동네 양조장 뒤켠 폐기된 우물 속에 몸을 던진 것이다. 8월이었고 정오였다. 양조장 뒤켠을 지나던 한 행인은 그 정오 무렵 폐기된 우물가에 소복을 한 채 서 있는 한 여자의 뒷모습을 보았다. 홍수 끝이어서 읍내는 어수선했다. 임진강변에 경작지를 가지고 있던 사람들 대부분이 농토와 작물을 잃었다. 상습적인 홍수 때문에 강변 땅은 애초 헐값이었다. 강은 이따금 입덧을 하듯 진저리 치며 엄청난 수량을 강둑 밖으로 토해냈다. 농작물과 가축과 사람이 그렇게 정기적으로 수장됐다. 그러나 이듬해면 그 수장된 죽음들이 거름이 되어 다시 흙의 입자를 파고들었고 그해 분의 최소한의 곡식을 지상 위로 밀어 올렸다. 강은 그렇게 정기적으로 해일을 거듭했고 홍수의 진저리 속에서도 강변 사람들을 먹여 살리는 그 황홀한 마법을 멈추지 않았다.

그 정오의 행인도 홍수로 경작지를 잃은 남자였다. 그는 장을 좀 둘러볼 생각이었다. 새벽 장이 문을 닫는 정오 무렵에는 긴요한 물건들이 헐값에 팔리고 있었으니까. 아무튼 그 남자가 우물 곁의 그 여자를 발견했다. 거창한 양조장 목조건물을 배경으로 잊혀진 우물과 소복을 한 여자가 홍수가 지나간 8월의 정오 한가운데 마치 최면에 걸린 한 폭 정물처럼 놓여 있었다. 양조장 목조건물의 지붕 날개는 내부로부터 끊임없이 쏟아져 나오는 증기로 검게 그을어 있었다. 그 뒤로 폐기된 텃밭 가운데 폐기된 그 우물이 놓여 있었다. 텃밭 가장자리에는 키 큰 흰 의승화 몇 그루가 의문부호처럼 피어 있었다. 양조장이 뿜어내는 증기 때문에 텃밭은 체온이 올라가 식물들을 길러내지 못한 지 오래였는데도 말이다. 하여튼 사람들은 신작로에 면한 양조장 뒤켠의 이 파편 같은 황폐한 풍경이 익숙했다. 그날 그 사내는 소복한 여자가 폐기된 우물을 들여다보고 있다고 생각했다. 폐기되어 잊혀진 우물의 수량은 틀림없이 보잘것없었을 것이다. 그때였다. 소복 차림의 여자가 돌연 그 우물 속으로 몸을 던진 것이다. 행인은 그때 여자가 가슴에 무엇인가 끌어안고 있다는 사실을 알았다. 바람 한 점 없는데 여자의 치맛자락이 깃발처럼 날렸다. 그것은 마치 가슴이 소복하게 융기한 흰 공작새 한 마리가 날개를 펼친 채 순식간에 우물을 향해 저공비행을 하는 형상이었다. 우물 속에서 곧 단말마 같은 비명이 들렸다. 그리고 문이 닫히듯 비명의 공명도 닫혔다. 행인은 그제서야 자신이 엄청난 사건의 목격자라는 사실에 전율했다. 그는 미친 듯 우물을 향해 달렸고 머리를 처박고 우물 속을 들여다볼 때까지도 소리조차 지르지 못했다. 놀랍게도 우물 속은 물이 불어 수면이 바다처럼 도도했다. 우물가에는 그 여자가 벗어놓은 흰 고무신 한 켤레가 우물로 들어가는 흰 입장권처럼 놓여 있었다. 그제서야 행인은 내장이 성대를 떠미는 듯 소리를 쳐대기 시작했다. 아아, 그 정오는 너무 적막했다. 죽창처럼 대지에 내리꽂히는 학살과 같은 8월 정오의 햇빛을 피해, 그리고 물의 습격인 대홍수의 충격을 피해 사람들은 모두 자기 둥지 속에 얼굴을 처박고 있었으니까. 가장 먼저 우물 쪽을 향해 낡은 창을 열어놓고 살던 사람들이 하나 둘 달려 나오기 시작했다. 그리고 곧 양조장의 건장한 직공들이 얼굴을 드러냈다.

구조 작업은 쉽지 않았다. 아무도 오랫동안 폐기된 그 깊은 우물 속에 그토록 엄청난 수량의 물이 들어차 있으리라고는 상상도 하지 못했으니까. 범람한 임진강이 그 길고긴 수맥을 통해 그 잊혀진 우물에 까지 물을 대고 있다는 사실을 짐작도 못했으니까. 그 우물은 언젠가 깊은 지하 광맥으로부터 뿜어낸 독가스로 장정 하나를 질식사시킨 후 무거운 나무 뚜껑이 덮이고 저주의 도장이 찍혀 봉인된 후 폐기처분된 우물이었다. 얼마 후 장정들은 한 여자의 시체를 우물에서 건져냈다. 그것은 한 여자의 시체 그 이상이었다. 그 여자는 품 안에 작은 소포 같은 꾸러미를 끌어안고 있었는데 그것을 끌어안은 그녀의 악력이 어찌나 강한지 사람들은 그것을 떼어내는 데 무진 애를 써야만 했다. 시체의 악력으로부터 꾸러미를 떼어냈을 때 한 남자가 소리쳤다.

"아기다!"

강보를 펼쳤을 때 사람들은 새파랗게 질려 질식사하기 직전인 한 어린아이를 발견했다. 아이의 몸은 지독하게 푸른빛이어서 마치 몸 안의 모든 정맥이 파열하면서 푸른 잉크를 온몸에 토해내며 반란을 일으킨 것 같은 모습이었다. 놀라운 것은 그 아이가 입 속에 한 줄기 기다란 박하 잎을 물고 있다는 사실이었다. 누군가 소리쳤다.

"아이가 숨을 쉰다!"

여자의 시신이 우물 밖으로 그렇게 던져졌을 때 사람들은 그 시신의 얼굴이 낯익은 데 놀랐다. 우물 속에서 삽시간에 부어오른 얼굴은 이미 생명 이편의 다정한 모습이 아닌 생명 저편의 추상적 모습을 하고 있었다. 소동에 놀라 그곳에 나와 있던 양조장 집 늙은 침모가 가장 먼저 죽은 여자의 얼굴을 알아보았다. 여자의 얼굴은 맹렬하게 피부 속을 침투해 들어와 얼굴의 모든 윤곽을 일그러뜨리는 물의 힘에 항복한 뒤였다. 가차없이 우물 벽에 처박혔는지 눈두덩에는 개흙이, 귓가에는 이끼 한줌이 사납게 뭉개져 있었고 이마의 살점도 떨어져 나가고 없었다. 버선을 벗겨내자 그녀의 두 발은 물속에서 부어올라 죽음의 불길한 버선을 신고 있었다. 재앙의 도장이 극명하게 찍힌 그 처참한 모습에도 불구하고 늙은 침모는 몇 달 전 남몰래 양조장을 떠났던 어린 침모 천녀의 얼굴을 알아내고는 소리쳤다.

"천녀다!"

다음 순간 늙은 침모는 자신의 통치마 폭을 거칠게 뜯어냈다. 그리고 생명의 잎에 싸듯 그곳에 아이를 소중하게 싸안았다. 그러고는 곧 아이의 입 속에 손을 쑤셔넣고 입 속에 박힌 박하 줄기를 끄집어내기 시작했다. 줄기 전체가 천천히 입 속에서 나오자 아이는 잠시 꿈틀거렸다. 그것이 그 아이가 구조자들에게 보낸 생존의 첫 신호였다. 침모는 아이를 안고 돌아섰다. 늙은 침모에게는 모든 것이 확실해졌다. 천녀는 혼자 사생아를 낳고 다시 양조장으로 돌아와 뒷곁 폐기된 우물에 몸을 던진 것이다. 아이의 아버지는 늙은 양조장 주인 백씨(白氏)였다. 사람들이 우물에서 끌어낸 젊은 여자의 시체 위에 거적을 덮었을 때 그녀 나이 열여섯이었다. 무성하고 사나운 소문 속에서 여자의 시체는 읍내 저수지 부근 진달래 골짜기에 폐기처분되듯 매장되었다. 일꾼 두엇과 행인 몇 사람 그리고 삽장 소리만 교차하던 하급장, 봉분도 없이 매장 흔적을 남기지 않도록 땅을 아주 깊이 파고 묻은 심장(深葬)이었다. 그 열여섯 살 소녀가 그렇게 매장된 이튿날도 백씨의 양조장 드높은 천정으로는 탁주의 지에밥(찹쌀이나 멥쌀을 물에 불려서 시루에 찐 밥)을 쪄내는 폭발적인 증기가 기세 좋게 솟아올랐다. 이듬해 사람들은 그 골짜기에 흐드러지게 핀 진달래 무리가 유독 더 붉은빛을 토하고 있다고 생각했다.

이것이 내 출생 직후의 풍경이다. 그때 내 어머니가 나를 품에 안고 우물 속으로 추락할 때의 절망감 때문에 투신의 속도는 빨랐고, 그것은 우물 벽 갈라진 틈 속에 뿌리를 내리며 몰래 자라고 있던 박하 잎이 뿌리째 뽑혀 내 입 속에 처박힐 정도로 세찼던 것이다. 돌연한 그 추락 속도와 압력에 놀라 그때 나는 그 소녀의 품속에서 입을 벌리고 있었음이 분명했다. 사람들은 모르고 있었지만 한 사내를 지하 가스로 질식시킨 후 저주와 함께 봉인된 그 우물은 긴 세월 동안 나무 뚜껑 틈으로 태양을 빨아들여 몰래 박하 잎을 키울 정도로 스스로 정화되고 회복되어 있었던 것이다. 결국 나는 그해 8월 정오, 생후 한 달짜리 생명으로 고작 열여섯이었던 내 어머니의 품속에서 그렇게 자살이라는 대격변을 치러냈던 것이다.

"네 어린 모친은 아마도 강의 신 하백(河伯)의 딸이었던 모양이다. 생의 출구가 없자 그 여자는 우물로 투신해서 아버지가 있는 강으로 다시 돌아간 거야. 이 세상의 모든 우물과 강은 모두 하백에게 속해 있으니까. 강의 신 하백이 그 딸을 다시 물의 손으로 받아안았지. 그리고 겨우 생후 한 달밖에 안 된 너에게 하백은 박하 잎을 뜯어 입에 물리고는 다시 세상 밖으로 토해내버린 거란다. 세상에는 너처럼 겨우 생후 한 달 만에도 그렇게 신(神)을 만지는 종족들이 있지."

양아버지 한유정은 내 출생의 풍경을, 생후 한 달 만에 자살한 어머니의 시신 속에서 박하 잎 한 줄기를 입에 문 채 다시 세상에 내던져진 그 저주에 찬 시원적 풍경을, 강의 신 하백을 등장시켜 도살의 냄새를 없앤 뒤 시로 만들어 내게 상속해 주고 있다. 그러나 나는 내 어머니였던 그 열여섯의 소녀가 자살한 것이 아니라 결국 늙은 양조장 주인 백씨에 의해 간접 도살된 것임을 부인할 수 없다. 그 노인이 우리 모자에게 가한 그 도살의 도끼 자국이 바로 내 정수리에까지도 닿았었다. 그러나 이 도살의 풍경 속에 돌연 등장한 그 한 줄기 박하 잎이 주는 서정에 나는 매번 전율한다. 대체 이 간접 도살의 끔찍한 풍경 속에 신은 왜 나란히 그 박하 잎 한 자락을 놓아두었던 것일까.

우물에 추락하는 순간, 나는 비록 한 달밖에 안 된 유아였지만 이미 죽음을 만지고 죽음의 절대 암흑을 알아버린 백 살가량의 노인이 되어 지상의 두레박에 그렇게 건져 올려지고 있다. 그날 양조장 인부들이 내 어머니를 건져내기 위해 사용했던 그 두레박은 신이 죽음의 우물에 얼굴을 처박았던 나를 후려쳐 다시 산 사람의 땅으로 귀환시키기 위해 가동시킨 저속 엘리베이터였다. 그 지하 우물 아래로는 죽음이라는 거대한 단두대, 모든 의미를 단번에 삼켜 무효로 만드는 거대한 용 리바이어던이 잠복하고 있었다. 어떻든 나는 그 나이에 보아서는 안 되는 생의 피안, 죽음의 부엌을 목격한 것이며 절망의 인장이 이마에 찍힌 채 신의 두레박에 건져져 지상으로 다시 귀환하고 있는 것이다. 아니, 나는 운 좋게도 죽음의 우물로부터 추방된 채 삶이라는 장에서 망명 생활을 하고 있는 셈이다.

대홍수가 있던 그해 우물에서 건져내지고, 죽은 열여섯 살 소녀의 젖가슴에서 강제로 떼내어진 후 나는 박하 잎 한 줄기를 지참금 삼아 내 생의 첫 유랑을 시작했다. 우물에서 간신히 건져 올려지긴 했지만 나는 너무 어렸고 채 지느러미도 돋지 않은, 재앙의 푸른 도장 같은 멍자국을 남루한 배냇저고리 속에 감추고 있는 어린 수상 동물 같은 존재였다. 결국 양조장의 늙은 침모로부터 몇 번을 전전한 끝에 내가 마지막 표류한 곳은 임진강변이 아닌 대동강변 유정의 곁이었다. 양아버지 유정. 그는 내 생의 이타카였다.

　부친 유정은 내시였다. 그는 겨우 아홉 살에 남성을 거세당하고 환관으로 채용된 후 북경 자금성에 들어간 몇 안 되는 조선족 중 한 사람이었다. 서태후가 여름 궁전 이화전을 짓기 시작하던 무렵 태어난 그가 자금성에 입궐하던 때는 이미 청조의 석양기였다. 아홉 살짜리 내 부친의 몸값이 얼마였는지는 알 수 없다. 하여튼 그는 괴질에 걸린 부친의 약값을 벌기 위해 팔렸다. 지독하게 가난한 집 차남이었던 그를 그의 어머니는 남편을 살리기 위해 환관으로 내놓았다.

　그는 아홉 살 때 모친의 손을 잡고 거세 수술이란 것을 받기 위해 북경 북장가 회계사 골목에 있는 판씨네 집으로 갔다. 용모와 언사가 단정했던 그 아홉 살짜리 소년은 곧 환관으로 선발됐고 거세 예식이 치러졌다. 수령 9년짜리 수목 같은 소년의 육체는 수조의 더운 물속에 오랫동안 담가졌다. 판씨는 그렇게 어린 소년의 고환 신경 줄이 늘어나길 침착하게 기다렸다. 거세 예식은 수조 밖에 놓인 목관처럼 긴 침상에 뉘어진 채로 시행되었다. 앉거나 서서 수술을 받을 경우 직장이 돌출할 위험이 있었다. 한 남자가 그의 몸을 짓눌렀고 다른 남자가 소년의 미숙한 고환을 똑같은 높이를 유지하도록 들어 올렸다. 그러자 또 한 남자가 불에 달군 예리한 황금 낫으로 재빨리 소년의 양근을 잘라냈다. 거세가 끝나자 그들은 황급히 요도에 관을 꽂았다. 새살이 자라나 요도를 막으면 소변조차 볼 수 없었다. 갑작스러운 출혈 때문에 잠시 거세 예식이 불안해졌다. 거세 예식의 최대 공포는 출혈과 탈장이었다. 곧 발작적인 출혈도 멀미도 멎었다. 마당의 어둠 속에 소년의 어머니와 궁성의 저돌적인 북경산 개 한 마리가 서 있었다. 판씨가 방금 황금색 낫으로 잘라낸 피 묻은 성기를 소년에게 보여주며 짧게 말했다.

"자아, 이것이 네 사타구니에 종처럼 걸려 있던 네 씨앗 주머니였다."

그는 그것을 곁에 있던 남자에게 건네주며 다시 이렇게 말했다.

"이것을 마당의 개에게 던져주시오."

그러고는 소년에게 엄숙하게 말했다.

"저 씨앗 주머니를 왕궁의 개가 먹어치우는 순간 너는 이제 죽어버리고 없단다. 넌 죽고 오직 네 주인인 황제만이 존재하신다."

그는 남편을 살리려는 가난한 모친과 어리고 영리한 환관을 얻으려는 왕궁의 거래 속에서 타의에 의해 아홉 살에 남성을 잘려야 했을 때, 그의 몸이 잠시나마 발작적으로 엄청난 피를 쏟아냈던 일을 부끄럽게 생각하고 있었다. 그는 말했다.

"그 갑작스런 출혈에 대해 들었을 때 마당에 서 계시던 모친께서 그만 그 자리에 주저앉으셨다는 거야."

결국 그렇게 해서 그의 남성은 그와 결별했다. 거세 예식은 후손과 가문을 포기한다는 뜻이었다. 그 후 백 일 동안 고통스러운 날이 왔다. 남성을 제거한 후 상처가 쉬 아무는 것은 금기였다. 백 일 동안 고름 속에서 새살이 자라야만 했다. 백랍과 참기름과 후추 등을 넣어 만든 약종이를 갈아대면서 어린 유정은 그렇게 고름과 치밀고 올라오는 새살과 백 일을 싸워냈다. 그동안 관리는 그의 신원을 적어 궁중에 바쳤고 그는 황궁의 채용을 기다렸다. 다섯 달 후에야 그는 모친이 화자부로부터 받은 돈으로 마련해 준 도포를 차려 입고 소년 환관의 자격으로 자금성에 입궁했다. 그것이 그의 거세된 몸을 가려준 최초의 예복이며 휘장이었다.

입궁 때 그의 이름과 연령이 황궁에 등록됐다. 입궁 후 그는 궁중의 예법과 언행 수업을 받았다. 몇 년이 지나고 상급 환관의 신임을 얻은 그는 매달 받는 봉록 외에도 외출 때 은 두 돈씩을 더 받곤 했다. 그의 상관은 칠품 환관으로 금빛 구슬을 단 갓에 메추라기가 수놓인 관복을 입고 있었다. 그는 구슬 없는 갓에 가슴과 등에 문자도 상징도 없는 남색 무명 도포를 입었다. 결국 그날의 거세 예식이 그를 일생 남성이면서도 털이 적고 여자 같은 피부에 영원히 변성기 문턱을 넘을 수 없는 미소년의 고성을 지닌 남자로 만들었다.

그가 소년 내시로 입궐해 가장 먼저 했던 일은 시계궁의 물시계를 닦는 일이었다. 그날 물시계는 새벽 다섯 시를 가리키고 있었다. 중국 황제들은 시계 수집광이었다. 그러나 시계를 수집하는 것과 황조(皇朝)의 시간을 보장받는다는 것은 서로 아무 관계가 없었다. 황제들이 광적으로 시계를 수집할수록 황조의 시간은 점점 단명해지고 촉박해져갔다. 그 후 그는 황가 사람들의 침전(寢殿)과 욕전(浴殿)의 일들, 몸단장과 의복 심부름을 맡았고 조전(釣殿) 앞 연못에서 그들의 낚시질을 도왔다.

모친의 자살 사건으로 황궁에서 퇴궐당할 때까지 그는 젊은 내시로서 화자부 경리 일을 도왔다. 유정은 말했다.

"내시로서 가장 끔찍한 것은 황제와 귀족들 사이를 오가면서 황궁의 모든 어두운 구석과 피비린내 나는 일을 다 알아야 한다는 사실이지."

나는 자금성의 소년 환관인 유정이 솜으로 누빈 긴 솜장삼에 솜치마 그리고 방한화를 신고 찍은 사진을 본 적이 있다. 그해 늦가을 그는 머리에 담비 털모자를 쓴 채 고위 환관들 사이에 서 있었다. 자금성 고위 환관들과 찍은 그 유일한 흑백사진 속에서 그는 가장 앳된 얼굴을 한 채 맨 오른쪽에 엉거주춤 서 있었다. 환관 넷 가운데 긴 목걸이를 배꼽 부근까지 늘어뜨리고 있는 환관 둘은 모자에 삼품이 쓰는 깃털을 꽂고 있는 것으로 보아 총관 같은 고위 환관임에 틀림없었다. 누빈 티베트산 야크 털 장삼 아래로 한 뼘쯤 내려온 치마가 색동 누비임이 분명한 것을 보면 더욱 그랬다. 그 고위 환관들 곁에 괴질에 걸린 부친을 살리기 위해 남성을 거세당하고 그것을 출입증 삼아 자금성에 입궐한 한 젊은 남자의 훼손된 위엄과, 그렇게 해서라도 한 가족의 삶을 이어가야 했던 그가 그 황궁 담벼락 앞에서 하체를 환관 복장으로 가린 채 서 있었다. 당시 스무 살이었다는 그의 얼굴은 그 나이에 깃들어서는 안 될 운명적 우수와 생을 다시 재건해 보려는 팽팽한 신경증을 동시에 폭로하고 있었다.

그가 성년이 되고 환관 생활도 수년에 이르렀을 무렵, 그의 어머니는 자금성 북쪽 만세산 가장 큰 오동나무의 가장 높은 가지에 목을 맸다. 괴질에 걸린 남편을 살리기 위해 아들을 환관에게 팔고 그 아들의 남성이 북경개의 어금니 속에서 으깨지는 소리를 들으면서도 그녀는 자살을 생각하지 않았다. 그러나 아들을 환관으로 넘겨준 대가로 받은 돈도 소용없이 남편은 사망하고, 자금성에 입성한 차남이 보낸 돈을 장남이 챙겨 들고 도망쳤을 때 어머니는 결국 자신과 남편이 차남의 미래인 남성과 자식을 모두 삼켜버린 바로 그 북경개였음을 깨달았던 것이다. 이 충격과 직관은 너무 자명했다. 그녀가 자금성 만세산 나무에 목을 맬 정도로. 도대체 그 작은 여자가 어떻게 그 큰 나무 가장 높은 꼭대기 가지에 목을 맸는지 믿을 수 없을 정도였다. 그녀는 자신이 기어오를 수 있는 가장 높은 나무의 가장 높은 가지에 목을 맴으로써 스스로를 자금성 전체와 온 북경 사람 앞에서 공개처형하고 있었다. 그에게 남긴 그녀의 마지막 유언은 "양자를 두어 가문을 이어라."라는 것이었다. 어머니의 자결 사건이 유정을 자금성에서 강제퇴궐시켰다. 황제의 동산을 더럽힌 불경죄였다. 청조 멸망 직전의 일이었다.

그 시절 조국인 조선에서는 경술국치가 있었다. 십 년 후 그는 상해로 건너가서 막 창단된 조국공산당에 가입, 무장 항일운동에 참여했다. 이후 그는 남만주에서 작은 규모의 항일 유격대에 가담했다. 어느 여름 그는 일본 경찰을 몰아낸 이 유격대와 함께 조국 백두산 근처에서 벌어진 전투에 참가해 비범한 전과를 거두었다. 이 전투에서 그는 그의 생애 또 한 사람의 황제인 지금의 수령을 만났다. 거세된 자는 일생 누구에겐가 생명을 바쳐 봉사하지 않고는 그 거세가 주는 엄청난 존재의 공백을 메울 수 없었다고 그는 말했다. 이후 그는 조국인 대동강변 평양에 닻을 내렸다. 내시로 살던 중국 땅을 떠나 조국에서 새 삶을 시작한 것이었다. 그리고 어느 날 독립군 비밀 가옥이 있던 원산의 한 독일인 선교사가 운영하는 고아원에서 나를 발견해 양자로 삼을 때까지 그는 독신으로 살았다.

이 젊은 환관이 어떻게 고도의 게릴라 전투를 치러내야 했던 항일 독립군의 일원이 되었는지는 의문이다. 왜냐하면 그는 일생 동안 거세 후유증인 급박성 요실금을 참아내야 했기 때문이다. 물론 그는 항일운동 중에 유격대원의 독립 자금 연락책으로 활약했다. 아버지 유정의 환관 경력은 그가 살아 있는 동안 침묵에 붙여졌다. 약간 고성인 그의 음성과 중성적 외모와 두 손과 두발이 눈에 띄게 긴 모습에도 불구하고 사람들은 그 진실하고 고상한 남자가 과거 자금성의 소년 내시였다는 사실을 상상도 못했다. 사실 그는 거세 후유증인 두 손과 두 발이 유난히 긴 사지 과장을 남몰래 앓고 있었던 것이다. 이후 그는 수령으로 격상된 당시 젊은 사령관을 자기 삶의 제2의 황제로 섬겼다. 거세당한 후 그는 언제나 자신을 종속시킬 영웅을 고대했다. 자신의 몸속에 충성의 불을 질러줄 의미 있는 한 인간, 잃어버린 자기 남성의 대체물을 찾아 헤맸다. 부친의 소지품인 청동으로 된 자금성의 궁표를 볼 때마다 나는 낮게 신음했다. 아아, 자금성, 내 부친이 남성을 거세당한 후에야 발을 들여놓을 수 있었던 그 잔인함과 찬란함의 황궁, 구천 개 이상의 궁전으로 이루어진 권력의 성채. 내 부친의 신화는 확실히 너무 빨리 그 불행의 대문을 열어젖혔다. 아홉 살짜리 조선족 소년의 남성을 먹어치웠던 그 장년의 북경개도 이미 죽었으리라.

부친이 왜 유독 나를 양자로 삼았는지는 확실치 않다. 당시 나는 다섯 살이었다. 그때 아마도 부친은 내가 다섯 살인 것과 내 어머니가 우물 속에 투신자살했다는 내 출생의 기록 속에서 어떤 운명적인 번개 같은 것을 느꼈는지도 모르겠다. 그는 나이 마흔이 넘어 원산의 낡은 선교사 사택에서 우연히 읽은 내 기록을 통해 자신처럼 거세를 당하고라도 세상이라는 이름의 황궁에 입문해야 할 정도로 생 앞에 속수무책인 다섯 살짜리 소년인 나를 발견했던 것이다. 더구나 내 생모가 나를 안고 우물 속에 투신했다는 기록은 노모의 처절한 자기 처형을 생각나게 했는지도 모르겠다.

그가 나를 입양하기 전까지 나는 출생 이후 계속 으르렁거리는 죽음과 불행의 위협 속에 놓여 있었다. 백씨와 임진강변 사람들은 나를 버렸다. 나는 전전해 결국 북쪽 원산까지 배달됐고 독일인 선교사 노악의 고아원까지 표류했던 것이다. 내가 유정에게 감사한 것은 그가 내 원천을 숨기지 않았다는 것이다. 내가 대체 어디서 왔는지, 어떤 남녀에게서 발아해 나왔는지, 심지어 내 제2의 출생지인 그 무서운 우물에 대해서도 숨기지 않았다. 환관이었던 자신의 역사를 내게 숨기지 않았듯이. 내가 익명으로 고아원에 보내졌음에도 불구하고 내게도 기원과 역사가 있다는 것이 신기했다.

물론 그것은 노악 선교사가 독일인답게 꼼꼼하게 정리해서 보관해둔 기록 덕분이었다. 노악은 그것을 유정에게 전하면서 내 출생의 비밀을 내게 알게 할 것인가를 유정의 결정에 맡긴 것이다. 노악이 유정에게 했다는 첫 말은 "이 소년은 익명으로 이곳에 왔습니다."였다. 익명은 무서운 말이다. 그것은 내가 이미 5년 동안이나 생의 빗장 밖에 서 있었으며 아직 생의 진영에 들어서지 못하고 있으며, 그래서 아직 사는 것을 시작하지 못하고 있다는 보고였다. 노악 선교사는 그때 내게 이름을 주지 않음으로써 누군가가 내 부모가 되어 내게 이름을 주고 그 이름으로 나를 불러줄 날이 더 빨리 올 것이라는 절박한 미신을 가지고 있었다. 그것이 내가 그때까지도 이름 없이 기아 33번으로 남아 있어야 했던 이유였다.

유정이 나를 입양함으로써 내 운명은 즉시 삶의 진영에 가입되고 있다. 나는 그렇게 그의 양자가 됨으로써 삶이라는 투우장, 삶이라는 콜로세움에 들어설 출입증을 얻고 있는 것이다. 내 부친이 겨우 아홉 살에 그의 남성과 자금성 출입증을 교환했듯이. 나를 양자로 삼은 후 그가 내게 준 최초의 선물은 내 이름이었다. 그때까지도 나는 고아원 입적부에 기아(棄兒) 33번 같은 부호로 기록되어 있었다. 고아원에서 나는 '얼라'라고 불렸다. 얼라는 그저 아이라는 뜻의 보통 명사에 불과했다. 인구 조사에조차 들어갈 수 없는, 운명의 여신이 얼굴만 찡그려도 다시 지워져 무덤에 처넣어질 그런 불길한 존재의 이름이었다. 그래서 나를 양자로 삼자 유정이 최초로 해야 했던 일은 내게 이름을 부여하는 것이었다. 자금성에서 황족들의 암달이었던 고위 환관들의 명령으로 어린 귀족들의 침실 앞에서 이따금 삼자경 같은 것을 명랑한 목소리로 낭독해야 했던 그는 문자에 대한 상식이 많았다. 아버지 유정이 내게 준 아명은 '수몽(水夢)'이었다.

"너는 우물 속에서 피어난 꿈이야."

유정이 말했다. 그렇다. 수몽은 물속에서 피어난 꿈이라는 뜻이었다. 나중에야 나는 그가 내 이름 속에 숨겨둔 침묵의 말인 "너는 삶을 사는 것이 아니라 꿈을 사는 것이다."를 이해했다. 지금도 그 이름에서는 우물 속에서 이미 죽어 매장된 내 존재와 우물 밖으로 건져내어져 가상의 생명을 얻은 또 하나의 나, 그것이 주는 운명의 알리바이가 조용히 겹쳐온다. 물론 다른 사람들에게는 아버지나 이름이나 조국 같은 것이 탄생한 자의 특권으로 자동적으로 온다. 왕손이 태어나면 예포가 터지기도 한다. 그러나 유정을 만나기 전까지 나는 기아 33번이라는 이름 없는 유령적 존재로 5년을 버텨야만 했다. 생의 시작에 놓여 있던 그 5년간의 끔찍한 진공.

박하 한 잎이 스쳤던 손이 유정의 손을 잡았을 때 나는 행복했다. 내가 열 살 되던 해에 전국적으로 재호적 정리 기간이 있자 부친은 내게 그때까지 아명이었던 수몽 대신 정식으로 새 이름을 지어주었다. 그가 말했다. "수몽은 정신적 수유 기간 동안의 네 아명이었다. 이제 너는 새 이름인 '세류(細琉)'로 불린다. 수몽의 차원을 넘어 세류가 되거라."

새 이름, 그것은 내게는 사실상 성인식이었다. 그는 세류라는 새 이름 앞에 그의 가문의 성(性)인 '한(韓)'이라는 관(冠)을 얹어주었고 그리하여 나는 비로소 인간 '한세류'가 된 것이다. 그가 내게 이름을 주고 그 앞에 그의 성으로 관을 두르고, 나를 그 이름으로 불러주었으므로 나는 생의 애벌레에서 단번에 나비가 되었던 것이다. 그렇게 해서 나는 기아 33번에서 한 가문의 장남인 한세류가 되었다. 그가 내게 헌정한 이름, 그것은 내 생의 광배(光背)였다. 그는 그렇게 내게로 와서 나를 아들로 삼고 내게 이름과 조국을 줌으로써 나를 삶의 진영에 가입시키고 있다.

현엽(玄葉)의 얘기도 해야 한다. 현엽은 내 부친이 사랑했던 조선 무용가 매원의 사생아였다. 매원은 약혼자가 실종된 것으로 밝혀진 후 절망에 빠져 자신이 추던 검무의 단도로 가슴을 찔러 자살했다. 부친은 매원을 사랑했던 모양이다. 그녀의 유언에 따라 내 부친은 실종된 약혼자 대신 현엽의 부친이 되었다. 그녀가 다른 사내와의 정사로 얻은 아들을 유정은 묵묵히 입양한 것이다. 나를 입양했던 그해 예고 없이 닥친 이 일로 현엽은 결국 부친 유정의 차남이 되어 그렇게 세 남자로 이루어진 우리 가정에 편입되었다. 현엽은 나보다 세 살 아래였다. 결국 그해 이 아름다운 환관은 한꺼번에 두 사내아이를 입양해서 환관의 신분에서 아버지가 되었다. 현엽의 생모 매원은 아들에게 모유로 범람하는 두 개의 젖가슴 대신 칼춤, 즉 검무(劍舞)의 무보(舞譜)를 남겼다. 매원이 어느 무당에게서 전수받았다는 이 춤은 양손에 번쩍이는 단검을 든 채 조선 고유의 타악기만으로 이루어진 반주에 맞춰 추는 웅장한 춤이었다. 운명적으로 사생아였던 우리 두 형제에게 부친은 확실히 아버지 이상이었다. 운명에의 사랑. 나는 유정에게서 그것을 배웠다. 그는 우리에게 말했다.

"산다는 것은 어차피 비극인 거야. 비극일 바에는 고급 비극을 만들어가는 거지."

그는 이 비극을 황홀한 고급 비극으로 만들어야 한다는 마지막 복권의 희망을 침착하게 간직하고 있었다. 부친은 언젠가 우리에게 그의 소지품들 중 가장 소중한 궁표를 보여주었다. 청동으로 된 그 궁표 안쪽에는 황제의 상징인 용이 부조되어 있었다.

"이 황궁 출입증 속에 바로 내 남성이 있다. 나는 그때 내 주인인 황제의 몸속에 바로 그 용의 피가 흐르고 있다고 믿었단다. 그리고 이제 내 주인은 지금의 수령님이다."

결국 우리 세 남자는 출생이나 성장을 통해 대격변과 참사를 치러내고 운명의 순환에 따라 어느 날 지구 극동의 한반도, 대동강 지류인 보통강, 그리고 보통강 지류인 소룡천 근처에 각각 다른 시간에 도착해 그곳에서 인생을 시작한 운명 공동체였다. 겨우 아홉 살에 환관이 되기 위해 거세 예식을 치른 남자와 생후 한 달 만에 십육 세 소녀인 어미 품에 안겨 우물 속으로 내던져졌다가 박하 잎을 입에 문 채 구조된 나, 그리고 아버지 유정의 첫사랑으로 자신이 추던 칼춤의 단도로 자살한 한 무용가의 아들이 모여 가정을 이룬 셈이었다. 그 시절은 얼마나 사나운 세월이었을까. 세 여자가 제 손으로 목숨의 실을 그렇게 잘라내고 있다. 한 여자는 치솟은 나뭇가지에, 한 여자는 깊이를 알 수 없는 우물 속으로, 한 여자는 단도로 젖가슴의 뿌리인 심장의 막을 절단하고 있다. 왜 그 세 여자는 자기 삶을 파괴하는 데 그토록 단호했을까. 그들은 대체 어떻게 바로 그 지점이 단 한 번뿐인 삶을 폐점해야 하는 바로 그 시간임을 확신했을까.

아버지 유정이 살아 있는 동안 우리는 어머니 대신 그에게서 세상을 배웠다. 그는 육식의 운명에게 자신의 남성을 내어준 대신 욕정으로부터 해방된 아름다운 자유인이었다. 그는 우리를 자신의 아들이라고 불러준 최초의 남자였고 고아와 사생아라는 슬픈 신분의 오명으로부터 우리를 구해내 우리에게 정식으로 조국과 법적 이름을 부여해 준 선신(善神)이었다. 유정은 우리의 피난처, 황홀한 유배지, 거세당한 남자가 우리를 위해 마련한 남성적 자궁이었다.

거세된 남성과 증오와 공격심 없이 삶을 대하는 아버지 유정의 무서운 침착함은 서로 무슨 관계가 있는 것일까. 그는 거세 예식과 함께 모든 통속도 치기도 그의 세계로부터 거세해 버린 것일까. 그 예식과 함께 그는 인간적인 본능 곁에서 임종까지 똥파리처럼 칭얼대는 그 시끄러운 욕망에서 벗어날 수 있었던 것일까. 그에게서는 금욕적인 인간에게서 풍기는 섬뜩한 소독 냄새와 지독하게 침착한 인간에게서 느껴지는 증류된 향기가 동시에 풍겼다. 더구나 웃을 때 그는 마치 성한 몸을 지니고 있던 당시의 아홉 살짜리 미소년처럼 웃었다. 적막하고 증류된, 금욕적이고 채식주의자적인 웃음이 거기 있었다. 어떻든 그에게는 다른 권력자나 사령관들에게서 풍기는 그 도살의 냄새가 없었다. 그리하여 그의 일생은 금욕으로 쓴 정중한 찬가이다. 나와 현엽에게 부친은 성인(聖人)이었다. 우리는 정말이지 그가 죽으면 그의 비석에 '성(聖) 유정'이라고 쓰고 싶었다.

공산 정부가 수립되자 부친은 잠시 압록강변의 한 수력발전소 책임자로 일하다 자금성에서처럼 수령 가족의 개인 경리 일을 맡아보는 수령의 가신이 되었다. 아버지는 장정처럼 힘차게 흐르는 압록강을 사랑했다. 그가 압록강 수력발전소의 책임자가 된 것은 아마도 그가 독립군 출신 가운데 물의 노래를 들을 줄 아는 유일한 청중이었기 때문이리라. 그는 자주 그 거대한 댐의 수문 곁에서 장대한 강이 잠시 그곳에 체류하면서 밤을 보내는, 천천히 몸을 꿈틀대며 부르는 물의 노래를 들었다. 한 줌의 물도 그 안에 엄청난 빛의 정액을 품고 있다는 그 경이, 밤이면 공화국을 밝히는 전깃불이 바로 물에서 피어난 연꽃임을 그는 알고 있었다. 공화국 수립 후 그는 게릴라 시절 사용하던 총을 다시는 들지 않았다. 대신 시간이 나면 헬리콥터 착륙장 부근에 있는 아카시아가 우거진 언덕 활터에서 과녁판을 향해 활을 쏘았다. 공화국 수립 이전 그곳은 지주들이 도포 자락에 갓을 갖춰 쓰고 기생들과 어울려 놀던 단청 기둥이 아름다운 누각이었다.

공산 정권이 들어서자 활터 기생들의 장고 소리는 혁명의 기세에 눌려 스스로 빠른 풍화를 시작하고 있었다. 폐가가 된 활터 누각과 과녁판은 파괴되지 않고 공산 혁명 속에서도 오랫동안 살아남았다. 활을 쏠 때 유정은 언제나 단풍나무로 된 목궁(木弓)과 목전(木箭)을 썼다. 유정은 언젠가 늙은 장인이 만들었다는 낡은 소리화살(鳴鏑)을 얻어 사용한 적도 있었는데 그 화살은 활촉 뒷부분에 구멍 뚫린 둥근 기구를 매달아 화살이 시위를 떠나 날기 시작할 때 소리가 나게 하는 특수한 고전적 화살이었다. 생의 과녁을 향해 날면서 허공에서 내는 그 고독한 화살의 노래, 그것이 유정이었다.

한국전쟁이 나자 나는 한 포병 연대의 척탄병으로 소련제 신형 포차에 분승해 전선에 투입됐다. 모스크바 유학을 꿈꾸던 어린 현엽은 현역 대원이 될 수 없자 젊은 문관이 되어 맨 처음에는 등사판 신문 발행을, 이후에는 부대의 지령서나 병사들의 훈장 표창을 상부에 올리는 보고서 작성 작업에 투입됐다. 그는 전쟁 내내 포탄 파편이 관통되어 글자들이 누락된 슬픈 서류들과 살았다.

적의 화력은 엄청났다. 후방과의 연락이 단절되어 상급으로부터 탄환을 공급받을 수 없었으므로 포탄은 동이 났다. 후퇴하는 지휘소에서 급하게 탄환 공급을 호소하는 비통한 전갈들과 포탄을 절약하라는 통절한 회신들이 오갔다. 그리하여 평양을 방어할 때 나 같은 척탄병들은 수류탄을 손에 든 채 최전선에 서야만 했다. 그럼에도 불구하고 그 가을에 적은 거의 무혈로 평양에 입성했다. 중국이 얼어버린 압록강을 군용 트럭으로 건너 출병해 주지 않았더라면 조국은 어떻게 되었을까. 치욕의 가을이 지나고 겨울이 되자 우리는 다시 남한으로 재진격했다. 전쟁이 끝난 후에도 귓속에서는 공격 개시 때 척탄병인 우리를 향해 중대장이 외치던 소리 "적을 소멸하라! 소멸하라! 소멸하라!"가 들려왔다. 평양 함락의 기억은 내게 악몽이었다. 평양은 대규모 공습으로 완전히 파괴됐다. 유정이 내게 준 그 조국을 하마터면 잃을 뻔했다는 생각에 이르면 나는 식은땀이 난다.

전쟁은 참혹했다. 전쟁 발발 1년 후 남측인 유엔군은 원산 바다에 정박 중인 한 덴마크 병원선에서 회담을 요청했다. 전쟁 후 첫 휴전 회담 제의였다. 남한 측이 휴전 회담 장소로 육지가 아닌 해상을 생각해낸 것은 특이한 일이었다. 휴전 회담이 성사되기까지는 무려 2년의 세월이 걸렸다. 휴전 조인식은 당구대 같은 초록 융단이 깔린 판문점 천막 회담장에서 진행됐다. 결국 3년간의 전쟁은 그렇게 해서 조선 정전 협정 문서로 남았다. 그 협정 문서 속에서 한반도는 휴전선을 경계로 분단되었다. 그 휴전선은 내 출생지인 임진강과 내 체류지가 된 평양 보통강 사이를 가로질러 그어져 있었다. 임진강으로부터 평양까지의 거리. 아무도 그 짧은 거리가 결국 30여 년이 걸려도 도착할 수 없는 추상적인 거리가 될 줄은 상상도 못했다. 즉 판문점 천막 속에서 그들은 결국 조국을 두 덩이로 절단해 각각 손에 나눠 든 채 피 묻은 손으로 천막을 나온 셈이었다. 심장이 하나뿐인 샴쌍둥이를 분리수술해 각각 나눠 들고 나오듯. 휴전 회담 서명 사흘 후 평양에서는 이미 전쟁에 패배한 원인을 규명하는 숙청이 시작됐다.

휴전 후 아버지 유정은 돌연 시력을 잃어갔고 죽음을 예감했다. 휴전 협정이 조인되고 가을이 오자 유정은 곧 숙청의 계절이 닥치리라는 것을 예감했다. 전쟁 패배에는 정치적 속죄양이 필요한 법이다. 유정은 숙청을 보고 싶지 않아했다. 그 순간 자연적 죽음이 그에게 도착한 것은 기적이었다. 그것이 그의 생애 최고의 축복이었다. 반대자들은 점점 적어지고 수령의 권력은 점점 확장되어갈 때, 유정은 생각했는지도 모른다. 정상에 살아남은 자, 그가 수상한 자이다. 그가 완벽하게 살아남을 수 있기까지 그 무엇인가가 있다. 난세에 홀로 살아남을 수 있었던 자, 그가 대개는 살인자인 법이다. 종전 후 학질 환자로 분류되어 격리되었던 어린 문관 현엽이 풀려나 귀가했을 때 부친은 돌연 우리에게 마치 소풍이라도 가듯 "개마고원으로 가자!"고 말했다. 수령이 그에게 여행을 허락했다. 그는 마치 수령의 친서를 들고 먼 나라로 떠나는 사신처럼 엄숙하게 그 여행을 시작했다.

가방 속 단출한 침구와 비상식량 옆에는 마치 악기 한 줄 담은 듯한 길쭉한 황강나무 함이 명주 끈으로 질끈 허리가 묶인 채 놓여 있었다. 유정은 이따금 그 길쭉한 황강함을 목침처럼 베고 자는 때가 많았다. 여행 행장 속에 그 황강함이 얹혔을 때 나는 그 여행이 심상치 않음을 알았다. 후치령 부근의 완만한 경사를 통과해 우리는 꽃 없는 민들레가 군락을 이루고 있는 황무지를 지났다. 민들레가 끝나는 곳에서 다시 낭탕이라는 미치광이 풀들이 천연두처럼 돋아 있는 완만한 경사가 시작되고 있었다. 우리는 고원 서쪽 화전 경작지들을 보았다. 여행의 목적지였던 개마고원 복판에 도착할 때까지도 우리는 그 여행이 대체 무엇을 의미하는지 몰랐다. 그러나 이윽고 개마고원에 도착했을 때 우리는 돌연한 악천후처럼 유정에게 죽음이 닥쳐오고 있음을 알았다. 그가 말했다.

"내가 죽거든 옷을 모두 벗겨내고 내 시신을 저 개마고원 복판에 주저함 없이 던져라. 백두산의 독수리 떼들이 가장 잘 볼 수 있는 곳을 골라 거침없이. 내가 죽으면 저 황강함 허리를 묶은 명주 끈을 풀고 그 안에 담긴 여행복을 내게 입혀도 좋다. 나를 알몸으로 고원에 던지는 것이 내 아들들인 너희에게 얼마나 혹독한 경험일지 알기 때문이다. 잊지 말아야 할 것은 나를 저 개마고원 복판에 주저 없이 내던져달라는 것이다. 그렇게 함으로써 50여 년 전 북경개의 먹이가 됐던 내 몸이 이제는 저 싱싱한 백두산 독수리의 근사한 만찬이 되는 것이다. 내 몸이 그놈들 부리 속에서 으깨져 그놈들의 더 힘찬 시력과 날개와 발톱이 되는 것이다. 그리고 그 힘으로 저놈들이 백두산 산정 위로, 천지(天池) 위로 근사하게 활강할 수 있으면 되는 것이다. 결코 내 무덤 같은 것은 만들지 말거라. 나는 너희가 걷는 인생의 장화 속에 꾸역꾸역 끼어드는 흙으로, 흑진주 같은 너희 머리카락을 단번에 적시는 소나기로 너희를 찾아갈 테니까. 수령님께 전해라. 내가 바람으로, 안개로, 장대비로 수령님을 모실 거라고."

그의 말이 끝났을 때는 이미 정오였다. 유정은 내 무릎을 베고 누웠다. 나는 내 무릎이 적어도 그 남자의 마지막 목침이 될 수 있다는 사실에 감사했다. 그때 문득 커다란 잠자리 한 마리가 저공비행으로 그의 얼굴을 스치듯 지나갔다. 그때 우리는 유정이 이 지상에서 쉬는 마지막 숨을 보았다. 그 숨은 마지막 순간에 입술 사이에서 타액으로 된 투명한 풍선을 만들었다. 그 풍선은 그의 호흡이 이 지상에서 만든 마지막 꿈이었다. 우리는 그가 두 아들 앞에서 자기 생의 그 검박한 문짝에 빗장을 달아 거는 것을 보았다. 우리는 통곡할 생각이었다. 유정을 위해서라면 우리는 평생 울어야 할 모든 눈물을 쏟을 각오가 되어 있었다. 그때 갑자기 방금 전 사라졌던 그 잠자리가 다시 습격하듯 날아들었다. 그 큰 날개는 무서운 생명력으로 회전하는데도 아무 소리가 나지 않았다. 그리고 우리는 보았다. 갑자기 열 마리, 스무 마리, 오십 마리도 넘는 잠자리 떼가 운명한 그의 시신 위에서 놀라운 생명력으로 비상하는 것을. 나는 내 무릎을 베고 누운 유정을 안은 채 넋을 잃고 그 황홀한 잠자리 떼를 바라보았다. 현엽도 넋을 잃은 채 잠자리 떼를 보고 있었다. 우리는 통곡도 눈물도 잊었다. 나는 저공비행하고 있는 그 잠자리들 정면에 커다랗게 박혀 있는 에메랄드 같은 두 개의 초록 눈과 꿈 같은 날개에 들어찬 황홀한 그물맥을 보았다. 그 잠자리의 향연 속에서 바라본 유정의 얼굴은 아름다웠다. 그는 일생의 모습 중 가장 아름답고 정화된 표정으로 정지된 채 그렇게 누워 있었다.

현엽이 지천으로 핀 들꽃을 꺾어 유정의 머리 아래 깔았을 때 우리는 이제 그 황강함을 열어야 할 시간임을 알았다. 현엽은 들꽃 위에 유정의 머리를 눕혔다. 그리고 그의 몸을 정갈하게 폈다. 현엽이 황강함 허리에 묶인 명주 끈을 풀어냈다. 나무함의 뚜껑을 열었을 때 우리는 보았다. 유정이 괴로운 날이면 목침 삼아 베고 자던 그 황강함 속에는 삼베로 지은 고요한 밀홧빛 심의 한 벌이 접힌 채 놓여 있었다. 그리고 그 심의 위에 자금성 출입증인 청동 궁표와 그가 독립군 시절 사용했던 살구 씨가 박힌 호루라기 한 개가 놓여 있었다.

숨이 끊어진 그의 몸에서 옷을 벗겨내자 은은한 은단(銀丹) 냄새가 풍겼다. 유정은 오랫동안 은단을 복용했다. 나와 현엽은 이따금 두건을 쓴 장꾼들로 혼잡한 평양 대동문 거리에 있는 은단 가게에 들르는 그와 동행했다. 그리고 우리는 보았다. 그의 성기 부분의 포돗빛 광채를. 거세당한 날 이후로 그의 성기 나머지 부분은 시원의 공포를 떨치지 못한 채 죽는 날까지 푸른 포돗빛으로 질려 있었다. 유난히 발달한 그의 큰 손에는 검버섯이 주저 없이 피어 있었고 잉크가 출렁이는 듯한 혈관이 산맥처럼 뻗어 있었다. 위아래가 통으로 된 심의를 그의 몸에 입히기 전 나와 현엽은 이 세상과 통정하기 위해 간직했던 산 자로서의 체온을 이제 미련 없이 증발시키고 있는 그의 서늘해진 얼굴과 몸을 안았다. 맨몸에 삼베 심의를 입자 그는 엄숙한 아름다움을 풍겼다. 그 삼베는 국경 지방 황마임에 틀림없었다. 그러자 우리는 우리가 그에게 심의를 입히는 것이 아니라 그의 고향을 입히고 있음을 알았다. 유정은 왜 유독 통으로 된 심의 한 벌만 준비했던 것일까. 그는 왜 염습에 필요한 설의와 적삼과 속바지 단고와 허리띠 소대 같은 것은 준비하지 않았던 것일까. 유정은 애초에 심의 없이 알몸으로 고원에 던져지길 원했던 것이다. 출생 때 면 포대기로 유정을 받아안았던 신은 이제 유정을 다시 삼베 심의로 그렇게 받아안고 있는 것이다. 심의를 입힌 후 절개 부분을 여며 유정의 몸을 덮었을 때 다시 한 번 유정의 마지막 목소리가 생각났다. 그의 마지막 말은 "세차게 호루라기를 불어라."였다. 나는 세차게 호루라기를 불었다. 애통함 때문에 내 호각 소리는 비명처럼 허공을 찢었다.

그때였다. 호각 소리가 그치자마자 고원 북쪽 상공에 검은 연 하나가 또렷이 떠올랐다. 그것은 마치 그 호각 소리에서 태어난 생물 같았다. 검은 연은 순간 천천히 날개를 가진 생물로 변했고 우리가 그의 오른쪽 날개의 갈라진 세 겹 갈기를 감지할 때까지 고도를 낮추며 다가오기 시작했다.

독수리다! 현엽이 경악과 경탄에 차서 말했다. 그가 다시 고지하듯 말했다.

"백두산 독수리다!"

그리고 우리는 보았다. 그 독수리가 고도를 낮추자 떠나온 창공 위로 다시 두 장의 검은 연이 떠오르는 것을. 잠시 후 그 연들은 연거푸 떠올랐다. 그것은 마치 창공에서 태어난 초자연적인 검은 연, 검은 낙하산들 같았다. 고도를 낮출수록 그들은 첫 독수리처럼 스스로 날개의 결들을 드러냈고 허공 중간쯤에서 함께 모여 윤무를 시작했다. 십여 마리의 독수리가 이루어내는 장엄한 침묵의 윤무였다. 윤무 때 우리는 그것들의 거대한 날개와 공격적인 부리와 셋으로 갈라진 전투적인 세 개의 발톱을 보았다. 그것들은 자신들이 굶주린 육식조임을 숨기지 않았다. 그 신성한 굶주림과 윤무 속에서 그것들은 점점 자신들을 광기 속으로 밀어붙였고 어느 한순간이 되자 이제 유정을 향해 공격할 시간이라는 인식이 왔다.

유정은 대체 어떻게 개마고원 복판 바로 그 지점에 백두산 독수리 무리가 살고 있다는 사실을 알고 있었던 것일까. 유정은 어떻게 그 신성한 육식조들이 살구 씨 호루라기 소리를 신호로 창공으로부터 연처럼 운집해 단번에 그것들의 먹이를 처리한다는 것을 알았던 것일까. 유정은 혹시 항일 게릴라 전투 시절 바로 그 지점에서 투쟁 동지를 그렇게 비밀스럽게 천장(天障)할 수밖에 없었던 비밀을 간직하고 있었던 것은 아닐까.

첫 번째 독수리가 날아와 유정의 정수리를 쪼았고 두 번째 독수리가 날아와 심의의 절개된 부분을 대번에 젖혔다. 그 아래 유정의 알

몸이 화답하듯 드러났다. 그것은 아주 사정없는 힘찬 공격으로 일말의 주저도 없는 것이었다. 그제서야 우리는 신이 그 새들에게 유정의 시신을 만찬으로 내어주고 있음을 알았다. 그의 시신은 외로운 개마고원을 넘나드는 신성한 백두산 독수리들에게 던져도 될 만큼 무독(無毒)하고 당당한 만찬이었다. 부친은 삽시간에 우리가 보는 앞에서 그렇게 독수리의 위장 속으로 빨려들어갔다.

이틀이 지나자 그의 시신은 개마고원 평지에서 거침없이 건강하게 썩어들어갔고 고원 언덕에 사는 많은 건강한 육식조들을 유혹하고 흥분시켰다. 그는 더 이상 사람의 체취가 아닌 시체의 악취를 풍겼고 두 눈을 육식조에게 주저 없이 내주었다. 그는 개마고원이라는 거대한 강의실에서 두 아들에게 보여주었다. 인간의 죽음은 결국 가장 빠르게 부패하는 한 덩이 특수 쓰레기에 불과하다는 것을. 우리는 죽음이 한 인간 존재를 그토록 급속하고 가차없이 변화시키고 멸망시키는 데 충격을 받았다. 유정의 시신이 얼마나 속절없이 변하고 무너지고 사라지는지를 우리는 보았다.

정확히 사흘 후 유정의 시신에서는 폭발하듯 구더기 꽃이 활짝 폈다. 건강하고 자신 있게 주저 없이 부패하고 있는, 그리하여 건강한 소멸 과정에 참여하고 있는 남자가 거기 있었다. 그의 몸 안에 그토록 많은 구더기들이 진군해 있다니 충격이었다. 그가 죽는 순간 후각 좋은 파리들은 이미 유정의 존재 어느 구석에 알을 까놓았던 것일까. 구더기들은 이미 죽음이 유정 깊이 성큼 들어가 있으며 유정이 문을 열고 죽음을 받아들인 일, 유정과 죽음 사이에 놓인 그 전광석화 같은 순간의 수락과 점령에 대해 정확하게 알고 있었으리라. 그리하여 그의 시신은 그 주변에 모여든 육식조와 구더기와 파리와 축축해진 흙이 이루어내는 분주한 축제의 중심이 되었고 대자연의 작은 사건이 되었다. 그는 죽어서 그렇게 자연을 초대하며 겸손한 주빈으로 누워 있었다.

우리는 독수리 떼가 부친의 육체라는 67년 된 건축물을 철저하게 폐기시키는 광경을 보았다. 이미 형태를 알아볼 수 없는 그의 얼굴은 고원의 동쪽을 바라보고 있었다. 마치 아직도 일출을 기다리는 사람처럼. 평생 환관으로 살았던 유정은 인간의 몸을 신뢰하지 않았다. 유정의 죽음이 주는 그 장엄함과 극도의 사치함에 눈이 부셨다. 나는 먹고 먹히는 관계도 그토록 아름다울 수 있다는 데 경이를 느꼈다. 부친이 누운 개마고원의 넓은 평지가 신의 거실처럼 생각되었다. 그리고 그 고원 평지에 사는 독수리들이 신의 화신처럼 느껴졌다. 그 신은 유정을 만들었고 지금도 죽은 유정을 그렇게 물어뜯음으로써 유정과 관계하고 있었다.

그날 이후 죽음이란 내게 해체이다. 그는 죽었고 해체되었고 먹혔다. 그날 이후 내게 운명은 저 백두산 육식조처럼 식욕 좋은 여자였다. 운명의 여신의 그 식욕 좋은 입술은 내게는 늘 어머니를 삼켜버린 우물 모양을 하고 있다. 어느 더운 여름날 이 식욕 좋은 여신은 어린 어미와 그녀의 사생아를 한꺼번에 먹어치울 심산이었다. 그날 결국 그는 젊은 어미는 먹어치우고 그녀의 사생아는 다시 우물 밖으로 토해냈다. 내 어머니는 먹혔고 나는 토해졌다. 눈 깜짝할 사이에 박탈과 증여가 일어난 것이다. 삽시간에 주저 없이 명쾌하게 일어난 것이다. 그리고 지금 그 운명은 백두산 육식조의 모습을 한 채 유정과 관계하고 있었다. 그날 이후 나는 운명이 얼마나 건강하고 역동적인 순간성에 의해 기능하는지 알게 되었다.

마지막 날 육식조들은 유정에게서 일제히 떠났다. 그것은 마치 눈에 보이지 않은 명령처럼 순식간에 일어났다. 미련도 주저도 없는 명백한 종료였다. 유정과 육식조들이 뒤섞여 치러낸 축제는 그렇게 끝이 났다. 우리는 육식조가 남긴 유정의 잔해를 모아 매장했다. 머리와 머리카락과 가슴뼈, 신비하게도 다치지 않고 남아 있는 오른팔—그 팔이 나와 현엽을 이끌어 이 지상의 일원이 되게 한 힘찬 선신의 팔이었다—과 다른 뼈들을 모아 매장함으로써 우리는 그의 유언을 기꺼이 어겼다. 유정의 잔해는 육식조와 구더기들이 남긴 진득한 체액과 지독한 악취 속에서도 우리의 손 안에서 절절한 다정함을 풍겼다. 그의 잔해를 묻을 때 우리는 일생 동안 자기 존재를 철저하게 다 사용해 버린 후 가뿐해진 그 조용한 성자를 손 안에 느꼈다. 우리는 고원의 땅을 깊이 팔 필요도 없었다. 유정은 아주 가뿐한 분실물로 남았으므로. 매장할 때 우리는 그 심의 위에 청동으로 된 그의 자금성 궁표와 살구 씨 알이 담긴 호루라기를 함께 묻었다. 그리고 매장지 곁에 고원에 핀 푸른 양귀비 한 송이를 놓아두었다.

개마고원에서 유정과 그렇게 이별했을 때 나는 스물한 살, 현엽은 열여덟 살이었다. 옛 소년 환관은 이 세상에 그렇게 장성한 두 아들을 남겼다. 우리가 고원을 다 내려올 때까지 등 뒤에서 늦은 매미가 장음으로 울어댔다. 고원이 끝나는 곳에서 나비들이 습지에 모여 물을 마시는 모습이 목격되었다. 교미가 끝난 암나비가 배 끝에 젖빛 수태낭을 달고 다니는 것이 보였다. 우리는 다시 긴 대륙 열차를 타고 평양으로 돌아왔다. 공습에 불탄 대지를 관통해 가는 기차 속에서 나는 전쟁 후 분단된 공화국 전체가 거세된 남자인 것을 알았다. 눈물처럼 시야를 가로막는 거대한 터널 같은 개마고원의 안개 속에서, 열차의 창문으로 사정없이 불어와 목구멍을 파고드는 고원의 먼지 속에서, 우리는 실컷 부친을 느꼈다. 혀 밑을 파고드는 모래 속, 부친은 거기 있었다. 우리가 돌아온 평양은 유탄과 시체의 악취를 씻어내기 위해 분무한 소독약과 디디티 냄새로 가득했다. 평양에 돌아오자 우리는 유정의 죽음과 유언을 편지로 적어 수령에게 알렸다. 이듬해 나는 수령의 이름으로 명명된 대학에 진학했고, 입학하던 해 당의 공작원으로 선발되어 임명장을 받았다. 이듬해 가을 현엽은 당 창건일 기념 을밀대 백일장에 당선됐다. 그는 어느 날인가부터 수령의 연설문을 쓰는 부서의 젊은 서기가 되는 것이 꿈이었다.

이것이 내 생의 전사(前史)다.

체류

내가 당으로부터 평양으로 급히 귀국하라는 명령을 받은 것은 1987년 초여름 라이프치히에서였다. 나는 그해 2월 평양의 혁명 병원에서 식도 정맥류 수술을 받았다. 퇴원하자마자 당은 나를 동유럽 전문가답게 동독 라이프치히로 요양 여행을 보냈다. 나는 그곳에서 동베를린을 오가며 작은 임무들을 수행했다. 당은 내게 우선 프라하로 귀환하라고 명령했다. 나중에 안 일이지만 당은 나를 프라하와 레닌그라드와 북경을 거쳐 평양에 도착하도록 계획해 놓고 있었다.

1987년 그해 나는 돌연 심한 토혈을 했다. 간 경변으로 인한 식도 정맥류 파열이었다. 당은 나를 전격적으로 평양의 최고 병원인 혁명 병원으로 수송했고 자정 무렵 식도 정맥류에 대한 직접 수술이 시행됐다. 수술 결과는 좋았다. 당연히 의사들은 내게 과음하느냐고 물었다. 술에 관한 한 나는 비교적 금욕적이었으므로 그들은 의외라는 표정을 지었다. 나는 간에 경변이 왔다는 선고를 받았을 때 놀라지 않았다. 갑자기 복수가 차올랐다. 집도의는 내가 어린 시절 말라리아를 앓았던 게 틀림없다고 했다. 여덟 시간에 걸친 수술은 목 아래서부터 배꼽 위까지 치열하고 긴 전투의 수술 자국을 남겼다. 중환자실에서 일반 병실로 옮겨져 마침내 보행기를 타고 보행 연습을 할 때 나는 황금, 산호, 호박, 황옥, 자마노, 밀화, 금파, 진주 등이 박혀 있는, 혁명 병원 로비 한가운데 있는 '보석 연못'을 수십 번 왕래했다.

그것은 이 공화국이 공산화 작업 당시 지주들로부터 압수한 패물들이었다. 지주들의 손가락에서 빼낸 반지, 은장도, 비녀, 마고자 호박, 족두리 보석, 저고리 섶 칠보 장식, 수저에 박힌 황금들. 나는 보행기를 밀고 허리 펴고 걷는 연습을 하면서 천천히 혁명 병원 로비 가운데 있는 그 보석 연못을 건넜다. 압수당한 지주들의 족두리, 손가락, 마고자와 저고리 섶, 입 속으로 처넣어지던 수저들, 그 광채 가득한 보석들 위를 두 발로 지르밟으며 나는 내 사타구니 아래서 그 황홀한 것들을 침착하게 모욕했다. 공산화 과정에서 어느 지주의 땅을 국유화하여 지은 대동강변의 그 아름다운 병원은 로비에 있는 보석 연못으로 유명했다. 한밤중에 로비의 중앙 조명이 사라지고 어둠이 내리면 대동강 수면으로부터 간접 조명을 받은 이 병원 로비 가운데서 보석 연못은 빛을 발한다. 어느 날 밤 나는 홀로 응급실 부근 구석에서 그 연못을 바라본 적이 있다. 그것은 빛이라기보다는 요기였다.

당은 이 혁명 병원을 지을 때 압수 창고의 매캐한 먼지 속에서 자랑과 요기를 잃어가고 있는 그 패물들을 거두어 병원 로비 한가운데 쏟아 붓고 그 위를 특수 투명 유리로 밀봉한 후 인민들로 하여금 그 보석의 무덤, 보석의 피라미드를 밟고 지나가게 만들었다. 아마도 지주의 보석들을 병원 바닥에 쏟아 붓고 인민들로 하여금 그곳을 밟고 지나가게 만든 나라는 이 공화국밖에 없으리라. 보석을 그렇게 모욕함으로써 우리는 인간이 일생 치러내야 하는 소유욕과 탐욕이라는 치열한 한 장을 그렇게 초극하고 있었다. 보석을 그렇게 짓밟으며 통과하고 나면 세상에 이미 그리 소중한 것들이란 없는 법이다. 이 보석 연못에 대한 모욕 의식은 다른 세계와는 다른 운동 법칙이 이 평양에 존재하고 있음을 암시했다. 우리는 결코 보석이나 황금, 이익과 소유를 위해 살지 않는다. 지주들의 보석이 모욕당하는 바로 그 지점에서 프롤레타리아가 일어난다.

도처에 걸린 수령의 초상화는 매혹적인 푸른 압록강을 배경으로 그려져 있다. 초상화 속 수령의 뺨은 인민에 대한 열애로 붉다. 그의 심장 부근에는 인민의 꽃인 진달래가 그려져 있다. 수령은 배지 속 겨우 2센티미터의 초상화로만 우리에게 있는 것이 아니다. 수령의 얼굴은 지폐에도 우표에도 새겨져 있다. 수령의 초상화가 담긴 배지는 국경 수비대원의 군복에서부터 지금 막 성인식을 치른 젊은 협동농장 트랙터 보조 기사의 복장에까지 달려 있다. 병상 오른쪽 옷장 속에 걸려 있는 내 인민복 칼라에도 수령의 배지가 달려 있다. 외국에서 임무를 끝내고 평양으로 귀국할 때, 내가 가장 먼저 하는 일은 양복에 수령 배지를 다시 달고 수령이 내게 하사한 그의 이름이 새겨진 금시계를 다시 오른쪽 팔목에 차는 일이다. 언젠가 나는 부친 유정과 함께 수령의 저택에 간 적이 있다. 나는 입구에서 정원에 남아 있어야 했다. 그때 나는 수령의 저택에 살고 있는 천상적인 말레이시아 푸른 공작 두 마리를 보았다.

무려 40만 개의 폭탄이 평양에 투하됐을 때 수령은 이미 우리의 신이 되기로 예정되어 있었다. 이 완전 파멸 속에서 우리를 일으키기 위해서는 기적과 그 기적을 가능하게 할 어떤 구조가 필요했다. 수령을 신격화하는 것, 수령이 체류했던 곳은 성지가 되고 그의 말을 벽과 바위에 새겨 인민의 금언이 되게 하는 것. 그렇다. 수령을 신격화하는 것, 그것이 우리의 합의였다. 우리는 패전과 분단의 잿더미 위에서 불사조처럼 재생하는 기적을 이루기 위해 그를 신격화함으로써 그가 우리의 살아 있는 신이 되도록 밀어붙이고 있었던 것이다. 그것은 우리의 꿈이며 동시에 악몽인 유토피아를 가운데 두고 수령과 인민 사이에 이루어진 운명적 흥정이었다. 우리는 우리의 분노와 소망을 모아 수령에게 바침으로써 그가 평양에서 40만 개의 폭탄 자국과 도살의 냄새를 즉시 소독해낸 뒤 평양에 지상낙원을 만들도록, 그리고 다시 한 번 남한에 복수하도록 사정없이 몰아세우고 있었다. 수령으로 하여금 평양에서 가장 높은 언덕에 개인 궁전인 주석궁을 짓고 그곳에 공작새를 봉황처럼 거느리고 살도록 허락한 것도 사실상 인민이었다. 더구나 수령은 자기에게 충성하는 자들을 본능으로 가려냈다. 그의 무서운 후각은 오차가 없었다. 평양의 모든 서류 오른쪽에는 예외 없이 '인민의 이름으로'라는 혈서 같은 도장이 찍혀 있고 서류 말미에는 '사회주의적 인사를 나누며'라는 고열과 흥분에 찬 인사가 적혀 있었다. 바로 그 인민이 문제였다. 그렇다. 공산화 작업 이후 40년간 평양은 혁명의 고열을 앓고 있었다. 그 40년간 수령은 인민의 아버지이고 스승이고 초인이고 예언자이며 인민은 그의 혁명 군중이었다. 그리고 나 같은 종족──공작원──은 그 혁명의 최전선에 선 혁명 전사였다.

혁명 전사로서 내 인생의 첫 역할은 척탄병이었다. 한국전쟁 중반에 나는 한 포병 연대 척탄병으로 그 사나운 전쟁 한복판에 투입되었다. 내 역할은 적군의 참호 속에 접근해 수류탄을 던지거나 총탄을 발사하는 것이었다. 나는 한 정예 소부대에 배치되어 다짜고짜 수류탄 투척과 총유탄 발사 훈련을 받았다. 훈련 장교는 어린 내게 척탄병이야말로 가장 용맹스러운 전위대라고 부추겼다. 석류처럼 생긴 수류탄의 여성적 몸속에서 찰랑대는, 폭발성이 강한 화약 자체는 아무 의미도 없다고 교관은 말했다. 그 수류탄을 역사의 변혁 속으로 실어 나르는 것은 바로 인간의 의지라고 그는 말했다. 수류탄 한 개가 세상을 바꿀 의지가 있는 한 인간의 손에 쥐어져 투척될 때 그것은 비로소 역사 속에서 동력을 얻고 역사를 그 지독한 잠과 진부한 악으로부터 깨워 일으킨다고 그는 말했다.

석류 모양의 수류탄을 수없이 적의 참호 속에 던져 넣으며 나는 내가 그들에게 수류탄을 던지는 것이 아니라 내 신념을 던진다는 것을 알게 되었다. 박하 줄기를 물었던 그 입으로 수류탄의 안전핀을 물어뜯으며 나는 전쟁 속에서 그렇게 홀로 사나운 성인식을 치렀다. 난세에 인간은 무엇인가 물어뜯거나 거머쥐지 않으면 죽는다. 수류탄은 전쟁 내내 내 악기가 되었던 셈이다. 전쟁이라는 거대한 비창 교향곡 속에서 신음을 토하는 스타카토, 그것이 내 수류탄의 기능이고 박자였다. 전쟁이 끝나고 군관 학교를 졸업한 후 공작원이 되었을 때 내 악기는 수류탄에서 리볼버로 바뀌었다.

전쟁 와중에 나는 아군이었던 한 여군을 연모했던 적이 있다. 그녀는 당시 한국전쟁 휴전 회담장인 개성 봉래장으로 가는 유엔군 측 대표를 동행하고 있었다. 당시 휴전 회담 주역인 한 북한 사령관을 보좌했던 그 여소령은 가냘픈 몸에 걸친 제복에 가죽 멜빵을 착용하고 있었고 멜빵 끝에는 권총이 담겨 있었다. 아름다운 연락 장교였다.

나는 밤마다 상상 속에서 그녀의 몸을 포장하고 있는 갑옷인 군복을 벗겨 발밑으로 추락시키며 두 개의 달 같은 그녀의 젖가슴이 눈이 시리게 드러나도록 상상의 반복 버튼을 계속 눌러대곤 했다. 어머니의 능욕, 의부 유정의 거세에도 불구하고 내 안에서 조금도 훼손되지 않은 원시적 욕정이 봉화처럼 불길을 피워 올릴 수 있다는 사실에 나는 망연자실했다. 그리고 그날 밤 나는 첫 몽정을 했다. 첫 몽정은 전장의 해진 천막 속에서 잠시 액체 화약 냄새를 풍겼다. 그러자 나는 비로소 내 인생이 환관인 아버지와는 다르게 전개될 것임을 알았다. 처음으로 세상을 향해 쏟아낸 그 정액의 화약 냄새 속에서 나는 인간이 사실상 욕정이라는 폭발성 높은 액체 화약을 육체라는 끔찍하도록 물컹한 탄피 속에 감춘 채 살고 있음을 알았다. 지금도 6월이 되면 동공의 융막인 홍채가 시려온다. 휴전 회담이 있던 날이면 코티분 냄새를 풍기던 그 여자 통신병 때문에 가슴이 저려온다.

나는 지독하게 잘 면도된 턱을 가진 나이 쉰다섯의 남자다. 왼쪽으로 빗어 넘긴 머리가 해안선처럼 내 이마를 지나 귀의 상부를 덮고 목의 중간까지 적당히 걸쳐져 있다. 가르마가 시작되는 왼쪽 이마 상류에는 일찍 돋기 시작한 흰머리가 섬세하고 귀족적인 악센트를 이루며 이마와 머리의 중간을 미끈하게 가로지르고 있다. 극단적으로 기름기 없는 눈두덩은 깊게 파여 언제나 한 줌의 명도 낮은 그림자를 달고 있다. 그 아래 놓인 눈동자는 숙명적으로 내 안에 들어찬 허무를 발언하고 있다. 그 아래 적요한 아름다운 입이 놓여 있다. 생후 1개월 때 박하 잎을 물었던 그 입술을 다물면 천칭 저울처럼 가느다란 일자가 드러난다. 그 아래 정갈하게 면도된 푸른 턱이 잘 깎인 갸름한 절벽처럼 놓여 있다. 갸름해서 쌀쌀맞아 보이는 그 턱은 쓸어 넘긴 머리 아래 드러난 각 진 이마와 어우러져 약간은 금욕적이고 염세적인 인상을 풍긴다. 게다가 나는 담배를 입에 물 때 내 얼굴에 애조를 더하는 길고 질문하는 듯한 난해한 손가락을 가지고 있다. 그 아래로는 한기에 닿으면 급히 창백해지는 등이 높고 과민한 코가 뻗어 있다. 이마에서는 수초처럼 뻗어 있는 핏줄들이 감지된다. 나는 대개 흰 와이셔츠 위에 검은 양복을 덧입고 산다. 그래도 기분 좋은 날 프라하나 레닌그라드에서는 인민복 깃을 단 푸른 와이셔츠를 입었다. 압록강 물빛 같은 청자색 와이셔츠를. 나는 그 위에 대개 밤처럼 검은 코트 한 자락을 걸친다. 이 모습이 내가 지금까지 살아온 삶의 연대기다. 내가 어떻게 바로 이 모습, 이 얼굴이 아닐 수 있겠는가 말이다. 내 분노, 내 불안, 내 와신상담의 창고, 그것이 내 얼굴이다. 다시 말하지만 나는 얼굴이 잘 면도된 오십 대 남자다. 나는 완벽하게 면도된 턱이 그 사람이 지닌 삶에 대한 의지라는 것을 특수 군사 대학에 입학해서 배웠다.

내가 입당 원서에 서명한 후 공작원이 된 날부터 당은 이미 내 용도를 결정짓고 있었다. 유정의 그늘이 사라지자 나는 국가 앞에 홀로 남았다. 공작원 특수 군사 대학에 입교하던 해, 나의 천부적 침착함을 눈여겨본 한 병기 공학 교수에 의해 나는 폭탄 전문가로 키워졌다. 대체 이십 대 남자가 초인적으로 침착할 수 있다 함은 무엇을 뜻하는 것일까. 특수 군사 대학을 졸업한 후에 나는 동독 라이프치히 칼 마르크스 대학에 위탁 교육생으로 파견되어 3년간 동구권 전문가로 키워졌다. 그 후 레닌그라드에서 다시 1년간 폭탄 전문가 연수를 받았다.

한 건의 지령과 공작 임무는 적어도 두서너 개의 가명과 위조 여권, 비행기 노선표, 통신 연락을 위한 암호인 개인 호출 부호, 낯선 통화 단위——인민폐, 루블, 크로네, 마르크, 프랑, 달러——등의 작은 밀림을 이루고 있다. 공작 임무 중 내 존재는 오직 위조 여권과 위조 신분증, 여러 선별된 가명과 개인 호출 부호로 증명된다. 우리는 다른 공작원들이 하셀브라드로 찍어 보낸 해상도 높은 정교한 자료들에 의지해 일한다. 심지어 안전부 양견소에서 키워지는 양질의 훈련견까지 모두 혁명에 동원된다.

그렇다. 나는 먼 도시에서 흑단 같은 자정을 뚫고 날아온 무선 신호를 해독한다. 기본 암호 따위는 차라리 단조로운 주문(呪文)에 속한다. 자음과 모음이 학살된 시체들처럼 뒤엉켜 있는 언어의 카오스, 그것이 암호문이다. 가장 유치한 단계의 의사소통, 명령과 복종만이 기능하는 언어의 행패가 거기 있다. 결국 성공해 돌아오면 훈장과 메달, 포상금과 승진, 그리고 리볼버를 반납하고 얻게 되는 특별 포상과 특별 휴가로 임무는 끝이 난다. 내가 수령의 이름이 새겨진 금시계 소유자인 것도 바로 이런 과정의 증명이다.

열거할 수 없는 금기들이 나 같은 혁명 전사들의 일상 속에 박혀 있다. 심지어 유럽에서는 작전 임무 중 자동판매기에서 담배를 사는 일까지도 금지된다. 자동판매기 속의 담배들은 각자 자신의 번호를 가지고 있다. 가령 담뱃갑에 찍힌 087GAF6 같은 번호는 우리의 행선지를 폭로할 것이기 때문이다. 또 나 같은 사람은 결코 향수 같은 것을 사용해서도 안 된다. 향수는 존재의 밀고자들이다. 향수는 기체의 사자로서 그가 만지고 통과하는 모든 곳마다 그의 존재를 새겨넣음으로써 그 인간의 모든 체류와 행선지를 고발한다. 그래서 내게 향수는 기체로 된 문서다. 향수가 아니더라도 모든 체류와 접촉은 운명적으로 흔적을 남기게 마련이다. 내가 남긴 머리카락 한 올, 비듬 한 조각, 섬유 한 올, 타액 한 방울, 구두창에 묻은 모래 한 알이 내 존재와 내용을 폭로한다.

아무리 천공에 인공위성이 뜨고 기술적 진보가 눈부시다고 해도 인간만한 정탐꾼은 없다. 정탐은 지독한 수공업이다. 그러나 나는 맹목적인 당의 훈련견이나 용병은 아니다. 나는 공산주의에 대한 확신과 좀 더 나은 지상낙원에 대한 꿈이 있다. 자본주의의 부패와 악취에 대한 분노가 있다. 언제부터인가 나는 공작원이 아닌 나 자신을 상상도 할 수 없게 되어버렸다. 공작원이란 사실 냉전과 분단의 나무에서 피어난 꽃, 화해라고는 없는 사막에서 피어난 기형적인 전갈이다. 목적한 적의 도시에 잠입하면 나는 번데기인 채로 월동하는 나비처럼 신분을 위장한 채 의태에 들어간다. 나는 평양 제8국 소속 요원이다. 제8국은 해외부의 명칭이다.

체코 국경 수비 경찰의 검문이 끝났을 때 비가 내리기 시작했다. 초여름이 되고 비가 오면 국경 마을에는 겨울 눈에 덮여 잠복해 있던 가난이 드러난다. 공산화 이후 집요하게 부식을 거듭해 온 기둥과 창살과 대문들은 더 이상 가난이 가해 오는 저 만성적 협박을 견디어내지 못할 것처럼 보인다. 모스크바나 바르샤바나 프라하나 평양 같은 도시는 겨울이 아름답다. 적어도 눈으로 지은 거대한 치맛자락이 도시를 덮고 있을 때 꿈꾸듯 아름답다. 그러나 겨울이 그 치맛자락을 거두어가면 그 아래로 돌연 섬뜩한 가난이 드러난다.

평원 너머로 수십 개의 바람개비가 거대한 몸을 드러냈을 때 체코 국경이 지척에 있음을 알았다. 차가 정지라고 쓴 다섯 개의 표지판을 지나자 국경 마을이 거기 있었다. 비엔나와 렌츠로 가는 이정표도 보였다. 번개는 몇 번이고 폭우를 예언했다. 까마귀 한 마리가 방금 터진 플래시 같은 번개 아래를 직진으로 날았다. 국경 저편에서 낡은 트랙터 한 대가 거대한 노란 몸뚱이를 기울이며 수영하듯 힘겹게 좌회전 하는 것이 보였다. 하늘은 비를 쏟기 시작했다. 태풍이 토하는 그 투명한 출혈, 액체의 함성. 바람이 비의 물결을 밀어대자 거대한 아스팔트 위로 삽시간에 나뭇잎들이 깔리고 선전 구호탑 곁 노란 교통 표지판을 요동치게 만들었다. 그 앞에 배낭을 멘 한 남자가 자전거를 타고 달리고 있었다. 폭풍이 만들어내는 이 거대한 장관 속에서 남자는 황급히 도망치는 장수하늘소처럼 보였다. 빗속에서 나무들은 확실히 가지를 더 낮췄다. 다음 자전거 경기를 알리는 담장 알림판의 끈도 풀렸다.

"니벨룽겐 역에서 만납시다."

내게 당의 명령을 고지하던 연락관이 전화기 저편에서 말했었다. 접선할 때나 연락책을 보낼 때 당은 자주 박물관을 사용했다. 제3빙하기 유적 앞에서, 전차 승리자 앞에서, 니벨룽겐 앞에서, 루벤스의 「돌아온 탕자」 앞에서, 이런 식이었다.

청동 사자가 거대한 뱀을 밟고 있는 프라하 중세풍 미술관 입구에 나는 잠시 멈춰 섰다. 천둥이 치고 빗줄기는 더 다급해졌다. 비가 오면 몰다우 강은 수량이 불고 돌연 취기 넘치는 갈색이 된다. 프라하의 비는 집요한 데가 있다. 더구나 이 초여름 비는 참 돌연하다. 방금 구입한 미술관 입장권 위로 빗방울이 낙하하여 자국을 남겼다. 이층 전시실 동쪽 회랑으로 접어들었을 때 나는 이미 니벨룽겐 역이 가까워왔음을 예감했다. 전화 속의 사내가 정중하게 했던 말, "저는 신임 오 서기관입니다. 니벨룽겐 역에서 만납시다."를 떠올렸다. 니벨룽겐 역은 그의 전임자와 내가 접선할 때마다 사용했던 용어였다. 이 후임자는 전임자로부터 정확히 그 접선 용어를 넘겨받았던 것이다. 오 서기관이라는 그의 이름은 가명일 수도 있다.

곧 거대한 전시실 벽이 보이고 그 위에 장엄하게 걸려 있는 서사적 그림, 「크림힐트, 남편 지그프리트의 암살자 하겐과 군터를 고발하다」가 드러났다. 이 그림이 바로 나와 연락조의 고전적인 접선 장소인 니벨룽겐 역이었다. 물론 접선 장소는 결코 자주 반복해 사용하지는 않는다. 나는 이 프라하에 적어도 다섯 개의 아름다운 접선 장소를 가지고 있다. 그러나 당은 섬세하게도 이번 접선 장소로 니벨룽겐을 고른 것이다. 그렇다. 이 그림 속에는 당이 내게 다시 한 번 환기시키고 싶은 그 무엇이 담겨 있는지도 모르겠다. 수술 후 처음 접선 장소가 이 니벨룽겐인 것은 우연이 아닐 수도 있다.

그림 앞에 서자 전시실 전체가 마치 거대한 플랫폼처럼 생각되었다. 그림 왼쪽의 장대한 횃불이 내 시선을 고정시켰다. 시간과 역사의 촛대인 봉화. 그 봉화 아래 거대하고 화려한 석관 위에 누워 있는 젊은 왕 지그프리트가 보였다. 그의 금발을 감싸고 있는 푸른 보석과 그의 가슴 연못에서 솟아오르는 선혈이 보였다. 그는 선혈이 낭자한 두 손으로 터키석과 진주로 장식된 자신의 황금 관을 잡은 채 살해되어 누워 있었다. 그 아름다운 남자의 시신 앞에 그의 신부 크림힐트가 무릎을 꿇은 채 처절하게 앉아 있었다. 그녀 왼쪽에는 핏빛 전투복에 투구와 전투화로 무장한 암살자 하겐이 허리에 그 거대한 운명의 칼 '발뭉'을 찬 채 검은 전투용 장갑 채로 서 있었다. 지그프리트의 관 발치에는 보랏빛 망토에 초록 금관을 쓴 미소년 같은 공범자인 왕 군터가 오른손으로 턱을 괸 채 난감한 모습으로 앉아 있었다. 이 엄청난 암살 사건 앞에서 도무지 아무 예감도 육감도 없는 군터의 아내 브룬힐트는 지루한 자줏빛 황후복에 왕관을 쓴 채 공작 털 부채를 손에 쥐고 있었다. 한 영웅의 암살 앞에 드러난 네 사람의 초상은 흥미롭다. 어떻든 지그프리트 왕의 암살자 하겐은 아직 전투 태세다. 그의 허리에는 신검 발뭉이 걸려 있고, 장갑도 투구도 벗지 않은 채 왼쪽 칼집에 손을 대고 있는 그는 전투 태세다. 특히 그의 투구는 용의 날개처럼 하늘로 치솟아 있다. 크림힐트가 그에게 죄를 물었을 때 그는 칼집에서 손을 떼지 않은 채 그녀를 쏘아보고 있다. 거창하고 호사한 예복, 무지 속에서도 목숨을 유예받은 그 네 명의 육식 동물이 지금 한 영웅의 죽음 앞에 도열해 있는 것이다. 각각 다른 배역을 맡은 채. 그 위에서 역사의 봉화는 여전히 타고 있다. 그렇다. 지금 이 순간 암살당한 자의 아내이자 가엾은 희생물인 크림힐트는 정의롭다. 그렇다. 크림힐트, 손가락으로 하겐의 죄를 묻는 그대가 오늘은 정의다.

그때 전시실 안으로 한 단정한 구두 소리가 들려왔다. 그것은 미술관의 다른 방문자들과 다른 어떤 확신과 공격에 찬 구두 소리였다. 나는 그 신임자가 도착했음을 알았다. 발자국 소리가 내 뒤에서 멈췄다. 한 목소리가 등 뒤에서 아름다운 조선어로 말했다.

"당은 첫째, 동지의 건강과 쾌유를 물었습니다. 둘째, 급히 평양으로 귀국하라는 명령이 담긴 전보를 전합니다. 내일 22시 30분 프라하 중앙역에서 기차를 타고 레닌그라드로 가십시오. 그곳에서 북경발 비행기를 타십시오. 북경 주재 우리 대사관에서 평양행 비행기를 주선할 것입니다. 여기 명령 전보문, 기차표, 평양 여권을 접수하십시오."

정확히 3분 후, 등 뒤의 목소리는 다시 단정한 발소리로 변했고 전시실 출구 쪽으로 사라졌다. 그가 남긴 아름다운 조선 표준어가 그가 잘 훈련된 신임자라는 인상을 남겼다. 그의 발자국 소리가 더 이상 여운을 남기지 않을 때까지 나는 그림 속의 암살자와 신검 발뭉을 바라보았다. 그림 속에서 선혈의 냄새가 났다.

귀국 전보. 올 것이 왔다는 생각이 들었다. 수술 후 동독에서의 요양 기간은 잊을 수 없는 것이었다. 이제 환자의 걸음과 환자의 박자는 끝나야만 하는 것이다. 나는 재빨리 전시실을 떠났다. 그러고는 나는 듯이 미술관의 계단들을 뛰어내려갔다. 급거 귀국. 당이 다시 나를 부르고 있는 것이다. 비 오는 프라하 거리의 첫 번째 가로등 아래서 꺼내본 조국 공화국 여권에서는 선죽교 부근에서 하지 무렵이면 흐드러지게 피는 능소화 냄새가 났다.

두 해 전 겨울, 제야 무렵의 일이었다.

현엽과 나는 몰다우로 갔다. 몰다우 카를 대제 석교 부근에 한 평양 여자가 경영하는 카페 '난파(難波)'가 있었다. 석교 위에서 맹인 여자가 「푸른 몰다우」를 부르고 있었다. 높은 음에서 여자는 자주 목이 잠겼다. 타원형 아치 문을 밀고 들어서면 언제나 드보르자크나 스메타나가 흘렀다. 그날 문을 열자 평양의 혁명 가요가 흘러나왔다.

비겁한 자야, 갈 테면 가라.
우리는 붉은 깃발을 지키리라.

비겁한 자, 인간이 들을 수 있는 가장 무서운 말. 그날 현엽은 내게 프라하 일간지 한 장을 내밀었다. 남한 출신 피아니스트에 관한 기사가 실려 있었다. '안누항(安陋巷), 26세'라고 씌어 있었다. 국제 콩쿠르 수상 경력과 협연 경력이 간략하게 기록되어 있었다. 탁월한 경력이었다. 더구나 그녀는 이미 바르샤바와 드레스덴에서의 협연 경력도 있었다. 이라크 바그다드 주재 남한 총영사의 외동딸이라고 씌어 있었다. 이 남한 여자가 동구권 프라하 필의 신년 음악회 초청 연주자라는 사실은 이곳에서는 사실상 하나의 스캔들이었다. 평양 시민인 내게는 더욱 그랬다. 대체 어떻게 이 젊은 남한 여자가 적기 휘날리는 이 도시에, 우리가 고지에 붉은 기를 꽂은 동맹국인, 공산주의적 자부심으로 가득 찬 저 신성한 프라하 국립 예술원 드보르자크 홀에, 그것도 1985년 첫날 신년 음악회에 착륙할 수 있단 말인가. 그녀를 드보르자크 홀에 초대한 것은 리스트처럼 생긴 프라하 필의 지휘자였을까.

그녀가 이 금지된 땅에 착륙할 수 있었던 것은 그녀가 탁월한 동구권 국제 피아노 콩쿠르들의 수상자이며 동구 음악의 비범한 해석자라는 사실 때문이라고 했다. 한 남한 여자가 피아노 건반을 두드리는 힘으로 모스크바와 프라하의 금지된 벽을 두드려 열고 있었다. 남한은 대담해지고 있다. 겨우 스물여섯 살밖에 안 된 여자가 음악의 이름으로 감히 프라하의 신성한 드보르자크 홀에 서는 일이 가능해지고 있었다. 중요한 것은 그녀의 부친이 계급의 적인 남한 외교관이라는 사실이었다. 이라크 바그다드 총영사라면 남한이 중동에 기술자를 파견해 돈을 모으는 곳이다. 부친은 중동에서, 딸은 프라하에서 그들의 조국 남한을 위해 뛰고 있다. 더구나 그녀는 인터뷰에서 이렇게 말했다. 음악은 세계 공통의 잠언이며 태생적으로 국경과 담장과 분쟁을 모른다고. 또 이번 신년 음악회 협연은 몰다우 강의 모든 백조들에게 바친다고.

'몰다우 강의 모든 백조들에게.'

이 헌정의 말은 충격적이었다. 사계절 내내 복부 위에 배를 띄우게 하고 조국을 위해 돈을 만들어내는 어머니 같은 강, 몰다우. 그런데 그 남한 여자는 그 몰다우에서 유람선 대신 백조를 보고 있다.

몰다우의 갈매기는 짧은 몸통과 날개, 우아한 가슴에 호박빛 부리를 가졌다. 몰다우는 언제나 누런 황토색이다. 백조 두 마리가 물의 진동을 따라 흔들린다. 갈매기 한 마리가 저공으로 난다. 갈매기의 붉은 발에서 물방울이 떨어진다. 눈가에 검은 마스카라를 칠한 몰다우 갈매기들. 언젠가 현엽이 말했다.

"몰다우는 이념이 없어요. 몰다우는 공산주의도 자본주의도 아니에요."

몰다우 백조의 주홍빛 부리, 마스카라를 칠한 로마노프가의 왕녀 같은 눈, 큰 배가 지나가면서 물결을 몰아와도 백조는 균형을 잃지 않고 침착하게 그 배의 속도를 지켜본다. 혼자서 자신의 영지를 지키는 자부심 강한 새들. 저만치 백조의 속살에서 떨어져나온 아름다운 깃털 하나가 몰다우 물결 위에 시처럼 놓여 있다. 배가 지나가고 있는 저편 북쪽에서는 이미 수문이 열린다. 물결은 방자하게 놓여 있는 신고딕풍의 카를 대제 석조 대교 사자 동상 앞에 이르자 부서진다.

현빈과 나는 남한 피아니스트가 협연하는 그 신년 음악회에 가야 하는지 서로 묻지 않았다. 다만 현빈은 내게 프라하 주재 우리 대사관이 직원들에게 신년 음악회 금족령을 내렸다고 고지했다. 대사는 프라하 정부가 프라하 필의 지휘자에게 과도하게 사치한 권력을 주었다고 비난했다는 것이다. 그 지휘자가 감히 남한 여자를 프라하로, 그것도 한 해가 시작되는 신년 음악회 협연자로 초청한 일에 분개하고 있었다. 더구나 그는 그 일에 대해 체코 정부가 우리 공화국 대사관과 아무 의논도 없었던 일을 충격적으로 받아들였다. 왜 그 일을 막지 못했습니까. 현엽은 대사에게 항의했던 모양이다. 평양으로부터 혹독한 문책이 있었으리라. 평양은 요즘 극도로 예민해져 있었다. 남한은 점점 더 대담해지고 있다. 그들은 우리의 혈맹인 아시아와 아프리카 비동맹국들을 찾아가 교란시키고 있다. 그리고 급기야 세계 하계 올림픽까지 유치하기에 이르렀다. 아아, 이 소식은 불길하기 짝이 없다. 그리고 이제 돌연 한 젊은 피아니스트가 프라하의 신성한 음악 홀을 밟는 일까지 발생한다. 그것도 신년 첫날에. 평양의 초조감을 알 만했다.

나는 남한 여자가 무대에 선다고 해서 내 연례 행사였던 드보르자크 홀에서의 신년 음악회를 포기할 수는 없었다. 나는 그 히스테리가 싫었다. 그렇다. 망치, 곡괭이, 나팔, 리볼버로 이어가는 이 공산주의는 그래서 더 음악이 필요하다고 나는 생각했다. 나는 내가 왜 그 음악회에 갈 생각인지 설명하지 않았다. 프라하에까지 침입한 그 당찬 남한 여자를 관찰하고 싶었다. 이튿날 현엽은 나를 짧게 비난했다. 그는 대사관 신년회에 참가한다고 말했다. 현엽은 난파로 외출했고 나는 몰다우로 나갔다. 몰다우 강변에서 나는 그 남한 여자가 했던 그 헌정의 말을 생각했다.

"몰다우의 모든 백조들에게 바친다."

"몰다우가 노래하고 있어. 물의 출산이야."

몰다우로 가는 가을 건널목 신호등 아래서 현엽은 말했다. 그해 현엽은 가을과 겨울에 이르는 짧은 두 계절 동안 프라하에 체류하고 있었다. 수령의 혁명사를 편찬하는 일 때문이라고 했다. 어떻든 우리는 서로의 임무를 밝히는 일이 없었다. 물의 출산. 현엽의 말대로 몰다우가 모든 운하로 물을 토해내고 있었다. 영원히 늙지 않는 가임 여성, 그것이 현엽에게는 몰다우였다. 비가 오면 몰다우는 수량이 불고 위기에 찬 갈색이 된다. 몰다우에서는 아무리 너절한 배라도 '포세이돈' 같은 장엄한 이름을 달고 있다.

현엽은 열아홉 살 때 당이 주최하는 당 창건일 기념 백일장에 나가 최고상을 탔다. 이듬해 그는 당 기관지에서 공모하는 민족 극본을 써서 다시 당선되었다. 그는 또 평양에서 가장 아름다운 표준어를 쓰는 청년들 중 하나였다. 대학 졸업 후 그는 평양에서 얼마 떨어지지 않은 어느 협동농장에서 생산 소조의 노동자를 자청해 농부와 트랙터 운전사와 정비사들 사이에 뒤섞여 시를 썼다. 그 후 그는 권력 서열이 높은 상관의 연설 원고를 담당하기도 했다. 그때도 현엽의 모친 매원은 현엽의 내부에서 계속 춤을 추고 있었다. 그것도 웅장한 칼춤을. 그의 시는 칼이었다. 나는 현엽이 기질적으로 자유롭고 방탕할 것임을 알고 있었다. 내 추측대로 그는 한 번의 필화 사건과 한 번의 치정 사건으로 투옥됐다. 그에게 불길한 소식을 전한 사람은 소련 승용차 볼가를 타고 왔다. 현엽은 단번에 시인에서 정치범 수용소 화부로 전락했다. 사람들은 그의 생이 그곳에서 끝날 것이라고 생각했다. 한때 나는 그를 면회하는 것조차 금지되었다. 그러나 2년 뒤 부친 유정에 대한 수령의 호의로 현엽은 공화국 최대 국경일인 수령 탄신일에 전격 사면되어 혁명사를 편찬하는 부서의 필경사로 채용됐다. 그러나 그는 편안한 필경사 사무실 대신 협동농장에서 수령의 사업이 어떻게 진행되는지를 기록하는 기록자가 되겠다고 말함으로써 그의 충성을 입증했다. 물론 그의 생명을 구한 것은 죽은 유정이 아직도 수령의 가슴속에 노송처럼 드리우고 있는 지울 수 없는 광채 때문이었다. 수령은 현엽과 내가 유정의 아들들이라는 사실을 결코 잊지 않았다.

현엽는 태생적으로 자유주의자였다. 그의 외조부모는 양잠을 하던 사람들이었다. 그 딸 매원은 누에가 토해 놓은 비단옷을 입고 춤을 추었다. 말하자면 현엽은 혈통적으로 한 마리 누에였다. 입도 항문도 결국 비단밖에 토해낼 줄 모르는. 그의 시가 바로 그의 비단이었다. 그가 조부들의 누에처럼 시를 토해내는 동안 특수 군관 학교 사격 훈련장 과녁판을 향해 내 값비싼 육구경 독일제 리볼버 코르스가 탄환을 토해내고 있다는 사실을 그는 상상도 하지 못하고 있었다. 이후 나는 체코산 CZ75, 소련산 마카로우, 오스트리아산 글록 등을 사용했다. 그러나 내가 가장 사랑한 리볼버는 러시아 혁명가들의 총 마우저 C96이었다. 현엽의 소원은 언젠가 수령의 어록을 정리하는 것이었다. 그러나 그는 오랫동안 대남용 삐라에 들어찬 선동적이고 무참한 격문(檄文)들을 작성해야만 했다. 또 정치범 숙청 때는 처형자들의 긴 명단을 받아 적어야만 했다.

그 짧은 프라하 시절, 현엽은 언제나 약쑥으로 만든 푸른 독주 압생트를 마셨다. 80크로네짜리 압생트가 도착하면 우선 그 술의 푸른 빛이 눈으로 쏟아져 들어온다. 마시면 미친 듯 혀에 달라붙는 독향이 기습해 왔다. 현엽은 푸른 독이 달려드는 그 술로 두 계절 동안 시베리아 같던 그의 영혼을 덥혔다. 그와 헤어져 돌아서면 나는 으레 보헤미아 유리문에 비친 그 시적 손가락을 지닌 매원의 아들을 보는 것이었다. 두 계절 후 현빈은 평양으로 돌아갔다. 내가 그를 마지막으로 본 것은 수술 후 평양의 혁명 병원 복도에서였다. 나와 현엽의 거리, 비단과 총탄의 거리, 시와 총탄의 거리는 끔찍하도록 먼 것이었다. 그러나 현엽과 나 사이에는 언제나 신의와 신뢰로 출렁였다.

그해 프라하의 섣달 그믐날은 정오부터 비가 오더니 거리 몇 군데가 빗물로 폐쇄되었다는 일기예보가 있었다. 그러더니 오후부터 눈이 내렸다. 눈은 삽시간에 도시를 하얗게 뒤덮었다. 자전거를 끌고 가는 사람들의 바퀴는 눈이 묻어 백설탕을 바른 동그란 도넛처럼 보였다. 다시 밤새 눈이 왔다. 눈 말고는 아무 언어도 없었다. 교통 표지판의 지시문도 눈 속에서 고요히 무효가 되었으므로. 눈은 거대한 나무의 가지들뿐 아니라 기둥과 발등에도 눈의 비늘을 남겼다. 나무 발등에 내린 눈의 비늘 때문에 나무들은 마치 거대한 흰 발을 가진 신화 속의 독수리 같았다. 새벽이 되자 차의 전조등이 천천히 눈이 만든 순결한 지평선 위로 떠올랐다. 새해 그 도시의 첫 제설차였다. 알타 호텔에서 혁명 광장을 지나 음악당에 이르도록 늙은 제설차의 신음 소리가 들렸다. 그때까지 프라하의 모든 가로등은 눈을 업고 있었다. 몰다우 위에는 저기압이 만든 장엄한 적란운이 떠 있었다. 스메타나 광장을 지나 신년 음악회가 열릴 예술원 마지막 돌계단 위에 섰을 때 나는 눈 덮인 뱃전 부두에 모여 있는 백조들을 보았다.

안누항이 지휘자와 함께 드보르자크 홀 무대에 등장했을 때 나는 오른쪽 어깨를 대담하게 드러낸 그녀의 비취빛 롱드레스와 그녀의 26년 된 당당한 육체를 받치고 있는 굽 높은 황금빛 구두를 보았다. 허리까지 흘러내린 그녀의 긴 검은 머리는 광택으로 잘 통치되어 있는 데도 야생의 폭포 같았다. 금지된 땅, 금지된 무대에 선 그녀는 유감스럽지만 거절할 수 없는 압도적인 카리스마를 지니고 있었다. 그녀는 자신이 무엇으로 금지당할 여자가 아니라는, 이미 금지당할 수 있는 차원 너머에 그녀가 도착해 있음을 단번에 확인시켜주고 있었다. 짧은 서곡과 성악곡들이 연주된 후 지휘자와 함께 등장한 그녀는 정중하고 당당하게 인사한 후 뵈젠도르프 앞으로 걸어갔다. 뵈젠도르프 앞에 앉기 전 그녀는 의자를 약간 밀었고 무대에 등장한 후에 물처럼 쏟아지는 객석의 박수 소리를 들었다. 지휘자가 그녀를 보았다. 오케스트라의 시작 음과 함께 피아노의 첫 음이 시작됐다. 라흐마니노프의「파가니니 주제에 의한 광시곡」이었다. 탐미적인 서주였다. 그녀는 압도적으로 찬란하고 날렵한 음들을 토해 놓았다. 그녀는 탁월하고 마법적인 연주로 그녀가 적의 진영으로부터 초청된 여자라는 시비를 단번에 멈춰버렸다. 그녀는 이미 남한 출신 피아니스트라는 차원을 넘어 세계 시민임을 분명하게 입증하고 있었다. 그런 연주자들에게 국적으로 시비를 거는 일은 절대적으로 무의미하다. 무대에서 퇴장하는 그녀의 뒷모습이 너무도 강렬하고 유혹적이어서 나는 하마터면 신음할 뻔했다.

누항

헬리콥터는 착륙에 문제가 있었다. 늙은 도시의 긴 은빛 낭하 같은 아르고 강 위 장중한 다리 폰트베끼오를 훌쩍 넘어 좌안으로 입장한 헬리콥터의 저공비행이 길어졌을 때 사람들은 알았다. 헬리콥터는 너무 컸고 강변 도로는 너무 좁았다. 헬리콥터가 저공비행을 할 때마다 강물은 진저리 쳤고 물의 주름 위에서는 수면이 파열하면서 물방울이 튀어 올랐다. 스승의 미망인은 아르고 강 위 다리 하나의 통행을 잠시 중단시킨 뒤 그곳에 헬리콥터의 착륙을 시도하겠다는 피렌체 시 공직자의 권유와 호의를 거절했다. 미망인은 남편이 결혼 후 50년을 살아온 폰트베끼오 좌안에 있는 그의 생가 계단 앞에서 남편의 1887년생 연주용 피아노 스타인웨이를 헬리콥터에 싣겠다는 분명한 계획을 가지고 있었다. 그러나 피렌체의 숲을 훌쩍 넘어 전쟁처럼 닥친 헬리콥터는 아르고 강 폰트베끼오 다리 위에 이르자 대번에 그 압도적 비례를 드러냈고 착륙에 문제가 있음을 증언하고 있었다. 그도 그럴 것이 스승이 50년을 건너온 다리는 그 늙은 강의 가장 잘록한 허리 부분을 겨우 두 개의 어깨로 받치고 있었다. 그래서 스승은 허벅지의 절반을 강 속에 담그고 있는 그 두 개의 버팀대를 '아틀라스들'이라고 복수형으로 불렀다. 어떻든 다리 하나의 통행을 금지시켜놓고 피아노를 싣기 위해 헬리콥터를 착륙시키는 것은 스승의 방식에 맞지 않았다. 스승은 20여 년 전 아르노 강이 범람했던 때 헬리콥터를 타고 피신의 길을 떠났던 그 피아노 얘기를 자주 했었다. 결국 마지막 저공비행을 시도한 헬리콥터는 다리 앞 대로에 몸통의 상체만을 걸치는 묘기에 가까운 반착륙을 시도했다. 그러고는 거대하고 견고한 받침대 위에 고정된 스타인웨이를 헬리콥터 몸체 중간에 달린 거대한 고리에 정확히 연결시켰다. 그러고는 다시 앞 창문을 활짝 열어젖히고는 미망인의 허리를 끌어안아 기내로 입장시켰다. 명예 승객 두 사람이 그녀의 뒤를 이어 같은 방법으로 입장했다. 사내가 내 허리를 납치하듯 끌어안았을 때 나는 이미 조종사가 헬리콥터의 상체를 들어 일으키며 고도를 높일 준비를 하는 긴장에 찬 진동을 느꼈다. 내가 입장하자마자 등 뒤에서 헬리콥터는 문이 닫혔고 거대한 세 줄기 회전날개가 순환하면서 만들어내는 푸른 그림자가 투명한 창을 통해 들어왔다. 저공비행한 헬리콥터의 복부에 새겨넣은 이름 '오라클'이 아르고 강 위로 명징하게 떠올랐다. 헬리콥터의 이름으로는 너무도 강렬한 '신탁'이라는 그 이름이.

애초 스승의 피아노는 화물로 취급되어 나무 상자에 넣어져 피렌체에서 아테네에 도착한 뒤 아테네에서 다시 헬리콥터에 실려 에게해로 운반되도록 계획되어 있었다. 피아노 한 대를 헬리콥터로 피렌체에서 에게 해까지 수송하는 데는 엄청난 비용이 들기 때문이었다. 더구나 그 227센티미터짜리 스타인웨이 한 대를 싣기 위해서는 적어도 4톤짜리 CH-53기종 정도는 필요하다는 것이 헬리콥터 회사의 말이었다. 군용기가 아닌 민간용일 경우 소화 작업용이나 수송용 대형 헬리콥터가 필요하다는 것이었다. 더구나 그 긴 구간을 운행하자면 적어도 다섯 번 이상의 주유가 필요하다고 했다. 기내에는 적어도 두 명의 조종사와 피아노 입고와 출고를 담당할 기사도 필요했다. 그러나 사람들은 미망인이 스승의 피아노를 화물이 아닌 생물로 생각한다는 사실을 알고 있었다. 결국 산불이 빈번한 그리스로부터 4톤짜리 어거스트 벨 412기종 헬리콥터와 노련한 조종사들이 날아온 것이다. 더구나 그 헬리콥터 조종사들은 이탈리아와 그리스 간의 지중해와에게 해 지역 지리에 밝았다. 급유를 위한 첫 기착지에서 조종사는 헬리콥터 바닥의 화물 탑재 문을 활짝 열고 견인 단추를 통해 스승의 피아노를 살뜰하게 기내 안으로 입장시켰다. 기내 안에 놓인 검은 스타인웨이는 가문비나무로 수공되어 검은 나무 기름으로 광택을 낸 거대하고 화려한 관처럼 보였다. 그러나 미망인은 그 피아노가 마치 검은 턱시도를 입은 남편 같다고 생각하는 것이었다.

5년 전 한 여객선 난파로 스승이 익사한 후에도 스승의 장례식 같은 것은 없었다. 실종은 사망과는 다른 것이고 스승의 이름이 실종자 명단에 실렸다 하더라도 실종과 익사는 다른 것이라고 미망인은 잘라 말했다. 그날 이후 그녀는 실종된 음악가의 아내였지 사망한 음악가의 아내는 아니었으므로 스승의 장례식 같은 것은 열리지 않았다. 그러나 그날 4톤짜리 어거스트 벨 412에 실려 스승의 피아노가 그가 익사한 지점으로 날아가는 그 극적인 순간 나는 미망인이 비로소 스승과 이런 방식으로 이별을 준비하고 있다는 사실을 알았다. 어떻든 기내에는 두 조종사와 기사, 미망인과 소수의 동행자가 검은 관 같은 스타인웨이를 가운데 두고 묵묵히 앉아 있었다. 아연빛 기내 바닥에는 화물과 장비들을 위해 설치된 여러 개의 주물 바퀴들이 철로처럼 두 줄로 누워 있었다. 금속과 아연판들로 이루어진 내피는 회전날개가 내는 소음에 따라 마치 발음기를 비비며 우는 숫매미처럼 우우 발진막을 떨며 경련했다. 기내에는 꼭 99년을 절창했던 스승의 1887년 생 스타인웨이가 안치되어 있었다. 급유 때마다 비행사는 항공 루트를 다시 확인했고 기상 예보를 접수했다. 그러고는 터빈 장치와 수압계를 확인한 후 이륙을 위해 페달을 밟았다. 격납고를 떠날 때 우리는 노란 들꽃 위에 앉아 음료를 마시는 점박이 호랑나비를 보았다. 조종사가 말했다.

"저놈은 한번 내려앉아 마시는 저 순간의 즙으로 급유 없이 단번에 4천 킬로미터를 날아갑니다."

마지막 급유는 아테네에서 이루어졌다. 조종사는 우리가 아테네에 도착해 있으며 급유 후 드디어 여행의 목적지이며 난파 지점인 에게해로 향한다고 짧게 보고해 주었다. 섬세한 조종사는 익사 지점이라고 말하지 않고 난파 지점이라고 했다. 그 보고는 그 난파 지점에서 미망인과 우리가 그 피아노와 이별하게 될 것이라는 암시였다.

헬리콥터가 이륙하기 전에 미망인은 피아노로 다가갔다. 그러고는 그녀의 검은 정장 위에 두르고 있던 길고 흰 비단 머플러를 벗어 피아노의 다리 끝에 가만히 묶었다. 그 흰 스카프는 스승이 오랫동안 연주복 위에 착용했던, 그의 상징이 되다시피 한 유품 중 하나였다. 우리는 다가가 스승의 피아노에 키스를 했고 안고 있던 꽃다발을 그 위에 얹었다. 그제서야 우리는 미망인을 포함한 모두가 검은 상복을 입고 있다는 것과 준비한 꽃들이 우연하게도 모두 백장미라는 것을 알았다. 그 백장미 한복판에 돌연 미망인이 들고 온 곰파꽃 한 묶음이 놓여 있었다. 그것은 스승의 정원에서 꺾어온 것이었다. 잘 다듬어지지 않은 스승의 정원 거목 아래에서는 꿈처럼 수많은 곰파꽃이 무더기로 자랐다. 헬리콥터가 이륙을 시작했을 때 기내는 일곱 시간이 넘는 비행으로 지독하게 건조해져 있었다. 에게 해에 도착하기 전 바라다보이는 육지 속의 끝없는 산맥들은 마치 거대한 우주 속에 놓인 장대한 어금니들처럼 보였다.

에게 해가 가까워오자 두 조종사는 긴장하는 듯했다. 부조종사가 나침반 위치에 대해 반복해서 보고하는 소리가 송가의 후렴처럼 들려왔다. 이윽고 피아노 곁에 대기 중이던 기사가 몸을 일으켰고 피아노를 고정시키고 있던 줄들을 다시 한 번 확인했다. 로도스 섬을 통과한다는 부조종사의 짧은 보고가 있었다. 어느 순간인가 헬리콥터는 문득 고도를 낮추기 시작했다. 순간적 감속 때문에 격한 현기증이 왔다. 그때 북위 38도라고 외치는 부조종사의 목소리를 우리는 들었다. 그러자 헬리콥터는 더 항진하지 않고 수직으로 내려앉으며 고도를 낮추기 시작했다. 서경 24도라고 말하는 부조종사의 말이 떨어지자 피아노 곁에 서 있던 기사는 피아노를 받치고 있는 고정판을 다시 한 번 확인했다. 그러고는 세심하게도 피아노 음향판 다리 아래 묶인 길고 흰 비단 목도리를 다시 한 번 아름답게 펼쳐놓았다. 다시 한 번 서경 24도라고 외치는 부조종사의 말이 끝나자 그는 기내 벽에 붙어 있는 커다란 붉은 버튼을 힘차게 눌렀다. 그러자 완만한 속도로 기내의 화물 탑재문이 열렸다. 다음 순간 피아노를 실은 단정한 받침대가 천천히 에게 해를 향해 하강하기 시작했다. 천천히 파열되어가는 틈에서 불어 들어오는 바람이 최초로 피아노 발목에 걸린 흰 비단 머플러 자락을 날리기 시작했다. 헬리콥터로서 가능한 최저 저공 지점에 닿자 아주 낮게 날았고 피아노를 실은 나무 판은 천천히 하강하면서 곧 종착역인 물에 닿았다. 나무 판을 걸었던 밧줄은 팽팽해졌다. 순간 기사는 팽팽해진 밧줄 고리를 돌연 해체시켜버렸다. 마치 탯줄을 끊듯. 그렇게 피아노는 헬리콥터로부터 완전히 분리되었다. 밧줄이 탯줄처럼 피아노로부터 분리되어 버리는 순간 헬리콥터는 저공을 유지한 채 오른쪽으로 수평이동했다. 그러고는 우리가 받침판 위에서 천천히 물속으로 하강하고 있는 피아노를 볼 수 있도록 저공으로 피아노 주위를 한 바퀴 돌았다. 순간 나는 헬리콥터의 저공비행 속도와 피아노의 침몰 속도가 기막히게 똑같다는 생각을 했다.

그때 문득 미망인이 몸을 일으켰다. 그때 나는 그녀의 슬픔과 몸무게가 산호 장미 장식이 달린 검은 지팡이 위에 모두 실려 있는 것을 보았다. 다음 순간 그녀는 자신의 목으로부터 목걸이를 끌렀다. 우리는 맨 처음에는 그것이 그녀의 목걸이인 줄 알았다. 나중에야 우리는 그것이 흰 리본에 묶여 그녀 목덜미와 유방 깊숙이 걸려 있던 피아노 열쇠인 것을 알았다. 그녀는 그 금열쇠를 순결한 긴 비단 끈과 함께 에게 해에 잠수해 들어가기 시작한 피아노를 향해 던졌다. 그것은 피아노가 빠져나간 바로 그 화물 탑재구를 통해 곡선을 그리며 하강했다. 그때까지 그녀는 잠시 화산처럼 치밀어오르는 모든 추억을 산호 장미가 박힌 검은 지팡이 위에 실은 채 서 있었다. 물결이 흰 비단 끈을 삽시간에 휘감았다. 극도로 천천히 돌기 시작한 헬리콥터의 회전날개는 점점 빨라지더니 속도가 만든 회색 연못 같은 원형 늪 속으로 사라져버렸다. 그제서야 헬리콥터는 속도가 삼켜버린 회전날개 아래서 부르르 몸을 떨며 이륙하는 것이었다.

피아노는 물에 잠기기 전 다시 한 번 발목의 흰 머플러 자락을 물결 위에서 잠깐 날렸다. 그러고는 마치 관이 잠기듯 그렇게 천천히 수장되어갔다. 미망인의 곰파꽃 화환은 물속에서 미끄러지면서 피아노와 분리되어 에게 해 수면을 따라 흘러가기 시작했다. 그것은 마치 장식음이 많은 연습곡의 음표들처럼 보였다. 그리고 피아노의 잠수가 시작됐다. 피아노는 완전히 수장되기 전 마지막으로 그 위를 날고 있는 헬리콥터 복부에 쓰인 신탁이라는 글자를 다시 한 번 비췄다. 그 피아노 수령 99년째의 일이었다. 이미 바다 근처에는 취재진을 실은 배 한 척이 천천히 항해하고 있었다. 그 배가 움직이면서 내는 물줄기로 된 긴 면사포가 보였다. 결국 곰파꽃의 표류를 끝으로 헬리콥터는 그의 마지막 회전 비행을 마치고 다시 아테네를 향해 날았다. 에게 해 위에서 헬리콥터의 회전날개 소리는 천천히 흐르는 레퀴엠 같았다. 결국 피렌체 폰트베끼오 다리 부근에서 시작된 피아노의 긴 여행은 에게 해에서 그렇게 끝이 나고 있었다. 그날 동행자들은 아테네에서 미망인과 작별했다. 나는 그날 밤 비행기를 타고 뉴욕으로 돌아왔다.

이튿날 나는 조간신문에서 산뜻한 붉은빛의 그 어거스트 벨 412 헬리콥터와 그 복부에서 탯줄이 잘리며 에게 해에 잠기기 시작하는 스승의 99년 된 스타인웨이의 사진을 보았다. 기사에는 피아노의 수장지점이 스승이 5년 전 익사했던 바로 여객선 사고 지점인 북위 38도 38분, 서경 24도 36분이라고 씌어 있었다. 우리는 몰랐지만 신문에서 피아노 위에 투영된 헬리콥터는 그 따스한 복부에 호박이 되기 전 어린 보석인 밀홧빛 불을 켜고 있었다.

스승은 그날 에게 해 심연에서 그의 1887년생 스타인웨이와 흰 비단 끝에 묶인 그 황금 열쇠를 수납했을까. 스승의 바다에는 거꾸로 잠긴 채 아직도 등을 밝히고 있는 무너진 등대도 있으리라. 난파된 배들이 남긴 거대한 돛자락과 산호 같은 붉은 물고기들이 바다라는 이름의 거대한 물병 속을 항해하며 만들어내는 음악의 기적을 그는 듣고 있으리라. 그날 헬리콥터가 아테네를 향해 기수를 돌렸을 때 바다 위에 거대한 핑크빛 칼처럼 걸려 있던 에게 해 석양을 나는 죽어도 잊지 못하리라.

스승은 운명이라 했던가. 그 스승이 내게는 그랬다. 뉴욕 음악원 시절 어느 여름방학이 시작되던 날, 지도 교수는 내게 쪽지 한 장을 건넸다. 그것은 봉투에도 채 담기지 못한, 간신히 두 번 접은 종이였다. 그 크림색 종이는 가슴에 비명 같은 짤막한 주소 하나를 끌어안고 있었다. 마지막에는 '피렌체, 이탈리아'라고 씌어 있었다. 교수가 말했다.

"누항, 이 주소가 네 여름 과제다. 이탈리아로 가거라. 거기서 그 스승을 만나라. 그는 음악의 미켈란젤로야. 그의 독설을 견뎌내라. 그는 사람을 미치게 되는 경계까지 몰아붙이면서 사고하게 하지."

그것이 그 여름 내가 피렌체에 간 이유였다.

피렌체로 떠나던 날, 나는 공항 출국장에 켜놓은 대형 텔레비전으로 시칠리아 섬의 표고 3천 미터짜리 에트나 산정이 다시 용암을 토해 놓기 시작했다는 보도를 보았다. 화면 가득 눈부신 붉은 용암을 토해내는 에트나가 보였다. 피렌체 공항에 도착하여 택시 구역으로 가는 길에도 입국장 판매대에 꽂혀 있는 일간지들은 그 화산 기사를 싣고 있었다. 그 붉은 용암, 나는 그것이 그 젊은 산이 쏟아내는 지구의 월경이라고 생각했다.

호수로부터 일격에 솟아오르는 새 떼, 우윳빛 알들을 임신한 옥수수들, 합환수가 가득 피어 있는 토스카나의 여름 정원들, 주차장 앞에서 벌금 딱지를 끊는 여자들, 그것이 차양을 반쯤 내리고 반수에 잠겨 있는 피렌체의 첫 얼굴이었다. 메디치가의 자부심에 찬 영광과는 달리 목이 좋은 길가 카페에서 순익을 내기 위해 서랍이 열릴 때마다 최신식 계산기가 토해내는 끝없는 종소리들, 그리고 묵은 녹색 결로 느리게 흐르는 녹색 융단 같은 늙은 아르고 강을 나는 보았다.

스승은 아르노 강변 동쪽 높은 계단 곁에 걸려 있는, 넓은 정원에는 잡목이 정신없이 자란 늙은 집에 살고 있었다. 계단 위에는 소나무의 늙은 몸이 치솟아 있고 그 아래 아직도 해결 안 난 사랑을 토론하는 한 쌍의 젊은 남녀가 앉아 있었다. 목이 휘어지게 높은 그 계단 위에 그의 집이 놓여 있었다. 그 집은 세월이 귀찮다는 듯 강변을 등진 채 서 있었다. 고령의 거목들 아래로는 소금 같은 곰파꽃이 끝없이 피어 있었다. 거칠게 자란 야생풀 속에는 낡은 회색 자동차 한 대가 조난 중인 것처럼 처박혀 있었다. 그 곁에 방금 전 누군가 하차한 것이 분명한 광택 나는 오토바이 한 대가 서 있었다. 거기 알함브라라는 상표가 붙어 있었다.

스승은 손잡이에 붉은 산호 장미가 박힌 검은 지팡이를 짚고 있었다. 그는 고급 플란넬 바지 밖으로 무릎의 탄력대를 한 아주 마르고 아름다운 남자였다. 그는 내가 내민 편지를 아주 빨리 읽어 내려갔고 다시 한 번 말없이 내게 의미 있는 악수를 건넸을 뿐이었다. 그는 그 편지와 함께 나를 그리로 파견한 스승의 안부조차 묻지 않았다. 그는 말없이 내 앞에서 걸었고 나는 그를 따라 좁은 낭하를 지나 맨 마지막 방에 이르렀다. 그곳에 아주 커다란 방 하나가 수많은 창을 배경으로 내 앞에 돌연 모습을 드러냈다. 그 가운데 스타인웨이 한 대가 놓여 있었다. 그리고 맨 마지막 창 아래 장식이라고는 없는 적막한 의자 하나가 빈 플랫폼의 잊혀진 여행 가방처럼 놓여 있었다. 그는 그 의자로 걸어가 앉았고 나는 피아노 앞으로 다가가 앉았다. 나는 그가 내 얘기를 듣기 전까지는 아무 말도 하고 싶어하지 않는다는 것을 알았다. 방, 창, 피아노, 의자 한 점. 지독하게 간략한 그 녁 점의 소품은 그가 그날 피렌체로 찾아간 어린 동양 음악도인 내게 보낸 네 음절의 인사 같았다. 나는 그날 그의 앞에서 베토벤과 슈만, 리스트와 라흐마니노프를 연주했다. 첫 곡인 베토벤의 「피아노 소나타 가장조」가 끝날 즈음 나는 어떤 가구들의 점령도 허락하지 않은 그 방이 주는 깊은 비어 있음에 빠져들었다. 절대적으로 비어 있는 그 방에 내 손가락 아래서 탄생한 음들이 쌓여갔다. 마지막 곡이 끝나자 그가 의자에서 일어선 채 말했다.

"조심스럽게 의자에서 일어나거라. 그런 다음 움직이지 말고 그곳에 선 채 탈곡기였던 피아노로 네가 탈곡해낸 음들이 네 주변과 이 방 가득 쌓여 있는 것을 온 시력을 다해 둘러보거라. 네가 그 피아노로 탈곡해낸 음들이 번쩍이는 곡식처럼 이 방 가득 쌓여 있는 것을. 자, 보아라. 저 눈부신 샴페인빛 소리의 알곡들을."

한참 후 나는 그가 내게 보내는 짧고 또렷한 박수 소리를 들었다.

"아름다운 연습실이군요."

그제서야 내가 말했다.

"아름다운 투우장이지."

아름다운 이탈리아식 영어로 그가 대답했다.

"너도 소리도 피를 흘릴 때까지 싸워보는 거야. 피아노 건축사가 피아노를 짓기 시작하면 길들여지지 않은 채 이 우주의 어떤 동굴, 어떤 심연 속에 감금되어 있던 야생의 음, 그 소리의 정령 같은 것들이 용케도 알고 그곳을 찾아오지. 그러고는 그 정령들은 건반 속에 들어가 그곳에 자리를 잡는 거야. 그 음들은 무서운 야생이야. 길들지 않은 원시, 함성 자체야. 그놈은 투명이고 추상이야. 그렇게 피아노 건반 속에 팔짱을 끼고 앉아 네가 그들을 어떻게 다루는지 바라보고 있다고. 소리를 붙잡아. 그 야수의 불순한 소리, 그 불순한 편도선을 도려내."

그 오후에 스승은 나를 그의 낡은 차에 싣고는 이웃 도시 피사로 갔다. 피사는 불쾌한 얼굴로 나를 맞았다. 우윳빛 대리석 사탑은 추한 철근 바리케이드로 그 우아한 몸체를 훼손당하고 있었다. 스승은 사탑 후원 부속 묘지의 늙은 대리석 회랑에 나를 세웠다.

"이 회랑을 채우고 있는 세월, 저 후원의 외로운 장미, 이 벽화에서 나오는 소리를 들어봐. 이 침식, 이 신음, 지금도 저 성자들의 무덤 속을 연거푸 기어들고 있는 뱀들의 율동, 이 추상의 시간의 바다를 대리석 물결로 저어가봐. 시간도 대리석도 사실은 고체가 아닌 액화된 그 무엇이야. 교황, 사자, 천사, 하프, 십자가, 봉인된 예언들, 그런 것들이 그 액화된 시간 속을 먼지처럼 중력 없이 자유롭게 부유하는 것을 청력을 다해 네 존재 안으로 수납해 넣어라. 천 년 된 이 석관에 부화된 지 겨우 3주밖에 안 된 비둘기가 입을 맞추는 이 시간의 관용을 추상해 봐."

스승은 가고 나는 남았다. 돌아서 멀어지는 그의 지팡이가 대리석 위에서 소리를 내면서 나와 그 사이에 벌어지고 있는 거리의 간격을 밀고해 주고 있었다. 석양 무렵 내가 회랑을 지나 출구로 나갔을 때 내 입장권을 찢어주던 검표원 남자는 졸고 있었다. 사탑을 나와 거리에 섰을 때는 석양과 밤의 경계였다. 마주 오는 차의 전조등이 밤 속에서 목화 송이처럼 보였다.

피렌체 스승이 말하는 그 정량의 음, 그것이 모든 연주자가 일생 목숨을 걸어야 하는 골히스 정원에 걸린 금모양피(金毛羊皮)였다. 스승의 말은 옳다. 피아노라는 이름의 이 검은 스핑크스는 언어로 질문하지 않고 건반으로 벌린 입을 드러내고 음(音)으로 묻는다. 사탑을 빠져나와 나는 스승에게로 가지 않고 근처 바다로 갔다. 그날 밤 나는 오직 어둠만이 바다와 해변을 정복해 버릴 때까지, 마치 한낮이 두고 간 분실물처럼 그 해변에 앉아 있었다. 그리고 어둠도 결국 소리 속에 정복당하고 오직 파도 소리만이 그 우우 하는 소리를 밤이 깊도록 연습하는 그 추상적 고열을 침묵 속에서 주목했다. 이윽고 온 세상에 오직 소리만이 남았다. 바다가 대지의 뿌리까지 어루만지는 그 소리, 나는 그 소리가 내 존재와 오감의 세포 속에 들어와 그 음을 새겨넣을 때까지 내버려두었다.

마치 사라진 태양으로부터 그 빛을 빨아들이기라도 한 듯 사금처럼 따스한 황금 달이 떴다. 눈을 뜨자 달은 더 빼어난 황금빛이 되고 하늘은 더 푸른 남빛을 뿜내고 있었다. 첫 별 없는 하늘은 다시 장렬한 사파이어빛으로 변했고 달은 금발의 여자처럼 그 안에 떠 있었다.

나는 그날 처음으로 바다는 소리의 근원이며 수많은 작곡가들이 그 근원인 소리 속에서 비단을 다루듯 소리의 포목을 잘라 악보 속에 재단해 넣었을지도 모른다고 생각했다. 저 거대한 지중해 한가운데 검은 스타인웨이를 띄우고 그곳에 앉아 미친 듯 라흐마니노프를 치고 싶었다. 파도는 수년간 소리와 싸워왔고, 정복해 왔고 그리고 이제 소리와 정분을 나누고 있었다. 눈을 감고 들으니 파도 속에서 태풍의 소리가 났다. 파도의 정체란 기체인 태풍이 액화된 것일까. 첫 별이 연적(戀敵)처럼 달 맞은편으로 돌아올랐다. 밤이 깊어지자 파도는 자신의 야성에 몸을 맡긴 채 기꺼이 거칠어졌다. 파도의 거품은 잘 세공된 망사 천 같아서 물결치며 몰려와 거품으로 된 관능적인 여자의 속치마 같은 망사 자락을 거침없이 해변의 살색 넓적다리에 내

던지며 부서졌다. 아니, 그것은 눕혀놓은 수천 송이 백합처럼 거침없이 밀려와 해변의 넓적다리를 차고 부서지며 소리를 토해냈다. 아니, 파도는 마치 그 끝자락에 수천 개의 탬버린을 매달아놓은 것처럼 소리를 토해냈다.

동쪽 항구에 켜진 가로등을 보자 나는 다시 현실로 되돌아왔다. 나는 몸을 일으켜 천천히 항구를 향해 걸었다. 항구에는 야시장이 열리고 있었다. 밤이면 공연을 하듯 시장은 그렇게 힘껏 휘장을 추켜올렸다. 사람들은 마치 음악회나 오페라에 가듯 성장을 하고 나와 짧은 밤 시간을 먹고 즐겼다. 각혈하듯 열병처럼 그렇게 서너 시간가량 축제를 즐겼다. 그 한가운데서 악사들은 하프나 아코디언을 켰다. 자정이 넘자 시장은 돌연 그 긴 병풍을 접어버렸다. 빈 식탁에는 수정 잔들과 냅킨, 그리고 사람들이 정열을 다해 먹어버린 새우와 바닷가재들의 붉은 외투가 초현실적으로 놓여 있었다. 장이 파한 외로운 광장에서는 태엽이 감긴 채 혼자 걸어가고 있는 목각 인형을 볼 수 있었다. 돌아보니 저만치 정결한 모래사장에서는 의미 없는 깃발들이 바람의 속도를 밀고하며 흔들렸다. 물론 여름이 지나면 그 해변의 모래들은 더 이상 정결하게 관리되지 않았다. 스승에게 그 잊지 못할 여름 수업을 받고 맨해튼으로 돌아온 후 나는 음악원 선배인 젊은 유대인 지휘자 파스칼에게 한 통의 편지를 썼다.

스승은 마치 건반에서 음을 채굴하는 사람 같았어. 그는 마치 음의 영혼에 시동을 거는 사람처럼 동경(銅鏡) 같은 피아노 앞에 고요히 앉았지. 다음 순간 그의 손은 마치 허공에서 깃발처럼 하강하더니 그 탄력으로 건반에 내려앉는 것이었어. 마치 마술사가 모자에서 비둘기를 탄생시킬 때 허공에서 한 줌의 공기를 손 안으로 낚아들이듯. 그의 손은 마치 열 개의 가지를 가진 뿌리 같았어. 건반이라는 줄기에 닿자마자 그 안에 수액을 쏟아 붓는. 그리하여 종말에는 그 거대한 그랜드 피아노의 몸체는 기화되어 사라지고 허공에는 오직 그의 상체와 그 긴 건반만이 허공에 뜬 채 푸른 공간을 배경으로 은하수처럼 떠 있었어. 그의 두 손은 선반 위에서 만나고 헤어지고 다시 얽혀들면서 음들을 세공해 갔어. 그의 발은 어둠 속에서 아예 보이지조차 않았지. 건반은 음의 비밀을 알아버린 그의 두 손이 닿자 소리의 궁전을 열어젖혔어. 그러자 음들은 더 이상 건반 속에 살지 않고 달려나와 그의 손과 뒤엉켜 혼례를 치르더군. 결국 그의 손이 음들을 그렇게 건반 속에서 해방시키면서 소리의 성스러운 처녀성을 드러나게 했어. 악보라는 추상의 탑 속에 감금되어 있던 음들이 그의 손에 닿자 추상과 가상이라는 그 감금의 저주에서 풀려나 계량할 수는 없지만 정량을 지닌 음, 바로 그 생명이 되어 태어나더군. 그러니 그 남자에게 연주는 곧 해산이더군. 음이란 그의 손에 의해 바로 그 시간, 그 장소에서 태어나야만 하는 옥동자들이더군. 그는 피아노를 연주하는 것이 아니라 음의 아이들을 낳고 있더군. 나는 그가 왜 피아니시모를 자신의 손을 허공으로 들어 올려 손가락으로부터 모든 폭력과 악력을 뺀 뒤 진공이 된 손, 무화된 손으로 건반을 내리누르는지 알지 못했어. 그것도 부족해서 그는 두 눈을 감고 그가 누른 건반에서 피어오르는 그 극도로 섬세한 피아니시모를 다시 두 손을 펼쳐 건반 위에서 덮었어. 연주가 끝나자 그는 허공에서 자신의 손을 고요히 맞잡았는데 그 곡선은 마치 백조 같았어. 아아, 그것은 진실로 음의 통치가 아니라 음의 제사였어. 그의 손이, 그의 온 존재가 진실로 음에 봉사하더군. 음들은 그의 손에서 깨어나 더 이상 그 음이 아닐 수 없는, 바로 그 음일 수밖에 없는 소리를 내었고 최초로 자신들을 올바로 애무해 준 그에게 화답하기 위해 신성하고 순결한 음으로 화답하더군. 연주가 끝났을 때 그의 두 손만이 피아노 위에 있었지. 그의 얼굴은 거의 의자 가까이까지 숙여진 채 그 건반, 그 소리의 장으로부터 피신해 있었어. 맨 나중에 그는 건반에서도 손을 떼고 그곳에 남아 있는 침묵을 허공에서 다시 손으로 살며시 덮더니 허공에 손을 놓아둔 채, 침묵이 침묵 속에서 다시 그 자락을 접고 원시의 고요가 물처럼 밀려들어올 때까지 그렇게 멈춰 있었어.

　그에게 연주는 음의 신에게 드리는 제사더군. 나는 그날 그 순간, 음이란 대체 무엇인지 보아버렸고 음이라는 신과 그가 교환했던 그 엑스터시, 그 음의 정체를 엿본 죄로 정신적 발기부전에 걸려버렸지. 그의 손가락 아래서 정체를 드러내던 그 음은 바로 신이었어. 목격해서는 안 되는 불꽃, 무존재의 존재, 시내산에서 모세가 하나님을 알현할 때의 그 지독한 추상이 갑자기 현실이 되어버린 기적이 거기 있었어. 그것이 음의 에베레스트였지. 그의 음은 에베레스트에 올랐고, 순간 그의 건반은 그의 손 안에 놓인 그 산의 백년설이었어. 극약처럼 극도의 눈부심과 찬란함, 잔인함의 절정. 그래, 정확한 음은 너무 찬란해서 혹독하고 잔인해 보였지. 그 탐미적 경련을 나는 지금도 잊을 수 없어. 그의 손은 더 이상 손이기를 거부한 그 어떤 초월적 세계에 잠시 속해 있었던 거야. 그 충격 때문에 나는 이틀간 말을 더듬었어. 내 손도 더듬이가 됐지. 음의 비밀을 목격한 죄였지. 극약처럼 위험한 순간이었어. 스승은 피아노 위에서 두 손을 모았고 손은 마치 백조의 날개처럼 허공에서 고요히 접혔지. 기도 같은 침묵 위로 어둠이 내렸어. 아아, 정말이지 나는 그런 기막힌 추상적 정사를 본 적이 없어."

"난 지중해에 수장되고 싶어."
스승은 말했다.
"수억 년간 물들이 바람과 바위에 부딪히면서 정제해 저장해 둔

소리의 창고가 있는 그곳에 수장되고 싶어."

스승은 결국 그의 소원대로 어느 유람선을 타고 그리스로 여행하다가 에게 해에서 익사했다. 익사 직전 그는 선상에 있던 피아노를 연주했다고 생존자들은 말했다. 그가 선상에서 즉흥적으로 피아노를 연주하다니 드문 일이었다. 조난 이후 생존자들이 인화한 사진 속에서 그는 정말이지 백설 같은 흰 와이셔츠에 샴페인빛 린넨 재킷을 입고 하얀 쉼멜 그랜드 피아노 앞에 앉아 있었다. 왜 그랬을까. 그 사진을 봤을 때 나는 그 백설빛 정장이 그가 의도적으로 장만해 입은 마지막 예복이자 연주복이며 동시에 그의 수의라는 사실을 알았다.

그의 연주가 다 끝나기도 전에 배는 그 바다의 산호가 많은 지역에 침몰했다. 이튿날 발표된 조난자 명단 맨 윗줄에 그의 이름이 안치되어 있었다. 조간지에 실린 엄숙하고 정중한 그의 사망 기사에도 불구하고 나는 그의 조난을 믿지 않았다. 나는 그가 피렌체에서 했던 말, "난 지중해에 수장되고 싶어."를 기억해냈다.

그 유람선이 아름다운 부채산호가 많은 에게 해의 어느 지역을 막 지나고 있을 때, 그는 문득 연주하던 피아노에서 일어났고 그의 손 아래서 스스로 액화되어 흰 머플러처럼 되어버린 쉼멜 피아노를 이끌고 바다 속으로 함께 잠수해 들어간 것은 아닐까. 소리의 근원으로 입장하기 위해 스스로 에게 해 밑으로 걸어 들어간 것은 아니었을까. 구조대원들은 적어도 40여 구의 사망자 시신을 발굴해낼 수 있었지만 그와 그의 피아노는 자취도 없이 사라졌다고 신문 기사들은 전하고 있었다. 나는 알고 있었다. 그가 그토록 바다 밑에, 그것도 기꺼이 지중해 바닥 아래 있고 싶어했던 것을. 그는 지금도 눈부신 린넨 정장을 입고 붉은 부채산호가 우거진 에게 해에서 아름다운 두 귀를 기울인 채 그 심해에 살아 있는 소리의 근원을 경청하고 있는 것은 아닐까. 전설의 어부 왕처럼 바다 밑에서 소리를 거둬들이고 그 소리를 번영하게 하는 것은 아닐까.

그 후 스승의 미망인은 내게 잊을 수 없는 편지 한 통을 보내왔다.

누항! 제 남편은 그 배를 타려고 집을 떠나기 전 당신이 맨해튼에서 보낸 편지를 다시 읽었고 당신에게서 다른 전갈이 있었는지를 내게 물었습니다. 그가 여행을 떠난 뒤 보니 섬뜩할 정도로 깨끗하게 정리된 그의 오래된 서랍장 위에 당신이 보낸 편지가 봉투에 담겨 마치 흰 마닐라삼 손수건처럼 놓여 있었습니다. 누항, 다시 한 번 말씀드리지만 제 남편은 그 마지막 여행 전 그의 연습실을 완벽하게 정리했습니다. 저도 그가 여행을 떠난 후에야 그 사실을 알았습니다. 이 순간 그의 실종 앞에서 분명한 한 가지 사실은 그의 죽음이 조난 사고로 인한 우연한 희생이 아니었을 수도 있다는 사실입니다. 아세요? 그는 그날 손잡이에 붉은 산호 장식이 박힌 케인 지팡이를 자신이 연주하던 피아노 옆 선창에 기대 놓고 피아노와 함께 수장되었다는 겁니다. 그 소중한 피아노도 수장되는 판에 그 하찮은 지팡이가 어떻게 그 조난을 피하고 그 주인의 집에 도착해 지금 내 손 안에 있을 수 있는지 설명하기 어렵습니다. 그러나 이 조난과 그의 실종 사이에 깃들어 있는 이 절절한 비의(秘儀)를 나는 손대지 않고 그렇게 추억 속에서 흔들리게 놓아둡니다. 한 인간이 그토록 밀의에 차서 이 세상에서 퇴장할 수 있다면 나는 기꺼이 관객으로 남아 그의 삶이 죽음을 건너뛰어 신화가 되는 것을 숨죽인 채 집중력을 다해 지켜볼 생각입니다. 나는 내 남편이 당신을 자신의 마지막 수제자로 아꼈음을 주저 없이 알리는 바입니다. 그의 연습실 서랍장 위에 정물처럼 의도적으로 놓여 있던 당신의 편지. 조난에서 살아남아 내게 도착한 산호 장식의 검은 지팡이가 내게 보낸 그의 유언이듯 그곳에 놓여 있던 당신의 편지, 그것이 그가 당신에게 보내는 의도된 별사임을 전합니다. 그런 식으로 그는 당신의 머리에 수제자의 월계관을 선사하고 있는 것입니다. 정진하십시오.

스승이 실종되고 난 후 나는 미망인으로부터 편지와 함께 그의 1887년산 스타인웨이를 물려받았다. 그 피아노는 정말이지 50년 동안 결혼 생활을 해온 그의 아내보다 더 소중한, 그의 일부나 다름없는 유품이었다. 스승이 그 피아노를 발견하여 자신의 것으로 삼았을 때 그 피아노는 이미 오십 세가 넘는 노부인이었다. 그래서 스승은 그 피아노를 늙은 사이렌이라고 불렀다. 스승이 죽고 그의 조율사가 그 피아노를 다시 검증하려 했을 때 조율사는 그 피아노가 갑자기 오래 부린 말처럼 여독에 지쳐 갑자기 목 쉰 소리로 부서진 뼈들을 호소하는 듯한 소리를 들었다. 조율사가 그것을 구조해냈다. 나는 그 피아노로 5년을 연주했다. 그리고 나는 스물여덟 살이 되었다. 어느 날 나는 그 피아노가 갑자기 늙은 말처럼 무릎을 꿇으며 더 이상 자신의 목소리를 내지 않는다는 것을 알았다. 겨우 하룻밤 새의 일이었다. 마치 노쇠한 흑마처럼 모빌크레인에 실려 맨해튼 15층 연습실에서부터 허공으로 내려지는 그 피아노를 보면서 나는 창가의 벽에 대고 울었다. 나는 왠지 그 피아노가 의도적으로 소리의 문을 닫은 채 다시는 절창하려 하지 않는 사이렌 같다고 여겨졌다.

　너무 오랫동안 사용해 온 그 피아노는 건반의 무게만 해도 수십 그램이나 줄었다고 조율사는 말했다. 격렬한 연습과 연주로 가벼워진 건반은 손가락 밑에 달라붙어 올라올 정도였다. 조율사는 자신이 그 피아노의 모든 해머를 하나하나 저울에 달 것이며 무게를 보충해 다시 호흡을 불어넣는 데 최선을 다할 것이라고 약속했다. 그러나 크레인에 실려 맨해튼 허공에서 천천히 내려지는 피아노를 보았을 때 나는 다시는 그것을 볼 수 없으리라는 것을 알았다. 저녁 노을이 집요하도록 그의 검은 옆모습을 비췄고 그것이 내 열 손가락에게 감히 스승의 광채를 만지게 했던 그 기적의 악기가 치르는 장례임을 나는 알았다. 그것이 그 피아노의 위엄과 여독에 찬 임종이었다. 에게 해에 수장된 내 스승처럼 그 피아노는 맨해튼 공중에 뜬 채 노을로 지은 장엄한 관 속에 그렇게 매장되고 있었다.

조율사는 모든 해머 하나하나의 무게를 달았고 그토록 섬세하게 피아노의 늙은 몸을 어루만졌음에도 불구하고 아흔아홉이 된 그 노부인은 자신의 품성으로 돌아오길 거절했다. 건반 압력은 돌연 완강해졌고 건반 무게는 20그램이나 늘어나 있었다. 현들도 고집스럽게 변해 있었다. 그 안에 다른 영혼이 들어차버린 것이다. 나는 결국 그렇게 피아노의 임종을 치렀다. 그 피아노는 주인의 고향인 피렌체로 옮겨졌다. 스승이 실종되고 5년 만의 귀향이었다.

나는 스승의 미망인이 그 스타인웨이를 아르노 강변 왼쪽 해안에 있는 음악 대학의 악기 박물관에 기증할 것이 틀림없다고 생각했다. 그 음악 대학은 스승이 일생 동안 제자들을 길러온 곳이었다. 그 박물관에는 이미 까라라산 흰 대리석으로 조각된 스승의 두 손이 전시되어 있었다. 그 두 손은 이제 그가 일생 사용해 음향판 위 타격 망치가 거덜 난 1887년생 스타인웨이 위에 놓여질 자격이 있었다. 그는 피아노가 거덜 날 정도로 자신의 삶을 다 소모한 남자였다. 이제 대리석으로 만든 스승의 두 손은 일생 연주했던 자신의 검은 스타인웨이 위에서 비로소 제자리를 찾게 될 것이라고 나는 생각했다. 사람들도 그의 양손 조각상이 있는 그 박물관이야말로 그의 피아노가 있어야 할 마지막 자리라고 생각했다.

그러나 미망인의 생각은 달랐다. 그녀는 남편의 피아노가 도달해야 할 마지막 자리가 어느 곳인지 정확히 알고 있었다. 그녀는 남편이 여행 중 수장된 크레타 섬과 로도스 섬 사이의 에게 해가 바로 그 피아노의 마지막 자리가 되어야 한다는 것을 본능적으로 알았다. 그리하여 그녀는 스승이 연주 때마다 걸쳤던 길고 흰 비단 머플러를 피아노의 황금 발목에 묶은 후 붉은 어거스트 벨 412 헬리콥터에 싣고 에게 해로 돌연한 여행을 떠났던 것이다. 그 피아노는 그렇게 해서 스승이 실종된 에게 해 바로 그 지점에 그렇게 수장된 것이다. 그렇게 스승은 에게 해 심연에서 자신이 연주할 그리운 피아노와 피아노의 황금 열쇠를 수납하고 있었다. 그 피아노가 그곳에 그렇게 수장되기까지의 5년간이 내 연주 경력의 절정이었다.

두 해 전 내가 체코슬로바키아 프라하 예술원 드보르자크 홀에서 있었던 프라하 필의 신년 음악회에 초대되었던 것은 파격적인 경사였다. 그해 신년 음악회에는 두 가지 파격이 있었다. 우선 공산국가 음악회에 남한 국적의 피아니스트인 내가 초대된 것이고, 또 하나는 미국에 거주하는 이스라엘 출신의 젊은 바이올리니스트가 초대된 것이었다. 드보르자크 홀 대변인은 그 이유에 대해 국적과 이념을 뛰어넘어 유능하고 젊은 동구 음악 해석자들을 초대했을 뿐이라고 짧게 논평했다. 우연일까. 나도 바이올리니스트도 차이코프스키와 쇼팽 같은 국제 콩쿠르의 과거 수상자들이었다. 차이코프스키와 쇼팽이란 이름이 우리 두 젊은 연주자들로 하여금 국경을 훌쩍 뛰어넘게 하는 결정적인 통행증이 되었다. 어떻든 이 짧은 음악 기사 덕분에 그해 세상은 무엇인가 새롭고 경쾌한 반란이 이념의 낡은 장막 아래서 기분 좋게 일어나고 있다는 청청한 느낌을 불어넣었다. 더욱 행복했던 것은 주최 측도 나도 라흐마니노프를 연주한다는 데 단번에 일치를 보았다는 것이다. 그것도 라흐마니노프의 비범한 작품 「파가니니 테마에 의한 광시곡」을 연주한다는. 나는 탐미적인 서주와 마침곡, 스물네 송이 꽃 같은 변주곡을 포옹하고 있는 이 곡의 찬란함, 날렵함, 단호함을 좋아했다. 무엇보다 파가니니의 남국적 신열이 라흐마니노프의 시베리아적인 한랭한 신음으로 변해 가면서 끼쳐오는 그 심미적 이식이 나는 떨리도록 좋았다. 특히 피아노의 비범한 음 위로 의도적으로 오버랩되어오는 오보에의 테마 음은 나로 하여금 이 곡의 치밀함에 경배하게 했다. 기자들이 내게 물었다. 당신은 프라하에 무엇을 가지고 갑니까. 내가 대답했다.

"라흐마니노프와 몰다우 강물빛 푸른 드레스입니다."

그 말은 사실이었다. 연주회를 위해 프라하 공항에 도착하던 날 나는 여행 가방 속에 몰다우빛 푸른 드레스를, 바이올리니스트는 1699년 산 명기 스트라디바리를 들고 있었다. 나는 내 연주복을 만드는, 맨해튼 서항 42가에 아틀리에가 있는 중년 여자에게 말했다.

"몰다우 강물빛 푸른 드레스예요."

나는 그녀가 자료 사진들을 모아 몰다우 강물빛을 조사했음을 단언할 수 있다. 물론 그 푸른 몰다우 강물빛 드레스와 함께 내가 프라하 연주 때 준비한 것은 무섭도록 위험하고 화려하며 과민한 곡인 라흐마니노프의 「파가니니 광시곡」에 대한 진보된 해석이었다. 절대적으로 액화되고 절대적으로 기화된 음들을 피아노 건반 속으로 끝없이 추락시키고 싶었다. 오케스트라와 끝없는 테마 곡을 주고받으면서 그 화답이 공기 속에서 상하지 않게 명징하게 보존되도록 하는 일, 그 섬뜩한 완벽성이 나를 긴장시키고 흥분시켰다. 특히 오케스트라를 멈추게 하고 진행되는 피아노의 카덴차 부분은 마법적이고 마취적인 음들로 가득 차 연주자인 내 오관을 전율시켰다. 그러고는 마침내 이 모든 엑스터시를 담아내는 장대한 코다 부분이 도래하게 되어 있었다. 라흐마니노프의 조국인 시베리아를 연상케 하는 장엄한 최후 변주와 그 시베리아 백년설 속에 내려앉은 어린 메추라기 발자국 같은 천재적인 최후의 두 음절이. 그 위로 천둥 같은 박수가 쏟아져 내렸을 때 나는 비로소 프라하가 나를 포옹하는 것을 알았다. 그날 지휘자는 앙코르 곡으로 오보에가 황홀한 제1테마를 연주하는 팔랴의 「불의 춤」을 선택했다. 이 정열에 찬 제의적 춤곡은 악마를 쫓는 예식이어서 신년 음악회라는 음악적 신년 예식에 기막히게 잘 어울렸다.

프라하를 떠나던 날, 나는 경호를 피해 새벽에 혼자 몰다우로 갔다. 새벽 강에 나가보면 안다. 갈매기들이 강 복판에 침실을 두고 있다는 것을. 그들은 강 복판에 모여 물 위에 수련처럼 떠오른 채 발을 담그고 새벽잠에 빠져 있었다. 그날 정오에 공항을 향해 떠나는 관용차 안에서 나는 보았다. 몰다우 갈매기들이 막 펼쳐놓은 생선 상자 위에서, 부두에 던져진 폐품 타이어들 위에서 먹이에 대한 기막힌 기대를 극단의 비브라토로 울어대며 부채 같은 날개를 경련시키고 있는 모습을.

그것이 그들에게는 날음이다.

체류

얼굴을 바닥에 묻고 잠에 빠져 있는 남자가 내팽개쳐둔 두 개의 목발 곁을 지나 프라하 중앙역에 도착했을 때는 이미 밤 열 시였다. 바르샤바에서 도착한 기차가 역 오른쪽 출구로 승객을 토해 놓고 있었다. 만삭의 여자가 싸구려 인조 가죽으로 만든 가방을 든 남자에 의지해 밤의 프라하로 들어서고 있었다. 바르샤바에서 막 도착한 수녀복 차림의 여자가 황금 시계를 가운데 두고 긴 날개를 늘어뜨린 채 비스듬히 누워 있는 시간의 여신 아래를 통과하고 있었다. 역은 자신의 이름을 검은 현판에 성스러운 흰 글씨로 적어넣었다.

'Praha hlavni nadrazi.'

나는 프라하 역 1번 플랫폼에 섰다. 열차는 그 플랫폼으로부터 사람들을 모스크바와 레닌그라드로 실어 날랐다. 직행 열차는 프라하역에서 수십 시간을 달려 체코와 슬로바키아와 우크라이나를 거쳐 레닌그라드에 도착한다. 특급 열차는 매달 초순에 3회나 5회 정도만 운행했다. 관대한 밤 아래서 길이 든 선로들은 반들거리며 광채를 발했다. 기차는 선로가 뿜어내는 그 광채 위에 거대한 검은 몸을 실은 채 그 광채와 교분을 나누며 사람들을 몰다우에서 네바 강까지 실어 나른다. 선로 사이에 떨어진 검은 기름 자국들을 보자 문득 가슴이 저려왔다. 그렇다. 열차들은 기진하도록 낡았다.

플랫폼을 덮은 저 거대한 반투명 유리들 때문에 하늘 빛은 알 수 없다. 유리돔이 끝나는 곳에는 지독하게 검소한 인민들의 도시 프라하가 열려 있다. 제1플랫폼으로 가는 길에 나는 잠시 발을 멈추고 오른쪽 벽에 보존된, 이차 대전 중에 죽은 사람들에 대한 애도의 조각상을 잠시 바라보았다. 장총을 든 남자, 월계수 잎을 든 여자. 장총을 든 남자는 다른 한 손으로 주먹을 불끈 쥐고 있다. 여자는 두 손으로 그 경건한 월계수 잎을 쥐고 있다.

나는 잠시 걸음의 속도를 늦췄다. 장총과 월계수. 세상은 도처에 그 무엇을 고지하고자 하는 상징물들로 가득 차 있었다. 장총과 월계수. 이 두 사물의 참을 수 없는 격차 속에서 누군가가 인민을 향해 뭔가를 고지하겠다며 덤벼들고 있는 것이다. 장총에서 월계수까지의 거리는 너무 멀다. 장총과 월계수 사이에는 적어도 어떤 사물 하나가 더 놓여 있어야만 한다. 화해도 밀월도 다 놓쳐버린 이 세기가 장총을 통해 다짜고짜 완성된 평화의 상징인 월계수에 이르겠다는 꿈은 너무 서툴고 벅차다. 장총이라는 현실에서 월계수라는 미래까지. 장총이라는 공포에서 월계수라는 미덕(德)까지. 그리고 바로 그 장총과 월계수 사이에 놓여 있는 지독스럽게 어두운 터널 속을 나는 리볼버를 들고 이념의 사병(私兵)이 되어 지령에 따라 끝없이 이동한다. 죽을 수는 있어도 질 수 없는 이 싸움. 죽어도 화해하지 않겠다는 두 진영 속에서 나와 같은 자들이 받게 되는 지령과 합법적 살해들.

이 장엄한 역을 건설했던 위대한 시기는 가고 지금의 역은 철판이 다 삭아버린 확성기 통, 젖은 창호지처럼 누런 고름빛이 도는 사무실 창, 그 창보다 더 낡은 구식 세면대와 낡은 제복 차림의 여사무원이 어우러지는 풍경 속에 도착해 있다. 낡은 제복의 여자는 등을 보인 채 서 있다. 오래된 스팀 덮개는 지독하게 녹슬었다. 대기실의 긴 청동 의자들과 우아한 곡선의 난간들까지 무참하게 자줏빛 페인트로 마구 칠해 버려야 할 정도로 프라하의 가난, 공산주의의 가난은 더 이상 감당할 수 없는 것이 되어간다. 인민들에게 빵을 줄 수 없는 이 혁명의 속수무책이 거기 있었다.

　밤공기 속으로 스며드는 하수구 냄새, 길고 헌칠한, 이 비범했던 유리창들에 악착같이 붙어 있는 먼지들, 금 간 유리창들 위에 모욕처럼 뿌려진 비둘기의 분뇨 자국들. 그러나 이 사소한 풍경들보다 더 불길한 흔적이 있다. 철판이 다 삭은 확성기통 너머, 화물을 기다리는 트럭 너머, 플랫폼 북쪽 끝에 대기 중인 고관들을 태우고 갈 고급 승용차 두 대가 그것이다. 그렇다, 이 역의 창백한 싸구려 형광등 아래서 오직 생기 있는 것은 바로 그 두 대의 소련제 고급 승용차 볼가뿐이다. 재산의 사유권을 폐지하고 모든 재산을 공동 소유로 만듦으로써 인간의 소유욕과 지배욕을 무효화하고 그렇게 해서 계급 없는 사회를 만들겠다는 공산주의의 고전적 꿈은 저 플랫폼 북쪽에 대기 중인 골리앗 같은 두 대의 고급 리무진 볼가에 살해당하고 있다. 저 두 대의 리무진이 주는 알리바이란 공산 혁명에도 불구하고 이 프라하에서 계급과 특권은 여전히 살해되지 않은 채 건재하며 소유욕과 지배욕을 인간으로부터 절제해내겠다는 시도는 슬프지만 변태라는 사실이다. 그 두 대의 리무진은 지금 어느 고관을 실어 나르기 위해 대기 중인 업무용 승용차인 동시에 어쩌면 공산주의의 종말이 천천히 다가오고 있다는 신탁을 고지하는 장의차일는지도 모르겠다.

사하로프가 석방되었다는 소식을 나는 프라하에 도착해서 들었다. 어느 해 백주대로에서 체포되어 고리키 시로 유배되었던 사하로프가 모스크바로 귀환하고 있는 것이다. 둡체크와 사하로프는 이상하게도 동유럽 인민들의 사랑을 받았다. 당의 짜증에도 불구하고 프라하에도 라이프치히에도 사하로프라는 이름의 카페가 있다. 그렇다. 골리앗 같은 저 두 대의 검은 리무진과 사하로프의 석방 사이에는 무엇인가가 있다. 불길한 예언적 그 무엇이.

그 볼가 승용차 앞에도 선로는 뻗어 있고 선로의 목침 위에서는 낡은 기차들이 남몰래 토해낸 각혈인 기름이 떨어져 천천히 건조되고 있다. 공산 혁명이 시작된 지 40여 년. 최강의 강철로 만들어진 기차는 그렇게 골병이 든 채 선로 위에 각혈과 혈변을 토해내고 있다. 그러니 면도날만 대도 파열해 버리는 연한 살갗 속에 자기 존재를 감추고 있는 인민들이 그 기차보다 더 골병이 들어 있을 것은 뻔한 일이다. 40여 년간의 출혈과 각혈로 인민들이 빈혈과 현기증을 앓고 있는 모습이 도처에서 목격된다. 플랫폼 끝, 반투명 유리돔 끝으로 열려 있는 저 도시를 내가 지독하게 검소한 도시라고 말한 것은 그 이유에서다. 이 말 속에는 고전적 공산주의의 자부심이 여전히 담겨 있다. 다시 한 번 말하지만 열차들은 기진하도록 낡았다. 이제 그 어느 것도 공산 혁명 후 40년간 집요하게 진행되어온 가난이라는 대재앙을 피해 갈 수 있는 것은 없어 보인다. 가난이 그 회색 먼지로 위대하고 품위에 찬 것들을 도처에서 항복시키고 있다. 개 한 마리가 목줄도 없이 플랫폼 한가운데를 초조하게 횡단하고 있다.

그래도 리무진과는 정반대편에 있는 선로 끝에는 기관차의 검은 머리통이 고독하게 선 채 다른 객실 열차와의 힘찬 결합을 기다리고 있다. 레닌그라드행 열차의 진입을 알리는 방송이 흘러나왔다. 여자는 마치 공산당 강령의 한 부분을 낭독하는 듯한 악센트로 기차의 도착을 예고했다. 마치 몰다우의 물결이 진군하는 듯한 소리를 내며 레닌그라드행 야간열차가 플랫폼으로 진군해 들어왔다. 나를 프라하 중앙역으로부터 레닌그라드로 실어 나를 그 기차에는 유명한 소년 합창단의 이름이 명명되어 있었다. 기차에 올라 기차표에 따로 붙어 있는 좌석 표를 찾아 객실을 가로질러 가면서도 나는 그 여행이 나를 대체 어디로 실어 나를 것인지 예감도 못하고 있었다. 떠날 때 열차는 자기의 쇠진한 동체에 의욕을 불어넣기 위해서였을까. 스스로 길고 예리한 출발의 휘파람을 불었다.

기차 속에서 나는 잠시 떠나온 도시 라이프치히가 던지는 그림자에 취해 있었다. 앞에서도 말했지만 나는 그 봄 라이프치히의 한 요양원에 머물고 있었다. 옛 갈탄광에 물을 부어 만든 인공 호수 옆 그 요양원에 머물면서 나는 한 동독인과 교유했다. 그는 요양원 옆 옛 거대한 갈탄광——사람들은 그것을 '삼손의 갱도'라고 불렀다——에 남겨진 작은 기념 건물의 관리자 옌스였다. 기념 건물이라고는 하지만 그것은 사실 백여 년 전 이 탄광 지대 광부들을 먹여 살렸던 거대한 부엌이었다. 갈탄광이 문을 닫고 갈탄 채취 후 뚫린 거대한 구멍들에 물을 끌어들여 인공 호수를 만들자 이 공동 식사장은 박물관이 되었던 것이다. 옌스가 관리자로 있는 이 작은 박물관에는 놀랍지만 광부들이 남기고 간 수백 마리의 카나리아가 살았다. 그들은 모두 눈이 부시도록 노란 깃털을 가진 '가는 몸 카나리아' 종이었다.

이백 년 전 남유럽으로부터 광부 한 무리가 아름다운 측백나무 새장 속에 담긴 첫 카나리아를 들고 이곳으로 왔다. 광부들은 깊은 갱도로 들어갈 때 선천적으로 산소 계량 능력을 가진 그 새를 들고 갔다. 갱 속에서 산소가 희박해지기 시작하면 카나리아는 온몸으로 산소의 잔량을 추정해 광부들에게 알렸다. 그러니 그 새는 광부들에게는 애인보다 더 성스러운 수호천사였다. 폐광이 되자 광부들은 이곳을 떠났고 카나리아는 이곳에 남았으며 채취 구멍들은 물을 넣어 인공 호수가 되었다. 시는 바로 이곳에 새 박물관을 만든 것이다. 수많은 아름다운 나무 새장, 고귀한 나무들로 수공된 꿈꾸는 성 같은 수백 개의 새장들과 그 속에 요정처럼 안치된 카나리아들이 거기 있었다. 이 박물관 덕분에 혈통이 보존된 순혈 카나리아들은 세계로 팔려 나갔다. 물론 수출되는 것은 모두 수컷 성조(成鳥)뿐이었다. 그 탁월한 감각, 공기의 균형을 천재적으로 알아내는 이 기적적인 새의 혈통은 오직 이 박물관에서만 번식된다는 것이 이 도시의 자부심이었다.

대대로 광부 집안 출신인 이 결벽한 프롤레타리아 옌스는 조기은퇴한 조각가였다. 그는 이 도시의 미술 대학에서 오랫동안 해부학을 강의해 왔다. 그가 광부의 길을 거부하고 몰래 응모한 미술 대학의 입학 허가서가 집에 도착했을 때 그의 부친은 그를 향해 다짜고짜 의자를 내던졌다. 그것이 왼쪽 이마의 살갗을 명료하게 찢었다. 옌스의 부친은 그가 대학에서 조각을 전공하는 것이 노동자 계급에 대한 배신이라고 생각했다. 조각가로서 그는 인체 해부학에 심취했는데 호숫가에 있는 그의 헛간에는 선별된 동물 뼈와 사람 해골들이 보관되어 있었다. 그는 특히 어느 공동묘지 이장 때 운 좋게 얻은 한 노부인의 작고 우아한 해골을 아꼈다. 조기 은퇴 후 그는 인공 호수 속에 들어찬 물이 광부들의 기침 소리와 각종 탄광 사고를 매장하고 있는 폐광 지대로 돌아왔다. 그의 부친과 함께 깊은 갱도까지 용감하게 입장했던 그 카나리아들을 돌보기 위해 돌아온 것이다. 그에게 그 새들은 탐미적인 황산빛 조류이기 이전에 선조를 지켜준, 온몸에 눈부신 노란 광배를 두르고 있는 수호 성녀였다. 그러니 그가 대학에서 조기 은퇴 하고 이 새 박물관의 관리자를 자청해 돌아온 것은 일종의 선조에 대한 참회였다. 물론 그는 여전히 기념 건물 뒤 길쭉한 헛간 속에 작업장을 차려놓고 주물들을 빚었다. 그는 살아오는 동안 레닌과 마르크스 동상을 세 번 만들었다. 그가 조각한 칼 마르크스 동상은 동물원 언덕 광장에도 세워져 있었다. 옌스는 또 이따금 지방 재판소 공판 배심에 위촉되어 배심원 평결을 위해 외출했다. 내가 그와 친하게 된 것은 산책 중 우연히 듣게 된 노래 때문이었다. 나는 요양원을 산책하던 중 어디선가 명료하게 들려오는 그리운 노래를 들었다. 그 소리의 근원은 나무 울타리 저편 헛간이었다. 브레히트의 「서푼짜리 오페라」였다.

아, 우리끼리 얘기지만
소박한 삶은 그게 좋다는 놈이나 살라지.
나는 이제 그런 삶은 딱 질색이니까.
(중략)
우선 처먹는 일이 중요하지.
도덕은 그 다음에 오는 거요.

나는 박물관 뒤 젊은 보리수에 기대서 그 노래를 들었다. 보리수 그늘 아래 삼림원들이 심어놓은 의붓어미꽃들이 피어 있었다. 「서푼짜리 오페라」. 그것은 촌철살인적인 혁명 가요이다. 청솔모 한 마리가 내 앞으로 오더니 길게 타원을 그리며 사라졌다. 나에게서 풍기는 내복약 냄새 때문이었으리라. 헛간에서 아름다운 잿빛 광도 속으로 수많은 선반들이 보였고 그 위로 흙으로 빚은 연습용 형체들과 해골들이 보였다. 거기 한 남자가 마치 난방용 화덕 같은 요(窯) 앞에 앉아 있었다. 그의 곁에 물감과 점토가 묻어 형체를 알아볼 수 없는 녹음기 한 대가 「서푼짜리 오페라」를 토해내고 있었다. 그것이 나와 옌스의 첫 만남이었다. 반년 동안 우리는 자주 만났다. 나는 임무를 위해 자주 동베를린을 오가야 했고 단 한 번 서베를린에 잠행하기도 했었다. 그는 나를 평양에서 동독으로 요양 온, 약간의 특별 대우를 받고 있는 동양 고급 관리 정도로 생각했다. 우리는 자주 만났지만 서로 열광지도 소원하지도 않은 기막힌 중도에 머물러 있었다. 그것이 안전주의자들인 독일인들에게는 황금의 안전거리였으리라. 그는 한 번도 내 직업을 묻지 않았다. 환자가 내 신분이었다. 식도 정맥류 수술 후 복용하는 요염한 다홍빛 물약 냄새가 내가 환자라는 좋은 알리바이가 되어주었다. 그 당시 내 신분은 말하자면 동양 환자였던 셈이다. 옌스의 낡은 녹음기가 다시 노래했다.

> 존은 전사하고
> 조지는 실종되어 꺼져버렸지.
> 아아, 그 와중에도 핏빛은 여전히 붉다네.

내가 옌스에게 물었다.
"당신들은 왜 이 근사한 오페라를 애국가로 사용하지 않는 거요?"

제야에 라이프치히 시 음악당 게반트하우스에서 베토벤의 마지막 심포니 「환희」를 들을 수 있다면 그것이 내게는 에덴이었다. 어느 해인가 나는 표를 구하지 못했는 데도 무조건 전차를 타고 음악당 앞으로 갔다. 매년 제야에 연주되는 교향곡 「환희」는 여름 휴가 무렵 단행되는 입장권 판매 당일에 완전히 매진되는 전통을 지니고 있었다. 그날 나는 운이 좋았다. 낡은 코트를 입은 한 중년 남자가 마침 표 한 장을 들고 입구에 서 있었던 것이다. 나는 그에게 동독 돈으로 7마르크를 지불했다. 나는 맨 꼭대기 3층, 거대한 파이프오르간 맞은편에 앉아 있었다. 오케스트라 앞에는 네 명의 독창자가, 파이프오르간 앞에는 합창단이 앉아 있었다.

쳌로와 콘트라베이스의 건강한 송진빛 등판이 불빛에 번쩍거렸다. 정면 뒤켠에 자리 잡은 관악기들은 은빛으로 빛났다. 지휘자의 연미복 칼라에 붙은 갸름한 벨벳과 에나멜 구두의 광채도 목격되었다. 현악기의 송진빛 활들은 환희를 만들어내기 위해 무대 중간을 날아다녔다. 아름다운 플루트 주자는 마치 오케스트라의 요정처럼 순은의 가로 피리를 불었다. 바이올린과 쳌로가 서로 휘감기며 어울렸고 그 위로 플루트과 바순이 기막히게 얹혔다. 일제히 악보를 넘길 때면 마치 음의 바람이 일어나 추상의 깃털을 날리는 듯했다. 다시금 제1테마가 가슴을 긋고 지나갔다. 음은 맑고 힘차고 잘 숙성된 데다 뽐내지 않고 정직하고 금욕적이어서 프롤레타리아적이었다. 나는 그 늙은 지휘자와 오케스트라가 관객을 위해서가 아니라 마치 자신들을 위해 연주하는 듯 아름답게 신이 들려 있는 모습을 보았다. 제3악장 아다지오부터는 아예 입을 다무는 것이 좋다. 음악을 아는 사람들에게 이 장은 음악의 신성이며 신전이다. 감상이나 비평이 금지된 치외법권의 장이다. 곧 선포된 주제가 음에 날개를 단 듯한 안단테와 대결한다. 그리고 갑자기 트럼펫의 나팔 소리가 더 장엄한 것이 올 것임을 예언하고 있다. 그 위로 사정없이 제4악장 프레스토가 기습한다. 쳌로와 베이스가 대결하듯 팽팽히 뒤섞인다. 이윽고 바리톤이 이 교향곡 최초의 세 행을 노래한다.

오오, 친구여, 이 소리가 아니다.
더 즐겁고 기쁜 노래를
부르지 않겠는가.

작곡가가 직접 써넣었다는 이 최초의 세 행이 나에게는 너무 아프다. 바리톤이 다시 독백한다. "오오, 친구여, 이 소리가 아니다!" 이 우주적 질문. 청력을 잃은 후에도 가장 깊은 속귀 반고리관 속에 음을 도량하는 사금 천칭 한 구와 음의 분말을 다는 마노 접시 하나를 가지고 있었음이 분명한 그 예언적인 작곡가. 자신이 그려낸 음표만 보고도 음의 전량을 정확히 마노 접시에 달아 음의 마지막 눈금까지 읽어낼 수 있었던 천재. 귀먹고 지친 고독한 인간이 만들어낸 그 완벽한 환희, 장엄한 교성, 기쁨의 함성. 지휘자는 마치 대지에 대고 음을 일으키는 사람처럼 허공을 애무했다. 아니, 그는 이따금 지휘를 멈추고 서서 음에게 경의를 보내는 듯 오케스트라에서 저절로 음이 일어나도록 내버려두었다. 나는 몇 번이고 전율했다. 그날 그 연주야말로 내게는 최상급의 환희였다. 그 이상의 환희는 필요 없었다. 내가 향수할 수 있는 정량의 「심포니 9번」. 그 결벽하고 순결한 환희. 언젠가 도래할 이상향에 대한 찬가. 나는 그 지휘자에게 경의를 표했고 그런 지휘자와 오케스트라를 가진 그 도시를 부러워했다.

그날 나는 처음으로 손에 지휘봉이나 현악기를 쥐고 살 수 있는 사람을 질투하고 있다. 현에 송진을 바른 후 악기로부터 음을 일으킬 수 있는 사람들, 양손에 도살의 냄새라고는 없는 그 채식적인 연주자들을 부러워하는 것 말이다. 나는 너무 늦었다. 나는 이 화약과 도살의 냄새가 나는 일에 너무 깊숙이 참여해 왔으며, 그것도 너무 능력 있고 완벽하게 일해 온 것이다. 그것이 정의인 줄 알고.

정말이지, 친구여, 이 소리가 아니다. 인민을 위해 유토피아로 가는 길을 닦는다는 혁명 전사인 나는 매일 깊은 내면에서 몰아치는 회의의 눈보라들과 싸운다. 친구여, 정말이지 내가 가는 이 진땀 나는 길이 유토피아에 이르는 길인지 나는 정말 모르겠다.

음악당을 나서자 한 해가 가고 새해가 다가오고 있었다.

그 귀국 명령 앞에서 내가 왜 「서푼짜리 오페라」와 베토벤의 「환희」를 추억했는지 모르겠다.

아스토리아 호텔 로비에 놓인 순은의 사모바르를 보았을 때 나는 비로소 성자 레닌의 도시 레닌그라드에 도착했음을 알았다. 그 은제 사모바르는 호텔 입구에 마치 지난 시대의 기념비처럼 서 있었다. 그것은 저 황홀한 광기 속에 몰락한 로마노프 왕조와 혁명군이었던 시민들 사이를 왕래하며 필연적으로 다시 기습할 혁명의 반동, 그 테르미도르를 남몰래 기다리며 레닌그라드의 최고 호텔 로비 한가운데 기념비처럼 서 있었다. 아름다운 담황빛 그랜드 피아노, 밀황색 하프가 그 곁에 서 있었고 그 위로 호사스러운 수정 등이 빛나고 있다. 혁명도 저 호사스러운 수정 등을 없애지는 못했다. 혁명 직전까지 사람들은 이곳에서 여대제처럼 눈부신 흰 수건으로 찻물이 묻은 입술들을 닦아냈다. 그 호텔 앞으로 무표정한 중년 여자가 운전하는 낡아빠진 밤 전차가 지나간다. 나는 혁명의 자부심으로 가득 찬 이 도시의 전차가 실은 얼마나 형편없이 늙어빠진 말인지를 알고 있었다. 전차는 정거할 때마다 뼈마디를 통해 날카로운 비명을 토해냈다. 출입문이 닫힐 때마다 그의 관절들은 비명을 질러댔다. 아아, 이 관찰은 무섭다. 저 광물질의 전차가 질러대는 진절머리 나는 신음과 비명에서 나는 광물적인 불길한 예언을 듣는다. 레닌그라드라는 도시 전체가 내게는 혁명이 적은 거대한 일기장이다. 이 도시 전체에서는 로마노프 왕가가 뿌린 피 냄새가 풍겨온다. 바로 이 도시에서 로마노프가는 막을 내리고 레닌 왕조가 개국을 선언했다. 이 도시에서 레닌은 현대판 성자다. 도처에 서 있는 그의 동상의 코트 자락들은 여전히 혁명이라는 바람에 흩날리고 있다. 황제 거실 벽난로의 시계가 아직도 혁명이 일어났던 시간에 멈춰 있는 도시, 그것이 레닌그라드다. 에르미타주에서 혁명의 시간을 고지하던 황궁의 황금 공작새는 그날 이후 이미 목이 쉬어버렸다.

1년 전 겨울에도 나는 이 도시에 잠시 체류했다. 공산주의는 그곳 화장실의 문고리와 페인트칠을 극단적으로 낡아빠지게 만들었다. 문짝의 페인트는 마치 살갗을 도려낸 듯 추하게 벗겨졌고 문짝은 나무 조각을 아끼느라 겨우 반쪽만 가렸다. 천장에서는 바람과 추위가 사정없이 쏟아져 들어왔다. 화장실에서 배설하는 일이 거대한 노동과 슬픔이 되게 하고 있었다. 함께 평등하게 산다는 일, 그 혁명의 꿈이 이렇게 다함께 지독하게 가난해져버리는 일이 될 수는 없는 일이다. 그렇다. 우리가 공산주의를 통해 유토피아에 도달할 수 있다면 바로 그 화장실과 함께 도달하게 될 것이라고 나는 생각했다. 왕조를 갈아치운 공산주의가 유토피아에 도달하는 날 가장 먼저 해야 할 일은 화장실을 고치는 일이 될 것이다. 또 혁명은 낡은 화장실의 파리 떼들과 함께 왔다. 레닌그라드 항공 회사 비행기에도 그 파리들이 살고 있었다.

당이 나를 레닌그라드와 북경을 경유해 평양으로 귀국하도록 한 것은 우연인가 의도적인가. 나는 네바 강변에서 생각했다. 네바 앞에 서면 황제 암살을 위해 페테르부르크의 비밀 실험실 속에서 수제 폭탄을 제조했던 젊은 혁명가와 폭탄 투척을 자청한 젊은 대학생들의 비밀 결사가 생각났다. 폭탄을 제조하고 투척의 임무를 분담하며 황제 암살을 모의하던 그들. 그러자 혁명가의 교리문답이 생각났다.

"혁명가는 오로지 혁명밖에 생각하지 않는다. 우리가 할 일은 오직 파괴뿐이다. 완전하고 전문적이고 무시무시하고 무자비한 파괴뿐이다. 혁명을 촉진하는 일체의 행위는 도덕적이며 혁명을 저해하는 일체의 행위는 비도덕적이다. 도끼만이 인민의 정의다."

혁명 박물관에서 나는 수십 년 전 이 도시 비밀 결사대의 혁명 강령인 그 교리문답을 읽었다. '도끼만이 인민의 정의다.' 나는 그 구절 속에서 폭파하듯이 풍겨오는 정의에 대한 목마름과 눈부신 배짱과 경탄을 본다.

'도끼만이 인민의 정의다.'

그렇다. 도끼는 혁명가의 꽃이며 동시에 독이다.

네바가 레닌그라드 공항에 들이부은 안개를 보았을 때 나는 비로소 이 귀국 명령이 내 생에 아주 중요한 사건이 될 것임을 예감했다. 승객들은 저만치 활주로가 놓여 있는 비행기 이륙장까지 직접 걸어 내려가 고막을 찢는 모터 소리를 내는 비행기 밑을 지나 녹슨 트랩을 통해 비행기에 탑승했다. 자본주의 국가의 항공사들이 화물 취급을 하는 것보다 더 질이 나쁜, 비행기 탑승이 아닌 그야말로 비행기 속으로의 수납이었다. 입구에는 우선 긴 선반들로 이루어진 화물칸이 보였다. 그 화물칸을 배경으로 긴 원피스 자락을 걸친 스튜어디스가 서 있었다. 좌석을 찾아 기내로 걸어 들어가면서 나는 항공기의 조악한 이음새들, 좌석을 싸고 있는 조잡한 섬유들, 겨울인데도 좌석 틈에서 풍겨오는 불길한 곰팡이 냄새를 맡았다. 질 나쁜 페인트로 수십 번 덧칠한 흔적이 있는 잿빛 탁자가 나를 맞았다. 비행기의 늙어빠진 근육들이 겨우 붙어 있는 나사들 사이로 내는 끝없는 휘파람 소리. 이 비행기에는 모니터나 독서등 같은 것은 아예 없다. 안전벨트도 순진한 수동이다. 좌석 앞에는 커다란 조절기 하나가 붙어 있다. 환기 버튼이다. 누르면 코앞으로 퉁명스럽게 바람이 튕겨나온다. 고장 난 기내 방송용 마이크는 승무원 여자의 말을 계속 토막 내고 있다. 이륙을 알리는 거친 경보음이 기내에 퍼지자마자 비행기의 이륙이 시작된다. 실내의 모든 것들이 일제히 경련했다. 빈 좌석들이 태풍의 습격을 받은 듯 일제히 저절로 뒤집히며 당황스러운 꿍음을 냈다. 온 기체를 극단까지 흔들어대며 시작된 그 소란하고 조잡한 이륙을 나는 묵묵히 수락하고 있었다. 어떻게 비행기 이륙이 이토록 거칠지 않을 수 있겠는가. 이 늙고 녹슨 천마의 등에 업혀 북경까지 가겠다는 나와 승객들의 요구는 부당해 보였다. 기체가 거친 이륙을 끝냈을 때 기내에서는 박수 소리가 터져나왔다. 이륙 때 앞으로 쏟아져버린 수많은 의자들은 마치 접힌 잿빛 캐스터네츠 같았다. 얼마 후 기내식이 배급되었다. 아무도 이 기내에서는 쇠고기를 먹을 것인지 생선을 먹을 것인지를 묻지 않았다. 탁자에 내던져주는 것을 말없이 받아먹으면 되는 것이다. 임무 수행 중 내가 경험했던 자본주의 국가들의 여객기가 떠올랐다. 거기에는 최고의 이익을 위해 최고로 투자된 최고의 기술이 주는 교만할 정도의 완벽한 사치와 안락이 있었다.

그렇다. 우리는 낡고 조잡한 비행기 속에서 참을성 있게 우리의 유토피아를 기다린다. 왜 반드시 더 좋은 좌석, 환기 시설, 기내식, 독서등, 세련된 승무원들, 미끈한 이륙이어야만 하는가. 자본주의자들은 세련된 기체 안에서 최고의 서비스를 누리며 거들먹거리고 성급히 따로따로 간다. 그러나 우리는 결코 급하게 가지 않는다. 우리는 천천히, 그러나 함께 간다. 이 좌석, 이 이륙이면 족하다. 어차피 육지로부터 하늘로 솟아오르는 이륙이 왜 지상에 있는 것처럼 감쪽같아야 한단 말인가. 그렇다. 여름이면 이 비행기 속에는 파리도 산다. 저편에서는 허기진 승무원들이 구석에 모여 허겁지겁 식사를 하고 있다. 승객들에게 많은 서비스를 제공할 필요가 없으니 이 기내에는 주방이 없음이 분명했다.

나는 매일 식량을 배급받기 위해 길게 줄을 선 채 식량과 일용품을 구하는 일로 생의 절반을 낭비해야만 하는 참을성 많은, 그러나 그 일로 결국 만성 우울증 환자가 되어버린 평양과 공산국가의 수동적 인민들을 생각했다. 배급을 위해 끝없이 줄을 서고 정처 없이 기다리는 동안 결국 인민들은 기가 죽고 녹초가 되었다. 슬픔, 분노, 즉흥적인 꿈 같은 것은 모두 거세되어버린 그야말로 평등하고 평균적인 감정 속에 우리는 살고 있었다. 우리는 왜 평등하기 위해 끝없이 경고, 금지, 위협, 미행, 검열의 채찍이 뒤따르는 변태적 일상을 살아야 한단 말인가. 나는 평등한 분배와 평등한 기회라는 그 한없이 부드러운 발음 뒤에 얼마나 혹독한 분배와 기다림, 시간의 낭비가 도사리고 있는지를 알고 소스라쳤다. 우리는 평등하기 위해 더 가난해졌고 더 공격적이 되었으며 더 위험한 동물들이 되어가고 있었다. 애국심이라는 감상적 호르몬이 내 설하선에 은밀히 흐르고 있지 않았더라면 나는 포효하고 말았을 것이다.

두 진영 사이에 동일한 것이 있다면 그것은 두 세계가 모두 가차없이 인민을 선동함으로써 지배를 지탱해 나가고 있다는 사실이다. 공산 진영에는 중단 없는 선동, 가령 '모든 국가의 프롤레타리아여, 단결하라.'가, 그리고 자본 진영에는 판매를 위한 끝없는 광고탑들이 도처에 걸린 채 사람들을 선동하고 있다는 것이다. 자제와 억제로 위축된 대신 공산 진영 인민들에게는 검소함과 겸손이 주는 순수한 미덕의 광채가 있다. 그리고 저 저주받은 유산계급인 자본 진영 시민에게서는 물욕과 타락한 욕정이 풍기는 부패한 살 냄새와 지폐 냄새와 변태의 징조가 보인다. 그렇다. 우리는 혁명 중이며 우리는 우리 속에서 신생 인류를, 우리 국가 속에서 신세계를 만들어내려고 한다. 반면 저들은 혁명을 포기한 행복한 돼지들이다. 그들의 제국은 질 좋은 버터와 포도주와 향수와 콘돔으로 장식된 지폐의 게토일 뿐이다.

북경 공항에 마중 나온 대사관 직원은 내가 내일 평양으로 떠날 수 없다고 했다. 레닌그라드발 북경행 비행기는 무려 두 시간 이상이나 연착했고 내가 탑승해야 했던, 한 주 한 번 운항하는 평양행 공화국 항공은 이미 출발해 버린 후였다. 사흘 후인 금요일에 출발하는 중공 항공 한 편이 남아 있을 뿐이었다. 두 비행기 모두 오십 석짜리 소형 여객기였으므로 금요일 중공 항공에 급한 대로 대기 좌석을 신청해 놓았다고 했다. 나는 북경-평양 간 야간 침대차 시간을 물었다. 육로는 이틀씩이나 걸리는 대장정이었지만 그래도 나는 중국의 남성적 대륙과 만주를 가로질러 아름다운 압록강으로 접어드는 야간 기차 여행이 그리웠다. 국경 수비 대원이 입국 허가증을 조사하는 동안 부친 유정이 책임자로 있었던 그 아름다운 강과 댐을 바라볼 수 있기 때문이었다. 북경에서 만주로, 만주에서 북한을 향해 달리는 열차 객실은 언제나 꽉 찬 승객들로 무더웠고, 그 때문에 창문 위 좁은 벽에는 작은 선풍기가 걸려 있었다. 기차는 천진, 상해관, 심양, 단동을 거치게 되어 있었다. 단동에 닿으면 열차는 돌연 제 몸을 잘라냈다. 북한행 객차가 분리되는 것이다. 열차는 그곳에서 북한 기관차에 연결되어 천천히 방자한 모습으로 압록강 다리를 건너곤 했다. 야간 침대차를 타고 만주 벌판을 지나 압록강을 밀쳐대며 북한에 도착하는 낭만은 생각보다 아름다운 것이었다. 이 지상에서 압록강 철교보다 더 아름다운 철교가 있을까. 이 지상에서 거대한 철교로 된 그 국경보다 더 아름다운 국경이 있을까. 더구나 압록강 철교를 달리는 기관차들은 어김없이 피어오르는 연기가 만든 거대한 용들을 창공에 남긴다. 압록강을 지나면 신의주였다. 나는 그 야간열차에 누워 북경에서 사 들고 온 춘병을 먹기 좋아했다. 나는 춘병과 말리화(末利花) 차를 현엽 때문에 먹기 시작했다. 현엽이 말했다.

"형, 세상 음식들 중에 이토록 아름다운 이름을 가진 것은 없어요. 춘병, 말리화. 난 그 이름의 향기를 먹어요."

그 후로 북경에 닿으면 나는 늘 황사 날리는 북경역 부근에서 춘병을 샀다. 춘병을 먹을 때면 늘 말리화 차를 시켰다. 그 이름을 먹기 위해.

목요일 오후 5시 50분이라고 대사관 직원은 대답했다. 목요일 오후. 너무 아득한 기분이 들었다. 화물 비행기나 우편 비행편을 알아봐달라고 내가 말했다. 당은 나를 기다리고 있었다. 이틀이나 기다려서 또 이틀이 걸리는 야간열차를 탈 수는 없었다. 그렇다. 중공 항공의 불확실한 대기 좌석에 목을 매고 있을 수는 없었다. 화물이나 외교 행랑을 실어 나르는 부정기적 화물 비행편이 있다면 최상이었다.

대사관 숙소에 도착해 준비된 주전자에서 찻물이 끓기 시작했을 때 전갈이 왔다. 내일 저녁 화물 비행기 한 편이 나를 평양으로 실어 나를 것이라고 했다. 나는 시계를 보았다. 스물세 시간 후 평양으로 떠날 수 있었다. 그것은 내가 스물세 시간 동안 북경에 체류할 수 있다는 뜻이었다. 이튿날 새벽 나는 오후 두 시에 돌아온다는 짧막한 메모를 남긴 채 대사관 숙소를 떠났다. 그 아침에 방문할 곳이 있었다. 자금성이었다. 지난밤 침대에 누웠을 때 나는 눈앞에 만월처럼 떠오르는 자금성과 그 만월 속에 달의 영혼처럼 서 있는 부친 유정을 보고 숨이 막혔다. 북경은 내게 조국 북한의 동맹국 수도이기 전에 성자인 아버지 유정의 황홀하고 잔인한 유배지였다. 자금성이 문을 여는 아침까지 나는 가까운 북경역 부근을 배회했다.

나는 천안문을 지나 오문으로 들어섰다. 출입문 앞에 있는 다섯 문들 가운데 두 개의 문만이 열려 있었다. 지금은 닫혀버린 중간 정문은 과거에는 황제만의 출입처였다. 예외가 있다면 혼례 때 황후도 봉여를 타고 그 문으로 입궁할 수 있었다. 오른쪽 문은 왕가의, 왼쪽 문은 대신들의 출입처였다. 자금성의 출입문인 이 오문에는 형벌 기구인 두 개의 곤장이 준비되어 있었다. 불법 침입자는 단번에 호위군에 의해 그 곤장으로 고문에 처해졌다. 나는 부친이 그 궁성으로 들어가기 위해 자신의 남성과 자금성의 출입증인 궁표를 교환해야만 했던 일을 생각했다. 당당하던 호위군이 서 있던 곳에 지금은 허름한 인민복을 입은 검표원이 끝이 해진 장갑 속에 가난한 손가락을 숨기고 서 있을 뿐이었다. 청룡 얼굴이 그려진 청동 출입증 대신 매표소 여자는 누런 갱지에 싸구려 인쇄 글씨가 적힌 박물관 입장권을 내밀었다. 해진 장갑 끝으로 드러난 여자의 손톱 아래 낀 검은 때가 보였다. 공산혁명 후 이 호화로운 왕성은 두 개의 봉건 왕조가 무려 5백 년간 인민을 상대로 절대 왕조라는 이름의 폭력을 가해 온 거대한 범죄 장소로 간주되었다. 온 세계로부터 흠모를 받았던 이 장엄한 궁성은 박물관이라는 평균적 이름으로 격하된 채 호기심에 찬 인민들의 휴식처로 전락해 있었다. 이 황궁은 모든 것이 황금이었다. 심지어 이곳에서는 자살용 약에도 황금이 사용되었다.

나는 인민에게 금단의 땅이었던 청나라 황가의 에덴 속으로 걸어 들어갔다. 황궁 전체는 이 지상의 모든 강한 것들의 상징 창고였다. 황제의 수호 동물인 용, 수호천사인 봉황으로부터 태양, 달, 별, 산, 사슴, 학, 소나무, 진주, 엽전, 3천 년마다 단 한 번 열매를 맺는다는 불사약, 용의 여의주와 같은 수많은 상징물들로 황궁은 가득 차 있었다. 불노, 불사, 제한 없는 권력.

서태후 시절 이 황궁에는 무려 삼천여 명의 환관들이 있었다. 부친이 자금성에서 쫓겨났을 때도 적어도 일천 명의 환관들이 호위 군졸과 수시라고 불리는 남자 노예들과 함께 황궁의 전 구역에 흩어져 있었다. 물론 부친은 모자에 깃털을 꽂을 수 있는 고관 내시인 도령 내시도, 수령 내시도 아니었다. 그는 품급 없는 어전 내시였다. 어전 내시로서 그는 우연히 양심전과 육경궁과 같은 곳에서 직접 황가 사람들을 마주친 적도 있다고 했다. 나는 장춘궁 계단 위에 돌로 만들어진 아름다운 베개 앞에서 발을 멈췄다. 부친은 이 흰 대리석으로 만들어진 그 아름다운 용 베개를 그리워했다. 나는 내 부친 시대에는 영광과 권력의 상징이었으며, 겁 많은 인민들에게는 무섭고 거대한 악몽이었던 그 황궁이 내 시대에는 거대한 황성으로 이루어진 장엄한 한 구의 난파선으로 변한 채 이념의 감옥에 갇혀 있는 것을 보았다. 자금성의 성벽들은 마치 자기 도취, 지독한 사치, 화려한 고열에 만취됐던 이 황실이 수백 년 동안 앓아온 지배라는 성홍열, 그 지독한 전염병으로부터 인민을 보호하기 위해 쳐놓은 금줄처럼 생각되었다. 이 왕조는 수백 년 동안 상아로 만든 카펫과 수만 개의 진주로 만든 옷을 입고 인민들을 통치해 왔던 것이다. 그렇다. 자금성은 북경이라는 황토에 피었던 요기에 찬 꽃이다.

자금성을 나오자 나는 부근 베이징 호텔 골목 상점으로 갔다. 그곳에서 나는 푸른 갈기에 다섯 개의 도전적 발톱을 지닌 청룡이 그려진 연 한 장을 샀다. 그 연을 들고 나는 선 채로 손님을 기다리고 있는 인력거로 걸어갔다. 인력거에 오르자 인력거꾼은 내게 행선지조차 묻지 않았다. 연을 가진 사람은 모두 천안문 광장으로 가는 법이니까. 내가 인력거를 탄 데는 이유가 있었다. 부친의 유배지인 그 자금성으로부터 다시 현실로 돌아오기까지 약간의 위로가 필요했다. 나는 인력거의 감상적 천막 아래 내 상체를 가리고 애수 속에서 조금 쉬고 싶었다. 아버지가 거세 예식까지 치르면서 결국 내 인생 속으로 걸어 들어와 내게 이름과 조국을 주었던 그 일을, 그리고 그가 나를 입양했던 그 중년에 나도 당도해 있다는 사실을, 그리고 이 지상의 누군가가 내가 그에게로 와서 그에게 이름과 가문을 주기를 기다리고 있을지도 모른다는 감상이 청룡 연을 거머쥔 손을 저리게 했다. 호텔에서 천안문 광장에 이르는 그 짧은 거리를 인력거는 낙타처럼 심하게 요동하며 전진했다. 내리면서 그에게 인민폐 한 장을 쥐어주었다.

그 정오에 나는 천안문 광장 한가운데서 오랫동안 청룡 연을 날렸다. 청룡은 눈부신 차이나 블루의 등판에 핏빛 배때기를 하고 있었다. 북경 시민들은 무섭도록 푸른 저 하늘을 향해 자신이 만든 연들을 띄워 올렸다. 그들의 연 띄우는 솜씨는 대단했다. 내 연 아래로 거대한 혁명 박물관과 자금성 오문 앞 거대한 천안문이 바라다보였다. 천안문 입구에는 중국의 20세기 성자인 모 주석의 거대한 초상화가 걸려 있었다.

나는 방패에 감긴 실을 마지막까지 풀어 하늘을 향해 토해 놓았다. 청룡 연은 바람의 장력을 염통에 저장한 채 하늘 중간에 청청하게 떠 있었다. 천안문 광장의 혁명 박물관 전면에 떠 있는 그 청룡 연이야 말로 아버지 유정의 영혼이란 생각이 들었다. 그는 운명에 의해 저주 받은 몸으로도 중년에 감히 두 아들을 입양해 종족과 종족, 세대와 세대, 그 인간 삶의 고리를 이어나갈 배짱을 가지고 있었다. 이 중국 대륙의 인민들도 세대와 세대로 이어지며 천안문 광장에서, 또 고비 사막에서 연을 날렸다. 연 아래 세상은 전쟁과 이념에 따라 바뀌었 다. 그래도 광장과 항구와 고비 사막은 남았고 고비 사막의 순록도 아미산 원숭이도 그대로 남았다.

대기 속을 뚫고 그 모습이 보이지 않을 때까지 나는 청룡을 띄워 올렸다. 그럴 때 연은 혼수상태 같았다. 청룡이 혁명 박물관과 자금 성 위를 훨씬 넘어 더 이상 보이지 않는 고도까지 치솟아 올랐을 때 나는 문득 방패의 줄을 끊어버렸다. 연은 도저히 속도를 멈출 수 없 다는 듯 계곡 허공의 중앙선을 지나 시력이 닿을 수 없는 다른 차원 의 고도, 행성을 향해 떠나갔다. 그 아래 자금성과 혁명 박물관이 하 나는 구세대의 패배한 상징물로, 다른 하나는 승리한 시대정신으로 나란히 동일한 위도에서 마주 보고 서 있었다.

그날 저녁 나는 민항 대표의 주선으로 북경발 평양행 북한 특별 화 물기에 탑승했다. 화물 비행기의 젊은 조종사는 최고의 시력을 가진 것 같았다. 기내를 압도하듯 울려오는 화물기 엔진 소리를 들으며 나 는 뒹굴어 있는 외교 행랑 곁에 앉아 있었다. 군용 비둘기가 편지를 나르던 시절이 있었다. 비둘기들은 고향의 냄새를 따라 길을 찾는다 는 것이다. 비행기가 채 국경에 다다르지 않았는 데도 나는 비둘기처럼 이미 평양의 냄새를 맡았다. 대동강 선교리의 바람 냄새, 모란봉 최승대 절벽 아래 참억새의 몸 비비는 소리, 연대산 봉화대의 안개 냄새, 멸악산맥에 지천으로 핀 산진달래, 산진달래……. 외출 후 평양에 도착하면 동산으로 달려가 산진달래 꽃잎을 볼 미어지도록 한입 먹는 것이 현엽과 나의 귀향 의식이었다. 얼마 후 평양 순안 비행장에 도착해 일반 승객에 섞여 출구로 나서자 한 남자가 내게 아름다운 모국어로 물었다.

"출발지가 어디십니까?"

내가 대답했다.

"라이프치히"

그러자 그가 나를 공항 특별실로 안내했다. 십 분도 되지 않아 검은 소련제 승용차 모세크비치가 도착했다. 나는 그 승용차를 보자마자 내게 아주 중요한 임무가 주어질 것임을 예감했다. 당이 나를 특별 화물 비행기로 실어 나르고 또 나를 공항 특별실에서부터 저 고급 승용차로 맞이하는 데는 그럴 만한 이유가 있음이 분명했다. 이번에 내게 주어질 임무의 무게가 느껴졌다. 두 계절 만에 돌아온 평양은 그렇게 고급 승용차 모세크비치의 반 차단 채광으로 나를 맞고 있었다.

돌아온 평양에는 두 어머니인 대동강과 보통강이 평야를 감싼 채 양쪽으로 흐르고 있었다. 능수버들 우거진 대동강 상류에는 우아한 언덕, 만경대가 있었다. 이 강가에는 수백 년 전 한반도 역사상 가장 강하고 정직했던 왕조인 고구려가 세웠던 거대한 산성이 아직도 남아 있었다. 수령은 새 공화국 건국 이후 이 공화국을 그 옛 왕조가 지녔던 혼으로 충전시키려고 애썼다. 사실 수령은 전쟁으로 무섭게 파괴된 압록강 철교밖에 상속받지 못했다. 압록강은 파괴되어도 그 아름다운 청잣빛을 반달처럼 허공에 걸치고 있었다. 대동강 상류에는 수령 궁전이, 하류에는 인민 궁전과 소년 궁전이 있었다. 우리는 수령과 함께 이 뗏목을 저으며 우리의 궁극적 정토인 저 지상낙원으로 간다. 이 목적을 위해 배를 젓는 우리 인민들은 오디세이의 신하들처럼 귀에 밀랍을 넣어 청력을 막아버렸다. 우리는 오직 우리의 목표를 향해 나아갈 뿐이다. 우리는 귀를 막고 항해 중 우리를 유혹하는 저 계급의 적들과 다른 진영의 사이렌들을 물리친다.

우리는 이미 40년간 혁명의 고열에 휩싸여 있었다. 이 혁명이 낙원이라는 종착역에 우리를 토해 놓는 그날까지 얼마나 더 걸릴 것인지는 아무도 모른다. 그렇다. 평양은 이미 40년간 혁명의 고열에 휩싸여 있었다. 한때 혁명 전사들은 하룻밤 사이에 혁명이라는 열차를 타고 에덴에 도착하려고 서둘렀다. 그러나 지금은 에덴에 도착하려면 시간이 약간 필요하다는 것을 알게 되었다. 참을성이 필요한 것이다. 문제는 에덴 따위를 원하지도 않는 저 게으른 자들, 저 무임승차자들까지도 모두 일으켜 함께 에덴에 도착하겠다는 우리의 공명심이다. 그러나 우리는 과연 그 에덴, 그 지상낙원에 정말 도착할 수는 있는 것일까. 아니면 이렇게라도 하지 않으면 우리의 부패를 방지할 수 없어 도달할 수 없는 그 장소에 도착하겠다고 열망하는 것은 아닐까. 에덴에 대한 맹목성이 그래도 가장 우아한 광기여서 그곳에 우리 몸을 던지고 있는 것은 아닐까. 인류의 행복이며 동시에 악몽인 그 지상낙원에 도달하고자 하는 무시무시한 고집, 이것은 동경인가 최면인가. 아니, 당과 수령은 과연 에덴으로 가는 지도 한 장쯤은 손에 들고 있기나 한 것일까.

피 묻은 장화를 신고 에덴에 입장할 수는 있는 것일까. 에덴이 신과 인간이 함께 사는 장소라면 신은 20세기의 이 신인류를, 또 인간은 그 신을 과연 견뎌낼 수 있기나 한 것일까. 왜냐하면 에덴은 인간이 신을, 신이 인간을 견뎌내지 못한 악몽의 장소였기 때문이다. 어차피 삶은 에덴에서부터 사고가 있었다고 선교사 노악은 말했다. 에덴이라는 지상낙원에서부터. 평양 도처에 있는 수령의 동상들은 하나같이 오른손을 들어 저 아름다운 대동강을 가리키고 있다. 그의 손가락이 가리키고 있는 그곳이 우리가 도달해야 할 에덴이고 무릉도원이다. 승용차 옆구리 어디엔가 끼워놓은 테이프에서 노래가 터져나왔다. 평양 소년 궁전 합창단이 언젠가 도착할 지상천국의 노래를 미리 부르고 있었다.

우리 모두 사회주의 국가를 부르세.
억압에서 해방된 이 지상천국을.
너는 태어나자마자 유아원에 갔고
그 후 꽃이 만발한 학교에 입학했다.
아, 하늘 아래 가장 높은 마을에서조차도
오직 열두 명의 학생을 위해 학교는 세워졌다.
아, 수령의 포근한 품속에 있는 우리는 축복받았네.

차창밖으로 가난이라는 해충이 평양 인민들을 사정없이 공격하고 먹어치우는 것을 나는 본다. 가난이란 해충은 쇠붙이도 먹어치운다. 가난이 덮친 누런 버스가 크고 작은 수령의 동상들 앞을 덜컹대며 굴러간다. 그 위로 다시 경애하는 수령은 평양의 허공을 나는 거대한 솔개처럼 20미터짜리 동상으로 서 있다. 평양 만수대 천리마 동상 앞을 달리는 노선 버스도 낡을 대로 낡았다. 바로 그 유토피아에 도착

하기 위해 당의 수색견이 먹는 고기 양과 비교도 안 되는 극도의 검
소한 식사로 인민들은 40년을 버텨왔다. 그리고 나는 지금 혁명 40년
후 가난의 거대한 견본 시장이 되어가는 조국을 본다. 그 가난 한복
판에서 들끓고 있는 것이라고는 혁명이라는 40년 된 극심한 흥분 상
태, 고열 상태, 집단적 황홀 상태뿐이다. 아아, 혁명이라는 이 40년짜
리 비상사태.

　　승용차는 평양 시내를 관통한 후 깊고 우아한 숲을 지나 한 비밀
가옥 앞에 도착했다. 공화국 안에는 도처에 수많은 비밀 안전 가옥들
이 있었다. 그것은 특수 군사 대학 과정을 끝낸 공작 요원들의 훈련
과 체류 장소로 사용됐다. 안전 가옥마다 번호들이 매겨져 있었다.
나는 내 조국에서도 망명자처럼 산다. 인민들과의 일상적 접촉은 아
주 드물다. 내개는 훈련 장소인 안전 가옥에서 곧장 임지로 배치된다.
　　두 해 전 나는 제령산 부근 선죽교 삼호 가옥에 체류했다. 개성시
선죽동에는 고대 왕조의 쓸쓸한 석교인 선죽교가 있었다. 마지막 왕
조인 조선 개국의 통증이 거기 있었다. 새 시대의 이념과 구시대의
정절이 부딪쳐 결국 이방원은 그 석교 위에서 구왕조의 이념가 정몽
주를 암살했다. 우리는 정몽주를 그의 초명(初名)대로 몽란 선생이라
고 부르길 좋아했다. 6백 년 전 그의 단심의 붉은 피가 그 짧고 외로
운 석교 위에 흘렀었다. 선죽교 삼호 안전 가옥에서 나는 이따금 몽
란 선생의 암살 사건을 생각했다. 이방원과 정몽주의 대립, 필연적으
로 당도한 새 시대의 활력과 배짱, 해체와 멸망이 선고된 저무는 시
대의 그 불꽃 튀는 종말적 투쟁에는 찬미의 감정마저 든다. 몽란 선
생의 암살 사건은 니벨룽겐의 노래 속에서 지그프리트의 등에 칼을
꽂는 하겐의 암살 장면을 생각나게 한다. 암살자들의 칼이 꽂혔던 몽

란 선생과 지그프리트의 등이 바로 나의 정의와 타인의 정의가 새파란 불을 키며 만나는 지점이다. 선죽교라는 이름에서도 나의 정의와 타인의 정의가 엇갈리며 내는 물씬한 순애보와 멜로드라마의 냄새가 풍겨온다. 나는 석교 근처 수양 서원에서 몽란 선생의 아름다운 영정을 본 적이 있다.

그러나 이번 체류지는 선죽교 삼호가 아니었다. 내가 오랫동안 체류한 적이 있던 황해남도 패엽사 부근의 비밀 가옥도 아니었다. 이번 체류지는 공화국에서 가장 아름다운 수종들 가운데 하나인 오동나무 숲이 끝없이 계속되고 있는 평양 외곽에 자리 잡고 있는 비밀 가옥이었다. 이 비밀 가옥 중앙홀에 있는 수령의 거대한 초상화 곁에는 유리관 속에 담긴 옛 도끼 한 자루가 복원되어 보관되어 있었다. 그것은 한반도가 가장 강대했던 시절, 중국의 일부까지 정복했던 고구려인들이 무덤 벽화에 그려넣었던 당시 무관의 상징인 '부월수(斧鉞手)'라는 이름의 긴 도끼였다. 역사적으로 가장 강대했던 시절의 자랑스러운 무관들이 나라를 지키기 위해 사용했던 당대의 리볼버, 그것이 그 부월수라는 이름의 도끼였다. 리볼버도 부월수도 근거리 전투의 무기다. 우리 같은 혁명 전사들은 모두 근거리 전투로 승부한다. 바로 그 부월수가 6백 년 된 영혼으로 혁명 전사들을 맞는 곳곳이 바로 그 안전 가옥이다.

그 누구도 이 찬란한 오동나무 숲 속에 공화국 특수 요원들을 훈련시키는 비밀 가옥이 있다고는 상상하지 못했다. 특히 이 비밀 가옥의 옥상에서 바라보는 음력 정월의 만월보다 더 황홀한 만월은 없었다. 우리는 이 특별 비밀 가옥을 '호텔 직녀(織女)'라고 불렀다. 호텔 직녀. 이 특별한 체류지가 내게 주어질 이번 임무가 비범한 것임을 예고하고 있었다.

누항

나는 연습실을 나와 건너편 단골 카페 코왈스키로 갔다. 저녁이면 대개 당근을 듬뿍 넣은 헝가리 감자 스프를 주문했다. 스프가 도착할 때까지 나는 벽에 걸린 뉴욕 조간신문을 꺼내 읽는다. 그날 저녁 나는 한 가지 기사를 거듭해 읽었다. 한 고독한 독신의 중년 여자가 열두 개의 초콜릿 바를 구워 무작위로 타인의 편지통에 집어넣었다. 편지통에 담긴 그 초콜릿을 먹은 한 회사의 여비서가 혀에 돌연한 혈관 출혈로 부랴부랴 병원으로 후송됐다. 응급 수술팀은 그녀의 입 안과 기도에서 잘게 잘린 면도날 조각들을 발견했다. 경찰은 곧 '초콜릿'이란 이름의 특별 수사팀을 조직했다. 결국 이 고독한 독신녀가 범인으로 체포됐다. 그녀는 너무도 외로워 깊은 밤 혼자 날이 시퍼런 새 면도칼들을 잘게 잘라 그것을 코코아 반죽에 넣은 뒤 우유와 향료를 들이붓고 초콜릿 바를 구워냈다는 것이다. 그렇다고 그녀가 협박을 하거나 돈을 요구한 것은 아니었다. 진술에서 그녀는 자신은 너무 고독했고, 그 밤은 너무 짙은 암흑에 싸여 있었으며, 그 암흑 속에서 빛나는 것이라고는 오직 선반 위에 놓인 면도칼의 푸른 날뿐이었다는 것이다. 그녀는 그것을 집어 들었고 그 면도날이 어둠 속에서 섬뜩한 푸른빛으로 자신의 존재를 드러내듯, 자기의 존재를 타인에게 알리기 위해 그 푸른 면도날을 잘라 초콜릿을 구워 무작위로 타인의 편지통에 던져 넣었다는 것이다. 그녀를 체포했을 때 경찰은 그녀의 손가방에서 마지막 초콜릿과 잘게 잘려진 면도날 조각을 발견했다고 했다. 그녀의 낡은 부엌에는 잘린 면도날들이 섞인 코코아 반죽이 그대로 남겨져 있었다는 것이다. 신문에는 그녀의 핸드백에서 발견되어 압수된 마지막 초콜릿 바의 사진이 금지 표지와 함께 실려 있었다. 그 고독한 여자는 지난 3년간 여러 번 정신병동을 드나들었다는 것이다.

헝가리 스프가 도착한 후에도 나는 경찰이 공개한 금 간 초콜릿과 그 균열에서 흘러나와 굳어 있는 코코아 진액을 오랫동안 바라보았다. 사진 속에서 밝은 황갈색 초콜릿 토막은 지구 어디엔가 놓여 있는 고독한 분지 같았고 부서진 균열은 마치 분지를 엄습한 지진의 흔적 같았다. 그러자 고독이야말로 그녀를 엄습한 지진이라는 생각이 들었다. 아니, 그녀는 밤마다 새파랗게 날이 선, 고독이라는 면도날 위에 걸터앉아 있었던 것이다. 코코아 반죽 속에 처넣어진 면도날 조각들이야말로 그녀의 존재를 슥슥 베어버린 그녀의 고독의 일부가 아닐까. 세상은 수선을 떨며 결국 여자를 체포했고 그 고독한 여자는 체포됨으로써 비로소 말 상대를 얻었다. 경찰관의 심문이 그녀의 유일한 대화가 되어주었으리라. 사람들은 그녀와 대화하는 대신 수사관에게로 그녀를 보내버린 것이다.

카페를 떠나면서 나는 그 사건이 지독하게 고독한 그 여자의 무용담임을 알았다. 한 여자가 24시간 잠들지 않고 들썩대는 이 도시에서 그녀의 재앙이 된 고독과 그런 식으로 결투를 치르고 있었다. 그녀는 콜트나 더블 이글 같은 권총이나 장도를 뽑아 드는 대신 잠자리 날개처럼 얇은 면도날 하나로 결투를 치르고 있었다. 온종일 지독하게 고독한 그 여자의 처절한 무용담이 나를 사로잡았다. 생각해 보자. 한 고독한 여자가 암흑 같은 밤에 타인과 대화하기 위해 새파란 양날의 면도칼을 잘라 코코아 반죽 속에 섞어넣고 있다. 그렇게 해서라도 오직 타인과 접촉하기 위해. 그 면도날 뒤에 고독한 한 여자가 서 있음을 고지하기 위해. 신호등이 보행으로 바뀌었을 때 나는 알았다. 오늘도 나는 이 거리에서 우글대는 다른 시민과 함께 한 고독한 한 여자를 냅다 철장 속에 밀어 넣었음을. 우리는 그렇게 절벽에 선 자의 등을 밀쳐댄다. *

밤 연습을 끝내고 연습실을 나서면 언제나 새벽이었다. 집으로 가는 길에 나는 늘 카네기 홀 앞을 지났다. 전시판에는 내 연주 포스터가 붙어 있었다. 나는 잠시 내 포스터 앞에 참배를 드리듯 멈춰 섰다. 그 포스터가 게시하고 있는 그 무엇을 달성하기 위해 나는 그 밤에도 혼자 피아노 앞에 앉아 있었다. 바람에 실려 개털이 날아왔다. 길가에 멋대로 신문지를 깔고 잠든 남자 곁에 코를 처박고 있는 늙은 사냥개의 것이리라. 카네기 홀 공중 계단 위로 새벽 비둘기들이 날았다. 지하철 입구에 초록 가로등은 아직 노란 불을 켜고 있다. 길을 건너면 센트럴파크다. 새벽과 아침의 국경 위에 떠 있는 공원의 우윳빛 수은등, 개나리 꼭대기로 기어 올라가 핀 푸른 나팔꽃. 그 사이를 잠깬 흙다람쥐가 달렸다. 목교를 밟고 올라설 때마다 내 자신에게 말했다. 아, 다리를 이루고 있는 이 늙은 나무의 목질은 얼마나 다정하고 유정한가. 나도 그런 연주자가 되고 싶다고 말했다. 지난해의 묵은 낙엽들이 바위 사이에 끼어 있다. 그것은 마치 세상과 음악 사이에 놓인 수은빛 연질의 막과 같다. 식욕 좋은 왕성한 현실과 침착하고 허무한 추상 사이에 놓인 막. 다정한 목질을 발 아래 느끼며 나는 소원했다. 신이여, 제 건반에서 영감의 물이 솟아나게 하소서. 건반으로부터 당신의 물이 솟아나와 내가 당신의 홍수 아래 있게 하소서. 그리하여 내가 연주를 마치고 일어설 때 나도 관객들도 당신이 쏟아놓은 그 홍수 속에서 발을 잠그고 서 있게 하소서.

센트럴파크의 새벽 산책을 끝내고 나는 서항 53가 19층짜리 내 둥지로 돌아왔다. 그곳에는 내가 벌써 10여 년째 살고 있는 5백 스키아피트짜리 스튜디오가 있었다. 낡은 냉장고, 전기레인지, 수정컵 다섯 개, 침대 하나, 벽으로 길게 책꽂이가 놓이고 후원으로 두 개의 창이 난 새침한 방이 거기 있었다. 나는 승강기 바로 옆에 붙어 있는 그 방이 좋았다. 어떤 날은 외로워서 승강기에서 내려 내 방이 바로 저 구석 깊이 안치되어 있었다면 걸어갈 수 없었으리라 생각했던 때도 많았으므로. 방문을 열면 언제나 방 한가운데 놓인 책상 위에 반딧불만 한 호박빛 등이 켜 있었다. 아주 작은 건반과 페달이 달린, 몸 안에 주홍 불을 켜는 피아노 모양의 그 작은 등은 선배 파스칼이 준 선물이었다. 그 반딧불 같은 주홍 등은 내가 새벽에 집에 들어섰을 때 방 안에 들어찬 어둠 속에서 등대처럼 빛났다. 나는 수년 동안 독실 감방 같은, 한 대의 피아노와 한 사람의 피아노 주자 외에는 파리 한 마리의 입장도 거절해야 할 음악원 연습실에 익숙해져 있었으므로 그 작은 맨해튼 거처를 바꾸지 않고 있었다. 허드슨 강변로에 검은 대리석으로 장식된 근사한 피트니스 센터가 달린 새 호화 콘도미니엄이 분양될 때도 나는 관심이 없었다. 음악원이 있는 링컨 센터 후원 암스테르담 가에 수영장이 달린 아름다운 아파트가 났다고 했을 때도 움직이지 않았다. 내게 가장 큰 호사가 있다면 이사하는 일 없이 한 곳에 오래 머무르는 것이었다. 직업 외교관이었던 부친은 너무 자주 체류지를 옮겼고 그의 추억의 대부분도 힘든 이사와 관계되는 것이었다. 아무리 아름다운 외교부 공관이라 해야 양친에게는 사실 잘 장식되고 언제든 이동이 가능한 거대한 주거용 자동차에 불과했다. 내게는 단 한 가지 금기가 있었는데 음식 냄새를 풍기는 곳에서 절대로 피아노를 칠 수 없다는 것이었다. 그러니 부엌이 있는 거처에 피아노를 가지고 있었던 추억은 무척 드물었다.

나는 오랫동안 타임스퀘어와 카네기 홀 중간 지역 15층에 내 연습실을 가지고 있었는데 특수방음된 이 길쭉한 공간에는 두 대의 피아노——한 대는 스타인웨이, 또 한 대는 뵈젠도르프——가 놓여 있을 뿐이었다. 두 대 모두 상아 건반이었다. 연습실 소지품 중 눈에 띄는 것은 길고 각 진 은제 꽃병 한 점이었다. 나는 그 꽃병에 대개 이십여 송이, 혹은 내 나이 숫자대로 백합을 꽂았고 질식하지 않을 정도로만 향내를 즐겼다. 백합은 언제나 연습실 남향에 식물로 된 북극성처럼 놓여 있었다. 그 남쪽 창으로 현대의 도시들 가운데 가장 젊은, 지금 막 성인식을 치른 것 같은 젊은 맨해튼이 바라다보였다. 나는 그 길쭉하고 미학적인 줄기와 만개 전에 팽팽한 긴장으로 가득 찬 활 같은 백합의 긴장감이 좋았다. 나는 부활절이 되면 백합이나 산백합 혹은 청축들을 샀다. 연습실 벽에는 단지 내 공연 포스터들이 가득 붙어 있을 뿐이다. 피아니스트는 오직 연주로 말한다. 식사는 언제나 연습실 밖에서 한다.

저녁이 되면 연습실을 나와 트레비 샘이라는 식당에서 리본 모양의 이탈리아 국수를 먹거나 폴란드 남자가 경영하는 카페 코왈스키에 갔다. 카페는 침례교 건물을 지나고 재봉틀질 하는 여자와 딸이 그려진 애수에 찬 그림을 창가에 내다 건 식당 트레비 샘을 지나 놓여 있었다. 무용화 같은 여자의 신발이 구식 재봉틀 발판 위에 놓여 있는 것을 나는 몇 번이고 발을 멈춘 채 바라보곤 했다. 그때마다 나는 내가 진정한 의미의 20세기 유목민, 20세기 베두인이라고 생각했다. 꽃을 사고 싶은 날은 58가 꽃가게로 갔다. 그 가게가 양동이 가득 해바라기를 내다놓고 있으면 여름의 절정이었다. 꽃가게 남자는 내가 들어서면 "청청한 백합 있어요."라고 말했다. 나는 대체로 흰 백합 청축을 샀다. 꽃집 사내는 그것을 매번 흰 백합 카사블랑카라고 정정해 불렀다.

음악원 시절, 우리는 솔직히 20세기의 가장 현대적인 신생국가가 건립한 황실 음악 학교의 젊은 궁중 음악가들이었다. 학교 출입구는 링컨 센터라는 거대한 사원과 공중 정원 같은 다리로 연결되어 있었다. 학교를 떠나 우리가 가야 할 궁극적 신전이 바로 그곳이었다. 입구마다 거대한 붉은 카펫이 깔린 그 수십 에이커짜리 20세기 신전들, 그곳이 학교를 끝내면 우리가 서야 할 일터였다. 공연 개막일 밤에 보면 안다. 모든 음악회, 오페라, 발레, 연극들이 이 도시가 그 누구에겐가 바치는 거대한 제사라는 것을.

우리는 공연이 휴지기에 들어간 문 닫힌 여름의 공연장을 좋아했다. 그리고 만조가 되듯 초가을의 징조가 차면 시작되는 공연장들의 대청소 작업을 즐겼다. 대청소가 시작되면 명성 높은 그 공연장들은 잠시 그 신화적 가면을 벗은 채 창백한 얼굴을 드러냈다. 계획도 없이 창문들이 젖혀지면 공연장은 꿈을 손상당한 채 빛바랜 벽, 때 묻은 휘장, 의자들의 골절상을 호소한다. 수리공들은 신성한 무대에 제 멋대로 사다리를 세우고 페인트와 니스의 벤졸 냄새를 피우며 찢어진 휘장과 부서진 의자들을 수리했다. 그럴 때면 우리는 여기저기 무대를 들락거리며 여름 대청소가 그 신전에 가하는 놀라운 탈마법을 즐겼다. 그러나 유리창 닦는 남자가 더 이상 창문에 붙어 있지 않고 그의 사다리를 접는 날, 공연장은 다시금 황금 휘장과 붉은 카펫 그리고 천재와 카리스마가 어울려 만들어내는 20세기 최고의 제사의 문을 열었다.

그 음악원은 맨해튼 서항에 놓여 있는 현대판 델피 신전이었다. 그 델피 신전에는 아폴로 대신 소리의 신 무지카가 살고 있었다. 그 신전을 둘러싸고 신탁을 수납하고 해석하고 전달하는 무녀이자 예언자인 스승들과 그들에게서 신기와 예언을 얻기 위해 전 세계에서 구름처럼 몰려든 선택된 젊은 음악도들이 있었다. 그리하여 그곳은 음악도들에게는 신전이고 성지이고 순례지였다. 검은 대리석으로 장식된 학교 로비에서부터 시작해 강의실, 연습실, 도서관, 공연장 그리고 승강기 앞에 붙어 있는 동료들의 오디션 일정, 콩쿠르 수상 소식, 연주 일정, 신문의 연주평들은 그 신전이 토해내는 끝없는 예언이고 신탁들이었다. 그것이 학생들의 숙명이자 운명이 되었다. 그리하여 몇 번의 방학이 지나고 나면 우리는 그 음악원 안에 존재하는 여신 무지카의 계명 ── '천재가 아닌 자에게는 재앙을!' ──을 알게 되었다. 사실 한 교수가 그 신전 강의실에서 토했던 웅변을 우리는 이해했어야만 했다. 그는 말했다.

"신을 모르면 소리의 비밀은 열리지 않아. 천사들은 신의 음악원 수료자들이었지. 신은 말씀하시지 않고 노래하셨어. 인간이 그 노래를 몰라 산문으로 적어버린 거지."

언젠가 피렌체 스승과 함께 카페 햄릿에 간 적이 있다. 그때 그는 소위 계관 교수로 초대되어 네 학기 동안 맨해튼에 묵고 있었다. 카페 햄릿에는 한 중년 여가수의 노래가 흐르고 있었다. 「베사메무초」였다. 그날 도착한 검은 에스프레소의 첫 모금을 삼키면서 스승이 낮게 중얼거렸던 독백을 나는 지금도 잊지 않고 있다. 스승은 이제 나이가 들어 천천히 핏기를 잃어가는 노경의 입술로 이렇게 중얼거렸다. "아아, 신이여. 저 여자의 저 견딜 수 없이 흐느적거리는 목소리에 유죄 판결을."

그 피렌체 스승이 어렵게 성사된 소련 레닌그라드 공연 중 실종된 사건이 있었다. 스승은 숙소였던 레닌그라드 아스토리아 호텔을 무려 일곱 시간이나 비웠던 것이다. 그것이 망명인 줄 알고 경호원들이 긴장했던 것은 사실이다. 일곱 시간 후 경호원들은 에르미따쥐 박물관 3층에서 그를 발견했다. 몸속에 흑해의 피가 흐르고 있는 이 이탈리아인은 그날 그 전시실 벽 하나를 온통 차지하고 있는 마티스의 작품 「무지카」 앞에 서 있었다. 아무 장식도 없는 푸른 절대 공간 속에 다섯 명의 음악가가 서 있었다. 그들 중 아무도 음악을 연주하는 사람은 없었다. 단지 그들은 신이 그들의 악기 속에 담아놓은 것을 발현하고 있더라고 그는 말했다. 성악가의 목소리에서도 신이 담아놓은 소리의 인장(印章)을 보았다고 그는 말했다.

"선생이 망명한 줄 알았소."

네바 강변 복도 창가에서 경호원은 안도하며 말했다. 스승이 대답했다.

"맞아요. 난 일곱 시간 동안 마티스의 「무지카」의 영지로 망명 중이었소."

그러나 스승은 애초 제자들을 가르치는 사람이 아니었다. 소리를 통해 도(道)에 이르게 하려는 자였다. 수많은 시험과 콩쿠르와 오디션의 심사 위원으로서 세계의 온 도시를 드나들며 그는 신이 그 속에 신검 엑스칼리버를 꽂아놓은 선택된 소리의 소지자, 선택된 소리의 아더 왕을 찾아 헤맸다. 그가 열병에 걸린 남자처럼 네바 강변 에르미따쥐의 그늘진 전시실에 걸려 있는 마티스의 그림 「무지카」를 찾아갔듯이 그는 뉴욕, 뮌헨, 모스크바, 부다페스트, 부에노스아이레스 같은 음악의 항구를 돌며 신의 소리를 간직한 채 인간 항구에 도착할 그 한 인간을 실은 배 한 척을 기다리곤 했다. 그것이 그에게는 음악 콩쿠르였다. 그러니 그에게 선택되어 그의 제자가 됐다는 것 자체가 전율이었다. 그가 최초로 내게 던진 말은 무서운 것이었다.

"너의 음은 화려하고 정확해. 탐미적이도록 기교적이야. 그런데 네 음은 왜 도대체 꿈을 꾸지 않는 거지?"

그 후 레슨 때마다 그는 내게 수십 번도 더 이렇게 외쳤다.

"음악이 의무가 되지 않게 해라. 제발 조잡한 야망이나 조급한 미친 꿈 같은 것을 그 안에 뒤섞지 마. 그럴 때 연주자는 피아노 앞에 앉아 있는 것이 아니라 홍등가 전봇대에 기대어 손님을 기다리는 창녀 같지. 소리가 일어나게 해. 발생되도록 생명을 부어줘. 소리에 소리가 화답하게 해. 기화가 되든지 액화가 되든지 발현되게 놓아둬. 오늘 네가 만드는 음들은 지독하게 지루한 법랑에 덮여 있었어."

내 존재 안에 흐르는 폐수의 운하를 건너뛰라고 스승은 매일 나를 채근했다. 야망이나 허영 같은 조잡한 사이렌들이 노래하고 있는 그 지하수를 뛰어넘으라고. 그러나 스승은 알지 못했다. 당시 겨우 열여덟 살이었던 나는 아직 내부에 내 존재의 지도를 가지고 있지 않다는 것을. 스승은 한 인간이 자기 내면의 지도를 갖지 않고도 감히 살아가기를 꿈꾼다는 사실을 상상도 못하고 있었다. 도대체 스승이 말하는 그 무서운 폐수는 내 존재 어느 곳에서 나 모르게 범람하고 있었단 말인가.

그런 날이면 장 출혈이 일어나는 기분이 들었다. 나는 그때 야심에 차 유수한 국제 음악 콩쿠르의 당당한 입상과 국제 무대에서의 화려한 데뷔를 꿈꾸고 있었다. 입상도 데뷔도 불확실한 상태였다. 그런 날이면 나는 선글라스 뒤에 나를 감추고 학교 앞 난간에 악기를 내려놓은 동료들과 침묵 속에서 스페인 담배 고야를 피웠다. 담배의 끝, 담배의 절벽에서 피어오르는 그 연기는 내 내부에서 발생한 화재 경보 같았다. 음악원에서 음악당으로 넘어가는 그 사막 같은 다리, 음악원과 콘서트 홀 사이에 누워 있는 그 초현실적인 사하라, 저녁 공연표를 사려고 줄지어 선 사람들의 행렬, 호사한 붉은 융단, 수정 등, 황금칠이 된 문짝들, 오페라좌 유리창에 화려한 문신을 새겨넣은 스테인드글라스, 음악당과 그 광장을 메우고 있는 풍요와 호사와 번영이 선글라스 뒤에 남아 나를 외롭게 했다. 이 음악원과 저 음악당이라는 신전 사이의 공중교 아래로는 천재들만이 건널 수 있는 추상의 강 무지카가 흐르고 있었다. 스승은 바로 그 강에 배를 띄우고 통과자를 검열하는 늙은 배꾼 카론이었다. 그해 수련 모양의 쇠파이프로 된 음악당 광장 앞 분수대의 구근과 물 파이프는 물을 뿜지 않았다. 극도의 가뭄 때문에 시의회가 절수를 결정했던 것이다.

어느 날 스승은 수업 후에 이렇게 말했다.

"오늘 너는 탄식이 나오도록 아름다운 음들을 만들어냈어. 건반 속에서 음의 향이 터져나와 마치 중독되는 것 같았지."

어느 날 그는 또 이렇게도 중얼거렸다.

"모차르트의 음악을 모차르트답게 친다는 것은 무서운 일이야. 그의 영혼이 널 사로잡아 영매가 이루어지는 거지. 그럴 때 음악은 샤

먼이야."

스승에게 음악은 학문도 예술도 아닌 종교였다. 나는 그가 내 스승인 한 죽어도 안전할 수 없음을 알았다.

한때 열 살짜리 러시아 천재가 음악원 예비 학교에 폭풍을 일으킨 적이 있었다. 그의 엄지와 검지 사이에 유난히 크고 넉넉한 엄지 내전근(內轉筋)을 보았을 때 우리는 그 비범한 내전근이 그의 극적 운명을 예고하고 있다는 것을 알았다. 오디션을 거쳐 재능 있는 학생들을 엄청난 식욕으로 받아들이고 있는 음악원 덕분에 세계 도처에서 발견된 무서운 신동들의 출입으로 학교 회전문은 하루 종일 파도처럼 철썩거렸다.

이제 열 살이 겨우 넘은 소년이 산처럼 큰 피아노 앞에 앉아 손의 물갈퀴(우리는 엄지 내전근을 그렇게 불렀다.)를 날개처럼 거침없이 펼치며 대곡을 주저함 없이 쳐대는 기적이 이 음악원 안에서는 매일 일어났다. 그는 조국 러시아의 피가 흐르는 곡들, 차이코프스키의 「피아노 협주곡 1번」이나 라흐마니노프의 「협주곡 2번」 같은 것을 그야말로 막대한 에너지로 두드려댔다. 그 소리들은 마치 존재 속에서 기어나와 그의 거대한 물갈퀴가 달린 손가락을 통해 건반 속으로 추락하는 듯한 거대한 소리의 떼였다. 그의 음의 창고에서 쏟아져나오는 눈사태 같은 음들이 객석에 앉은 우리의 머리카락을 날리고 귓불을 사납게 내리치는 재난을, 그 우월한 음들을 우리는 기꺼이 수락했다. 더욱 놀라운 것은 그 소년이 누가 강요한 것도 아닌데 매일 열두 시간 이상 연습실에 박혀 피아노만 쳐대는 일이었다. 이런 소년들은 한동안 학교에서 신이 되어버렸다. 이런 신동들이 음악원의 장성한 학생들을 자주 진 빠지게 했다. 그러나 스무 살이 넘으면 신동들에게

뼈아픈 탈마법과 탈신화의 시간이 오고 그들은 비로소 인간이 되었다.

그런 신동들이 아니더라도 이 음악원의 모든 학생들은 하나하나가 주변에서는 모두 신화적인 인물이었다. 비범한 음감, 비상한 암기력, 수상 경력, 협연 경력이 없는 사람은 아예 없었다. 그야말로 정신없이 회전하는 회전문, 고속 엘리베이터, 감옥의 작은 독방처럼 줄지어 서 있는 수십 개의 연습실들, 그리고 다시 도서관 회전문에 휘둘리다 보면 이 음악원은 천재 제조 공장이며 우리는 하루 종일 공장의 생산대, 이 작업장에서 저 작업장으로 인계되는 젊고 빛나는 부품들이라는 생각이 들었다. 그리고 음악원을 나서면 거리의 포스터와 일간지들이 세계적인 음악가나 마에스트로가 된 이 음악원 출신의 인물들을 보도하고 있다. 그렇다. 그들은 이 천재 공장에서 부품이 끼워져 세계 음악 시장에 납품된 자들, 이 음악원의 상표가 붙어 납품된 정품들이다. 그러나 누구나 다 이 작업 공정을 통해 정품이 되어 빈 필, 베를린 필, 뉴욕 필 등과 협연할 수 있고 스칼라좌, 메트로폴리탄, 로열 코벤트 가든, 게반트하우스 같은 곳에 신성이 되어 설 수 있는 것은 아니었다. 어느 날 야심에 찬 연습곡을 치겠다고 피아노 앞에 앉으면 갑자기 손목 전체에 돌연한 통증이 퍼진다. 손목의 원상골과 삼각골에 치명적 손상이 온 것이다. 건염, 건상 인대염이라는 이름의 처용이 찾아온 것이다. 악화되면 치명적인 수술 절차가 그를 기다리고 있다. 수술 후에도 회복되지 않으면 피아노와 결별해야만 한다. 그 러시아 천재 소년의 엄지와 검지 사이에 장전되어 있는 그 크고 넉넉하며 비범한 물갈퀴를 보았을 때 나는 그의 행운에 압도됐다. 나는 내가 피아노를 계속 치기 위해 오른손 엄지와 검지 사이의 좁고 옹색한 엄지 내전근 확장 수술을 받았던 날을 기억해냈다.

아홉 살 때 나는 피아노 교수로부터 내 손의 물갈퀴가 너무 좁고 약해 피아노를 포기하는 것이 좋겠다는 조언을 들었다. 그녀는 한 해 전에도 같은 조언을 한 적이 있었다. 그러나 우리는 한 해 동안 더 기다려보기로 했던 것이다. 내 나이는 아직 유동적인 성장 시기이니 한 해 동안 더 기다려보는 것이 좋겠다는 의도였다. 일 년 후 어느 새벽, 나는 서울의 한 왕립 학교 강당에 있는 당시 소문난 연주용 피아노를 빌려 연습 중이었다. 피아노 옆에 놓인 램프 한 대가 건반을 밝히고 있었다. 내가 앉아 있는 오른쪽 거대한 공간에는 입 벌린 일천 개의 캐스터네츠 같은 객석 의자들이 침묵하고 있었다. 검은 휘장 뒤에서 교수와 어머니가 속삭이는 소리가 들려왔다.

"누항의 물갈퀴가 너무 좁아요. 절대음감이 뛰어나니 지금이라도 다른 악기로 바꿔도 늦지 않아요."

내가 왜 그 두 여자의 속삭임을 운명의 여신의 선고로 생각했는지 알 수 없다. 그 불길한 선고가 피아노 곁에 세워놓은 램프를 통과하여 내 가슴에 과녁처럼 아프게 박혔다. 순간 모든 것이 확실해졌다. 수십 년 전 어머니를 거절했던 피아노가 다시 그녀의 딸인 나를 그의 제국으로부터 거칠게 밀어내고 있는 것이다. 나는 물갈퀴가 좁아 결국 피아노로부터 추방당한 어머니의 그 좁고 불운하고 허약한 오른손을 유전받고 출생했던 것이다. 그때 두 여자가 휘장 뒤에서 내게 다가왔다. 마치 운명의 여신이 제멋대로 갈겨 쓴 교서를 들고 온 전령들처럼. 두 여자 중 누군가 입을 열었을 때 내 목소리가 그것을 막았다. 내가 말했다.

"내일 당장 수술을 받겠어요. 물갈퀴를 메스로 잘라 확장해서라도 피아노를 치겠어요."

수술에 대한 추억은 짧고 치명적이다. 수술은 생각처럼 간단하지 않았다. 엄지 내전근 끝으로 크고 작은 능형골과 유두골이 연결되어 있고 그 수골들은 내 내전근의 옹색한 길이에 알맞게 늘어날 수 있도록 운명 지어져 있었기 때문이다. 옹색한 엄지 내전근 원천에는 수많은 고귀한 정맥과 실핏줄들이 남성적인 다른 동맥과 멀리 이어져 있다고 집도의는 말했다. 놀랍지만 돌연하고 심각한 순간 출혈도 있었다. 물론 그 비범한 물갈퀴가 만능은 아니었다. 피아노 연습광들에게 찾아오는 최고의 재앙이란 혹독한 연습 때문에 손의 건상 인대들이 곪아 터지는 일이었다. 더구나 태생적 손에 맞는 독특한 손가락 기법을 배우기 위해 유명한 스승을 찾아 영국, 독일, 이탈리아 등지를 순례하는 일은 드문 일이 아니었다.

그 수술이 나와 어머니의 운명을 차별화했다. 그녀는 선천적으로 좁은 물갈퀴로 인해 피아노를 떠났지만 나는 스스로 오른손 수술을 자청해서 피아노 앞에 머물렀던 것이다. 그 수술이 내가 피아노와 일생을 살기로 했던 첫 알리바이었다. 그날 이후 나는 내가 타고난 신동이 아니라는 사실을 아프게 인정했다. 신동이란 그 어린 러시아 소년처럼 애초에 크고 넉넉하고 비범한 물갈퀴를 연장 삼아 출생하는 것이었다. 어떻든 그 자발적 수술은 결국 연주자로서의 내 일생이 순탄치 않을 것임을 예고하고 있었다. 그러나 나는 물갈퀴를 핑계로 피아노를 떠날 만큼 피아노에 대한 평균적 열정을 가지고 있지는 않았다. 그렇게 함으로써 나는 그 아홉 살 여름에 이미 피아노가 내 운명이 되도록 나를 몰아붙이고 있었다. 수술을 끝낸 이듬해 나는 음악원 예비 학교에 당당히 합격해 뉴욕으로 건너갔다.

여기 한 가지 소중한 보고가 있다. 수술 후 내가 세계 음악 콩쿠르에서 첫 수상을 하게 되는 열아홉 살 때까지 나의 두 손과 물갈퀴들은 마치 고귀한 나뭇가지, 아마도 이 우주에서 가장 아름다운 나무임이 분명한, 저 우주의 동쪽 흑치에 있는 태양의 침실인 부상나무 가지처럼 마음껏 자라났다. 옛 중국인들은 열 개의 태양이 존재하며 그 태양들이 밤이면 흑치라는 바다에 있는 거대한 부상나무에서 잠을 자며 자신의 근무 시간을 기다린다고 생각했던 것이다.

나는 이따금 물갈퀴 절제 수술이 마법에 걸려 옹색하고 보잘것없는 모습을 하고 있던 내 오른손을 그 저주로부터 풀려나게 했는지도 모른다고 생각할 때가 있었다. 어떻든 수술 후 내 손은 마치 맹독에서 해독된 듯 식물처럼 마음껏 자라나 내 몸의 가장 중요한 가지인 두 팔의 종착역에 붙어 있다. 손톱을 깎을 때조차 과도하게 조심하는 내 겁 많은 습관들은 그 수술의 기억에서 연유한 히스테리이다. 언젠가 어머니는 말했다.

"우리가 너무 성급했어. 선견지명이라고는 없는 어미 덕에 넌 공연히 물갈퀴를 절개하고 피를 흘렸지. 이토록 아름답고 경이로운 손, 피아니스트에게 꼭 맞는 이 최고의 손이 그 옹색한 물갈퀴를 단 장갑 같은 손 아래서 자라나고 있으리라곤 상상도 못했지."

스위스 제네바 레만 호 근처에 사는 어느 교수를 찾아갔을 때의 일이다. 당시 그는 스위스 로망드 관현악단과의 정기 협연을 통해 마법적 연주 능력으로 독특한 명성을 얻고 있었다. 국제 무대 데뷔 이전, 소위 수업 시절의 추억은 스승들을 찾아 나서는 끝없는 방랑의 연대기들로 가득 차 있다. 약속 시간인 오후 세 시에 그의 집 문에 당도하자 문이 열려 있었다. 입구에는 불이 켜져 있었다. 초인종 소리에도 불구하고 안에는 아무런 인기척도 없었다. 나는 이런 접대가 맘에 들지 않았다. 세상의 모든 그늘을 모아 만든 운하 같은 복도를 나는 천천히 걸어들어갔다. 왼쪽에는 헝겊 인형이 뒹굴고 있는 자녀 방이 열려 있었다. 오른쪽으로는 거창한 문짝이 달린 연습실이 열려 있었다. 복도 저만치 지하로 향하는 계단에는 그림들이 걸려 있었는데 높이가 맞는 것은 아무것도 없었다. 복도 끝에 이르자 후원에서 파티의 소음이 들려왔다. 그 파티의 소음을 뚫고 내 존재를 알리는 데 다시 십 분이 걸렸다. 나는 파티 소음 뒤로 오후 3시를 넘긴 시간이 이미 그날분의 낙조를 준비하는 것을 보았다. 나는 아직 상견례도 없었던 그 교수가 이런 식으로 나를 맞이하는 데 불쾌해졌다. 나는 약간 자존심이 상했고 끝없이 새 스승을 찾아 다녀야만 하는 이 유랑적 수업 시절에 멀미를 느꼈다. 그가 초인종 소리에도 유의하지 않은 채 파티에 빠져 있다는 여유에 화가 났다. 나는 수업을 포기하고 돌아설 생각이었다.

그때 파티의 카오스로부터 한 남자가 일어섰고 내게로 걸어왔다. 그가 잠시 내 스승이 될 스위스인이었다. 그는 나와 악수했고 사과도 없이 다짜고짜 연습실로 갔다. 연습실에 달린 거대한 두 짝의 방음문이 닫혔다. 그러자 모든 것이 확실해졌다. 그는 카오스적 인간이었다. 복도가, 지하 계단이, 후원의 파티가, 그의 머리카락이 그리고 그의 연습실이 그랬다. 그 집안을 둘러싸고 있는 카오스는 그의 천성이거나 적어도 그의 기후임이 분명했다. 연습실 입구에는 파이프오르간이 놓여 있었고 방 가운데 두 대의 스타인웨이가 서로 두 장의 날개를 추켜올린 채 검은 이카루스처럼 놓여 있었다. 그곳에서도 특별한 카오스가 발견됐다. 그는 특이하게도 자기 소유의 모든 구두를 스타인웨이 아래 모아두고 있었다. 스타인웨이와 그 아래 또 다른 건반처럼 줄지어 놓여 있는 그 끝없는 구두의 행렬과 피아노 위에 난잡하게 흩어진 장작처럼 제멋대로 놓여 있는 연필들의 카오스가 또 다른 극단을 보여주고 있었다.

그는 내게 건반에 익숙해지는 데 몇 분이 필요한지를 물었다. 라디오 제네바에서 들었던 바로 그 비음이 섞인 매력적인 목소리였다. 나는 당장 칠 수 있다고 말했다. 나는 그날 바흐의 「파르티타 다단조」를 연주했다. 「마태 수난곡」에도 등장하는 '안단테 아리아'를 칠 무렵 나는 이미 그 스위스 남자를 둘러싸고 있는 카오스를 잊었다. 그것은 더 이상 내 기억 창고에 남아 있지 않았다. 그는 연주하는 동안 단 한마디도 하지 않았다. 침묵 속에서 나는 그가 비범한 경청자임을 알았다. 그의 침묵 속에서 그의 질이 느껴졌다. 침묵에도 질이 있는 법이다. 연주가 끝나자 그가 말했다.

"당신은 음악을 이해하고 있군요. 음악과 언어와의 관계를 정확하게 이해하고 있어요. 피아노가 피아노가 아닌, 사람 자체가 피아노가 되는 일이, 그 이해가 당신 안에서 이미 이루어지고 있어요. 놀라운 업적이오."

"그러나……."

그가 그렇게 말했을 때 나는 비평의 순서가 왔음을 알았다.

"피아노가 운명적으로 사람 몸의 물리적 힘을 이용해 소리를 만들어내는 것이라면 그 소리가 사람의 몸 어디에서 나오는지가 아주 중요하지요. 당신의 음은 팔꿈치에서 쏟아져나와요. 난 그 힘이 어깨에서 나와야 한다고 확신하는 사람이오."

피렌체 스승은 맨해튼에 오면 언제나 섬 서쪽에 있는 애수적인 첼시아 호텔에 묵었다. 나는 그에게 전화를 건 후 로비 대신 1층 리셉션 옆 공중전화 상자와 크림색 목제 벤치에 앉아 있었다. 전화 상자는 고해실 같았다. 그를 기다리는 동안 나는 잠시 즐거운 최면에 빠졌다. 느림의 계시어인 아다지오, 노래하듯이라는 평범한 부사인 칸타빌레. 그렇다면 아다지오 칸타빌레, 즉 노래하는 듯한 아다지오란 대체 무슨 의미일까. 여리게라는 피아노는 이해한다 할지라도 차이코프스키의 「비창」제1악장에 등장하는 무려 여섯 개의 피아노의 광기는 대체 무엇일까. 세게라는 뜻의 포르테와 특히 세게라는 뜻의 모차르트의 스포르찬도는 또 대체 무엇일까. 스포르찬도 맞은편에 걸린 스모르찬도, 즉 차차 꺼져가듯이는 또 대체 무슨 밀어일까. 절대적 알레그로나 절대적 피아니시모 같은 것은 과연 존재하기는 하는 것일까. 음의 저울인 건반 위에서 수백 년을 상속하고 상속받는 이 미칠 듯 황홀한 추상 언어들은 대체 무엇일까.

늙은 승강기가 열리면 양복바지 밖으로 탄력대를 한 스승의 오른쪽 다리가 먼저 보였고 그 다음 그의 지팡이가 나왔다. 그때 스승이 승강기에서 나와 피아니시모로 우윳빛 대리석을 밟으면 우리는 포옹했다. 리셉션 위로는 구식 날개 선풍기가 천천히 돌았다. 코코아빛 수동 전화기 두 대가 테라코타 인형 아래 놓여 있는 것이 보였다. 그것은 그의 등장과 어울렸다. 스승과 나는 함께 목단빛 맨드라미가 꽂혀 있는 호텔 로비로 가는 길에 언제나 천정에 걸린 분홍빛 그네 타는 소녀 밑을 통과했었다. 그는 늘 가까운 부두에 있는 일본 찻집 '쇼잔(象山)'에서 일본 청류차를 마셨다. 차를 마시면서 스승은 말했다.

"이보게, 누항. 스승이란 건전지 같은 존재지."

유럽의 한 눈부신 섬에서 있었던 황실 국제 콩쿠르에서 최초로 수상했던 행복한 날이 생각났다. 콩쿠르 기간 동안 음악당 부근은 세계에서 날아온 천여 명의 참가자들로 붐볐다. 세 번의 예선과 두 번의 본선을 거쳐 최종 합격자들이 선택됐다. 불합격자들은 가차없이 악기와 소지품을 꾸려 철새처럼 도시를 떠났다. 본선 때 나는 이미 유력한 우승 후보자로 꼽혔다.

결선 무대에 섰을 때 나는 장식이라고는 없는 엄숙한 무대에 황금의 세 발을 무대에 대고 검은 날개를 펼친 채 하얀 이를 드러내고 서 있는 스타인웨이를 보았다. 그것이 내게는 피아노란 이름의 검은 스핑크스였다. 압도적으로 탐미적인 황금의 세 발을 당당하고 방자하게 무대에 세운 채 음의 비의를 묻는 스핑크스로서 피아노는 그렇게 서 있었다. 그러자 나는 그 결선 무대가 내 생애 테베의 문이라는 것을 알았다. 저 스타인웨이, 저 스핑크스 너머에 내 왕국이 있었다. 저 검은 스핑크스, 언어로 묻지 않고 건반으로 벌린 입을 드러내고 음으로 묻는 저 스핑크스를 뛰어넘어야만 비로소 내가 살도록 허락된 내 생의 장에 도착할 수 있음을 나는 알았다. 그러자 짧은 휴식 시간에 거닐었던 붉은 사암으로 지어진 거대한 음악당 회랑에 놓여 있던 천재 음악가들의 두상들——스트라빈스키, 거쉰, 바일, 시톡하우젠——이 생각났다. 우리는 그 음악가들의 머리만 필요한 것이다. 그들로부터 살과 생식기가 있는 육체를 분리하고 그들의 머리만을 참수해낸 채 그렇게 두상을 만들어 보존하고 경배하고 있는 것이다. 이제 내가 저 검은 스핑크스를 복종시키고 그 머리를 참수할 차례였다. 음악을 둘러싸고 있는 저 추상적 피비린내란 과연 무엇일까.

　결선 무대로 등장하기 전 나는 다시 한 번 건반을 바라보았다. 나는 사실상 이 지상에서 피아노 건반보다 더 무서운 미궁을 알지 못했다. 건반이라는 미로 안에 소리의 압제자 미노타우로스가 살고 있었다. 그러니 악보란 나, 즉 테세우스의 손에 쥐어진 아리아드네의 실이었다. 그 실로 미궁의 해치를 열고 나는 소리의 창고, 소리의 격납고, 소리의 미궁으로 입장한다. 그 미궁은 시간과 공간, 음과 리듬의 균형 없이는 입장할 수 없는 곳이다. 나는 검은 스핑크스 앞으로 걸어갔고 다시 한 번 그의 황금빛 세 발을 보았고 의자로 다가가 그의 턱 앞에 앉았다. 연주를 위해 페달 위에 두 발을 올려놓았을 때 나는 열아홉 살이었고 입 속에 아직도 치아 교정용 보철을 끼고 있었다.

그 국제 콩쿠르에서 나는 놀랍게도 최고상 없는 공동 수상자가 됐다. 동시에 나는 최연소 수상자이기도 했다. 수상 후 그 도시의 한 일간지 기자가 내게 사춘기에 대해 물어왔다. 그제서야 나는 나도 동료들도 피아노라는 스핑크스에 감금되어 유년기도 사춘기도 피아노와 함께 건너뛰었다는 것을 알았다. 그 수상 이후 나는 세 번이나 더 명성 있는 국제 콩쿠르에 참여했고 모두 입상했다. 그중에는 동구권의 한 도시에서 열린 탁월한 콩쿠르도 포함되어 있었다. 그 콩쿠르 입상은 내가 그 냉전 시대에 동유럽 장벽을 뛰어넘는 결정적 통행증이 되어주었다. 파스칼과 함께 바르샤바와 드레스덴에서 협연할 수 있었으니까. 사람들이 나를 단순히 상복 많은 여자라고 했던 것이 기억난다. 학교에는 콩쿠르 참가 반대자도 많았다. 특히 음악원 시절 내 유일한 여교수가 그랬다. 그녀는 내게 '음악은 올림픽이 아니에요.' 라고 말했으니까. 국제 콩쿠르는 내게 뭐랄까 연습의 강요 같은 것이었다. 거듭되는 국제 콩쿠르 입상 후 유명 교향악단들로부터 협연 요청과 독주회 제의가 왔다. 선망했던 아티스트 매니지먼트와 계약한 것도 그때였다. 내가 최연소 수상자라는 사실이 세계 음악 무대에 매력을 더했다. 활동 무대는 천천히 서유럽과 미국, 북구와 동구 등으로 확장되고 있었다. 특히 잦은 독일 무대 초청은 파스칼의 후원이 컸다. 내가 스무 살이 되던 해 고국 정부는 내게 문화 훈장을 수여했다.

조용히 앉아 악보를 들여다보며 그 악보 속에 장전되어 있는 음들을 눈과 상상의 청력으로 집요하게 추적하고 그 통일된 그림을 그려보는 것, 그리고 그곳에 봉인된 음들의 의미를 천천히 열어가는 것도 중요한 연습 과정이다. 악보에는 작곡가가 어쩔 수 없이 한정된 약속의 말들로 표시해 놓았지만, 그보다 더 심원한 것을 제시하려 했다는 열망에 찬 화살표들이 곳곳에 숨겨져 있었다. 그래서 맨 처음 대하는 악보는 마치 마녀의 부엌 같다. 카오스이다. 연습만이 그 카오스에 천천히 연금술을 부어넣는다. 오랫동안 악보를 들여다보고 있으면 그 화살표들이 내 오감에 닿아 천천히 그 모습을 드러낸다. 그들은 그렇게 이해되고 해석되기 위해 그곳에 있다. 모든 곡의 악보는 내게는 가공되지 않은 천연석 같다. 그것들은 선천적으로 야생이다.

건반을 치면 건반 뒤의 소리 망치가 열리면서 현이 진동한다. 그러나 이런 물리적 관계가 아닌, 건반과 해머와 현의 조합만이 아닌 명백한 그 무엇이 있다. 피아노와 피아니스트 그리고 악보 사이에 만져지지 않는 그 어떤 신비한 공간이 존재하는 것이다. 건반, 해머, 현 그리고 피아니스트 사이에는 설명하지 못하는, 설명되어지지 않는 기적의 집, 신비의 회로가 분명히 있다. 어느 날 박자는 문득 메트로놈의 계산된 박자의 차원을 뛰어넘는다. 더 이상 메트로놈의 계량된 시간에 속박을 받지 않아도 되는 박자의 해방은 그렇게 온다. 음향판은 가문비나무의 화창한 속살을 드러내며 황금 모래로 이루어진 삼각주처럼 놓여 있다. 그 위로 피아노의 심장을 대담하게 가로지르는 황금빛 현들이 새의 깃털처럼 뻗어 있다. 그리고 그 현들은 충직한 일꾼들인 해머와 일일이 견고한 동맹을 맺고 있다. 내 손이 닿는 순간 그 거대한 소리의 배는 힘차게 삼각주 연안에 놓인 건반이라는 밀의로 찬 여든여덟 개의 노(櫓)를 지원한다.

밤 연습 중간에는 지층 카페에 내려와 직접 사모바르를 놓고 끓이는 러시아 차를 주문했다. 주전자 한가운데 솔방울을 넣고 그 위의 순은 수조통에서 직접 끓여내는 차였다. 어떤 날은 섣달에 찻잎을 따 만든다는 중국산 용정차를 마셨다. 세월에 잘 닳고 닳은 탁자 위에 놓여 있는 빙하 같은 설탕, 타다 남은 초, 잉잉대는 잡담들이 켜놓은 음악과 함께 이루어내는 선동적인 애수들……. 웨이트리스의 허리와 돈지갑을 묶은 그 강한 동맹의 은줄, 칵테일 컵 안쪽에 남아 있는 과일의 속살들, 유리잔 속에 사선으로 꽂혀 있는 투명한 빨대, 담뱃갑 위에 놓인 차이나 블루의 라이터, 정처 없이 흐르는 타악기 소리, 짓이겨 바른 루주빛 토마토케첩 통, 누군가 허공에 들어 올린 담배 끝에서 피어오르는 용암빛 불, 디너 왜건 위의 샴페인 병.

바순 주자인 한 선배가 늦결혼을 하게 되었을 때 선배 파스칼이 친우 대표로 축하 카드를 쓴 적이 있었다. 파스칼은 이렇게 썼다.

나는 모르겠어.
사랑이 곧 행복인지는.
그러나 분명한 것은
사랑은 가장 우아한 불행이라는 사실이지.

문제는 그 평범찮은 축하의 말을 적어놓은 카드였다. 그 카드 앞면에는 두 개의 거대한 뿔이 뒤엉킨 채 연못에 빠져 죽은 두 마리의 붉은 수사슴이 인쇄되어 있었다. 파스칼의 말에 의하면 그 두 마리 붉은 사슴은 한 암컷을 위해 목숨을 걸고 결투를 치렀고 결국 그 격투 끝에 우아한 관인 뿔이 뒤엉킨 채 연못 속에 추락해 그곳에서 함께 익사해 버렸다는 것이다.

"한 놈 몸무게가 무려 150킬로그램이나 되니 다른 놈이 살아 있었다고 해도 얽혀버린 뿔로 그 중량을 이끌고 연못을 빠져나올 수는 없었던 거야."

아름다운 호수 위에 윤무를 하듯 죽어 있는 두 놈 사슴의 젖은 털과 그 위로 단호하게 얽힌 채 뻗어 있는 우아한 뿔은 엄숙하고 탐미적인 왕관처럼 직각을 이루며 기념비처럼 뻗어 있었다. 고요한 수면 아래로 그 우아한 관의 그림자가 또렷이 드러나 있었다. 우리는 그때 잠시 사랑과 죽음 사이에 놓인 그 두 마리 붉은 수사슴에 관한 설교에 섬뜩한 엄숙함을 느꼈다. 어떻든 그 바순 주자는 맨해튼 동쪽 작은 콘도미니엄에 차린 그의 신방에 오랫동안 그 두 마리 사슴 사진을 걸어놓았다.

"저 연못, 저 장엄한 사슴의 관에서 들려오는 죽음보다 강한 사랑의 설교를 들어봐."

좁은 거실로 몰려드는 친구들에게 그 바순 주자는 말하곤 했다. 그 바순 주자는 생계를 위해 밤의 유람선들, 허드슨 강, 센 강, 라인 강, 리스본의 테주 강 같은 유람선 피아노 바를 유랑하며 피아노를 쳤다. 그리고 대낮에는 세계 도처의 스승들에게 화곳 수업을 받았다. 유람선에서 피아노를 치던 사람이 화곳을 들고 카네기 홀로 건너온 경우는 없다고 했지만 그는 유람선 피아노 바에서 카네기 홀로 거뜬히 건너왔다. 그는 음악이 필요한 곳이라면 어디서든 음악을 할 권리가 있다고 믿는 실용주의자였다.

카페를 떠날 때 나는 바 위에 놓인, 절반으로 잘린 채 반달처럼 놓여 있는 레몬 조각을 보았다. 내가 비운 러시아 찻잔은 조명을 받아 성좌처럼 번쩍거렸다. 남자가 다시 노래를 시작했다. 그 노래를 끝으로 카페는 마지막 손님들을 밤 속으로 추방시킬 것이다. 자정 넘어 다시 연습실로 올라가면서 나는 승강기 유리벽을 통해 천공에 걸린, 두레박처럼 기울기 시작한 반달을 보았다. 그를 만나던 날 밤도 월령 15일짜리 반달이 맨해튼 마천루를 월출봉 삼아 떠 있었다. 일기예보에 의하면 그 반달은 그날 새벽 3시 2분에 남중(南中)했다.

노크 소리가 났다. 누군가 두 번 노크했다. 그날 서울의 한 일간지 특파원이라는 남자가 연주 후 인터뷰를 위해 무대 뒤 분장실로 나를 방문하기로 되어 있었다. 통화에서 우리는 꼭 30분간의 인터뷰에 동의했다. 연주자 분장실의 문이 열렸다. 거울을 통해 나는 문 앞에 걸린 녹색 벨벳 휘장을 젖히고 누군가 들어서는 것을 보았다. 먼저 광채에 찬 검은 구두가, 그리고 잿빛 양복에 눈처럼 흰 드레스 셔츠를 받쳐 입은 남자의 상체가 드러났다. 그러고는 그 사내의 얼굴이. 거울로 그 남자의 얼굴을 보았을 때 가슴이 철렁 내려앉았다. 나는 하마터면 들고 있던 탄산수 병을 놓칠 뻔했다. 그가 이름을 말하기도 전에 나는 이미 그와 사랑에 빠질 것을 알았다. 그 남자가 인터뷰를 위해서가 아니라 그 어떤 다른 배역을 맡은 채 분장실의 녹색 휘장을 젖히고 내 인생 속으로 성큼 입장하고 있다는 예감 말이다. 그날 인터뷰 내내 우리는 서로가 그토록 낯설면서도 그토록 낯익다는 사실에 절절매고 있었다. 인터뷰 시간이 세 시간을 넘겼는 데도 우리는 작별하지 않고 있었다. 그 중년 남자의 현존이 나를 압도했다. 그의 음성을 듣기 위해 몸을 숙일 때마다 존재 깊은 곳에 내장된 섭씨 1천 도의 용암이 천천히 출렁대는 것을 느꼈다. 그 용암이 분출하고 화산재가 되도록 타오르면서 나도 그도 열사시켜버릴는지도 모른다는 예감에 나는 가만히 턱을 떨었다. 인터뷰가 끝난 포르투갈 식당에서 우리는 함께 '해적의 피'라는 포르투갈산 푸른 독주를 마셨다. 독주가 식도로 흐를 때 나도 그도 알고 있었다. 우리가 운명적으로 다시 만나리라는 것을.

헤어질 때 그는 내게 악수를 청했다. 그에게서 유혹적인 라일락 냄새가 났다. 귀로에 나는 자정이 넘은 고독한 거리에서 그때까지도 비눗방울 총을 팔고 있는 한 남자를 보았다. 사내의 플라스틱 총은 방아쇠를 당길 때마다 비눗방울을 무려 세 군데로 토해냈다. 자정의 거리는 사내가 토해낸 비눗방울로 가득 차 있었다. 그날 나는 정처 없이 소녀가 되어 비눗방울 권총 한 자루를 샀다. 집으로 돌아오자마자 양탄자 위에 쓰러지듯 누운 채 천천히 그 권총의 배에 붙어 있는 부드러운 방아쇠를 당겼다. 방은 삽시간에 권총 속에 장전되어 있던 비눗방울들로 가득 찼다. 거대한 수정궁 같은 비눗방울 속에서 눈을 뜬 채 그날 내 생 속으로 성큼 걸어들어온 한 남자를 만났음을 알았다. 적열 같은 그 남자와의 사랑은 그렇게 시작됐다. 그는 유부남이었다.

연주회는 늘 성공이었다. 나는 연주 때마다 특파원인 그에게 전화를 걸어 "당신이 없으면 연주할 수 없어요. 한 음도 누를 수가 없어요. 당신에게 내 사랑을 증명할 수 있다면 나는 매진된 공연을 취소할 수도 있어요."라고 엄살을 부렸다. 나는 그런 여자가 아니었다. 그가 없다고 해서 독주회나 연주회를 하지 못하는 그런 여자가 결코 아니었다. 그러나 나는 처음으로 알았다. 그가 원한다면, 그가 그에 대한 사랑의 증거로서 매진된 협연을 당장 취소해 보이라고 한다면 그럴 수 있을 것만 같았다. 내가 누군가를 위해 음악을 취소할 수도 있다는 것을 안 것은 그때가 처음이었다.

연주가 시작되면 나는 열정적으로 피아노 건반을 탄주했다. 비밀 결사 같은 음표들이 갑자기 비의의 문을 열고 내게 그들의 정체와 빛

깔을 누설하며 다가왔다. 건반은 해머에게, 해머는 현에게 내 존재에서 터지는 탄성들을 전했다. 그즈음 음악당을 채운 관객들은 내가 연주를 통해 청중 속에 앉아 있는 오직 한 남자에게 내 화염 같은 사랑을 전하고 있는지는 알지 못했다. 연주가 끝나면 그는 다짜고짜 무대 뒤 연주자 방을 밀치고 들어와 죽음처럼 지독한 키스를 사막 같은 내 존재 속에 쏟아넣었다. 그 키스 속에서 나는 불 같은 사막의 꽃처럼 몇 번이고 다시 피어났다. 그런 밤이면 그는 낯설고 화려한 도시의 마법 같은 호텔에서 내 몸속으로 용암 같은 체액을 쏟아 붓는 것이었다.

거대한 호텔 불빛 아래서 약간 취해 있던 우리 앞에 정거하던 그 미끈한 승용차들, 호텔 정문의 정중한 지붕 너머로 보이던 그 탐미적인 밤하늘, 에테르 같은 천공에 떠 있던 부케 같은 성좌들, 면사포 같던 은하수가 생각났다. 내 발밑에서 하이힐이 대리석에 부딪히며 내던 그 아양에 찬 소음들. 그의 목덜미로부터 파도치며 끼쳐오던 라일락 향기 속의 숨 막히던 그의 현존. 잠긴 열쇠처럼 언제나 바지 주머니 속에 꽂혀 있던 그의 왼손. 그것이 문제였다. 그는 나를 두 손으로 받지 않았다. 그는 나를 그의 전 존재로 받지 않았다. 그의 한 손은 언제나 바지 주머니 속에 정중하게 꽂힌 채 자신의 배가 내게로 기울어 파선하는 재앙을 견제하고 있었다. 삶이라는 정크선에 자기 생의 경도를 정확하게 조준한 채 그는 그렇게 기막힌 평형을 유지하고 있었다. 그런데도 나는 어느 날 신열에 턱을 떨며 그에게 말했다.

"당신과 결혼하고 싶어요."

그것은 추상적인 그 무엇이었다. 그것은 내가 그와 결혼하고 싶다는 것이 아니었다. 그것은 뭐랄까 결혼 이상의 그 무엇을 계시하고 있었다. 내 온 존재를 덜덜 떨게 만들었던 그 사랑은 결혼이라는 상투적인 역에서 끝나서는 안 되는 것이었다. 그것은 내가 이 세상에서

비로소 한 남자를 발견했다는 함성이었으며, 한 남자가 처음으로 내
온 존재를 여자이게 했다는 것에 대한 힘찬 보고였고, 그렇게라도 하
지 않았다면 숨 막혀 질식할 것 같은 그 행복한 막다른 길에 내가 당
도해 있다는 구원 요청이었다.

　그는 "이 사람아." 하며 웃었다. 그는 아무것도 대답할 수 없었다.
그것은 죽어도 대답될 수 없는 것에 대고 던지는 내 질문이었다. 그
와 나를 그토록 완전한 무책임과 비이성까지 밀어붙였던 그 압도적
인 힘에 우리도 어안이 벙벙했다. 우리는 우리가 그토록 지독하게 서
로에게 빠져버릴 수 있다는 데, 서로가 서로에게 그토록 엄청난 흡인
력으로 난파해 갈 수 있다는 데 충격을 받고 있었다. 그것은 페스트
처럼 나를, 그를, 우리를 무서운 고열과 멀미와 현기증 속으로 사정
없이 밀쳐버렸다. 천국과 지옥이 갑자기 하나가 되어버린 기적이 거
기 있었다.

　생명을 걸었던 사랑이 변한다는 것은 구원이 아닐까. 그토록 무섭
게 치밀어올라 창자가 상할 정도로 내장을 달구는 그 욕정이 변한다
는 것은 차라리 축복이 아닐까. 온 근육을 활처럼 휘게 하고 액화시
키는 그 관능, 캐스터네츠 소리처럼 미친 듯 육박해 오는 관능이라는
수만 년 된 늙고 숙성된 그 요기가 식어버린다는 것은 차라리 축복이
아닐까. 내 안의 모든 도덕과 이성이 한꺼번에 폭동을 일으켰던 그것
은 그러나 사랑이 아니라 사랑의 예감이었으리라. 그 열애 중 나는
알 것 같았다. 진짜 사랑은 신과 같아서 그의 얼굴을 보는 자는 모두
죽는다. 그것은 내 속에서 일어나 타인을 태우는, 죽어도 진화될 수
없는 맹렬한 불이며 죽음의 고기압이다. 이성도 시력도 잃은 채 정열
을 다해 함께 몰락하려는 소멸의 미친 만유인력이 거기 있었다. 영원

하지도 않은 자들에게 허락된 것은 그저 사랑의 예감일 뿐 사랑 자체는 아니었다. 그래서 사랑도 욕정도 관능도 언젠가는 그렇게 식는 것이다. 그래서 나는 사랑이라는 맹독에서 나 자신을 해독시키고 현실로 귀환하여 다시 목숨을 보존할 수 있었는지도 모르겠다.

그가 남긴 사랑은 유곽 이외에 아무것도 아니었다. 우리는 서로 사랑한 것이 아니었다. 우리는 서로 사랑을 흥정하며 서로에게 포로가 된 채 1년 동안 그 지독한 사랑 놀이를 했다. 마치 새파란 독주에 얼굴을 처박은 듯, 나는 나를 잃을 정도로 그에게 중독되어 있었다. 선배 파스칼이 기혼의 중년 남자와 나누는 내 사랑이 얼마나 저주에 찬 것인지를 얘기해 줄 때까지 그 미친 열애는 계속되었다. 어느 날 파스칼은 말했다.

"생각해 봐, 누항. 너와 열애 중에도 그 사내는 집에 돌아가면 자기 아내와 성교하고 그 아내를 품에 안고 잔다는 저주를."

어느 저녁 카페 코왈스키에서 나는 진열대 왼쪽에서 다섯 번째 놓여 있던 술병 하나를 발견했다. 얼음 없이 방금 따라놓은, 배달을 기다리는 송진빛 맥주가 바텐더 옆에서 운반을 기다리고 있었다. 그의 등 뒤에 층층이 쌓아놓은 정결한 에스프레소 잔들도 바라다보였다. 그 대머리 바텐더를 불러서 나는 그 다섯 번째 술을 시켰다. 주문한 '해적의 피'가 도착했다. 그와 내가 함께 마시던 술. 맨해튼 사계와 런던 사보이에서. 입에 머금고 혀를 돌리면 혀 가장자리에 가만히 성에가 돋는 듯한 탐미적인 푸른 술……. 우리는 내 연주가 있던 베니스, 베로나, 그라나다, 더블린 그리고 아테네에서 마치 두 잔의 술처럼 뜨겁게 만났다.

사랑에 빠졌을 때의 그 무서운 불을 일생 나누어 가지려는 투쟁, 그것이 사랑일까.

파스칼

　누항은 자신의 연애담을 얘기하기 위해 나를 만났다. 이 세상에서 가장 끔찍한 일은 타인의 연애담을 듣는 일이다. 누항이 그날 왜 내게 자신의 연애담을 얘기하는 실수를 저질렀는지 모르겠다. 학교 앞 유명 서점 뒤 골목길에 처박혀 있는 작은 바 '올레!'에서였다.

　그날 누항은 적어도 한 가지 면에서 총명했다. 그녀는 내가 피아노 클래스 선배들 중 가장 뛰어난 경청자라는 사실을 알고 있었다. 그때 나는 이미 피아노와 지휘 전공을 끝내고 한 오케스트라의 명성 높은 노지휘자 밑에서 주목받는 부지휘자로 일하고 있었다. 나는 타인의 애기를 경청할 수 있는 유일한 남자였는지도 모르겠다. 대개 자신이 천재일지도 모른다는 열병에 걸려 있는 자들은 남에게 강제로 자신의 애기를 들려주려 할 뿐 타인의 애기를 도무지 들으려 하지 않았다. 타인의 애기를 경청하는 능력이 결국 나를 일생 모든 악기의 소리가 범람하는 총보(總譜)와 싸워야 하는 지휘자로 만들었는지도 모르겠다. 사람들은 내가 지휘하면서 총보에 있는 모든 것, 볼 수 없지만 분명히 존재하는 것까지도 경청해낸다고 탄복할 때가 있다. 내게 우호적인 평론가들은 내 청력이 오케스트라의 뭉쳐진 음들 속에서도 최저 데시벨까지 건져 올린다고 말했다. 아버지는 내게 말했다.

"노악 선교사는 늘 말했지. 모든 초월적인 것은 경청에서 시작된다고. 모세도 엘리사도 욥도 다니엘도 모두 비범한 경청자들이었다는 거야."

그래서 조부인 노악 선교사는 한국의 북쪽 원산 교외에 있었다는 그 외로운 도살장에서 들려오는 도살된 짐승들의 둔한 울음소리를 경청할 수 있었던 것일까. 그의 귀는 일생 신을 경청하는 일에 익숙해져 불가능하도록 낮은 데시벨까지 반응할 수 있는 청력을 갖게 된 것일까. 어떻든 누항은 알고 있었다. 내가 인내심 많은 경청자라는 것을. 그날 그녀에게 필요했던 것은 오직 내 귀였다. 그리고 내 과묵한 성품이 그녀를 안심시켰으리라. 연애담을 얘기하는 동안 그녀는 나를 거의 바라보지 않았다. 그녀는 바의 푸른 창을 바라보고 있었다. 그래서 나는 그녀를 모처럼 가까이에서 세밀하게 관찰할 수 있었다.

신랄해 보이는 두 입술은 약간 벌어져 있었다. 입술의 틈은 마치 비상하려는 갈매기가 두 날개로 아라베스크를 하고 있는 모습 같았다. 그 위로 일등성 같은 두 눈이 존재의 가로등처럼 떠 있었다. 태생적으로 사물을 깊이 보겠다고 덤벼드는 신비하고 깊고 유혹적인 눈이었다. 그 두 눈 위로 풍성하지만 공격적인 눈썹이 월계수처럼 흩어져 있었다. 이마의 절반을 가린 그녀의 폭풍 같은 머리카락은 마치 기체로 만든 흩날리는 왕관 같았다. 그래서 머리카락이 아니라 바람의 성을 이고 있는 듯했다. 복종적이지 않은 머리카락은 어깨를 단번에 가린 후 위팔의 중간, 그녀의 젊은 유방이 시작되는 가슴 입구까지 내려와 흩어져 있었다. 그 머리카락은 그녀의 육체에 닿을 때 애무하듯 우아하게 그녀의 살 위에서 부서졌다. 아름다운 것은 그녀의 턱이었다. 목덜미에 신비한 그림자를 만드는 그녀의 턱은 미묘한 각을 이룬 채 빼어나게 아름다운 타원형을 이루고 있었다. 그녀는 그 위에 잿빛 비단 와이셔츠를 걸치고 있었다. 매력적인 여자였다.

연애담 속에서 나는 그녀가 서울에서 파견된 중년의 한 신문사 특파원과 사랑에 빠졌으며, 그 기혼자가 의외로 사물적인 남자임을 알 수 있었다. 그녀도 다른 여자 연주자들과 똑같은 덫에 걸려 있었다. 어린 시절 신동의 신화를 가진 여자들은 대개 대학 시절이나 졸업 후 연상의 중년 기혼자들에게 추락해 버리는 일이 많았다. 중년은 위험한 시간이다. 중년이라는 그 중도가 무섭다. 그 지점에 이르러 속물이 아닐 수 있는 자는 드물다. 생에 관한 한 이미 아주 노련한 장사꾼이 되어버렸다. 통속이라는 세균 속에서 들큰하도록 잘 썩었다. 순수로 귀환하기에는 너무 늦었고 포기하기에는 너무 이르다. 그 무서운 중도의 이름이 중년이다. 그러므로 중년은 안경을 걸치듯 얼굴에 가면을 하나씩 걸쳤다. 죽어도 안면에서 떼어낼 수 없는 그 가면 하나를. 그리하여 그들은 사랑을 원하지만 이미 사랑할 수 없도록 저주받았다. 그들은 듣기 좋게 욕정을 사랑이라고 부르며 그들의 먹이를 찾아다닌다. 이 늪에서 한 사내가 그녀에게 노련한 욕정을 쏟아 붓고 있는 것이다. 그러나 그것이 선의이든 악의이든 성적 욕망이란 설사 그곳에 사랑이 결여되어 있더라도 생명의 표현이며 사랑이 존재하더라도 어차피 결국은 쾌락을 주고받는 것이다. 어떻든 그녀들의 연애담은 대개 정신과적 문제들을 가지고 있었다. 그 남자는 누항과 정사 중에도 서울로 귀국해 국회에 소수 의석을 차지하고 있는 어느 오래된 보수 정당에 입당할 꿈을 꾸고 있었다.

맨해튼이라는 이 20세기의 북극 속에서는 뼈 속 깊이 외롭다는 것 자체가 차라리 건강한 만성병이다. 이 섬에서 외롭지 않은 자야말로 치명적인 악성병 보유자이다. 장엄한 맨해튼 대중앙역 건물 위에서는 헤르메스가 여행을 떠나라고 유혹하고 있다. 인간들이여, 삶이 네 발을 붙들어 매는 좌대(座臺)가 되게 하지 말라고, 네 숙명의 밧줄을 끊고 떠나라고 유혹하고 있다. 두려워 말고 투쟁을 계속하라고. 그리하여 네 머리카락을 날리는, 방황이 주는 그 독을 기꺼이 마시라고. 헤르메스의 유혹이 아니더라도 인간은 멈추면 죽는다.

새벽에는 언제나 대중앙역 후문, 구두 광택업자의 작은 가게가 가장 먼저 문을 연다. 이 20세기에 무려 열여덟 명이 아우슈비츠와 부겐발트에서 독가스로 죽어갔다는 내 가문의 역사 때문에 나는 이미 소년기에 인간의 끝을 본 조로한 남자가 되어버렸다. 히틀러의 죄는 그가 인간의 끝을 폭로해 버렸다는 데 있다. 아우슈비츠 이후 인간은 더 이상 인간이기를 꿈꿀 수 없게 되었다. 그것이 그의 공적이며 죄다. 그래도 그 끔찍한 가족사 속에서도 내가 아직 한 여자를 그리워하도록 유죄 판결을 받고 있다는 사실은 황홀하다. 이 새벽에도 나는 누항의 그 유정한 노릇빛 갈색 눈을 잊을 길이 없다. 그리움, 이 황홀한 유죄 판결.

아아, 이따금 나는 소망한다. 누항, 그녀가 맨해튼 7번가를 거닐다가 외로워서 내게 엽서 한 장을 써서 거리의 저 쪽빛 우체통에 처넣으면 좋으련만.

계류

　이층 협의실 문을 열자 검은 소파 위에 한 여자가 앉아 있었다. 그녀는 검은 투피스로 완벽하게 포장되어 막 배달된 정갈한 소포 같았다. 미소년처럼 짧은 머리는 잘 섞인 미용제의 광채와 함께 아름답게 뒤로 넘겨져 있었다. 설명할 수는 없지만 그 독특한 좌상은 그녀가 지금 막 도착했다는 느낌을 발산하고 있었다. 낙타색 스타킹에 덮인 젊은 두 다리와 그 다리가 끝나는 곳에 사선으로 누워 있는 검은 구두 한 켤레가 보였다. 다리는 절도 있게 모아져 있었고 구두의 가죽 끈은 최후의 매듭까지 완벽하게 봉합되어 있었다. 비단 양말 표면에 흐르는 광채가 목격됐다. 저런 양말을 신을 수 있는 평양 여자는 아주 드물다. 어떻든 지독하게 사무적인 공간에 가로로 검은 선을 깊게 긋고 뻗어 있는 소파와 세로로 또 다른 검은 선을 단호하게 내리긋고 있는 그녀의 상체, 다시 사선으로 뻗어 있는 그녀의 하체가 돌연 이루어내는 완벽한 대극에 숨이 막혔다. 그 뒤로 커튼 위로 액화된 밤

137

의 애수가 흐르고 있었다.

"아! 선생님."

나를 보자 소파에서 일어나며 그녀가 작은 탄성을 질렀다.

"청조."

내가 그녀의 이름을 불렀다. 나는 내가 청조 동무라고 부르지 않고 청조라고 부른 것에 놀라고 있었다. 그녀가 내게 첫인사를 던지기 전 그녀의 입 속에서 터져나왔던 그 낮게 출렁이던 탄성, 아!를 나는 잊지 않고 있었다. 우리는 서로 그리워하고 있었단 말인가.

악수할 때 나는 내 손이 그녀의 존재를 그저 스치게만 놓아두었다. 검은 정장을 한 그녀의 젊음이 끼쳐오는 그 절제되고 눈부신 순간적 섬광을 소멸시키고 싶지 않았다. 그렇게 함으로써 나는 그녀와 나 사이에 아직 다치지 않고 남아 있는 성처녀 같은 순간을 마셨다. 어떤 명령도 아직 배급되지 않은 이 순간의 성스러움.

다시 한 번 젊음을 봉인하듯, 명료하게 묶은 그녀의 가죽 구두 끈이 내 시야를 통과하며 멀어져갔다. 그때 협의실의 삼중문을 열고 부부장이 등장했다. 그는 인민복에 훈장을 달고 있어서 마치 광대 같았다. 우리는 서로 격렬하게 끌어안고 사회주의식 인사를 나눴다. 그는 그녀와 내가 3년 만에 재회했다는 사실을 상기시켰고 평균적 표현들로 나열된, 저장된 통조림 같은 말로 우리의 평양 도착을 환영했다.

그렇다면 저 여자도 지구의 어느 먼 대륙, 먼 도시에서 출발해 지금 이곳에 도착해 있는 것이다. 배나 국제 열차나 여객기를 타고. 우리는 누구도 자기의 체류지를 누설하는 법이 없었다. 그녀도 내가 라이프치히에서 북경에 이르는 먼 길을 거쳐 평양의 이 직녀 호텔에 도착했음을 모를 것이다. 결국 긴 여행의 종착역인 평양의 직녀 호텔이라는 플랫폼에 그녀가 서 있었다. 나는 이 여행의 끝, 이 여름밤의 플랫폼에 그녀가 서 있을 줄은 몰랐다. 한 인간과의 만남을, 그것도 젊은 여자와 갖는 이 돌연한 만남을 그토록 기뻐한 적은 없었다. 악수할 때 알았지만 그녀에게는 향기가 없었다.

우리 세계에서는 남자도 여자도 향수를 사용하는 것은 금기다. 향수는 체류지와 둥지, 잠자리에 남아 고집스럽게 그의 존재를 누설한다. 그녀에게 아무 향기가 없다는 것, 그 향기의 절벽이 우리의 슬픔이었다. 향기 대신 그녀에게서는 소독수 냄새가 났다. 평양에서 여자들은 귀걸이도 하지 않는다. 저 여자도 평양 입국 직전 귀걸이를 귓불에서 떼어냈음이 분명하다. 평양은 금욕적인 땅이다. 아무도 귀걸이 같은 것을 하지 않는 의협의 도시다.

부르주아의 부패에 넌덜머리가 난 것일까. 아니면 도덕적 단합이 필요했던 것일까. 공산주의자들인 우리에게 쾌락은 불길한 것으로 여겨졌다. 즐거움이 보류된 사회, 키스나 정사가 영화 화면 속에 존재하지 않는 금욕의 나라가 바로 평양이었다. 이 도시에서는 사랑의 위력이나 사랑의 위대함 같은 것은 전혀 언급되지 않는다. 사랑이나 열애는 대재앙이다. 이곳에서 쾌락은 늑장을 부리며 몸속에 남아 늙고 추하고 미성숙한 변태적 그 무엇으로 변해 간다.

청조는 말하자면 내 제자였다. 그녀가 나를 선생이라고 불렀던 이유도 그랬다. 3년 전 나는 그녀와 함께 유럽 여행을 떠났다. 동유럽 전문 요원인 나는 그녀의 유럽 연수 책임자요 감시자요 평가자였다. 그때 그녀는 스물다섯 살이었고 지금과는 약간 다른 모습을 하고 있었다. 유럽 연수가 끝나자 그녀는 홍콩을 거쳐 평양으로 귀국했고 나는 서베를린에 잠입해야 하는 잔여 임무가 있었다. 귀국 후 나는 그녀에 대한 보고서를 당에 제출했다. 그 보고서는 긍정적인 내용들로 가득 차 있었다. 이후 나는 그녀를 다시는 보지 못했다. 나는 당이 능력 있는 여자 요원을 필요로 하고 있다는 것을 알고 있었다. 아니, 당은 여성 요원 이상의 그 무엇이 필요했다. 혁명 전사라고 이름 붙여야 할.

이 세계의 동료들 사이에서는 여자 요원에 대한 극단적 편견들이 존재했다. 그들은 대개 우리 사업은 여자들이 참여하기에 너무 가혹한 것이라고 단정했다. 물론 여자 요원들은 적진에 지뢰처럼 깔려 있는 국경 검문소나 검색대나 불심검문을 훨씬 수월하게 통과할 수 있었다. 여자란 평범한 남자들에게는 어머니, 누이동생, 연약한 연인의 연장이다. 천천히 유모차를 몰고 가는 여자를 게릴라나 혁명 전사라고 상상하기는 어렵다. 그리하여 수많은 혁명 속에서 여자들은 폭탄과 무기를 나르는 운반책으로 활약했다. 그래도 여자 요원들의 용도에는 한계가 있었다. 나는 여자 요원이 이 혁명 사업에서 과연 어떤 결정적 역할을 할 수 있을지 회의하고 있었다. 그러나 남자 요원들과 여자 요원들의 가장 큰 차이는 여자 요원들은 체포된 뒤에도 결코 당이나 조직을 배신하지 않는다는 사실이었다. 그들은 혁명이나 목숨을 위해 작전이나 정보를 누설하거나 흥정하지 않는다. 그녀들에게 조직이나 당은 마치 그녀의 아이와 같아서 목숨을 바쳐서라도 부둥켜안고 지켜내야 할 압도적인 그 무엇이다. 궁지에 몰렸을 때 남자 대원들은 조직을 지키기 위해 목숨을 끊는 일을 주저한다. 그러나 여자 요원들은 주저 없이 단번에 자신을 죽인다. 그녀 안에 있는 생체 시계가 그것을 안다. 그 순간이 바로 그녀가 스스로를 죽여야 하는 시점이라는 것을. 몸 안에서 생명을 발아시키고 키우고 낳아본 여자들, 생명의 기원과 손잡고 일해 본 여자들은 그것을 안다.

청조가 언제 당의 공작원으로 선발됐는지 나는 알 길이 없다. 내가 그녀를 처음 본 것은 청년 당원 기관지 《새벽》에서였다. 그해 그녀는 압록강 잉어 축제에서 '잉어의 여왕'으로 선발됐다. 그녀는 그때 수령 후처의 이름을 딴 여자 사범대학 1학년생이었는데 압록강 물처럼 푸른 남빛 치마에 파도의 상징인 흰 저고리를 입고 머리에는 용강군 고구려 쌍영총 고분 벽화를 본떠 만든 현란한 주작(朱雀)의 관을 쓰고 있었다. 그녀는 그 가을 압록강에서 잡아 올린 아름다운 잉어를 두 손으로 들어 올리고 있었는데 그 거대한 잉어는 그때까지도 살아 있어서 또렷한 시선으로 자기가 잠시 정거 중인 육지의 공간을 바라보고 있었다. 더구나 육지에서 정확히 숨을 쉬기 위해 벌린 아가미와 그 아가미 아래 시작되는 첫 지느러미에 그녀의 첫 손가락이 마치 대금이라도 부는 듯 아름다운 사선으로 놓여 있었다. 또 다른 손은 잉어의 복부가 끝나고 장식 같은 꼬리가 시작되는 곡선 위 마지막 지느러미 앞에 강한 악력으로 놓여 있었다. 그녀 뒤로 아름다운 압록강과 축제 행사장에 걸어놓은 은빛 그물들이 걸려 있었다. 그녀의 어깨에 사선으로 두른 휘장 위에는 '잉어의 여왕'이라는 은빛 글자가 씌어 있었다. 기관지 《새벽》에 실린 그녀의 모습을 내가 왜 이토록 상세하게 기억하고 있는지 모르겠다.

압록강변에서 잉어 축제가 열리는 시월이면 갈매기들은 벌써부터 무게 있게 날기 시작한다. 가을 우수가 그들 내장에 물기를 출렁이게 했기 때문이리라. 강변에 늘어선 잘생긴 수양버들 뒤로 강 한가운데 우뚝 게양되어 있는 공화국 깃발이 바람에 흩날리고 있었다. 갈매기들은 깃발들 위를 끝없이 윤무한다. 강변 갈대들은 이미 건강하고 당당한 갈색 꽃들을 거침없이 피워냈고 그 발밑으로는 싱싱한 칼창포들이 우르르 피어난다. 그러나 이 축제의 중심은 단연 잉어와 어부다. 물살에 기꺼이 닳아버린 늙은 그물들은 사방에 배치된 네 척의 보트에 의해 강 속 깊이 잠수한 후 그물이라는 두레박에 올려져 지상에 나올 지원자인 잉어를 기다린다. 얼마 후 목선 위의 어부들은 그들 팔뚝으로 전해져오는 잉어들의 신호음을 수신한다. 네 척의 목선이 거리를 조종해 가며 천천히 물에 잠기는 그물을 수면으로 끌어올린다. 잉어들이 채 수면에 떠오르지 않았는데도 갈매기들은 이미 후각으로 잉어들을 느끼며 희열에 찬 비명을 지르며 몰려든다. 그물의 거창한 가장자리, 끝없이 작은 추가 달린 그물의 세포가 장갑을 낀 어부들에 의해 천천히 들어 올려진다. 아아, 그물에 들어찬 잉어들과 숭어들의 도약, 그 위로 하늘로부터 눈처럼 쏟아져내리는 갈매기 떼들의 저 만가 같은 비명들. 사람들은 노천 가두 식당 식탁에 앉아 잉어탕을 먹는다. 잉어 토막 속에서 드러나는 나무 얼개빗 같은 크고 건강하고 대담한 뼈들이 햇빛 아래 번쩍인다. 잉어를 먹고 나면 사람들은 강변에 늘어선 축제 점포들을 순회한다. 숫돌, 아카시아 꿀, 석청, 적죽 피리, 왕사탕과 솜사탕. 잊지 말아야 할 것이 있다. 새해 달력도 벌써 축제 점포에 등장해 있다. 운 좋은 노인들은 백두산표 굵은 삼베를 만져볼 수 있다. 노인들은 살아 있는 제 몸보다 죽은 자기 시신을 싸안게 될 그 누렇고 다정한 삼베에 반해 버린다.

사람들이 끝없이 줄지어 선 곳이 바로 잉어를 파는 천막이다. 거대한 내장 통들, 그 안으로 끝없이 밀려 들어가는 광채로 미끈대는 잉어의 내장들, 어부의 검은 장갑, 독창하는 사람처럼 둥글게 벌린 잉어의 입, 천막 아래 놓인 그물 속에서 펄떡대는 잘생긴 잉어들, 녹색 벨벳 같은 잉어의 등판과 지느러미들. 잉어 한 마리 한 마리에게 그토록 아름다운 옷을 지어 입힌 것은 어머니 압록강이었다. 한 사내가 밀방망이로 펄떡대는 잉어의 정수리를 짧고 단호하게 내리친다. 놈들을 기절시킨 후에야 그것들 몸에 칼을 대는 일이 가능하다. 기절한 잉어의 몸속에 칼을 넣으면 심장에서 선혈이 솟아오른다. 사내가 그 틈으로 손을 넣어 더운 내장들을 끌어낸다. 빛나고 미끈거리는 내장들이 내장 통 속으로 추락한다.

잉어는 압록강에 닥친 황홀하고 짧은 시의 파편이다. 측면에서 보면 살갗과 비늘은 강의 물결을 닮았다. 잉어들은 어머니인 강의 물결로 몸을 감싼 후 그것이 천천히 제 존재 위에서 굳어지게 하는지도 모르겠다. 그렇지 않고서야 압록강 표면과 잉어의 비늘이 그토록 같을 수는 없다. 잉어의 등판을 보라. 그곳에 고체화된 물결이 놓여 있다. 그렇다. 산란기인 오월이면 강가의 수컷 잉어는 발정했고 교미 중인 암컷은 희열에 차 공중으로 날아올랐다. 가을이면 사람들은 열차를 타고 압록강으로 달려와 그렇게 장엄한 청잣빛 여신 압록강과 그 여신이 거대한 뱃속에 가득 길러놓은 그녀의 아들인 순은빛 등판에 상아색 배때기를 지닌 이 고상한 어족을 탄성을 올리며 바라보는 것이었다. 그리고 축제 기간 동안 강가에 가설된 노점에서 방금 잡아 올린 잉어의 순은빛 살점을 먹었다. 사람들은 그렇게 수천 년간 압록강이 인간에게 베풀어온 성찬을 받고 있었다. 젓가락 끝의 잉어 살점을 통해 여신이 우리 몸 안으로 들어와 우리에게 축제를 베푸는 그 일이, 강의 신성을 먹는 그 일이 일어났다. 그 초월적 대류가 짧은 축제 기간 동안 단번에 일어났다. 여신을 먹는 그 예식이 끝나면 사람들은 다시 신의주역에서 기차를 타고 내일분의 배급표와 공동 창고들이 기다리고 있는 집과 협동농장으로 귀가했다. 그해에 청조가 바로 그 상징투성이인 축제 한가운데 잉어의 여왕으로 서 있었다 그 밤 청조의 얼굴은 이미 압록강변에서의 잉어 여왕이던 때의 그 얼굴이 아니었다. 그녀가 공작원으로 선발된 것은 아마도 잉어 여왕이 된 직후의 일이었으리라. 잉어 여왕이 된 지 8년이 지난 이 밤 그녀는 당이 원하는 바로 그 얼굴이 되어 있었다. 8년간의 무섭고 혹독한 훈련이 그녀의 얼굴에 보이지 않는 줄을 긋고 지나갔다. 조국을 위해 반드시 무엇인가 수행하겠다는 야심과 순애보가 그녀의 검은 원반 모양의 동공과 동공 주변의 반달 주름 속에, 극단적으로 짧게 잘라 광채를 낸 머릿결 속에 뒤엉켜 있었다. 그리하여 그녀의 얼굴은 그녀가 이제는 당에 의해 어디론가 파견될 시간이 되었음을 시계처럼 가리키고 있었다. 당은 바로 그 얼굴이 될 순간을 기다려왔다. 그리고 그녀가 도달해 있는 그 얼굴이 바로 당이 주저함 없이 그녀를 작전에 투입시킬 수 있는 바로 그 지점이었던 것이다.

그러자 유정 사후의 내 모습이 생각났다. 나는 어장 대학에 가고 싶어했다. 나는 선원이 되고 싶었다. 그러나 나는 특수 군사 대학에 갔고 1년 후 위탁 교육생으로 선발되어 독일 라이프치히의 칼 마르크스 대학에 파견되어 독일어와 영어를 배웠다. 그 3년간의 동독 유학과 이후의 레닌그라드 연수가 나를 동유럽 전문가로 만들도록 운명지웠다. 레닌그라드에서 나는 폭탄 전문가 과정을 수료했다.

부부장이 우리 두 사람 앞에 앉았을 때 모든 것이 자명해졌다. 이제 곧 임무를 위해 나와 그녀가 한 팀이 되리라는 사실 말이다. 나는 이미 공작원 경력 30년의 베테랑이었다. 겨우 경력 8년짜리 그녀가 나와 한 팀이 된다는 것은 그녀가 동세대 공작원들 중에서 가장 탁월한 실력의 소유자라는 증거였다. 그렇다면 그녀와 내가 이루게 될 팀은 가장 탁월한 팀일 것이며 그 탁월함이 우리 두 사람을 각각 세계의 다른 쪽에서 황급히 귀국하게 했던 것이다. 이 탁월한 팀이 세계의 끝에서 황급히 날아와 지금 거대한 유리창이 평양의 검은 벨벳 같은 밤을 비추고 있는 이 지점에 앉아 있는 것이다. 이 팀에게 던져질 임무란 운명적으로 비범한 것이 아닐 수 없다는 비장함이 감돌았다. 결국 부부장은 우리가 함께 팀이 되어 일할 것임을 정식으로 알렸다. 그때 문득 청조가 일어나 내게 짧게 인사했다.

"영광입니다, 선생님."

나는 아름다운 그녀의 검은 구두가 식물적인 아름다움으로 아름답게 뻗어 있는 그녀의 두 다리를 두 장의 꽃받침처럼 받치고 있는 것을 보았다. 부부장은 자정에 한 손님이 올 것이며 그 손님이 우리에게 직접 임무를 전달할 것이라고 했다. 자정에 올 손님. 호텔 직녀 부근은 이내 모든 직원의 접근이 금지되었다. 회의 시중을 드는 남자 비서의 접근도 금지되었다. 나는 시계를 보았다. 자정까지는 꼭 20분 남아 있었다.

그 밤 평양 일대에는 태풍 경보가 발효되어 있었다. 시속 110킬로미터의 풍속이라고 했다. 라디오 평양은 평양 일대 모든 주민은 외출하지 말고 집에 머물러 있으라고 경고했다. 그날 밤 나는 창밖에 서 있는 수은등 아래로 시속 110킬로미터의 바람이 모든 낙엽들을 일깨워 유령처럼 허공으로 날려 일으키는 용오름, 그 낙엽의 반란을 보았다. 그것은 마치 녹둣빛 메뚜기 떼가 일제히 신음을 토하며 절벽을 향해 날아오르는 공격적인 모습으로 진행됐다. 거대한 나무들은 아랫가지가 땅에 닿을 정도로 몸이 휘어지며 그 숲에 들어찬 압도적 테러에 저항하고 있었다. 공격적인 고속의 바람 속으로 간헐적인 폭우가 증류수 같은 빗살을 대지에 내리꽂았다. 전선의 애자들이 애통하게 울었다. 폭풍은 그렇게 고독한 숲에 말을 걸고 있었다. 세상이 다시 대홍수 속에 빠져드는 착각이 왔다.

　자정이 오는 그 시간의 다리 위에서 나는 마치 55년 된 추억 전체를 싣고 있는 한 척의 화물선처럼 그 폭풍의 밤, 물이 차오르는 깊은 숲 이층 사무실 위에 떠 있었다. 번개처럼 어머니에서 시작되는 추억의 화물들이 빗속에서 일제히 축축한 향기를 뿌렸다. 어머니는 항상 내 생애의 성모로서 과거의 입구에 서 있었다. 내 존재는 꼭 55년 된 묵은 나무 옷장 같았다. 그 옷장 속 옷걸이들 위로는 폐기된 우물, 박하 잎사귀 한 장, 유정, 그의 몸에 닿았던 황금 낫 같은 것이 흔들거리며 걸려 있었다. 레닌그라드 연수 시절 레닌그라드 모아 강 주변의 잿빛 실험실 속에서 수제 폭탄을 만들던 시절에 풍기던 질산암모늄, 니트로글리세린, 초유 폭약 같은 냄새도 다가왔다. 숲 속에는 라디오 평양이 예고한 태풍이 이미 진군해 있었다. 밤은 바람으로 터질 것 같았다. 그러고 보니 나는 평양행 화물 비행기 속에서 이미 태풍의 전조를 알고 피신해 들어온 파리 한 마리가 날기 연습을 하는 소리를 들었던 것 같다.

　그 폭풍 속을 뚫고 탄환처럼 검은 승용차 한 대가 도착했다. 시속 110킬로미터의 태풍 속을 경호 차량도 없이 탄환처럼 질주해 온 손님이 거기 있었다. 차의 표면은 태풍이 토해낸 빗물로 수정의 막을 이루고 있었고, 극단적인 풍속의 저항을 받았음이 분명한 오른쪽에는 대로와 숲이 토해낸 나뭇잎들이 추상적인 모습으로 붙어 있었다. 뒷문이 열리자 검은 벨벳 같은 자정의 어둠을 배경으로 그 손님의 흰 구두가 드러났다. 구두는 마치 봉제 후 최초로 대륙을 밟는 듯 비현실적인 광채로 덮여 있었다. 그의 발은 의외로 갸름하고 길어서 무용수 같았다. 그리고 곧 눈부신 흰 인민복을 턱 아래까지 단정하게 여며 입은 그 손님의 모습이 드러났다. 그는 평균 키에 약간 마른 모습이었고 갸름한 얼굴 위로 눈동자를 간신히 예감할 수 있는 반투명 안경을 쓰고 있었다. 그는 손끝에 아주 짧은 지휘봉 하나를 들고 있었는데 순은임에 틀림없었다. 그렇지 않고서야 그 작은 막대가 어둠 속에서 그토록 우아한 섬광을 발할 수는 없었다. 그의 손에 들린 그 지휘봉이 그와 우리 사이에 놓인 순은의 부교였다. 그가 사령관이라면 우리는 그의 군대였고 그가 지휘자라면 우리는 그의 오케스트라였다. 그 지휘봉이 나로 하여금 엔진 소리도 거친 화물 비행기 속 외교행랑 곁에 실려서라도 헐레벌떡 평양으로 달려오게 한 힘이었다.

"수고 많습니다, 동무들."

그것이 호텔 직녀 현관에 도열해 있던 우리에게 던진 그 손님의 첫 인사였다. 발작적인 번개가 다시 한 번 그의 승용차 등판을 타격했다. 손님의 음성은 폭풍 속을 달려온 사람답지 않게 명료하고 침착했다. 손님은 자신의 부친인 수령의 거대한 초상화 앞을 지날 때 잠시 걸음을 멈췄고 손을 가슴에 얹은 채 경례했다. 유리관 속에 보관되어 있는 옛 고구려 전사들의 도끼인 부월수 앞을 지날 때는 짧게 목례했다. 그 목례 때 나는 문득 암살자 하겐의 신검인 발뭉을 생각했다. 협의실에서 부부장이 상석을 권하자 자정의 남자는 거절했다.

"그곳은 수령님의 자리죠."

그가 짧게 말했다. 그러자 나는 평양의 지하철 속에서 본, 흰 헝겊이 씌워져 보존되어 있는 수령이 앉았던 좌석의 그 신성한 공백을 생각했다. 천리마선은 수령이 앉았던 그 좌석에 신성한 포를 씌운 채 봉화, 해방산, 만수대 거리, 모란봉을 지나 붉은 별 역에 이르곤 했다. 그가 우리 맞은편 부부장 곁에 나란히 앉았을 때 협의실 동쪽 벽에서 시계가 정각 자정을 가리키는 것을 나는 보았다. 손님은 극심한 폭풍 속에서도 이 회의가 자정 정각에 열리도록 예정되어 있다는 사실에 유의하고 있었고 그것을 완벽하게 지켜냈다.

그의 그 철저함이 우리의 유대감에 신뢰와 탄력을 불어넣었다. 협의실에는 그 자정의 손님과 부부장 그리고 나와 청조 넷뿐이었다. 우리를 소개하려고 부부장이 일어났을 때 자정의 손님은 문득 몸을 일으켜 내게로 다가와 악수를 청했다. 내 오른손이 순결한 인민복 아래로 드러난 그의 오른손 안에 아직도 남겨져 있을 때 그가 선 채로 내게 말했다.

"한세류 동지, 나는 동지에게서 고인이 되신 친부 유정 선생의 얼굴을 봅니다. 유정 선생의 유언은 수령님 저서에도 적혀 있지요. 다른 빨치산 동지들처럼 죽어서 안개로 빗물로 조국을 지켜주시겠다고 그분은 말씀했지요. 엄청난 폭풍 속에서 그분이 내 차를 빗물이 되어 끌어안고 있다고 생각했지요. 운전수가 겁내지 않고 속도를 낼 수 있었던 건 다 그런 이유입니다. 이 자정, 중요한 순간에 이 장소에서 동지를 만나니 나는 마치 유정 선생의 화신을 동지에게서 보는 것 같습니다. 유정 선생께서 애국의 베테랑이듯 동지가 이 나라 최고의 베테랑 혁명 전사라는 것이 감동적이오."

나는 자정의 손님이 풍기는 장백산 소나무 향의 면도수 냄새를 들이마셨다. 그는 폭풍 경보가 발효 중인 평양의 한복판을 관통하고 달려와 내게 중요한 임무를 배급해야 하는 이 긴장된 운명의 순간에 문득 아버지 유정의 신화를 기억해 줌으로써 이 순간을 시로 만들고 있었다. 나는 이 자정의 손님의 치밀함, 내 임무와 유정의 신화를 노련하게 배합해내는, 폭풍 속에서도 정확하게 약속된 자정 회의에 참석하고, 장백산 소나무 향을 풍기는, 눈부신 순결한 인민복에 흰 구두를 갖춰 신고 등장한 이 남자의 의도된 연출에 압도되었다. 내가 말했다.

"제 부친의 이름을 제 귀에 들려주시니 영광입니다."

이 남자는 알고 있었다. 내 최고의 재산이 유정이라는 것을.

그 남자는 청조에게로 갔다. 청조와 악수하며 그가 말했다.

"김청조 동무, 동무가 우리 공화국 최고의 혁명 전사들 가운데 하나인 한세류 동지와 공작조원이 될 만큼 성장했음에 경탄하오. 동무는 우리 공화국을 위한 심청이고 이피게니에요. 동무는 알고 계십니까. 수령께서 다음 주에 청조 동무의 부친을 초대해 직접 자신의 머리를 이발하게 하실 생각이라는 것을 말입니다. 동지의 부친께서는 이미 수령궁에서 보낸 초대장을 받으신 줄 압니다."

청조의 부친은 이발사였다. 심청과 이피게니에 그리고 수령궁에서의 이발. 나는 이 자정의 손님이 그의 입술로 토해내는 서사를, 태풍이 으르렁대는 이 고독한 방에서 그가 토해내는 애수적 언어와 그 눈부신 웅변에 매료되었다. 이 자정의 손님은 입만 열면 진부하고 지루한 재고품 용어들을 토해내는 저능한 축음기 같은 자들과는 달랐다. 그러자 이 자정의 손님이 우리에게 분배할 임무가 심상치 않으리라는 운명적 예감이 왔다. 유정, 심청, 이피게니에, 혁명 전사. 이것은 모두 그의 생을 극단까지 살아낸 자들의 이름이었다. 생을 통해 자기 존재를 극단의 경계까지 밀고 갔던 영웅들의 이름이었다. 나는 특히 저 자정의 손님이 아름다운 심청과 미케네 왕국의 공주 이피게니에의 이름을 발언하는 데 깊은 충격을 받았다. 그것은 그의 모스크바 유학 시절의 산물일까.

자정의 손님이 다시 그의 자리에 앉았을 때 협의실에는 잠시 침묵이 흘렀다. 그 침묵 한가운데로 자정의 관자놀이를 관통하는 바람이 만들어내는 날카로운 금속음이 통과해 지나갔다. 회의실 허공에는 금욕적인 적막이 흘렀다.

"난 오늘 두 동지에게 임무를 직접 분배하기 위해 이곳에 왔소."

자정의 손님이 입을 열었다.

"결론부터 말하겠소. 두 동지가 수행해야 할 임무는 남한의 민간 여객기를 폭파시키는 것이요. 우리 공화국이 갈망했던 내년 올림픽 남북한 공동 주최는 남한 정부의 아집으로 좌초됐습니다. 우리가 공동 개최를 원한 것은 세계를 향해 한반도가 두 개의 조선이 아니라 본질적으로 하나의 국가임을 확신시키기 위한 일이었습니다."

순간 나는 그 남자의 갸름한 얼굴 위에 걸쳐진 수면대 같은 반투명의 검은 안경을 바라다보았다.

"협상은 좌초되었고 우리 공화국은 남한이 영구적 고립을 원한다는 결론에 도달했습니다. 동지들은 아십니까. 북한과 남한, 평양과 서울은 한 개의 심장으로 사는 쌍생아입니다. 이 심장을 잘라 한반도를 절명시키려는 그들의 맹목은 저지되어야만 합니다."

그가 목소리를 다시 낮췄다.

"이 작전을 수행하기 위해서 나는 이 시간 우리 공화국의 정예 전사인 한세류 동지와 김청조 동지를 임명합니다. 그리고 이 역사적 작전에 이름을 부여하는 바입니다. 남한 민간 여객기를 세계의 하늘에서 공중폭파함으로써 한반도 영구 분단의 악몽을 세계에 경고하는 이 중대한 혁명 과업의 이름은 '작전명 유토피아' 입니다. 오늘 자정으로부터 정확히 8주 후 동지들은 작전 현장으로 파견될 것입니다. '작전명 유토피아'를 완전하게 성공시키고 평양으로 귀국하는 날 김청조 동지에게는 공화국 훈장과 포상을, 베테랑 혁명 전사 한세류 동지에게는 수령궁에 있는 황금 책에 그 이름이 황금 문자로 기록되는 혁명 전사 최고의 영광을 약속합니다."

수령궁의 황금 책. 황금 표지의 책에 그 이름이 황금 문자로 기록되는 것. 그것이 종족과 인민을 위해 생명을 걸었던 혁명 전사들이 경험할 수 있는 최고의 영광이었다. 그때 그 자정의 남자가 내게 소원이 무엇이냐고 물었다면 나는 훈장도 포상도, 황금 책도 필요 없다고 말하고 싶었다. 내게 훈장은 영웅적인 무늬를 넣어 불에 구워낸 법랑 외에는 아무것도 아니었다. 내가 당과 수령 앞에 한 가지 소원이 있다면 개마고원행 열차에 유정의 이름을 명명하는 것이었다. 개마고원에 몸을 부비며 장진, 갑산, 무산에 이르는 열차를 유정호라고 부를 수 있다면 여한이 없었다. 그것이 내가 일평생 받을 수 있는 최고의 훈장이었다. '작전명 유토피아'의 명령 분배는 그렇게 끝났다.

떠날 때 자정의 손님은 탁자 위에 다치지 않고 놓여 있는 더운 차의 찻잔을 보며 말했다.

"난 묘향산 가장 낮은 샘에서 흐르는 영천수를 좋아합니다. 게다가 난 채식주의자입니다. 내가 흰옷을 즐겨 입는 것은 채식주의와 관계가 있습니다. 작전의 성공을 빕니다."

자정의 손님은 헤어질 때 현관에서 부부장에게 말했다.

"내년에는 이곳에 향수화를 심으세요."

향수화는 유월이면 평양 숲에서 꿈꾸듯 피는 키 작은 은방울꽃의 속칭이었다.

자정의 손님은 다시 승용차에 올랐고 아직 태풍 경보가 해제되지 않은 위험한 밤 속으로 흰 인민복의 등을 보이며 그렇게 소멸되어갔다. 그날 밤 평양의 하늘에는 그 자정의 손님의 귀로를 밝혀주는 젊은 초승달 같은 것은 없었다. 초고속의 바람 속에서 침엽수들이 그가 탄 승용차의 등판을 찔렀으리라. 어떻든 그의 존재는 우리에게로 그렇게 탄환처럼 날아와 명령을 분배하고는 다시 탄환처럼 사라져갔다. 모든 것이 순간에 등장해 순간 속에 소멸해 갔다. 그 남자가 남긴 말과 면도수 향기 속에서 나는 약간 현기증을 느꼈다. 그의 현존은 내게 기습적이도록 짧고 독한 최면 같았다. 그제서야 나는 그의 흰 인민복, 흰 구두, 순은의 지휘봉, 반투명의 안경, 장백산 소나무 향의 면도수, 채식주의, 향수초 등이 이 자정의 남자가 의도적으로 만들어 내고 있는 치밀한 멜랑콜리, 치밀한 시라는 생각을 했다. 더구나 평양 일대에 내린 태풍 경보가 그날 밤 그의 등장과 퇴장을 더욱 극적으로 만들어주고 있었다. 그가 연출해내는 이 시 속에서 그와 우리는 절대 접근이 금지된 신성한 방에서 남한 여객기 폭파라는 엄청난 공작 임무를 주고받고 있었던 것이다. 이런 종류의 가혹한 순간을 그토록 치밀하고 극적으로 포장할 줄 아는 저 자정의 남자의 최면술이 무섭기까지 했다. 명령 속에서 풍기는 피비린내를 가리기 위해 그는 부하인 부부장이 권하는 상석에 앉지도 않았고 다리를 거만하게 꼬지도 않았으며 준비된 더운 차를 비우지도 않은 채 단 한순간도 자신의 자세를 흩뜨리지 않았던 것이다. 그렇게 함으로써 침엽수림 속으로 다시 사라질 때 그는 명령 속에서 풍기는 낭자한 피비린내 대신 증류수 같은 채식주의자의 향기와 은방울꽃의 순결한 향내를 남겼던 것이다. 그럴 때 그는 약속 시간보다 단 1초도 늦어서는 안 되고 그의 살덩이는 흰 인민복으로 순결하게 포장되어야만 했다. 더구나 그 자정의 남자가 남긴 마지막 말, "난 채식주의자입니다."는 오랫동안 내 머리 속에 남았다.

어떻든 남한 비행기를 공중폭파할 그 엄청난 '작전명 유토피아'는 그 채식주의자에 의해 그렇게 언도되었다. '작전명 유토피아'라는 것은 내게는 그저 지진이었다. 우리의 임무가 중대하리라는 것은 예감하고 있었지만 이번 임무는 중대함 그 이상이었다.

자정의 남자를 배웅한 후 우리 셋은 말없이 숙소를 향해 헤어졌다. 밤 인사를 나눌 때 나는 청조의 창백하고 해쓱한 관자놀이를 보았다. 그날 밤 나는 긴 여독에도 불구하고 숙면하지 못했다. 운명이 그 임무를 통해 나를 어떤 지점으로 초대하고 있다는 생각이 들었다. 내가 도착해야만 하는 바로 그 지점으로. 어떻든 공작원 생활을 시작하던 그날부터 나는 오늘 바로 이 임무를 맡도록 예정되어 있었는지도 모르겠다. 당이 이 작전을 계획했을 때 그들은 내가 그 임무에 그토록 적합한 데 스스로 놀랐을지도 모른다. 설명할 수는 없지만 당이 이 '작전명 유토피아'를 위해 필요한 것은 오직 나였다. 아무도 이 작전에 나를 대신할 인물이 없다는 사실을 당은 알아버린 것이다. 확실한 것은 내가 당에 의해 선택되었다는 이 느낌이 좋다는 것이다. 아니, 우물에서 건져 올려지던 그날, 나는 내 입을 거쳐 손에 닿아 있던 그 박하 풀을 50여 년 후 폭탄으로 교환해 잡고 있기로 이미 운명 지워져 있었는지도 모르겠다.

이튿날 새벽 산책 길에 나는 그 숲이 시속 110킬로미터의 태풍에 어떻게 저항했는지를 보았다. 수령 백 년이 넘는 거대한 나무가 뿌리가 뽑힌 채 갈림길에 처형된 채 누워 있었다. 길은 나무들이 토해낸 나뭇잎들로 반란을 이루고 있었다. 물웅덩이 곁을 지날 때 나는 맨땅 위에 까마귀 한 마리가 두 발을 허공에 세운 채 죽어 있는 것을 보았다. 나는 잠시 그 검은 새를 바라보았다. 어젯밤 태풍이 풍속을 뚫고 달릴 수 있는 그 새를 추락시켜버린 것이다. 나는 다가가 두 손으로 까마귀를 맨땅으로부터 일으켰다. 놀랍지만 생명이 떠난 까마귀의 몸은 현기증이 나도록 가벼웠다. 그의 갑옷이었던 바깥쪽 큰 두 날개는 마치 야생 비단처럼 내 손 안에서 서걱거렸다. 나는 그의 몸을 도토리나무 아래 쌓여 있는 묵은 낙엽 위에 가만히 놓아주었다.

그때 문득 내 머리 위에서 까마귀 한 마리가 울기 시작했다. 그 울음은 갑자기 한 떼의 울음소리로 변했다. 그러자 나는 종족의 낙오자가 된 그 까마귀의 장례식을 나도 모르게 방해했다는 사실을 알았다. 동산의 온 까마귀가 바로 내 머리 위쪽 거대한 나뭇가지 위에 집합해 있었던 것이다. 아니, 그 울음소리는 폭풍에 저격당해 맨땅에 누워 있는 그를 낙엽이라는 부드러운 관 위로 옮겨준 것에 대한 감사의 말인지도 몰랐다. 확실한 것은 까마귀들이 동료의 죽음 이후 그 죽음의 장소를 떠나지 않고 그를 애도하고 있었다는 사실이다. 내가 그곳을 떠난 후에도 까마귀들은 발작적이고 지속적인 만가를 계속했다. 거목 한 그루와 까마귀 한 마리를 저격한 태풍은 지금 어느 지점에선가 돌연 소멸되어버리고 없으리라. 그것이 지난밤 자정부터 시작되어 잠시 새벽을 경악시킨, 숲 속에서 일어난 다섯 시간짜리 혁명의 내용이었다.

이 비밀 가옥이 호텔 직녀라고 불리운 데에는 이유가 있었다. 호텔 직녀는 폐허가 된 옛 결핵 요양원을 개조해 지은 건물이었다. 사람들은 그 지역이 왜 갑자기 금지 구역으로 책정됐는지 알지 못했다. 사람들이 기억하고 있는 것이라고는 그 요양원에서 수많은 사람들이 죽어갔으며, 그 낡은 요양원 뒷산에 그 환자들을 매장한 거대한 공동 묘역이 있다는 사실이었다. 오랫동안 사람들은 스스로 그곳에 접근하기를 꺼려했다. 창백한 환자들의 긴 산보 행렬, 기침 소리, 질긴 결핵균이 남긴 완만한 학살. 사람들에게 그곳은 결핵균이 남긴 고요한 재앙의 제국으로 기억되었다.

오래전 이 훈련소 북쪽에는 작은 강이 있었고 이 훈련소에 도착하려면 그 강어귀에서 보트를 탔어야만 했다. 강어귀에는 늘 서너 척의 고무 보트나 나무 보트가 놓여 있었는데 사람의 왕래가 없는 날이면 원앙과 청둥오리들이 칭얼거리는 잔물결과 함께 보트 주변에 몰려 있었다. 강어귀에는 돌연 한 줌의 녹색 갈대도 자라고 있었다. 여름이면 흰 나팔꽃들이 갈대의 겨드랑이 아래에서 지천으로 폈다. 봄이면 이 작은 강은 물의 뿌리로부터 선연한 안개를 일으켰고 그 안개들은 지독하게 느린 속도로 숲의 저지대로 이동하면서 온 동산에 꿈을 전염시켰다. 진달래꽃은 그 안개 속에서 봉화처럼 피어올랐다. 그 선연한 안개와 진달래가 이루어내는 극적 에로스는 숨 막히는 것이었다. 어떻든 강이 토해내는 지독한 안개 때문에 강의 수면은 젖빛이었다. 사람들은 그 강을 은하천이라고 불렀다. 강어귀에 서면 우리는 견우가 되어 나무 보트를 저었고 그 은하수를 건너 비밀 가옥으로 갔다. 마치 견우가 직녀에게 가듯. 그것이 이 훈련 장소가 호텔 직녀라는 이름으로 불리게 된 내력이었다. 이후 강 상류에 생긴 댐으로 강은 수량이 줄어들어 해쓱한 개천으로 변했고 당은 더 이상 그 개천에 보트를 띄우지도, 목교를 건설하지도 않았다. 그렇게 함으로써 당은 호텔 직녀가 외부와 완전히 차단된 자연 요새가 되도록 내버려두었다.

다음날부터 '작전명 유토피아'를 위한 비밀 교육이 시작됐다. 첫 시간, 부부장은 환등기의 단추를 눌렀다. 스크린 위로는 빙하 같은 남성적 구름과 선연한 차이나 블루의 하늘을 배경으로 거대한 비행기 한 대가 떠 있었다. 부부장이 말했다.

"이것이 바로 '작전명 유토피아'의 공작 목표와 동형 비행기인 보잉 707기요."

숫자 7로 시작되는 비행기인 것을 보니 현역 민항기임이 틀림없었다. 미사일과 무인 항공기에는 숫자 5나 6이, 구식 민항기나 군용기에는 2, 3, 4 같은 번호가 붙여진다. 나는 화면 속의 비행기 폭을 가로지르는 두 장의 고정 날개와 미끈한 몸체 끝에 달린 꼬리 동체, 그리고 엔진이 내장된 덮개를 바라보았다. 구름 바다에 떠 있는 저 빼어난 새, 4백만 개의 부품과 수십만 조각의 금속, 플라스틱, 유리, 탄소 섬유의 합성물로 이루어진 20세기의 이카루스가 거기 떠 있었다. 관통해 볼 수는 없지만 꼬리 동체나 꼬리 부분에는 방향타와 수평 안전판이 붙어 있을 터였다. 대체 저 5천 톤짜리 금속 고형물, 거대한 몸집에 거대한 날개를 단 저 시조새 같은 푸른 유령이 수많은 승객을 싣고 고도 수천 마일 위에서 떠 진행한다는 것은 기적이다.

'작전명 유토피아'의 구체적 목표는 정확히 열흘 후 새벽 회의에서 전달됐다. 공작 목표는 1987년 9월 5일 토요일 바그다드발 서울행 '남한 주작(朱雀) 항공 SZ 901기'로 결정됐다. 주작은 한민족의 불사조의 이름이었다. 조선 시대의 군기인 대오방기에도 머리 셋에 다리 셋이 달린 그 불사조 삼두주작이 그려져 있었다.

공작 목표와 함께 비밀 가옥 호텔 직녀에는 비상사태가 선포됐다. 나와 청조에게는 외출 금지령이 내렸다. 직녀 호텔 경내 산책도 금지됐다. 비밀 가옥은 공작을 위한 훈련팀과 연락팀 외에는 접근이 금지됐다. 금단의 성이 된 것이다. 비밀 가옥에 일용품을 실어 나르는 공급차도 숲 속 입구까지만 진입이 허락됐다. 어떻든 우리의 훈련장과 숙소인 본관은 완전히 차단됐다. 한낮 동안 창문에는 차단벽이 내려졌다. 비밀 가옥은 외부와의 소통이 완전히 끊긴 고독한 섬으로 남았다. 당은 이런 상태를 밀봉 교육이라고 불렀다. 그야말로 그 비밀 가옥에 밀봉된 것이다. 사실상 이 작전은 나 혼자 수행해내야 하는 작전이었다. 청조는 내 수행원이었고 보조자에 불과했다. 물론 내가 그 임무를 수행할 수 없는 상황에 이르렀을 때 그녀가 그 일을 맡아 수행하기로 되어 있었다. 그러나 사실상 그런 일은 압도적으로 드물었다.

나와 청조는 일본인 부녀 여행자로 가장했다. 나와 그녀에게 동경에서 실종된 한 남자와 그의 딸 이름으로 된 여권이 준비되었다. 내 천연색 여권 사진 옆에는 '이즈미 이초'라는 내 가명이 적혀 있었다. 이즈미 이초. 샘물 위에 떨어진 한 장의 나뭇잎이라는 의미일까. 내 외동딸 역할을 하게 될 청조의 가명은 '이즈미 모모꼬'였다. 교태에 찬 수동적 이름이었다.

우리가 북한인 한세류와 김청조에서 일본인 이즈미 이초와 이즈미 모모꼬에 익숙해지는 데에는 약간의 시간이 필요했다. 그것도 아주 약간의 시간이. 작전 훈련 동안 모든 대화는 일본어와 영어만이 허락됐다. 내게 러시아어, 독일어, 영어, 중국어, 일본어는 별 문제가 아니었다. 청조에게도 영어와 일본어는 이미 훈련된 언어였다.

부부장은 이미 작전을 위한 노정과 세부 계획을 완료했다. 작전 수행지인 바그다드를 놓고 나와 심한 언쟁이 있었다. 나는 그 중대한 '작전명 유토피아'가 하필 전쟁 지역인 바그다드에서 수행되어야 한다는 데 반대했다. 그것은 극도로 위험한 일이었다. 그러나 당은 바그다드가 전쟁 지역이며 지극히 위험하다는 바로 그 사실 때문에 그곳이 수행 지역이 되어야만 한다고 주장했다. 당은 바로 그 의외성 때문에 바그다드가 필요했던 것이다. 게다가 혁명 전사는 당의 결정에 결코 '왜냐고' 묻지 않는 법이었다. 노정은 평양-모스크바-부다페스트-비엔나-벨그라드-바그다드로 결정됐다. 작전 수행 후 우리는 아부다비-암만-로마-비엔나-평양으로 복귀하도록 되어 있었다. 이 모든 결정에 청조는 참가할 수 없었다. 내가 부부장과 함께 일정과 위장 항로를 검토하는 동안 청조는 일본어 악센트 교정과 전형적인 동경시민으로서의 일상 훈련을 받았다. 동맹국인 동유럽권을 통과하는 동안 우리는 조국의 외교 여권을 사용하기로 결정됐다. 그러나 부다페스트에서 비엔나로 진입하면서부터는 우리는 일본 여권을 사용하여 일본인 신분이 되어야만 했다. 그곳이 바로 나는 이즈미 이초가, 청조는 이즈미 모모꼬가 되어야 하는 지점이었다.

나는 국경과 국경을 드나들며 내 신분을 위장하는 일에는 이력이 나 있었다. 청조가 이 작전 기간 동안 이즈미 모모꼬 역할을 무섭도록 잘해내리라는 것도 의심의 여지가 없었다. 당은 그녀를 위해 충분한 투자를 했고, 그녀는 그 당을 위해 무엇이든 해낼 의욕과 충성심이 준비되어 있었다. 당은 이미 알고 있었다. 언젠가 내가 그녀와 강한 팀이 될 수 있으리라는 것을. 3년 전 내가 그녀의 교관이 되어 함께 치른 유럽 현지 훈련이 운명적인 것이 되어버렸다. 그때도 나와 그녀는 일본인 부녀 관광객으로 위장했다. 우리는 그때도 그 역할을 완벽하게 연기할 수 있었다는 것을 확인했다. 그것이 결국 운명적으로 '작전명 유토피아'를 위한 총연습이 되어버렸다. 더구나 작전을 성공적으로 끝내고 귀국할 경우 공화국 훈장과 포상이 그녀를 기다리고 있었다. 공작조 팀장인 내게는 자정의 남자가 말한 대로 황금책에 내 이름이 황금 문자로 기록되는 영광이 기다리고 있었다. 황금책에 자신의 이름이 기록되는 것은 이 공화국에서 혁명 전사가 얻을 수 있는 최고의 영예였다. 그 책에 한번 이름이 오르면 누구도 그 황금 문자로 된 이름을 지울 수 없었다. 그래서 그것은 우리에게는 불멸의 책이었다. 당은 내가 더 이상 훈장이나 포상 같은 것이 필요하지 않다는 것을 알고 있었다. 나는 크고 작은 당의 지령들을 수없이 수행한 뒤 개선했다. 개선 때마다 훈장과 포상이 있었다. 그리고 이제 최고의 포상만이 남아 있었다. 수령궁에 있는 불멸의 황금 책에 내 이름이 황금 문자로 기록되는 그 기적이.

    이튿날 부부장은 휴대용 라디오 한 대를 들고 회의실로 들어섰다. 일본 상표인 적죽(赤竹) 모델 번호 RA-32였다. 나는 첫눈에 그 라디오가 무엇을 의미하는지 알았다. 라디오 길이는 기껏해야 15센티미터였다. 그 길이면 그 속에 충분히 폭약을 간직할 수 있는 용적이었다. 라디오는 표면에 흐르는 암회색 광채 때문에 마치 그 크기만한 한 마리 작은 산비둘기 같았다. 털갈이가 시작되면 호텔 직녀가 있는 동산까지 그 깃털을 날리는. 자명종 기능의 시간 조정 부분에는 평범하기 짝이 없는 방송 채널 선택 다이얼이 붙어 있었다. 앞면을 열자 정갈하게 배치되어 있는 네 개의 황산빛 건전지가 보였다. 그 곁에 모든 기능을 최소로 생략한 뒤 의도적으로 비워놓은 공간이 있었다. 비어 있는 그 작은 공간이 문제였다. 그 공간 속에 적어도 숭어 300그램을 장약할 수 있었다. 우리 세계에서는 누구도 폭탄이나 폭약을 그 이름 그대로 부르지 않았다. 우리는 폭탄을 양귀비라든가 아름다운 물고기 숭어라고 불렀다. 누가 그런 아름다운 이름으로 폭탄을 부르기 시작했는지 모르겠다.

    그날 부부장은 그 라디오 시한폭탄을 침향이라고 불렀다. 침향은 수백 년간 침향나무를 땅속에 매장한 후 그 나무의 죽음에서 얻어내는 최고급 향의 이름이었다. 이 장엄한 이름이 폭탄에 붙여진 데에는 이유가 있으리라. 어쩌면 폭탄이 지닌 엄청난 파괴력과 그 폭탄이 수행해야 할 엄청난 과제 때문에 그런 장엄한 이름이 필연적으로 필요했는지도 모르겠다. 폭탄은 어디엔가 숨겨져 누운 채 자신을 찢고 폭발할 시간을 기다린다. 당은 아마도 이 가공할 폭탄을 20세기 침향이라고 생각했는지도 모른다. 그렇다면 '작전명 유토피아'에 사용될 폭약은 그 이름만큼이나 장엄한 고성능 폭탄일 것이 분명했다. 침향의 정체는 곧 밝혀졌다. 부부장은 그 휴대용 라디오의 작은 공간에 폭약 콤포지션 C4가 장약될 것이라고 말했으니까.

콤포지션 C4라는 폭약의 이름은 이 작전의 중대함과 작전 성공의 필연성을 그대로 증명해 준다. 나처럼 과거에 폭약 전문가로 일했던 사람에게는 더욱 그렇다. 콤포지션 C4는 가장 폭파력이 높고 순도 높은 고성능 폭탄 중 하나이다. C4에는 순도 높고 청명한 폭약 원료 헥소겐이 사용된다. 헥소겐은 상앗빛 수정 같은 단단한 고체이다. 이곳에 폴리메러빈터와 폴리이조부틸렌 등을 넣고 그곳에 정확히 1할의 연화제를 섞으면 C4가 탄생한다. 연화제 때문에 수정처럼 단단하던 헥소겐은 마치 공작용 고무 찰흙처럼 갑자기 연해진다. 그러나 이 연한 고무 찰흙 같은 헥소겐의 폭발 속도는 터널 공사용 다이너마이트의 두 배에 이른다. 이 무서운 폭발 속도가 가공할 압력파를 가져온다. 물론 헥소겐보다 한 수 위인 또 하나의 폭약 옥두겐이 있다. 헥소겐과 옥두겐 같은 고성능 폭탄의 공통점은 이 무서운 폭발 속도가 가공할 압력파를 가져온다는 것이다. 가공할 압력파가 가공할 파괴력을 보장하는 것이다. 어떻든 콤포지션 C4는 눈부신 백색에 냄새라고는 없는 순결한 처녀 같은 폭약이었다. 폭탄 세계에서는 위험한 폭탄일수록 더욱 순진무구한 외모를 하고 있는 것이 특징이다. 폭탄 제조자들은 위험한 폭탄들의 외모를 의도적으로 순진하고 평범하게 마감한다. 특히 거사용 폭탄일 경우 더 그렇다. 그것이 명령에 의해 거사에 참여할 폭탄 운반자나 폭탄 장치자들을 안심시킨다. 폭탄은 심지어 거사의 성스러운 목적과 함께 종종 성 처녀 같은 느낌마저 풍길 때가 있다. 이 도착(倒錯)은 참으로 무서운 것이다. 콤포지션 C4는 냄새가 없어 탐지견의 검색도 통과할 수 있었다. 비금속성이니 공항 검색대의 엑스레이도 속수무책이다. 더구나 폭탄 파괴 반경은 300미터를 넘었다. 그러니 보잉 707의 탄소로 된 거대한 몸체를 삽시간에 파괴시키기에는 가장 탁월한 침향이었다.

부부장이 전시를 위해 가짜 폭약을 그 작은 휴대용 라디오 적죽 RA-32 공간 속에 넣자 그곳은 마치 침향의 작은 관처럼 그 몸체에 기막히게 맞았다. 그 아래로 눈부신 노란 건전지 네 개가 도발적으로 누워 있었다. 부장이 라디오를 닫았다. 그가 라디오 앞쪽의 시간 조정 알람 스위치를 돌렸다.

"우리는 이 스위치를 이미 시한폭탄 시간 조정 스위치로 개조해 놓았소. 자명종 스위치를 중앙에 있는 라디오 스위치로 밀어놓으면 시한폭탄이 아홉 시간 후에 폭파되도록 제작되었소. 물론 라디오 기능은 손상당하지 않은 채 말이오."

나는 그 정교한 라디오 폭탄의 제조자가 누구인지 알 것 같았다. 그 곱슬머리 남자이리라. 그는 자신의 곱슬머리를 어깨까지 드리우고 있는 평양 유일의 장발이었다. 작업 중에 그는 자신의 머리를 진달랫빛 무명 끈으로 질끈 잡아맸는데 그것은 그의 흰 실험용 가운 위에서 지울 수 없는 아름다움을 풍겼다. 그는 특수 군사 대학의 폭탄 제조 전문가였다. 자동소총과 저격용 소총의 탄약들도 그의 세계였다. 탄약의 성격에 따라 사격 거리나 사격 방법, 무기의 구조나 부피가 결정되므로 그의 실험실은 그야말로 폭탄과 무기의 분만실이었다. 물론 그의 실험실에서 그는 대량생산용 군수 무기가 아닌, 특별 작전용 맞춤 폭탄과 맞춤 탄약들을 제조해냈다. 그는 또 우리 사이에서 아름다운 평양식 소화기탄의 설계자로도 소문나 있었다. 나는 그 소화기탄을 본 적이 있는데 그 빼어난 탄피, 단자, 뇌관, 발사약 등에 감탄했다. 그는 마치 세공사처럼 자기 실험실에서 탄생하는 모든 소량의 맞춤 무기들에 자신의 마법을 불어넣었다. 작전 수행자들에게 가장 중요한 것 중 하나는 자신의 손에 들린 탄약과 폭탄이 과연 얼마나 정확하게 목표물에 타격을 가할 수 있는가를 아는 것이었다. 그 남자의 손에서는 자로 잰 듯한 정확한 물건들이 생산되어나왔고 그것이 번번이 작전을 성공시켰다. 명중한 탄약이 인체를 통과시키는 시간이 길고 느릴수록 탄약은 인체 속에서 그 독을 인간 육질 속에 더 많이 퍼뜨릴 수 있었다. 탄약이 인체를 통과하는 시간을 길게 하기 위해서는 탄약의 그 악마적인 휘저음, 악마적 불규칙 운동이 더 많이 일어나야만 했다. 그 악마적인 불규칙 운동을 최대화하기 위해 그 사내의 탄자는 숟가락 모양으로 설계되어 있었다는 것이다. 무기로부터 발사된 탄자가 아름답고 빠르게 회전하며 목표물에 닿아 정확히 의도된 살상 위력을 발휘하는 것, 그것이 그에게는 탄약의 예술이고 명예였다.

더 작고 더 가볍고 더 강력한 탄약들이 소총 속에 무려 여든 발 이상씩 장전되어 혁명의 적과 방해물들을 기다리고 있었다. 개머리판 속에 무려 여든 발 이상의 탄약이 들어 있는 것이다. 그 개머리판을 접어버리면 총렬의 길이는 두 뼘도 되지 않았다. 그 개머리판도 요즘은 명중률을 높이기 위해 아름다운 직선으로 뻗어 있었다. 바로 그 명중률을 높이기 위해 소총의 야간용 가늠자에서는 발광제인 라듐이 고요하고 화사한 빛을 발한다. 어둠 속에서도 조준선을 보여주기 위해서다. 저격용 암살 도구들은 이토록 무섭고 치밀하고 통렬하고 요염하다. 총을 잡고 적을 저격할 때 탄알이 총 속에서 이루어가는 일련의 약속 과정이 있다. 탄알 한 발이 총 속에 장전된다. 노리쇠 뭉치를 잠근다. 저격한다. 노리쇠 뭉치가 후퇴한다. 약실로부터 빈 탄피가 튀어나온다. 노리쇠 뭉치가 뒤로 물린다. 그리고 그 무서운 마지막 과정. 탄알 한 발이 장전을 위해 송판 위치에 다시 놓인다.

문제는 방아쇠다. 내 손과 그 권총 사이, 내 손가락과 그 방아쇠 당김 사이에는 어떤 의심이나 신념의 균열도 생겨서는 안 된다. 내가 내 손에 혁명의 총을 들고 있을 때는 더욱 그렇다. 혁명을 수행하려는 자, 혁명을 위해 내 앞의 적과 오직 총을 통해 말하려는 자인 나는 방아쇠와 격발 장치를 연결하는 그 오목한 굴곡부에 주저 없이 내 의사를 전달해야만 하는 것이다. 이것이 방아쇠를 잡아당김으로써 내 도구인 총이 격발하게 하는 것이다. 그것이 내가 리볼버의 방아쇠를 통해 내 의지를 적에게 전하는 방법이다. 유토피아는 총구에서 나온다. 이것이 내 선배 혁명가들과 그들의 후계자인 나의 철학이다. 러시아의 직업 혁명가들도 혁명의 총인 리볼버 마우저 C96을 들고 그들의 혁명을 수행해냈다. 라디오 속에 처녀처럼 장착되어 있던 그 폭약을 보았을 때 나는 그 속에서 그 곱슬머리 사내를 보았다.

당은 콤포지션 C4만으로도 만족하지 못했다. 더 가공할 폭발력을 보장하기 위해 액체 폭약인 PLX를 홍콩 위스키인 무릉도원 술병에 담았다. PLX는 투명한 빙하수 같은 니트로메탄에 7부가량 에틸렌디아민을 합성해 만든다. 에틸렌디아민도 색깔이 없기는 마찬가지이다. 이 질료에서는 소금기 섞인 바다 냄새가 난다. 그러나 이 투명한 질료들은 섞은 후 공기 속에 놓아두면 금세 순결함을 잃고 어두워져 폐수처럼 변해 버린다. 그러나 밀봉해 두면 얼음물처럼 투명한 빛이 그대로 유지된다. 아무도 이 투명하고 순결한 합성 액체가 무서운 폭발력을 지닌 액체 PLX임을 상상할 수 없다. '작전명 유토피아'는 이 액체 폭탄을 무릉도원이라는 고급 홍콩 위스키 병에 담아 콤포지션 C4 곁에 놓아두는 것에서 시작된다. 물론 콤포지션 C4는 시한 장치뿐만 아니라 뇌관이 필요하다. 휴대용 라디오에 든 네 개의 배터리 중하나가 그 뇌관 역할을 해낼 것이다. 폭탄을 폭발시키기 위해서는 반드시 그 어떤 최초의 불꽃이 필요하다. 이것이 폭탄이 지니는 에로스다. 뇌관이 전열 코일을 통해 탄약 속에 불꽃을 전한다. 여기 탄약을 견디지 못하고 폭발시키는 뜨거움의 샘이 뇌관 속에 있다. 뇌관도 탄약도 몸이 뜨거워져야만 한다. 금속들이 서로 그렇게 뜨거워지면 최초의 불꽃이 일고 폭탄의 엑스터시인 가공할 폭발이 온다.

그런데 당은 트랜지스터 적죽 RA-32 속에 연화제를 넣고 고무 찰흙처럼 부드럽게 만든 헥소겐을 무려 350그램이나 끼워넣었다. 트랜지스터 내부는 극소의 기능만 남겨두고 내장이 들어내어진 채 빈 공간 전체에 가공할 폭약 350그램이 마치 멍청한 밀가루 반죽처럼 처박혀 있는 것이다. 그 오른쪽에는 네 개의 배터리가 명랑하게 꽂혀 있었다. 그중 하나가 뇌관이 되어 350그램의 헥소겐에 불꽃을 전하게 되리라. 폭발 시작 명령은 라디오 채널 버튼 속에 잠복해 있다. 내가 알람 스위치를 라디오로 옮겨두면 그것은 곧 아홉 시간의 시한을 뇌관에 명령해 주는 자명종이 될 것이다. 이 장치가 아홉 시간 후 자명종이 되어 잠든 뇌관을 깨운다. 뇌관은 폭탄에 불꽃을 전하고 폭탄은 폭발한다. 무려 350그램의 엄청난 용량이. 그것도 모자라 폭발하면서 곁에 안치된 홍콩 위스키 병 무릉도원의 배를 걷어차면서 뇌관 노릇을 한다. 술병 속의 액체 폭약 PLX도 잠이 깨면서 동시에 폭발한다.

뇌관이라는 자명종이 그의 잠든 파괴의 힘을 부르르 깨운다. 무릉도원 술병에 가득 찬 액체 폭약 PLX 700cc가 폭발한다.

여객기는 폭파되고 우리는 그 폭파된 여객기와 함께 살해된 망자들의 시신을 넘어 한 걸음 더 유토피아로 다가간다. 피의 장화를 신고 유토피아로 가기 위해 반드시 지나야만 하는 역 하나를 우리는 그렇게 통과한다. 이것이 '작전명 유토피아'가 가지는 의미이다.

연습용 라디오에는 가짜 폭약이 장약되었다. 우리는 작동 아홉 시간 후의 폭발 조작법과 폭발 시간을 임의로 조작하는 방법을 반복해서 익혔다. 사실상 시한폭탄 조작 같은 것은 자신이 있더라도 완벽해지는 그 순간까지 익히는 것이 우리의 관례다. 청조도 마찬가지였다. 그녀는 혁명 전사를 길러내는 특수 군사 대학의 최고 성적 졸업자였다. 그곳에선 간첩 통신 능력으로부터 시작해서 사격술, 산악 행군, 격파술, 지형학, 수영, 자동차 훈련에 이르기까지 전 과정이 완벽하게 습득된다. 매일 3백여 발의 실탄 사격 연습, 저수지에서의 수영 연습, 수 킬로미터의 야간 행군, 무전 수신 훈련, 소음 장치가 달린 권총으로 살해 대상을 정확히 살해하는 것, 십여 킬로미터를 단숨에 주파하는 것 등은 기본이다. 그런 몸 안에 저장된 능력 없이 현장에 파견된다는 것은 재앙이다. 상대도 언제나 그런 능력 정도로는 훈련되어 있기 때문이다. 그녀를 보면 혹독한 특수 군사 학교 과정을 거친 사람에게서만 발견되는, 그 존재 안에서부터 치밀어오르는 독특한 얼굴이 있다.

한때 서독 도시 게릴라인 붉은 적군파가 평양의 당에게 황급한 훈련 요청 편지를 보낸 적이 있다. 고도로 훈련된 우리 같은 혁명 전사들에게 그런 훈련을 위탁해 오는 경우가 종종 있다. 혁명 전사 선발에서부터 훈련 장소와 교관들에 이르기까지 평양 안에서 치러지는 특수 훈련의 질과 강도는 경탄할 만한 것이었다. 서독 도시 게릴라의 편지 소문을 들었을 때 나는 평양으로 수령을 찾아왔던 체 게바라, 야세르 아라파트, 호치민 같은 당대의 혁명가들을 생각했다. 수령과 찍은 기념사진 속에서 쾌남아인 체 게바라는 멋진 턱수염에 깃을 올린 트렌치코트를, 아라파트는 혁명군복을, 호치민은 인민복에 검객용 샌들을 신고 있었다.

시한폭탄 조작 방법이 시작되던 날부터 호텔 직녀의 공용어는 일본어였다. 모국어인 평양 표준어는 금지됐다. 조선어 금지령이 내려진 것이다. 청조는 한 일본인 남자 강사에게 악센트를 교정받고 있었다. 그녀의 일본어는 유창했다. 나는 그녀가 지난해에 간단한 피부 수술을 받았다는 것을 알았다. 그녀는 어릴 때 항결핵 주사 음성 반응으로 반복해서 맞은 접종 주사 부작용으로 어깨에 커다란 보랏빛 흉터를 가지고 있었다는 것이다. 신분을 숨기고 적국으로 나가 활동해야 할 그녀에게 그것은 그녀가 북한 출신 여자임을 증명해 주는 후진적 알리바이었다. 체포될 경우 치아 교정이나 의치 제조 방법, 치료법 등도 북한 출신임을 누설했다. 그놈의 질 나쁜 아말감 때문이었을까. 수년 전 내 모든 치아도 바로 그 공작원 전용 병원에서 북한 방식이 아닌 서양식으로 시술되었음은 물론이다. 훈련 과정 중 나는 호텔 직녀의 의무실에 차려진 시술대에 앉아 두 개의 의치와 치료치에 대한 재점검을 받았다. 동독 출신의 유럽 의사가 공작 지역에 투입되는 우리 요원들의 치료를 전담했다

당이 '작전명 유토피아'를 위해 준비한 것은 시한폭탄뿐만이 아니었다. 훈련 마지막 날, 나와 청조는 부부장으로부터 각각 미국제 말

보로 담배 한 갑씩을 선물로 받았다. 계급의 적인 미국제 담배를, 그 것도 평양의 밀봉 교육 지역인 호텔 직녀에서 받는다는 것은 특별한 일이다. 말보로는 핏빛 립스틱 같았다. 검은 대리석 탁자가 담뱃갑 두 개를 비추고 있었다. 그러자 우리는 마치 거대한 검은 강과 그 사 이에 피어난 두 송이 붉은 장미를 사이에 둔 채 마주 보고 앉아 있는 듯한 기분이 들었다. 그러자 나는 대체 이 훈련의 마지막 밤에 교관 과 우리 사이에 왜 말보로라는 저 사치스러운 장치가 필요한지 생각 했다. 부부장이 말했다.

"담배 필터 끝에 의도적으로 연성 아교로 담뱃가루를 묻혀놓은 이 담배에 주목하시오. 이 담배는 담배와 필터 사이에 아주 작은 앰풀이 숨겨져 있소."

평양 남자들은 필터 담배를 '려과 담배'라는 아름다운 이름으로 불렀다. 나는 그 앰풀의 표본을 보여달라고 말했다. 부부장은 미리 준비한 견본용 담배와 필터 사이에 잠복해 있는 작은 앰풀을 조심스 럽게 꺼내 탁자 위에 올려놓았다. 끔찍하게도 작고 정교한 앰풀은 눈 물 모양을 하고 있었다. 앰풀 속에는 밀황색 액체가 결사적인 광채를 풍기며 요염하게 감금되어 있었다. 부부장이 말했다.

"앰풀 속에는 액체가 있는 것 같지만 앰풀을 깨무는 순간 즉시 기 체화되어 자동적으로 기도로 밀려 들어가게 되어 있소."

말하자면 우리는 대리석 책상 앞에서 말보로 담배 안에 저장된 죽 음을 배급하고 배급받고 있는 것이다. 죽음은 담배 필터와 담배의 경 계 속에 누워 있었다.

"작전 수행 중 최악의 경우 담배를 피우는 척하면서 필터의 앞쪽 을 깨물기만 하면 되오."

작전 수행 중 절벽 같은 상황 앞에서 목숨을 끊어야만 할 때 마지막 출구로서의 죽음이 풍겨오는 그 통절한 쾌락.

"성분은 뭐요?"

내가 물었다.

"저기압 B요. 앰풀이 터지면 곧장 가스가 분출되어 기도로 기어들게 되어 있소."

부부장이 말했다. 저기압 B는 청산 가스의 가명이었다. 독일 나치스들이 유태인들을 학살할 때 사용했던 가스가 바로 그 청산 가스였다. 나치들은 청산 가스를 그렇게 불렀다.

청산은 수정처럼 투명하고 에테르처럼 가벼운 아름다운 독이다. 수정과는 달라 광채가 없다. 그것이 청산의 불길함이다. 시험관에 넣고 흔들어보면 청산은 날아갈듯 가볍게 찰랑거린다. 그래서 청산은 액체라기보다는 액체의 정령 같다. 그러나 지독하게 정결한 이 액체는 단 두 방울이면 장정 하나를 단번에 살해할 수 있다. 냄새는 잔인해 기도에 닿자마자 내벽을 긁어내릴 정도로 독하다. 그것이 사실상 모든 독약들의 공격적 성품이다. 청산은 다른 독과 달라 피부를 태우거나 상처를 남기지 않는다. 청산은 상처를 남기지 않는 대신 사람을 단번에 절명시킨다. 단 두 방울, 50밀리그램만 되도 청산은 사람을 정확하게 살해한다.

당은 치사량의 두 배인 100밀리그램의 청산을 작은 앰풀에 담아 말보로 담배 필터의 목면 속에 끼워넣었다. 목화로 된 흰 필터의 지름은 겨우 80밀리미터이다. 당은 이 필터 속에 충분히 몸을 숨길 수 있는 앰풀을 만들었고 그 안에 100밀리그램의 청산을 넣어두었다. 그 작은 앰풀의 직경은 44밀리미터였다.

이 정교한 작업은 독물학자가 방독면을 낀 채 수행했음이 분명했다. 청산은 실내 온도에 노출되기만 해도 자신의 파괴력을 견디지 못하고 저절로 끓어오르는 단호하고 악성적인 독이다. 이 독을 호흡하는 자는 모두 죽는다. 그러므로 독물학자는 청산을 앰풀 속에 붓기전에 얼음 위에 얹어 냉각시켰으리라. 그 냉각된 청산을 앰풀 속에부은 다음 앰풀의 유리 살갗을 불로 가열해 그 끝을 길게 늘인 후 특수 칼로 잘라낸 후 마감했으리라. 그렇게 해서 독약 앰풀은 저 갸름한 눈물 모양이 됐다. 그 눈물의 끝을 깨무는 순간 황산은 당장 기도를 파고든다. 혈액 속의 산소는 차단되고 세포 호흡은 막혀버린다. 내부로부터 질식이 온다. 단 몇 초 안에 위장 안에서 경련과 호흡 정지가 닥친다. 이 무서운 독약을 저기압이라고 부르는 것은 옳다. 삽시간에 기도로 기어들어 사람의 목숨을 단번에 끊는, 액체로 된 이 단두대는 정말이지 우울한 저기압이다. 이 단호한 죽음의 신을 말보로 속에 은닉해 두어야 할 정도로 '작전명 유토피아'는 급박한 데가 있었다.

출항의 날이 임박해 오자 공작 장비들이 지급되었다. 청조에게는 일본 제품의 의상, 구두, 가방, 화장품들이 지급됐다. 눈썹 화장 도구부터 수첩에 꽂힌 메모용 연필까지 모두 일본 제품으로 지급됐다. 나는 따로 장비가 필요하지 않았다. 외국 체류 경력이 오랜 내 소지품들은 자연스럽게 일본 제품과 유럽 제품으로 구비되어 있었다. 카르티에 손목시계, 몽블랑 만년필, 입생로랑 넥타이, 듀퐁 지폐 클립, 샘소나이트 여행 가방, 발리 구두, 던힐 라이터, 피에르가르댕 손수건 같은 소지품들은 우리 직업에는 기본이었다. 역설적이게도 우리는 임무 중에 가능한 한 검소하고 금욕적인 공산주의자가 아님을 강조할 필요가 있었다. 무명지에 작은 보석 반지를 착용할 때도 있었다. 이번에는 태즈매니아산 메리노 양모로 된 여름용 은회색 카팔 양복

정장에 던힐 커프스 버튼이 준비되었다. 카팔 양복에는 1킬로그램의 양모로 무려 150킬로미터에 이르는 극세사를 직조했다는 설명서가 붙어 있었다. 이런 의상 속에서 우리는 일본어를 공용어로 쓰게 되는 것이다. 잠시 일본 정신을 우리에게 충전시킬 필요가 있었다. 8주간의 훈련 기간 동안 나는 소고기와 마늘을 먹지 않았다. 그것은 음욕과 분노를 없애기 위해 자금성 환관들이 지켰던 규율이었다. 나는 작전 수행 전에는 반드시 이 규칙을 지켰다. 감정적이거나 음욕적이어서는 안 된다. 특히 젊은 여자 요원과 함께 일할 때는 더욱 그렇다.

우리는 일본의 최신 자료와 공연 자료와 주요 일간지를 읽었다. 우리는 이제 막 동경에서 출발한 사람들처럼 지도와 지하철 노선과 식단과 최신 음료들까지 다시 정리했다. 그녀도 나도 일본화되어 있다. 그러나 작전을 성공시키기 위해서는 특수 훈련, 담력, 유능한 지원팀만으로는 부족하다. 작전 수행 중 내게 가장 필요한 것은 이름 지을 수 없는 그 어떤 기적이다. 기적은 나 같은 공작원이 출발할 때부터 휴대해 들고 다닐 수 있는 그 무엇이 아니다. 그것은 작전 현장에 도착해 임무의 문을 여는 순간 모습을 드러낸다. '작전명 유토피아'의 현장인 보잉 707 속에 과연 무엇이 나를 기다리고 있는지 알 수 없다. 그곳에 기적이 없다면 아무리 치밀하고 노련한 작전이라고 해도 성공할 수 없다. 그것은 내가 현장에서 30년간 경험을 통해 확인한 것이다. 그러니 임무 수행 때마다 나는 그 임무 배후에 존재하는, 당도 수령도 신념도 어쩔 수 없는 막대한 운명의 힘을 느낀다. 운명이 위대한 그 임무를 지원하거나 혹은 방해하는 것이다. 그렇다. 그 미지의 장소에는 언제나 내가 만질 수 없는 운명과 기적이 잠복해 있다. 운명과 기적은 사람 사는 동네 일이 아닌 초자연적이고 카리스마적인 그 무엇이다.

평양을 출발하던 날, 순안 비행장은 안개로 가득 찼다. 이륙이 의심스러울 정도였다. 안개 때문에 운항 여부를 결정하느라 이륙이 약간 늦어졌다. 그 비행기는 평양을 출발하여 모스크바를 경유해 동베를린 쇠네펠트 비행장에 착륙하기로 되어 있었다. 우연하게도 평양과 동베를린 간 최초의 비행 노선 개통인 처녀 비행이었다. 우리의 기착지는 모스크바였다.

안개는 내게 언제나 운명을 싣고 온다. 세밀한 물의 입자로 된 그 진줏빛 면사포, 그 추상적 베일 속에 운명의 전갈이 봉인되어 있었다. 아버지 유정은 안개 낀 날, 내게로 왔다. 그날 나는 고아원 숲을 뒤덮었던 안개를 잊을 수 없다. 숲은 안개로 점령되어 있었다. 그 숲의 나무 다리를 건널 때 나는 보았다. 다리 아래 호수는 안개 때문에 우윳빛이었다. 거대한 우윳빛 욕조 같은 호수 위에 그때까지도 잠이 덜 깬 오리들이 꿈처럼 떠 있었다. 그토록 혹심한 안개 속에서 이루어진 중년의 내시와 다섯 살짜리 고아인 나와의 만남, 그것은 운명이 내게 선물한 위대한 상봉이자 두 인간 사이에 이루어진 위대한 로맨스였다. 유정은 그렇게 짙은 안개 속에서 내 운명 속으로 입장했던 것이다. 그 순간 그 안개가 그의 운명과 내 운명의 상처를 가려주었다. 안개가 압록강 뗏목처럼 그를 내게 실어 날랐던 것일까. 만연한 불행 속에서 질식 직전의 내게로 다가와 이름과 가정과 아버지와 국가라는 인간 조건을 부여하기 위해 그는 그날 안개를 배경으로 거기 서 있었다. 아아, 그가 나를 자신의 아들로 삼기 위해 나를 데리고 가던 그날 저녁 서로 틀어쥔 두 손 사이, 그와 나 사이에는 오직 안개밖에 없었다.

비행장 가득 숨 막히도록 들어찬 안개를 보았을 때 나는 이륙을 염려하는 사람들 속에서 거침없이 마음속으로 안개를 경탄했다. 나는 마치 유정이 나의 이 장정을 축하하고 개인적 송별을 나누기 위해 안개의 모습으로 내게 왔다고 생각될 정도였다. 그래서 나는 경사가 진 비행기 트랩을 오르면서 허공에 선 채 안개에 대고 이렇게 독백했을 정도였다.

"아버지, 당신이십니까?"

양조장 백씨의 대극에 성자 유정이 놓여 있다는 것, 그것이 내게는 삶의 역동성이었다. 삶은 그토록 대담무쌍하다. 악인과 선인이, 생의 찬미와 증오가 그렇게 동시에 존재한다. 이것이 나의 참혹이고 영광이다. 그렇다. 안개가 부친이라면 이 안개 속에 소중한 그 무엇이 잠복해 있음이 분명하다. 싸울 만한 투쟁이, 나를 이 지점에서 저 지점으로 옮겨놓을 당위가, 그리고 내가 경청해야 할 또 하나의 교훈이 그 속에서 나를 기다리고 있을지도 모른다는 밀의 말이다.

누항

 바그다드로 가는 비행기에서 내 머리를 지배했던 것은 정비 후 스승의 피아노를 상하게 한 그 늘어난 건반 무게 20그램이었다. 알래스카산 가문비나무가 분명한 공명판에 균열이 없음을 발견하고 피아노 기사는 낮은 탄성을 올렸다. 그러나 정비 후 늘어난 건반 무게 20그램이 문제였다. 물론 원래의 품성을 잃지 않게 하면서 피아노 전체를 거의 복원하다시피 하는 것은 신기와 행운이 필요한 일이었다. 특히 살면서 그런 대수술을 이미 한두 번씩 넘겨본 늙은 피아노들이 또다시 그런 이식 수술을 이겨내자면 기적이 필요했다. 특히 피아노의 본래의 품위와 매력과 정조를 그대로 유지하면서 다시 회생시키는 데는 기적이 필요했다. 결국 그 피아노는 마지막 수술에서 살아남지 못했다. 늘어난 건반 무게 20그램이 문제였다. 솜털보다 약간 무거운 무게인 20그램이라는 낯선 지방질에 피아노는 그만 소스라친 것이다.
 정비가 끝난 피아노를 시험연주하기 시작했을 때 나는 건반을 통해 해머와 현 사이에서 솟아오르던 낯선 음과 소리의 잡초들, 공명 속을 관통해 흐르던 그 돌연한 탁류를 잊을 수 없다. 공명판의 떨림 날개 속에 마치 모래가 필터처럼 끼어 있는 느낌이 들었었다. 그것은 확실히 죽음의 냄새였다. 그 낯섦, 그 섬뜩함, 그것이 무거워진 건반 무게 20그램이 그 피아노에게 내린 재앙이었다.

그 이후 나는 새 피아노 수색에 나섰다. 그것은 마치 내 생애의 성 배를 찾는 일처럼 엄숙한 것이었다. 그즈음 나는 어디엔가 소문난 피 아노가 있다는 소식만 들리면 그리로 달려갔었다. 내게는 한 가지 미 신이 있었는데 피아노는 태어날 때부터 그를 위한 주인이 따로 있다 는 신념이 그것이었다. 연주용 수제 피아노 한 대가 태어날 때마다 그 피아노는 그것의 주인이 되기 위해 이 세상에 존재하는 오로지 한 피아니스트를 기다린다. 그것은 곧 이 세상 어딘가에서 나를 기다리 고 있는 한 피아노가 존재함을 의미했다. 그리하여 내게 배정된 그 피아노, 오직 나를 위해 이 세상에 태어난 그 피아노를 찾는 일은 마 치 원탁의 기사들의 성배 탐색에 대한 열망처럼 종교적 엄숙함마저 풍겼다.

나는 내가 원하는 피아노를 구체적으로 설명할 길이 없다. 건반은 중간 정도의 무거움을 지닌 데다 순도 높고 눈부시도록 화사한 울림 을 가진 피아노라고 해야 하리라. 건반에 손을 대는 순간 수정 같은 음의 샘이 솟아나오는 그런 기적의 피아노가 분명히 있다. 또 한 가 지는 피아노의 영혼이라고 해야 할 음향판은 반드시 알래스카산 가 문비나무여야만 한다는 것이었다. 그러나 이것은 내가 원하는 피아 노에 대한 아주 단순한 표면적 설명에 불과하다. 피아노 뒤쪽에 낮고 건강한 탄력을 갖춘 채 대기 중인 현들, 그리하여 어느 순간 최고의 피아니시모와 최고의 포르티시모를 정확히 만들어낼 수 있는 피아노, 아니, 이것도 부족하다. 나는 약간 늙고 노회한 피아노를 원한다. 피아니스트의 열 손가락을 통해 긴장과 불안과 좌절과 경악과 비참이 쏟아내는 땀과 거친 숨들을 상아 건반 속 숨구멍을 통해 빨아들였던, 그리고 연주자의 연습량과 함께 약간은 등골이 빠져버린, 땀내나는, 그러나 자부심과 향기에 찬 그런 노회한 피아노를 원했다. 나는 알고 있다. 백년이 지나도 그의 질을 잃지 않은 무서운 명품 피아노가 존재한다는 것을.

나는 열정적 성격 때문에 피아노 건반을 아주 혹사시키는 타입이어서 자주 조율이 필요했다. 이런 연주자가 늙고 노회한 피아노를 원한다는 것은 모순이다. 늙은 피아노들은 대개 사용을 통해 가벼운 연성의 느낌으로 변해 있기 때문이다. 그러나 늙고 노회해도 엄청난 소리의 부력을 내장하고 있는 거대한 선박 같은 피아노가 있음을 나는 알고 있다. 그것은 어딘가에서 다 삭아빠진 나무판, 다 떨어진 칠기, 몇 번이고 덧칠해진 조잡한 도료, 생채기투성이인 네 발을 휴대한 채 처참한 모습을 하고 있을 수도 있다. 그러나 그 피아노 건반 위에 내 손이 닿아보면 안다. 그 피아노가 그곳에서 시간과 풍화의 가면을 쓰고 나를 기다리고 있었다는 것을. 아니, 우리가 서로 목마르게 기다리고 있었다는 것을. 아니, 우리는 결국 그렇게 만날 수밖에 없는 필연으로 묶여 있었다는 것을. 늙은 피아노들이 복원 작업을 통해 피아노 기사의 손에서 다시 옛 젊음, 옛 르네상스, 옛 영광을 찾는 기적은 드문 일이 아니었다. 언젠가 세계적인 멘델스존 학회에서 1907년산 스타인웨이를 구입해 복원한 후 내게 봉헌 독주회를 부탁한 적이 있었다. 그 멘델스존 학회가 그 늙은 스타인웨이를 발견하고 복원하는 데 걸린 시간은 무려 5년이었다. 기막히게 장엄하고 기적적으로 섬세한 소리의 피아노였다. 건반과 공명판 사이에서 천상의 음이 출렁거리는. 그럴 때 피아노는 노래하는 대성당이 된다. 나는 그날 멘델스존의 무언가를 연주했다. 학회도 음악당도 연주자들도 그렇게 신화적인 피아노를 발견하기 위해 순례에 나서고 있다. 에게 해에 수장된 스승의 피아노가 내 성배였을까. 그 스승의 피아노와 살았던 5년간은 내 연주 경력의 절정이었다.

내가 바그다드로 가는 것은 어머니 이애휘 여사의 제안에 의한 것이었다. 바그다드 주재 이라크 한국 총영사인 부친 안빈은 마침 9월 중순 서울에서 있게 될 중근동 지역 주재 외교관 본국 회의에 참석하게 되어 있어서 우리는 모처럼 함께 바그다드에서 만나 서울로 귀국하게 되어 있었다.

나는 뉴욕 음악원 예비 학교 시절부터 줄곧 부모와 떨어져 살았다. 음악원 본과 시절에도 긴 세월을 기숙사에서 지냈으므로 부모와 함께 산다는 것은 상상도 할 수 없는 일이 되어버렸다. 음악원 수료 후 나는 바흐를 전공하기 위해 베를린으로 건너갔다. 물론 당시 부친이 서베를린 총영사로 부임한 것도 한몫했다. 그러나 내가 서베를린으로 가서 바흐를 전공하기로 한 것은 선배 파스칼의 권유였다. 그는 내가 남한 여자여서 공산권인 동독의 라이프치히 멘델스존 음대에서 바흐를 전공할 수 없는 것을 유감스럽게 생각했다. 물론 세계 도처에 바흐 전문가들이 매복해 있었다. 그러나 파스칼은 동독의 라이프치히야말로 바흐 영혼의 현존이 서성이는 곳이라고 단언했다. 그는 특히 고난 주간이면 200여 년 전 바흐가 지휘자로 있었던 라이프치히 토마스 교회에서 토마스 소년 합창단이 부르는 바흐의 「마태 수난곡」을 듣지 않고서는 바흐를 해석할 수 없다고 단언했다.

오는 가을 9월 15일과 16일에 서울에서 두 번의 연주회가 있었다. 파스칼이 상임 지휘자로 있는 엔텔레게이아 청년 필하모니 오케스트라와의 협연이었다. 프로그램은 슈만의 「피아노 협주곡 가단조 Op. 54」와 말러의 「교향곡 6번 가단조」였다. 물론 슈만의 협연자는 나였다. 낭만파 음악의 극상의 시를 피아노와 오케스트라가 주고받는 빼어난 이 협주곡을 내가 협연하고 나면 휴식 후 말러의 「교향곡 6번」이 연주될 예정이었다. 두 곡 모두 탁월한 곡이었다. 나는 이미 슈만의 「사육제」를 수십 번도 더 연주한 데다 내 대표 연주 음반이 되어버린 슈만의 「판타지아 다장조 Op. 17」은 이미 녹음 출반되어 있었다. 9월에 있을 서울 연주는 이듬해 9월 서울에서 개막되는 서울 올림픽 전년 행사의 의미가 있었다. 세계적인 연주자들과 교향악단들이 초청되었다. 그 여름, 나는 피아니스트로서의 내 경력의 절정에 있었다. 3년간 세계 공연 일정은 모두 계약이 끝났고 서울 연주는 석 달 전 이미 매진되었다. 녹음 계약도 열정적으로 이루어졌고 다섯 장의 음반도 출시된 후였다. 금상첨화로 파스칼이 이끄는 엔텔레게이아 청년 필하모니 오케스트라도 명성의 절정이었다.

엔텔레게이아 청년 필의 특징은 이념을 초월한 1백여 명의 젊은 음악가들로 구성되어 있다는 사실이었다. 단원들은 자본주의와 공산주의, 이스라엘 혹은 아랍 국적과는 아무 관계 없이 음악을 위해 선택된 사람들이었다. 그곳에서는 소련 출신의 현악기 주자와 이스라엘 출신의 플루트 주자, 아랍 출신의 오보에 주자들이 나란히 어깨를 맞대고 앉아 있었다. 루마니아 출신의 콘트라베이스 주자도 있었다. 물론 그들의 연주 여행에는 종종 출입국과 체류 허가, 연주 공연 허가에 문제가 있었다. 특히 공산권 국가들은 그들의 망명 가능성에 신경을 곤두세우고 있었다. 지휘자 파스칼은 이 특수한 상황을 당당히 견뎌내고 있었다. 그의 조부는 동독 출신이었고 그의 부친은 동베를린 노동자 봉기 때 시위대에 참가했다가 석간신문 보도사진에 모습이 드러나자 검거 직전 전차를 타고 서베를린으로 월경한 동독 피난민이었다. 이후 그의 부친은 서독 하이델베르크에 정착했다.

여기 더 중요한 사실이 있다. 나와 파스칼 선배를 서로 최고의 협연자가 되게 한 그의 조부 노악 선교사는 1930년대 말 북한 원산 지역에서 활동한 루터교 출신의 동아시아 선교사였다. 북한 체류 마지막 시기에 그는 항구 도시 원산에서 고아원 원장으로 일했던 것으로 알려져 있었다. 이 젊은 지휘자는 바로 조부의 이름 '파스칼 노악'을 물려받았다. 파스칼이 남한 출신인 내게 특별한 호의를 가지고 나를 지원했던 것은 놀라운 일이 아니었다. 그는 나를 협연자로 택함으로써 집요하게 나를 지원했다. 그의 야망은 언젠가 조부의 선교지이자 순교지였던 원산에서 자신의 관현악단과 함께 연주 공연을 갖는 것이었다. 이번 가을에 있을 서울 연주 공연은 그래서 그에게 더 의미가 깊었다. 그는 서울이 잘려진 한반도의 절반이며 또 다른 절반인 원산으로부터 얼마 멀지 않다는 사실에 감격했다. 그러나 그는 알지 못했다. 서울로부터 원산은 휴전 협정 후 무려 30여 년이 지나도록 도착할 수 없는 피차 운명적 오지라는 것을. 그는 적의가 있는 곳에 음악이 있어야 한다고 믿는 사람이었다. 그는 음악을 조화와 용서와 화해로 이해했다. 그는 자신도 분단국인 독일 시민으로서 음악은 항상 분단이라는 이름의 맹목에 뺨을 갈기는 것이라고 말했다. 그의 교향악단 본부인 바로크 성은 분단의 땅인 서베를린 외곽에 위치해 더 상징적이었다. 그는 자신의 교향악단을 이끌고 벌써 두 번이나 명성 높은 동독의 드레스덴 젬퍼 오페라하우스에서 연주회를 가졌었다.

그의 교향악단에 소련, 동독, 폴란드, 루마니아 음악가들이 함께 일할 수 있는 그 상태야말로 그가 원하는 엔텔레게이아였다. 그의 관현악단의 이름이 엔텔레게이아(Entelecheia, 完成態)인 것이 바로 그 이유였다.

한 은행가의 사재로 이루어졌다는 이 세계적인 청년 교향악단은 명성 높은 한 지휘자에 의해 창단되었고 그 노지휘자와 유명한 객원 지휘자들로 운영되었다. 파스칼은 그 노지휘자 밑에서 젊고 탁월한 부지휘자로 일했다. 당시 단원들은 파스칼을 부통령이라는 애칭으로 즐겨 불렀으니까. 어느 날 그 노지휘자는 파스칼을 상임 지휘자로 임명한 뒤 은퇴했다. 그 노지휘자의 퇴임 무렵 극적인 소문이 나돌았다. 사실 그 교향악단의 창단 기금은 은행가의 사재가 아니라 한 익명의 무기상이 뭄바이 금괴 시장에서 사들여 오랫동안 보관 중이던 엄청난 금괴로부터 시작됐다는 것이다. 그 금괴의 분량은 엄청나서 지하 시장에서는 남몰래 '세기의 금괴'로 불렸다는 것이다. 그 익명의 무기 거상의 유언에 따라 유독 청년들로 이루어진, 국적과 이념을 초월한 세계 수준의 교향악단이 탄생했다는 것이다. 그가 중개한 무기로 치러진 전쟁에서 사망한 젊은 군인들에 대한 속죄 예식이 초국가, 탈이념이라는 이 교향악단의 탄생 철학이 되었다는 것이다. 더구나 이 교향악단은 청년 심포니임에도 고가의 명품 현악기들, 즉 바이올린, 비올라, 첼로, 콘트라베이스, 하프를 자체 소장하고 있어 그 소문에 빛을 더했다. 물론 한 교향악단이 명품 악기들을 자체적으로 소장하고 있을 경우 그 교향악단만의 의도된 소리를 완벽하게 재구성할 수 있다는 장점이 있었다. 더구나 그 교향악단은 서베를린 교외에 바로크풍의 작은 성을 소유하고 있었다. 눈부신 아름다운 황색 사암으로 지어진 그 작은 옛 성은 두 개의 연주홀과 총연습장, 협연자와 음악제 참가자들을 위한 호텔, 그리고 악보와 악기 박물관이 있는 교향악단의 본부였다.

세계 35개국에서 선발된 99명 단원의 평균 연령은 26세였다. 최고령자는 파스칼과 동갑인 37세 북아일랜드 벨파스트 출신의 악장이었다. 악장의 부친은 전향한 아일랜드 무장 공화군인 IRA의 늙은 테러리스트였다. 무기상의 극적인 소문은 날이 갈수록 이 비범한 교향악단의 명성과 어울려 신화가 되어갔다. 확실한 것은 이 교향악단의 레퍼토리 중 유독 반전과 반폭력을 주제로 한 작품이 많다는 것이었다. 특히 이 교향악단의 간판곡인 쇼스타코비치의 7번 교향곡 「레닌그라드」는 냉전 중인 세상 속에서 서방 세계에는 하나의 충격으로 받아들여졌다. 그도 그럴 것이 쇼스타코비치는 생전에 네 번이나 시상 단상에 올랐던 스탈린상 수상자였다. 파스칼의 지휘 아래 연주했던 이 교향악단의 교향곡 「레닌그라드」 제2악장 모데라토와 제3악장 아다지오의 장엄함은 이 교향악단의 신화가 됐다.

파스칼은 서울 공연을 위해 말러의 「교향곡 6번 가단조」를 준비했다. 해외 연주용 프로그램으로는 확실히 너무 금욕적이었다. 너무 엄격하고 단호한 곡이었다. 「교향곡 5번」이라면 더 좋을 뻔했다. 그러나 파스칼은 이미 이 곡으로 기립박수를 받은 적이 있었다. 이 곡에 부여된 '슬픔' 같은 부제는 그에게는 아무 의미가 없었다. 올림픽 전년 축제 음악회 곡으로서 알맞은 곡은 결코 아니었다. 그러나 그는 선곡 때 미신이 없는 남자였다. 그에게 중요한 것은 각 곡이 지니고 있는 절대미였다. 그래서 나는 그가 절대 음악주의자라고 생각하는 때가 있다. 나는 총연습 때 교향악단 본부가 있는 서베를린의 한 음악홀 빈 객석에 앉아 있었다. 내가 협연할 슈만과 파스칼의 말러가 프로그램 속에서 어떻게 어울릴 수 있는지 듣고 싶었다. 솔직히 말해서 파스칼의 말러 6번이 듣고 싶었다.

많은 지휘자들이 이 곡을 지나치게 많은 악기가 적재된 부담스러운 관현악 곡으로 이해했다. 과중한 화음으로 지나친 하중을 받고 있는 낙타 같다는 것이었다. 특히 이번 한국 공연 때 두바이 출신의 비올라 주자는 그의 모국의 한 예술 재단이 구입해서 그에게 기증해 준 전설적인 이탈리아 크레모나의 아마티 비올라를 선보이게 되어 있었다. 아마티 비올라는 명징하고 화창한 천상의 음색으로 유명했다. 그것은 예루살렘 출신의 제1바이올린 주자의 이탈리아 크레모나산 구아르네리 바이올린과 극상의 음을 다툴 것이었다. 그 전설적 바이올린의 목판 따스한 복부에는 'Joseph Guarnerius anno 1741'이라는 문자가 새겨져 있었다.

그날 연주가 시작됐을 때 나는 파스칼이 왜 이 곡을 선택했는지 단번에 알아차렸다. 그는 구조에 명석한 독일인답게 이 곡의 복잡한 건축을 기막히도록 침착하게 들여다보고 있었다. 수많은 악기들이 그의 손 아래서 견고하게 지층을 이뤄내며 소리의 내벽을 쌓아갔다. 그에게는 그 많은 악기들이 결코 많지 않았고 남거나 소외된 음이란 결코 없었다. 파스칼은 허공에서 카리스마적인 두 손으로 오케스트라의 음을 추수했다.

그의 손 아래서 메조포르테는 건강한 역동성을 뿜었고 굉음이 되기 쉬운 포르테시모는 장엄한 절규가 되어 소리의 용암을 쏟아냈다. 안단테 모데라토에서 목관 악기들은 꿈꾸듯 울었다. 타악기 주자들도 힘든 노동을 일품으로 해냈다. 죽음이 목을 조르는 교살적인 마지막 악장에서도 파스칼은 과장하거나 피신하지 않았다. 그리고 결국 바로 그 순간, 인간의 모든 동경과 열망과 희망을 내리치는 종말적인 타격, 장엄하나 건조하고 단호한 그 단말마적인 가장조의 타격이 왔다. 죽음에 대한 명료한 수락과 그 타격이. 죽음의 집행자인 거대한 나무 망치가 여린 풀 같은 사랑, 신념, 겸손, 존엄이라는 인간 희망의 창고를 가차없이 내리치는 그 타격은 계시적이었다. 그러나 위로라고는 없는 이 단호한 나무 망치의 타격음은 파스칼의 손에서 희망의 기억음인 찬란한 바이올린 주제와 몇 번이고 숙명적으로 뒤엉켰다. 탁월한 해석이었다. 충격적이도록 숙성되고 동시에 전율하도록 찬란한 음의 지점에 파스칼과 그의 교향악단은 도달해 있었다. 서울 청중들에게도 그 경험은 잊을 수 없는 것이 되리라는 확신이 왔다.

외교관들의 임지가 바뀔 때마다 신문들은 짧은 토막 기사를 전한다. 이따금 부친의 얼굴도 보였다. 그의 프로필에는 그의 아내 이름도 등장했다. 그녀는 매번 출판인의 딸 이애휘 여사로 소개됐다. 그녀의 부친인 내 외할아버지가 출판인인 것은 사실이다. 그러나 그는 문향이 깃든 손가락으로 자신이 만든 책의 갈피를 넘기는 그런 지성이 넘치는 출판인이 아니다. 어머니는 자신의 부친을 매번 출판인이라고 강조해 불렀지만 그것은 그녀가 부친의 초상 속에 부여한 근사한 이상일 뿐, 사실 외조부는 서울 동대문 시장의 소문난 지물포 주인이었다. 결국 대머리가 된 숱이 적은 머리에 해묵은 밤색 가죽 점퍼, 그리고 작은 몸집을 하고 있는, 죽어도 웃지 않는 이 남자. 그의 생의 장식품이라고는 그의 창고에 쌓인 거대한 종이 더미와 그의 금고에 정갈하게 안치되어 있는 시퍼런 지폐 더미뿐이었다. 죽어도 웃지 않는 이 남자의 지물포에 고객이 몰리는 것은 이상한 일이었다. 그는 죽어도 웃지 않는 대신 죽어도 종이 질과 근을 속이지 않는 남자로 소문이 났기 때문이리라. 어느 해인가 그의 중년이 끝났을 때 그는 거래처였던 한 여성지의 출판사가 파산하자 그 출판사의 판권과 지형(紙型)을 사들여 소위 출판인이 되었다. 그는 그 월간 여성지를 계속 출판했는데 그가 주인이 되자 그 여성지 편집팀은 인도산 붉은 대리석으로 된 사치스러운 옛 임대 건물에서 짐을 싸들고 나와 장사꾼들의 땀내와 흥정 소리로 출렁대는 동대문 시장, 그의 소유 건물 2층에 새 편집실을 차려야만 했다. 그 여성지 편집장은 이따금 수필을 쓰는 대단한 미남이었는데 중요 안건이 있을 때마다 편집실과 사주의 방 사이에 난 어두운 목조 계단을 조심스럽고 단정하게 내려가곤 했다. 계단에 불이 없듯 사주의 방은 낮 시간 동안 단 하나의 실내등도 켜 있지 않았다. 지퍼로 꼭 잠근 밤색 점퍼 차림의 사주와 눈부신 흰 목공단 와이셔츠 손목을 커프스 버튼으로 우아하게 여민 편집장의 대조는 극단적인 것이었다. 그때마다 섬세하고 선량한 편집장은 자기 소유의 빌딩 중 가장 작은 공간을 택해 헌 책상 하나, 나무 서류장 하나, 나무 의자 네 개로 그 시장 일대 최고의 지물포를 경영해내는 그 웃지 않는 남자가 마법사 같다는 생각을 했다. 그의 여성지가 독자를 상대로 논픽션을 공모하고 수상식을 가졌을 때도 사주인 그의 복장은 놀랍게도 바뀌지 않았다. 그는 밤색 점퍼 차림으로 수상자에게 상금을 전했다. 시상 후 그가 파티에도 참석하지 않고 곧장 그의 작은 동굴 같은 사무실로 돌아갔음은 물론이다. 그곳에서 그는 자기 삶의 기쁨인 종이 견본들을 다시 애정을 다해 만졌고 걸려오는 거래 전화를 직접 받았다. 그는 본인의 말대로 화폐 공사에 납품되는 종이를 제외하고는 모든 종이를 다 거래해 본 적이 있는 남자였다. 그는 늘 종이와 지폐 사이에서 검박한 목교처럼 존재하고 있었다. 이 사내에게서 어떻게 내 어머니 같은 아름다운 괴물이 태어났는지는 알다가도 모를 일이다. 그가 일생 그의 지폐를 지출하는 데 그토록 인색했듯 잠자리에도 인색했는지 모르겠다. 어떻든 그는 자신의 세대로서는 아주 조촐한 1남1녀의 아버지가 되었다. 이것이 나의 모친 이애휘 여사가 남편 안빈 총영사의 임지가 바뀔 때마다 신문에 출판인의 외동딸로 소개되는 연유이다.

애휘라는 아양 떠는 사치스러운 이름을 그녀는 부모로부터 받았다. 그녀가 꾸민 응접실 구석은 남편의 임지와 근무 여행 중 들고 온 세상의 정령들로 가득 차 있었다. 요르단의 붉은 돌, 아이슬란드의 화산석, 사하라의 붉은 모래, 델피의 스핑크스, 크레타의 뱀의 여신, 포르투갈의 검은 닭 조각, 이집트 왕릉의 수호 여신 셀키트, 모로코의 푸른 융단, 이스라엘의 촛대 메노라 등이었다. 이따금 그녀는 한밤중에 불을 끄고 자신이 진열해 세워둔 그 수많은 도시의 정령들 사이를 천천히 걸었다. 대륙들, 도시들 그리고 행성들——그녀는 몇 점의 달 분화구 화산석과 운석 견본도 가지고 있었다——사이를. 사시사철 가죽 점퍼 한 벌로만 일생을 살아온 지물포 주인의 이 외동딸은 자신을 타고난 외교관 부인으로 자부하고 있었다. 그러나 유감스럽게도 그녀의 남편인 안빈 총영사는 민첩하고 교활한 사람이 아니었다. 그렇다고 그가 출세를 무시한 것은 아니었다. 그는 다만 남들보다 참을성이 좀 더 많았다. 아무리 승진과 좋은 임지가 중요하다고 해도 사람으로서 하지 말아야 할 마지막 마지노선이 있다는 것을 그는 알고 있었다. 그는 그 마지노선을 자기 원칙으로 지켜온 덕분에 오랫동안 대사가 아닌 부영사, 대리 영사, 그리고 오랜 세월이 흐른 후에야 총영사로 임지를 전전했다. 그래서 부친의 추억 속에서는 언제나 통신문과 영사 공랑의 냄새가 풍겨온다. 그가 샌프란시스코의 총영사를 지내던 시절 나는 뉴욕 음악원에 재학했다. 그가 서베를린 총영사로 전근했을 때 나는 서베를린으로 대학을 옮겼다. 베를린 시절에 그는 중요하고 탁월한 몇 가지 업적을 남겼다. 그 후 그는 바그다드에 있는 이라크 주재 한국 총영사로 발령이 났다.

계류

　침향을 전하러 온 남자는 빗속의 벨그라드를 가로질러 호텔 로비로 왔다. 나는 청조를 호텔 방에 남겨두었다. 나는 담배를 한 대 피울 생각이었으므로 십 분 정도 먼저 방을 나왔다. 바로 그해 칠월에 벨그라드 북서쪽 자그레브에서 한 인민의 아들이 태어났다는 보도가 생각났다. 유엔 사무총장은 아름다운 아드리아 해 부근의 노동자 아들인 그 아이가 이 지상의 50억 번째 인류라고 선포했다는 것이다. 로비에 이르렀을 때 동쪽 출구를 통해 호텔 정원이 바라다보였다. 비가 잉크처럼 검푸른 밤에도 기품에 찬 속도로 대지에 자신을 쏟아 붓고 있었다. 그때 나는 때늦은 매미 울음소리를 들었던 것 같다. 곧게 쏟아지는 비를 가로지르며 저격해 오는, 야생 비단을 비벼대는 듯한 매미의 절창이었다. 그 소리가 유정을 생각나게 했다. 유정은 말했다.
　"밤이면 자금성 한복판인 건청궁에서 울려 퍼지는 소리가 있었지. 숙직하는 늙은 내시의 복창 소리, '문의 빗장을 내려라, 빗장을 내려라.' 실질적인 밤은 그 내시의 목소리 다음에 왔어."

밤을 알리는 매미 울음소리. 그날 수많은 숙박객들 가운데 나 혼자만이 걸음을 멈춘 채 벨그라드의 젖은 밤으로부터 들려오는 매미의 고지를 듣고 있었다. 몸뚱이 뒤켠에 있는 작은 북을 두드리며 세찬 빗속에서도 자신의 절창을 부르고 있는 벨그라드의 매미 한 마리. 내가 혹 잉크빛 밤 속의 그 매미는 아닐까. '작전명 유토피아'는 혹 내 생의 마지막 절창은 아닐까.

침향을 든 두 남자는 우산을 쓰고 비닐 쇼핑백을 손에 든 채 호텔 앞에 도착했다. 소위 연락조인 그들은 비엔나에서 열차를 타고 벨그라드로 이동했음이 분명했다. 나를 보자 그들은 우선 진저리 치듯 우산을 접어 물을 털었고 다른 손으로 악수를 청했다. 벨그라드를 관통하는 사바 강으로부터 끼쳐오는 바람 냄새가 빗소리와 몸을 섞고 있었다. 그들은 검정색 양복을 입고 있었는데 가슴에는 수령의 초상을 달고 있지 않았다. 그것은 그들이 공무 중이 아니며 공무 이상의 그 무엇을 수행하고 있다는 증거였다. 나는 그들을 승강기 입구로 안내했다. 그들과 나는 이 낯선 도시에서 오직 침향을 건네받기 위해 비 오는 저녁에 만나고 있었다. 호텔 방문은 첫 노크에 안쪽으로부터 문이 열렸다. 접선 때 늘 그렇듯이 우리가 의자에 앉자마자 청조는 기계적으로 텔레비전을 틀었다. 그것도 높은 데시벨로. 도청에 대비한 고전적인 수법이었다.

우리 넷은 그렇게 간이용 안락의자와 보조 의자에 잠시 마주 보고 앉았다. 나와 청조도 검은 옷차림이어서 마치 수도자들 같았다. 연락책은 짧게 내 건강을 물었고 작전 진행에 이상이 없는지를 물었다. 청조에게는 각오가 비장한지를 물었다. 산탄총의 총성처럼 짧게 띄엄띄엄 이어지는 이 대화들은 접선 때면 우리가 늘 주고받는 예식,

즉 우리 사이의 교리문답 같은 것이었다.

"여기 침향을 가져왔소."

그들 중 한 연락책이 기립하더니 말했다. 나도 청조도 기립했다. 그가 내민 것은 평범한 비닐봉지였다. 내가 두 손으로 정중하게 그 침향을 받았다.

"침향을 수납합니다."

침향을 수납해 들었을 때 나는 두 덩이 침향의 무게를 손 안에서 명료하게 느꼈다. 문득 천 년 동안 그 향이 변하지 않는다는 밀의에 찬 침향의 정체가 내 존재를 향해 끼쳐오는 기분이었다. 그러자 마침내 이 순간으로부터 '작전명 유토피아'가 시작되고 있음을 나는 알았다. 이제 저 연락원들이 이 침향 두 덩이를 건네는 것을 끝으로 나를 떠나고 나면 이제 그들 대신 운명이 안내자로 내 앞에 서게 될 것이다. 지금 저 두 남자를 통해 비닐봉지에 담긴 침향 두 덩이를 건네고 있는 운명은 과연 수호자일까 아니면 내 존재를 갈가리 찢어놓을 파괴자일까. 나는 침향을 받아 소중히 내 오른쪽 의자에 놓았다. 그 이후 그들과 청조는 비엔나에서 구입한 귀로의 항공권을 확인했고 수첩 속에 비행기 편명과 시간을 일일이 기록했다. 나는 그들 셋이 탁자 위에 엎드려 깨알 같은 글씨로 귀로의 비행기 편을 메모하는 모습을 바라보았다. 그때 문득 거대한 보잉 707 한 대가 내 면전으로 날아들었다. 순간 나는 비행기 지느러미 부근에 놓인, 광채에 휩싸인 캐비어 같은 수십 개의 작은 창문들을 보았다. 다음 순간 여객기는 문득 내 앞에서 턱뼈를 부러뜨리며 부서졌다. 그러자 거대하고 우아한 푸른 수염 고래 같던 그 비행기가 문득 납으로 만든 거대한 관으로 변하는 것이었다.

의자 곁에 여객기 한 대를 파괴시키고 그 안의 수많은 승객의 생명과 운명을 갈가리 해체시킬 엄청난 위력의 침향 두 덩이를 놓아둔 채 우리는 우리가 살아 돌아갈 귀로의 비행기 편을 꼼꼼히 메모하고 있는 것이다. 이 호텔 방에 있는 우리 네 명은 왜 그 폭탄이 그 여객기와 승객만을 폭파시키고 우리는 결코 학살당하지 않을 수 있다고 장담하는 것일까. 이 무서운 최면은 경이롭기까지 했다. 기록이 끝나자 청조는 그들에게 두꺼운 옷가지가 든 여행 가방을 내주었다. 그것은 우리가 모스크바와 부다페스트라는 무대에서 입었던 이 작전의 공연 의상들이었다. 우리는 내일이면 여름옷으로 갈아입고 벨그라드를 떠나 바그다드로 가게 될 것이다. 작전을 위해 짐을 줄이는 것이 중요했다.

"이번 작전만 성공하면⋯⋯."

연락조 중 한 남자가 말했다.

"한세류 동지의 이름은 수령궁 황금 책에 황금 문자로 기록될 것이라는 당의 전달입니다."

그들은 가고 청조도 배웅을 나갔다. 침향만이 내 곁에 남았다.

비닐봉지에서 침향 두 덩이를 소중하게 꺼내 호텔 방 작은 원탁에 올려놓은 후 청조와 마주 앉았을 때 동쪽 창으로부터 밤 아홉 시를 알리는 벨그라드의 저녁 종소리가 사바 강을 월경해 울려왔다. 종의 핵이 놋으로 된 종의 벽을 반복해서 침착하게 때리는 타격의 힘이 밤의 견실한 침묵 속에서 느껴졌다. 공산화가 되고 수십 년 후에도 벨그라드는 사원의 종소리로 그들의 시간을 계량하며 살고 있었다. 종소리가 끝났을 때 종의 공명 속에서 밤의 취기가 느껴졌다.

나는 청조 앞에서 비닐봉지에서 날렵하게 그 암회색 휴대용 라디오를 들어 올렸다. 전장이 겨우 한 뼘도 안 되는 그 작은 라디오 우측에는 적죽 RA-32라는 상표가 붙어 있었다. 평양의 비밀 가옥에서 연습용으로 사용했던 것과 정확히 똑같은 모양이었다. 그것은 문득 대륙 열차로 아편을 날랐던 아편 밀수범들의 이야기를 상기시켰다. 유괴한 신생아를 죽여 그 복부를 가른 후 아이의 내장을 들어내고 그 속에 아편을 넣어 결코 울지 않는 그 죽은 아이를 안고 아낙네 차림으로 대륙에서 홍콩으로 아편을 배달했다는 얘기를. 그 라디오가 바로 그 신생아였다. 그것은 폭탄 전문가에 의해 복강의 붉고 푸른 전선의 내장들은 모두 긁어내어진 후 그 뱃속에 350그램의 콤포지션 C4라는 폭탄을 임신한 후 벨그라드까지 수송되어 지금 내 앞에 놓여 있는 것이다. 긴 대륙을 여행하는 내내 죽어도 울지 않았던 신생아처럼 이 휴대용 라디오도 평양에서 벨그라드까지의 긴 여행 내내 단 한 번도 스피커를 통해 노래를 불러대지 않았으리라. 애초 여행 전에 이미 폭탄 전문가에 의해 목의 힘줄이 잘렸으니까. 그러나 나는 알고 있었다. 아마도 한 공항 검색원이 그 작은 라디오의 정체를 의심해 그것을 해체해 보는 비극이 발생한다 할지라도 라디오 뒷면을 열어젖히는 순간 그는 그곳에 산호처럼 무성하게, 그러나 절대적인 무의미로 뒤엉켜 있는, 실제보다 더 화려한 위장용 전선을 발견하게 되리라는 것을. 그 옛날 아편 밀수범들이 살해한 아이의 얼굴을 더 화사하게 분장시켰듯 말이다. 아편 밀수범의 가슴에 안긴 아기는 결코 울 수 없었지만 이 휴대용 라디오는 최소한의 전선으로 방송의 목소리를 낼 수 있을 정도로 영악하게 위장되어 있었다. 그 속에는 노란 황산빛 건전지 네 개가 양극과 음극의 위치를 정확하게 지킨 채 마치 눈부신 네 개의 황금 별자리처럼 떠 있으리라. 나란히 누운 채 작전의 시작을 기다리고 있는 네 개의 건전지 중 어느 하나가 뇌관 역할을 하기로 예정되어 있었다. 그 뇌관은 백금으로 된 수제품 타이머, 즉 시한 장치와 내통하고 있다고 부부장은 말했다. 그중 단 한 개의 건전지만이 그 라디오 속에 든 폭약에 닿아 그 폭탄에 최초의 불꽃을 전할 것이었다. 내가 청조에게 말했다.

"내장된 건전지는 결코 다른 건전지와 대체할 수 없는 것이니 만약의 상황에서라도 반드시 간직하고 있어야만 해."

결코 다른 것과 대체할 수 없는 네 개의 건전지. 그것이 이 세상에 새로운 질서와 새로운 유토피아를 부여하겠다는 우리 손에 쥐어진 채 바그다드에 도착하기로 예정된 침향의 뇌관이었다. 만약의 상황이라는 내 말에 청조는 나를 바라다보았다. 우리는 내일 정오에 벨그라드를 떠나 바그다드로 간다. 바그다드 공항에는 적의 비행기 주작항공 SZ901기가 우리를 기다리고 있다. 운명의 여객기는 오후에 이륙이 예정되어 있었다. 우리는 반드시 휴대용 라디오 속에 기품 있게 보관된 이 침향을 들고 적의 비행기에 올라야만 한다. 그럴 때 나는 수많은 의미를 계시하고 있는 이 침향의 배달자로서 혁명의 최전선에 나를 세우는 것이다. 붉은 표지에 일본이라는 문자가 찍힌 일본 여권을 들고 단정하고 약간 돈이 있어 보이는 일본인 부녀가 되어 적국 영토인 그 여객기로 입장하게 되는 것 말이다. 혁명의 시작이다.

작전 현장에는 언제나 의외라는 바이러스가 살고 있다. 우리는 그것을 만약이라고 부른다. 이 작전에서 유일한 만약이란 내가 행동할 수 없게 되는 경우를 말한다. 그럴 경우에는 청조가 내가 섰던 그 최전선에 서야만 한다. 내가 나를 세웠던 혁명의 그 최전선에.

"이 라디오의 시한 장치 조작법은 잊지 않았겠지. 반복해서 상기해 보도록 하시오."

내 말이 끝나자마자 청조가 말을 받았다.

"라디오 앞면 우측 디지털 시계 밑에 장치한 스위치 네 개를 왼쪽

으로 고정시킨다. 알람 스위치를 라디오라고 씌인 중간 지점에 놓는
다. 그러면 아홉 시간 후 침향은 깨어난다."

우리는 호텔 직녀에서 가짜 침향이 장전된 라디오로 수백 번도 더
시한 장치 조작법을 연습했었다. 그 밤 청조는 침대로 가기 전에 안
정제 한 알을 먹었다. 그녀 안의 폭풍은 격렬했던 모양이다. 그러고
는 긴 벤치처럼 뻗어 있는 창가 침대로 갔다. 단정한 소년용 잠옷을
여며 입은 채 그녀는 내 앞을 그렇게 통과해 갔다.

내 안에서 여자에 대한 격정이 언제부터 고갈되어버렸는지 모르겠
다. 나는 사랑도, 애정도, 두 남녀 사이에서 장난을 치는 뜨겁고 격렬
한 감정들도 귀찮았다. 그 순간성의 끔찍함을 나는 잘 알고 있었다.
나는 내가 삶을 즐기고, 따뜻하게 느끼고, 달콤해할까 봐 두려웠다.
세상에 대한 내 복수심이 희석될까 봐 겁내고 있었다. 왜 나는 내 어
머니를 어린 암컷으로 사용한 양조장 백씨처럼 살아서는 안 된다고
몸부림치는 것일까. 왜 나는 증거도 없이 내 어머니였던 어린 소녀가
백씨라는 늙은 수컷에게 강간당한 것이라고 여기는 것일까. 그 십육
세 소녀가 백씨와의 성교를 즐거워하지 않았다는 증거라도 있단 말
인가. 어떻든 백씨에게는 죄가 그의 정열이었다. 부친 유정은 어린
내 어머니를 삼킨 그 우물 아래 강의 신 하백의 용궁이 있다고 말했
다. 그러나 내 생의 시원인 그 자살 사건을 생각할 때 하백의 용궁에
서 흘러나오는 음악 같은 것은 내게 없었다. 어둠의 단애, 모든 것을
무효화하는 그 절대적인 먹물 자국이 만져질 뿐이다. 절대 암흑에서
묻어나는 죽음의 콜타르 자국이 느껴질 뿐이다. 그리하여 나는 서양
신문 속에서 은혼이나 금혼을 맞는 자들의 축하 기사만 보면 화가 났
다. 열여섯 살에 물에 빠져 죽은 여자와 생후 1개월에 우물 속에 처넣

어진 사내아이의 참사에도 불구하고 결혼 생활 5, 60년을, 그것도 둘이서 함께 넉넉히 치러낸 넋 나간 인간들이 존재한다는 사실에 화가 났다. 이 카오스 속에서도 사랑하고 결혼하고 아이를 낳고 가정이라는 유사 에덴을 만들며 백 년을 살겠다고 덤비는, 화산 위에서 추는 미친 춤에 화가 났다. 그런 기사를 읽을 때면 나는 화장실로 달려가 변기 앞에 무릎을 꿇고 구토했다. 그러고는 변기통으로부터 머리를 똑바로 든 채 도난당한 열여섯 살의 소녀와 그 아들의 행복을 추모했다.

그 밤 프라하의 카페 난파의 여주인이 하현달처럼 떠올랐다. 나는 그녀에 대해 아는 것이 없었다. 그녀가 나보다 정확히 얼마나 연상이었는지도 모르겠다. 평양에서 모스크바를 거쳐 프라하에 표류한 뗏목 같은 그녀가 평양 누군가의 애첩이었다는 소문을 들은 적은 있다.

난파에 들르면 그녀는 쟁반에 담긴 내 커피 잔 뒤에 언제나 붉은 장미를 놓아두었다. 그것이 화근이었다. 내가 왜 그것을 그녀의 키스라고 생각했는지 모르겠다. 나는 어느 날 그녀에게로 들어갔다. 그 일은 느닷없이 일어났다. 다시 말하지만 그 붉은 장미가 화근이었다. 프라하에서 붉은 장미는 훨씬 더 격정적인 요염함을 풍긴다. 공산 혁명 이후 모스크바도, 바르샤바도, 프라하도 혁명의 꽃은 붉은 카네이션이었다. 패랭이과의 이 혁명가의 꽃. 혁명이라는 금욕의 불이 그 꽃 속에 담겨 있었다. 러시아 혁명 이후 카네이션은 죽은 혁명가들의 관 위에 얹혀 여자처럼 그 마지막 길에 동행했다. 그리고 무덤에 도착하면 흐느끼는 여자처럼 꽃잎을 날리며 혁명가의 관 위로 투신하듯 몸을 던져 함께 매장되는 것이었다. 그러나 그날 카네이션이 아니라 장미가 문제였다.

나는 알몸이 되어 그녀 속으로 춤추듯 삼투해 들어갔다. 그녀는 물처럼 신음도 없었다. 그녀는 부끄러워서 신음해서는 안 된다고 생각하는 것 같았다. 그녀는 자기 속에서 터지는 신음을 그렇게 차단함으로써 자신의 육체를 내 안에서 기꺼이 실종시켜버리고 있었다. 그렇게 함으로써 그녀는 내게 그녀의 현존을 잊게 만들었다. 참 지독한 최면이었다. 그녀는 성교하는 동안 젊은 나를 보지 않기 위해 언제나 눈을 감았다. 그것이 마치 그녀와 나 사이에 놓인 연령의 간격을 막는 장벽 같았다. 그녀의 몸은 언제나 기적적으로 깊고 따뜻했다. 정말이지 더운 샘이 솟는 천상의 우물 같았다. 내 빙하 같은 영혼은 그녀의 동굴 안에서 그렇게 반년 동안 잊을 수 없는 월동을 했다. 욕정이 내 육체의 내벽을 사정없이 할퀴는 대로 나는 그녀를 공격했고 그녀를 실컷 가졌다. 내가 사정하면 그녀는 자신의 온몸으로 감사의 말을 전했다. 그럴 때 그녀는 황인종의 따스한 살로 이루어진 등신대 (等身大) 크기의 표의문자였다.

그녀만 보면 나는 생후 1개월 된 신생아처럼 배가 고팠다. 그녀 자신도 내게 젖을 먹여야 하는 시간이 왔다는 것을 알았다. 그녀의 육체로 깊이 들어가보면 알 수 있었다. 그녀도 내게 젖을 주고 싶어 온몸이 발갛게 불어 있다는 것을. 나는 밤새 오직 그녀만을 마셨다. 우리는 마치 두 대의 형틀처럼 그렇게 서로를 조이며 엉켜 있었다. 그 죽음 같은 선정적 속박이 좋았다. 절벽 같은 잠에서 깨어나보면 그녀 자리는 으레 흔적도 없이 비어 있었다. 강처럼 꿈틀대는 그녀의 머리카락도 그윽한 눈동자도 없었다. 그렇게 함으로써 그녀는 우리의 정사가 꿈이었으며 지상의 것이 아니었다는 시적 알리바이를 만들어주었던 것이다. 그리고 어느 날 문득 그녀는 정말로 사라졌다. 그날 그녀를 잃고 난파의 계단을 내려올 때 나는 수백 년 된 그 건물 후원 구석에 얼굴을 처박고 우는 비둘기 소리를 들었다. 계단 창살 밖에 폐기된 우물 곁에서 자라고 있는 서러운 붉은 버섯도 보았다.

아아, 그녀는 신성한 화덕 같았다. 내 존재 안의 모든 빙하와 영혼의 동상(凍傷)을 단숨에 녹이는. 화덕처럼 더운 그녀의 육체 안에서 나는 내 몸을 덥혔다. 안고 있으면 그녀는 따뜻한 어미 사슴 같았다. 발정의 사향내를 풍기는. 합일이 절정에 이르면 그녀의 몸은 작열하듯 탄력을 다해 열렸고 그녀의 깊은 곳에서 종소리가 울려오는 착각이 들었다. 그러면 나는 그녀 안에서 기꺼이 난파당했다. 그녀의 바다 속으로의 행복한 난파였다. 그녀는 내가 정사 중 유일하게 내 정욕에 수치심을 갖지 않았던 여자였다. 그녀의 따스한 배, 진달래 같은 다홍빛 성기. 나는 그렇게 반년간 그녀의 신성에 기꺼이 취했다. 그것이 위로 없는 내 삶에 존재했던 잊을 수 없는 건배였다. 그것이 한 여자와 나누었던 내 통절한 쾌락이었다.

침향은 그날 밤 그렇게 나와 함께 그 호텔 방에서 첫 숙면을 했다. 나는 연락조의 비닐봉지를 조심스럽게 벗겨내고 당대 최고의 미인이었다는 빈의 황후 씨씨의 초상이 인쇄된 황금색 면세점 봉지에 옮겨 담았다. 오스트리아와 헝가리 제국의 황후였던 이 여자는 풍성한 가발에 샛별 같은 장식 핀, 백설빛 드레스 차림이었다. 아름다운 가르마가 인상적인 그녀의 순결한 두 눈이 봉지 위에서 나를 응시하고 있었다. 이 황녀는 말년에 한 무정부주의자인 자객에게 암살당했다. 위장하기 위해 본격적인 여행자를 가장한 검은 가죽 기내화, 수면대, 비엔나에서 발행한 시사 주간지 한 권, 스카프, 벨그라드산 접는 우산 하나, 그리고 청조의 크림빛 반팔 스웨터가 침향 위에 얹혔다. 바그다드 공항에 도착하면 나는 그곳 현지 신문을 구입하여 침향을 덮으리라 생각했다. 바그다드 영자 신문인 《바그다드 옵서버》나 아랍어 일간지 《알 이라크》로.

　그 밤 두 개의 침향 곁에서 나는 잠을 이루지 못했다. 불면이 가져
오는 재앙은 뻔하다. 불면은 고요한 폭동이다. 그곳에는 내 꿈과 무
의식 속을 들락거리며 칭얼대던 미숙하고 인정받지 못한 추억과 느
낌들이 시간의 저수 탱크에 방부된 채 저장되어 있다. 이윽고 불면이
내게 '작전명 유토피아' 가 혁명인가, 학살인가라고 노골적으로 물어
올 때까지 채 십 분도 걸리지 않았다. 과연 우리가 혁명을 통해 도착
하고자 하는 그 지상낙원은 일회적 삶을 유보하고서라도 가야 할 만
한 가치가 있는 곳일까. 아니, 과연 우리는 40년간 행군을 해도 도착
할 수 없는 그곳에 언젠가 도착할 수 있기는 한 것일까. 지상낙원이
라는 이름으로 단 한 번뿐인 삶을 유보하는 것이 우리 생에 대해 저
지르는 최대의 범죄는 아닐까. 아니, 애초에 지상낙원이니 무릉도원
이니 유토피아라는 것이 인간이 영원히 만질 수 없는 저 금단의 능
금, 유혹자의 노랫소리, 성스러운 재앙은 아닐까.
　나에게서 어느 날 목숨을 빼앗아갈 수 있는 것은 인간 모습을 한
저 적이 아니다. 어쩌면 내가 체포당해 처형당할 교수대나 전기의자
도 아니다. 내게 숨을 불어넣었던 그 압도적인 존재가 언젠가 다시
내 숨을 앗아갈 것이다. 55년 전 나를 우물에서 살려낸 적이 있는 그
손은 나를 다시 그 우물이라는 진흙 속에 처박을 권리가 있다. 내 존
재 속에 압도적인 손자국을 남긴, 우물 속으로 추락한 나를 받아 입
안에 박하 풀을 끼워 다시 세상으로 돌려보냈던 그 압도적인 힘, 죽
음과 삶의 전권과 주권을 가진 그 존재만이 나를 다시 죽음의 우물
속에 처박을 수 있는 유일하고 정당한 힘이다. 그를 신이라고 부르는
것은 태만하다고 나는 불면 속에서 생각했다. 그것은 신이 아닌, 태

196

초부터 내 안에 존재했던 힘, 내가 '나'라고 부르고 있는 영원히 소멸될 수 없는 존재의 원자인지도 모르겠다. 원래 내 자신이었던 그 힘, 계속 살기를 선망해서 깊은 우물과 운명 속에서 서로 치고받으며 삶의 자장 속으로 솟구쳐오르는 그 초자연적인 힘, 창세의 그날 발생해서 소멸하거나 질식되지 않고 지금도 내 존재 주변에서 맴도는 그 순결한 정령, 그것이 나라는 무섭도록 역동적인 존재는 아닐까.

모든 것이 시간이 만들어내는 주술이다. 나는 돌아누우며 생각했다. 내 생명은 너무도 역동적이고 아름다워서 그것을 끌어내리고 추락시켰던 만유인력만큼 강력한 것이다. 겨우 열여섯 살짜리 여자가 나를 낳고, 그 생명을 다시 추락시키려는 힘에 의해 우물 속으로 뛰어들었고, 그녀는 죽고 나는 다시 우물로부터 공처럼 튀어올랐다. 그녀가 나를 낳았지만 내가 그녀를 낳을 수도 있었으리라. 생명은 앞서고 뒤서며, 이끌거나 걷어차며 그렇게 격렬하게 뒤섞여서 운명이라는 절창을 만들어간다. 그제서야 나는 내가 생이라는 고급 비극을 만들어가는 데 취해 있는지도 모른다고 생각했다. 더구나 내 존재에 명료한 자국을 남겼던 그 손은 내게 자유를 주어 나로 하여금 내 삶의 내용을 스스로 선택하게 한다. 그것이 운명의 위대함이다.

이 밤, 내가 두 덩이 침향 앞에서 이토록 고독한 것은 되어져야 할 나와 이미 되어진 나 사이에 놓여 있는 그 엄청난 거리, 그 실상과 가상의 천 길 단애가 주는 현기증 때문은 아닐까. 나는 이 두 덩이 침향이 두 덩이 월병이었으면 얼마나 좋을까 잠시 생각했다. 어느 가난한 가장이 저녁 때 자식과 아내를 위해 사들고 들어가는 그 두 덩이 월병. 이튿날 나는 머리에 학살용 침향 두 덩이를 놓고 반듯하게 누운 채 구월의 빛을 쏟아내며 장엄하게 막을 여는 벨그라드의 새벽을 맞이하고 있었다.

누항

바그다드의 더위에서는 사이렌 소리가 난다. 안력(眼力)이 좋은 자가 있다면 바그다드의 질 나쁜 아스팔트에 내리꽂히는 학살적인 태양의 결들을 볼 수 있을 것이다. 그때 바람이 하프 주자처럼 수직으로 된 태양의 현을 가로로 어루만지면 태양은 사이렌처럼 울기 시작한다. 이곳에서 사람들은 언제나 충분히 태양에 달궈진 대지를 만진다. 바그다드에는 마둑 신의 도시였던 바빌론의 도도한 자취가 도처에 남아 있다. 작은 노천 식당, 어둑한 주방 앞에도 바빌론의 왕이었던 느부갓네살 2세의 사진을 볼 수 있다. 사진들 대부분에서 그는 세계 불가사의들 가운데 하나라는 자신의 공중 정원에서 그의 자랑스러운 왕궁을 바라보고 있다. 그 그림들은 물론 바빌론 박물관의 복사본들이다. 느부갓네살. 이 젊은 왕은 아름다운 검은 머리와 검은 수염에 고깔 모양의 뾰족한 황금 관, 황금 술이 달린 무릎까지 내려오는 눈부신 푸른 예복에 핑크빛 예복을 받쳐 입고 있다. 혈색 좋은 맨

발에 검은 샌들을 신은 채 그는 공중 정원의 번쩍이는 담장에 오른팔을 얹어놓고 있다. 성경을 보면 히브리 신인 여호와가 이 티그리스 강 황제의 성공과 행복에 이의를 제기하며 말을 거는 장면이 등장한다. 바빌론은 수메르어로 '신의 문'이라는 뜻이다.

느부갓네살이 이 도시의 영원한 젊은 신이라면 티그리스는 그 사내보다 먼저 존재하는 이 도시의 여신이다. 티그리스는 이 도시를 그녀의 탯줄로 장엄하게 감싸고 있다. 그 안에 더 작은 아기 강인 키르가 흐른다. 중앙역 옆 왕조의 무덤 앞에는 혁명 도로인 7월 14일 가(假)가 건강하게 뻗어 있다. 키르 강을 건너면 공항을 지나 시리아와 요르단 국경에 이른다. 이 티그리스의 강폭이 가장 넓어지는 곳에 호텔 사르곤이 자리 잡고 있다. 사르곤은 티그리스 강변에 최초로 대제국을 세운 영웅이었다. 대개의 영웅적인 통치자들이 그렇듯 그도 그가 섬겼던 선왕을 살해하고 왕이 되었다. 그는 수메르판 모세였다. 아이를 가져서는 안 되는 한 여제사장의 사생아로 태어나자마자 그는 갈대로 만든 배에 실려 유프라테스 강에 띄워졌다. 물 긷는 한 남자가 그 아이를 발견했다. 그 아이는 그 물장수에 의해 정원사로 키워졌다. 그것이 왕의 시종관이 되기 전까지의 그의 전사(前史)이다. 사생아, 기아, 양자, 정원사, 시종관, 암살자, 제국의 대왕. 그것이 그의 삶의 되어감, 그의 삶의 크레셴도이다. 도시 니느웨의 한 신전 터에서 발굴됐다는 사르곤의 유황처리된 황동 두상은 바그다드 박물관에 자랑스럽게 안치되어 있었다. 입술이 견고한 남자였다. 오페라 공연장이 있는 호텔 스마락드는 호텔 사르곤에서 일곱 구역 떨어져 있다. 안빈 총영사의 근무처인 총영사관은 호텔 사르곤에서 열 블록 정도 떨어진 남동쪽에 위치에 있다. 몇 개의 외국 관저들이 그곳에 자리 잡고 있었으므로 사람들은 그곳을 대사관 구역이라고 통칭했다.

어머니와 나는 회교 사원 앞을 지나갔다. 황금 지붕들과 정교한 사금빛 첨탑 아래 장엄한 순은 장식을 머리에 인 채 줄지어 선 수랑들이 아름다웠다. 사원의 순은 벽 장식은 하늘의 명암에 따라 섬세하고 조용하게 번쩍거렸다. 외부 궁륭들의 극세밀한 부조들. 사원 정문은 온통 알 수 없는 문자들로 뒤덮여 있었다. 그럴 때 사원은 붉은 사암으로 만든, 일종의 펼쳐진 거대한 경전인 셈이다. 이런 사원들의 중앙 정원에는 언제나 거대한 대추야자수들이 서 있었다. 그 야자수 뒤쪽으로 탐미적인 사파이어 블루의 하늘이 떠 있었다. 여자들은 대개 검은 베일인 아바로 자태를 감추고 있어 마치 움직이는 물음표들 같았다. 걸을 때마다 그 이슬람식 장옷 자락 아래로 노출되는 여자들의 벗은 발과 종아리들이 관능적이었다. 자유 광장 부근의 천막촌 사이에 끼어 있는 진흙과 수렁과 프로판 가스통들 곁을 사람들은 슬리퍼를 신고 지나간다. 당나귀가 끄는 수레 사이에서 한 남자가 빗자루로 사원 광장 앞을 쓸고 있는 것이 보였다. 사원의 계단은 맨발과 긴 옷자락들에 닳아버렸다. 단봉낙타들은 거리에서도 턱을 든 채 그가 바라볼 수 있는 지평선 중 가장 먼 곳을 보며 우아하게 걸었다.

우리는 제6 회교 사원 근처에 있는, 여러 개의 회랑과 궁륭이 있는 베두인식 찻집에 들어갔다. 어머니는 박하차를 주문했다. 탐미적인 곡선을 지닌 붉은 구리 주전자 속에서 방금 들판에서 뜯어온 듯 건강하고 싱싱한 박하 잎들이 뚜껑과 부리 사이로 그 우아한 긴 잎들을 드러내고 있었다. 서늘한 궁륭 아래서 어머니는 아름다운 한국어로 말했다.

"결혼은 일종의 공모야. 부부란 반드시 행복해지지 않으면 안 된다고 맹세한 비밀 결사대야. 결혼의 강령은 오직 행복이고 아이를 낳고 악착같이 돈과 경력과 살림살이와 회원권들을 수집하고 타인에게 지껄일 자랑거리를 수집하는 것이지. 집은 넓어지고, 옷장과 신발장은 폭발하고, 화장대에는 향수가 쌓여가고, 남자들은 자신이 과연 몇 개의 넥타이를 가지고 있는지 더 이상 셀 수 없는 그날이 와. 더 이상 구입할 것이 없으면 자신의 묘지까지 계약하지. 이것이 세상의 두 남녀가 결혼과 가족이라는 이름으로 저지르는 공모, 순진하고 무지한 범죄지. 그런데 안빈 총영사가 돌연 이 공모를 그만둬버린 거야. 그가 바그다드를 자원할 때부터 나는 알았어야만 했어.

그는 돌연 우리가 살아온 속도, 우리에게 익숙한 이 통속을 멈추고 더 이상 이 게임을 하지 않겠다고 선언했던 거야. 다시는 본질로 돌아갈 수 없는 지점에서 다시 어딘가로의 회귀를 꿈꾸는 거지. 아아, 하필이면 왜 이 늦은 시점에 그가 돌연 그런 엄숙한 생각을 하게 됐는지 모르겠어. 내 나이가 되면 속물이라는 이 치수의 옷이 얼마나 안전하고 다정한지 몰라. 결혼 첫날부터 수십 년간 바로 이 지점에 도착하겠다고 함께 공모해 놓고 거의 도착을 눈앞에 두고 노선을 수정하겠다는 거야. 우리가 살아온 전 과정이 오류였다고 인정하는 일이 나는 무서워. 남들과는 다른 가치 속에서 살아야 하는 일, 그들과 한 패거리가 아닐 경우 우리에게 가해질 복수와 심술, 그 고독이 나는 무서워. 정기적인 얼굴 마사지, 잘 봉제된 송아지 가죽의 질 좋은 하이힐, 순도 높은 천연 진주, 수제 비단에 길이 든 이 작은 호사, 이 작은 소유로부터 떠나는 일이 너무 무서워. 내가 힘겹게 당도한 이 대열, 이 순서로부터 아무 보장도 없이 떠난다는 것, 그런 도전이나 인식이 오히려 더 비현실적이고 왜곡되고 사치스러워 보여. 더 부자가 되고 더 많이 성공하는 것보다 의도적으로 더 가난해지고 더 적게 가져야 한다는 것이 얼마나 더 어렵고 부자연스러운 일인지 나는 이미 예감하고 있어. 아니, 더 무서운 것은 네 아버지가 자기가 목적하는 그 본질에 도달할 수 있기나 한지 모르겠다는 거야. 그는 혹시 우리 같은 부류가 감히 도달할 수도 없는 그 경지를 꿈꾸는 것은 아닐까.

늙는다는 것은 상당히 거창하고 아양에 찬 소도구들이 필요한, 사치와 엄살의 과정을 거치게 마련이지. 화장대에는 노화 방지 크림들이 들어서고 세포가 죽어가는 육체가 풍기기 시작하는 조용한 부패로부터 폭로되는 악취를 감추기 위해 농도 짙은 향수를 뿌리고 외출할 때는 눈가의 주름을 가리기 위해 선글라스를 끼고. 폐경은 아주 거창한 사건으로 다뤄지지. 무슨 심각한 방화처럼 남편이 함께 참여해서 전력을 다해 진화해야 하는 급성의 그 무엇으로 과장되지. 우울증과 히스테리가 오면 전문 의사를 찾아가 마치 자신이 무슨 엄청난 절벽 앞에 서 있는 것처럼 연기하고, 비싼 상담을 거쳐 고급 안정제 처방전을 얻는 거야. 안과 의사에게도 가야지. 노안 판정을 받은 후에는 우울한 표정을 짓고 의사에게 위로를 받으며 돋보기 처방전을 받은 후 텅 빈 계단을 우수에 차서 내려오는 거야. 특히 나 같이 그저 일상을 살아내는 것 외에 딱히 할 일이 없는 여자들은 삶을 좀 더 극적인 것으로 만들기 위한 엄살과 아양의 장치가 필요해. 삶의 장엄함을 직시할 힘이 없는 사람들은 조잡한 연극을 통해 패배에 대한 구실과 변명을 마련해 가는 거야.

폐경은 가차없는 거야. 그것은 이제 내가 여자로서 더 이상 현역이 아니며 종의 번식이라는 까다로운 의무에서 해방되었고 내 안에서 이제 다른 시기가 열리고 있으며, 언젠가 다가올 죽음이라는 엄청난 가치와 대결할 힘을 기르라는, 이 삶 속에서 당당히 퇴장할 배짱을 기르라는 나팔 소리야. 육체가 감옥이 됐던 시기, 육체가 출산을 위해 쓰이던 부역의 시간은 가고 이제는 급기야 육체라는 한계를 뛰어넘어 생이 마련한 초월적인 차원까지 도달해 보라는 초월의 시간이 열리는 거지.

자격이 있는 자만이 죽을 수 있어. 자기 삶을 바닥까지 다 퍼내어 사용한 자만이 진실로 죽을 수 있어. 삶을 살지 않아서 죽을 자격에도 이르지 못한 변태적인 미숙아인 내가 요즘 거울 속에 보여. 장례식에 갈 때마다 그 죽음, 그 영정 속에서 광배가 보이는 사람을 보면 숨 막히고 무서워. 이런 인식이 오면 내 몸은 갑자기 천식 발작을 일으켜. 잘못 살아왔다는 사실을 인정해야 할 때 내 몸에서는 산소 공급이 끊기고 숨이 막혀오는 거야. 그래도 네 아버지는 요즘 나를 위로하지 않아. 예전의 공모와 유치한 소란 같은 것에 더 이상 끼어들지 않아. 내가 스스로 작은 응급용 산소통을 준비해 침대 탁자 아래 세워둘 때까지도 그는 한마디 위로가 없었어. 그렇게 함으로써 내가 단독자로 내 삶과 마주 서야 한다고 그는 가르치고 있는 거야. 그는 내가 이혼을 요구하면 주저 없이 이혼해 줄 수 있는 지점까지 도달했어. 그의 두 발은 이제 결혼이나 이혼 같은 것이 도무지 영향을 끼칠 수 없는 침착한 해안에 상륙해 있어. 사실상 그의 나이가 되면 남자들은 아내 몰래 정부 하나쯤은 숨겨두고 살지. 그것은 무슨 비도덕적인 탈선이 아닌, 그 나이쯤에 자기 삶에 도박을 걸어보는 최면에 찬 비명이야. 네 아버지가 어딘가 정부 하나쯤 숨겨놓았다면 우리의 중년이 이렇게 돌연 엄숙해지지는 않았을 거야. 그런 통속적인 삼각관계란 말하자면 즐거운 삼류 게임의 시작이니까. 권태에 찬 내 삶에 그가 시비를 걸어오는 것이니까. 나는 그 게임을 좀 더 극적으로 연기해낼 수 있었을 것이고 동시에 그의 정부 앞에서 내 기득권과 우월성을 마음껏 과장해 보여줄 수 있었을 텐데. 아니, 네 아버지가 그를 유혹하는 한 유능하고 젊은 여자 정치가와 사랑에 빠졌더라면 좋았을 것을. 그러면 내 연극은 더 장엄하고 극적인 것이 되었을 텐데. 질투가 주는 전의와 살기보다 더 좋은 회춘이 어디 있겠어. 그런데 네 아버지는 예정된 그런 모든 게임을 갑자기 무효화하고 돌연 속물이기를 거부해 버린 거야. 나는 아직 속물 분장을 채 지우지도 않았는데 말이야.

서울에 다녀오면 나는 변할 거야. 수제 비단 옷들을 정리하고 수십 년간 착용했던 현기증 나도록 굽 높은 구두들도 버리겠어. 주름을 가리기 위해 쓰던 선글라스도 벗어버리겠어. 이곳 바그다드 여자들처럼 내 안에 겸손한 검은 차도르를 쓰고 팔을 걷고 건강하게 본질에 도전하겠어.

네가 프라하 연주 때 무대 위에서 연주 중인 보도사진 속의 네 머리 뒤로 문득 사금빛 광배가 떠오르는 거야. 지물포 사장이던 네 외할아버지의 영정 뒤에서 떠오르던 그 낮달처럼 조용한 광배가. 그리고 네 아버지가 현장 사고로 숨진 한 바그다드 토목 공사 노동자의 장례식장에서 직접 유골함을 들고 섰을 때, 나는 하루 종일 금식한 그의 머리 뒤로 상현달처럼 또렷하게 떠오르는 사금빛 광배를 보았어. 외할아버지도 아버지도 너도 다 광배가 있었어. 나만 그들 사이에 광배 없이 무임승차자로 서 있더군. 그 세 사람 사이에서 나 혼자만이 그렇게 천천히 예정된 실종자가 되어가고 있더군.

아아, 이 도전은 그러나 얼마나 눈부시고 사치스러운지. 더 이상 아양과 공모에 참여하지 않는다는 것. 나는 이 새로운 도전에 가슴이 떨려. 천식 발작 때문에 휴대용 산소통을 가방 속에 넣고 다니더라도 나는 이 도전에 참여하겠어. 남편의 손이 아니라 내 손으로 산소 튜브를 코 속에 끼워넣으면서라도 해내겠어. 참 이상하지. 그가 나를 돕지 않는 순간부터 나는 그를 더 사랑하게 됐어. 아니, 나는 그를 처음으로 사랑하게 된 것 같아. 건강한 사랑 말이야."

그날 저녁 우리는 장작에 구운 농어와 구운 가지에 사프란 소스를 얹어 먹는 마스쿠프를 주문했다. 낮은 천막 속에 아름다운 양탄자들과 베개들이 놓여 있고 그 가운데 감람과 송진으로 만든 유향이 타고 있었다. 유향용 송진은 변화무쌍한 색들을 지니고 있었다.

"이곳은 차를 권할 때 사양하는 것이 금지되어 있어."

그녀가 말했다. 그것도 찻잔을 겨우 3할만 채운 잔을 세 번 권하게 되어 있다는 것이었다. 후식으로는 석류 즙과 마른 무화과가 나왔다. 거리로 나오자 식당 모퉁이에는 오아시스를 상징하는 초록 간판 위에 낙타 경기 일정이 적혀 있었다.

부친은 내가 그 피아노를 보러 가던 첫 길에 동행했다. 부친은 바그다드에 두 대의 탁월한 연주용 피아노가 있다는 사실을 알고 있었다. 티그리스 강 남쪽 강변의 한 대학과 강변 중앙의 보석 같은 호텔 스마락드였다. 스마락드는 보석 에메랄드라는 뜻이었다. 그는 직접 그 두 대의 피아노를 모두 방문해 보았음에 틀림없었다. 나는 맨해튼에서 그가 호텔 스마락드에 있는 피아노를 선택했다는 내용의 짧은 팩스 한 장을 받았다. 나는 그가 왜 호텔 스마락드에 유배된 폐비처럼 작은 방에 감금되어 있는 그 피아노를 선택했는지 알 길이 없었다. 그는 팩스에 이렇게 썼다.

"그 비범한 인상의 피아노는 마호가니로 된 정장을 입고 유배된 폐비처럼 외진 작은 방에 감금된 채 백 년 동안 잠들어 있었어."

그는 자신이 곧 조율사와 함께 그 피아노를 다시 찾을 것이며 조율사에게 어떤 처방을 부탁해야 할지를 팩스로 물었다. 그는 그 호텔에서 바라보는 늙은 강 티그리스야말로 보석 스마락드 자체라고도 썼다. 그 호텔이 아니라 바로 그 강 티그리스가. 바그다드에 있는 한 왕조의 영묘에는 바로 그 티그리스 강과 똑같은 스마락드빛 눈동자를 가진 왕후가 있었다고도 썼다. 작은 방에 유폐된 그 폐비가 마호가니로 된 독일산 늙은 블뤼트너라는 소식에 나는 맘이 설레었다. 아랍의 티그리스 강과 유럽 엘베 강의 귀부인 블뤼트너 피아노가 주는 그 마법적 불균형이 내게 연주 의욕을 불러일으켰다. 블뤼트너는 고음에 강했다. 고음역 3화음 음정에 특별히 첨가된 네 번째 현이 숨어 있었다. 연주 때 해머는 세 개의 현만을 타격하고 네 번째 비밀의 현은 직접 충격을 받는 대신 간접 충격에 의해 극단적으로 깊이 진동하는 배음을 만들어냈다. 서울 연주곡인 슈만은 고음이 많아 바그다드에서 그 신성한 고음을 만들어낼 수 있는 마법의 제4현을 숨기고 있는 블뤼트너가 있다는 것이 행복한 느낌을 선사했다. 서울 무대에 서기 전 바그다드에서 그 신비에 찬 블뤼트너로 연습할 수 있다면 행운이었다. 그러나 왜 그 비범한 블뤼트너는 연주홀이 아닌 호텔 스마락드의 외로운 구석방에 유폐되어 있었던 것일까.

안빈 총영사는 그날 자신의 승용차로 가면서 안주머니에 간직한 플라스틱 키를 확인했다. 부친의 차는 티그리스 강 사랏 어귀를 지났고 미스바 공원과 순교자 기념비, 그리고 군사 박물관 옆을 통과했다. 호텔에 도착하기 직전 나는 아름다운 조각 「알리바바와 40인의 도적」이 있는 알리바바 광장을 보았다. 호텔 로비에서 우리는 곧장 승강기에 올랐다. 맨 위층에 닿자 그는 동쪽을 향해 갔다. 그러고는 동쪽 맨 끝 방 앞에 도착하자 플라스틱 키를 조심스럽게 끼워넣었다. 그는 마치 딸을 신랑에게 인도하는 아버지처럼 나를 위해 직접 그 방의 문을 열고 그 피아노까지 동행해 주었던 것이다. 그것이 그에게는 작은 문화적 순간이었으리라. 그는 내 마음에 들도록 조율이 되었는지 초조해했다. 그는 내가 원하는 피아노의 상태를 조율사에게 잘 설명해 주지 못한 데 대해, 그 구체적인 처방전을 조율사에게 전달하면서 그가 느꼈던 피아노의 엄청난 추상성에 대해 놀라고 있었다. 그가 말했다.

"그 호텔 직원은 피아노 의자가 너무 건조해져서 계속 마찰 소리를 내고 있다고 걱정했어."

아버지는 변해 있었다. 바그다드의 티그리스를 배경으로 서 있는 그는 샌프란시스코와 서베를린을 배경으로 서 있던, 골프와 실내 운동으로 잘 단련된, 속물 냄새를 풍기던 그 남자가 아니었다. 바그다드에서 그는 돌연 담배와 술을 끊었고, 그의 직업과 그의 중년에 필요했던 장식과 부가물들을 버렸다. 그는 검소하게 정화되어 보였고 햇빛에 닿으면 이따금씩 씨줄과 날줄 속에서 진한 비둘기색을 띄는 검소한 바지 위로 소매가 잘 여며진 흰 와이셔츠를 입고 있었다.

문이 열리자 가장 먼저 들어온 것은 거대한 창을 밀치고 들어와 있는 스마락드빛 티그리스였다. 그리고 그 티그리스를 배경으로 마호가니빛 피아노 한 대가 가상의 강 위에 떠 있었다. 내가 그 피아노 아래 놓여 있는 나무 바닥을 확인하는 데는 잠시 시간이 걸렸다. 팩스에 적힌 대로 독일산 블뤼트너였다. 아버지가 내게 피아노 열쇠를 내밀었다. 피아노를 열자 로코코풍으로 조각된 악보대가 보였다. 그리고 그 아래 자부심에 찬, 오랫동안 잠들어 있던 고독한 건반이 드러났다. 부친은 잠시 티그리스를 바라보았다. 한 회교 사원과 사원 위로 등대처럼 뻗어 있는 망루 위 시계탑이 바라다보였다. 사원을 이루고 있는 채색 기와와 궁륭을 보자 알함브라 궁전이 있는 그라나다에서의 있었던 안달루시아 연주가 생각났다. 작별 때 부친은 티그리스

강이 보이는 바그다드 남쪽 힐라 부근의 바빌 언덕에 기원전 3천 년 전 사람들은 높이 90미터짜리 바벨탑을 세웠다고 짧게 말했다.

"인간이 신에 대적해 대패했던 그 패전지에는 지금은 무표정한 황톳빛 물웅덩이만 남아 있지. 그 곁에는 가난한 갈대들이 지천이지."

작별 때 부친은 창가에 플라스틱 키를 놓았다.

그날 밤 내가 호텔 스마락드에서 돌아왔을 때 부친은 나를 기다리고 있었다. 그는 내게 놀라운 질문을 했다. 귀국하기 전 총영사관에서 중동 근로자들을 위한 피아노 독주회를 열 수 있겠느냐는 것이었다. 사막의 도시, 자정의 창가에서 우리는 마치 두 그루의 레바논 삼목처럼 서 있었다. 부친이 방금 토해 놓은 그 센티멘탈한 제안은 일고의 가치가 없었다. 내 모든 연주 계획은 아주 작은 행사에서부터 전부 매니저의 실계 아래 이루어지고 있었다. 내 독일인 매니저 얀은 한 연주자의 경력 쌓기는 바로 한 건축물을 지어가는 것처럼 섬세하고 조직적으로 이루어져야 한다고 믿는 사람이었다. 그런데도 부친은 말했다.

"대체 무엇을 위한 연주냐. 죽는 날까지 네 연주를 돈과 명예로 바꿔먹겠다면 넌 불행한 악사야. 자원해서 이곳 중동에 온 계약 근로자들, 그들은 열사에서 태양과 모래가 부딪치면서 내는 장엄한 침묵을 매일 듣는다. 배수 터널 굴착 공사를 위해 다이너마이트가 완강한 암석들을 발파하면서 내는 엄청난 폭음을 들으면서 살아. 다이너마이트와 암석들이 부딪치면서 내는 그 전율할 공기 충격, 그 무서운 폭풍압, 폭약이 젖은 진흙과 자갈, 모래, 사암과 화강암을 통과하고 파괴해내는 충격적 폭발음들이 그들의 매일의 음악이야. 생각해 봐. 그 폭음은 주변 건물들의 벽에 금이 가게 할 정도로 살인적 폭음이야. 젖소는 젖이 줄어들고, 닭은 산란이 줄어들며, 소와 돼지들은 조산이

나 유산을 하는 경우도 있지. 교량 공사를 위해 수중 암반을 폭파해야 할 경우 해저용 다이너마이트 폭음 때문에 수중 방파로 물고기들은 심장, 간장, 부레에 손상을 입고 회복 불능이 되어버려. 이것이 이곳 중동 근로자들이 매일 듣는 음악이다. 그들의 귀에 네 음악이 필요해. 그들이 모차르트를, 쇼팽을 모른다고 해도 그들은 이 세상이 낼 수 있는 모든 굉음과 극단적인 음에 견딘 전사의 귀를 가지고 있어. 너의 레퍼토리라고 하는 음악들이, 그 연결용 뇌관들이 타들어가며 내는 소리와 발파 회로들 속에서 미친 듯이 흐르는 절규가 내는 그 긴장보다 더 엄숙하고 진지하단 말이냐. 한 번의 공사를 위해 무려 2백 개의 뇌관이 동시에 점화하면서 타들어가는 그 무서운 긴장을 생각해 봐. 그들은 네가 모르는 다른 음악을 매일 만지며 살아간다. 그리고 그 무서운 폭음들을 통과해서 그들이 만들어낸 장대한 터널과 철교를 건너며 우리는 산다."

공연 날, 총영사관은 문을 활짝 열고 방문자들을 받았다. 연주장인 연회장 단상에는 호텔 스마락드에서 운반되어 급히 조율이 끝난 그 노회하고 품위에 찬 마호가니 정장의 블뤼트너가 놓여 있었다. 연회장의 모든 문은 열렸고 복도와 정원까지 영사관과 관저의 모든 행사용 의자들이 동원됐다. 연주 시간이 되자 도심에서 건너올 응급차 사이렌 소리에 겁이 나서 안 대사는 다시 모든 창문을 가차없이 닫았다. 그러고는 내게 최고의 연주를 부탁했다.

모두 다 정장 차림은 아니었다. 작업 점퍼 차림에 장갑과 안전모를 손에 들고 작업 현장에서 달려온 사람들도 있었다. 또 그들 중에는 내일 서울로 귀국하기 위해 이미 여행 가방을 모두 싸놓은 후 달려온 사람들도 있었다. 안빈 총영사도 그들 가운데 청결한 점퍼 차림으로 정원 맨 끝에 앉아 있었다. 마치 거리에서 돌연 들려올 수도 있는 구급차 사이렌 소리를 최전선에서 막아내기라도 할 듯이. 어머니 이애휘 여사는 바그다드 아마로 만든 소매 없는 눈부신 생모시 원피스를 입고 그 곁에 앉아 있었다.

안빈 총영사의 말은 옳았다. 그들은 엄청난 집중력으로 내 연주를 경청했다. 연주가 진행될수록 나는 그들이 내게 보내는 신뢰와 음악에 보내는 순결한 경의를 보았다. 나는 그날 슈베르트의 「즉흥곡 Op. 90」과 모차르트의 「피아노 소나타 가단조 KV 310」 그리고 쇼팽의 왈츠 중 네 곡을 연주했다. 나는 단조임에도 기막힌 장조의 느낌을 주는 가혹하고 신랄한 모차르트의 「피아노 소나타 가단조」를 좋아했다. 이 곡에서는 한 음 한 음이 승부였다. 언젠가 한 평론가는 내 모차르트 연주에 대해 이런 평을 썼었다.

"안누항은 수정 세공자이다. 그녀의 모차르트는 크리스털처럼 정교하고 날카롭게 깎여 있다. 그 수정에는 두께와 강도가 있다. 윤곽은 결코 여리지 않다. 더 날카롭고 정교하기 위해 더 힘이 들어가 있다."

그날 나는 특별한 그 청중들에게 내 최고의 연주를 헌정하고 싶다는 마음을 느꼈다. 그날 그 관저에서 우리는 그렇게 최고의 청중과 최고의 연주자가 되어 만났다. 연주가 끝났을 때 그들은 내게 그야말로 웅장하고 남성적인 기립 박수를 보냈다. 나는 두 번의 앙코르 곡으로 보답했다. 앙코르 곡은 라벨의 「물의 희롱」과 베토벤의 피아노 소품인 「여섯 개의 바가텔 Op. 126」 중 제2번과 제3번이었다. 「바가텔」 제2번 알레그로를 연주할 때 나는 스승을 추억했다. 스승은 그 곡을 앙코르 곡으로 즐겨 선택했었다. 그날 연주 중 나는 스승을 보았던 것 같다. 건반 위에 거침없이 뻗어 있던 그의 긴 손과 그의 손목과 예복의 경계에 놓여 있는 드레스셔츠가 이루고 있던 그 우아한 고딕을.

부친의 말은 옳았다. 나는 그날 티그리스 강 부근에서 최고의 청중을 만났고 그 감격이 세계의 고급 청중에 길이 들 대로 든 내게 많은 것을 가르쳤다. 그때까지 내가 가장 즐겁게 공연하고 싶은 곳은 늘 유럽이었다. 유럽 중에서도 서독이었다. 그곳에는 세계 최고의 고전 음악 관객들이 있었다. 음악회에서 언제 박수를 쳐야 하는지 아는, 혈관 속에 메트로놈이 놓여 있는 최고의 관객이 거기 있었다. 과하지도 모자라지도 않은 무서운 능력의 관객들이. 모든 음악 동업자들도 그것을 알고 있었다. 그러나 안빈 총영사는 그날 밤 누가 내 음악의 관객이 되어야 하는지 내게 가르치고 있었다. 그날 밤 그 마법이 나와 청중들 사이에서 일어났다. 더구나 그들은 서울 연주 전에 내 연주를 바그다드에서 먼저 들을 수 있다는 사실에 으쓱해했다.

어머니 이애휘 여사가 언제부터 기관지 천식을 앓기 시작했는지 잘 모르겠다. 가족들 사이에서는 그녀의 만성병이 남편 안빈의 직업과 관계가 있다고 간주되었다. 직업 외교관이라는 그의 직업 때문에 근무지를 따라 극도로 다른 기후와 일조량을 가진 낯선 대륙들 위에 둥지를 틀어야 했으므로, 그것이 병적으로 과민한 그녀 안에서 그녀가 원하는 고집스러운 평형을 방해한 것은 사실이었다. 일조량이 적은 중유럽 체류 동안 그녀는 관저의 모든 유리창에 단 한 장의 커튼도 걸지 않았을 정도로 일조량 결핍 증세를 보였다. 그러나 바그다드 같은 곳은 일조량 과잉이 문제였다. 어떻든 그녀에게는 일조량이 문제였다. 그것도 구체적 일조량이 아닌 정신적 일조량이.

그녀는 너무 영리해서 자신이 실패자라는 사실을 알고 있었다. 그녀의 부친은 지적인 출판업자가 아닌 지물포업자였고 남편은 대사나 공사가 아닌 총영사였다. 그리고 그녀는 피아노라는 장엄한 역에서 도중하차한 실패자였다. 그녀는 자신의 인생이 항상 주역이 아닌 '비쩨(副)'여야 하는 부당함에 신물을 내고 있었다. 그녀에게는 확실히 평균적 외교관 부인들에게서 풍기는 그 이상의 무엇인가가 있었다. 그러나 그녀는 이제 자부심, 열망, 좌절, 분노, 타협, 포기로 뒤범벅이 된 57년 된 추억이 선적된 늙은 화물선 외에 아무것도 아니었다. 저녁 창가 앞에 직립해 서 있는 그녀를 보면 그녀가 마치 57년 된 옷장의 옷걸이 속에 걸려 끝없이 흔들거리는 주인 없는 옷가지처럼 느껴지는 것이었다.

일조량도, 초봄 바람에 날리는 낯선 꽃들의 화분도 문제가 아니었다. 날이 갈수록 철저하게 속물이 되어버리지도, 승화되지도 못하는 그녀 존재 속에서 갈등을 치르며 솟아오르는 회의의 발톱들, 회의의 미립자들이 그녀에게 기관지 천식이라는 알레르기를 일으키고 있었다. 그 천식 발작이 비록 시간을 다투는 산소 치료가 필요하다고 해도 그녀에게 그리 나쁜 것은 아니었다. 발작의 순간마다 그것은 하나의 사건이 되어주었다. 그것은 유능한 외교관임이 분명한 안빈 총영사와 세계적인 피아니스트로서 탁월한 경력을 쌓아가는 치열한 딸 사이에서 그녀가 아직도 존재하고 있다는 좋은 증명이 되어주었던 것이다.

몇 해 전 그녀가 급기야 집에 휴대용 산소병을 준비했을 때 나는 그것이 그녀의 천식 발작을 위한 응급 장치가 아니라 그녀를 외로움과 추락에서 구조할 작고 흰 구명 보트임을 알았다. 자신이 잊혀지고 있다는 외로운 순간이 오면 그녀는 주저 없이 그 산소통을 깃발처럼 들어 올렸다. 그러면 안빈 총영사와 나는 우리가 그녀를 잊고 있었으며 그래서 그녀가 외로워하고 있음을 인지했던 것이다. 세상에서 가장 끔찍한 자는 죽어도 혼자 있을 수 없는 미숙한 자들이다. 그것이 그녀의 응급용 산소병이라는 장치가 가지는 의미였다. 더구나 기관지 천식은 예측하기 어려운 급성 경련과 호흡곤란을 일으켰으므로 그 장치는 한편은 필연적이고 한편은 지독하게 사치스러운 그 경계를 교활하게 오가고 있었다. 그리하여 그것은 절반의 응석과 절반의 비명을 잘 뒤섞은 채 그날까지 그렇게 기능하고 있었다.

언젠가 천식이 몰고 온 발작과 호흡곤란을 기내에서 경험한 후 어머니는 비행기 여행을 무서워했다. 그녀는 그때 기내용 산소 호흡 장치를 사용했는데 작은 용량으로는 충분치 않았었다. 마침 기내에 큰 용량의 산소통이 준비되어 있었던 것은 행운이었다. 한 기내 여승무원이 그녀에게 했던 말, "대용량의 산소병이 없었더라면 비행기는 당신을 위해 중간 착륙을 해야만 했고 당신은 하기(下機)해야 했습니다."라는 말을 그녀는 잊지 않았다. 당시 지상 의료진의 진단에 의하면 그녀가 그때까지 복용해 오던 치료제 데오필린의 부작용이 문제였다는 것이다. 그때 그녀는 현기증, 경련, 빈맥, 기외 수축이 한꺼번에 일어났는데 그것이 바로 그 약물의 전형적 부작용이라는 것이었다. 그 후 그녀는 부작용이 적다는 크로몰린계 흡입약을 처방받았다.

그 이후 그녀는 비행기 여행을 겁냈다. 특히 기내란 지상보다 낮은 기압, 산소 분압의 감소, 인공적 실내 기온, 낮은 습도 등으로 무장한 채 한시적으로 허공에 띄워진 특수 공간이라는 사실이 그녀를 불안하게 했다. 한마디로 기내는 저산소 상태의 특수 공간이었다. 사실 이런 상태는 건강한 여행자들에게는 아무 문제도 아니었다. 그러나 천식으로 인해 지상에서 이미 저산소 상태를 살고 있는 그녀에게는 소강 상태에 있던 증세들이 기내의 전형적인 저산소 상태와 만나 어떤 불행을 초래할는지 알 수 없는 일이었다. 특히 비행기 여행 중 시차가 주는 신체 리듬의 실종도 그녀에게는 과격한 것이었다. 그녀의 말에 의하면 자신의 몸은 신체 리듬을 고집해서 전혀 다른 장소가 주는 다른 '시간 정보'에 저항한다는 것이었다. 그 저항은 어김없이 그녀 눈의 결막에 염증을 일으킴으로써 그녀 내부에 사이렌을 울렸다. 어떻든 그녀는 산소병을 준비하지 않고는 여행을 떠나지 않았다.

그녀를 더욱 두렵게 하는 것은 그녀의 천식 발작으로 인해 비행기가 비상착륙할 수도 있다는 사실이었다. 기내에서 사망할 수도 있다는 사실도 그녀를 불안하게 했다. 그러나 안빈 총영사는 그녀의 샌프란시스코 가정의가 그에게 했던 말을 잊지 않고 있었다. 그의 말에 의하면 그녀의 천식은 지독하도록 경미한 것이고 발작 증세도 심장 부정맥 같은 위험도 전혀 없다는 것이었다. 그녀는 유지 약물도 필요 없고 발작 가능성도 희박하다는 것이었다. "특수 알레르기성이죠." 그가 말하는 알레르기란 그녀의 천식이 히스테리와 관계가 있음을 점잖게 암시하고 있었다. 물론 그는 모든 단계의 천식이 잠재적으로 그 어떤 발작과 공황을 초래할 수 있다고 부언하긴 했다. 그 가정의의 결론은 이랬다.

"그녀 곁에 동행자만 있다면 오케이입니다."

그렇게 해서 그녀가 나이 57세에 선택한 소도구는 산소통이 되었다. 피아노에서 시작하여 수제 구두와 수제 비단옷, 남편의 홍콩 주재 시절 수집했던 보석들의 긴 목록을 지나 이제 그녀는 그녀의 소도구로 산소통을 택하고 있음을 안빈 총영사는 알고 있었다. 어떻든 그녀의 삶은 이제 '산소통이 있는 풍경'에 도착해 있었다. 영리하고 자존심 강한 그녀가 현실에 적응하지 못하고 도처에서 알레르기와 히스테리를 일으키며 그녀의 삶을 결국 곰팡이 균에게나 내어주고 있는 것을 안빈은 슬프게 생각했다. 가정의의 말대로 여행 중 그녀 곁에 동행자만 있다면 염려할 것이 없었다. 그리고 그는 자신이 영원한 동행자가 될 것임을 의심하지 않았고 그렇다면 그녀 인생은 가정의의 말대로 오케이였다.

내게도 그녀는 늘 작은 소란을 만들어내는 응석에 찬 사치스러운 익사자, 남편과 딸의 시간과 관심을 도적질해내는 작은 잡범, 귀여운 소매치기에 불과했다. 서울 방문을 위해 그녀는 산소통을 준비했다. 안빈 총영사도 나도 마치 설치 미술의 한 장면 같은 휴대용 산소병이 출몰하는 그녀의 그 사치스러운 작은 오락을 묵인했다. 수심이 깊지 않은 풀장에서 조난 연습을 하고 있는 미성년자, 그것이 그녀였다.

체류

바그다드 공항은 수리 중이었다. 건축용 은빛 골조들이 거대한 범선의 닻처럼 허공을 관통한 채 서 있었다. 붉은 운동복을 입은 단체 학생 여행자, 첼로를 등에 메고 있는 음악도, 포르투갈 축구 선수단, 환전소 앞의 사람들, 공항에 산뜻한 리듬과 악센트를 가하고 있는 '스톱' 혹은 '노란 선에 서서 기다리시오.' 라는 침묵 언어, 그리 많지 않은 행선지들의 출발 시간을 한꺼번에 보여주고 재빨리 달아나는 전광판, 허리가 동여매어진 채 끝없이 바퀴를 굴리며 흐르는 여행 가방들. 공항에 서면 산다는 것은 곧 움직이는 것이라는 말이 진실로 옳다. 페르시아 만에서 홍해로, 메소포타미아에서 사하라로, 흑해에서 적도로, 아열대에서 온대로 끝없이 이동하는 사람 물결의 만조. 낙타를 타고 사막이라는 무서운 분말을 건너온 사람들은 이제 낙타 등에서 내려 또 다른 대륙, 또 다른 사막으로 가기 위해 비행기를 기다리고 있는 것이다. 전쟁 중인데도 공항 벽에는 고대 도시 바빌론과 다마스쿠스로의 여행을 유혹하는 포스터가 새침하게 달려 있다. 영자 신문인《바그다드 옵서버》는 겨울 우기가 오기 전에 바그다드가 건기로 허덕이고 있음을 알렸다.

청조는 그날 얇고 광택 있는 짧은 흰 트렌치코트를 커피색 티셔츠 위에 걸쳐 입고 있었다. 허리끈은 그녀의 가는 허리를 기분 좋게 부여잡고 있었고 팔은 상완까지 걷어올려져 경쾌한 원피스 같은 느낌을 주었다. 왼손에는 커핏빛 가죽 시계를 차고 있었고 시계와 똑같은 빛깔의 구두와 정방형의 신형 보스턴백을 들고 있었다. 그 흰 코트는 바그다드의 공격적인 햇빛 아래서 미소년 같은 그녀의 짧은 검은 머리와 기막히게 어울렸다. 커핏빛 단추가 달린 그 코트 깊숙이 안주머니 한 장이 달려 있음을 잊어서는 안 된다. 벨그라드 항공의 지상 직원은 내게 바그다드에 도착하면 출국 수속 창구에서 아부다비로 가는 탑승권을 얻기 위해 새로 수속하라고 당부했었다. 아부다비에서 우리는 암만과 로마와 비엔나를 거쳐 평양으로 귀환하게 되어 있었다.

"전쟁 지역이기 때문이죠."

지상 직원은 부언했었다.

요르단 항공 옆 남한 주작 항공사 출국 수속대를 향해 걸어가면서 나는 여권 첫 페이지에 씌어 있는 내 이름 이즈미 이초와 청조의 다른 이름, 이즈미 모모꼬를 보았다. 나는 잠시 이즈미 이초라는 그 아름다운 이름을 가졌던 남자에 대해 생각했다. 그 이름이 임무 때마다 내가 배급받았던 수많은 가명들 중 아마도 열두 번째쯤 되리라. 언제부터인가 나는 내 가명의 숫자를 세는 일을 걷어치워버렸다. 마치 한 윤락녀가 전전하던 여인숙마다 생각나는 대로 자신의 가명을 생산해내고 껌을 뱉듯 다시 그 수많은 이름들의 아우성을 토해 버리는 것처럼.

어떤 날은 그 가명들과 함께 내 생의 참을 수 없는 익명성, 음지 식물로서 수많은 비밀들과 뒤엉켜 살아야 하는 일상에 대한 욕지기가 용암처럼 치밀어오르곤 했었다. 그럴 때면 나는 마치 임신 중인 여자처럼 변기 앞에 무릎을 꿇고 내 존재의 마지막 서랍 속에 보관되어 있는 유정이 내게 준 그 이름 '한세류'만이 남아 기도 부근에서 달그락거리는 소리를 낼 때까지 구토를 해댔다. 그제서야 나는 비로소 수많은 가명들을 토해내고 분실물이었던 내 이름과 정체를 다시 찾은 후 내 자신으로 돌아오곤 했다. 아무리 부인하려고 해도 수많은 가명들 속에서는 축축한 범죄의 냄새가 끼쳐왔다.

청조도 훈련 기간 동안 신분 위장을 위해 몇 개의 가명을 배급받았으리라. 8년 동안 그 이름들은 그녀의 위조 서류와 여권들 속에서 그녀를 증명했었다. 그녀는 그녀가 가졌던 우잉, 리리, 백취혜 같은 광동식 혹은 마카오식 이름을 버리고 오늘은 일본 처녀 이즈미 모모꼬이다. 그 가명이 분배된 이상 청조는 그 이상도 그 이하도 아닌 오직 이즈미 모모꼬이어야만 한다. 우리의 이 가명은 수많은 장치들, '작전명 유토피아', 보잉 707, 주작 항공 SZ901기, 휴대용 라디오 적죽 RA-32, 침향, 독약 앰플, 말보로 담배 같은 것들과 정교하게 뒤엉켜 있었다. 이것이 이 가을, '작전명 유토피아'라는 서사극을 총지휘하고 있는, 당이 생산해낸 무대장치들이다.

비록 몇몇 가명을 지닌 채 이 지점에 와 있지만 청조는 단 한 번도 본격적인 작전에 투입된 적이 없었다. 그녀는 말하자면 8년 내내 훈련 캠프에서 모의 혁명에만 참석해 온 실습생이었다. 그리고 그녀는 오늘 조국과 당의 심청이 되어 비행기라는 배로 이동된 후 인당수라는 작전지에 그녀의 충성을 던지도록 파견되어 있는 것이다.

남한 주작 항공사 아랍 여직원이 내게 흡연석을 원하느냐고 물었다. 나는 아니라고 대답했다. 흡연석은 뒤쪽에 있어 침향 설치 장소로는 이상적이지 않았다. 창가를 원하세요? 여자가 다시 물었다. 그 아랍 여직원은 놀랍게도 차도르를 쓰고 있지 않았다. 나는 본능적으로 복도 쪽이라고 말했다. 창가는 만약의 경우 도주에 장애가 있었다. 기내에서 대체 어디로 도망칠 수 있단 말인가. 그래도 심리적으로 창가는 숨 막히도록 너무 깊었다. 그녀는 내게 다시 부칠 가방이 있느냐고 물었다. 나는 없다고 짧게 말했다. 탑승권 찍히는 소리가 들리자 나는 문득 훈련 중 세밀하게 그려봤던 보잉 707의 기체 내부를 생각했다. 나와 청조는 곧바로 그 운명의 비행기 속으로 입장할 보딩 카드, 그 운명의 입장권을 받게 될 것이다.

"손님의 좌석은 기내 17I와 17J입니다."

여자가 경쾌하게 말했다. 여자에게서 라일락 향기가 났다.

"보딩 게이트는 B4입니다."

여자가 말했다. 탑승권에는 우리가 입장해야 할 여객기 이름 SZ901이 씌어 있었다.

탑승권을 받고 공항 검색대 앞에 섰을 때 나는 그 검색대에서 들려오는 끝없는 종소리, 그 경보음을 들었다. 그 경보음이 옌스가 들려준 동정녀 다리의 전설을 생각나게 했다. 옌스는 언젠가 내게 소위 처녀교 전설을 얘기했다. 그의 백부는 광부 가족 중 유일하게 동독 하르츠 산맥의 삼림 간수원이었다. 하르츠 산의 가장 높은 산정에 이르려면 반드시 통과해야 하는 나무로 된 공중교가 하나 있었다. 깊은 골짜기의 이쪽 세계와 저쪽 세계를 잇는 공중교였다. 사람들은 그 산정에 있는 마지막 통과교인 그 다리를 처녀교 혹은 동정녀 다리라고 불렀다. 놀랍지만 남자와 동침한 적이 없는 동정녀가 그 다리를 건널 때면 다리는 갑자기 그윽한 종소리를 울린다는 것이었다. 그 종소리는 작지만 기적적인 공명의 힘을 가지고 있어서 청명한 날은 산 아랫마을까지 그 울림을 전한다는 것이었다. 그 소리는 극도로 고요함에도 불구하고 어떤 카리스마를 지니고 있어서 듣는 사람들로 하여금 한순간 자신의 동작을 멈추게 한다는 것이었다. 그러고는 한 처녀가 지금 그 산정에 걸린 동정녀 다리를 건너고 있으며, 그녀 존재 안의 동정과 순결이 그 다리로 하여금 종소리를 내며 찬가를 부르게 하고 온 산이 그 소리와 함께 그녀에게 경의를 표하는 그 초지상적 예식에 귀를 기울이게 한다는 것이었다.

공항 검색대에서 끝없이 들려오는 종소리, 그 경보음이 나로 하여금 그 동정녀 다리에서 울려온다는 종소리를 생각나게 했다. 대체 삼림 간수원이었던 옌스의 백부에게 전해진 그 전설의 원천은 인간에게 무엇을 말하고자 했던 것일까. 청조와 함께 검색대 앞에 섰을 때 나는 내가 바로 그 산정과 맞은편 산정에 걸린 동정녀 다리 앞에 서 있음을 알았다. 두 덩이 침향은 무의미한 초콜릿과 비스킷, 접는 우산과 스웨터, 영자 신문에 덮인 채 청조의 손에 들려서 이 세계와 적의 세계를 연결하는 공중교인 검색대를 통과하려 하고 있었다. 그러자 문득 그 검색대가 산정과 산정 사이에 놓여 있다는 그 동정녀 다리임을 나는 알았다. 이 검색대는 과연 나와 청조에게 작전 지점인 보잉 707 속으로의 입장을 허락할 것인가. 내가 서 있는 이 검색대에서 탑승권 좌석인 주작 항공 SZ901기 17I와 17J까지의 거리, 그것이 내게는 옌스가 말한 바로 그 동정녀 다리였다. 그러자 나는 내가 혁명 전사로서 동정녀 다리라는 운명의 시험대에 서 있는 기분이 들었다. 운명은 이 다리를 통해 혁명 전사로서의 내 신념과 순결을 스크린해 보려 하고 있다. 이 검색대로부터 탑승권 좌석까지의 거리, 그것이 내게는 어머니 가슴에 안겨 얼굴이 처박혔던 우물로부터 지상 낙원에 이르는 거리였다. 이 다리는 어쩌면 순결한 혁명 전사가 아니면 죽어도 도착할 수 없는 처녀교인지도 몰랐다.

내가 지상낙원에 도착하려는 순결한 확신범이 아니라면 운명이 나로 하여금 여객기 폭파라는 이 합법적 살해를 수락할 리 없다는 생각이 들었다. 무엇이 나로 하여금 당이 주장하는 지상낙원이라는 이 거대한 여객기와 그 안의 전 승객을 다 살해하고서라도 도착할 만한 가치가 있다고 확신케 하는 것일까. 학살용 침향 두 덩이를 들고서라야 도착할 수 있는 유토피아란 과연 어떤 곳인가. 거두절미하고 과연 이 동정녀 다리는 범행 현장이며 동시에 신성한 혁명 현장이 될 저 거대한 여객기 속으로 나와 두 덩이 침향을 통과시킬 것인가. 과연 나를 순결한 확신범, 순결한 기사로 간주할 것인가.

검색대 앞에는 두 명의 공항 경찰이 올리브색 방탄조끼 차림으로 선 채 잡담을 하고 있었다. 내 앞에는 서양인 부부가 서 있었다. 여자는 커다란 에나멜 배낭을 메고 있었다. 그녀의 남편은 운반대를 밀고 들어가려다가 거절당했다. 그 뒤에는 은발의 한 노신부가 서 있었다. 몸통을 노랗게 칠한 실내용 자전거 한 대가 지나갔다. 검색대 앞에서 여행자들은 모두 달콤하게 지쳐 있었다. 은발의 신부는 허리에 찬 안경집을 열어 보이라는 요구를 받았다. 그때 문득 다른 창구의 직원이 나와 청조를 불렀다. 우리는 긴장하고 있어서 바로 왼편 한산한 창구 하나가 우리를 기다리고 있는 것을 보지 못했던 것이다. 나는 검색원이 내민 상자에 여권과 지갑, 열쇠를 꺼내놓았다. 그는 내 붉은 일본국 여권에 확실한 신뢰를 보냈고 놀랍게도 간단히 통과 신호를 보냈다. 침향이 담긴, 비엔나 황후가 그려진 면세품 봉지는 그들 엑스레이 검색대를 침착한 속도로 전진하며 아무 불길함도 남기지 않은 채 우아하게 미끄러져 통과했다. 모니터를 보고 있던 남자가 돌연 모든 진행을 정지시켰다. 그는 모니터 속에서 그 어떤 이상한 모양의 연속 무늬를 발견한 모양이었다. 그것은 곧 작은 아연통 속에 들어 있는 내 내복약임이 밝혀졌다. 또 하나는 내 수첩 갈피 속에 걸려 있는 페이지 고정용 납 장식임이 확인됐다.

그러나 얼마 지나지 않아 우리는 또 하나의 보안 검색대가 버티고 있음을 보았다. 임시로 설치된 것이 분명한 그 검색대 곁에서 무려 다섯 명 이상의 특별 요원들이 거대한 벽시계 아래 승객들과 그들이 내미는 작은 짐덩이들과 싸우고 있었다. 그 벽시계는 벨그라드와 바그다드 간에 한 시간의 시차가 있음을 알리고 있었다. 그 추가 검색은 바그다드가 전쟁 지역인 것을 감안한다면 당연한 것이었다. 나는 하필 '작전명 유토피아'가 전쟁 지역을 관통하며 수행되도록 계획된 데 대해 공격적으로 당에 이의를 제기했었다. 저 특별 보안 검색대에서는 이 작전 최초로 두 덩이 침향이 문제가 될 수 있다는 예감을 나는 받았다. 액체 폭약은 문제가 되지 않았다. 그것은 그들 눈에 그저 평범한 위스키 병에 불과한 데다 순진하고 무죄해 보일 수도 있었다. 액체는 고체보다 순결해 보이는 법이다. 그러나 휴대용 라디오는 전쟁 지역 검색원에게는 아무래도 너무 자극적이다.

청조와 내가 남녀 검색대로 각각 분리되어 헤어져야 했을 때 나는 침착하게 손을 내밀어 청조가 들고 있던 봉지를 넘겨받았다. 두 덩이 침향이라는 거대한 위기, 거대한 테마를 경험 적은 그녀가 감당하도록 놓아둘 수는 없었다. 털 많은 남자 검색원이 다짜고짜 내가 들고 있던 면세점 봉지를 검색대 고무판 위에 천천히 쏟아 부었다. 그리고 그는 봉지를 든 채 잠시 허공에서 동작을 멈추고 있었다. 그러자 나는 그 검색이 얼마나 철저할 것인지 예감했다. 나는 지금 동정녀 다리 위 가장 위험한 지점에 서 있었다. 급히 사넣은 바그다드 영자 신문이 우아하게 접힌 채 검색대 위에 누워 있었다. 문제의 제1침향인 라디오는 저만치 검색대 끝에 누워 있었다. 제2침향인 술병 무릉도원이 그 곁에 고꾸라져 있었다. 노련한 검색자답게 사내는 일간지와 검은 코코아 비스킷, 그리고 술병과 라디오가 방금 이루어낸 작은 카오스를 아주 짧게 조망했다. 그는 그 풍경 속에서 어떤 계시를 기다리는 듯한 표정이었다. 그는 왼손으로 술병의 번스타인빛 몸을 잠시 굴렸고 동시에 오른손으로 라디오의 이마를 눌렀다. 다음 순간 그의 손은 술병을 떠나 확신에 차서 휴대용 라디오 적죽 RA-32를 들어 올렸다. 그의 손은 곧 라디오의 허리춤으로 내려가더니 앙증맞은 배터리 서랍을 열어젖혔다. 그러자 내 눈 속으로 지독하게 노란 네 개의 배터리가 들어왔다. 마치 반란 중인 네 개의 태양 같은. 내 동의도 없이 사내는 그 네 개의 건전지를 꺼내 그와 나 사이에 놓인 쓰레기통에 가차없이 던져버렸다. 그러고는 약간 거칠게 라디오를 다시 검색대 위에 내려놓았다. 그가 말했다.

"바그다드에서는 탑승자의 건전지 소지는 금지되어 있습니다."

나는 그가 금지라고 말했을 뿐 절대 금지라고 말하지 않은 사실에 유의했다. 나는 침착하게 휴지통으로 다가가 그 속에 운명의 주사위처럼 던져진 네 개의 건전지를 다시 주워 올렸다. 다행히 휴지통은 다른 폐기물 없이 건조했다. 나는 바지 주머니에서 손수건을 꺼내 그가 보는 앞에서 천천히 내 손과 건전지를 닦았다. 그러고는 그 건전지를 라디오 서랍 속에 끼워넣은 후 채널을 돌렸다. 그러자 라디오에서 곧 불분명한 목소리가 터져나왔다.

"이건 순수한 라디오용 건전지요. 승객의 동의 없이 건전지를 휴지통에 버리다니. 이건 검색이 아니라 폭력이오. 항의하겠소."

　내 음성은 의도적으로 단호하고 강력했다. 그 항의를 전하는 내 영어의 악센트도 의도적으로 공격적이고 자극적이었다. 그 의도적 공격은 효과가 있었다. 나는 다시 그가 보는 앞에서 라디오로부터 건전지를 꺼내 손수건에 쌌다. 그의 동의도 기다리지 않은 채. 그러고는 그것을 말없이 상의 주머니에 집어넣었다. 다행히 그는 내게 더 이상 건전지를 요구하지 않았다. 라디오와 건전지의 그 명료한 분리가 그에게 본능적으로 안도의 느낌을 주었는지 모르겠다. 우리의 언쟁을 지켜보고 있던 그의 동료가 다가와 내게 말했다.

　"일본인이시군요. 규칙이니 이해하십시오. 왼쪽 통로에 화장실이 있으니 그곳에서 손을 씻으십시오. 우리는 전쟁 때문에 예민해져 있어요."

　그의 동료는 직접 면세점 봉지에 내 소지품들을 차곡차곡 집어넣었다. 나는 그가 우선 문제의 그 라디오를 넣은 후 그 다음 술병을 넣는 것을 보았다. 그러고는 비스킷과 초콜릿, 스웨터와 접는 우산이, 그리고 일간지가 봉지 속으로 천천히 집어넣어졌다. 나는 그렇게 천천히 그 운명의 검색대를 떠났다. 그 네 개의 건전지가 손수건에 싸여 내 상의 주머니에 다시 안치되어 누워 있을 수 있다는 사실이 꿈처럼 생각되었다. 뇌관 노릇을 해야 할 그것들을 빼앗겼다면 '작전명 유토피아'는 단번에 수포로 돌아가고 말았을 것이라는 생각이 들자 진땀이 솟았다. 아무리 고성능 폭탄이라고 해도 뇌관이 전하는 그 한 촉 불꽃으로 몸을 덥히지 않고서는 죽어도 사나워질 수 없는 법이다.

　역설적이지만 비행기에 폭탄을 장치하는 가장 안전한 방법은 폭탄을 직접 휴대하거나 몸에 착용하고 비행기에 오르는 일이었다. 항공

안전 요원들조차 그 사실을 알고 있었다. 왜냐하면 헥소겐 같은 폭탄을 감지해낼 수 있는 초고성능 검사기들은 끔찍하도록 비쌌기 때문이었다. 사실상 번쩍이는 공항 한가운데 짐 조사를 위해 수십 년 된 멍청한 엑스레이 기계가 서 있지 말라는 법은 없었다. 더구나 기계 수선 때에는 정품이 아닌 모조품들이 끼워지는 일이 도처에서 일어났다. 이익과 경쟁 속에서 자본주의 항공사들은 허덕인다. 이륙과 착륙도 정확하게 이루어지지 않는다. 사치 속에 숨어 있는 적자, 카오스, 무질서, 이익을 위한 범죄들이 도사리고 있었다. 최대의 이익을 위해 폐기 직전의 비행기는 늙은 척추를 삐걱거리며 뜬다. 그럴수록 기내식은 더 화려하고 스튜어디스들의 미소는 의도적으로 더 화창하다.

나 같은 자들에게는 그 틈이 보인다. 나 같은 자들은 항상 대담하게 바로 적들의 그 틈새를 통과한다. 가장 확실한 것이 있다면 완벽한 보안은 결코 존재하지 않는다는 사실이다. 보안이 철저할수록 우리는 바로 그 운명적 틈을 이용해 침투가 아니라 삼투한다. 저만치서 나를 기다리고 있는 창백한 청조를 보자 나는 내가 이 검색대와 비행기 좌석 사이에 놓인 그 동정녀 다리의 절반을 통과하고 있음을 알았다. 이제 모든 검색은 끝이 났고 청조와 나는 걸어서 탑승구 B4로 갔다. 나는 가만히 상의를 더듬어 배터리의 현존을 확인했다. 나는 의도적으로 공항 바닥을 바라보며 걸었던 모양이다. 천연석이 덮인 바닥은 청결하지 않았다.

그때 제복을 입은 파일럿들이 우리 곁을 지나갔다. 그들이 낮게 주고받는 언어의 파장이 전해졌다. 아주 낯익은, 그러나 다른 리듬으로 만들어진 언어였다. 서울식 조선어였다. 그들은 나와 청조가 탑승할 바그다드발 서울행 여객기 승무원들이었던 것이다. 나는 걸음을 멈추고 당장 돌아보고 싶은 충동을 눌렀다. 건강하고 날씬한 체구, 제복이 기막히게 어울리는 잘 다듬어진 남자들의 옆모습이었다. 한 떼의 여승무원들이 유니폼 차림으로 캐리어 백을 끌며 천천히, 그러나 모든 일의 시작이 주는 경쾌한 리듬 속에서 기장팀의 뒤를 따라 행진하고 있었다. 그것은 지리멸렬한 비행기 승객들의 무리 속에서 그 어떤 기분 좋은 악센트를 남기며 굽이치고 있었다.

탑승구 B4에 도착했을 때, 나는 내가 문득 낯익은 조선어로 넘실대는 어느 섬에 도착했음을 알았다. 탑승 대기실 입구는 바그다드발 서울행 비행기를 타려는 남한 승객들로 넘쳤다. 그곳은 선물 주머니, 벗어든 옷가지, 선글라스 같은 여행의 시작이 주는 흥분들로 넘쳐 있었다. 나는 청조가 긴장하고 있는 것을 보았다. 그 탑승구에 도착하자 나는 도리어 마음이 안정되어왔다. 우리는 긴 길을 통과해 비로소 이제 '작전명 유토피아'의 현장 입구에 도착해 있었다. 평양, 모스크바, 부다페스트, 비엔나, 벨그라드만 해도 이 현장과 간격이 있었다. 그 간격이 내게 불안을 주었었다. 사실상 수많은 작전 수행 중 작전 자체보다 그 작전 현장에 도착하는 일이 더 어려울 때가 많았다. 얼마나 많은 작전들이 현장에 도착하기 전에 이미 좌초되는 경우가 많았던가. 탑승 대기실로 들어가는 가느다란 입구 앞에서 두 명의 공항 직원이 다시 여권과 탑승권을 조사했다. 나는 남한 승객들 사이에서 검열을 기다렸다. 남한 직원은 내 여권을 받더니 "아, 일본인이시군요."라고 말했다. 그러더니 여직원이 "이즈미 이초."라고 내 이름을 발음했다. 여직원은 다시 예약자 명단에서 내 이름을 찾아내고는 말했다. "아, 여기 있어요." 수정빛 매니큐어를 칠한 오른손으로 그녀가 내 이름 앞에 동그라미를 칠 때 나는 그것이 마치 운명의 여신이 나를 '작전명 유토피아'의 현장으로 탑승하라고 허락하는 서명으로 여겨졌다.

"비행기가 거의 만석이어서 탑승자 이름을 찾아내는 데 약간 시간이 걸리죠."

남자 직원은 다시 한 번 여권 속의 내 이름과 사진을 확인했다. 그러나 철저한 그도 내 여권과 일본식 가명 속에 잠복해 있는 거대한 음모를 예감하지는 못했다. 그것을 냄새 맡기에 그들은 너무 안락하고 평범했다. 더구나 그들은 거의 만석인 비행기에 자부심을 느끼고 있었으리라. 행복한 것들은 오감을 무디게 한다. 비행기가 만석이라는 그의 말에 나는 문득 슬픔을 느꼈다. 운명은 이 거대한 비행기를 거의 만석으로 만든 채 침향을 휴대한 나의 입장을 그렇게 수락하고 있는 것이다.

이윽고 그가 나를 탑승자 대기실로 통과시킬 때까지 나는 상의 주머니에 들어 있는 건전지의 음극과 양극이 내 존재에 닿아 전극을 일으키는 듯한 극도의 긴장감을 느꼈다. 여권 검사를 끝내고 대기실로 들어서고 있는 청조를 보았을 때 나는 이제 모든 것이 천천히 시작을 향해 가고 있음을 알았다. 탑승자 대기실은 사실상 공항 일반 지역과는 분리된 여객기의 연장 공간으로서 이곳부터 이미 적국인 남한의 영토였다. 그녀와 나는 지금 남한 영토에 상륙하고 있는 것이다. 침향을 들고 작전 현장에 무사히 도착했다는 것, 그것은 이미 작전 수행의 절반을 치러내고 있음을 의미했다.

비행기가 거의 만석이라는 남자의 말은 옳았다. 대기실은 승객들로 가득 차 있었다. 청조와 나는 다른 사람들과는 마주 앉지 않아도 좋은 활주로 창가를 바라다보았다. 마치 우리를 위해 비워놓은 듯 다치지 않은 두 자리가 거기 놓여 있었다. 우리는 천천히, 의도적으로 침착하게 우리를 위해 비어 있는 두 개의 의자로 다가갔다. 그 자리에 몸을 앉혔을 때 나는 대기실 앞에 버티고 선 거대한 보잉 707을 보왔다. 거대한 기체가 얼굴을 대기장 앞에 박은 채 서 있었다. 가슴이 철렁 내려앉았다. 오른쪽 날개와 후미의 꼬리 두 장이 솟아 있었다. 창문들이 좀 더 구체적으로 눈에 들어왔다. 네 개의 출입구가 보였고 앞부분에는 여섯 장 유리로 이루어진 조종석이 보였다. 바로 그것이 운명의 새, 아니 재앙의 새가 되도록 운명 지워진 거대한 주작 SZ901 기였다.

그 신화의 새 위로 에메랄드 블루의 하늘이 떠 있었다. 태양이 비행기 후미에 직각으로 빛을 쏟아 붓고 있었다. 그것은 언젠가 평양의 직녀 호텔 스크린을 통해 그 보잉 707보다 엄청나게 더 거대하고 압도적인 모습을 하고 있었다. 후미를 드러낸 채 착륙해 있는 그 비행기는 위협적이기까지 했다. 서 있는 비행기의 거대한 동체와 그 측면에 꿈처럼 돋아 있는 수많은 작은 창문들이 나를 두렵게 했다. 그 비행기 밑을 램프 버스와 작은 트럭들이 물처럼 흐르고 있었다.

한 운반차가 그 비행기로 다가왔다. 녹색 작업복을 입은 한 남자가 다가서자 비행기 출입구가 열렸다. 그는 다시 자신의 컨테이너를 출입문과 수평을 맞춘 후 비행기와 자신의 운반차 사이에 사다리로 길을 만들었다. 그러고는 식사 트레이들을 비행기 안으로 실어 나르기 시작했다. 식사 트레이를 밀고 들어간 남자는 보이지 않았다. 그렇다, 저 사내가 운반해 들여간 저 트레이에 실려 꾸역꾸역 비행기 속에 실린 음식들이 채 위 속에서 위액과 어울려 소화의 마지막 과정을 거치기도 전에 사람들은 비행기의 폭파를 만나리라. 남자는 다시 빈 트레이를 밀고 나왔고 다른 것을 밀고 들어갔다. 트레이에는 다섯 개 정도의 종이 봉지와 커피와 크림통들이 나란히 실려 있었다. 저만치 터키 공화국 비행기가 꼬리에 사치스러운 붉은 빛을 켠 채 착륙하고 있었다.

대기실에 켜놓은 텔레비전은 일기예보 중이었다. 내일은 맑다. 낮 기온은 섭씨 36도, 밤 기온은 27도가 될 것이라는 예보였다. 어떻든 내일은 맑다. 그러나 이 대기실에 앉아 지금 탑승을 기다리는 사람들은 바로 그 내일을, 내일의 그 청명을 경험하지 못할 것이다. 한 남자가 선 채 향수 견본을 친지들에게 나눠주고 있다. 다른 남자는 초콜릿 봉지를 입으로 물어뜯고 있었다. 금속 선글라스를 쓴 그 곁의 남자는 그들의 상관처럼 보인다. 그는 잡담 내내 오른쪽 다리를 떨고 있었다. 그들은 어젯밤만 해도 자신들이 고향에 송금한 액수와 남은 현금을 확인하고 또 확인했으리라. 일기예보, 뉴스, 송금 증서, 환전 영수증, 선물 꾸러미, 선글라스, 잡담, 웃음, 낮잠. 나는 엄청난 비본질이 얼마나 인간 삶을 가로막고 있는지를 보았다. 그들 앞에 죽음이 이미 예정되어 있음에도 불구하고 그들 중 누구도 자신의 죽음과 이 세상에서의 퇴장을 예감하는 사람은 없었다. 그 공항 대기실에 가득찬 그 비본질의 홍수. 그들은 깨어 있지 않아 그들에게 바짝 다가온 죽음의 냄새를 맡지 못하고 있는지도 몰랐다. 안락함, 달콤함, 부패한 꿈들이 대기실을 온통 과일 통조림에서 풍기는 듯한 경박한 단내로 채우고 있었다.

그 소란의 한복판에서 나는 천천히 면세점 봉지 속으로 내 두 손을 나란히 들이밀었다. 마치 아주 깊고 어두운 수렁 속에 손을 담그듯. 작은 두레박 같은 내 손은 그 깊은 수렁에서 예의 그 라디오를 꺼냈다. 그러고는 아주 침착하게 뒷덮개를 열고 라디오 건전지 서랍 속에 네 개의 건전지를 정확하게 끼워넣고 있다. 그때 나는 라디오 뚜껑 살갗에 악의를 지닌 채 달라붙어 있는 침향의 섬뜩한 체온을 손등에 느꼈다. 나는 그 동작을 이미 수백 번도 더 반복해서 연습했으므로 칠흑 같은 어둠 속에서도 오차 없이 해낼 자신이 있었다. 그러고는 대담하게도 우연인 듯 방송 채널을 한번 틀어본 후 알람 스위치를 운명의 그 중간 지점에 맞추었다. 그것이 내가 침향에게 내린 대담한 최종 지시문이었다. 그렇게 함으로써 나는 그 시간 장치에게 지금부터 정확히 아홉 시간 후 뇌관에 정확히 불꽃을 보내라는 지시를 전달하고 있는 것이다. 내가 알람 스위치를 라디오 기능으로 옮긴 그 죽도록 짧은 동작 하나가 결국 이 대기실에 모인 모든 승객과 착륙장에 대기 중인 저 거대하고 미끈한 주작 항공 SZ901기의 운명을 결정하게 될 것이다. 나는 라디오를 다시 소중하게 비닐봉지 깊숙이 밀어넣었다. 더 깊숙이, 더 깊숙이. 침향이 몸을 숨길 수 있는 가장 깊은 깊이 속에 도달할 때까지. 그때 나는 그 속에 단정하게 누워 있는 위스키병 무릉도원을 보았다. 목의 입구까지 올라온 번스타인빛 액체가 만조 중인 포구의 물결처럼 찰랑거리고 있었다. 나는 그 여성적인 술병을 극도의 조심성을 다해 라디오 곁에 가만히 안치시켰다.

내가 면세점 봉지에서 손을 뗐을 때 창밖의 녹색 유니폼의 남자도 음식 트레이 운반을 완료했다. 그의 등 뒤에서 비행기는 출입문을 닫았다. 그러자 여객기는 다시 거대한 박제 고래, 혹은 거대한 이글루처럼 보였다. 태양은 다시 비행기 조종석과 정수리를 찬란한 빛으로 때렸다. 봉지에서 손을 뗀 후 나는 버릇처럼 여름 상의를 매만졌다. 상의 왼쪽 주머니 속에 담겨 있는 말보로 담뱃갑이 감촉되었다. 담뱃갑 속에는 예약된 죽음이 누워 있었다. 그러자 나는 내가 두 덩이 침향과 말보로 담뱃갑 속의 맹독으로 무장한 채 그곳에 앉아 있다는, 그 극적이고 독약 같은 순간에 숨이 막혔다. 그때 등 뒤로 탑승을 알리는 방송이 터져나왔다.

"바그다드발 아부다비 경유 서울행 주작 항공 SZ901기 탑승을 시작합니다. 탑승권을 지참하고 탑승해 주십시오. 탑승은 일등석부터 시작됩니다."

이제 저 임의의 문, 두 개의 쇠기둥만이 낮게 놓여 있는 저 문만 지나면 우리는 비행기에 오른다. 탑승 대열로 다가가면서 나는 앞으로 꼭 아홉 시간만 살도록 허락된 채 그들의 금속관이 될 여객기 기내로 천천히 흘러 들어가는 적(敵)이라는 다정하고 끔찍한 온혈동물들을 보았다.

누항

출국 수속 때 부친인 안빈 총영사는 탑승권을 받았고 아내를 위해 산소 값을 지불했다. 그는 예약 때 이미 산소 신청을 해놓았다. 그가 지불한 산소는 625리터짜리 세 개였다. 그녀의 주치의는 천식 발작의 경우 그녀가 분당 2리터짜리 산소가 필요하다고 처방했다. 분당 2리터짜리를 사용할 경우 625리터짜리 산소 한 통으로 약 다섯 시간 정도 숨 쉴 수 있었다. 어떻든 그녀를 위해 그 비행기에는 세 개의 산소 통이 준비되었고 안빈은 기꺼이 그 청구서를 지불했다. 사실상 여행 중 세 통의 산소가 필요한 환자는 여행이 금지되는 법이다. 그러나 안빈은 그 세 통의 산소가 거의 사용되지 않을 것임을 보증한다고 항공사에게 말했다. 그것은 말하자면 정신적인 준비라고 그는 재차 확인시켜주었던 것이다. 어떻든 그는 나이 쉰여덟에 산소 세 통과 함께 여행해야 하는 그 소란한 생활을 침착하게 유지하고 있었다.

그날 어머니와 나는 부친보다 먼저 택시를 타고 공항으로 나갔다.

부친은 그때까지도 공무가 있었다. 우리는 공항에서 만나기로 되어 있었다. 거대한 강의 품 안에 놓인 다마스쿠스로를 달려 공항으로 가는 택시 속에서 나는 그때까지도 알마타푸 중앙역에 걸려 있는 빛바랜 창백한 칠월 혁명 기념일 축제 플래카드를 보았다. 그 중앙역으로부터 시리아로, 요르단으로, 터키로 매일 버스와 열차들이 떠나고 있었다. 바그다드에서 다마스쿠스로, 암만으로, 테헤란으로, 이스탄불로 가는 육로들은 대개 열흘 넘게 사막을 횡단하게 마련이었다. 언젠가 부친 안빈은 열차를 타고 바그다드에서 이스탄불로 간 적이 있었는데 사막 복판에는 푸른 오아시스들이 거대한 터키석처럼 황홀하게 박혀 있었다고 못 잊어했다. 그의 추억은 옳았다. 역 부근은 앗수르, 바빌론, 하트라, 니느웨, 우르 같은 고대 도시의 이름이 적힌 노스탤지어적인 이정표들로 가득 차 있었다. 우리는 버려진 병기 보급 창고라는 지붕 낮은 건물도 통과했다. 공항 부근 키르 강변을 지날 때 택시 운전수는 서툰 영어로 강변에 세워진 거대한 조각상을 가리키며 그것이 창조신 프타힐과 악마의 수장 루하라고 설명했다. 창조신과 수장 악마. 그는 또 초겨울이 되면 금식의 계절인 라마단이 온다고 말했다.

"그들에게 라마단은 말하자면 제5의 계절이지."

어머니가 말했다.

탑승해서 좌석으로 안내되었을 때 우리는 세 개의 산소통 중 최초의 초록색 산소통이 보관통에 담긴 채 어머니의 좌석 밑에 이미 눕혀져 있는 것을 보았다. 그것이 담당 승무원이 "산소 세팅은 모두 끝났습니다."라고 말한 것의 의미였다. 세팅이 끝났다는 것은 필요할 경우 승무원이 다가와 산소통의 'on'만 작동시키면 되도록 모든 것이 완료되었음을 의미했다. 산소 호흡 방식은 튜브를 코에 끼우도록 두 개의 돌출부가 나와 있는 '네이절 프롱' 타입이었다. 튜브는 산소통에 닿은 부분은 굵게, 코로 이어지는 부분은 가늘게 제조되어 있었다. 어떻든 그 산소통 때문에 여행이 우울하지는 않았다. 나도 부친도 세 개의 산소통이라는 소란한 장치를 필요로 하는 그녀의 중년에 약간의 연민을 느꼈을 뿐이었다. 그러나 그녀는 잘 다듬어진 아름다운 여자였다. 잡티 없는 투명한 살결에 잘 보호받고 잘 보관된 인상을 주는 것이 사실이었다. 그녀는 옷을 입었다기보다는 의상을 입은 것으로서 옷과 장신구의 모든 색조들은 각기 치밀하고 수준 높게 선택되어 조화를 이루고 있었다. 그녀는 나의 서울 연주회 방문 때 입을 연두색 겹당의 한 벌을 이미 여행 가방에 챙겨넣은 후였다. 그녀는 이따금 그 당의에 옛 혼례용 나비잠을 뒷머리에 꽂아 아름다웠다. 그러나 그뿐이었다. 삶은 그 너머에 있는 것으로서 이애휘 여사는 조금이라도 노동을 했던가. 그 경계를 뛰어넘기 위해 좀 더 갈등했어야만 했다. 일상을 역류하려고 할 때 사람 세포에서 분비되는 진액과 탈진감, 투쟁이 주는 혼절한 땀내 같은 것이 그녀에게는 결핍되어 있었다. 그 진액이 개인이 만드는 자기 향수가 아닌가. 잘 사육된 자, 운 좋게 잘 아껴진 자들에게서 풍기는 응석과 엄살과 태만이 그녀에게 있었다. 아직도 삶의 변성기를 뛰어넘지 못한 지긋지긋한 유예가 거기 있었다. 나는 나이 육십이 임박해 오는 데도 임지를 옮길 때마다 세 컨테이너나 되는 짐들과 함께 새 임지에 도착하는 어머니를 경멸했다. 한 번도 엄숙한 좌절을 경험하지 못한 여자가 아직도 삶을 가구와 장식품, 가짜 금빛 쓰레기통들로 진열하고 사는 그 넌덜머리 나는 비본질을 나는 경멸했다. 나는 정말이지 그런 식으로 사는 여자들이 싫다. 패배할 수도 승리할 수도 없는 그런 여자들이 항상 골칫

거리다. 그런 여자는 항상 중간 지대에서 고장 직전의 건축용 물자인 수준기(水準器) 속의 물처럼 양극을 출렁이며 오간다. 어떻든 이제 그녀가 과시할 것이라고는 질병밖에 없었다. 그리고 그것을 극적으로 과시함으로써 남편과 딸에게 관심과 연민과 염려를 불러일으키는 것이 그녀에게 아주 중요해졌다. 어떻든 천식이라는 질병은 이 과시적 목적에 안성맞춤이었다. 천식에는 극적인 순간들이 있고 위급한 순간이 연출되기 때문이었다. 그러나 부친도 나도 그녀가 과연 진정한 의미의 천식 환자인지 회의할 때가 많았다. 어떻든 우리는 의사 말대로 그녀를 천식 환자로 취급해 주기로 했다. 그것이 그 비행의 시작에 아버지 안빈 총영사가 그녀를 위해 기꺼이 세 통의 산소 값을 이라크 화폐 디나르로 지불한 이유였다.

탑승 때 한 가지 놀라운 사실이 있었다. 기장과 승무원들은 내 탑승을 알고 미리 꽃다발을 준비해 놓았던 것이다. 그것도 늘 받는 장미가 아닌, 바그다드의 아열대 꽃인 부겐빌리아로 만든 탐미적인 꽃다발이었다. 다홍 둘레에 지독하게 작은 석 장의 꽃술이 들어 있는 기적적인 용모의 꽃이었다. 밝은 연둣빛 잎맥까지 갖춘. 내가 자리에 앉자 한 여승무원이 그 부겐빌리아를 준비한 실린더 생수 속에 꽂아 고정시켜주었다. 꽃다발은 그렇게 해서 서울까지는 충분히 습기를 공급받게 되어 있었다. 그 부겐빌리아 때문에 비행은 갑자기 호사스러워졌다. 어머니는 그날 가장자리가 백금으로 정갈하게 여며진 잉크빛 실론 사파이어 반지를 꼈다. 그날이 마침 가을의 입구였기 때문이리라. 눈물 방울 모양의 그 실론 사파이어는 푸른빛이 깊어 그늘에 놓으면 철학적인 잉크빛을 발했다. 이따금 태양이 스칠 때면 잉크빛 남쪽에 뽀얀 빙하빛 섬광을 발하는, 과민하게 깨어 있는 반지였다.

계류

탑승이 시작됐을 때 탑승권을 받는 여자는 껌을 씹고 있었다. 나는 검은 랍비 복장을 한 늙은 유대인 신사에게 줄을 양보했다. 침향을 소지한 자가 한 노신사에게 베푸는 무의미한 친절에 나는 소름이 끼쳤다. 무엇을 위한 아낌이고 예의인가. 예의를 지켜 아껴놓은 후 나는 그들 한가운데 침향 두 덩이를 놓아둘 작정이란 말인가. 통로 끝과 여객기 입구 사이에 설치된 그 아코디언 터널, 그 공중교가 끝나는 경계에 전화기 한 대와 소화기 한 대가 나란히 걸려 있었다. 그 마지막 전화기를 통과해 비행기 속으로 막 오른발을 들여놓았을 때 나는 출입구를 활짝 열어젖히고 승객을 맞고 있는 남한 여자 승무원들을 보았다. 드디어 여객기로 입장할 때 한 여승무원이 내게 인사했다.

"어서 오십시오."

단정한 서울말이었다. 나는 짧게 목례했다. 그 아름다운 인사말과 함께 나는 법적으로 남한 영토인 운명의 그 주작 항공 여객기 SZ901기 속으로 잠입하고 있다. 이곳은 지독히 작은 영토지만 북한 사람인 나로서는 이미 30여 년간 법적으로 금지된 적의 땅이었다. 지금 나는 일본국 여권으로 위장한 채 보잉 707이라는 주작 항공 SZ901 구역으로 입장하고 있는 것이다.

기내 통로를 통해 내 좌석인 17I와 17J 앞에 섰을 때 좌석 위 선반 서랍은 짐을 받기 위해 이미 입을 벌리고 있었다. 넓적하고 깨끗한 서랍이었다. 마치 잿빛 물개가 먹이를 얻기 위해 입을 벌리고 있는 것 같았다. 이 비행기는 제작된 후 이미 수만 번 이렇게 서랍의 입을 열고 각종 짐을 수납해 왔으리라. 수납해서 품에 안은 후 견실하게 목적지까지 짐을 운반하며 긴 비행을 견뎌냈으리라. 그리고 이제 이 서랍은 오늘 이 시간 그 열린 입을 통해 처녀비행 후 가장 특별한 짐인 두 덩이 침향이 우산과 일간지에 덮여 자신의 열린 입 속으로 안치되는 불운을 묵묵히 수락할 준비를 하고 있는 것이다. 기내의 수많은 선반 중 하필 17I와 17J인 바로 그 선반 말이다. 그때 나는 선반 속에서 한 남자의 소유물임이 분명한 크고 지친 낙타 같은 가죽 가방을 보았다. 그 가방에 퉁명스럽게 붙어 있는 낙타빛 손잡이가 고꾸라지듯 선반 내벽에 처박혀 있었다. 그제서야 나는 창가에 이미 내가 순서를 양보했던 바로 그 유대인 남자가 앉아 있는 것을 보았다. 그는 긴 양쪽 머리칼 끝을 귀 아래로 둥글게 말아넣은 비쩍 마른 남자로 허리에는 석 줄로 된 생비단 끈을 묶은 데다 안경을 쓰고 있었다. 기내에서도 그는 검은 예복과 검은 모자를 벗지 않고 있었다. 가슴이 덜컹 내려앉을 정도로 큰 손을 가진 남자였다. 그제서야 나는 우리 곁에 남한 사람이 아닌 유대인이 앉았음을 감사했다. 아마도 탑승권을 줄 때 공항 직원은 외국인들을 위해 의도적으로 그렇게 좌석을 배치했는지도 몰랐다.

침향이 든 봉지를 서랍에 안치하기 위해 그것을 들어 올렸을 때 갑자기 최면에 걸린 듯 평화가 들이닥쳤다. 응고된 평안이라고 해야 할 변태적 안도감이었다. 오른손으로 들어 올린 침향 봉지를 나는 공중에서 왼손으로 가만히 쓸어내렸다. 그렇게 해서라도 만약의 경우 두 덩이 침향이 차고 미끈한 비닐 백을 타고 미끄러져 추락하지 않도록 봉지의 목을 조르는 일이 중요했다. 봉지를 부여잡은 견고한 두 손이 침향을 선반 속에 완벽하게 안치해 넣는 것을 나는 보았다. 그 위를 나는 의도적으로 청조의 신형 보스턴백으로 막았다. 그리고 내 두 손이 봉지를 떠나 나란히 대열을 이룬 채 선반의 잿빛 뚜껑을 가만히 닫는 그 악마적이도록 적요한 마감을 보았다. 침향은 그렇게 17I와 17J의 윗선반, 유대인 랍비의 낙탓빛 가죽 가방 동쪽에 안치되고 수납됐다. 선반 문이 닫히는 명료한 딸깍 소리와 함께 악성 편두통이 닥쳤다.

사내 곁에 앉기 전 청조가 그에게 영어로 짧은 인사를 나눴으면 좋을 뻔했다. 그러나 청조는 너무나 긴장해서 결국 아주 서먹한 모습으로 사내 곁에 몸을 앉혔다. 내가 좌석에 앉는 순간 누군가 내 머리 위에서 무대 휘장을 젖히듯 조심성 없이 선반을 냅다 열어젖혔다. 순간 내 가슴은 아코디언처럼 오그라들었다. 그러나 선반 문은 다시 내 머리 위에서 급히 닫쳤다.

그러자 악성 편두통 속에서 나는 갑자기 벌떡 일어나 봉지에 든 침향을 꺼내 들고 공항 저편 사막으로 가고 싶었다. 그곳에서 시한 장치를 영원히 오지 않는 시간으로 맞춰놓은 후 부드러운 모래 이불 속에 침향 봉지를 깊이 묻어두고 싶었다. 지금 이 비행기에서 내려 침향을 들고 이름 모를 사막으로 사라질 수만 있다면, 그리고 침향을 부드러운 사막 아래 묻고 나도 그 사막의 자락 끝으로 사라져 실종되어 버릴 수만 있다면 하고 바랐다. 아니, 나는 문득 내가 침향을 들고 고비 산맥 저편으로 갈 수 있었으면 하고 열망했다. 그때 고래 내장 같은 기내에서 안내 방송이 터져나왔다.

"비상구 잠금, 잠금 위치 확인."

"저희 비행기는 곧 이륙합니다."

의식은 다시 휘청대며 편두통 속에서 혁명 전사로 돌아왔다. 침향을 들고 사막으로 도주하려던 한 남자가 휘청대며 다시 비행기 좌석 속에 처박히는 것을 보았다.

갤리 복도 천장에는 꼭 난황만한 불이 켜져 있었다. 승무원은 커튼 치는 일을 잊었다. 복도에서 누군가 그릇에 얼음 조각을 쏟아 붓고 있는 것이 보인다. 얼음들은 수정 주사위 같다. 기내식을 준비하고 있는 것이다. 그 복도로부터 멀지 않은 이곳에 나와 청조가 있다. 여승무원이 기내식을 차리고 있는 동안 우리도 머리 위 선반 속에 보관된 침향 두 덩이로 복수의 식탁을 차리고 있다. 서울 올림픽은 부당하다. 우리는 여승무원과 대각선 거리에 앉아 남한의 그 건방진 과속을 정지시킬 복수의 식탁을 차리고 있었다. 승무원에게도 우리에게도 그 식탁이 문제이다. 복도 옆 비상구 앞에 앉아 있는 한 남자가 눈에 띄었다. 육감적으로 나는 그 사내가 기내 보안 요원이 틀림없다고 생각했다. 사내의 벌어진 어깨와 이따금 승객을 돌아볼 때 맹금 같은 그의 큰 턱이 맘에 걸렸다. 나는 그 사실을 필담하듯 종이에 적어 청조에게 알렸다. 나는 독서등을 켜려다 그만두었다. 독서등 버튼을 누르는 순간 문제의 선반 문이 왈칵 열릴 것만 같은 공포가 왔으므로. 심정적으로는 깊은 어둠 속에 숨고 싶은데 심정의 또 다른 피안은 빛을 원한다. 쓸데없는 짓은 삼가는 것이 좋다. 불행이 우연을 통해 일하지 못하도록. 내가 기내지를 집어 들었을 때 식사 서비스가 시작됐다. 탑승 때 이미 특별식을 주문했는지 내 곁의 유대인은 먼저 음식을 받았다. 알루미늄 뚜껑이 덮인 도시락 상자였다. 그곳에 여러 가지 빵들로 이루어진 특별식이 들어 있었다. 잠시 후 그는 그의 채식을 따로 받았다.

기내지는 온통 여행, 유행, 성, 피트니스에 관한 기사들로 채워져 있었다. 매년 이월이면 열린다는 비엔나 무도회의 규칙들을 자세히 적은 기사들, 무도회의 금기, 무도의 자랑과 호사. 십만 송이 장미가 비행기를 타고 남미로부터 무도회장으로 공수된다. 비엔나에서는 그 많은 장미를 구할 수 없으므로. 기내의 작은 모니터에서는 한 여자가 개인 풀장에서 접영을 하고 있다. 통로를 가운데 두고 내 곁에 나란히 앉은 남자는 이미 받은 농어 요리에 흑맥주를 마신다. 기내지 속 자본주의자들은 술과 음료수를 어떻게 미적으로 섞을 것이냐를 행성의 발견보다 더 대단한 일로 떠들어댄다. 연수 시절에 나는 레닌그라드의 한 실험실에서 소위 수제 칵테일 폭탄을 만들었다. 술로 칵테일을 만드는 자들과 알루미늄분, 칼리움니트라트, 황산, 글리세린 등을 섞어 수제 칵테일 폭탄을 만들며 살아가는 자들 사이에는 영원히 화해하지 못할 깊은 스틱스 강이 흐르고 있다. 나는 내가 혁명이라는 이름으로 침샘에서 타액이 다 마르도록 투쟁해야 할 나의 적들이 이런 부르주아적 한량들이라는 데 구토가 난다. 식사가 도착했을 때 나는 식욕이 없었다. 그제서야 나는 내 입 안이 사막처럼 말라 있음을 알았다. 이상하게 여길까 봐 나는 식사를 받았다. 알루미늄 덮개를 벗기자 기름에 구운 농어 한 마리가 눈에 들어왔다. 농어는 창공 3900피트 고도 위에 그렇게 누워 있었다.

그때까지도 나는 구두 한 짝조차 벗지 못했다. 나는 도리어 평소보다 더 강하게 구두끈을 옭아맸다. 언제든지 도망할 수 있어야 한다고 나는 내 몸 저지대에 뿌리처럼 뻗어 있는 내 두 발에게 속삭였다. 우리 같은 직업은 어디서든 구두를 벗는 일을 가장 꺼린다. 가령 회교 사원이나 예배처에서 신발을 벗어야만 하는 규율은 나 같은 사람들에게 절대적으로 불리한 규정이다. 나 같은 사람들은 언제든 도망할 수 있어야만 한다.

기내에 켜놓은 화면은 계속해서 스포츠 뉴스와 코미디 프로를 토해냈다. 긴 비행을 위해서는 거기에 맞는 긴 오락과 흥청거림이 필요하다. 자본주의자들에게 심심하다는 것보다 더 큰 공포, 더 큰 재난은 없었다. 그들은 삶을 창녀로 만들어버렸다. 그들에게 삶은 오직 즐기기 위해 거기 놓여 있었다. 동전만 넣으면 동전 액면가만큼 돌아가는 핍 쇼(peep show), 그것이 그들에게는 삶이다. 엄숙한 삶을 오락으로 만드는 자들, 저 참을성 없는 인간들, 심심하면 불행해지는 인간들에게 긴 비행 시간 동안 영화나 오락물이라는 고무젖을 물려달래며 고국까지 데려다주는 것이 항공사의 절대 사명이다. 그렇다. 자본주의는 그렇게 해서 확실히 더 많은 비용, 더 많은 악취, 더 많은 음식 찌꺼기들을 남긴다.

심지어 총 길이 46.59미터짜리 보잉 707 비행기 속에서도 휘장 조각들로 일등석과 삼등석을 만들고야마는 종족들, 겨우 한 뼘짜리 입구도 동강 내어 일등석과 삼등석으로 반드시 구분해야만 직성이 풀리는 계급주의자들, 좌석 위치와 깊이에 따라 그렇게 계급과 가격을 나눠버리는 곳, 이곳이 바로 법적으로 남한 영토인 이 여객기 안에서 저 남한 자본주의자들이 만들어가는 조잡하고 가차없는 생존 조건인 것이다. 옌스의 말이 생각났다.

"생각해 봐요. 이곳 동독에서는 거의 모든 물건들이 출고 때부터 정가가 인쇄되어 나옵니다. 20여 년간 단 한 번도 변해 본 적이 없습니다. 우리는 따로 가격표 같은 것을 그 위에 덧붙일 필요가 없다는 말입니다. 그러나 자본주의자들의 동네인 서베를린을 보세요. 그곳의 가게에서는 날마다 변동된 새 가격을 상품 위에 붙이는 기계가 하루 종일 시한폭탄처럼 째깍거리며 판매장에 메아리칩니다. 야채 같은 것은 매일 가격이 바뀐다니 그들은 이익이라는 종교의 광신자들입니다. 거대한 신경증 환자들의 거대 집단 말입니다."

그러자 동베를린에서 읽었던 「하이에나」라는 시 한 편이 생각났다.

하이에나의 문장(紋章)은 수학이다.
그는 결코 한 점의 찌꺼기도 남기지 말아야 함을 안다.
하이에나의 신은 영(零)이다.

고도 3천 미터에서도 가차없이 이익만을 생각하는 자들. 그렇다. 자본주의자들의 신은 수학이다. 그리고 수학의 신은 영(零)이다.

앞자리의 한 남자가 초음파 사진을 들고 동료들과 웃고 있었다. 임신 5개월 된 아내의 복부 촬영 사진이라고 했다. "여기가 머리야. 여기가 다리이고. 권투 선수처럼 손을 안으로 모으고 있지 뭐야." 모국어는 낮아도 청력 속으로 그렇게 다정하게 잡혀온다. 그것이 평양말이든 서울말이든 모국어는 젖처럼 존재 속으로 그렇게 끼얹어 들어온다. 사내는 자신이 아내의 출산일에 맞춰 귀국할 수 있는 행운에 감격해 있었다. 귀국 휴가를 받은 것이 틀림없었다. 상대 남자가 고개를 돌린 후에도 그는 다시금 작은 보관용 비닐 속에 담겨 있는 그 사진에 취해 있었다. 뒷좌석에서 보니 그 초음파 사진은 마치 비 오는 밤에 승용차가 막 빗물을 와이퍼로 닦아낸, 수척한 밤의 어둠이 깃들어 있는 차창 같았다. 그 안에 태아는 양수라는 깊고 어두운 액체 속에 물거북 같은 수중 동물처럼 떠 있었다. 그를 둘러싼 검은 그림자는 5개월짜리 생명의 우주인 양수라는 태평양임에 틀림없었다. 그리고 그 태아는 지금 만삭이라는 시간의 항구에 도착해 출산을 기다리고 있는 것이다. 그리고 저 남자는 바로 그 출산의 날에 세상에 도착할 그 아이를 마중하기 위해 지금 귀국하고 있는 것이다. 그가 사진을 소중하게 다시 비닐 속에 넣을 때, 착각이었는지 몰라도 나는 그의 손이 잠시 떨리는 것을 보았다. 사진을 보관한 뒤 무릎 위에 놓아둔 그의 손은 거친 노동자의 손이었다. 노동자인 아버지는 바그다드에서 서울로, 아들인 태아는 어미의 자궁으로부터 세상에 도착하는 그 각각의 다른 여행을 통해 그들은 필연적으로 만나게끔 예정되어 있는 것이다.

어쩌면 저 사내의 꿈, 고향에 도착해 세상에 나올 아이를 마중하는 그 아름다운 상견례는 영원히 이뤄질 수 없으리라는 생각이 들자 다시금 악성 편두통이 닥쳤다. 감상에 빠지는 일은 좋지 않다. 내가 이세상에 출생할 때 아무도 나와 상견례를 하기 위해 그 현장에 나와 있지 않았다. 확실한 것은 아버지 백씨와의 상견례는 그 출생의 순간에도, 또 그 후에도 없었다는 사실이다. 그런데 저 젊은 아버지, 저 젊은 노동자는 지금 태어날 아이를 향해 비행기를 타고 달려가고 있다. 아내가 몇 달 전 보낸 태아의 초음파 사진을 보면서. 무릎에 놓인 채 잠을 청하고 있는 그의 거친 두 손이 내 맘에 걸렸다. 나는 대체 지금 무슨 짓을 하고 있단 말인가. 지금 누구를 위해 누구에 대하여 싸우고 있단 말인가. 작전이 성공하면 인민에게 유토피아를 선물할 수 있다고 해서 이름 지어진 '작전명 유토피아'는 과연 노동으로 거칠어지고 사막의 맹렬한 햇빛과 모래 바람으로 그을린 노동자인 저 남자에게 대체 무엇을 줄 수 있단 말인가.

나는 벌떡 일어나 세면실로 갔다. 내가 지금 대체 무슨 짓을 하고 있는지 내게 묻고 싶었다. 책갈피 같은 세면실 문을 밀자 문은 책갈피처럼 접히면서 열렸다. 둥근 걸쇠를 안에서 잠그자 문은 닫히면서 사각보처럼 나를 감쌌다. 맞은편 거울 속에 한 남자가 드러났다. 잿빛 상자 속, 변기가 들어앉고 남은 공간에 한 남자가 서 있었다. 천정에 닿을 듯한 177센티미터의 키로 직립해 있는 남자, 고급 태즈매니아산 여름 양모로 된 잿빛 양복 차림의 중년 남자가. 거울 앞에는 붉은 화살표가 있었고 화살표 위에는 쓰레기라고 씌어 있었다.

나는 세면대에 엎드려 약간 격한 숨을 토했다. 영원히 이 공간에 망명해 있을 수 있다면 좋을 것 같았다. 다시 한 번 5개월짜리 태아의 초음파 사진이 떠올랐다. 나는 세면대 꼭지를 눌렀고 얼굴을 약간 숙였다. 꼭지는 한숨처럼 한 줌의 물을 토했다. 기분 나쁘도록 미지근한 물이 얼굴을 적셨다. 격렬한 현기증 때문에 나는 벽에 돌출된 잿빛 손잡이를 부여잡고는 휘청거렸다. 나는 분명하게 창백해진 나를 보았다. 나는 내 얼굴이 갑자기 부챗살처럼 접혔다가 분해되는 것을 보았다. 다시 물로 이마를 씻고 물기를 닦고 입가심을 했다. 형광빛에 눈이 시렸다. 문득 벨그라드 밤하늘에 떠 있던 피 묻은 불길한 낫 같은 붉은 달이 생각났다. 나는 내가 허약해진 것 같다고 생각했다. 나는 내 안에서 한세류가 치밀어오르는 것을 내리눌렀다. 그리고 다시 상의를 입듯 이즈미 이초를 입었다. 세면수는 바르지 않았다. 언제나 그 향기가 문제였다. 자리로 돌아올 때 나는 중간 비상구 앞에 앉아 있는 보안 요원이 분명한 그 사내 앞을 지났다. 자리에 앉자마자 나는 눈을 감아버렸다.

　당과 수령이 40년간 장기 공연을 하고 있는 이 지상낙원이라는 희망의 끝은 과연 어디일까. 이 40년간의 혁명의 고열은 대체 무엇일까. 당과 수령 그리고 내가 유지하고 있는 이 불안한 동맹의 끝은 과연 무엇일까. 40년간 당과 수령은 계속 혁명을 의도적으로 연기하고 있는 것은 아닐까. 조국을 의도적으로 혁명 공장으로 만들어가고 있는 것은 아닐까. 이것이 정말 이 조국 위에 지상낙원을 건설하기 위한 혁명이라면 나라 밖에서 돌고 있는 수령과 권력을 둘러싼 추문들은 대체 무엇인가. 수령궁에서 흘러나오는 후계자를 위한 궁정 혁명의 추문들은 대체 무엇인가. 적들의 말대로 수령의 투쟁 경력과 명성은 변조된 것은 아닐까. 내 가슴속에 불고 있는 이 의심의 바람, 신념이 분해되고 있는 조짐을 나는 그대로 용서해 둔다. 사실 당과 수령이 이 한반도에 지상낙원을 건설할 수 있는 유일한 존재라는 이 신념과 이 고열을 유지하려면 내게는 초인적 힘이 필요하다. 이것은 임신한 여자가 한 생명을 잉태시키기까지 숙명적으로 격렬한 구토나 입덧과 싸워야 하는 것과 같은 것일까. 몸 안에서 새 생명이 자라고 있다는 것 때문에. 그렇다면 내 존재 안에서 치밀어오르는 이 격렬한 구토, 이 징그러운 입덧도 내 안에서 지상낙원이라는 옥동자가 자라고 있다는 증거란 말인가. 임신 기간이 끝나면 그 생명은 몸 밖으로 나와 내 앞에 정체를 드러낼 것이다. 그때까지 내 입덧을 침착하게 짓누르는 일이 필요하다. 그러나 이 40년간의 입덧은 아무래도 너무 길다. 당과 수령은 혹시 유토피아에 도달하는 대신 유토피아로 가는 처방전이나 써대는 것은 아닐까. 명령과 지령들은 그들이 남발한 바로 그 정처 없는 처방전들은 아닐까.

그러자 나는 유정이 왜 자신을 개마고원에 스스로를 천장했는지 알 것 같았다. 유정은 알고 있었을까. 당과 수령이 부패하지 않고 인민을 인도하여 지상낙원에 도착하는 일이 얼마나 어려운지를. 그래서 그는 자신을 스스로 천장함으로써 공산화 과정을 통해 흘린 피와 추문들에 대해 자신의 몸으로 중간 지불을 하고 있었던 것은 아닐까. '작전명 유토피아'라는 이 임무가 내게 당과 수령과 혁명 전사의 관계가 진실로 지상낙원으로 가는 신성한 동맹인지, 아니면 지배를 위한 공범 관계인지를 스스로 폭로해 줄지도 모른다. 내가 진실로 혁명 전사인지 아니면 수령의 사병에 불과한지 폭로해 주리라.

그러나 이 모든 것들을 뛰어넘어 요지부동한 것이 하나 있다. 그것은 조국 북한은 내가 빠져 죽고 싶은 마지막 바다라는 사실이다. 조국 이전에 유정이 있었다. 유정은 내가 빠져 죽고 싶은 우물이었다. 내게 최초로 이름과 조국을 주어 나를 비로소 인간이게 했던 유정. 그를 위해서라면 나는 죽을 수도 있었다. 그는 가고 대신 조국이 왔다. 조국은 유정을 통해 내게 이름과 나라, 아버지를 준 선신이다. 다시 말하지만 나는 조국을 위해서라면 죽을 수도 있다. 아아, 조국이라는 이 사원. 두개골 용량 1300cc짜리 호모 사피엔스인 내가 빠져 죽고 싶은 바다, 그것이 내게는 바로 조국이었다.

중간 기착지인 아부다비 공항에 도착하기 위해 비행기가 고도를 낮추기 시작하는 것을 나는 알았다. 비행기가 고도를 낮출 때 공기와 속도가 충돌하면서 내는 끝없는 화해의 속삭임, 물 끓는 듯한 마찰음을 나는 들었다. 비행을 위해 올라갔던 그 고도를 취소하기 위해 비행기는 그렇게 경련하고 있었다. 만약 중간 착륙이 어려울 경우 우리는 아홉 시간 후에 폭발할 그 비행기와 함께 폭파되도록 예정되어 있었다. 임무 수행을 위해 죽는 것, 그것은 조국을 위한 순교다. 그리고 내 이름은 수령궁 황금 책에 기록된다.

승객은 오직 비행기의 내용물에 불과한 것일까. 우리는 전 세계 앞에서 이 비행기와 그 내용물인 남한 시민을 폭파시키는 것이다. 세계 각국의 올림픽 참가 신청 마감은 150여 일 앞으로 다가와 있었다. 저 두 덩이 침향이 폭파하면서 참가 신청을 하려는 국가들의 의욕도 폭파시켜버릴 것이다. 내년 서울 올림픽에 선수단과 응원단과 여행단을 보내려고 꿈꾸는 모든 국가들의 의욕을 말이다. 그 목적을 위해 이 여객기와 그 내용물인 탑승자들은 조건 없이 모두 살해되어야만 한다. 단 한 가지 확실한 것이 있다. 명령이 내려질 때 혁명 전사는 명령자 앞에서 '왜'라고 질문하지 않는다는 것이다. 모든 명령에 찍혀진 옥쇄의 내용인 '인민의 이름으로'는 나 같은 혁명 전사에게는 거절할 수 없는 정언명령이다. 그리고 인민은 곧 정의이다.

하강할 때 비행기는 마치 공기와 어떤 음모를 하는 듯한 소리를 낸다. 비행기는 그렇게 대기를 달래는 것이다. 그것은 뽐내며 상승할 때와는 다르다. 공기의 압력이 내 속귀의 망치뼈를 습격한 후 반고리관을 압박할 즈음이면 착륙이 가까워온 것이다. 지상에 닿으려면 비행기도 겸손해져야만 한다. 그토록 높은 고도에서 고도를 낮추는 것 자체가 어차피 명상적인 일이다. 지상에 닿으려는 자는 꼬리를 내리지 않으면 죽는다.

복도의 커튼은 다시 정갈하게 묶였고 음식 찌꺼기들은 쓰레기통에 처박혔다. 귓속에 몰려 있던 공기의 입자가 부서지는 소리가 났다. 이제 이 비행기가 착륙하고 출입문을 열어젖힌 채 이 공간으로부터 저 공간으로 나를 토해 버리는 일만이 남아 있다. 나는 이 거대한 포유류의 내벽을 마지막으로 가만히 만졌다. 그러고는 머리를 젖힌 채 명료하게 선반을 올려다보았다. 다시 한 번 귀의 반고리관이 터질 듯 압력을 호소했다. 비행기가 착륙하면 나는 두 덩이 침향을 기아처럼 저 서랍 속에 버린 후 이 비행기를 떠난다. 한 승무원이 앞줄 남자에게 안전벨트를 매도록 마지막으로 채근했다. 고도 358미터, 고도 107미터, 다시 고도 44미터에 이른 후 비행기는 옆쪽으로 쏠리며 활주로 위에 탄력에 찬 바퀴의 진동을 남겼다. 지상에 닿는 비행기 바퀴의 견고하지만 거친 마찰 소리를 나는 들었다. 그러자 고막은 다시 자유를 찾았다. 기장의 중간 착륙 인사가 터져나왔다. 아직도 젊은 성대를 가진, 자신감에 찬, 인생 절정에 있는 중년 남성의 음성이었다.

"승객 여러분, 우리는 중간 기착지인 아부다비 공항에 착륙했습니다."

나는 알고 있었다. 유감스럽게도 우리가 이 지상에서 다시 만나는 일은 결코 없으리라는 것을. 이 예언은 내가 좌석 선반 속에 안치해 놓은 황금빛 쇼핑백 속의 침향과 관계가 있는 것이다. 나야말로 이 지점에서 저 두 덩이 침향과 작별한다. 이제 저 출구로 나가 이 비행기를 영원히 떠나는 일만이 남아 있다. 그렇게 되면 침향은 법적으로 남한 영토인 이 기내에 혼자 남아 다시 비행을 계속할 것이다. 비행기 속의 승객들, 대부분 남한의 중동 파견 계약 노동자들인 그들은 이 비행기가 바그다드를 출발해서 정확히 아홉 시간 후면 폭파되리라는 사실에 대해 아무런 예감도 가지고 있지 않다. 가족 상봉에 대한 흥분, 상여금과 적금액의 숫자만으로도 그들 머릿속은 충분히 벅차리라. 착륙과 함께 모든 승객들이 일제히 자리에서 일어났을 때 나는 마치 거대한 폭동의 무리 한가운데 서 있는 기분이 들었다. 돌연 선반 문을 열고 청조의 보스턴백을 꺼낼 용기가 나지 않았다. 선반

문을 열고 판도라 상자 같은 그 침향을 바라보는 일이 끔찍하게 생각되었다.

나는 천천히 일어났고 닫혀 있는 선반의 걸쇠를 끌어당겼다. 그러고는 선반 문이 천천히 열리도록 한 손으로 선반의 하체를 받쳤다. 침향이 들어 있는 황금색 비닐 백이 눈에 들어왔다. 돌연 독한 화약 냄새가 끼쳐오는 기분이 들었다. 나는 그 침향 봉지로부터 얼마 떨어지지 않은 거리에 놓여 있는 내 오른손과 그 손목을 조이고 있는 은빛 커프스 버튼을 보았다. 나는 내 손이 근육을 뻗어 침향 꾸러미를 가로막듯 놓여 있는 청조의 보스턴백을 조심스럽게 끌어내리는 것을 보았다. 그때 창가의 유대인이 빠른 영어로 내게 말했다.

"그 안의 낙타빛 가죽 가방을 제게 주시겠어요?"

"물론이죠."

가방을 그에게 전하며 내가 말했다. 그가 감사하다고 말했던 것 같다. 내가 어떻게 청조의 가방을 꺼냈는지 모르겠다. 그 유태인에게 가방을 건네준 후 나는 그가 내게 가방을 부탁했던 그 행운 때문에 다시 초조해졌다. 그렇게 함으로써 그 서랍에 안치되어 있는 운명의 침향 봉지가 다른 사람의 손을 거치지 않아도 좋았던 것은 행운이었다. 만에 하나 그 사내가 서랍 구석까지 밀려 있던 그의 낙타빛 가방을 꺼내느라 침향 봉지를 떨어뜨리는 일이 발생할 수도 있었던 것이다. 그러나 다행히 그 유대인 남자의 좌석은 선반으로부터 먼 창가에 있었던 데다 지독한 근시였다. 나는 그 행운 속에서 다시 한 번 외로이 남아 있는 침향 봉지를 보았고 내 손이 그 봉지를 분명하게 쓰다듬은 후 선반 문을 닫는, 여객기라는 남한 영토 속에서 마지막 임무를 수행하는 것을 보았다. 그렇게 함으로써 나는 그 선반 속에서 당의 의도대로 운명의 그 아홉 시간을 향해 가차없이 시간의 노를 것고 있는 두 덩이 침향과 이별하고 있었다.

이제 저 출구로 나가 이 비행기를 영원히 떠나는 일만이 남아 있었다. 침향은 법적으로 남한 영토인 이 기내에 남아 다시 비행을 계속할 것이다. 서울까지 여행할 대부분의 남한 승객들은 짐을 모두 기내 선반에 남겨둔 채 빈 손으로 통과 여객 구역으로 나갔다. 나는 천천히 움직이고 있는 대열 속에 낀 채 서두르지 않으려고 애썼다. 나는 복도의 커튼 사이로 누군가 방금 벗어놓은 불연성 은색 장갑이 플라스틱 쟁반 위에 놓여 있는 것을 보았다. 차 접대가 끝나 휴지통 속에 폐기된 홍차 주머니에 달린 젖은 무명 끈들도 보았다. 앞좌석에서 방금 일어난 남자의 뒤통수가 내 얼굴을 가리고 있었다. 태아의 초음파 사진을 동료에게 보여주던 그 사내의 뒤통수가. 나는 사내와 얼굴을 마주치게 될 것이 두려워 급히 눈을 돌려버렸다. 사내에게서는 잠시 아카시아 향기의 츄잉검 냄새가 났다. 입구에 도착하자 한 스튜어디스가 스타킹에 구두 끝을 민첩하게 문지르며 굿바이라고 말했다.

굿바이. 의미심장한 인사였다. 그녀 말대로 우리는 지역과 지역으로 헤어지는 것이 아니라 삶과 죽음으로 헤어지게 되는 것이 아닐까. 여객기와 아코디언 통로를 연결하는 철근 골조 틈으로 더운 기운이 훅 끼쳐왔다. 그것이 바로 기장이 중간 착륙 보고 때 말한 섭씨 38도의 더위였다. 그 더위가 통과 여객이라는 이름으로 작전 현장을 천천히 탈출해 나오는 나를 그렇게 맞고 있었다.

여객기와 공항 건물 사이로 난 공중 터널 끝에 공항 직원 두 사람이 서 있었다. 그 짤막한 손풍금 같은 공중 터널만 지나면 나와 청조는 우리의 작전 현장을 완전히 벗어나는 것이었다. 다음 순간 그녀와 나는 여객기와 공항 사이로 난 거대한 누에 같은 그 공중 터널을 지그시 밝았다. 이제 항공사 안내원이 서 있는 저 지점에만 이르면 작전은 완료된 셈이었다. 나는 '작전명 유토피아'의 핵심인 두 개의 침향을 주작 항공 SZ901기에 장치하는 일을 완벽히 수행해낸 것이다. 불가능하리만큼 위험하기 짝이 없던 '작전명 유토피아'는 수행된 것이다. 나는 내 손으로 그 침향에 침착하고 정확하게 시한 장치를 완료했으며 그런 일을 내 손보다 더 침착하게 해낼 수 있는 사람이 없음을 나도 당도 알고 있었다. 그 침향은 지금 좌석 번호 17I와 17J 위 서랍 속에 액체 폭약과 함께 면세품 봉지 속——그 봉지 표면에 비엔나 왕비 씨씨가 그려져 있었다——에 서로 어깨를 기댄 채 그의 시간을 기다리고 있었다. 중요한 것은 비행기가 잠시 중간착륙하고 있는 이 시간에도 침향 몸속의 시한 장치는 백금으로 된 수제 톱니바퀴로 물레처럼 쉬지 않고 시간을 돌리고 있다는 사실이었다. 주문품이 아닌, 폭탄 전문가인 평양의 그 장발 사내가 직접 손으로 만들어 끼운 백금으로 된 명품의 수제 시한 장치가. 비행기는 정확히 한 시간 후에 승객들을 태우고 다시 다음 경유지인 방콕을 향해 떠날 것이다. 그리고 이 지상에서 다시 한 대의 여객기가 여객들과 함께 사라지고 '작전명 유토피아'는 그 절멸, 그 학살과 동시에 완성될 것이다.

항공사 직원이 통과 여객들에게 노란 카드를 나눠주고 있었다. 막 받아든 노란 카드로 부채질하는 사람들이 보였다. 순간 그 노란 표들이 내 눈에는 죽음이 배당된 자들이 흔드는 백여 장의 노란 재앙의 스카프처럼 보였다. 그러자 돌연 목 밑에서부터 배꼽 위까지 다시 한 번 세차게 수술칼이 그어지는 진저리 쳐지는 느낌과 함께 모든 땀샘들이 해일처럼 식은땀을 토해냈다. 회오리처럼 미친 풍속으로 악질적인 편두통이 지나갔다. 나는 내 육체가 그렇게 요동하고 진저리를 치도록 내버려두었다. 단지 언제나 극단을 오가야 하는 내 삶과 임무의 내용이 고단하게 생각되었다. 그런 여독을 이야기하기에는 아직 일렀다.

내가 공중 터널을 통과해 항공사 직원 앞에 섰을 때 그는 내게 용무가 있었다. 그는 서울로 계속 여행하지 않고 아부다비에서 다른 비행기로 갈아탈 승객들로부터 항공권과 여권을 거둬들이고 있었던 것이다. 사실 항공권을 거둬들이는 일은 단 한 번도 경험한 적이 없는 드문 일이었다. 우리는 아부다비에 도착하면 곧 요르단 항공을 타고 암만으로, 암만에서 로마로 가게 되어 있었다. 로마에서 비엔나에 도착하면 연락조들이 우리를 평양으로 실어 나를 것이었다. 아부다비는 이 작전 중 가장 행복한 장소여야만 했다. 아부다비는 작전상 평양을 출발해 도착한 최고의 고지였고 동시에 비로소 다시 평양으로 귀향하는 시작점이었다. 즉 작전 업무 완성의 장소이고 귀환의 시작점이었다.

그런데 가장 행복해야 할 그 장소에서 문제가 생긴 것이다. 단지 여행사 직원이 그곳에서 항공권을 거둬들이는 그 돌연한 방법이 우리의 순조로운 귀향에 불길한 시비를 걸고 있었다. 그렇다고 '작전명 유토피아'의 완성을 앞두고 항공권을 거둬들이는 그 범상치 않은 일에 항의를 할 수도 없었다. 어떤 경우든 우리는 우리에 대한 그 어떤 특별한 인상도 남기지 말아야 했다. 가능한 한 우리는 흔적 없이 사라져버릴 필요가 있었다. 우리가 우리에 대해 설명할 일이 생긴다면 끔찍한 것이다.

사실상 내 안주머니 속에는 그날 출발하는 우리의 진짜 목적지인 요르단 항공의 아부다비-암만-로마행 항공권이 완벽하게 준비된 채 안치되어 있었다. 그러나 그날 나는 그곳에 버티고 선 아랍 안내원에게 우리가 방금 타고 온 항공권인 비엔나─바그다드─바레인 항공권을 속수무책으로 내주고 있다. 주작 항공 901기 입구에 선 채 우리가 내리는 모습을 똑똑히 목격한 그에게 가슴속에 보관 중인 엉뚱한 행선지가 적힌 다른 항공권을 제시한다는 것은 끔찍하도록 위험한 일이었다. 그렇게 해서 그 아랍 사내는 우리의 위장 항로가 적힌 그 위장용 항공권을 회수해 들고 사라진 것이다. 주작 항공 901기에 두 덩이 침향을 장착하는 데 성공하자마자 일어난 이 어이없는 불길함에 나는 진땀이 났다. 통과 여객 대기실에서 우리는 여권과 항공권을 회수해 들고 사라진 안내원 남자를 기다렸다. 그는 자신이 직접 탑승권 수속을 해주겠다고 말했다. 의아해하는 내게 그는 "규칙입니다."라고 단번에 잘라 말했었다. 사내는 우리를 위해 바레인행 탑승권을 수속해 들고 돌아올 것이 틀림없었다. 사실상 우리는 전혀 바레인에 갈 필요가 없음에도 불구하고 말이다. 출발 직전 사내는 바레인행 탑승권과 여권을 들고 우리에게 왔다. 그렇게 해서 우리는 불길하게도 암만행을 포기해야 했다. 그러나 나는 적어도 그 늦은 밤, 아부다비를 떠날 수 있다는 사실만으로도 안도했다. 그리고 암만이 아닌 바레인으로의 그 강요된 출발이 대체 무엇을 의미하는지 그 불길함을 이해하려고 안간힘을 썼다.

그제서야 나는 공중 터널 저 끝에서 그들을 처음 본 순간 내 가슴을 섬뜩하게 만들었던 불길함의 정체를 이해했다. 그것은 두 가지 의미가 있었다. 첫째, 임무의 현장인 그 여객기를 기적적으로 떠날 수 있었다는 1막의 증명이며 둘째, 임무의 완성을 눈앞에 두고 불길한 우연이 필연적으로 문짝을 열어젖히는 듯한 섬뜩한 적신호, 그 2막의 등장이었다.

누항

그날 기내에서 어머니는 그리스의 크레타 섬 같은 한국의 남쪽 고도 경주에서 1200년을 울고 있다는 신종 이야기를 했다. 어머니는 답사 여행 중에 바그다드에 들렀다가 총영사관에서 묵고 간 한 박물관 관장으로부터 그 얘기를 들었다고 했다. 몸체에 1천 자의 명문이 새겨져 있다는 이 종은 지상의 종이 낼 수 있는 최고의 절창을 부른다는 것이었다. 12만 근의 구리와 토종벌의 밀랍, 그리고 한 어린아이가 산 채로 끓는 구리 가마 속에 제물로 던져졌다는 것이다. 정화되고 순결한 깊은 음과 사람 안에 숨어 있는 영혼의 본질에 말을 걸어오는 이 조선 종은 긴 여음이 장관이라는 것이었다. 박물관장은 어머니에게 그것이 가장 경이로운 조선 종이라고 말했던 모양이다. 그 종은 매일 아침 여섯 시면 그 아름다운 고도에서 완벽한 간격으로 세 번 타종된다고 했다.

"이번에 서울에 가면 완행열차를 타고 경주에 가겠어. 창문이 큰 소박한 여관방 하나를 빌려 새벽 여섯 시면 울린다는 그 기적의 종소리를 울림과 울림 사이의 휴지음까지 듣겠어. 그 종은 그렇게 천 년 넘게 자기의 절창을 부르고 있다는 거야. 시한부이지만 그렇게 며칠만이라도 그 신종이 있는 도시의 시민이 되어본다는 것은 얼마나 축복이야. 그 종이 세 번 타종되면서 내 영혼의 가뿐한 중량을 냅다 세 번 뒤흔들어놓는다 해도 나는 내 자신을 부축한 채 마지막 공명까지 귀담아듣겠어."

그리고 그녀는 말했다.

"세상에, 그 신종을 위해 한 어린아이가 제물로 바쳐졌다는 거야. 변성기가 되려면 아직도 아득한 한 사내아이가."

그리고 그녀가 다시 물었다.

"우리가 그 고도에 함께 갈 수 있다면 얼마나 좋을까."

왜 그때 그녀는 내게 "함께 가자."라고 말하지 않고 "우리가 그 고도에 함께 갈 수 있다면 얼마나 좋을까."라고 소망형으로 말했을까.

그때 그녀는 이미 우리가 그곳에 함께 갈 수 없다는 것을 예감하고 있었을까. 그날 나는 그녀에게 아무 대답도 하지 않았다. 단지 1200년간 아침 여섯 시면 신종이 울고 있는 그 도시에서는 연주회를 할 수 없을 거라는 생각을 잠시 했었다. 경이적인 조선 종소리에 천 년 넘게 길이 든 도시에서 피아노라는 서양 악기를 연주한다는 것이 가소롭게 생각되었다. 더구나 그 종 속에 한 어린 사내아이가 산 채로 던져졌다고 하지 않았던가. 제물이 된 한 사내아이의 전설이 그 종소리를 보편적으로 해석하려는 모든 유혹을 가로막고 있었다. 한 생명이 산 채로 12만 근이나 되는 끓는 구릿물 속에 던져진 것이다. 오직 그 종이 내야 하는 바로 그 소리에 도달하기 위해서. 이럴 때 우리는 그 종에 대한 보편적 해석을 멈추어야만 한다. 이럴 때 그 종은 종의 차원을 훌쩍 뛰어넘어 해석할 수 없는 신비 속으로 편입되어버린다. 그것이 그 신종을 잘츠부르크, 하이델베르크, 피렌체의 종소리들과 구분해야만 하는 이유다. 옛 사람들은 왜 그 신종을, 사원의 목청인 그 신종을 왜 어린 사내아이의 희생과 더불어 설명하고 싶어했던 것일까. 나는 그 신종과 사내아이를 나란히 정지시켜둔 채 대극이 되도록 놓아두었다. 나는 알고 있었다. 산 채로 음의 가마라는 우주 속에 뛰어드는 그 절대 투신 없이는 결코 음을 만들어낼 수 없다는 것을. 음이라는 충천하는 원시적 역동성을 통치할 수 없다는 것을. 그러나 나는 그 경지까지 갈 수 없으므로 가고 싶지 않았다. 그 신종을 둘러싼 초지상적 설화의 문을 가만히 닫고 지상적 음악가로 남아 있는 것, 그것이 보편적 인간인 내 생존법인지도 몰랐다. 준비되지 않은 자가 본질에 손을 대는 것보다 더 치명적인 참사는 없으므로.

바그다드발 서울행 비행기는 아부다비와 방콕에서 두 번 중간기착하게 되어 있어 어머니를 안심시켰다. 저산소증이나 발작이 올 경우 중간 기착지에서 내려 지상에서 응급치료를 받을 수 있었기 때문이다. 특히 저산소증은 여자 승객에게 많았다. 어머니가 돌연 쉬어버린 목소리로 눈과 목젖의 불쾌감을 호소해 왔을 때 나와 부친은 그녀에게 호흡 장애가 오는 것이 아닌가 긴장했다. 부친은 어머니의 맥박이 잠시 텃새처럼 화들짝 놀라서 뛰고 있음을 보았다. 그러나 그 불안정한 심박 수는 곧 사라졌다. 부친은 그녀에게 당신은 이제 작은 격리실 안에 산소 장치가 가동되고 있는 환자용 전용 수송기로 여행해야할 판이라고 한마디 했다. 주치의가 비상시 효력이 빠른 휴대용 흡입제를 사용하라고 충고했음을 기억해내고 어머니는 흡입제를 들이마셨다. 그녀에게서 아주 가벼운 저산소증이 지나가고 있음을 나도 부친도 알았다. 나는 그녀에게 잠을 청하도록 권했다. 방콕 공항이 가까워오고 있었으므로 그녀는 비행기가 기착하면 저산소 지대인 기내를 떠나 공항에서 맘껏 정상적인 산소를 호흡할 수 있으리라는 사실에 기뻐했다.

한 달 전 어느 목요일, 매니저 얀과의 마지막 통화가 생각났다. 그날 정오 나는 베를린에 있는 매니저 얀과 전화 통화를 끝냈다. 맨해튼으로 전화를 걸어온 것은 그였다. 그는 전화 통화 시간에 지독하게 신경을 쓰는 전형적인 독일인이었다. 매니저라고 해도 그는 점심 휴식 시간과 주말에 전화하는 일은 절대 삼갔다. 그것은 마치 상점의 개점과 폐점 시간을 목숨처럼 지키는 유럽인의 숙명처럼 보였다.

"축하해요, 누항. 오늘 1990년 12월 암스테르담 관현악단과의 협연 계약을 마쳤어요. 이 계약을 끝으로 당신의 3년간의 연주 스케줄은 완성된 겁니다."

그는 3년 후 겨울 연주 계약까지 서명할 수 있었다는 데 스스로 갈채를 보내고 있었다. 나는 서베를린 샤롯덴부르크 구역 펜트하우스 사무실에서 그가 저 멀리 보이는 승리의 여신상을 바라보며 내게 전화하는 모습을 상상할 수 있다. 그는 유능하고 정직한 매니저였다.

"뉴욕은 어때요?"

그가 물었다. 그러더니 다시 말했다.

"서울 연주 준비는 잘되어갑니까?"

그가 다시 물었다.

"당신은 서울 무대가 가장 힘든 무대라고 했죠. 서울 청중들이 무대에서 당신과 파스칼을 동시에 만날 수 있는 이 기획은 멋져요. 참, 언제 바그다드로 떠나죠?"

"3주 후."

"예정대로 서울에서 만납시다, 누항. 파스칼과 나는 서울에서 같은 호텔에 묵게 됩니다. 그 호텔에서는 조선 왕조의 정궁 후원이라는 눈부신 시크릿 가든이 내려다보인다지요. 바그다드에서 당신 어머니께 안부 전하십시오."

전화를 끊고 나는 밖을 보았다. 3년 후, 그러니까 1990년까지 모든 연주 스케줄이 만조처럼 들어찼다고 얀은 보고하고 있었다. 그 목요일, 나는 내가 집요하게 꿈꿔왔던 바로 그 지점에 도착해 있음을 알았다. 그것이 내가 꿈꾸던 지점이었다. 전화 작별 때 그는 웅변적으로 말했다.

"한 평론가가 당신에 대해 썼던 말이 잊혀지지 않아요. 그는 이렇게 썼죠. '안누항의 연주는 언제나 결국에는 시(詩)가 승리하고 있다.' 누항, 당신은 르네상스를 누리고 있어요. 파스칼이 그렇듯."

얀은 다시 말했다

"서울 연주는 석 달 전에 이미 입장권이 매진되었다는 전갈, 멋지지 않아요?"

그것이 그 여름의 별사였다. 나는 그 가을에 얀과 파스칼이 묵게 될 서울의 한 호텔에서 내려다보인다는, 아름다운 연경당을 포옹하고 있는 금지된 조선 왕조 정궁의 후원인 비원(秘苑)에 대해 생각했다.

연주 시작 전이면 오케스트라가 입장한 후 무대 위에서 잠시 짧은 장이 선다. 연주석에 앉고 보면대의 악보를 재점검하는 아주 짧은 순간과 수석 주자가 일어나 음을 고르는 기분 좋은 카오스가 잠시 무대를 지배한다. 일단 무대에 오르면 음악은 단호하다. 수정이나 머뭇거릴 시간이 없다. 실수로 템포를 도둑맞는다 해도 연주는 사정없이 계속되어야만 한다. 그러나 나는 알고 있다. 그 와중에도 세부적인 완벽성이 대가와 가짜를 판가름 나게 한다. 나는 사실 큰 연주홀들을 싫어한다. 턱없이 큰 공간들은 내가 해석해내는 모든 음의 섬세한 스케치들로 하여금 길을 잃게 한다. 큰 연주홀에서의 연주는 장엄하거나 극적이지 않으면 안 된다. 연주가 극적이어야 할 때 과장과 엄살, 창녀적 화려함과 선정성이 끼어든다.

"누항, 그것은 정열이 아냐. 그건 동물적인 흥분일 뿐이야. 그곳은 너무 빨랐어."

그러나 피렌체 스승이 말한, 그 너무 빠름의 차이도 사실 겨우 1초의 절반일 뿐이다. 스승은 고요한 현란함을 원했다. 고요한 현란함. 무서운 말이다. 음이 무엇을 암시할 때, 음이 꿈을 꿀 때, 그 순간 내 연주는 고요한 현란함에 이르는 것이다. 스승은 내가 음을 정확하고 정밀하게 연주할 때 이렇게 말했다.

"누항, 너는 음을 마치 세균을 다루듯 하고 있어. 네 음들은 정확하지만 소독약 냄새가 나."

스승은 치명적인 균일성을 가장 지긋지긋해했다.

언젠가 파스칼은 우리가 협연할 한 음악홀에서 평균보다 겨우 12센티미터 긴 무대 휘장이 그 음악홀의 최상의 음량을 결정적으로 방해했음을 발견했다. 그 12센티미터의 휘장이 음향을 삼켰고 무대로부터 객석에 전해지는 소리의 순도를 훼방하고 부패시켰다는 것이다. 나는 그런 얘기를 들은 적은 있지만 직접 체험하기는 처음이었다. 물론 휘장 길이의 수정이 당장 건의되었음은 물론이다. 그러자 문득 내 생에 드리워진 12센티미터의 긴 휘장이 생각났다. 길게 늘어진 채 내 삶을 방해하고 순도를 부패시키는 그 이름 지을 수 없는 12센티미터의 휘장이.

특파원과의 그 실연 때문에 나는 삶을 일찍 알아버렸다. 나는 모든 좌초의 시작이 희망에서 시작된다는 엿보지 말아야 할 비밀을 알아버렸다. 그러니 희망은 내게는 좌초에 이르는 긴 설명문에 불과했다. 가슴속에는 적열 같던 사랑이 남긴 화산재만이 날리고 있었다. 그 특파원 사내가 내게 준 최고의 저주는 내가 그날 이후로 더 이상 사랑의 힘을 믿지 않게 되었다는 것이다. 그는 그렇게 내 일생에 일어날 모든 로맨스를 가지고 떠났다. 나는 실연 후 사람들을 믿지 않는다. 망상과 기대를 걷어버리자 더 합리적인 인간이 되어갔다. 연습만이 나의 종교였다. 내 존재를 증명할 것이라고는 연주밖에 없었다. 그래서 실연 후 나는 오직 연주만을 위해 살고 있었다. 전화의 자동응답기만이 내 독신 아파트에 달랑 남아 있었다. 나는 늘 연습실에 있었으니 부재 중이었다. 사람들은 내 부재를 알리는 자동응답기의 시작의 말인 "저는 누항입니다."를 지긋지긋해했다. 그래도 필요한 연락을 받지 못하는 법은 없었다. 자동응답기는 그렇게 필터의 기능을 해주었다. 꼭 필요한 소식만이 결국 그곳에 걸려 증류되어 남았다. 귀가한 밤이면 나는 그 필터 아래 조용히 고여 있는 증류수 같은 내 고독을 확인하곤 했다.

악보의 지시와 음표들, 지휘자의 지시에는 그토록 충실하면서도 무대 밖에 방임해 버린 내 생의 카오스와 불화에 대해 나는 생각했다. 음표들은 언제나 확신에 찬 소리의 등가, 명료한 자리 그리고 가차 없는 박자의 길이를 차지하고 있었다. 그것들은 의심할 필요도 없이 그들이 있어야 할 바로 그곳에 있었다. 그러나 악보와 피아노 밖의 삶은 아무 표지나 고지도 없어 나를 수년간 길을 잃게 하고 있었다.

비행기 차창 밖으로 구름들은 가볍게 날아간다. 명마처럼 갈기를 날리며 분주하게 달아난다. 구름은 구름 아래 제 그림자를 만든다. 그것은 마치 하늘이라는 거대한 거울에 투영된, 증기로 이루어진 연질(軟質)의 산 같다. 아아, 구름들은 갈기를 날리며 달아난다. 긴 스카프처럼 자락을 날리며 달아난다. 태양이 비행기 날개의 가장자리에 부딪혀 번쩍인다. 태양은 비행기에 그렇게 말을 건다. 새벽 구름 속에 용암 같은 붉은 태양이 숨어 있다. 그날도 그 아래로 태양의 현존을 먹고 살 지상의 늙은 도시들이 누워 있었다.

구름에서 눈을 떼자 서울에서 있을 연주 무대가 만월처럼 다시 떠올랐다. 대통령 관저에서의 만찬 일정도 있었다. 오찬보다 만찬이 초대의 비중이 더 큰 것이라고 비서관은 덧붙였었다.

계류

아부다비로부터 푸른 아라비아 내해를 비행해서 도착한 바레인은 나와 청조에게 설명할 수 없는 안도감을 주었다. 바레인행 비행기에 오를 때 나는 두려웠다. 바레인이라는 돌연한 우회로에는 어쩌면 운명이 나를 위해 준비한 거대한 덫이 도사리고 있을지도 모른다는 재앙의 느낌 때문이었다. 그렇다. 우리는 아부다비에 머물러 있을 수는 더더욱 없었다. 폭탄이 터지기까지의 그 시한이 운명적으로 우리의 도피 시한이 되어버린 것이다. 백금으로 만든 수제 타이머가 시간을 노 젓는 그 시한만큼만 우리는 도피할 수 있었다. 그 순간에는 바레인행 위장용 항공권이 최선의 답이었다. 물론 불길하게도 바레인행은 떠나온 바그다드 방향으로의 쓰라린 후퇴를 의미했다. 더구나 바레인에 도착해서 우리가 곧장 로마행 항공권을 구할 수 있을지도 의문이었다. 외로운 아부다비 공항은 단출한 승객들이 트랩에 오를 때마다 활주로에 길고 또렷한 그림자를 하나씩 만들었다. 비행기도 활주로에 뻗은 제 그림자를 밟고 서 있었다. 명랑한 것이 있다면 불빛을 달고 있는 관제탑 등이었다. 비행기 너머로 풍속을 알리는 바람개비가 또렷하게 떠 있었다. 여객기가 아부다비와 작별할 때 나는 창으로 옛 항구 서쪽에 치솟아 있는 바람의 탑을 바라다보았다. 옛 항구는 사용하지 않은 듯 적막했고 바람의 탑도 더 이상 바람을 실어 나르지 않고 있음에 틀림없었다. 바다는 자신의 풍속을 고백하기 위해 가슴에 배들을 띄운다. 등대의 붉은 탑은 사격하듯 불을 터뜨리며 회전한다. 그런 섬광이 아니면 사람들은 길을 찾지 못할 것이므로.

물론 로마로 곧장 날아가지 못하고 아직도 최종 귀향지인 평양으로부터 너무도 멀리 떨어져 있다는 것, 그리고 임무 수행 장소였던 바그다드와 아부다비로부터는 결코 멀리 떨어져 있지 못하다는 사실이 우리의 바레인 체류를 충분히 불안하게 했다. 공작 임무의 완성이라는 임무를 끝내고 평양에 도착하는 그 순간 완성되는 것이었으므로 우리는 사실 아직도 임무의 도정에 있었다. 바레인에서 로마행 항공권을 구입해 쥐고 급기야 페르시아 만을 떠나 지중해를 관통해서 로마에 도착할 수만 있다면, 그리고 로마에서 비엔나로, 비엔나에서 모스크바를 거쳐 평양으로 귀환할 수만 있다면 모든 것이 성공이었다. 그러나 그날 도착한 바레인은 하필 일요일이었고 항공사 예매 창구는 굳게 닫혀 있었다. 그것이 문제였다. 로마행은 좌절됐다. 일요일이 지나고 내일 항공사가 다시 문을 열면 우리는 그 어떤 비행기에 실려 드디어 페르시아 만과 작별하고 로마에 도착하게 될 것이다. 유럽 대륙에는 이념의 동지들이 많았다. 위급할 경우 도피를 요청할 수 있는 은신처들이 부다페스트, 바르샤바, 프라하, 모스크바에 준비되어 있었다. 공항에서 우리는 사흘간의 통과 비자를 신청했다. 호텔

쉐라톤보다는 은밀하게 들렸으므로 나는 호텔 니느웨를 선택했다. 전화를 걸어 호텔 방을 예약했다. 택시 정류장으로 가기 전에 나는 영자 일간지 하나를 사려다 그만두었다. 아직 세상이 그 일을 알기에는 너무 일렀다.

아라비아 내해로 둘러싸인 바레인 서쪽 항구의 호텔 니느웨로 들어섰을 때 나는 로비의 회중시계가 수리 중인 것을 보았다. 나는 잠시 발을 멈추었다. 그 시간에 그 남한 여객기는 지구라는 행성의 어느 지역을 날고 있을 것인가. 그 시간이 혹 침향의 시한 장치가 끝나는 바로 그 시간은 아닐까. 나는 일부러 내 손목시계를 외면했다. 잠시 시간을 잊고 싶었다. 나는 지금 페르시아 만에 있는 한 왕국의 호텔 니느웨로 입장하고 있었고 그 비행기는 이미 추락을 시작했는지도 몰랐다. 나는 우리가 이 귀로, 이 도주로에서 좀 더 서두르지 않으면 안 된다고 생각했다. 이카루스처럼 날개만 있다면 이따위 통과 비자 같은 것은 저 깊은 페르시아 만에 침몰시켜버리고 만과 지중해를 건너 하루 빨리 몰다우와 네바 위를 날아 청잣빛 압록강이 있는 평양에 당도하고 싶었다. 그러나 이튿날 운명은 다시 한 번 로마행을 좌절시킴으로써 이윽고 내게 말을 걸기 시작하고 있다.

그러자 나는 이미 아부다비에서부터 내 안에서 계속 맴돌던 의문, 왜 당은 우리의 귀로이며 도주로인 아부다비와 바레인 간의 비행 노선을 철저하게 연구하지 않았을까 하는 생각에 부딪혔다. 그러고는 혹시 우리의 도주로가 우연이 아니라 애초에 의도적으로 당에 의해 주도면밀하게 계획된, 의도된 오류일 수도 있다는 생각이 들었다.

바레인 거리는 도처에 온통 후추와 계피, 샤프란 냄새로 넘쳤다. 그리고 회향차 냄새도. 이곳 남자들은 힘차게 회향차를 따른다. '힘차게'라는 말은 중요하다. 이곳에서 차는 생명의 물이다. 차를 담은 은주전자는 회교 사원의 지붕 모양을 닮았다. 그들은 돗자리 위에 앉아 사막에 길이 든 크고 넓적한 다섯 개의 발가락으로 자신의 건장한 몸을 지탱한 채 어깨 높이까지 잔과 주전자를 들어 올려 힘차게 차를 따른다. 그 힘참 때문에 찻잔 속으로 아름다운 회향차의 거품이 일 때, 그들은 그 거품이 행운을 가져온다고 믿는다. 이웃 인도양에서 건져 올린 거대한 왕새우, 갯가재, 갑옷처럼 등이 번쩍이는 참치가 그 도시의 노천 시장에 살고 있었다. 도처에 인종이 다른 계약 노동자들을 위한 식당이 눈에 띄었다. 레바논, 이란, 파키스탄, 이집트, 중국 식당들. 처녀의 손톱처럼 길고 투명한 파키스탄산 쌀로 지은 향기로운 밥 냄새가 도처에서 풍겨왔다. 사막 도시이니 찬란한 별 아래서 음식을 굽는 것은 보통이리라. 사막에 있는 베두인 천막에서 먹을 양고기, 곳곳에 쌓여 있는 따뜻하고 검소한 프라덴 빵들, 커다란 잉크빛 가지들. 그 거리 한가운데 문을 열고 있는 이탈리아 항공사에서 우리는 겨우 다음날분 로마행 비행기 표를 구입했다.

마지막 회향차를 마시면서 나는 다시 한 번 항공권을 꺼내어 긴 숫자들을 읽었고 내일 저녁이면 내가 로마에 있을 수 있다는 사실을 내 자신에게 몇 번이고 확인시켰다. 비엔나에서는 연락조가 우리를 평양으로 실어 나르기 위해 기다리고 있으리라고 나는 믿고 싶었다. 우선 로마로만 도주할 수 있다면 그곳에서 비엔나는 멀지 않다. 나는 내가 아직도 사막 위에 있다는 사실이 견딜 수 없었다.

바레인의 화려한 길과 항구를 걸으면서도 나는 내가 사막을 걷고 있으며 내 구두가 자꾸만 모래 속으로 빨려들어가는 듯한 섬뜩함 때문에 자주 걸음을 멈추었다. 더구나 온 도시를 섭씨 40도 넘게 끓어

올리는 태양이 처형장의 둥근 밧줄처럼 하루 종일 머리 위에 떠 있었다. 나는 빨리 일몰이 되길 기다렸다. 그날 처음으로 밤이 되면 수면제를 먹어야겠다고 생각했다. 수면제 한 알로 선박 밑창처럼 카오스가 되어버린 내 생각 창고의 해치를 닫는 일이 필요했기 때문이다.

우리는 오랫동안 낙타 시장 부근을 배회했다. 주초에만 문을 연다는 이 시장에서는 젊은 단봉낙타들이 거래되고 있었다. 나는 그날 낙타 등에 얹혀 있는 큰 물통을 오랫동안 관찰했다. 수천 년 동안 묵묵히 사막을 횡단해 온 이 누런 기적의 짐승을. 이 사막의 시민들은 사막의 용인 저 기적과 미덕의 짐승인 낙타 등에 업혀 사막을 건넌다. 낙타는 정말이지 강직한 네 발로 사막이라는 고체의 바다를 노 젓는 아르고 선이다. 그리고 사막 가운데서 길을 잃는 순간 사막은 삽시간에 이 지상 최고의 거대한 감옥이 된다. 오아시스, 그 기적의 물이 발견되지 않으면 낙타 주인은 자신이 타고 온 낙타를 죽여 그 짐승의 숨통 속에 저장된 물, 사막의 용의 그 마지막 바다를 들이마신다. 그렇다. 오아시스를 발견할 수 없을 때 낙타 주인은 그 짐승의 숨통을 끊는다. 순간 나는 내가 왜 그날 1987년 9월 초순 17시에 사막 도시 항구 모퉁이에 있는 그 낙타 시장 앞에 머무르면서 젊은 단봉낙타를 바라보고 있어야 하는지를 생각했다. 뭔가 착오가 생긴 것이다. 임무를 끝내고 도주하려는 자에게 들이닥친 이 불길한 한가함은 대체 무엇이란 말인가.

무려 스무 시간 정도를 이 사막에 더 머물러야만 한다는 사실에 나는 절망했다. 그러자 불현듯 한 가지 사실이 자명해졌다. 내가 바로 출구 없는 사막 한가운데서 문득 속도를 멈추고 서 있는, 비로소 그 긴 도보 여행의 도상에는 오아시스도 출구도 없다는 사실을 깨달은 한 마리 단봉낙타라는 사실이었다. 55년간 무서운 사막을 횡단해 온 낙타인 나를 오늘 출구 없는 사막으로 몰아낸 그 누군가가 있었다. 그러자 이 출구 없는 사막에서 어쩌면 단 한 가지 사건 외에는 일어날 것이 없다는 생각이 들었다. 내 숨통을 끊고 내 숨통 속에 잠긴 물을 마시는 그 일만이.

그때 페르시아 만 위로 장렬한 황혼이 시작되었다. 프러시안 블루의 바다 위로 선혈 같은 노을이 아크릴 도료처럼 펼쳐져 있었다. 황혼이 주는 그 압도감이 낡은 냄비처럼 내 내부에서 끓어대던 조잡한 마음의 수작들을 정지시켰다. 장렬한 황혼은 이미 자연의 일부이기를 집어치우고 우주와 닿은 채 그의 상승의 길을 가고 있었다. 낙조가 상승인 그 길을. 낙타 시장을 뒤로하고 돌아섰을 때 바레인에는 밤이 시작되고 있었다. 팔리지 않은 낙타들을 말뚝에서 침착하게 풀어내는 한 건장한 남자의 팔뚝에 새겨진 전갈 문신을 보았다. 그 저녁 우리는 거리에서 샌드위치 두 쪽과 탄산수 두 병을 샀다. 호텔 방에 도착했을 때 우리가 그 작은 샌드위치 두 쪽을 위장 속으로 밀어넣을 식욕을 가지고 있을는지는 의문이었다.

호텔 니느웨는 밤과 잘 어울려 바레인의 아름다운 주랑처럼 서 있었다. 리셉션장에서 열쇠를 받아 들고 승강기로 다가가자 문이 열렸다. 문이 닫히자 우리는 아름다운 마호가니 벽으로 된 아늑한 호두의 속살 속에 둘러싸였다. 왜 그랬을까. 나는 그것이 마치 역청을 칠한 어린 모세를 담은 바구니 같다는 생각을 했다. 아무도 모른다. 역청 바른 그 바구니가 운명의 어느 지점에 정거하게 될지는. 나는 잠시 그 문이 영원히 열리지 않기를 꿈꿨다. 방에 들어서자 밤의 어둠을 뚫고 도무지 그 광채를 감출 길 없는 프러시안 블루의 페르시아 만이 창가까지 도착해 있었다. 차마 나는 방에 불을 켜지 못했다. 그 밤 속에서 압도적인 아름다움을 드러내는 바다의 그 마법을 다치게 하고 싶지 않았다. 청소부 여자가 커튼을 모두 걷어놓았던 것이다.

그때, 호텔 방에 8할까지 넘쳐 들어온 페르시아 만의 푸른 역광과 그 가장자리에 액자 틀처럼 들어찬 검은 벨벳 같은 탐미적인 밤 속으로 길게 전화벨이 울렸다. 마치 사막 도시에 울려 퍼지는 밤 기도의 후렴 같은 길고 낮은 전화벨이었다. 전화벨이 호텔 방 깊숙이 전하는 그 돌연한 침입이 나를 프러시안 블루의 마법으로부터 나를 깨웠다. 나는 본능적으로 전화기로부터 뒷걸음질쳤다. 그때 나는 내 발목을 휘감는 거대한 수초 자락 같은 것을 느꼈다. 다시 한 번 산벚꽃처럼 무성한 어둠 속에서 가을 귀뚜라미처럼 전화벨이 길게 울었다. 그리고 모든 것이 끝났다. 청조가 불을 켠 것이다. 마법은 사라지고 나는 무뚝뚝한 티크 서랍장과 그 위에 놓인 구식 텔레비전과 그 곁에서 배 아래 발음기를 비벼대며 울고 있는 올리브빛 전화기를 보았다. 그리고 허공에 떠 있는 청조의 창백한 얼굴도. 공포에 찬 그녀의 얼굴이 그 전화가 그 밤 우리에게 던지는 의외성을 잘 설명해 주고 있었다. 그 밤에 누군가가 그 한 통의 전화를 통해 이 낯선 도시에서 우리에게 말을 걸고 있는 것이다. 이 의외의 습격이 나를 놀라게 했다. 다시 한 번 전화벨이 밭고랑처럼 거칠어진 내 신경과 혈관을 타고 고집스럽게 울렸다. 더 이상 거절할 수 없는 독촉의 서릿발이 그 속에 돋아 있었다. 나는 전화기를 집어 들었다.

"리셉션장입니다."

전화선 저편에서 섬세한 일본어로 한 여자가 말했다.

"이즈미 이초 씨죠?"

그녀가 내 이름을 물었다. 그녀가 내 이름 이초를 발음할 때 그 이름의 의미, 어느 샘 위에 떠 있는 정갈하고 고독한 나뭇잎 한 장이 스쳤다.

"한 남자가 당신과 통화하려고 합니다."

그리고 곧장 한 남자가 저편 전화선 끝, 추상적 지평 위로 떠올랐다.

"바레인 주재 일본 대사관입니다."

그 남자가 말했다.

"바그다드발 서울행 주작 항공 SZ901여객기가 중간 기착지인 방콕에 도착하기 직전 추락, 폭발했습니다. 116명의 승객과 승무원이 타고 있었습니다. 이즈미 이초 씨도 미스 이즈미 모모꼬 양도 그 비행기의 승객이셨죠. 중간 기착지 아부다비에서 내리셨죠. 당신들은 행운이셨습니다. 당신들은 행운이셨습니다."

그는 잠시 말을 멈췄다. 거대한 쉼표가 그와 나 사이의 추상적인 공간 속에 잠시 삼등별처럼 떠 있었다. 116명의 승객이란 말이 내 육체 속에서 삽시간에 모든 체온을 앗아갔다. 나는 잠시 좌석 선반 위에 안치되었던 두 덩이 침향을 생각했고 갑자기 밤 기온 섭씨 33도 속을 힘차게 돌아가는 냉풍기 속에서 격한 추위를 느꼈다. 얼음으로 된 유탄을 맞은 것처럼 견딜 수 없는 한기였다. 그가 내게 던진 두 개의 보고문 뒤에 두 번이나 반복하여 사용한 말, '행운' 때문에 나는 불행해졌다.

"미스 이즈미 모모꼬와는 어떤 관계이시죠?"

사내가 물었다.

"본인의 외동딸입니다."

내가 대답했다. 그 짤막한 보고문, 바레인이라는 사막 도시, 그것도 호텔 니느웨, 그것도 8층 공간, 그것도 밤 아홉 시의 어둠에 침입하여 도착한 보고문은 이랬다.

바그다드발 서울행 주작 항공 SZ901 여객기가 중간 기착지인 방콕에 도착하기 직전 추락, 폭파됐다. 당시 비행기에는 116명의 승객들과 승무원이 타고 있었다. 그러나 그가 내게 주는 메시지는 단 하나였다. "당신들은 행운이셨습니다."

"물론 우리는 이 사고 여객기 승객들 가운데 아부다비에서 내린 하기 승객 아홉 명을 모두 조사하고 있습니다."

그는 내 이름과 여권 번호, 그리고 행선지를 물었다. 그리고 동경의 내 주소도. 행선지를 물을 때 나는 로마라고 짧게 말했다. 그가 다시 출발일을 물었다. 내일이라고 내가 다시 쌀쌀맞게 말했다. 그 쌀쌀함은 내 도망쳐버린 체온에서 비롯되었으리라.

"좋은 여행 되시기 바랍니다."

그 밤 인사를 끝으로 통화는 끝이 났다. 창백한 얼굴과 내려간 체온 때문에 청조와 나는 마치 두 구의 표본용 인체처럼 서 있었다. 내가 그녀에게 말했다.

"주작 항공 남한 여객기가 폭파됐다는군. 116명의 승객들과 승무원이 타고 있었다는 거야."

정확히 10분 후 다시 전화벨이 울렸고 한 남자가 말했다.

"저는 바레인 주재 한국 대사관 서제승(徐帝勝) 무관입니다. 호텔 로비에 와 있습니다. 10분 후에 올라가 뵙겠습니다, 이즈미 이초 씨."

단정한 남한 표준어였다. 그 후 그는 다시 천천히 영어로 자신이 했던 말을 반복한 후 전화를 끊었다. 한동안 전화기는 내 손에 그대로 놓여 있었다. 일본 대사관으로부터의 전화, 그리고 10분 후 남한 대사관 무관이 호텔 로비에 도착해 있었던 것이다. 그가 처음에는 한국어로, 그리고 나중에는 영어로 용건을 말했던 일이 도전적으로 느껴졌다. 그는 분명 내가 일본 여권 소지자라는 사실을 일본 대사관을 통해 알고 있었으리라. 그럼에도 불구하고 그는 굳이 한국말로 자신을 소개한 후 천천히 영어로 반복했었다. 그것은 지독하게 침착한 데다 계산되고 의도된 것이어서 나는 단번에 그가 평범한 대사관 직원이 아니라 잘 교육된 수사 요원이라는 예감에 휩싸였다. 물론 나는 일본어와 영어로 짧게 반응했었다. 솔직히 말해 내게 부여된 이즈미 이초라는 가상의 인물을 연기하는 것은 조금도 어렵지 않았다. 더구나 나는 곡절 많은 인간 한세류보다 몇 장의 항공권, 붉은 표지의 일본국 여권, 일급 호텔 숙박록에 남겨진 서명을 통해 짧고 화려하게 시한부 인생을 사는 이즈미 이초가 더 다정하게 느껴졌다.

내 청각이 얼마나 초인적으로 예민해져 있었던지 나는 그 미지의 사내가 타고 온 승강기가 8층에 도착하며 내는, 비눗방울처럼 퍼지는 짧은 종소리를 들었던 것 같다. 그리고 그 사내가 복도 오른쪽으로 꺾어져 내 방 809호를 향해 오기 위해 양탄자에 싣는 그의 몸무게까지 느껴지는 기분이었다. 나는 창가로 가서 이미 열려 있는 커튼들을 벽까지 더 밀어젖힌 후 어두워진 연수정 같은 페르시아 만이 해일처럼 방 속 깊숙이 쏟아져 들어오도록 내버려두었다. 그리고 욕실로 가서 무향의 세정수를 듬뿍 부어 턱과 손을 축였다. 그 후 수건 한 장을 들고 거울 앞에 섰다. 검정 바지에 검정 와이셔츠, 그리고 한 손에 든 정결한 타월 한 장을 확인한 후 나는 욕실을 나왔다. 이럴 때 청조는 자신이 무엇을 해야 할지 명확히 알고 있었다. 그녀는 욕실로 갔고 옷을 입은 채 샤워기를 틀었다. 그녀와 욕실 앞에서 교차할 때 그 서두름 속에서 블라우스 아래 그녀의 젖가슴이 문득 내 등을 스쳤다. 순간 그녀의 젊은 육체가 주는 환희가 내 몸속에 파랗게 번개를 일으키고 사라졌다.

그때 초인종이 울렸다. 내 청각이 진공소제기처럼 흡입해 들였던 승강기의 종소리가 그 사내를 실어 날랐음에 틀림없었다. 문을 열기 전에 나는 손에 들린, 투우사의 휘장인 카포테 같은 수건을 바라다보았다. 무엇이라도 손에 들지 않고서는 내 운명의 다음 페이지를 직시할 용기가 없었다. 내 오관은 미모사처럼 모든 융모를 펼친 채 통절하게 경련함으로써 바로 그 운명의 다음 페이지에 저항하고 있었다.

문을 열자 문 앞에 긴 붉은 융단을 배경으로 한 동양 남자가 서 있었다. 손에 꽃 한 묶음을 들고. 중국인도 일본인도 아닌, 조선 남자 한 사람이.

"기막힌 야경이군요. 이건 바레인 들판에 지천으로 야생하는 개아마꽃입니다."

그가 내게 꽃을 건네며 영어로 말했다.

"관광은 즐거우셨습니까?"

나는 내가 부두와 낙타 시장에 있었다고 말했다.

"바그다드의 날씨는 어땠습니까?"

창가로부터 휙 돌아서더니 그가 빠른 템포로 그렇게 그의 용건을 털어놓았다. 무더웠다고 내가 말했다. 그러자 나는 내가 사실상 바그다드에 대한 기억이라고는 오직 네 개의 건전지에 관한 것밖에 없음을 알았다. 나는 단도직입적으로 그의 방문 이유를 물었다.

"선생님과 따님이신 이즈미 모모꼬 씨가 타고 오신 바그다드발 서울행 주작 항공 SZ901 여객기가 중간 기착지인 방콕에 착륙하기 직전 추락 폭발했습니다. 선생은 다행히도, 정말 다행히도 아부다비에서 내리셨죠."

그는 두 번이나 '다행히도'를 반복했다.

"그리고 그날 아부다비에서 여기 바레인으로 오셨죠. 그것도 바로 당일 부리나케. 바그다드 전 여행지는 벨그라드였더군요."

그리고 그는 덧붙였다.

"우리는 선생의 가족뿐만 아니라 중간 기착지인 아부다비에서 내린 아홉 명의 하기 승객 모두를 조사하고 있습니다."

"조사라니, 뭘 조사한다는 말입니까?"

"비행기 추락, 이따금 아주 추상적인 사건이죠. 이것은 그저 추락한 비행기에 관한 일이 아닙니다. 이것은 그곳에 타고 있던 116명의 승객들과 승무원들의 생명에 관한 일입니다. 선생께서는 다행히 아부다비에서 하기함으로써 이 비극을 모면했습니다. 그런 행운은 우연한 것이 아닐 수도 있습니다."

"무슨 뜻입니까?"

"네 건의 항공기 사고 중 세 건은 사람이 일으키는 인적 과오라고 합니다. 그 과오는 조종실에서 비롯될 때가 많죠. 가령 비행 중 엔진 고장이 났을 때 다른 정상 엔진을 끈다든가, 긴급 연료를 방출할 때 방출량을 잘못 계산한다든가, 또 고도계를 오독하는 경우 등 말입니다."

그는 약간 고개를 숙인 채 조사관답지 않게 사색적으로 말했다. 그 몸의 경사가 벨그라드에서 본 티토 동상의 그 사색적 경사를 생각나게 했다. 경사진 그의 왼뺨으로 바다의 수면이 묽은 잉크처럼 묻어났다.

"비행기 추락시 조종석에서 누가 비행기를 조종하고 있었는지는 손과 손목, 발과 발목에 입은 손상을 방사선으로 검사해서 판단할 수 있습니다. 그러나 사고가 조종실이 아니라 객실에서, 말하자면 승객이 의도적으로 계획한 사고일 때가 있단 말입니다."

"하이재킹 말입니까?"

"이번 경우는 하이재킹이 아닐 수도 있습니다. 근거리에서 총탄을 발사하는 경우도 아닐 수 있습니다."

그는 차근차근 자신이 하고 싶은 말에 집요하게 접근하고 있었다. 나는 바다의 푸른 문신이 그의 얼굴을 핼쑥하게 만드는 것을 보았다.

"누군가 여객기 안에 폭탄을 장치한 후 중간 기착지에서 내렸을 수도 있다는 겁니다. 그것이 비행 도중 중간기착하는 비행기들의 치명적 약점이죠."

"폭탄 장치라구요? 가능한 일입니까?"

"그것도 시한폭탄을 장치하는 겁니다. 물론 폭탄을 장치한 자는 그 거사를 끝내고 중간 기착지에서 하기합니다. 폭탄이 시한 장치에 계시된 그 시간에 비행기를 폭파했을 경우 거사자는 이미 뱀처럼 자신의 껍질을 벗고 낯선 도시 속으로, 저 수많은 익명의 사람들 속으로 사라져버린 뒤입니다. 용해되어버린 것이죠. 대개 그런 거사자들은 범죄용 가명을 가지고 있어서 범죄 후에는 그 모든 위조된 가면들을 껍질처럼 벗어버리고 다시 본래의 그 자신 속으로 들어가 문을 닫아버리죠."

나는 그 남자가 방금 토해 놓은 그 잔인하도록 정확한 추리와 논증에 깊은 충격을 받았다. 나는 그에게 뭔가 반응해야 한다고, 침묵과 휴지는 위험한 것이라고 생각했지만 아무 말도 할 수 없었다. 조사관의 추측이 사실과 너무도 가까울 때는 침묵하는 것이 최선이다. 부자연스러운 짓을 하느니 침묵이 훨씬 신비롭고 안전했다. 의도된 침묵 후 내가 말했다.

"그래서 중간 기착지에서 내린 하기 승객들을 조사하고 있군요. 말하자면 우리 같은……."

"인생이란 그렇습니다. 불행한 사건이 벌어졌을 때에는 그 현장에 있었으면서도 비범한 행운을 갖게 된 사람의 그 비범함은 검증받게 마련입니다. 그리고 그런 행운을 가진 사람이라면 이런 조사를 받는 불이익과 짜증쯤은 기꺼이 감수할 수 있을 줄 압니다."

"너무 깊은 밤만 아니면 말입니다. 말씀드렸다시피 우리는 내일 정오에 로마로 떠납니다. 그리고 몹시 피곤한 데다 유감스럽게도 폭탄이나 하이재킹 같은 것은 우리 직업과는 너무 멉니다."

"선생의 직업이 뭐죠?"

그가 물었다.

"번역가입니다. 서적 번역가가 아니라 서류 공증 번역을 하죠. 재판 문서나 부동산 문서 같은……."

"영문 번역인가요?"

그가 물었다.

"대개는 영문 번역이죠. 이따금 단순한 독문 번역도 합니다."

"사무실을 가지고 계시겠군요."

"동경 제국 호텔 부근 히비야 역 뒷골목에 있었죠. 과거형입니다. 제 사무실 바로 옆에는 소문난 찻집인 료쿠가 있죠. 두 번의 대수술 후 사무실 문을 닫았죠. 올해 초 다시 재수술이 있었죠. 이번 여행에 내 외동딸이 동행한 이유가 바로 그겁니다. 딸아이가 내복약과 주사약들을 챙겨주죠."

"수술 자국을 보여주실 수 있습니까?"

그의 집요함에 나는 잠시 모욕적 기분이 들었다. 그러나 나는 내가 그와 나눈 대화 중에서 유일하게 진실된 것이 있다면 바로 그 수술 자국임을 알았고 그 수술 자국이 내게 좋은 알리바이가 되어줄 수 있다는 사실에 안도했다. 이 중요한 순간에 적어도 한 가지 알리바이를 제시할 수 있다는 것은 행운인 것이다. 그에게 신뢰를 얻을 수 있다는 것은 어쩌면 내 도주를 위해 시간을 벌 수 있음을 의미하는 것이

기도 했다.

"요구가 과하시군요."

나는 천천히 와이셔츠 단추를 열었고 드디어 그에게 목 밑에서부터 아래로 길게 드리운, 압록강 줄기 같은 그 수술 자국을 보여주었다. 그제서야 비로소 남자는 감사하다고 말했고 공격적인 표정을 수정했다. 그가 수술한 병원을 물었다.

"내 사무실이 있던 동경 역 근처의 신페이 종합 병원이죠."

그것은 훈련 때 부부장이 각본에 의해 내가 제공한 이름이니 주저할 것 없었다. 부부장이 근거도 없는 가상의 이름을 내게 주었을 리는 없다. 그 병원에는 이즈미 이초라는 이름의 환자가 있었음에 틀림없다.

"비행기에 폭탄을 장치란 너무 성급한 판단은 아닌가요?"

내가 위로자의 표정을 지으며 그에게 말했다. 그것은 내가 가장 싫어하는 배역 중의 하나였다. 거짓을 확장시키는 것이 제일 끔찍한 역할이었다.

"실종된 사람이야 종종 돌아오는 경우도 있지만 실종된 비행기가 살아 돌아오는 경우는 드뭅니다. 이번 경우는 실종이 아니라 잔해가 존재하는 것만도 다행인 셈이죠. 적어도 승객의 사체는 발견될 수 있으니까요. 잔해와 사체, 블랙박스만 있으면 사건은 백 프로 규명됩니다. 참, 로마에 도착하시면 어느 호텔에 묵게 되십니까?"

"로마 다빈치 공항에 도착하면 공항 여행 안내소에서 알아볼 생각입니다."

"특이하시군요. 보통 시민들은 대개 선생처럼 광범위한 지역을 여행할 경우 단체 여행을 신청하게 마련이죠. 그렇지 않다 해도 그 나이에 만성병까지 앓고 계신 분이 비행기 표 외에 호텔 예약 같은 것이 전혀 되어 있지 않다니, 모험적이군요. 선생님 연령이면 여행 중에 그런 불확실성만큼 불안하고 짜증 나는 일은 없을 텐데요. 로마에 가시면 호텔 미모사에 예약하세요. 보르게제 별장 근처의 아름다운 호텔이죠. 저녁에는 해변 모래에서 파낸 향기로운 알버섯을 얹은 스파게티를 줍니다. 로마에서는 혹시 동유럽 쪽으로 다시 가시나요."

그의 질문은 너무 직설적이었다. 그가 묻는 동유럽은 대체 어떤 의미일까.

"천만에요. 동유럽은 벨그라드만으로도 족해요. 로마에서 일주일쯤 머문 후 다시 동경으로 돌아갑니다. 그리고 다시 1년이 지나고 가을이 되면 여행을 떠나게 되죠. 여행은 약간 중독성이 있어서 말이죠."

그는 내가 얘기한 모든 것을 수첩에 속기했다. 그는 내게 로마발 일본행 항공권이 있는지를 묻지 않았다. 그는 내가 항공권을 가지고 있지 않다는 사실을 이미 알고 있었으리라. 그리고 어쩌면 내 행선지가 로마에서 동경이 아니라 동구권 깊숙이 위치한 도시들일 수 있다는 사실을 육감으로 알고 있는지도 몰랐다. 문득 그가 말했다.

"아, 검은 미망인이라는 이름의 거미를 주의하세요. 요즘 바레인에 이 거미들이 들이닥쳤다는 겁니다. 등판 아래쪽에 새빨간 모래시계 무늬를 달고 있는 이 암거미는 교미 후에 숫거미를 잡아먹기 때문에 그런 이름이 붙었다는군요. 아마도 사막 저편 초원에서 이 도시로 진군해 왔다는 겁니다. 이놈의 분비물은 약간 기름진 데다 시큰하고 씀바귀처럼 쓰다는 거예요. 이놈에게 물리면 가슴이 뛰고 식은땀이 나고 호흡곤란에 온몸에 강직과 마비가 오고 결국은 모든 신경계와 순환계가 무너진다는 겁니다. 사람을 지탱시켜온 그 소중한 체계가 그만 카오스가 된다는 겁니다. 그래도 살길은 있답니다. 톱니거미들을 대량으로 배양해서 거기서 뽑아낸 호르몬과 세륨으로 만든 해독제가 있다는군요. 등판에 새빨간 모래시계를 달고 있는 검은 미망인을 조심하세요. 어떻든 우리가 서로 다시는 만나지 않게 되길 바랍니다. 그러나 기억하세요. 당신 진술이 거짓이라면 우리는 반드시 다시 만나도록 운명 지워져 있다는 것을."

떠날 때 그는 내게 로마 시민처럼 '챠오'라고 인사했다. 그는 내 현존이 어쩔 수 없이 발산하는 불안의 화분을 그렇게 채취해 들고 갔다. 떠날 때 보니 그는 아름다운 곱슬머리였다.

그가 돌아가자마자 나는 마치 호텔 방과 그 안에 머물러 있던 낭만적인 페르시아 만 전체가 삽시간에 한 덩이 블랙홀로 변하는 것을 보았다. 저항할 수 없는 어떤 거대한 중력과 폭풍이 내 존재를 때렸고 나는 삽시간에 블랙홀이라는 이름의 우주의 가상적인 구멍 속으로 빨려들어가는 헌 세탁물 같은 나를 보았다. 그것이 그 곱슬머리 사내가 바레인 들판에 지천으로 야생한다는 개아마꽃 한 줌을 들고 와 내게 감염시킨 독이었다. 그러자 나는 그가 바로 이 바레인에 진군했다는 그 거미, 검은 미망인, 검은 과부임을 알았다.

그가 내 호텔 방을 기습했고 우리는 서로 간격을 두고 떨어져 있었음에도 불구하고 그가 나를 물었던 것이다. 그가 떠난 후 내게 들이닥친 이 폭풍 같은 증세들, 호흡곤란, 식은땀, 온몸에 강직이 올 정도로 신경계와 순환계가 마비되어버린 증세는 그가 바로 그 검은 과부라는 독거미였음을 증명해 주는 것이었다.

작별하면서 그가 내게 말했다.

"나는 이 밤도 잠들지 않기 위해 떠납니다. 나는 끝까지 이 사건을 추적할 생각입니다. 왠지 아십니까? 학살은 이 세상에서 사과받을 수 없는 유일한 것이기 때문입니다. 116명의 목숨이 죽어간 일입니다. 학살은 이 세상에서 사과할 수 없는 유일한 그 무엇입니다."

그가 떠난 후 나는 그가 비범한 조사관이라는 것을 알았다. 그는 아름답게 꽃을 다룰 줄 아는 보기 드문 두 손을 가지고 있었다. 그런 종류의 남자로부터 조사를 받는 것처럼 위험한 일은 없었다. 그런 남자들은 눈앞에 드러난 현상 저 너머의 것을 본다. 또 현장과 증거물 이외에 그의 오관과 축복받은 육감으로 일한다. 그것은 교육될 수도 배워질 수도 없는, 논리와 증거 저 너머에 있는 압도적인 그 무엇이다. 나는 이 소중한 임무, 이 지령의 내용이 너무 극적이어서 다시는 다른 임무를 받을 수 없을 것이라고 부부장이 말한 이 '작전명 유토피아'의 종장 3막에 문득 한 남자가 야생 아마꽃 한 줌을 손에 들고 무대 끝에서 나를 기다릴 것이라고는 상상도 못했었다. 그것도 계급과 인민의 적인 남한 출신의 한 남자가.

그러자 나는 그가 '작전명 유토피아'의 종착역에 서서 나를 기다리고 있는 마지막 검은 과부, 마지막 장애물이라는 것을 알았다. 어떻든 그와 나 사이에 놓인, 페르시아 만과 지중해 사이에 놓인, 바레인과 평양 사이에 놓인 블랙홀을 내가 어떻게 극복해낼 수 있는가 하는 것이 그날 밤과 내일 정오 사이에 놓여 있는 과제였다.

나는 조만간 그 남자를 다시 만나게 되리라는 것을 알았다. 그는 바레인 주재 남한 대사관이 우연히 내게 파견한 조사관이 아니었다. 그는 운명이 내 마지막 과업인 '작전명 유토피아'의 종착역에 준비시켜둔 필연의 숙적이었다. 그의 손에 쥐어져 있던 한 줌의 야생 아마꽃은 우연이 아닌 필연적 그 무엇이었다. 이 인식이 나로 하여금 그 밤 최상의 갑옷을 준비하게 했다. 침향 두 덩이는 이미 우리 손을 떠났다. 그러나 아직 붉은 말보로 담배 두 갑이 그대로 남아 있었다.

그때까지 사내의 아마꽃은 내 손에 들려 있었다. 혼돈 중에 나는 그 꽃을 마치 수류탄처럼 강한 악력으로 쥐고 있었으므로 그 야생화와 내 손 사이에 출렁 땀이 깃들여 있었다.

내 팔이 청조를 향해 아코디언처럼 어깨 근육의 경계를 밀어젖히 며 파열될 때까지 한껏 벌어지는 것을 나는 보았다. 그녀가 내 팔로 만든 그 아코디언 안으로 뛰어들었다. 그것은 슬픔 때문에 더 힘차고 우수에 찬 탄성을 지니고 있었다. 나는 그녀를 힘차게 받았다. 그녀 를 더욱 격렬하게 끌어안기 위해 아마꽃을 쥐고 있던 내 오른손을 놓 아버렸고 야생화 대신 온 악력을 다해 그녀를 끌어안았다. 두 존재가 서로를 향해 뿜어내는 무서운 인력, 성스럽고 악마적인 인력이 그녀 와 나를 하나로 묶었다. 우리는 이 세상 어디에서도 도피처를 발견할 수 없는 지점까지 내몰려 있었고 결국 그녀는 내게로, 나는 그녀에게 로 돌진한 채 마지막 도피처를 찾고 있었다. 나는 그녀의 몸을 경이 를 다해 끌어안았다. 오랜만에 품 안에서 느껴보는 젊은 여자의 체온 이 뿜어내는 더운 불이 거기 있었다. 두 존재가 격렬하게 부딪치며 발생시킨 전류가 임무라는 흙 속에 매몰되어 있던 우리의 혈관들을 일일이 깨웠고 혈관 속의 더워진 피들을 다시 춤추게 했다. 나는 포 옹 속에서 그녀가 흐느끼는 소리를 들었다. 그것은 마치 시원의 동굴 속에서 울려나오는 젊은 포유류의 노랫소리 같았다. 그 노래의 표면 에서는 이제는 타버려 새까맣게 탄소가 되어버린 절망의 연기 냄새, 과거완료가 되어버린 불안의 탄소 냄새가 났다. 그동안 그녀는 내 앞 에서, 나는 그녀 앞에서, 폐점한 가게 앞에 가차없이 내려진 두 장의 셔터처럼 굳게 닫혀 있었다.

그녀를 품에 안은 채 나는 문득 평양의 한 조용한 양지를 걷고 있는 쪽빛 치마와 흰 블라우스 차림의 한 평양 소녀를 생각했다. 이제 더 이상 나를 그녀로부터 방어해 온 제방은 필요 없었다. '작전명 유토피아'는 완수되었고 이 밤 나는 한세류로, 그녀는 김청조로 복원되어 있었다. 그녀도 나도 가명에는 이젠 신물이 났다. 고통만이 잠시나마 우리의 본질인 한세류와 김청조가 되는 짧은 황금 시간을 우리에게 선사했다. 내 품 안에 뛰어들어 네 팔로 서로 묶인 여자는 더 이상 혁명 전사 이즈미 모모꼬가 아닌 평양의 한 조용한 주택가 양지에서 쪽빛 치마에 흰 저고리를 입은, 한 사람의 평양 소녀 김청조였다. 그녀의 신성이 나를 취하게 했다. 나는 마치 아름다운 수정잔을 두 손으로 싸안듯 그녀의 얼굴을 두 손에 담은 채 가만히 내 가슴에서 떼어냈다. 자세히 보니 거기에는 순결한 소년이 뒤섞인 여자의 얼굴이 들어 있었다. 그 얼굴을 덮고 있는 솜털은 북경인들의 겨울 모자를 만드는 가젤 영양의 털처럼 사금빛을 띠고 있었다. 그리고 나는 알았다. 당이 그녀에게 부여한 혁명 전사라는 배역은 그녀에게서 만들어져 나올 수 있는 배역 중 가장 조잡한 것임을. 그녀의 눈 속에는 수많은 아름다운 가능성이 어른대고 있었다. 그 가능성으로부터 당은 사상 교육과 사격 연습을 통해 그녀를 떼어내 분리시키고, 외롭고 낯설게 만들어버리고 있었다. 그 가슴 아픈 왜곡이 거기 있었다. 혁명 전사라니, 그녀의 용도에 맞지 않았다.

　무장해제된 내 두 손에 담겨 있는 그녀의 두상은 아름다웠다. 순간 그녀의 얼굴을 소중하게 받치고 있는 내 두 손도, 밤의 휘장 뒤에서 자정을 지나 내일로 분주하게 월경하고 있는 시간도 갑자기 긴장과 업무를 멈춘 채 액화되기 시작했다. 시간은 물컹거렸고 창처럼 날카롭게 날이 서 있던 금욕도 기분 좋게 그 날을 부러뜨렸다. 무장해제된 채 반쯤 벌어진 그녀의 입술을 내 입술로 강하게 막았다. 그렇게 해서라도 그녀의 벌어진 입술 밖으로 새어나오는 카오스를, 그 무장 해제, 그 균열이 주는 걷잡을 수 없는 범람을 막고 싶었다. 나는 그녀의 입술 속에서 불꽃처럼 더워져 펄럭이는 연질의 혀를, 그 혀의 샘들로부터 격하게 분출해 오르는 그녀의 젊은 타액을 가만히 마셨다. 두 척의 목선처럼 우리는 서로에게 닻을 내린 채 그렇게 얽혀 있었다. 그 입맞춤 속에는 관능을 뛰어넘는 통렬한 존재의 교환이 있었다.

한 줄 경련이 그녀와 나의 존재를 면도날처럼 긋고 지나갔다. 우리는 결사적으로 끌어안고 있었다. 우리는 서로에게 묶인 채 밤 한가운데 기립해 있었다. 다음 순간 나는 그녀가 내 두 손 안에서 모시 적삼처럼 가뿐하게 들려 올라오는 것을 느꼈다. 내가 그녀의 슬픔과 충격을 내 입술 속으로 다 흡입해 들였던 것일까. 나는 그녀를 순은으로 된 트로피처럼 안아 올렸고 다치지 않은 순결한 흰 침대 위에 눕혔다. 흰 침대에 안치된 그녀는 얼굴 변경을 겨우 덮은 소년 같은 짧은 머리와 창백하게 질린 입술 때문에 마치 검은 머리에 청색 부리를 지닌 한 마리 목고니 같았다.

나는 그녀가 동작 없이 조용해질 때까지 그녀 입술을 내 입술로 막고 있었다. 단정한 코르크 마개처럼. 마치 젖을 물고 있는 아이처럼 그녀는 조용해졌다. 무서운 악력으로 나를 묶고 있던 그녀의 두 손이 천천히 그 힘을 버릴 때까지 나는 그녀를 입술로 막고 있었다. 그리고 그녀는 그렇게 잠 속으로 떨어져내렸다. 땀과 눈물로 범벅이 된 그녀에게서 입술을 떼면서 나는 천천히 그녀의 몸을 흰 시트로 소중하게 덮었다. 잠 속에 빠진 그녀는 눈물이라는 액체를 건너 흰 양초 같은 순결한 고체로 변해 있었다. 이럴 때 그녀의 잠은 얼마나 축복인가. 나는 내 입맞춤이 그녀에게 가한 마법, 그 평안한 잠을 바라다보았다.

몸을 일으키자 금욕적인 평화가 잠시 가슴속에서 물처럼 출렁였다. 나는 입을 열고 우리가 말해서는 안 되는 것들을 말할까 봐 겁이 났다. 말할 수 없는 것들은 그것이 제 의미에 제대로 이르도록 침묵의 코르크로 막아두는 것이 가장 아름다웠다. 그리고 지금 내 입술이 그 코르크였다. 무엇을 말한단 말인가. '작전명 유토피아'는 그녀에게 지령을 받은 최초의 작전이며 내게 맡겨진 마지막 작전이었다. 우리는 함께 두 덩이 침향을 들고 그 일을 완성했고 한 남자는 호텔로 찾아와 비행기가 추락했음을 알림으로써 우리 작전의 성공을 고지하고 있었다. 그 성공이 바로 저주라는 것을 나는 어렴풋이 느꼈다. 나는 베테랑 혁명 전사로서 작전마다 거의 성공하는 행운을 얻었으며 성공할 때마다 더 어렵고 더 큰 규모의 파괴가 수반되는 작전에 파견되었다. 그리고 결국에는 한 공작원에게 지령될 수 있는 최고의 작전, '작전명 유토피아'에까지 불림을 당하고 있었다. 한 가지 사실은 분명했다. 성공한 자는 그 성공 때문에 계속 다른 작전에 투입되고, 결국 실패에 이를 때까지 계속 투입되며, 실패만이 그 저주의 순환을 멈추게 할 수 있다는 것을.

나와 그녀는 이 작전에 투입된 한 팀으로서, 수장과 보조자로서 이 엄청난 작전을 성공시키는 저주를 받고 있었다. 이 성공은 다시 실패할 때까지 당과 수령과 우리의 합의 아래 우리를 계속 사용하도록 길을 열어놓고 있었다. 그녀는 어쩌면 몇 년 후 다시 다른 요원과 한 팀이 되어 또 다른 작전에 투입될 것이고 그녀의 능력과 신념 때문에 또다시 작전이 성공하는 저주를 받을 것이며 결국 실패할 때까지 투견처럼 몇 번이고 투입될 것이 분명했다. 그렇다면 그녀는 일생 동안 소박한 인민으로 한 남자의 아내가 되고 어머니가 되어 위험 없는, 도살 없는 무죄한 삶을 살 수 있는 무임승차자의 행운에서 영원히 제

외될 것임이 분명했다.

무엇이 더 행복한 것일까. 무지와 무능, 비겁함 때문에 손에 피와 화약을 묻히지 않고 살 수 있는 자들, 혁명이라는 도살과 합법적 살해의 카오스로부터 계속 아낌을 당할 수 있는 자들, 혁명호라는 거대한 배에 타고 있으면서도 배 밑창에서 따뜻한 손을 주머니에 꽂은 채 꾸벅꾸벅 졸 수 있는 자들, 아니 혁명호라는 기관차 바로 뒤칸에 연결된 침대차에서 그 속도에 몸을 맡긴 채 늦잠에 빠질 수 있는 자들, 그리고 그 열차가 유토피아라는 피안의 항구, 유토피아라는 플랫폼에 도착하는 날, 잠에서 깨어나 가차없이 그 낙원의 시민권을 요구할 것이 분명한 저 안락한 무임승차자들을 나는 생각했다. 운명은 왜 그들을 아끼는가. 대체 무엇을 위한 아낌인가. 과연 이 세계의 현상을 나는 대체 어떤 원근법으로 읽어내야 한단 말인가.

나는 처음으로 내가 어느 자정 무렵 소란한 도시의 한 술집에서 여자들과 수작을 떠는 자가 아닌, 사막의 호텔 니느웨라는 이름의 절벽 앞에 서 있음을 감사했다. 누구나 한번은 이런 절벽 앞에, 이 가치의 카오스 앞에 서 있도록 호출당할 것이고 결국 내게 그날이 온 것이다. 시퍼렇게 날이 선 모순의 칼날에서 풍기는 산소 냄새가 호텔 방을 채우고 있었다. 아름다운 것은 방 한가운데 누워 깊이 잠에 빠져 있는 청조였다. 어둠 때문에 내가 그녀에게 덮어준 시트는 그녀의 완만한 신체 곡선을 백년설처럼 드러내고 있었다. 그녀는 마치 등신 크기의 순은으로 된 트로피처럼 누워 있었다. 절벽이 주는 그 지독한 불확실성 앞에 누워 있는 순은 트로피, 삶과 죽음, 혁명과 살해 같은 것들은 그렇게 이미지로만 남아 밤새도록 방 안을 맴돌았다.

그러자 나는 내가 마치 혁명이라는 대좌, 혁명이라는 이름의 받침대에 두 발이 묶인 채 박제된 한 남자의 입상 같다는 생각을 했다. 혁명 전사라는 내 입상을 받치고 있는 그 대좌는 혁명이라는 수렁에서 떠올린 진흙과 역청으로 만들어진 대좌였다. 내 발이 그 역청 속, 그 대좌 속에서 탈출하지 못한 채 서서히 죽어가면 나는 그곳에서 입상이 되어버리고 마는 것이다. 그렇게 함으로써 혁명은 자기 아이를 먹어치운다는 진리를 사실로 만들어가고 있는지도 몰랐다.

존재를 찢을 듯 내 안에 들어차 있는 공황감 속에서 나는 내 안에 감금된 채 아직도 세상 밖으로 튀어나오지 못한 기괴하고 미숙한 것들이 모두 다 밀쳐져 나올 때까지 나를 잃고 싶었다. 창밖으로 저만치 하늘 가장자리에 등장한 작은 별이 눈에 들어왔다. 아마도 목동좌와 그 곁에 동숙 중인 왕관좌가 아니었을까. 어둠 속에서 나는 호텔 방이 서서히 해쓱한 잿빛을 띠며 천정은 가라앉고 벽들은 줄어들면서 천천히 2인용 무덤이 되어가고 있는 것을 보았다. 청조가 누워 있는 침대는 내 시야 속에서 초현실주의적인 변신을 통해 천천히 순은의 트로피에서 트럼펫으로, 수술대에 놓인 시신으로 그리고 이윽고 미라로 변해 가는 것이었다. 그러자 나는 그 밤에 찾아온 공황이 그녀와 나를 미라로 만들어버린 후 그 2인용 무덤이 된 호텔 방 속에 처박았다는 것을 알았다. 아아, 이 진땀 나는 불안도 향락인가. 엉뚱하게도 나는 가을에 목동좌를 보려면 망원경의 각도를 어떻게 해야 할 것인가를 잠시 생각했다.

불안은 습격처럼 황급히 와서 천천히 내 안에서 톱니바퀴를 돌리는 한 대의 집요한 탈곡기다. 그 탈곡기는 희망이라는 이름의 완고한 껍질들이 짓이겨져 나가떨어질 때까지 내 안에서 탈곡을 계속한다. 그 후 절망만이 뽀얀 백미처럼 또렷하게 모습을 드러낸다. 그때 나는 비로소 알게 된다. 절망이 아니면 나는 내가 인간임을 증명할 길이 없다. 절망이 나 한세류의 DNA이고 인간의 DNA이다. 그렇다. 절망한다. 그러므로 나는 존재한다.

이튿날 호텔을 떠날 때 나는 탁자 위에 놓여 있던 그녀 몫의 말보로가 사라진 것을 보았다. 공항 택시 쪽으로 황급히 걸어가다 고독한 낡은 주랑 뒤에서 청조가 문득 말했다.

"신호를 주세요, 선생님. 제가 언제 담배를 피워야 하는지. 저는 언제나 신호가 필요해요. 언제나 신호에 의해 움직여왔어요."

그녀도 나도 신호에 의해 움직여왔다. 혁명 전사로서의 삶이 당의 신호에 의해 유지되어왔듯 죽음도 당의 신호로 완료될 것이라고 그녀는 말하고 있었다. 그리고 지금 그녀에게 당은 바로 나인 것이다. 그렇다, 우리는 투견처럼 사병처럼 당과 수령의 신호에 의해 움직이고 존재한다. 혁명 전사인 나는 결코 스스로 의지를 가져서는 안 된다. 당과 수령의 의지가 곧 내 의지다. 그리고 당은 지금 우리를 사막이라는 궁지에 몰아넣은 채 죽음의 신호를 보내고 있다.

"제가 확실히 죽은 것을 확인한 후에⋯⋯."

그녀의 말을 막기 위해 내가 그녀의 손을 뜨겁게 잡았다.

"청조, '작전명 유토피아'는 끝났어. 넌 자유야. 아무도 네게 명령하기 위해 신호를 보낼 사람은 없어. 넌 반드시 살아야 해. 이것이 내가 네게 주는 마지막 명령이야."

택시에 오를 때 그녀의 젊음이 면도날처럼 날을 세운 채 내 심장을 깊이 그어내렸다. 아아, 이 여자는 너무 젊었다. 아직 삶을 채 시작하지도 않은 여자가 핸드백 속에 자살용 독약 앰풀을 감춘 채 택시의 속도에 실려 어쩌면 그녀 생의 마지막 법정이 될지도 모를 바레인 공항으로 가고 있었다.

무엇이 나와 그녀를 공항으로 향하게 했는지 모르겠다. 나는 그 사내가 우리의 여권과 항공권 번호를 모두 기록해 갔으며 그것을 밤새 분석하는 것은 그리 어려운 일이 아니라는 것을 알고 있었다. 나는 또 그들이 우리의 여권과 항공권에서 아무것도 발견해낼 수 없으리라는 것도 알고 있었다. 항공권은 내가 바레인 거리에 있는 이탈리아 항공사에서 직접 구입한 것이었고, 여권은 부부장이 두 번 강조한 것처럼 진품이었다. 문제가 있다면 내가 이즈미 이초가 아닌 한세류라는 것이며 청조는 이즈미 모모꼬가 아니라는 사실이었다.

지금까지 알려진 것이라고는 이 지구에서 한 대의 비행기가 방콕 공항 부근에서 착륙 직전에 추락했다는 것이었다. 사실 비행기 추락은 새로운 일이 아니다. 정확한 추락 원인이 밝혀지기 전까지는 끔찍하도록 오랜 시간이 필요한 법이다. 더구나 비행기의 피하조직 속에 끼워져 있는 유일한 진실 상자인 블랙박스를 금세 발견하지 못할 수도 있었다. 더욱 중요한 것은 그날 아부다비에서 내린 하기 승객은 나와 청조만이 아니라는 사실이었다. 그 모든 승객들, 삶의 운동력을 따라 끝없이 이동하는 아홉 명의 승객들을 모두 조사하기 위해서는 끔찍하도록 많은 시간이 필요했다.

거울 속에서 나는 내가 약간 수척해진 것 외에 별다르게 변한 점이 없음을 알았다. 나는 정성껏 면도했고 세정수를 듬뿍 발랐다. 어젯밤에 내 안에서 덜컹거렸던 불길한 이미지들, 검은 과부라는 이름의 거미, 야생 아마꽃, 순은 트로피들은 다시 망각의 사막 속에 묻혔다. 새로운 것은 양복 주머니 속, 내 심장 부근에 있던 말보로 담배 한 갑이 부적처럼 담겨 있다는 것뿐이었다. 담뱃갑은 입구의 은박지가 단정하게 잘려져 있었고 그 작은 유리창 같은 곳으로 세 개피의 담배가 순결한 필터를 보이고 있었으며, 한 대의 필터에는 약속대로 연성 아교로 우연인 듯 연초 가루가 발라져 있었다. 독설적이지만 그 가느다란 몸집의 담배가 그날 내 수호 성인이었다.

나는 공항 출구 여권 심사대에 선 채 여권을 내밀었다. 심사가 끝나고 여권을 돌려받는 단순하고 지루한 통과의례를 치른 후 창구의 좁은 통로만 통과하면 나는 로마행 비행기로 걸어가 곧 지중해를 넘을 것이었다. 지중해 너머 유럽에는 유능한 우리의 동지들이 있는 도시들이 있었다. 그때 문득 제복을 입은 한 동양 남자가 모습을 드러냈다. 그는 검사원으로부터 내 여권을 받아든 채 일본어로 내게 말했다.

"잠깐 저를 따라 대기실로 가시겠습니까?"

그러고는 내 뒤에 서 있는 청조에게 말했다.

"당신의 여권도 조사 중입니다."

그제서야 나는 그 사내의 목소리가 낯익은 것을 알았다. 어젯밤 니느웨 호텔의 리셉션장에서 내게 전화를 걸어왔던 바로 그 일본 사내였다.

우리는 여권 심사 창구 앞 면세점의 형광 조명들을 가로질러 대기실로 갔다. 공항 경찰 두 사람이 우리 뒤를 따랐다. 조사 중이라고 한 그 남자의 말이 내 귀에서 반복해서 울렸다. 나는 그 말이 도무지 겁나지 않았다. 그 여권이 진본이라는 부부장의 말을 나는 신뢰하고 있었다. 그 실존 인물이 내 여권의 주인이 되기까지는 평양에서 파견한 동경 요원의 협조가 있었음에 틀림없었다. 불안한 것이 있다면 사내가 우리를 로마행 탑승구와는 전혀 다른 방향의 통로로 인도하고 있다는 사실이었다.

그가 대기실이라고 말한 방은 작고 엄숙했다. 나는 그곳이 대기실이 아닌 조사실이라는 것을 알았다. 그곳에 첫발을 들이밀면서 나는 어쩌면 내가 이곳에서 그 운명의 말보로 한 대를 피우게 될지도 모른다는 생각을 했다. 청조도 그 담배를 그녀의 핸드백 속에 단단히 준비해 두고 있을 것이 틀림없었다. 조사실 문을 닫기 전에 나는 로마행 비행기 탑승을 알리는 방송 안내자의 멜랑콜리한 콧소리를 들었다. 내가 말했다.

"제발 서두르세요. 로마행 탑승 안내 방송이에요. 난 반드시 저 비행기를 타야만 합니다."

남자는 서두르지 않았고 조사실의 문은 닫혔다. 문은 닫히면서 압도적인 거절을 고지하는 듯한 굉음을 남겼다. 탑승 안내 방송, 면세점 통로에서 들려오는 흥정과 잡담의 게으른 리듬도 그쳤다. 청조와 나, 제복의 일본인, 그의 두 동료만이 돌연한 진공 속에 다섯 동의 건축물처럼 솟아 있었다. 남자가 모자를 벗으며 말했다.

"나는 일본 대사관에서 파견된 직원입니다. 이 두 개의 여권은 위조 여권일 가능성이 높은 것으로 판명되었습니다. 조만간 정확한 보고가 올 겁니다. 그렇게 되면 두 분은 일본 비행기로 후송되어 일본에서 조사를 받으시게 될 겁니다."

"위조 여권이라고요? 그렇다면 그 말은 내가 이 여권의 주인인 이즈미 이초가 아니라는 말입니까? 내가 어떻게 이즈미 이초가 아닐 수 있단 말이죠?"

"그것은 참 어려운 질문입니다. 선생이 이즈미 이초가 맞다면 필연코 동경에 존재하는 또 다른 이즈미 이초 씨를 만나보는 길밖에는 도리가 없습니다."

"동명이인인가요?"

"요즘의 검사 시스템은 동명이인을 가려내지 못할 정도로 후진적이지 않습니다. 두 사람 중 한 사람이 위조된 겁니다. 이즈미 이초 씨는 잠시 실종되었는데 그의 실종 중에 무슨 일인지 그의 이름을 빌려 그의 행세를 하는 위조된 존재, 제2의 이즈미 이초가 생겨났다는 겁니다."

　그의 단순하고도 직설적인 대답에서는 실존적이고 철학적인 냄새가 났다. 그들이 내 국적을 모르듯 나도 내가 지금 일본인 이즈미 이초가 되어야 할지, 한세류가 되어야 할지 알 수 없었다. 나는 처음으로 더 이상 위조되고 위장된 낯선 타인이 아닌 나 자신이 되고 싶었다. 그래서 내부로부터 그 그립고 다정한 이름, 순종적인 초식동물처럼 내 손 아래로 머리를 들이밀며 애무당하기 위해 기어드는 내 이름 한세류를 가만히 쓰다듬었다. 그가 다시 물었다.

　"실종되신 적이 있나요?"

　"난 평생 단 한 번도 실종된 적이 없습니다."

　"두 분은 일단 일본 비행기로 동경으로 후송됩니다."

　"후송된다구요? 난 로마로 가야만 합니다. 로마행을 취소할 수는 없어요. 이제 겨우 본격적인 여행이 시작될 참인데요. 당신이 지금 대체 얼마나 어이없는 일을 하고 있는지 아십니까?"

　"유감스럽게도 두 분의 로마행은 취소됐습니다. 이따금 지중해를 넘는 일은 아주 어려운 일일 때가 있죠. 기내 방송을 들어보세요."

　그가 스위치를 올리자 기내 방송이 흘러나왔다. 로마행 비행기의 이륙 방송이 뒤따랐다. 방송이 끝났을 때 음향도 끊겼다. 그때 그의 동료인 한 남자가 빛을 등진 채 등신대 크기의 음화처럼 서서 오렌지를 먹기 시작했다. 그의 앞에 놓인 달걀 상자는 뚜껑이 열려 있었고 육질빛 열두 개의 달걀들이 보였다. 나는 멍하니 그 달걀이 창문으로 들어온 햇빛을 사용해 자신의 그림자를 만드는 것을 멍하니 보았다. 어디선가 낯설게도 신선한 목재 냄새가 풍겼다. 항구 어딘가에 배를 짓는 조선소라도 있는 것일까. 누군가 배 한 척을 짓기 위해 젊은 나무의 가슴을 잘라내고 있는 것일까. 면세점을 지나 도착한 이곳은 무(無)의 상점이었다. 이곳에서는 그 누구도 아무것도 팔지 않는다. 이곳은 염탐과 취조가 있을 뿐이다. 정보를 획득하는 일만이 유일하게 남아 있다. 그때 길고 위협적인 전화 한 통이 청조와 내 여권이 위조 여권임을 최종적으로 통고했다. 전화를 끊자 조사관이 말했다.

"당신은 동경의 이즈미 이초가 아니라는 최종 보고입니다."

"내가 어떻게 이즈미 이초가 아니란 말입니까? 내가 어떻게 내가 아닐 수 있단 말입니까? 내가 아닌 당신이 어떻게 나일 수밖에 없는 나를, 내가 아니라고 하십니까?"

"동경에 도착하면 당신이 본 적도 없는 바로 그 이즈미 이초를 만나게 될 겁니다."

"무서운 착오가 있는 겁니다. 내가 어떻게 이즈미 이초가 아닌 나를 상상할 수 있단 말입니까?"

언쟁 속에서 나는 모래 바람처럼 끼얹어오는 심한 피로를 느꼈다. 다시 한 번 이즈미 이초가 아닌 한세류 속에 안식하고 싶은 여독이 나를 덮쳤다. 그러자 나는 내가 한세류였던 적이 아주 드물었고 아주 오랫동안 각각 다른 인간으로 내 인생 밖에서 외박을 하고 있었다는 생각이 들었다. 일본인 조사관이 말했다.

"궁극적으로 당신이 과연 일본인인지 하는 의심조차 듭니다. 당신의 일본어는 너무 정확하고 너무 세련되고 유창해요. 당신의 그 조각품 같은 일본어가 당신을 의심하게 합니다. 당신은 너무 완벽해요."

그러자 나는 다시 한 빈 내가 진품 지폐보다 더 시퍼렇고 빳빳한 위조지폐일 수밖에 없음을 알았다. 당신은 일본인이 아닐 수도 있다는 육감에서 나온 그의 예언에 온몸에 식은땀이 솟았다.

그때 한 남자가 벌떡 몸을 일으켰다. 그러고는 질타하듯 말했다.

"더욱 놀라운 것은 이즈미 모모꼬 양의 여권은 여성이 아닌 남성 여권임이 밝혀졌습니다. 이 서툰 범죄를 대체 어떻게 해명하겠소? 당신들은 변명의 여지가 없어요."

청조의 여권이 여성이 아닌 남성 여권이었다는 말이 내 마지막 희망을 도끼로 내리쳤다. 부부장의 얼굴이 떠올랐다. 남성 여권을 청조에게 내주면서도 내게 수령궁의 황금 책 얘기를 늘어놓던 그의 얼굴이.

한 남자가 검은 훈련견 한 마리를 몰고 조사실로 들어섰을 때 모든 것이 확실해졌다. 그들은 우리를 일본으로 수송할 것이다. 내 여권이 위조라는 것, 설상가상으로 청조의 여권은 남성 여권이었다는 것, 그리고 우리가 어쩌면 일본인이 아닐 수도 있다는 위험한 예감의 지점까지 당도해 있었다. 그 작은 방은 삽시간에 더 이상 조사실이 아니라 위협적인 감방으로 변했다. 무장한 바레인 경찰 두 명이 그녀와 나를 감시하기 시작했을 때 나는 아부다비 착륙 이후 철제문처럼 잠겨 있던 괄호 하나가 천천히 문을 여는 것을 보았다. 내 안에서 해석되지 않고 굳게 잠겨 있던 그 괄호가. 우리가 소지한 여권이 위조 여권이라는 최종 판정이 내려졌을 때 나는 그녀와 내가 두 장의 시퍼런 위조지폐가 되어 사막 도시 공항의 어두운 조사실에 뒹굴고 있는 것을 보았다. 부부장은 내게 여권이 위조가 아닌 진품이라고 몇 번이나 강조했었다. 물론 진품에 사진만 바꾼 것이라고. 그러나 여권은 명백한 위조로 판명됐고 설상가상으로 청조의 여권은 남성 여권이었던 것이다. 그 판정과 함께 당연히 우리는 바레인 경찰 손에 넘겨졌다.

아부다비에서 통과 여객으로부터 항공권을 회수하는 그 일을 부부장은 이미 준비조들을 통해 알고 있었던 것이다. 당은 우리가 아부다비에서 항공권을 회수당하고 아부다비나 바레인이라는 사막 도시에서 지중해를 건너지 못한 채 로마에 영원히 착륙하지 못하도록 그 사막 도시에 우리를 폐기해 버린 것이다. 두 권의 위조 여권과 함께. 당이 청조의 여권이 남성용이었음을 몰랐을 리 없다. 당은 결코 그렇게 서툴지 않다. 어쩌면 당은 나와 청조가 사막 도시의 한 호텔에서 그들이 선물한 독약 앰풀로 자살하기를 원했는지도 모른다. 당은 우리에게 강조했었다. 임무의 규모가 충격적인 만큼 지령의 근원이 철저히 비밀에 부쳐지는 것이 더욱 중요하다고.

"비밀 보장은 임무 수행보다 더 중요한 것이오. 비밀을 보장할 수 없는 경우에는 준비한 담배를 깨물어 비밀을 고수하도록 하시오. 인민의 이름으로."

비밀을 고수하라는 말은 무엇일까. 비밀과 함께 소멸해 버리라는 명령이었을까. 그 마지막 말, '인민의 이름으로'보다 더 압도적인 우수는 없었다. 혁명의 이 마지막 강령 앞에 저항할 수 있는 혁명 전사는 드물다. 그 말에서 종교적 계명 같은 절대 신성의 냄새가 났다. 그러나 지금 '인민의 이름으로'라는 이 계명도 위조일 수 있는 것이다.

아아, 이 무서운 작전을 완벽하게 성공시키는 순간에도 나는 내가 이미 당으로부터 유효기간이 지난 폐기물이라는 것을 까맣게 모르고 있었다. 내가 각혈을 하고 내가 혁명 병원에서 식도 정맥류 수술을 받도록 당이 선처했던 그 순간, 나는 내가 이미 혁명 전사로서의 유효기간이 끝나가고 있음을 알았어야만 했다. 그들은 이 마지막 기회, 이 '작전명 유토피아'와 함께 나를 폐기처분할 수 있는 기회를 노렸음이 틀림없다. 그것도 출구 없는 적막한 사막에서. 나는 확실히 너무 많은 것을 알아버렸다. 나는 너무 많은 것을 보아버렸고 너무 많은 것을 만졌다. 나는 당과 수령의 약점과 치부를 아는 몇 안 되는 사람 중에 하나인 것이다. 게다가 당에 대한 내 충성은 너무 오랜 것이다. 그토록 많은 비밀을 아는 내가 존재한다는 것 자체가 그들에게는 약점이었다. 그들은 오랜 충성을 신뢰하지 않는다. 그렇다고 해도 당은 내게 이렇게 해서는 안 되는 것이었다. 일생 인민의 이름으로 사지를 오가며 투쟁한 자, 당의 명령에 의해 혁명의 적에게 죽음을 배급했던 내게 이렇게 사막이라는 거대한 공간, 출구 없는 이 공간에 위조 여권과 독약 앰풀을 들고 적과 적의 훈련견 앞에 서게 할 수는 없는 일이었다. 당과 수령은 지금 실컷 부려먹은 단봉낙타인 내 목을 쳐서 도살한 후에 그 물을 마시는 일을 감행하고 있는 것이다. 이것이 인민의 이름으로 혁명 전사인 내가 서야 하는 마지막 단상이란 말인가. 나 같은 자에게는 훈장이나 메달을 받기 위해 단상에 서던가, 아니면 처형당하기 위해 단상에 서는 두 가지 선택밖에 없단 말인가. 그렇다, 지금 당은 인민의 이름으로 나를 적의 단두대에 식량으로 내어주고 있었다. 로마행 비행기는 떠났고 지중해를 건너는 일은 금지당했다. 귀향은 적이 아니라 당에 의해 금지되었고 나는 지금 페르시아 만의 천 길 단애 위에 서 있었다. 그 천길 단애의 순간 속에서 찰랑대는 그 지독하게 짧고 캄캄한 불확실성이 온몸에 소름을 돋게 했다. 나는 그 순간 우리 두 사람이 이미 인간이 아니며 그저 당의 비밀을 담고 있는 두 개의 정보 상자일 뿐임을 알았다. 진땀으로 천천히 젖고 있는 두 덩이 정보 꾸러미, 그것이 우리였다.

나는 청조를 바라다보았다. 젊음은 그녀 안에서 르네상스를 이루고 있었다. 그녀는 죽음 앞에 서 있기에는 너무 젊었다. 그녀 존재의 잎들은 너무 푸르렀다. 작전을 성공적으로 마친 후 평양으로 돌아간다면 그녀는 언젠가 임신부로 분장한 후 자신의 배에 태아를 가장한 아기 폭탄을 지닌 채 여객기나 여객선에 오르는 날이 오지 않았을까.

그때까지 기진하도록 이용당했던 것은 아닐까. 내 인솔 아래 치러진 유럽 전지 훈련 후 나는 그녀를 우수한 혁명 전사로 평가했고 그것이 결국 그녀가 이 작전에 내 동행자 되는 숙명을 만들어버린 것이다. 그녀의 의욕, 책임감, 탁월함, 지성이 그녀를 그녀의 인당수로 던져 넣고 있었다. 그러나 확실한 것이 있다. 어차피 당에 의해 우리의 죽음이 치밀하게 계획되었고, 또 적의 추적을 받아 체포가 예정되어 있다고 할지라도 내가 독약 앰풀을 깨물 수 있는 한순간, 그 신성한 선택의 순간은 아직 남아 있다는 사실이었다.

그때 문득 두 명의 여경찰이 기습하듯 입장했고 납치하듯 빠르게 청조의 겨드랑이 속에 손을 들이밀었다. 그러고는 청조를 단호하게 끌고 문가로 갔다. 그것은 아주 삽시간에 일어났다. 나는 그들이 분리 심문을 시작할 것임을 알았다. 순간 그 완강하고도 숨 막히는 일격 속에서 청조는 나를 돌아다보았다. 파국을 겁내는 데도 이미 지쳐버린 빈 지평선 같은 그녀의 눈이 거기 있었다. 그 눈을 둘러싼 액자 같은 그녀의 얼굴은 슬픈 묘향산맥 같았다. 삶의 종착역에 선 자가 가지는 시선의 비어감이 이미 그녀의 눈 안에서 일어나고 있었다. 나는 벌떡 일어나 그녀를 향해 오른팔을 뻗었다. 불같은 그녀의 손이 다짜고짜 화답해 왔다. 그녀의 손이 내게 전한 돌연한 열화 때문에 나는 부르르 몸을 떨었다. 그녀의 몸도 내 손 끝에서 절절 끓고 있었다. 순간 우리는 두 덩이 가스 불처럼 파랗게 탔다. 영원이 번개처럼 스쳤다. 그때 사내의 거친 손이 융기된 내 어깨를 내리쳤다. 지난밤 내가 금욕을 다해 아꼈던 여자가, 평양의 한 이발사의 딸인 그녀가 나로부터 강제로 분리된 채 어디론가 그렇게 사나운 퇴장을 하고 있었다. 이름조차 불러줄 수 없는 그녀가 그렇게 퇴장하고 있었다. 청조의 눈이 경찰의 완력에 의해 천천히 사라질 때 나는 내 안의 외침을 들었다.

"아, 눈이여 보라. 마지막이다."

독백의 끝에서 문과 시간이 한꺼번에 닫혔다.

결국 그날 나는 취조실이 되어버린 그 방에서 상의 왼쪽 주머니, 심장 부근에 간직하고 있던 말보로 담뱃갑을 천천히 꺼내들고 있었다. 여자의 입술 같은 담뱃갑의 붉은 천정 위에 백년설처럼 덮여 있는 알파벳을 보았던 것 같다. 뚜껑을 열자 아름다운 은박지가 취조실 형광등 빛을 견딜 수 없다는 듯 화사한 섬광을 뿜었다. 나는 천천히 순은의 실로 짠 여자의 의상을 벗기듯 은박지를 걷어냈다. 그러자 그 안에 석 줄로 늘어선 고요한 담배 필터들이 보였다. 세 번째 필터에 담뱃가루가 묻어 있었다. 그것은 돌연 아주 요염해 보였다. 그것이 문제의 담배였다. 내 오른손이 기중기처럼 그 문제의 담배를 대열로부터, 은박지 스카프로부터 끌어올렸을 때 나는 양조장 백씨가 나를 버렸듯 당이 나를 버렸음을 알았다. 자정의 남자는 말했다. '작전명 유토피아'를 완성시키고 조국으로 돌아오는 날, 내 이름이 수령궁 황금 책에 황금 문자로 기록되는 혁명 전사 최고의 영광이 나를 기다리고 있다고. 수령궁, 황금 책, 황금 문자. 아아, 혁명 전사 최고의 영광으로 불리는 수령궁의 그 황금 책은 과연 존재하기나 하는 것일까. 담배를 꺼내드는 순간 나는 내가 쉰다섯 살의 기아임을 알았다. 당이 내게 배급한 그 문제의 담배 속에 잠복해 있는 독약 앰풀, 그것이 당이 충성스러운 혁명 전사인 나를 위해 마련한, 내가 얼굴을 처박고 죽어야 할 직경 0.44센티미터, 깊이 2.2센티미터짜리 우물이었다. 우물이고 지옥이었다. 담배에 불을 붙이는 척하면서 내가 그 담배 필터를 깨물었을 때 수색견을 붙들고 있던 수사관이 나를 향해 덤벼들었다. 내 거사와 그 발각은 그렇게 동시에 왔다. 그러나 다음 순간 나는 액체 독약으로부터 기체가 되어 내 존재 속으로 기어들면서 내 안에 목숨과 관련된 모든 것들을 도살하려던 그 치명적 맹독을 거부하기 위해 의도적으로 호흡을 멈추고 있다. 그렇게 함으로써 나는 내 삶의 마지막 장이 될 그 부록의 시간의 문을 열어놓고 있었다.

애초 나는 내가 스스로를 살해할 만큼 충분히 독약 앰풀을 깨물지 않을 것임을 알고 있었다. 나는 이 체포의 끝이 과연 동경일까, 아니면 서울일까를 생각했다. 나는 그 순간에도 두 진영 사이, 남과 북, 당과 적 사이에 서 있었다. 내가 인간으로서 마지막으로 서 있을 수 있는 비무장 지대, 죽음과 삶 사이, 남북의 진공 지대에 서 있었다. 나는 내 인생을 이곳에서 끝낼 것인지, 아니면 이 지독한 혼돈과 모순의 끝이 어딘지, 그 경계의 끝까지 가보고 싶다는 오기와 담력 사이에 놓여 있었다.

확실한 것은 30년간 탈진하도록 충성을 쏟았던 당과 수령에 의해 이렇게 청산이라는 맹독으로 독살될 수는 없다는 마지막 분노였다. 독약 앰풀 속의 맹독을 깊이 흡입함으로써 교활한 당과 수령의 단순한 재료, 가련한 소모품, 그들의 말 잘 듣는 개로 죽어갈 수는 없다는 비장한 치기가 솟아올랐다. 그러기에는 30년간의 내 충절은 너무 깊고 순정했다. 그 순간 나는 맹독으로 자결하는 것이 혁명 전사가 혁명 전선에서 선택할 수 있는 최고의 순교라고 설교한 교활한 당과 수령을 믿을 만큼 더 이상 순진하지 않았다. 혁명 공장이 되어버린 조국, 당, 수령, 혁명 전사라는 그 악마적 공범 관계의 정체가 서서히 눈앞에 드러났다. 낯선 사막 도시에서 30년간 부려온 단봉낙타의 목을 내리치는 당과 수령의 배신의 끝을 보고 싶었다.

아니, 순간 더 중요한 것이 있었다. 나는 이즈미 이초라는 가명으로는 죽고 싶지 않았다. 가명의 외투를 벗고 한세류일 수 있는 그날, 내가 비로소 나일 수 있는 그날 죽고 싶었다. 아니, 40년 된 계급의 적인 남한이 대체 나를 어떻게 다룰 수 있는지 보고 싶었다. 나는 이천 길 단애 앞에서 적으로부터 또 한 장(章)을 배울 수 있을지도 모른다는 생각을 했다. 부친의 죽음 이후, 나는 사정없이 공격해 오는 독수리 떼의 그 건강함, 그들 위장 속으로 사라져가는 그의 존재를 보면서 더 이상 죽음을 두려워하지 않게 되었다. 내 스스로 내 죽음을 결정할 수 있다고 생각되자 나는 이 게임의 마지막 장을 보고 싶다는 생각이 들었다. 나는 이 일의 경계까지 도착해 보리라. 이 음모의 히말라야에 무엇이 있는지 보게 되리라. 그것은 내 스스로의 선택이었다. 나는 그렇게 잠시 죽음을 정지시킨 채 삶이, 유토피아가, 대체 무엇인지 모르는 자가 반드시 던져야 할 질문을 던지고 있었다. 나는 그런 시간에 감사했다. 나는 그 시간이 내 자살 시도로부터 처형에 이르는 시한부 시간임을 알았다. 어쩌면 처형까지 기다리지 않아도 좋았다. 나처럼 훈련된 자들은 처형 전에도 감옥에서 스스로 목숨을 끊을 수 있는 적어도 열 가지 방법을 알고 있는 법이다.

이 세상에서 가장 큰 축복은 무엇일까. 그것은 자기가 원하는 순간에 원하는 장소에서 죽을 수 있다는 것이다. 아버지 유정이 그랬다. 그는 전쟁이 끝나고 주인이었던 수령이 패전 책임을 핑계로 사정없이 숙청을 단행하던 무렵 자신의 죽음을 결정했다. 그는 주인이었던 수령과 당에게는 사실상 유토피아가 문제가 아니라 권력이 문제라는 것을 눈치챘던 것이다. 그 순수한 남자는 그때 이미 수령에게서 풍기기 시작한 육질의 부패의 냄새를, 내장으로부터 꾸역꾸역 치밀어오르는 숨길 수 없는 저 탄저균 냄새를 맡았던 것이다. 수령을 계속 맹렬하게 썩게 할 그 권력과 거짓의 탄저균 냄새를. 그것이 유정으로 하여금 자신이 죽을 장소로 개마고원을 선택하게 했으리라. 그는 자신이 어디서 어떤 죽음을 죽어야 할지를 선택할 수 있었던 몇 안 되는 행복한 남자였다. 그렇다. 유정은 이데올로기의 종착역은 유토피아가 아닌지도 모른다는 것을, 모든 이데올로기의 끝은 결국 지배인지도 모른다는 것을 알아버렸던 것이다. 수령은 당을 통해 지상낙원을 외치면서도 이미 '수상한 유토피아'로 가고 있음을 유정은 알았던 것이다. 그 수상한 유토피아가 문제였다.

독약 앰풀을 깨물기 위해 담배 필터 끝에 입을 대었을 때 돌연 모든 잡념과 독백, 내 안의 통곡들이 사라졌다. 성인이 된 후 계속 나를 숙주 삼아 살았던 미숙하고 편집적인 유령들이. 순간 나를 괴롭혔던 급성 편두통도 순식간에 사라졌다. 통증이 사라지자 갑자기 몸무게가 증발됐고 나는 내가 깃털처럼 날려 허공으로 떠오를까 봐 겁이 났다. 그제서야 나는 72킬로그램의 내 몸무게가 지방, 물, 골수, 내장들의 무게가 아니라 삶을 통해 내 존재 안에 생겨버린 고집스러운 담석의 무게인지도 모른다는 생각을 했다. 인간이 치료 대신 계속 앓기를 원하는 유일한 질병의 이름, 그 담석, 그것이 삶이었다.

순간 수색견과 수사관이 나를 덮쳤다. 목과 코를 할퀴는 듯한 독의 무서운 기습을 나는 느꼈다. 혀는 타는 듯했고 구토가 용암처럼 온 내장을 밀어올렸다. 호흡곤란, 구토, 현기증, 경련 같은 재앙이 일시에 나를 덮쳤다. 심장이 어찌나 무섭게 뛰는지 나는 내 가슴 위로 거대한 증기기관차가 거대한 바퀴 소리를 내며 가차없이 굴러가는 듯한 굉음을 들었다. 그리고 나는 실신의 사해로 빠져들었다. 죽음이라는 공황 속에서도 실신이라는 그처럼 멍한 평화의 순간이 왔다. 나는 그때 깊은 바다에 수직으로 가라앉으며 익사해 가는 나를 보았다. 나는 사지로 헤엄치며 물이 주는 그 압력과 깊이에 저항해 보려 했지만 허사였다. 수영 실력이 탁월한 나로서는 내 두 발이 왜 헤엄치면서 물길을 다져 나를 그 위에 세울 수 없는지 이해할 수 없었다. 그러자 그 바다는 예사로운 바다가 아니라는 자각이 왔고 그 자각이 내게서 용기를 빼앗아갔다. 할 수 있는 것이라고는 그렇게 177센티미터짜리 거대한 미역처럼 수직으로 가라앉는 일뿐이었다.

이상한 것은 내가 구조를 요청하기 위해 비명을 지르고 있지 않다는 사실이었다. 나는 그 심해에서조차 비명을 지르지 못하고 있었다. 비명은 내 존재와 내 위치를 폭로하는 일이고 그것은 지금까지의 내 업무 중 가장 엄격하게 금지된 것들 중 하나였다. 익사해 가면서도, 생명이 무효가 되어가는 그 순간에도, 내 존재를 익명으로 만들기 위해 나는 비명조차 지르지 못하고 있었다. 나는 그렇게 내 실종, 내 누락, 내 존재를 생명의 나무로부터 추락시키는 그 압도적인 만유인력에 복종하고 있었다. 그것이 내 실신의 의미였다.

생애 최초로 당에 대해 완벽하려던 내 충성이, 적 앞에서 갖는 그 무서운 공포가 내게 구토를 불러왔다. 죽음 직전에 나는 최초로 공작원이 아니라 비로소 내 자신이 되어볼 수 있었던 것이다. 수많은 가명들의 숲을 건너 비로소 한세류가 되어볼 수 있었던 것이다. 순간 솟구치는 단 한 가지 소망이 나를 압도했다. 베토벤 교향곡 「환희」를 듣고 싶었다. 성찬식용 놋잔으로 위장 속에 술을 들이붓던 밤이면 알코올 중독자였던 노악 선교사가 어김없이 들었던 그 「환희」를. 어느 해 제야에 폭설이 내리던 도시 라이프치히 게반트하우스로 헐레벌떡 달려가 눈물을 쏟으며 들었던 바로 그 교향곡을. 절망하듯 공황 같은 혼수로 떨어지는 순간, 나는 「환희」 속의 그 바리톤 가수의 장엄한 음성을 들었다.

"오오, 친구여, 이 소리가 아니다!"

"오오, 친구여, 이 소리가 아니다!"

그때 그 위로 짧고 예리한 청조의 비명이 허공의 막을 찢듯 들이닥쳤다. 투명 유리가 대리석 바닥에 떨어져 박살나버리는 완전한 파열음이었다. 투명한 유리새가 천공에서 바위로 추락하는 듯한. 청조가 끌려갔던 취조실은 아주 근접해 있었음이 분명하다. 그것이 스물여덟 살의 그녀가 남긴 마지막 단말이었다. 청조는 당이 시키는 대로 깊이 들이마셨다. 1백 밀리그램의 청산 가스가 그녀의 젊은 기도로 흩어지지 않고 밀려들어가 그녀의 숨을 단번에 끊어버렸다. 그녀가 그렇게 닥친 죽음과 싸우는 데 걸린 시간은 겨우 몇 분 정도였다. 그 청산 가스, 그 맹독이 그녀의 인당수였다.

나흘 후 나는 바레인 경찰 병원에서 깨어났다. 얼마 후에 압송 작업이 있었다. 내게 검은 두건이 씌어지고 재갈이 물려 입을 틀어막힌 채 압송차 속으로 화물처럼 처넣어질 때 뒤에서 누군가 말했다.

"살살 다뤄!"

나는 처넣어지면서도 잠시 숨을 멈췄다. 그 목소리의 주인은 바로 그 사내, 호텔로 흰 야생 아마꽃을 들고 와서 재앙의 거미, 그 검은 과부 얘기를 했던 바로 그였다. 그의 예언대로 나는 내가 그를 다시 만나고 있었다. 그렇다면 나는 동경으로 이송되는 것이 아니라 서울로 이송되고 있는 것이다. 일본이 아닌 남한으로. 운명의 화살에 맞아 쓰러진 나를 그가 적의 진영인 남한으로 운반하고 있었다. 그러나

이 행선지가 서울이라면 그것은 곧 처형대로의 압송임을 나는 알았다. 그렇다. 나는 압송되고 있었다. 내가 가장 두려워하는 적의 땅으로. 당과 수령이 내 손을 이용해 죽인 사람들의 피가 부르짖는 바로 그 땅으로. 압송차에서 내려 포승에 묶인 채 공중 트랩을 기어올라 호송기 속으로 밀어넣어질 때 나는 우주의 블랙홀 속으로 빠져드는 듯한 공황감에 사로잡혔다. 그러나 적의 땅으로 수송되는 이 마지막 길은 내가 선택한 것이었다. 나는 그곳으로 가기 위해 독약 앰풀로부터 얼굴을 돌려버렸는지도 몰랐다. 갑자기 칠흑 같은 어둠이 왔다.

'작전명 유토피아'의 성공, 그것이 내 생애 최고의 좌초임을 나는 알았다. 나는 그 무서운 작전이 완벽하게 성공하도록 저주받았다.

그러나 이상도 하지. 검은 과부를 다시 만난 것이 반가웠다.

제승

여기 두 가지 보고가 있다. 한 가지 보고는 한 화산 연구가로부터
왔다.

그즈음 한 화산 연구가는 방콕 남부 어느 섬에 치솟은 고산에서 화
산 용암을 수집할 생각이었다. 그는 붉은 방화복에 검은 배낭을 메고
방독면을 쓰고 있었다. 이 화산 연구가는 그 시간 자신의 최고의 소
망, 목숨을 걸고 싱싱한 용암을 채집하는 그 일에 도전하고 있었다.
그는 방금 팀들이 묵고 있는 화산 지대의 한 섬으로부터 보트로 이동
한 뒤 다시 밧줄을 타고 지층 육질이 사납게 드러나 있는 절벽을 기
어올라 막 그가 목적한 산의 정상에 도착해 있었다. 흰 방화용 모자
에 노란 방독면으로 무장한 그의 등 뒤로 용암 분출의 시간이 다가오
고 있음을 예언하는 산정이 루주를 바른 여자의 거대한 입술처럼 그
렇게 떠 있었다. 산정에 오르자 화산학자는 방독면을 쓴 채 그가 방

303

금 기어올라온, 사나운 육질을 드러내고 있는 황금빛 절벽과 절벽 저편을 기어오르는 안개의 진군을 바라다보았다. 눈을 들자 거기 거대한 붉은 입술, 화산 폭발의 전 단계가 보여주는, 기막힌 적열(赤熱)에 휩싸인 산정이 바라다보였다. 산정은 육지 사람들에게는 자신을 드러내지 않았다. 지독한 안개로 하여금 그의 엑스터시, 그의 적열을 가리게 하고 있었다. 그러나 절벽에 올라보니 산정은 그의 눈앞에 웅장하고 거대한 붉은 입술, 압도적이고 숨 막히는 요염한 적열로 떠 있었다. 그 적열, 그 열화가 그를 숨 막히게 했다. 주변에는 2,000여 년 동안 분출하면서 빗물처럼 쏟아냈던 용암석들이 이루어낸 황무지가 펼쳐져 있었다. 순간 그는 자신이 겨우 백 년을 사는 인간으로서 2,000년을 주기로 움직이는 화산과 상대하고 있음을 알았다.

그때였다. 그는 그 거대한 적열의 입술 부분에서 천천히 고도를 낮추고 있는 한 물체를 보았다. 그것은 아주 높은 고도로 떠 있었으므로 처음에는 마치 무도 중인 한 마리의 플라밍고 같았다. 비행기였다. 한눈에도 그 비행기가 고도를 떨어뜨리고 있음을 알 수 있었다. 잠시 후 그는 착륙을 위해 저공비행 중이던 비행기가 갑자기 꿈처럼 불길에 휩싸이는 것을 보았다. 아득한 지상의 활주로는 사하라 같았다. 잠시 황산빛 모래가 날렸던가. 그는 놀랍게도 그렇게 17년 된 늙은 비행기 한 대가 품 안에 탑승자를 품은 채 화산이 폭발하듯 불길에 휩싸이는 것을 목격하고 있었다. 그는 무전기로 그를 후원하고 있는 섬──그 작은 무인도는 눈부신 양서류로 덮여 있어서 마치 초록 벨벳으로 된 러브 소파 같았다──에 황급한 전갈을 보냈다. 무전기로 화산학자를 후원하고 있는 섬 캠프는 그 전갈을 받았고 곧 육지로 비상 전화를 걸었다. 그것이 그 여객기의 추락을 알리는 최초의 비보였다. 지상 구급대가 방콕 공항에 그 사실을 확인했을 때 공항 소방대는 추락 폭파 현장으로 이미 최초의 소방차를 출동시키고 있었다.

최초의 소방대가 달려오면서 비상경보 체제가 발령되었고 재앙은 힘껏 그 휘장을 열어젖혔다. 최초의 소방대로부터 시작하여 구조대, 군경, 법의학자와 검시 보조자가 달려왔을 때 방콕은 섭씨 30도의 무더운 밤 속으로 절명하듯 빠져들었다. 터키빛 하늘을 덮친 열대 몬순의 일몰 속에서 시신 타는 냄새와 토해진 등유에서 풍기는 악취가 사고 현장을 지옥으로 만들었다. 소방대원이든 검시 의사든 모두 고무 앞치마와 고무 장화를 신은 채 화상 3도를 넘어 육질이 탄화되어 사람에서 숯으로 변해 가는 재앙의 증명 앞을 지나 생존자를 찾아 질주했다. 불은 빠르고 격렬하고 완벽하게 수많은 인생들을 삼켜버렸음이 도처에서 목격됐다.

화산학자를 비롯한 목격자들은 사람들과 비행기 잔해, 화물들이 허공으로부터 마치 몬순의 비처럼 쏟아지는 것을 보았다고 했다. 사람들은 이미 사망했는지 공중에서부터 토막이 되어 떨어져내렸다는 것이다. 그것도 116명의 탑승자가 동시에 떨어져내린 것이다. 더 큰 경악은 기체가 추락하는 순간 지상의 움직이는 모든 것들이 단번에 공중으로 미친 듯 날아올랐다는 것이다.

목격자들의 말대로 동강 난 여객기에서 토해져나온 모든 시신들은 거의 모두 처참하게 조각이 났고 타버렸다. 마치 형체를 알아볼 수 없게 의도적으로 도살된 듯 보이는 시신들은 멀리까지 흩어져 있었다. 시신들은 손상이 너무 커서 그것은 한때 그저 사람의 생명을 휴대했던 폐기된 마네킹의 일부 같았다. 수천 점의 가방, 구두, 옷가지, 비행기 잔해들이 재앙처럼 펼쳐져 있었다. 잔해마다 번호가 매겨졌고 시신들 곁에서는 발견 번호가 적힌 오렌지색 깃발들이 만으로부터 건너오는 바람에 미친 듯 몸을 떨고 있었다. 그토록 엄청난 시신과 잔해를 실어 나를 운송 수단이 있을지 의심스러울 정도였다. 시신들은 거침없이 부패를 시작했다. 구조대들은 공항 주변에 전기, 환기, 냉장 시설과 수도 장치가 있는 창고 같은 것을 찾아 헤맸다. 결국 시신들은 발견되는 대로 우선 보관을 위해 근처의 거대한 아이스하키장으로 옮겨졌다. 급기야 창고 하나가 마련되자 검시팀들은 닥치는 대로 떨어진 창고 문짝을 시술대로 사용해 신원 확인을 위한 검시를 시작했다. 최초의 시체가 떨어진 그 문짝 위에서 검시되기 시작했다.

이튿날 여명 직전 참사 현장의 첫 보도사진이 전송되기 시작했다. 첫 사진은 헝겊처럼 갈기갈기 찢겨진 비행기 동체와 무려 7미터 깊이의 분화구를 만들며 처박힌 제3터빈, 그 동쪽에 더 깊게 처박힌 왼쪽 날개, 제2화물칸이라고 쓴 여객기 잔해들을 배경으로 하고 있었다. 비행기 동체는 마치 헝겊처럼 갈기갈기 찢겨져 있었다. 연동장치 한 구는 대지에 무려 10미터나 되는 깊은 분화구를 만들며 처참하게 처박혔다. 오른쪽 날개는 더 깊이 처박혔다. 천 톤 이상의 흙과 암석들이 폭풍을 일으키며 하늘로 치솟았다. 공항에서 먼 벌판의 구식 전봇대들은 비행기 폭발음에 쓰러져서 마치 해체된 실로폰처럼 일정한 간격으로 혼절해 누워 있었다. 나중에 보고된 일이지만 그날 비행기는 무려 250만 조각으로 부서져내렸다는 것이다. 그 이상의 파열은 불가능했으리라. 그 사이를 황산빛 깃발로 표시된 시신들이 채우고 있었다. 시신 발굴에 나선 구조대와 법의학자들의 고무 앞치마와 고무 장화가 밤 속에서 번쩍였다.

숯처럼 타버린 어떤 시신들은 무릎을 꿇은 채 강하게 거머쥔 주먹을 앞으로 뻗고 있어서 마치 권투를 하는 것 같았다. 엄청난 화상의 고통에 저항하느라고 그들은 온 근육을 초인적으로 긴장시키는 바람에 온몸이 활처럼 앞으로 튀어나와 잔뜩 휘어져 있었다. 불은 그들의 옷에서 시작하여 그들의 얼굴도 모두 삼켜버린 후였다. 시신들은 너무 타버려서 성별은 물론 연령 추정도 어려웠다. 머리와 사지는 다 타버리고 몸통만 남아 누워 있었다. 뼈들은 부서지고 골격 구조조차 조사할 수 없는 상태였다. 형태학적으로 완전 파괴라고 해야 할 악몽이 거기 있었다. 설상가상으로 의사들은 방콕의 고온 때문에 급히 부패하며 사나운 냄새를 풍기는 시신 사이를 옮겨 다니며 포르말린을 주사해야만 했다. 그날 불길은 무려 5,000도에 달했을 것이라고 전문가들은 말했다.

열다섯 명의 승무원은 비행기 인수 시간에 정확히 등장했고 건강 진단도 통과했다. 항공기관사는 비행기 점검을 마쳤다. 비행기 급유도 물론 끝났다. 5만 리터 이상의 등유가 출렁였다. 전자 탐지 레이더에 드러난 항로들도 이상이 없었다. 조종실을 인수받은 기장은 16년 경력의 노장이었다.

여객기 추락에는 55초가 걸렸다는 것이다. 그 55초 전에 대체 무슨 재앙이 그 비행기에 들이닥쳤는지는 아무도 몰랐다. 사고 당시의 비행기 고도는 높지 않았고 하강 속도는 이미 떨어졌다고 했다. 마지막 착륙 과정인 착륙 진입은 이루어지지 않은 것으로 추정되었다. 그러나 수평 비행에서 강하 진입으로 들어가는 엔진 출력 과정은 이미 이루어졌음이 틀림없었다. 그들 앞에는 무려 3천 미터 이상의 아름다운 활주로가 펼쳐져 있었다. 기장도 기관사 세 명도 단 한마디 구조 요청이 없었다. 무선 담당인 부기장의 정식 구조 요청 같은 것은 더더욱 없었다. 단말마도 없었다. 그 어디에서도 조종실로부터 구원 요청이나 상황을 알리기 위한 몸부림이 없었음이 증명됐다. 위기 앞에서도 조종실과 운항 승무원이 객실 승무원에게 어떤 구조 체계를 명령한 흔적도 증명도 없었다.

예고될 수 없었던 어떤 재앙이 삽시간에 들이닥친 것이다. 비행기를 추락하게 한, 비행기 방향타를 떨어져나가게 한 바로 그 이유가 문제였다. 방향타가 떨어져나감과 동시에 앞자리 승객들이 가장 먼저 방향타와 함께 떨어지고 잔해와 함께 튕겨져 나왔으리라는 것이었다. 공기는 희박하고 차가워서 승객들은 이미 그때 의식을 잃은 후였을 것이라고 했다. 검시 결과 승객들 중 많은 사람들이 불길이 덮치기 이전 이미 사망한 것으로 증명되었다. 화상 이전에 그 어떤 돌발적인 죽음이 닥친 것이다. 화상은 죽음 이후의 사건이었다.

화상 전에 이미 절명했으므로 기도에서는 숯가루가 발견되지 않았고, 혈액 속에서는 일산화탄소가 발견되지 않았다. 사후 화상자들의 외피는 살아 있을 때 얻은 화상 자국보다도 더 단단하고 더 노랗고 거의 물집도 없는 데다 단백질 반응 검사도 음성으로 나타났다. 더구나 화상의 상처와 물집 주변으로 미친 듯 이동해 있어야 할 백혈구들이 없었다. 물론 화재 당시 살아 있었던 사람들의 기도나 폐에서는 침전된 숯검정이 발견됐다. 그것은 그들이 비행기가 폭파되고 화염이 치솟았을 때 아직도 숨을 쉬고 있었다는 증거였다. 그런 시신들은 대개 연한 벗꽃빛 근육을 보여주고 있었다. 불과 함께 치밀어 빨려들어간 일산화탄소가 시신의 피와 근육을 슬프고 연한 벗꽃빛으로 탈색시켜놓은 증거였다.

생전의 의상을 입은 채 그대로 죽을 수 있었던 시신들은 행복했다. 그들은 그들이 사용했던 지상에서의 이름을 간직한 채 잠들 수 있었다. 비행기에서 추락하던 그 황급한 시간에 허공에서 모두 찢기고 타버린 후 그저 한 구의 뼈로 남아버린 사람들의 신원 확인은 참담한 것이었다. 극도로 타버려서 뼈만 남은 시신은 엑스선으로 남은 뼈 부분을 찍어 그 구성 모양을 기록해야 했다. 타버린 골격 구조를 촬영한 엑스선 사진들은 마치 지문처럼 그 시신의 주인을 증명해 주었다. 아니, 적어도 인종과 남녀를 구분해 주기는 했다.

다 타버린 시신 속에 그래도 인간은 자신의 담석, 심장 판막이나 위 수술의 자취들, 자궁 적출 수술, 충수 돌기 수술, 편도선 수술 자국들, 수두 예방 접종 흔적, 무릎뼈에 끼워넣었던 의족의 일부로서 자신의 신원을 증명하고 있기는 했다. 특히 인간 신체의 가장 단단한 부분인 치아는 가장 악착같이 남아 그 시신의 주인을 증명해 주었다. 충치 치료 때 사용됐던 재료 중 아말감 같은 것은 급히 타버린다 해도 시멘트나 도자기 같은 것은 천천히 몰락하면서 악착같이 자취를 남긴다. 더구나 치아는 생후 6주의 유치부터 열여덟 살 때의 어금니까지 마모의 진행에 따라 시신의 연령을 증명해 준다. 그러나 극심한 고열 속에서는 치아의 단단함도 한계가 있었다. 치아들은 불속에서 검어지고 갈라지고 부서진다. 다시 말하지만 그날 그들을 삼킨 불은 섭씨 5천 도에 달했을 것이라는 추측이다.

숯이 되어버린 두 소년의 시신을 검시대 위에 올려놓았을 때 검시의들은 몸을 떨었다. 그것도 토막이 난 숯덩이였다. 소년들이 숯이 되어버렸을 때, 소년들의 의복과 장신구가 다 사라져버렸을 때, 신원 확인은 성인보다 더 어렵다. 싱싱한 그들의 육체에서는 아직 만성병의 흔적이 시작되지 않았고 그들 치아에는 아직 아말감이나 금 조각들이 박히지 않았으며 뼈의 골절 병력 같은 것도 드문 법이다. 그들의 육체는 유감스럽게도 아직 그 자신이 되어 있지 않았다. 아직.

그 지옥 속을 수색팀들은 비행기의 폭탄 테러 잔해 물질을 찾아 나섰다. 화염의 빛과 불길 모양이 전문가들로 하여금 기내 폭탄 테러를 의심하게 했다. 화염들도 기계로 측정됐다. 폭탄은 폭발 후 반드시 잔해 물질을 남기는 법이었다. 수사팀들은 수은과 납과 질산염의 흔적들을 찾아 나선 것이다.

닷새 후 방콕에 일몰이 오기 전, 수사팀은 비행기 오른쪽 몸통에서 폭발물에 의한 명백한 폭파 흔적을 발견했다. 고열 가스가 아주 급하게 기체를 천공(穿孔)해 버린 뚜렷한 흔적이 남아 있었다. 그러나 고열 가스에 의해 번개처럼 더워진 그 쇳조각은 동시에 외부 공기에 부딪혀 급하게 식으면서 아주 특별하고 독특한 흉터를 남기고 있었다. 더구나 그것은 안에서 밖으로 뚫려진 자취를 분명하게 증거하고 있었다. 폭발은 여객기 몸통 중간의 그 흉터 지점에서 이루어졌음이 분명했다. 그것이 이 여객기 폭발의 발원지였다. 여객기 동체가 사정없이 동강난 것은 바로 그 이후였다. 그 재앙의 흉터는 곧 조사되었고 유탄, 파편 흔적과 함께 잔여 폭약의 적은 양이 탐색됐다. 급파된 폭약 전문가에 의해 흉터 잔해는 폭약 헥소겐과 화학약품 페틴과 관계 있는 것으로 판정됐다.

다시 열흘 후 유탄 조각 같은 밀황색 조절 고리가 발견됐다. 그것은 휴대용 라디오 부품 중 일부로 밝혀졌다. 그 밀황색 판 위에서 아주 또렷하게 '적죽 R'이라는 글자가 발견됐다. 얼마 후 시한 장치의 뇌관도 발견됐다. 그 뇌관은 특정 회사 제품이 아닌, 직접 만들어 끼운 정교한 수제품임이 밝혀졌다. 백금 가장자리에서 수공이 분명한 정교한 톱니 자국이 보였다. 그 조각은 폭발하면서 타이머에서 떨어져나온 것이 분명했다. 이제 모든 것이 또렷한 얼굴로 떠오르고 있었다. 휴대용 라디오, 백금 잎사귀, 시한 장치, 고성능 폭약 헥소겐과 같은 퍼즐들이 이루는 전체 그림은 명백했다. 누군가 휴대용 라디오 속에 고성능 시한폭탄을 장착한 채 짐 조사용 엑스레이를 통과하여 그 여객기에 입장할 수 있었던 것이다. 그날 이 지상에서 날아오른 1만6천 대의 비행기 중 하나인 오직 그 여객기 속으로. 사실상 이런 범죄는 정말로 돈이 많이 드는 일이었다. 화약, 뇌관, 거액의 폭탄 제조 비용, 위조 여권, 훈련, 운반 등 엄청난 비용이 동원된다. 그날도 세상에서는 무려 1만 5000개의 비행기가 1만 3000개 이상의 공항으로 사람을 실어 날랐다. 주작 항공사는 지구의 200개 국가로 사람을 실어 나르는 지상의 600개 항공사 중 하나였다.

그때 이미 공항 부근의 아이스하키장에는 다섯 검시팀에 의해 검시가 끝난 일흔여덟 구의 시신이 보관되어 있었다. 끝내 신원 확인을 할 수 없었던 열아홉 구의 아련한 사람의 흔적은 일련 번호가 매겨진 채 분류되어 있었다. 검시팀들은 정말이지 그들 신원을 확인할 그 어떤 결정적인 단서도 발견할 수 없었다. 그때도 시신이 발견될 때마다 비닐 덮개가 씌워지고 번호가 매겨지고 오렌지색 표시 깃발이 꽂혀 펄럭였다. 사고 전까지 그곳에 존재했던 눈부신 삶의 광채를 짓밟으며 진행되는 지옥의 등극 장면이 거기 있었다.

3주 후 잔해물 수거팀이 그날까지 수거한 80만 점 이상의 잔해물 속에 신분증 크기만한 초음파 검사 사진 한 장이 타지 않고 남아 있었다. 그 사진 속에는 자궁 속의 태아 모습이 달 그림자처럼 촬영되어 있었다. 그 초음파 사진은 튕겨져 나간 비행기 좌석 등판 쇠붙이 속에 마치 날개가 낀 나비처럼 바람에 경련하고 있었다는 것이다.

참사 첫날의 자정이 막 지난 후의 일이었다. 사람들은 문득 화염보다 더 높이 허공으로 치솟는 절창 같은 외침을 들었다.

"여기 누군가가 살아 있다!"

"누군가가 살아 있다!"

그 외침과 함께 벌판 한가운데에서 대기 중이던 헬리콥터의 회전 날개는 미친 듯이 돌기 시작했다. 그 생존자가 여자인지 남자인지 아무도 모르고 있었다. 그러나 한 사람의 생존자가 그곳에 존재한다는 사실만으로도 지옥의 위세는 금세 헬쑥해지는 것이었다.

두 번째 보고는 한 화상 외과의사로부터 구술로 받은 것이었다. 그 화상 전문의의 구술은 이렇게 시작된다.

방콕에는 재난 구호를 위한 의료망 같은 것은 없었다. 나는 호텔 델타에서 늦은 새벽잠을 청할 참이었는데 전화가 울렸다. 나는 과민한 냉방 알레르기 때문에 그때까지도 반듯한 잠을 자보지 못하고 있었다. 오후 일곱 시에 호텔 30층 식당 웁살라에서 저녁 만찬이 있었다. 요리장은 서울에서도 근무한 경력이 있다고 내게 자랑하던 스웨덴 사람이었다. 아시아 화상학회 폐막 만찬이었다. 나는 학회장 자격으로 서울에서 날아와 있었다. 택시를 타고 방콕 국군 병원으로 급히 와달라는 전갈이었다. 한국인 화상 환자라고 했다. 뉴스에조차 보도되지 못했을 정도로 방금 일어난 참사라고 했다. 나는 상대방이 사용하고 있는 참사라는 말의 규모를 이해하려고 잠시 애썼다. 방콕인들이 사용하는 참사라는 말의 규모는 대체 어느 정도일까. 나는 택시 속에서 공항 인접 지역에서 비행기가 폭발했다는 짧은 라디오 뉴스를 들었다. 한국 민간 여객기라고 했다. 가슴이 철렁 내려앉았다. 나는 국군 병원으로 갔다.

한 환자가 수송 헬기 침대에 실려 황급히 응급 센터로 밀려들어왔다. 머리가 다 불타버린, 파산자의 무효 채권처럼 너덜대는 두피의 환자가 밀려들어왔다. 사고 현장에서 이미 응급처치가 있었음이 발견됐다. 혈압이 떨어져서 혈압 상승제가 투여된 후였다. 방광과 위장에는 카테타가 끼워져 있었다. 화상 부위는 식염수에 적신 거즈가 덮여 있었다. 환자는 의식불명 상태였다. 머리는 모두 불타버렸는데도 두상은 자신의 주인이 여자임을 발언하고 있었다. 얼굴과 다리에도 화상이 있었다. 얼굴에는 5센티미터가량의 큰 상처가 있었다. 무릎의 화상도 가벼운 것은 아니었다. 발가락도 타격을 받았는지 거의 모든 발톱이 빠져 있는 상태였다. 허리에는 지독한 찰과상이 있었지만 골절은 없어 보였다.

불길한 것은 그 여자 환자의 오른팔이었다. 손가락 끝까지 아주 지독한 가짓빛을 띠고 있었다. 화상 환자들이 보여주는 저 저주의 가짓빛 상처, 그것은 불길한 괴사의 증명이었다. 초음파로 맥박을 측정했지만 맥박은 나오지 않았다. 사고 후 발견, 운반, 응급처치, 그리고 다시 이 국군 병원으로 수송되어 오기까지 환자는 이미 적어도 수시간 동안 의식불명 상태에 놓여 있었음이 분명했다. 두상을 보니 젊은 여자였다. 젊다는 말은 그저 인상에 관한 것이었다. 이렇게 의식불명에 이르면 사람은 누구나 자기가 도달하게 될 그 늙음을 드러낸다. 혈압과 맥박과 체온이 정상이 될 때까지 혈관 촬영은 필요가 없었다.

나는 우선 항생제와 항파상풍 주사를 놓았다. 생명의 흔적, 혈압이 오르고 소변이 나올 때까지 다시 세 시간 정도 더 기다려야만 했다. 인체는 신비해서 의식불명 중에도 분명하게 살아 있음의 신호를 인체 밖으로 내보낸다. 소변이 몸 밖으로 밀려나오면서부터 혈압도 호흡도 감각되었다. 곧 혈압 120에 76, 호흡 13, 소변도 시간당 50cc에 도달했다. 이 정도 조건이란 환상적인 것이다. 의식불명 상태 속에서도 이 환자는 죽음과 어떤 흥정을 벌였음에 분명하다. 생명은 의식불명 속에서도 분명히 발언한다.

오른팔이 문제였다. 가짓빛으로 새카맣게 질린 오른손 부위의 괴사는 이미 팔의 상부까지 고집스럽게 뻗어 올라와 있었다. 혈관과 동맥이 막혀 산소와 영양이 차단되고 있음이 분명했다. 혈관 차단 시간이 이미 수시간이 넘자 그 괴사는 아주 심각한 것이 됐다. 뇌 사진을 찍자 다행히 뇌에는 출혈이 없음이 확인되었다. 척추 엑스선에서도 척추 골절 같은 것은 발견되지 않았다. 이런 환자는 괴사 중인 팔만 절단해내면 운 좋게 살아날 수가 있는 것이다. 더구나 뇌나 척추에 출혈이나 골절이 없을 경우 수술 후 재활 조건도 이상적인 셈이었다. 그러나 괴사 중인 팔이 하필 오른쪽이라는 것이 문제였다. 이제 이 환자에게 할 수 있는 일이란 단 한 가지뿐이다. 오른팔의 절단 수술인 것이다. 오른팔의 괴사를 통해 죽음은 이 여자를 통치하려 하고 있다.

총상이나 화상 환자들은 위급할 경우 본인과 가족의 동의 없이 의사 개인의 결정만으로 수술할 권리와 의무가 있었다. 그러나 이 환자의 경우처럼 생명을 구하기 위해 오른팔을 절단해야 하는 경우, 환자가 수술 후 의식에서 깨어나 의사가 자신의 동의 없이 시행한 절단 수술에 대해 법정에 소송을 걸 수 있었다. 그렇다고 이 환자를 썩어가는 팔에서 급격하게 치솟아오르는 죽음의 줄기에게 먹이로 내어줄 수는 없는 일이었다. 나에게는 법정에 서는 한이 있어도 아직 살아 있는 인간을 죽음에 내어줄 수 없다는 직업적 고집 같은 것이 있었다. 사실상 수술실은 삶과 죽음의 소송처이고 법정은 어떻든 산 자들의 논쟁 놀이터인 것이다. 그렇다고 이 고집이 무슨 인간 존엄에 관한 거창한 찬가 같은 것은 아니었다. 나는 이미 수천 건의 화상 수술을 해왔고 화상 전문 외과의사로서 수없이 수술실을 오가며 집요한 죽음과 대결하곤 했었다. 나는 수술 집도 중 아주 여러 번 수술대 곁에 집도팀 말고도 또 하나의 압도적인 입회자인 죽음의 현존을 자주 느꼈다. 그는 사색자처럼, 폭군처럼, 유령처럼, 압류 집행자처럼 수술실을 배회했다. 그는 압도적이고 전능해 보였지만 즐거워 보이지는 않았다. 죽음도 자신의 임무가 고독하다는 것 정도는 알고 있었다.

　수술 전 서혜부 동맥 속에 관을 넣어 팔까지 뻗어 있는 상암 동맥을 종영제를 넣어 촬영했다. 촬영 결과 동맥과 정맥이 혈전으로 막혀 있음이 확인됐다. 이럴 때는 어떤 의사도 이 여자의 오른쪽 어깨 아래 아름답게 뻗어 있는 저 오른팔, 사실은 날개일 수도 있는 저 오른팔을 아껴놓을 수는 없었다. 동맥과 정맥을 막히게 한 이 괴사가 얼마 후 가차없이 그녀의 목숨을 끊어버릴 것이기 때문이었다.

　수술을 위해 화상 환자를 수술대 위에 눕혔을 때 나는 그녀의 오른팔이 상부의 윗부분까지 아주 검게 죽어 있는 것을 보았다. 손목에서 시작된 괴사는 상부까지 철저하게 그 세력을 뻗치고 있었다. 소독수로 오른팔 전체를 소독한 후 무균포로 절단 예정 부분을 감아놓았다. 동맥혈은 감자로 눌러놓았다. 피부 절개 후 다시 근육 절개가 있었고 동맥 결찰로 묶은 후 차례로 절개했다. 절개 후에 보니 혈관 촬영이 이미 증명해 주었던 사실 그대로 동맥과 정맥은 혈전으로 막혀 있었다. 그러니 절단을 결정한 내 판단은 철저하게 옳은 것이었다. 이윽고 피부 근육을 칼로, 그 근육 속의 기둥인 뼈를 수술 톱으로 잘라낼 때 수술실에는 약간의 긴장이 흘렀다. 절단해낸 것들은 일단 주인의 몸을 떠나면 다시는 그 주인의 것이 될 수 없었다. 그것은 가차없는 이별이었다. 나는 그렇게 해서라도 삶을 유지해야 하는 생명의 절대성 앞에 그녀 대신 묵념했다.

그러나 오른팔이 절단된 후 상암골 끝은 아주 부드러운 액질을 드러내고 있었다. 근육을 봉합하고 팔의 최전선인 피부를 닫기 전에 피부 아래 조심스럽게 고무관을 심어놓자 수술은 끝이 났다. 잘라낸 팔은 그녀의 몸에서 분리되자마자 속절없이 빠른 괴사를 보였다. 조직 검사실로 보내진 팔을 통해 피부와 피부 조직에 대한 결과가 곧 나왔다. 결과는 괴사가 아주 깊어 제3도 화상의 경계를 넘어 제4도 화상에 진입해 있었다. 팔꿈치와 그 아래 부위 동맥은 완전히 막혀 있었던 것으로 확인되었다.

절단 후에 속절없이 썩어가면서도 그녀의 오른팔은 무엇인가 약간 다른 인상을 풍기고 있었다. 이상하게도 어떤 독특한 악센트가 그 오른팔에 담겨져 있었다. 괴사하면서도 그 팔은 자신이 적어도 그날까지 수행해 왔던 그 무엇을 증언하려는 것처럼 보였다. 그러나 3, 4도 화상에는 배겨날 것이 없었다. 말이 4도 화상이지 4도 화상이란 피부 아래 모든 조직이 이미 탄화(炭化)됐음을 말하는 것이었다. 불이 덮치면 사람이든 인간이든 건축물이든 숯이 될 때까지 집요하게 추궁당하게 마련이다. 인간을 숯으로 만든 후에야 불은 자신의 정열을 접었다. 불은 그렇게 함으로써 생명도 사실은 물질 이외에는 아무것도 아니라는 것을 반복해서 증명해 주고 있었다. 여객기 폭파 현장 수천 도의 불길 속에서 숯으로 남은 탑승객들의 재가 그것을 증명해 주고 있었다.

조직 검사실로 보내진 그녀의 절단된 팔은 검사원들이 혈관과 조직 편을 잘라 검사하는 과정이 끝나면 대개 소각되게 마련이었다. 수술실에서 잘린 인체의 부분들을 모두 다 보관하기에는 병리실이 너무 작았고 잘려진 팔은 너무 크고 거창할 수밖에 없었던 것이다. 병리 검사 후 절개된 인체 부분들을 가차없이 폐기하는 그 의도적 망각이 의사들에게는 필요했다. 삶을 너무 거창하게 생각한다면 누구도 외과의사가 될 수 없었다. 나는 매일 수술대에 선 채 삶은 소모적인 것이며 대체하고 연장해 갈 수도 있는 화창하고 탄력 있는 그 무엇이라고 스스로 확인시키곤 했다.

그녀의 온몸에는 수많은 카테타들이 주둔해 있었다. 몸 안의 내출혈을 측정하는 카테타까지. 그녀의 몸에 있는 카테타의 어지러운 선들을 보면서 나는 삶이 계엄령 같다는 생각을 했다.

어떻든 그날 내가 소신을 가지고 절단해낸 그 여자 생존자의 팔은 이름 붙일 수 없는 어떤 독특한 악센트를 지니고 있었다. 내가 그 여자의 직업을 궁금해했던 것은 그런 이유에서였다. 심지어 나는 언젠가 그녀의 얼굴을 한번 본 적이 있는 것 같다는 느낌조차 드는 것이었다.

누항

　　나는 황산빛 모래로 된 길가에서 굴렁쇠를 굴리고 있었다. 소녀인
내 머리 끝이 거대한 골목의 바람 창고에서 불어오는 바람에 날리고
있었다. 한 다리가 앞으로 나가기 위해 허공에 떠 있었다. 왼쪽에는
거대한 건물이 서 있었는데 자세히 보니 벽은 상아색이었고 정교하
게 놓인 창문들은 어둠이 입고되어 있었으므로 건물은 마치 서 있는
거대한 피아노 건반 같았다. 발 아래의 모래는 쏟아져들어오는 학살
적인 햇빛 때문에 지독한 황금빛을 띠고 있었다. 나는 두 발에 검은
스타킹을 신고 굴렁쇠를 굴리고 있었다. 어둠이 잘 입고된 그 건물은
그래서 어둠의 격납고 같았다. 나는 빛과 어둠으로 엄격하게 나뉘어
진 건물 사이로 황금빛 모래 길을 굴렁쇠를 굴리며 지나가고 있었다.
그 황금빛 대로 끝에 그림자로 자신의 존재를 예시하고 있는 한 남자
가 정물처럼 놓여 있었다. 나는 내 굴렁쇠가 과연 어디로 굴러갈 것
인지 알지 못한 채 굴렁쇠의 탄성에 의지해 앞으로 나아가고 있었다.

빛, 어둠, 동상 같은 남자의 그림자가 무섭도록 압도적인 침묵 속에서 이정표처럼 서 있었다. 주둔하고 있는 것이라고는 침묵뿐이었다. 움직이고 있는 것이라고는 황금빛 골목 저편으로부터 진군해 와 깃발과 머리카락, 원피스 자락을 날리는 바람뿐이었다. 나는 아양 떠는 듯한, 교태에 찬 그 꿈, 나를 겨우 다섯 살짜리 소녀로 분장시켜 등장하게 한 그 꿈속에서 굴렁쇠와 함께 내가 과연 어디를 향하고 있는지 모른 채 황금 모래, 황금 무대 위에 서 있었다. 그러자 언젠가 그 장면을 본 듯한 느낌이 들었다. 아아, 그것은 맨해튼 첼시아 구역의 카페 소프라노에 걸려 있던 시리코의 그림 「어느 신작로의 묵시와 우수」였다. 순간 학살적인 햇빛이 어둠 속에서 출몰한 탐색등처럼, 어둠을 잘라내는 쇄빙선의 전조등처럼 내 존재 위로 내리꽂혔다. 그러자 머리를 날리며 굴렁쇠를 굴리고 있던 나는 소녀가 아니라 마치 한 개의 움직이는 의문부호 같았다. 아니, 손에 든 굴렁쇠 때문에 힘차게 돌며 질문을 길어올리는 물레방아 같았다. 그때 학살적인 햇빛이 내 존재 속으로 쏟아져들어왔다. 햇빛으로부터 분사된 황금 전류가 내 온 존재를 그대로 황금 동상으로 만들 듯 달려들었다. 나는 온몸으로 태양의 압도적인 황금빛 촉수를 느꼈다. 그 황홀하고 뜨거운 화상의 순간 나는 돌연한 음성을 들었다. 그것은 저편 해역으로부터 들려오는 피렌체 스승의 목소리였다. 그가 산호 장미가 조각된 지팡이를 짚고 물 위를 걸어오고 있었다. 그가 말했다

"누항, 눈을 뜨거라. 여기 소리의 수정(水晶)이 있다."

그렇게 눈을 떴을 때 내 앞에 놓여 있는 것은 수정이 아니었다. 그것은 거대한 테이블로 변해 버린, 바다 위에 놓인 탐미적인 푸른 사과였다. 내가 스승을 방문했던 최초의 날, 피렌체 단테 거리에 있던 그의 거실 탁자 위에 놓여 있던, 젊은 신 같은 토스카나의 푸른 사과

말이다. 그 푸른 사과는 내가 빠져 있던 혼수(昏睡)였다.

그렇게 해서 나는 바다 속에서 온천수처럼 분출했던 스승의 음성인 "누항, 눈을 뜨거라. 여기 소리의 수정이 있다."와 함께 죽음의 혼수에서 삶의 자장으로 다시 일으켜진 것이다. 나중에 안 일이지만 스승의 음성은 비행기 추락 사고 현장의 지옥 같은 적열을 지나 내 긴 혼수의 회랑 끝에서 울려 퍼진 소리의 수정이며 기적의 노래였다.

나의 이 기적적인 생존과 스승의 익사 사이에 무슨 관계라도 있는 것은 아닐까.

저승

항공사는 사고 비행기를 타고 바그다드를 출발해 아부다비에서 내
린 아홉 명의 승객 명단을 주시했다. 중간 기착지인 아부다비에서 내
린 승객은 모두 아홉 명이었다. 기내라는 특수 구역에서 승객의 신분
은 여권과 성별과 탑승권으로만 파악된다. 우선 메인 데크에 나란히
일등석 좌석을 가지고 있던 3인의 오만 국적 승객이 있었다. 다음은
프레스티지석 제1열 좌석을 사용했던 사우디아라비아 국적의 부부였
다. 나머지 네 명은 이코노미석에 각각 그들의 좌석을 가지고 있었
다. 이스라엘 국적과 이집트 국적의 남자였다. 중동과 근동, 아프리
카 국적이 그렇게 뒤섞이는 것은 바그다드발 운항 노선에서는 아주
자연스러운 일이었다. 아직 두 사람의 승객이 더 남아 있었다. 이코
노미석에 앉아 있던 두 일본인이었다. 그들의 이름은 이즈미 이초와
이즈미 모모꼬였다. 그 두 남녀는 이즈미라는 공동의 성을 가지고 있
는 것으로 보아 가족임이 분명했다. 서양인들과 달라 동아시아 여자

들은 결혼 후에도 처녀적 성을 유지했고 그 성을 당당하게 무덤까지 지니고 갔다. 열녀라고 해도 남편의 성을 자기 이름 위에 관(冠)처럼 얹고 사는 동아시아 여자는 없었다. 그 전통대로라면 그 일본인 남녀는 오누이거나 부녀지간임이 틀림없었다.

유감스럽지만 그 두 일본인 승객은 약간 의외의 경우였다. 항공사가 두 일본인을 주시하기 시작한 것은 바로 그 작은 의외성 때문이었다. 항공사는 곧 컴퓨터로 그들의 여행 일정을 추적했다. 그들이 여행을 시작한 곳은 동경이 아닌 비엔나였다. 그들 일정이 돌연 비엔나에서 시작되는 것을 보면 그들은 비엔나 거주 일본인일 가능성이 많았다. 바그다드에 오기 전에 그들은 벨그라드에 체류했다. 특이한 것은 평범하지 않은 그 여행 일정에도 불구하고 그들은 출국 수속 때 단 한 개의 여행 가방도 기내에 납부한 흔적이 없다는 사실이었다. 유럽과 중동이라는 뚜렷한 기온 차이 때문에라도 큰 여행 가방 하나쯤은 필요한 것이 상식이었다. 더구나 동양 여자들은 길을 떠날 때 유럽 여자들보다 짐이 많기로 소문이 나 있다. 어떻든 두 남녀는 그 여행을 오직 휴대용 가방만으로 처리하고 있었다.

더 이상한 일은 항공권 예약대로라면 그들 여행의 목적지는 아부다비가 아니라 바레인이었어야 했다. 목적지가 바레인이라면 바그다드에서 바레인으로 직행하는 아랍 항공기를 이용하는 것이 상식이었다. 그런데 그들은 단거리 목적지에도 불구하고 바레인으로 직행하지 않고 아부다비를 경유해 바레인으로 가는 이상하고 의미심장한 우회로를 택했다. 아랍 비행기가 아닌 유독 서울행 주작 항공을 탄 채 그 비합리적 노선을 선택하고 있다는 사실이 문제였다.

항공사는 급히 수사 기관에 그 두 일본인 남녀의 평범치 않은 비합리를 보고했다. 그러고는 그 두 일본인 여행자를 추적해 줄 것을 요청했다. 서울로부터 바레인 주재 한국 대사관에 수사 개시 요청이 도착한 것은 그날 밤 열 시경의 일이었다.

그 두 남녀는 일본인 여권 소지자였으므로 수사 기관은 그 일을 즉시 일본에 알렸다. 일본 수사팀은 시작부터 아주 충격적인 사실을 발견했다. 그 남자가 소지한 여권의 실제 소유자는 여행 중이 아니라 동경 체류 중이었다. 한 남자의 이름으로 된 두 개의 여권이 여객기 추락 사건 사이로 첫 얼굴을 들이밀고 있었다. 더욱 놀라운 것은 여자의 여권 번호는 사실상 남성들의 일련 번호로 구성된 서툰 위조임이 드러났다. 어찌된 셈인지 그 두 일본 남녀 중 한 사람은 타인 소유의, 또 한 사람은 존재하지 않는 한 남자의 여권을 소지한 채 여행 중이었던 것이다. 물론 여권의 정확한 위조 여부를 확인하는 데는 하루 이상의 시간이 더 필요했다.

서울과 동경으로부터 바레인에 수사 개시 명령이 떨어진 것은 사고 당일 밤 열 시경의 일이었다. 자정이 되려면 아직 두 시간 정도 남아 있었다. 수사의 시작은 바레인의 모든 호텔에 샅샅이 전화를 거는 일부터 시작됐다. 한 시간 후에야 우리는 두 일본인의 이름이 호텔 니느웨 명부에 기록된 것을 발견했고, 일본 공관에 그 사실을 알렸다. 일본 측도 그때 호텔 니느웨 숙박 명부에 두 남녀가 기록되어 있음을 막 확인한 후였다. 우리는 거의 동시에 호텔 니느웨에 도착했다. 나는 대사관에서 파견된 일본인 무관이 급히 택시에서 내리는 것을 보았다. 한국은 여객기 당사국이며 피해 당사국으로서, 일본은 수사 용의자들이 일본국 여권 소지자라는 이유로, 바레인은 용의자 체류국으로서 운명적으로 모두 수사할 이유를 가지고 있었다.

나는 일본인 무관에게 다가갔다.

"적군파의 소행일까요?"

그가 내게 물었다. 그러자 10여 년 전 사건이 생각났다. 10여 년 전 일본 적군파 요원들이 일본 여객기를 납치해 평양으로 간 적이 있었다. 그들은 사무라이 검도, 단도, 권총, 수제 폭탄으로 무장하고 있었다. 그 후 그들은 수년간 평양에 체류했다. 평양 체류 기간 동안 그들이 북한으로부터 고도의 특수 게릴라 훈련을 받은 것으로 추정됐다. 여객기 납치 2년 후 이스라엘 텔아비브 공항에서 일본 적군파 요원 세 명이 수십 명의 기독교 순례자들을 학살한 사건이 있었다. 그들 무기는 기관단총과 수류탄이었다. 이스라엘 수사 요원들은 그때 일본 적군파와 팔레스틴 마르크스주의자 해방군 배후에 평양의 특수 게릴라 훈련소가 있음을 알았다. 학살 후 학살자들은 여권에서 사진들을 떼어냈다. 그러고는 자신들의 얼굴을 화기와 수류탄으로 산산조각 내며 자결했다. 그들은 그렇게 자기들의 얼굴을 단호히 무화시켰다. 그것은 마치 20세기 세부쿠(할복)를 연상시켰다. 단도로 배를 그어 자결하면 곁에 있던 동료가 자살자의 목을 베는 의식처럼 그들은 스스로 자신의 증명인 얼굴을 그렇게 무화시켰다. 일본 적군파와 근동의 도시 게릴라들이 평양에 잠입해서 훈련을 받는다는 소문은 사실로 밝혀진 것이다.

일본인 동료가 리셉션장으로 다가가는 동안 나는 로비 동쪽 끝에서 있었다. 잠시 후 리셉션장으로부터 그가 나를 향해 고개를 끄덕였다. 두 남녀가 호텔 방에 있다는 증거였다. 그러자 우리가 죄 없는 남녀를 쫓고 있는 것이 아닌가 하는 낙심이 왔다. 그들이 비행기 추락과 관계가 있다면 도주하지 않은 채 아직도 바레인에 머물고 있다는 것은 비상식적인 일이었다. 물론 서울의 수사관들은 그 두 일본인 남녀를 제외한 나머지 승객의 신원을 조사 중이기는 했다. 어떻든 두 남녀는 위조된 일본국 여권을 가지고 있다는 사실만으로도 충분히 불길한 예감을 던지고 있었다. 곧 그가 전화하는 것이 보였다. 아주 짧은 통화였다. 나는 그가 두 남녀와 일본어로 통화했음을 단언할 수 있었다. 잠시 다른 리듬과 악센트가 호텔 로비로 건너왔으니까. 그가 내게로 왔다.

"이즈미 이초라는 남자가 809호에 있습니다. 그는 수정을 깎아 만든 듯한, 기막히게 세공된 일본어를 쓰고 있어요. 모국어를 저토록 긴장한 채 단정하고 정중하게 쓰고 있다는 것……."

그와 나는 잠시 마주 보았다.

"저 남자의 완벽한 일본어 때문에 저 남자에게서는 타국인 냄새가 납니다. 패러독스죠. 부녀지간이랍니다. 딸과 함께 여행하고 있다는 군요."

그의 말에 가슴이 철렁 내려앉았다. 일본인 무관은 호텔 방의 두 남녀가 자국인이 아닐 수도 있다고 했다. 그들이 일본인이 아닌 타국인이라면. 심호흡을 하면서 나는 몸의 저지대에서 치밀어오는 감정의 전류 같은 것을 느꼈다. 10분 후 나는 리셉션장으로 걸어가 809호로 전화 요청을 했다. 809호의 사내가 전화기 저편에 떠올랐을 때 나는 한국어와 영어로 짧게 곧 그를 방문할 것이라고 고지했다. 승강기 쪽으로 걸어가면서 나는 일본인 동료의 말대로 인사할 때 사내가 유리칼로 자른 듯한 차갑고 모가 난 일본어를 사용하고 있다는 느낌을 확인했다. 승강기 탑승 직전 나는 로비 마지막 테이블에 꽂혀 있는 개아마꽃 한 줌을 몰래 뽑아들고 있다.

호텔 니느웨 809호의 문이 열렸을 때, 열어놓은 창으로 미친 듯 밀려들어온 밤바다를 배경으로 한 남자가 서 있었다. 바다는 마치 발광의 근원을 지닌 것처럼 어둠 속에서도 천연 진주 같은 빛을 발했다. 사내는 검은 바지에 검은 여름용 와이셔츠를 입고 있었다. 그것도 소매가 긴. 섬세하게 빗은 머리는 이마 위를 거쳐 오른쪽 귀의 절반을 덮고 있었다. 그때 나는 보았다. 불안이 시멘트처럼 사내의 얼굴을 덮치고 있는 것을. 그날 나는 위조 여권 소지자로 의심되는 그 남자에게서 또 하나의 위조된 그 무엇을 보았다.

내 육감이 옳다면 일생 단 한 번도 아버지였던 적이 없는 금욕적인 독신 남자가 거기에 서 있었다. 그는 오른손에 흰 타월을 들고 있었는데, 나는 그것이 마치 저마포로 만든 흰 모시 부채 같다는 생각을 했다. 그는 뭐랄까 아주 정교하게 만든 고급 견직 마스크를 쓴 것 같은 모습이었다. 세련되고 수려한, 그러나 섬뜩하도록 민첩하고 기계적인 그 무엇을 폭로하는, 의문에 찬 표의문자 같은 모습을 하고 있었다. 그의 언행과 동작 속에는 삶을 사는 자가 필연적으로 풍겨야만 하는 애수적이고 약간 닳아버린, 어떤 필연적인 마모와 소멸의 냄새가 없었다. 그는 뭐랄까. 불안의 갑옷에 싸인 아주 찰나적인 존재처럼 보였다. 더구나 그의 눈은 카멜레온처럼 다각을 보느라고 너무 민첩했다.

호텔 방을 나설 때 나는 등 뒤에서 욕실로부터 전해져오는 마지막 물소리를 들었다. 그 사내의 딸이 욕실로부터 전하는 그 조작적인 물소리가 내게 왜 여자의 교성처럼 들렸는지 모르겠다. 확실히 욕실에서 들려오는 물소리는 나를 실망시켰다. 그것은 얼굴을 보이기 싫어하는 범죄자들이 사용하는 전형적이고 따분한 수법이었다. 나는 사내의 딸이라는 여자가 그 순간 옷을 벗고 샤워기 아래 서 있지 않다고 장담할 수 있다. 그 여자는 아마도 평소보다 더 철저하게 옷을 갖

취 입은 데다 어쩌면 피스톨로 무장한 채 욕실 문에 바짝 귀를 들이
대고 있는지도 모른다는 생각이 들었다. 그 위장의 순간 위로 샤워기
의 물이 초가을 비처럼 낙하하고 있는 것이다. 이 두 남녀가 겨우 이
런 정도의 연출밖에 하고 있지 못하다는 것은 그들이 당황하고 있다
는 증거였다. 천재성은 언제나 작은 세부 속에 깃들어 있는 법이다.
딸의 존재를 욕실의 물소리로 위장해 버린다는 것은 후진적인 냄새
가 났다. 거창한 작전, 그러나 그들은 세부까지 완벽하게 다듬을 여
유가 없어 저토록 구식의 방법으로 임기응변을 하고 있다는 생각이
들었다. 섬세함은 훈련에서 나오지 않는다. 섬세함은 삶의 일상에서
온다. 단언하지만 욕실에 있는 여자는 그 사내의 딸이 아니었다. 그
남자는 단 한 번도 아버지였던 적이 없는 남자였다. 그러나 육감으로
일하는 수사관이 가장 나쁘다. 수사관은 육감이 아니라 증거로 일해
야만 한다.

이튿날 아침, 일본인 무관이 다시금 호텔 니느웨로 두 남녀를 방문
했을 때 그들은 이미 호텔을 떠나고 없었다. 그는 공항으로 달려갔고
마지막 여권 검사 창구에 잠입한 채 두 남녀를 기다렸다. 두 남녀가
등장했을 때 그는 바레인 경찰에게 그들을 체포해 줄 것을 요청했다.

내가 바로 그 참사의 날 바레인에 체류하고 있었던 것은 운명적인
일이었다. 그 체류는 두 해 전 있었던 대통령의 아프리카 순방과 관
계된 것이었다. 그 당시 아프리카 순방은 공격 외교로 불렸다. 그때
북한은 비동맹국을 중심으로 아프리카에 수많은 맹방을 가지고 있었
고 그들은 유엔에서 북한의 압도적인 지지 세력이 되어주었다. 북한
동맹국의 보고였던 아프리카로 떠난 순방 외교는 그런 점에서 공격
외교로 불렸다. 그 공격 외교로 북한이 그들의 지지국을 잃을 것은

예고된 일이었다. 북한의 방해와 반격도 예고되는 것이었다. 대통령 암살 작전이 있으리라는 소문까지 나돌았다. 분단국으로서 국제정치 무대에서 지지권을 확보하는 일은 유치하지만 그토록 절박한 것이었다. 더구나 아프리카의 몇몇 국가는 국가원수의 방문에도 불구하고 초청된 대통령을 올바로 경호해낼 능력이 없었다. 어떻든 우리 측으로서는 목숨을 건 순방 외교였다. 북한이 남한 대통령 암살을 위해 고도로 훈련된 정예 저격수를 보내려는 유혹을 받을 것은 조금도 이상한 일이 아니었다.

물론 그 순방 외교는 무서운 추진력으로 암살 사건 없이 끝이 났다. 그러나 순방 행사가 끝날 무렵 단 한 가지 작지만 아주 중대한 불상사가 발생했다. 한 방문국 공항 환영식 중 남한의 애국가 대신 북한의 국가가 연주되는 불상사가 일어난 것이다. 그것은 초청국의 준비 실수로 일어난 것이 아니었다. 아프리카에 있는 한 작은 나라가 분단된 한국 두 나라의 국가를 혼동할 가능성은 충분했다. 그러나 그것은 사소한 실수가 아니었다. 북한의 지령을 받은 요원들이 초청국의 순방 행사를 준비하는 인쇄소까지 잠입하여 인쇄소 선반공을 매수하고 악보의 원본을 바꿔버린 것이다. 40년간 서로를 적으로 여기며 살아온 남한과 북한에게 국가(國歌)는 특별한 의미를 지니는 것이었다. 남북 모두에게 국가는 노래하는 대뇌(大腦)였다. 결국 공항 환영식단에 나란히 선 대통령의 면전에서 적국의 국가가 연주된 것이다. 물론 기겁을 한 우리 측 수행원이 연주를 즉각 중단시켰다. 그래도 북한의 「수령의 노래」가 연주되지 않은 것은 다행이었을까. 북한에서는 국가보다 「수령의 노래」가 상위곡이었다. 모든 행사 시작에는 으레 국가 대신 「수령의 노래」를 불렀으니까. 이 상징적 사건은 사소해 보여도 돌연 등에 식은땀이 흐르는 일이었다. 북한은 그렇게 자신들의 성지인 아프리카까지 날아와 공격 외교를 감행하는 남한에 섬뜩한 시비를 걸고 있었다. 북한은 결국 환영 행사에서 남한 대통령 앞에서 애국가 대신 북한 국가가 연주되게 함으로써 간접 암살 같은 복수의 개가를 올렸다. 물론 이 일은 방문국 원수의 사과와 관계자 면책으로 부리나케 수습되었고 대통령의 아프리카 순방은 성공적으로 끝이 났다.

2년 후 우리 수사 3국은 바레인으로부터 문득 작은 정보를 입수했는데 그 악보 매수 사건 때 인쇄공을 매수했던 북한 요원이 바레인에 잠입했다는 것이었다. 상관은 곧장 나를 바레인으로 파견했다. 그렇게 해서 나는 그곳에서 열흘간 머물렀다. 나는 그때 바레인의 한 작은 호텔 마야에 묵고 있었다. 마야는 인도어로 '여자'라는 뜻이다. 현장에 와보니 서울에서 들었던 정보는 아주 추상적인 모습으로 변해 있었다. 해판된 인쇄용 활자들이 낙엽처럼 널려 있고 인쇄 잉크가 낙숫물 통처럼 던져져 있는 데다 구형 평압식 인쇄기 한 대만이 덜렁 들어차 있는 그 인쇄소, 허공에는 농담(濃淡)이 엉망이 된 네거티브 필름 한 장이 빨래처럼 멍청하게 걸려 있을 뿐인 그 인쇄소를 방문한 것도 나였다.

몇몇 아랍 증언자에 의하면 문제의 그 두 북한인은 대여 지프를 몰고 사막으로 나갔으며 사막을 전혀 모르는 그들이 사구에 빠져 사망한 것이 틀림없다는 맹랑하고 추상적인 결말만이 남아 있었다. 그곳에서 내가 증거물로 얻은 것은 두 북한 사내에게 도로 없는 사막을 달릴 수 있는 사막용 지프를 대여해 준 대여자로부터 받아낸 한 장의 대여 증서뿐이었다. 두 사내가 사막으로 떠나기 전, 한 바레인 호텔 구내에 있는 아이스링크에서 스케이트를 빌려 탔다는 맹랑한 증거도 남아 있었다. 섭씨 40도가 넘는데 그 두 북한 요원은 호텔의 아이스 링크에서 푸른 스케이트를 빌려 신고 얼음 위를 달렸다는 것이다. 그러고는 지프를 빌려 탄 후 다시 불처럼 더운 사막으로 떠났고 그 후 돌아오지 않았다는 것이다. 그들이 맡긴, 제법 고액의 지프 대여 저당금의 액수가 디나르로 적힌 채 돌아오지 않는 두 사내를 증언해 주고 있었다.

사막에서는 종종 사막으로 난 대로를 벗어나 사막 그 자체를 달리고 싶은 유혹——아랍인은 그것을 '유령'이라고 불렀다——에 사로잡히게 된다는 것이었다. 모래는 평평하고 단단해 보이지만 타지인들은 단단한 사막 곳곳에 숨어 있는 그 악마적인 연질의 모래와 그 아래 덫처럼 기다리고 있는 깊은 모래 구덩이며 모래 절벽인 사구를 죽어도 알아챌 수 없다는 것이었다. 그 사구에서 빠져나오지 못한 채 사구가 그대로 그들의 무덤이자 그들의 피라미드가 되어버린 경우가 무수히 많다는 것이었다. 어떻든 두 사내의 행적은 지프 대여업자의 소란한 사무실에서 뚝 끊어져버리고 없었다.

그렇다고 사막 저편으로 그들의 행적을 따라 횡단해 볼 수도 없는 일이었다. 그 사막은 페르시아 만에서 시작되었고 사막 횡단의 끝은 홍해였다. 아무도 두 사내가 그 엄청난 사막을 횡단하여 홍해에 닿았으리라고 믿지 않았다. 그것은 불가능한 일이었으므로. 활자공, 북한 국가의 악보, 푸른 스케이트로 이어지는, 추상적이지만 충격적인 무혈적 사건은 수류탄이니 저격수 같은 도살의 냄새가 없는 대신 지프와 사막과 사구라는 추상적이고 몽환적인 취기 같은 것을 남겼다. 나는 사하라라는 이름의, 이 지상에서 가장 아름답고 요염한 불모지를 바라다보았다. 사막을 찾아온 바람이 모래의 방문록에 남긴 '풍문(風紋)'이라는 서명. 여자의 살빛을 한 그 요염한 불모지 속에는 비가 내리면 잠시 운하를 만드는 와디와 거대한 습지 그라라, 그리고 은밀한 염호(鹽湖)가 여자의 유방과 성기처럼 숨어 있었다.

사막을 관할하는 그 나라의 소위 국토 공사 관리는 그 두 북한인이 지프와 함께 사구로 추락해 생매장된 것이 분명하며 운이 좋다면 한 계절쯤 후에 사막이 광풍을 일으켜 모래를 동쪽에서 서쪽으로 사정없이 이동시킬 때 아마도 철제 지프 속에 옹관처럼 안장된 그들의 시신을 발견할 수 있을 것이라고 장담했다. 아니, 이따금 그런 실종이 사망으로 확인되기까지 기적이 필요하다고도 했다. 어느 날 바람이 모래를 실어 날라 어딘가에 새 언덕을 만드는 날, 그 안에 묘혈 같은 사구와 그 사구를 침실 삼아 잠들어버린 실종자들의 시신이 드러난다는 것이었다. 어떻든 그 일은 두 북한 요원의 실종으로 종결됐다. 나는 보고서를 작성했고 계획보다 더 일찍 귀국할 예정이었다. 여객기 추락 사고가 난 것은 내가 현지 보고서를 끝내던 바로 그날의 일이었다.

사건 닷새 후 비행기에서 고성능 폭약인 헥소겐 흔적이 발견됐다는 충격적 보고가 있던 날, 서울 수사 제3국의 국장은 내게 방콕 참사 현장으로 급히 떠날 것을 명령했다. 나는 일본인 동료와 함께 방콕 참사 현장으로 날아갔다. 체포 후 바레인 공항의 임시 취조실에서 청산이라는 맹독으로 자살을 감행했던 사건 용의자는 음독 나흘째 의식에서 깨어나기는 했지만 아직 대화가 불가능한 채 바레인 경찰 병원에 누워 있었다. 바레인 경찰에 의해 한 손이 자동 수갑과 함께 사정없이 침대 기둥에 묶인 채.

수사관이라는 직업 때문에 나는 내가 속한 작은 세상에서 일어났던 폐허라는 폐허는 거의 다 목격했다. 나는 한 처녀가 혼자 몰래 출산한 신생아를 아이와 어미 사이에 놓인 탯줄로 목을 졸라 교살한 후 그 아이를 무려 7년간이나 냉장고 냉동칸에 은닉했던 사건도 수사했다. 그 신생아의 묘지였던, 성에가 흰 복사꽃처럼 피어 있던 냉동칸에서 아이의 시신을 꺼낸 것도 내 손이었다. 그때 나는 내 몸에 두른 희망의 비단 용포(龍袍)가 찢어지는 날카로운 파열음을 들었다. 참극과 재앙의 방콕 현장에서 문득 엄습해 오는 혹독한 고요, 신성하기까지 한 그 고요가 전우처럼 함께 헐레벌떡 도착한 우리 두 수사관의 간장을 얼어붙게 했다. 그리고 나는 내 안에서 다시금 그 희망의 용포가 찢어지는 분명한 소리를 들었다, 그 참사 앞에서는 신음이나 절규도 퇴물 가수의 외마디 선창에 지나지 않았다. 절규 이상의 그 무엇이 그곳을 지배하고 있었다.

비행기 날개는 집단폭행을 당해 혼이 나간 여자처럼 하체를 드러낸 채 실신해 있었다. 살들은 팽이채처럼 마지막 면적까지 갈가리 찢겼고 생명은 분말이 됐다. 추억까지도 산산이 갈려 분말이 됐다. 마치 생명의 종장이 그렇게 진애(塵埃)가 되는 것 말고는 별수가 없다는 재(災)들의 선전포고장 같았다. 눈앞에 이 지옥을 차려놓은 지옥의 왕이 거대한 달팽이처럼 증오의 집을 등에 지고 참사 현장 가운데를 천천히 통과하는 것이 보였다. 현장에는 이미 서울로부터 특별 조사단이 급파되어 있었다.

추락 직전까지도 귀국하는 중동 근로자들은 나처럼 희망이라는 용포를 입고 살아왔다. 더 나은 삶을 위한 초인적 노동이 거기 있었다. 아아, 희망이란 절망하지 않으려는 자가 존재를 뒤척일 때 일어나는 노이로제란 말인가. 방콕의 열기와 진화 부대 뒤편에서 아직도 형태 있는 모든 것을 마지막까지 태워대는 불길 속에서도 나는 순간 제5빙하기가 닥친 듯 죽음 같은 오한을 느꼈다.

누군가 바레인 병원의 저 용의자와 협잡하여 차린 테러의 성찬, 그
것이 참사 현장이었다. 그리하여 땅은 다시 한 번 실컷 피를 마셨다.
자신의 일부를 뭉쳐 창조된 자식인 인간의 피를. 고성능 폭약인 헥소
겐 흔적의 발견은 누군가 폭약을 들고 여객기에 잠입했음을 폭로하
고 있었다. 원시인들은 차라리 건강하고 솔직했다. 교활하게 긴 여정
으로 위장한 채 고성능 폭탄을 몰래 민간 여객기에 장착한 후 뱀처럼
배때기로 기어 사라지는 그런 비겁한 짓 같은 것은 하지 않았다. 인
류는 변태적인 그 무엇이 되어버렸다. 우리는 급히 바레인으로 돌아
왔다.

　그 두 남녀는 모든 것을 완벽하게 해냈다. 그러나 그들이 일본인이
아니라 북한인일 수 있다는 운명적 알리바이는 사실상 체포 이유였
던 일본국 위조 여권으로부터 오지 않았다. 그 증명은 도리어 그들이
자신들을 죽이려고 했던 자살용 독약 속에서 정체를 드러냈다. 북한
의 지문 같던 그 자살용 독약 앰풀. 북한 공작원들은 예외 없이 바로
그 두 남녀가 소지하고 있던 눈물 모양의 유리관 속에 요염하게 안치
된 청산 가스 앰풀로 자살했다. 자기 처형의 약이 부동의 알리바이가
되어버린 것이다.
　서울에서 동료 수사 요원이 보관 중이던 북한산 독약 앰풀을 들고
급히 바레인으로 날아왔다. 그것은 과거 한 북한 간첩 사건의 증거물
로 압수해 보관 중이던 독약 캡슐이었다. 그때 그 범인도 액화 청산
독가스가 찰랑대는 유리 앰풀을 스위트 키스라는 요염한 이름의 담
배 속에 은닉해 소지하고 있었다. 그 독극물에 대한 당시 기록은 기
막히게 똑같았다. 당시 기록에는 이렇게 적혀 있었다.

독극물 내역

　　형태: 눈물상(狀) 앰풀에 독약을 액화 충전.

　　앰풀 크기: 직경 0.44cm. 길이 2.22cm.

　　성분: 청산 가스.

　　사용법: 눈물 모양의 유리 앰풀을 깨물면 액화 청산 독가스가 분출됨.

소량 흡입만으로도 즉사.

　　바레인 조사 당사자들과 일본 수사부는 서울로부터 휴대 운반된
그 독약 앰풀이 자신들의 증거물과 쌍생아처럼 동일한 데 놀랐다. 그
들 두 남녀가 범인이 아니었다면 자살했을 리 없었다. 더구나 전시도
아닌 평화시에 사약을 몸에 지니고 다니는 자들은 북한 특수 요원밖
에 없었다. 서울은 급히 범행 용의자의 인도 협상을 위한 정부 특사
를 바레인으로 파견했다. 결국 바레인과 일본으로부터 수사권을 넘
겨받던 그날, 나는 본국으로부터 이 사건의 수사팀장으로 임명됐다.

　　일본국 여권 3쪽에는 그 용의자 사내의 사진이 붙어 있었다. 사진
은 그보다 더 젊어 보였다. 자신 있게 드러난 이마에 주말용 검은 티
셔츠 차림이었다. 치켜올릴 때면 이마 위에 합죽선 같은 주름을 만들
것이 분명한 과민한 이마가 그의 만신전(萬神殿)인 뇌를 부드럽게 감
싸고 있었다. 거창한 빗장이 잠겨 있을 그 사내의 비밀과 과거로 가
득 찬 만신전으로 삼투해 들어가는 일이 내게 필요했다. 그래서 수사
란 언제나 범인에게나 수사관에게나 대격변이다. 여권 사진은 셔츠
의 깃이 끝나는 곳에서 정확히 절단되어 있었다. 그 아래 기세 좋게
휘갈겨 쓴 달필의 서명 '泉一葉'이 적혀 있었다. 사내의 입술은 아무
래도 사교적 가능성이 없어 보였다.

바레인 경찰 병원으로 사내를 방문하던 날, 나는 호텔 니느웨 809호에서 그를 처음 만나던 밤을 생각했다. 그 밤 내 손에는 개아마꽃 한 줌이 담겨 있었지만 그날 내 상의 속에는 자동 수갑 한 구가 철렁 담겨 있었다. 복도 마지막에 작은 포구처럼 놓인 그의 병실 앞에 바레인 무장 경찰 두 명이 근무 중이었다. 병실 문을 열자 그 사내가 거기 누워 있었다.

그의 코에 끼워진 청록색 튜브는 그의 존재를 얽매고 있는 시퍼런 철조망 같았다. 감고 있는 두 눈과 그 아래 거절처럼 단호한 획을 그은 채 놓여 있는 입술, 육체 위에 펼쳐져 있는, 눈이 시리도록 창백한 시트는 백년설 같았다. 어떻든 그의 병상은 히말라야 주봉 등정을 앞두고 마지막 캠프에서 폭풍설에 좌초한 베테랑 조난자 같이 어이없도록 애수에 찬 모습을 하고 있었다. 침상 위로 높이 솟아 있는 감호용 철책이 사내가 맞은 생의 비상사태를 암시해 주고 있었다. 냉방기에 밀려 부유 중인 고농도의 소독약 냄새가 그 방에 서리처럼 내린 계엄령적 상황을 고지해 주고 있었다. 철책 기둥에는 순간성 빛 알레르기 때문에 그의 얼굴에 씌웠던 장화 같은 검은 두건이 섬뜩한 모습으로 걸려 있었다. 내가 철책으로 다가가자 그는 눈을 떴다. 침착하고 가냘픈 공산주의자답게 그가 아주 검소하게 햇빛을 아껴 자신의 눈 속에 집어넣는 것을 나는 보았다.

사내의 정체도 본명도 알 길이 없지만 예부터 저런 사내 같은 존재는 늘 있어왔다. 그들은 세계 양극의 경계에 선 채 동도 서도, 남도 북도 아닌 가상의 자장(磁場)으로 전진하려는 위험한 변종들이다. 그들의 비상은 저 사내처럼 늘 요란한 굉음을 내며 추락하는 소란을 부린다. 악덕으로 덕을 세우고 살인을 통해 살인 없는 세계를 만들겠다고 덤비는 정신분열이 그들에게 있다. 이상이 자기 안의 무지와 결탁

하는 순간 인간은 저렇게 학살자라는 괴물로 변해 간다. 저 용의자가 결국 범인이라면 그는 115명의 무죄한 다수를 학살함으로써 결국 자신의 죽음의 집을 지었다. 그가 바랄 수 있는 것이란 기껏해야 종신형이나 사형밖에 없다. 출구는 없다. 타인을 학살함으로써 그는 자기가 탈출하려던 자기 지옥의 탈출구를 막아버린 것이다. 이제 그는 죽음으로 벌금을 물 수밖에 없다. 학살된 115명의 무죄한 목숨에 비하면 그의 목숨 하나는 어처구니없이 적은 벌금이지만 말이다.

활주로 말단에 있는 등이 바라다보이는 바레인 공항 등대 부근에는 사내를 압송하기 위해 서울에서 황급히 날아온 전세기 한 대가 착륙해 있었다. 사내의 손에 수갑을 채우는 순간 나는 내가 그의 삶을 수납하고 있음을 알았다. 그의 손에 수갑을 채우는 순간, 그의 내부의 수갑은 도리어 열리고 있었음을 나는 장담할 수 있다. 저런 사내에게는 종종 적에게 체포당하는 것만이 유일한 구원일 때가 있다. 더구나 인생은 값비싼 전세기를 빌려놓고 그를 그에게는 금지된 땅인 서울로 실어 나를 정도로 관대하다. 저 살인자는 이제 이 비행기로 압송되어 서울이라는 운명의 문을 통과하게 될 것이다. 웬일인지 알 수 없지만 그의 삶은 필연적으로 서울이라는 문을 통과하게 되어 있다. 인생은 지난달 나를 바로 이 바레인으로 불러 세운 채 저 학살자의 수행자로 채용하고 있다. 우리는 이 십자로에서 이렇게 만나도록 예정되어 있었던 것일까. 나는 그를 압송하여 서울 법정으로 간다. 나는 내가 수사관이 아니라 그의 삶 바로 이 지점에 등장해 그를 호송하도록 예정된 남성 안내자, 나룻배의 사공임을 알았다. 그의 길을 지금부터 저어갈 저 따오기 얼굴을 한 이집트 뱃사공 신, 토트 말이다. 이 거대한 호송기는 저 사내를 서울이라는 금지된 세계로 날라다

주는 거대한 나룻배이다.

어떻든 어둠의 계단을 기어올라와 사막 도시 바레인에서 나의 압송을 기다리는 한 남자가 거기 있었다. 호송 준비는 짧고 단호하게 치러졌다. 그를 호송기로 밀어넣을 때 나는 알았다. 그 호송기는 그를 그의 적국인 남한으로 실어 나르는 것이 아니었다. 그 호송기는 그의 생애 최초로 그를 남한보다 더 먼, 실종된 그 자신에게로 실어 나르는 것인지도 몰랐다. 범죄자들은 각각 다른 가면을 쓰고 체포되어 우리 앞에 표류한다. 그래서 수사 과정 속에서는 날마다 삶의 구토와 광휘가 격렬하게 교차한다. 그래도 인생 속에서는 선과 악, 좌초와 달성이 이루어내는 웅장한 화성의 찬가들이 솟아오른다. 어떻든 나는 수사 기록이라는 인간 밀림 속에서 인생을 배운다. 내 직업 속에서 나는 얼마나 자주 범죄자들이 수사 과정을 통해 실종되어버린 자신과 만나는지 보아왔다. 말이 수사 과정이지 저런 무서운 학살자들에게는 수사의 전 과정이 잃어버린 자기 안으로의 진땀 나는 여행이 되는 일이 허다했다.

내가 그의 압송이 적국 남한으로의 여행이 아니라 그 자신을 위한 여행이 될 것임을 예감한 것도 바로 그런 이유였다. 그의 감옥이 그의 분만실이 될지도 모른다는 서정적 예감이 나를 압도했다. 저 한 남자의 깊은 잠을 깨우기 위해, 저 사내가 잃어버린 자신을 찾아주기 위해 적국인 우리는 이토록 엄청난 고비용의 전세기와 비행 대기 비용, 그리고 호송비를 치르며 엄청난 수선을 떨어야만 하는 것이었다. 오래전 저 남자가 분실해 버린 바로 저 남자 자신을 찾기 위해. 아아, 저 가짜 이카루스라는 변종 독수리를 잡아 값비싼 호송기로 실어 나른다는 참담한 기분이 엄습했다. 추락해 잃은 그의 두 날개 대신 우리는 호송기를 준비해 저 학살 용의자를 실어 나를 준비를 완료하고 있는 것이다. 저 가짜 이카루스, 저 의사(擬似) 이카루스를 말이다.

특별 호송기에는 수사 제3국으로부터 네 명의 수사관과 두 명의 의사, 승무원들이 함께 왔다. 두 의사 중 한 사람은 수사관들 사이에 평판 좋은 범죄 정신병리학자였다. 그가 저 범행 용의자의 범죄 심리와 정신병리를 담당할 셈이었다. 그 의사와 악수를 나눌 때 나는 서울에서는 이미 기내 수송부터 수사를 시작하라는 전갈임을 알았다.

사내는 병원에서처럼 얼굴에 두건을 씌워달라고 말했다. 그는 순간성 빛 알레르기를 앓고 있는 것 같다고 의사는 말했다. 청산 독의 부작용 같다는 것이었다. 그는 빛 앞에서 마치 탄환을 맞은 것처럼 쓰러졌다고 했다. 또 규정대로 그의 입에는 재갈을 물려야만 했다. 호송기 내에서 혀를 깨물고 자살할 수도 있었으므로. 나는 그가 결코 자살하지 않을 것이라는 육감이 있었다. 그는 액화 청산 가스에도 죽지 않고 살아남은 자였다. 검은 두건을 쓰고 앉아 있는 그의 모습은 마치 어느 종루에 걸려야 할 커다란 놋종처럼 보였다. 아니, 서울에 도착하면 그는 십중팔구 처형대에 놋종처럼 걸려야 하리라.

그 사내의 자살 미수는 의문에 찬 것이었다. 대담하게도 적의 영토인 남한 여객기에 시한폭탄을 휴대하고 들어와 그것을 116명의 탑승객 한가운데 정확히 장치할 정도로 엄청난 작전을 수행해낸 저 사내 정도의 베테랑이 독약 앰풀로 자결하는 간단한 일을 실수할 수 있다고는 믿어지지 않았다. 그런 정도의 작전에 투입된 자라면 그가 누구든 베테랑임을 부인할 수 없는 것이다. 물론 그때까지도 그 참사가 정확히 어떤 폭탄에 의해 어떤 방식으로 치러진 것인지는 밝혀지지 않고 있었다. 행운이라면 잔해 수색 초기에 이미 떨어져나간 동체 중심에서 고성능 폭약인 헥소겐의 흔적이 혈흔처럼 발견되었다는 점이다. 그 동체 중심 잔해들은 수집되어 황급히 서울과 런던의 무기 연구소로 각각 보내졌다.

청산 가스 앰풀을 깨물고도 절명하지 않을 수 있는 데는 무서운 기술과 지식이 필요하다. 내 예감이 확실하다면 저 사내는 의도적으로 독약 앰풀을 흡입하지 않은 것이 분명하다. 기술적으로 독약을 흡입하지 않음으로써 의도적으로 자살을 미룬 채 처형이 예정된 남한으로 흘러오고 있는 대담한 남자가 거기 있었다. 그는 너무도 노련해서 적에 의해 체포되었음에도 불구하고 죽음은 그리 성급한 일이 아니라는 것은 알고 있었던 것일까. 그는 죽음 이전에 해야 할 일이 있었던 것일까. 내 예감이 옳다면 그는 죽기 전에 남한으로 떠내려와 마지막 본질을 만져보려 하고 있음에 틀림없었다. 그 마지막 본질을 만지기 위해 그는 남한이라는, 그의 생애 최고의 불안이며 최고의 지옥으로 수송되고 있었다. 마치 사이렌의 목소리를 듣기 위해 자신을 배의 마스트에 묶은 채 기어코 죽음보다 더 깊은 유혹인 사이렌의 노래를 들었던 오디세이처럼. 금지의 땅 남한이 그의 생애에서 탐험해야 할 마지막 극점으로 그의 앞에 놓여 있었다. 그러므로 그는 어디에선가 떠내려온 그저 하나의 섬 같은 남자가 아니다. 그는 무서운 적이었다. 그는 그렇게 스스로 자신을 압송시키고 있었다. 평양에서 할 수 있는 질문이 따로 있고, 서울에서 기다리고 있는 질문이 따로 있으리라. 서울에서만 질문되고 서울에서만 대답될 수 있는 질문들을 질문하기 위해 그는 스스로 수송기에 실려 서울로 표류하고 있었다. 그러니 그 고비용의 특별 수송기는 학살자인 한 사내를 위한 고가의 은빛 뗏목인 셈이었다. 그가 앉아 있는 비행기 후미 밑창에는 동료였던 한 여자의 시신을 담은, 납으로 땜질한 임시 진공관이 놓여 있다. 시신의 부패를 막기 위해.

나는 그렇게 밤 속에 호송기에 탑승한 채 공항에서 이륙 허가 신호를 기다리고 있었다. 이 엄청난 사건이 주는 압살감 때문에 나는 비행기 속에서 사무치도록 은하수 한 자락을 보고 싶어했다. 115명의 시민이 단숨에 재가 되어버린 이 끔찍한 현실, 이 참담한 재앙 속에서도 나는 밤 한쪽에는 우리를 영원, 불멸, 정의 같은 고도의 의미로 이끄는 그 어떤 불멸의 사다리가 놓여 있다고 믿고 싶었다.

계류

　내가 서울로 압송되는 것은 어쩌면 '작전명 유토피아'의 완전한 수행을 위해 남아 있는 마지막 필연의 과정인지도 몰랐다. '작전명 유토피아'를 계획하고 명령한 것은 당과 수령이지만, 작전이 혁명 전사들에 의해 수행되는 그 순간부터 혁명은 당과 수령의 법칙이 아니라 혁명 자체의 법칙에 의해 움직인다. 작전 수행 과정 속에서 혁명이 스스로 만들어가는 압도적이고 숙명적인 그 어떤 힘과 속도에 저항할 수 있는 사람은 없다. 이럴 때 혁명은 생물이다.

　혁명은 우화인가. 나는 얼굴에 씌인 두건 속에서 생각했다. 나는 솔직히 말해 생후 1개월짜리 영아가 다시는 우물 속으로 처넣어지지 않는 세상을 소망하기 위해 혁명 전사가 되었다. 나는 지금 남한에 대해 싸우는 것이 아니라 55년 전 사정없이 우물 속에 처넣어졌던 그 1개월짜리 아이를 위해 혁명 중이다. 아니, 우방도 동맹국이라는 것도 결국 이익을 위한 패거리 이외에는 아무것도 아닌 세상에 대항하기 위해, 고립되어가는 조국을 위해 혁명 중이다. 그렇다, 나는 혁명함으로써 존재한다.

　그러나 혁명은 지금 55년 된 내 얼굴에 검은 두건을 씌운 채 생후 한 달 된 어린아이가 우물 속에 처넣어지지 않는 세상을 만들기 위해 무려 115명의 여객기 승객을 살해한 나를 체포하여 적의 땅으로 압송하고 있다. 그렇게 함으로써 혁명은 비로소 나를 법정에 세운 후 나와 토론하려 하고 있는 것이다. 혁명은 그렇게 내게 운명적 시비를 걸고 있다. 이 혁명이 '작전명 유토피아'의 수행자인 내게 보여주려는 마지막 과정은 과연 무엇일까. 혁명이 내게 할 수 있는 일이란 단 한 가지, 나를 교수대에서 공개처형하는 일이다. 그렇다, 혁명 전사인 나는 내 죽음으로써만 내 혁명의 정당성을 진술할 수 있다. 혁명은 지금 내게 검은 두건을 씌운 채 55년간 유예시켜둔 그 무서운 토론을 하자고 나를 적국으로 실어 나르고 있다. 한 인간이 올바른 인식에 이르는 데 필요한 시간이 무려 55년이란 말인가. 한 인간이 올바른 인식에 이르는 데 115명의 죽음과 이토록 거창한 체포와 압송의 소란이 필요하단 말인가. 과정이 거창하다 해도 결과는 항상 같다. 혁명은 이 거창한 소란을 통해 자신의 신전에 드려질 살아 있는 제물인 나를 원하고 있다. 그럼으로써 혁명은 다시 한 번 '혁명은 자기 자식을 잡아먹는다.'는 진리를 증명하려 하고 있다.

　호송기가 이륙할 때 나는 알았다. 내가 지금 검은 두건을 쓴 채 '작전명 유토피아'의 정점, 혁명의 정상에 도착해 있다는 것을. 그렇다, 정상에는 아무것도 없다. 그것이 혁명의 정상이든, 히말라야의 정상이든 마찬가지다. 정상은 아무것도 없다는 것 때문에 정상이다. 히말라야 정상에 존재하는 것이라고는 백년설이라는 이름의 눈의 커튼, 백 년 된 정적뿐이다. 백년설은 희다 못해 차라리 형광빛이다. 정품 고독이라고 말할 수 있는 고독이 거기 있다. 백년설은 바람에 깎여 흰 갈기처럼 놓여 있고 정상에는 태양이 왕관처럼 얹혀 있다. 그 극도의 고독 앞에서 그곳에 기어 올라온 인간의 발자국과 식식대는 숨소리가 과연 무슨 의미가 있단 말인가. 나는 과연 무엇에 대해 혁명하고 있는가. 개인의 적인 양조장 백씨에 대해, 인민의 적인 남한에 대해, 아니면 계급의 적인 자본주의자에 대해. 내가 수행하고 있는 것은 과연 혁명인가, 아니면 내 개인적 재앙에 대한 복수의 광기인가.

나는 얼굴에 병원에서 쓰던 검은 두건을 씌워달라고 말했다. 빛이 내 존재를 찌를 때마다 토할 것 같았다. 청산의 부작용. 의사는 내가 청산이라는 맹독의 부작용으로 순간적 빛 알레르기에 시달리고 있다고 말했다. 흰 포승에 묶였고 얼굴 위로 검은 두건이 씌워졌을 때 문득 언젠가 책에서 본 적이 있는 약 3천만 년 전으로 추정되는 호박(琥珀) 속에 담긴 파리의 화석이 생각났다. 얼굴을 앞쪽으로 묻고 날개와 꼬리를 약간 들어올린 채 등불 같은 호박 속에서 미라가 되어 얼굴을 묻고 무려 3천만 년을 울고 있는 파리의 화석, 그것이 나였다.

아아, '작전명 유토피아' 뒤에서 들려오는 보이지 않는 이 노랫소리는 무엇인가. 속삭이면서 삶을 단념치 못하게 하는 이 색정적 애수는 무엇인가. 요기와 신성이 함께 뒤섞인 이 재앙 뒤에서 끊임없이 교차하는 비가와 찬가는 무엇인가. 범죄와 금욕을 뒤섞고 욕정과 순애를 가차없이 뒤섞어버리는 이 무서운 마취 상태는 대체 무엇인가.

나는 당과 수령으로부터 혁명 전사라는 서품(敍品)을 받은 자였다. 유토피아로 가는 길을 닦으라고 전위대로 선발된 자였다. 유토피아에 대한 갈망은 나에게는 신성한 무병(巫病) 같은 것이었다. 수년 전부터 조국 평양에는 가뭄과 흉년이 겹쳤다. 그 위로 봄이면 저주 같은 황사도 덮쳤다. 지난해 동지 무렵 평양 용지(龍池)의 얼어붙은 모양이 또렷하게 서에서 북으로 뻗어 있었다고 끔찍해하는 말을 나는 들었다. 사람들은 비범한 비늘 모양으로 뻗어 있는 그 긴 얼음 줄기를 용의 임재라고 남몰래 믿었다. 비늘 모양의 얼음 줄기가 서에서 북으로 가로질러 있으면 흉조로서 끔찍한 흉년을 예언했다. 유토피아로 가는 시계(視界)를 잃게 하는, 중국 대륙의 황토 지대에서 날아온 무서운 황사. 그 황사 때문에 평양에는 초봄이면 불길한 붉은 눈, 홍설(紅雪)이 내렸다. 그때 느린 속도로 플랫폼에 도착하고 있는 검은 기차처럼 무엇인가 천천히 내게로 엄습해 왔다. 편두통이었다.

노악 선교사에 의하면 나는 어린 편두통 환자였다는 것이다. 내 편두통은 발작적이어서 갑자기 머리 한가운데서 시작되어 후두부까지 퍼져나갔다. 그 통증의 중심에는 언제나 눈앞으로 쏟아져내리는 수많은 암점들이 있었고 암점 주변으로 나무 뿌리처럼 뻗어 있는 번쩍이는 섬광들이 걸쳐져 있었다. 그 격렬한 통증과 찬란한 섬광이 대체 무슨 관계가 있는 것인지 모르지만 어떻든 그 섬광은 번개 줄기에 붙어 있는 광휘와 같아서 고통 속에서도 그 빛에 눈멀게 했다. 한 시간 정도 나를 사로잡았던 발작적인 통증은 소멸하면서 어김없이 격한 구토증을 남겼다. 그 통증은 인내로 이길 수 있는 것이 아니었으므로 나는 언제나 진통제를 휴대하고 다녔다.

나는 검은 두건 속에 편두통을 묻은 채 그 파리 화석처럼 3천만 년 짜리 잠 속으로 빠져들고 싶었다. 지금은 이 두건이 좋다. 세계의 상을 볼 수 없는 이 지점이 바로 내가 꿈을 버리는 지점이다. 눈이 그렇게 가려지자 모든 것이 정지했다. 추측도 두려움도 멈췄다. 체념이 나를 압도했다.

"그에게 물을 줘!"

검은 과부의 음성이 암흑 속에서 유성처럼 날아들었다. 순간 반창고와 재갈이 제거됐다. 나는 물을 삼켰다. 검은 과부의 음성만이 이 극단적인 낯선 상황 속에서 나를 세계와 연결시키고 있는 유일한 부호였다. 세상에, 적지로 압송되어 가면서 이 압송의 지휘자인 그 사내에게 매료되다니. 이 불길한 의외성에 나는 기가 막혔다. 얼마 후 나는 정말 무서운 잠 속으로 추락해 버렸다.

제승

사내의 통증이 발작성 편두통이라는 말을 의사로부터 들었을 때 나는 섬뜩했다. 학살자나 연쇄 살인범들의 공통적인 만성병은 편두통과 우울증이었다. 또 하나의 공통점은 그들은 대개 방화 전과가 있다는 것이었다. 편두통과 뇌의 관계를 묻자 의사는 간단하게 말했다. 뇌 속의 빈혈 상태죠. 내가 물었다. 뇌 속의 산소 결핍이란 말인가요. 의사는 고개를 흔들었다. 그 두 가지를 뒤섞지 마세요. 그 두 가지 모두 각자 충분히 무서운 재앙이니까요.

수송기 안에서 사내는 "덥다. 이곳은 열대인가?"라고 세 번이나 거듭해 영어로 물었다. 그것은 물음이라기보다는 외마디 같았다. 독백과 신음이 뒤섞인 것이었다. 그리고 그는 문득 추락하듯 깊은 잠 속으로 빠져들었다. 그의 잠이 너무 돌연하고 깊어서 마치 위험 앞에서 딱딱한 날개로 몸을 포장한 뒤 가사 상태로 가장한 갑각류 곤충 같았다. 의사가 그가 혼수에 가까운 깊은 잠에 빠졌다고 보고했을 때 내가 물었다.

"그렇다면 왜 응급처치를 하지 않는 거죠? 그는 반드시 살아서 서울에 도착해야만 합니다."

그 말을 할 때 나는 내가 마치 원양어선의 참치잡이 사내 같다는 생각을 했다. 생포한 거대한 참치를 수조에 넣어 반드시 산 채로 고국 항구까지 운반하려는. 나는 줄곧 그의 입에 다시 재갈을 물려야 한다고 생각하고 있었다.

"응급처치는 필요하지 않아요."

의사가 말했다.

"저 남자의 저 깊은 잠은 혼수나 실신 상태와 동일합니다. 다른 말로는 달리 표현할 수 없어 그렇게 표현할 뿐입니다. 저런 잠은 뭐랄까, 발작적인 살인광들이 폭발적인 광증으로 닥치는 대로 거리의 사람들을 살해한 후 범죄가 끝나면 갑자기 절벽 같은 잠 속으로 빠져드는 것과 같아요. 광증이 사나웠을수록 잠 속으로 빠져드는 그 무아경도 깊지요. 저 남자의 잠에는 바로 그 섬뜩한 절벽처럼 갑자기 잠 속으로 추락하는 격렬하고 설명되지 않는 그 무엇이 있어요. 말하자면 저 잠, 저 혼수, 저 실신은 존재의 긴 건망증 같은 것이라고나 할까요."

"얼마나 계속되죠?"

사내가 해치운 115명의 사망자를 떠올리며 패자의 울분이 깃든 목소리로 내가 물었다.

"저 무아경, 저 육체적 건망증은 적어도 몇 시간, 어떤 때는 며칠간도 계속됩니다. 조언한다면."

"그의 잠을 방해하지 말라는 말이죠."

"그렇습니다."

"여기서도 또 잠이 문제군요. 승객 115명이 죽음이라는 잠 속으로 돌아갔고, 여기 또 한 남자가 방해받아서는 안 되는 신성한 잠에 빠졌군요. 그가 대체 잠잘 자격이나 있는 자입니까?"

"저 운명적인 잠이 그의 수사를 위해 도움이 될지 누가 압니까? 설명할 수 없는 저 깊은 잠이라는 필터가 그를 정화시킬지 누가 압니까. 어떻든 저런 자들은 정신분열과 편집증, 조기 치매 사이를 오락가락합니다."

"말하자면 우리는 고급 호송기로 한 마리 괴물을 수송하고 있는 셈이군요."

의사는 나를 외면했다. 그렇다고 그가 그 사내를 바라본 것도 아니었다. 그는 수송기 중간에 난 창문 속에 입고된 반듯한 하늘의 단면을 보고 있었다.

"사람 하나하나가 다 괴물이죠. 사람은 누구나 얼마간 정신분열과 편집증, 가성 치매의 경계를 오락가락합니다. 저 남자는 우리보다 광기의 샘물을 조금 더 마셨을 뿐이죠."

그때 우리는 다시 그 사내로부터 들려오는 신음 소리를 들었다.

"덥다. 이곳은 열대인가?"

소위 육체적 건망증이라는 저 혼수 같은 지독한 잠 속에서도 사내는 영어로 신음하고 있었다. 우리는 저 사내의 존재가 얼마나 억척같은 열쇠로 잠겨 있는지 생각하고 서로 바라보았다. 얼마나 완고한 세뇌였으면 저 사내는 저 지독한 잠 속에서도 모국어가 아닌 영어로 신음할 수 있는 것일까. 아니, 저 사내는 과연 북한 사람이기는 한 것일까.

서울 착륙 준비 중인 기내에서 검은 두건을 벗겼을 때 사내는 표류자의 얼굴을 하고 있었다. 두건 속에서 그의 수염은 잡초처럼 자라 있었고 두발과 눈썹은 혹독하게 헝클어져 있었다. 언제나 닫혀 있던 그의 입술도 벌어진 창상처럼 열려 있었다. 그 아래로 수척한 목이 운하처럼 뻗어 있었다. 그래도 열어놓은 비행기 비상구 틈으로 쏟아져들어온 단도 같은 햇빛은 그의 얼굴을 애무하고 있었다. 두건 속에서 얼마나 자신과 싸웠는지 그는 콜로세움에서 사자와 싸웠던 투사를 연상시켰다. 그의 콜로세움은 전세 호송 비행기였고 그의 사자는 미친 듯 으르렁대는 자기 내부의 질문들이었으리라. 이제야 알겠다. 왜 뱀으로 된 메두사의 머리카락을 본 자는 모두 돌이 되어버렸는지를. 삶의 정체, 혁명의 정체를 보아버린 자는 모두 죽거나 돌이 된다. 단언하건대 그는 보아서는 안 될 것을 보아버린 자의 눈을 하고 있었다.

그의 눈가와 콧등은 실핏줄이 붉게 번져 있었고 입술은 창백했다. 이마 위로는 좌초한 어족의 지느러미 같은 지친 머리카락이 땀에 실컷 젖은 채 걸쳐져 있었다. 그 아래로 태양의 조명을 받아 아래쪽 절반이 빛나는 오른쪽 귀가 보였다. 그의 눈동자는 아마도 그의 생애 가장 광도가 낮은 안광을 드러내고 있었다. 그의 두 눈은 마치 전력이 소멸해 가는 백열구 속의 식은 재, 텅스텐 같았다. 창으로 침입한 빛이 그의 왼쪽 관자놀이를 고집스럽게 비추고 있었다. 투명한 피부 때문에 그의 관자놀이는 마치 수많은 푸른 리본 같은 푸른 전선들로 이루어진 수신기 같았다. 그래서 그의 관자놀이를 보고 있으면 그와 세상 간의 교신을 감청할 수 있을 것 같은 착각이 들었다. 지쳤는데도 그는 양복을 벗으려고 하지 않았다. 나는 알고 있었다. 양복의 무게는 그에게 갑옷보다 더 무거웠으리라. 어떻든 그는 절해고도에 서 있는 인간만이 만들어낼 수 있는 그 마지막 표정을 짓고 있었다.

호송기가 완전히 착륙하는 순간 하늘은 돌연 빛을 감췄고 죽창 같은 비를 쏟았다. 그것은 아주 짧고 돌연한 타격이었다. 공항에 정박 중인 모든 비행기의 거대한 날개가, 아니 공항 주변의 날개를 가진 모든 것들이 그 폭우에 복종한 채 거침없이 젖고 있었다. 사내의 슬픈 표류와 어울리는 장엄하고 쓸쓸한 착륙 풍경이었다.

서울에 도착해서 찍은 최초의 보도사진은 하필 그가 막 공항의 한 비상구 앞을 지나는 순간을 담고 있었다. 그의 머리 위로는 'Exit' 라는 글자가 씌어 있었다. 그 글자는 그의 굳은 얼굴 위에 초록 왕관처럼 걸려 있었다. 그렇다. 그는 삶의 비상구 아래 놓여 있었다. 호송기에 실려 그렇게 서울에 도착하는 것이 그의 생애 남은 통과의례였을까. 공항 특별 구역에서 우리는 출구 앞에 걸린, 날지 못해 동물들에게 포식되어 멸절당했다는 '회색 뜸부기' 사진이 담긴 환경청 경고 포스터 앞을 통과해야 했다. 그래서 그날 보도사진 속에는 그의 왼쪽 어깨 위에 떠 있는 그 회색 뜸부기를 볼 수 있었다.

그날 바레인에서는 여객기 폭파 사건의 유일한 용의자인 그 사내가, 그리고 방콕에서는 폭파 사건의 유일한 생존자인 한 여자가 오른팔을 절단당한 채 각각 특별기와 군용기에 실려 서울과 오산 공항에 도착하고 있었다.

계류

검시대 위에는 167센티미터짜리 거대한 보랏빛 나팔꽃 같은 청조가 엎드려 있었다. 그녀를 뒤덮은 압도적인 보랏빛 그늘. 얼굴도, 내가 마지막으로 키스했던 입술도 질린 듯 보랏빛을 띠고 있었다. 불길한 보랏빛, 그것이 죽음이 그녀 위에 내리찍은 도장이었다. 얼굴은 오른쪽을 향하고 있었는데 또렷한 쌍꺼풀 때문에 마치 잠들어 있는 것 같았다. 미소년 같은 짧은 머리는 방금 빗어놓은 듯 정결했다. 갸름하고 아름다운 두 다리가 검시대 끝에 정확히 버티고 있었다. 넓적다리는 모아진 채 은빛 고리로 고정되어 있었다. 다리 아래 트레이가 놓여 있었고 그 위에 검시용 메스와 가위들이 진열되어 있었다. 가위 중 한 개는 황금색 손잡이로 되어 있었다. 시술대 서쪽에 가로놓인 쇠침대에는 그녀가 입었던 그녀 삶의 마지막 대례복들이 진열되어 있었다. 스카프처럼 가벼운 인조 비단의 흰 트렌치코트, 커핏빛 스커트와 티셔츠, 낙탓빛 팬티스타킹, 그리고 그녀의 젊고 잘 훈련된 몸을 감싸고 있던 상앗빛 팬티와 망사 브래지어였다.

부검의가 메스를 들고 청조의 목 끝에서부터 등을 종단해 둔부까지 단호히 내리그었다. 응고된 피가 마스크 위로 착용한 투명 안경 위에 둔탁한 자국을 남겼다. 다른 여자 부검의가 등의 상태를 재빨리 녹음했다. 그녀는 사다리로 올라갔고 수술대 모서리를 한 발로 밟고 시신의 등을 촬영했다. 촬영이 끝나자 등은 커다란 둥근 바늘에 꿴 굵은 실로 빠르게 봉합됐다. 그들은 함께 청조의 시신을 맞잡아 반듯하게 돌려 눕혔다. 머리에는 당장 쇠로 된 베개가 받쳐졌다.

청조가 쇠베개를 베고 그곳에 누워 있었다. 등은 온통 불길한 보랏빛이었는데 몸의 전면은 문득 화사한 치즈빛이었다. 온몸에는 적회색 반점들이 피어 있었다. 복부에는 초콜릿빛 반점들이 퍼져 있었다. 그래도 유방은 어느 한쪽으로 흘러내림 없이 완전한 곡선을 이룬 채 눈부시게 솟아 있었다. 두 개의 기념비처럼. 그러나 성기는 웬일인지 극단적인 보랏빛으로 질려 있었다. 풍성한 체모는 바람에 호되게 날린 듯 한 움큼 동쪽으로 무력하게 뻗어 있었다.

부검의는 우선 청조의 눈을 열었다. 눈이 잘 열리지 않자 두 개의 핀셋이 사용됐다. 안구 주위의 응고된 피들과 체액들이 걷어내어졌다. 오른쪽 눈두덩은 새파랗게 질려 있었다. 그때 청조의 손은 힘을 잃고 구겨져 있었다. 여의사의 녹음 작업 동안 부검의는 빠르게 트레이에서 칼을 집어 들어 버릇처럼 잠시 날을 갈았다.

부검의가 청조의 머리 한가운데를 수술칼로 그어내렸다. 그는 오른손에 힘을 주어 단번에 머리의 외피를 벗겨냈다. 청조의 얼굴이 얇은 마스크처럼 단번에 그의 손 아래서 벗겨져내렸다. 머리를 감싸고 있던 외피가 뒤집힌 채 그녀의 얼굴을 덮어버렸다. 머리 아래로 청조의 갸름한 두개골이 드러났다. 오른쪽 이마 부근에 약간의 육질이 보였다. 부검의는 수술용 톱을 집어 들었다. 톱 아래서 두개골이 절단되기 시작했다. 톱 아래서 그녀의 두개골은 약간 둔탁한 소리를 냈다. 톱으로 절개한 균열 사이에 끌을 넣고 망치로 타격하자 드디어 두개골이 열렸다. 그 안에 안개 속에 담긴 듯 기막힌 상앗빛 거대한 뇌의 덩어리가 놓여 있었다. 투명한 액체에 싸인 청조의 뇌가 적출되어 트레이에 담겼다. 두개골 속에 남은 부분들도 모두 도끼로 두드려 제거됐다. 청조의 두개골 안은 이제 휑하니 비어 있었다. 그렇다. 청조의 뇌는 차디찬 트레이에 담겨 있었다. 그 미끈거리는 뇌는 주인이었던 그녀 안에서 처음으로 분리되어 공기 속에 노출되어 있었다. 부검의가 열린 두개골 속을 샤워기로 씻어내자 검시대 위에는 잠시 피의 냇물이 흘렀다. 잘린 반원형 두개골이 상앗빛 모자처럼 그녀 오른쪽에 놓여 있었다. 그녀의 얼굴은 그때까지도 젖혀놓은 얼굴 가죽과 머리로 덮여 있었다.

부검의는 다시 그녀의 목에 쇠베개를 받쳤고 젖혀놓았던 얼굴의 외피를 제자리로 쓸어올렸다. 그렇게 해서 청조는 다시 얼굴을 되찾았다. 부검의는 다시 목의 정중선으로부터 성기 위까지 정확히 수술칼로 그어내렸다. 절개된 부분을 젖히자 살갗 아래서 코트의 안감 같은 화사한 기름층이 드러났다. 그 안에 잘 발달된 육질 조직의 결들이 바라다보였다. 수술칼 아래서 다시 내피가 잘렸고 27년간 그녀의 내장을 담고 있던 아름답고 거대한 궁륭이 드러났다. 흉곽이라는 그 궁륭 아래 그녀의 생명을 이루고 있던 장기라는 소우주가 담겨 있었다. 오른쪽 흉곽도 곧 수술용 펜치 아래서 잘려나갔다. 목 아래 뼈를 지날 때 잠시 어려움이 있었다. 펜치로 잘려진 흉곽 아래 그녀의 내장이 드러났다. 대장과 소장이 끌어내어져 트레이에 담겼다. 과일처럼 잘려 그렇게 트레이에 담겼다. 내장들은 세상 밖으로 나와 트레이에 운반될 때마다 독특한 비린내를 풍겼다. 오랫동안 비밀스러운 공간 속에서도 썩지 않고 생명이라는 추상적 상태를 가능하게 했던 심장, 간장, 췌장, 비장, 신장들이 그렇게 몸으로부터 분리되어 미끄러져나왔다. 그녀의 장기들은 끌려나올 때 의사의 장갑 아래서 한껏 물컹거렸고 극도의 부드러움을 유지하며 미끈거렸다.

쇠베개가 다시 빠르게 그녀의 등 밑으로 옮겨졌다. 곧 핏물에 젖은 무명 주머니 같은 위장이 적출되어 그녀의 가슴에서 빠져나왔다. 위장을 절단하자 독한 아몬드 열매 냄새가 끼쳐왔다. 위장은 칼 아래에서 마치 널찍한 얼룩말 무늬의 피륙처럼 펼쳐졌다. 퇴폐적인 붉은빛으로 황급하게 부식되어버린 위 점막이 발견되었다. 만성 위염 흔적이 있다고 여의사가 녹음하는 소리가 들렸다.

가슴에서 적출해낸 두 장의 거대한 폐는 기도와 식도 그리고 두 줄의 기관지와 운명적으로 연결되어 있었다. 그리고 그 기도와 후두 맨위에 그녀의 고독한 혀가 달랑 매달려 있었다. 두 장의 폐엽을 끌어내자 기도와 후두부 위로 갸름하고 큰 혀가 딸려나왔다. 혀 가운데 깊이 팬 성체에는 아직도 진땀이 흐르는 듯 물기가 번뜩였다. 혀끝 설청은 이미 잘린 채 독기에 찬 듯 싸늘한 코발트빛을 띠고 있었다. 설근은 목탄처럼 검게 타 그림자가 져 있었고 그 뒤로 슬픈 후두가 시작되고 있었다. 그 혀 아래 기도라는 긴 운하와 식도라는 회랑이 놓여 있었다. 그 기도 끝에 적출되어 더 이상 그녀 입술 안에 있지 않은 혀가 매달린 채 늘어져 있었다.

여의사는 먼저 트레이 스펀지 위에서 그녀의 혀를 잘랐다. 설근과 혀들이 잘렸다. 혀끝에 그녀의 음독을 증명하는 것이 분명한 또렷한 검은 반점이 있었다. 기도를 세로로 절단하자 그 안에 당도해 있던 유리 조각이 드러났다. 유리 조각들은 파괴된 앰풀의 아랫부분을 정확히 유지한 채 발견되었다. 담배 필터의 잔해들도 보였다. 그녀는 말보로 담배의 필터까지 삼켜버렸던 것이다. 당이 그녀에게 지시한 것보다 더 확실하게. 그것이 그녀의 신념이었다.

기도 내 유리 조각 0.7x0.2x0.8, 식도 내 유리 조각 0.3x……, 담배 필터의 길이 직경 0.8, 길이 2.7이라고 녹음하는 여의사의 목소리가 부검실을 울렸다. 납작한 세 개의 유리 용기에 분리되어 담겨진 투명한 유리 조각들과 필터를 보자 태풍 같은 슬픔의 회오리가 나를 덮쳤다. 모두 세로로 잘려 처절하게 놓인 기도도, 식도도 이제 이 젊은 여자를 위해 28년간 산소와 식물을 실어 나르던 생명의 길이 더 이상 아니었다. 나머지 내용물들도 국자로 샅샅이 수거되어 시약병 속에 담겼다. 그곳에 담긴 그녀의 체액과 혈액과 내용물들이 그녀가 어떻게, 무엇으로 자신을 죽였는지 누설해 줄 것이다. 더구나 그들은 그녀의 소변에서 맹독의 침전물이 발견되리라 확신하고 있었다.

내장들이 그렇게 떠나고 가슴이 완전히 비자 의사는 다시 젖혀놓았던 외피들을 휘장처럼 제자리로 돌려보냈다. 얼굴이라는 껍질이 그녀 위에 다시 덮인 것이다. 그 격한 작업 때문에 그녀의 얼굴 외피는 한 눈을 뜬 채 트레이에 담긴 자신의 장기들이 절단되어 샅샅이 검증되는 과정을 기다리고 있었다. 장기들이 절개되었고 내용물들은 반복적으로 주걱에 담겨 검사 병에 부어졌고 중요한 부분들은 잘려서 검사 병 시약 속으로 침몰했다.

이제 대뇌 차례였다. 여의사는 주저 없이 이미 적출된 그녀의 대뇌에 넓적한 긴 칼을 들이댔고 측면으로 자르기 시작했다. 그녀의 물컹대는 뇌는 마치 커다란 푸딩처럼 그 넓적한 칼 아래서 저항 없이 온순하게 잘렸다. 그녀의 뇌는 너무 부드러워 트레이 위에서 자꾸만 미끄러졌으므로 여의사는 그 아래 누런 스펀지를 깔고 작업해야만 했다. 대뇌와 소뇌가 차례로 잘려서 트레이 위에 마치 펼친 그림처럼 전개되어 있었다. 여의사는 작업을 마치고 종양도, 출혈도 없는 정결한 뇌라고 여의사는 작업 후 녹음했다. 종양도, 출혈도 없는 순결한 뇌. 그곳이 유토피아에 대한 그녀의 확신이 살고 있던 창고였다. 이십 대 여자들이 꿈꾸는 평균적인 행복을 포기한 채 좀 더 나은 조국을 만들겠다고, 장님이 된 조국을 살리겠다고 자신을 수백 번도 더 추스르고 일으켜 세웠던 그녀의 신념이 들어 있던 사상의 금고였다.

청조의 심장도 뇌처럼 피 묻은 스펀지 위에 놓였다. 그녀의 심장은 단아하고 미끈한 삼각형 도자기 같았다. 여의사가 심장을 핀셋과 금빛 가위로 절단하기 시작했다. 절개된 심장 속으로 결이 고운 노란 육질들이 보였다. 두 장의 폐엽이 잘려나갔다. 너무도 샅샅이 절개된 심장은 맨 나중에는 마치 여러 개의 손가락을 가진 창백한 보랏빛 장갑처럼 변해 갔다. 녹음 기록이 끝나자 의사는 심장을 다시 장기들이 담긴 통 속에 던져넣었다. 황금 손잡이 가위는 피와 물이 만든 작은 호수에 담겨 있었다.

그렇게 모든 장기가 절단되고 검증되고 조직, 체액, 혈액이 부지런히 수많은 용기와 병 속에 채집되고 담기는 동안 청조는 무영등 아래 두개골과 내장을 완전히 비운 채 차디찬 쇠베개 위에 누워 있었다. 그녀는 그렇게 그녀가 적이라고 배웠고, 적으로 간주했고, 적임이 분명한 사람들에 의해 샅샅이 해부당하는 데도 거부도 못한 채 자신의 몸을 내맡기고 있었다.

그렇다. 청조는 당이 지시한 대로 그 맹독을 아주 깊고 견실하게 들이마신 것이다. 1백 밀리그램의 청산이 눈물 모양의 앰풀 속에서 기어나와 단호하고도 확실하게 그녀의 생명을 끊었던 것이다. 그녀와 극약이 함께 뒤섞이면서 남겨진 붉은 점들이 인민의 꽃인 진달래처럼 온몸에 피어 있었다. 그 극약이 그녀의 인후를 할퀴며 쓸어내린 구체적인 흔적이 도처에서 발견됐다. 청산은 혈액 속의 산소가 조직 속으로 스며드는 것을 차단해 세포 질식을 불러온다. 이 황급하고 단호한 차단이 오면 생명 속에는 이미 죽음의 바리케이드가 쳐진다. 청산은 그토록 단호한 극약이다. 단 한순간의 주저함도 없다. 청산은 단 몇 초 안에 생명을 해치운다. 음독자가 원했던 것보다 언제나 더 빨리 일을 처리해 준다. 경악과 공황과 죽음의 기습은 아주 순식간에 왔으리라.

그녀의 순환 기능이 순간적으로 우울함에 빠졌다는 증거도, 그녀의 몸이 그녀를 극약 가스로부터 보호하려고 맹렬하게 반응했다는 증거도 드러났다고 여의사는 녹음기에 대고 말했다. 산소가 결핍되자 통합적인 마비가 왔다고 부언했다. 가장 예민한 심장과 폐, 간장과 신장이 충격 속에서 극도의 지진을 일으켰던 모양이다. 그 고통은 그녀가 단말마를 내지를 정도로 격심했던 것이다. 그녀는 고꾸라지듯 죽음 속으로 추락한 것이다. 동맥혈들이 조직으로 산소를 보내는 일이 차단되었고 반대로 정맥혈은 산소 과잉으로 마치 동맥혈처럼 보일 지경이었다. 동공은 풀려 있었고 입술과 식도에는 부식의 흔적이 있었으며 위 점막은 침울한 붉은빛으로 변해 있었다. 청산 가스가 그녀의 혈액과 세포로부터 급하게 산소를 차단시켰고 그녀는 무섭고 황급한 몇 초간의 사투 후 사망했던 것이다. 황급하고 짧고 악마적인, 그야말로 단번에 생명의 멱을 내리치는 그런 자기 처형이었다. 그래도 그녀의 죽음의 고통은 아주 짧고 혹독했다는 것이 의사의 보고였다. 시신 안에서 응고된 피의 모양이 그녀의 그 아고니, 그 저주에 찬 절명의 과정을 증언해 주고 있다고 의사는 녹음했다.

그 후 다시 긴 기록의 시간이 왔다. 모든 부위가 다시 정확하고 꼼꼼하게 채집되고 측정됐으며 여의사는 검시 장갑 속에 녹음기를 부여잡고 재확인해야 할 모든 것을 보충적으로 녹음하기 시작했다. 장기들은 트레이에 담긴 채 무게를 기록하기 위해 납작한 저울에 올려지기도 했다. 청조의 뇌 무게는 1359그램이라고 기록되었다.

청조의 손은 검시를 시작할 때보다 훨씬 더 우울해졌고 발은 창백한 치즈빛으로 저물어가면서, 이제 그녀가 더 이상 산 자의 진영에 가입해 있지 않음을 명백히 증명해 주고 있었다. 부검 내내 검시실 창문의 자동 커튼은 10센티미터 정도를 남겨놓고 정확한 길이로 내려져 있었다. 햇빛도 그 사이로 정확한 함량만이 스며들고 있었다. 그 곁의 벽시계는 오전 11시 20분을 가리키고 있었다.

창가 탁자 위로는 시신을 봉합할 커다란 둥근 바늘들과 그곳에 꿰어져 준비되어 있는 굵은 잿빛 실이 보였다. 실은 중간 중간 물에 젖어 있었다. 그 곁에 청조의 두개골을 가차없이 열어젖혔던 톱과 끌과 망치들이 놓여 있었다. 창가 책상에는 검시 보고서 용지들, 녹음기용 카세트들이 어지럽게 흩어져 있었다. 여의사는 자꾸만 '오렌지빛'이라는 용어와 '문장 바꾸고'라는 말을 반복했다.

그렇다. 두개골은 다 열렸고 뇌도 내장도 떠난 가슴 위에 잘린 흉곽만이 마치 공중교처럼 그녀 가슴 위에 떠 있었다. 그럼에도 청조의 유방은 처지지 않은 채 도도하게 솟아 있었고 그 아래로 보랏빛으로 질린 성기와 성기를 덮은 음모가 불빛 아래 번쩍이며 난해한 정물처럼 놓여 있었다. 그 위로 기록을 위해 녹음하는 여의사의 음성이 동요의 후렴처럼 실내를 채웠다.

기록이 모두 끝나자 여의사는 검시가 끝났음을 알렸다. 시체를 매장해도 좋다고 그녀는 녹음기에 대고 말했다. 그리고 곧 검사에 대한 부검의의 검시 결과 보고가 시작됐다. 보고 내내 검은 과부는 나를 소위 베니스 거울 뒤에 은닉시켰다. 보고는 아주 빠르고 정확하고 단호하게 진행됐다. 검사 보고 때 그녀의 혀는 음독 자살의 흔적을 검증받기 위해 수술대 위에서 다시 한 번 더 펼쳐지고 뭉개지고 미끄러졌다. 부검의는 혀 아래 후두부 옆에 튀어나온 편도를 방사선으로 촬영하라고 지시했다. 그들은 그녀의 사망 원인을 청산 가스 음독으로 확신하고 있었다.

당이 그토록 염려해 재수술을 했던 결핵 예방주사 자국도 잘려 조사실로 보내졌다. 그녀의 치아도 꼼꼼하게 조사되었다. 몇 개의 치료치가 그 제조 방법, 형태, 치료 방식을 누설하게 되리라. 검시는 끝이 났다. 그녀의 시신은 텅 비었고 그녀의 죽음은 수많은 조직들, 검사물들, 채집된 체액병들, 녹음 테이프와 검시 보고서들을 남기고 끝이 났다. 보고가 끝나고 검사들이 퇴장해 버린 후에도 검은 과부와 나는 그곳에 남았다.

텅 빈 두개골 속에 종이 뭉치가 넣어지고 그녀 곁에 누워 있던 동강 난 두개골이 다시 씌워졌다. 머리는 굵은 바늘에 걸린 굵은 실로 봉합되기 시작했다. 가슴의 동공 속으로 조사가 끝난 내장들이 넣어졌다. 장기들이 복부 속에 채워지자 의사는 목 밑부터 꿰매기 시작했다. 복부 위와 목 아래에는 종이 뭉치가 삽입되었다. 의사는 아주 빠르게 꿰매어갔다. 거의 마지막 부근까지 꿰매자 청조는 다시 자신의 얼굴과 표정을 되찾았다. 봉합이 끝나자 의사는 긴 칼로 실의 끝을 잘랐다. 성기 바로 위에서 잘린 실 네 가닥이 뻗어 있었다. 두개골 봉합이 끝나자 머리카락이 잘려져 채집병에 담겼다. 팔은 겨드랑이부터 꿰매어졌다. 거친 봉합 자국 아래서 그녀의 외피는 굵게 주름 져 있었다. 거대한 바늘은 그녀의 외피와 외피를 힘차게 뚫었다. 시신은 다시 한 번 스펀지로 깨끗이 닦였다. 그리고 그녀는 흰 비닐이 깔린 이동 침대 위로 덜컹 옮겨졌다.

그녀의 시신이 흰 비닐로 덮이기 전에 검은 과부가 나를 바라다보 았다. 마스크 위에 떠 있는 침착한 눈이 내게 그녀에게 작별하겠느냐고 묻고 있었다. 나는 말없이 그녀에게로 한 걸음 다가갔다. 나는 그녀의 두개골을 봉합한 굵고 견실한 실 자국과 검시에 부대껴 멋대로 물결을 이루고 있는 그녀의 머리카락과 얼굴이라는 그녀의 외피, 그 마스크를 보았다. 나는 그녀에게로 한 걸음 더 다가갔다. 작별 인사는 너무 늦었다. 청조는 이미 저 안에 있지 않다. 검시가 끝난 그녀의 두개골과 복부의 카오스를 방금 목격하지 않았던가. 더구나 나는 그녀 맞은편에서 수갑에 채워진 두 손을 등 뒤에 숨긴 채 서 있었다.

그때 부검의가 내 얼굴 앞에서 가차없이 큰 비닐 덮개를 덮었다. 정확히 얼굴만 남기고. 거칠게 뻗어 있는 비닐 덮개의 그림자 속에 깊이 안치되어 누워 있는 청조의 모습은 애수적이었다. 의사가 마지막으로 그녀의 엄지발가락에 '이즈미 모모꼬/泉桃子'라는 붉은 이름표를 걸어놓았다. 그녀 발가락에 걸린 저 붉은 이름표가 자정의 사내, 백의를 입은 채식주의자인 그 사내가 약속했던 공화국 훈장이란 말인가. 이것이 우리가 당도하려고 몸부림쳤던 바로 그 유토피아였단 말인가.

죽어서 검시된 후에도 그녀는 일본인 가명으로 냉장실로 실려가고 있었다. 삶의 종착역인 죽음에 처해졌음에도 그녀는 아직도 제 이름을 되돌려 받지 못하고 있었다. 내 고백만이 그녀에게 그녀의 이름을 되돌려줄 수 있는 유일한 가능성으로 남아 있었다. 이동 침대는 검시실을 떠나 자동문을 빠져나가 좌측으로 방향을 틀었다. 그것이 바로 여의사가 녹음기에 대고 했던 마지막 말, "시신은 이제 매장을 위해 보호자에게 양도해도 좋습니다."의 의미였다. 청조는 결국 마지막까지 자신의 가명을 엄지발가락에 걸고 매장 때까지 보관되기 위해 냉장실로 향하고 있는 것이었다. 사망 확인서와 검시 증명서가 완성되면 그녀는 매장되거나 화장되리라. 아아, 그녀의 시신을 양도받아야 할 당과 이발사 부친은 대체 어디 있단 말인가. 검은 과부와 함께 검시실을 떠나 대기실로 나왔을 때 나는 안쪽에 이름들이 적힌 채 다음 검시를 기다리고 있는 노란 장화 세 켤레를 보았다.

이것이 죽음이다. 죽음은 이렇게 한바탕 소동을 치르고 응고되어 버린 피와 체액을 누설하며 그 어떤 시위를 치른다. 이것이 자연사조차 누릴 수 없었던 자가 치러야만 하는 제2의 죽음이었다. 부검은 청조에 대한 잔인한 확인 사살처럼 보였다. 그렇게 그녀는 비로소 내 안에서 완전히 사망했다. 수십 조각으로 잘려진 그녀의 뇌처럼 그녀에 대한 추억도 산산이 난도질당했다. 나는 다시는 그녀를 내 추억 속에서 합성할 수 없을 것만 같았다. 내 망막 속에는 그녀의 마지막 실루엣, 텅 빈 껍질처럼 젖혀지기도 뒤집혀지기도 하는 얼굴이라는 가죽과 그 위에 매달려 있던 머리카락, 그리고 두 장의 폐엽과 기도라는 운하 위에 덜컹거리며 달려 있던, 갸름하지만 의외로 큰 혀가 악몽처럼 내 망막에 걸려 있었다.

죽음은 정말이지 거창한 사건이었다. 검시실에서 보니 죽음은 정말 대사건이었다.

적국의 검시실, 그것이 장님이 된 조국을 구하기 위해 심청이 되었던 이발사의 딸 청조의 마지막 인당수였다.

제승

　내가 아직도 이즈미 이초라고 불리는 그에게 여자 공범의 부검 장면을 보인 데에는 이유가 있었다. 나는 사내가 평양이 보낸 소위 혁명 전사임을 의심하지 않고 있었다. 나는 혁명이 그의 동지였던 한 여자를 대체 어떻게 살해하는지 그에게 확인시키고 싶었다. 그를 협박하거나 학대하고 싶지 않았다. 우리가 원하는 것은 그의 비명이 아니라 그의 고백이었다. 피라면 우리는 이미 115구의 시신과 그 피 앞에 서 있었다. 부검된 여자의 모습이 그에게 충격을 주었음이 분명했다. 그 여자가 죽어 부검되는 동안 그녀에게 지령을 내린 자들은 막간에 차를 마시거나 오찬 식탁에 앉아 이를 쑤시고 있는지도 모를 일이었다. 여자는 혼자 죽어 젊은 육체를 낱낱이 부검당하고 있었다. 그것이 그녀의 종착역이었다. 나는 그의 충격과 슬픔을 만지지 않고 놓아두었다. 나는 그의 충격과 참담함을 악용하고 싶지 않았다. 사람 시체라면 나도 지긋지긋하게 보아왔다. 나는 사내가 정화되길 기다리고 있었던 것이다. 그는 지금 감정적 체증 상태에 있을 것이다. 나는 그가 진정한 혁명 전사라면 그가 고백해 올 것을 예감하고 있었다. 니느웨 호텔에서의 운명적 첫 상면 때 나는 그가 약간 다른 질의 남자라는 알았다. 물론 수갑을 채운 상태라고 해도 사건 용의자인 그를 부검실까지 동행시키는 것은 극히 위험한 방법이었다.

부검 후 부검의는 이즈미 모모꼬가 아직도 순결한 소녀의 편도를 지니고 있었다고 놀라워했다. 후두 입구에서부터 혀끝 설청에 이르는 편도는 젊음에 이르면 천천히 축소된다는 것이었다. 그러나 그녀는 그 검시의 순간까지도 순결한 소녀의 편도를 아직도 그녀 입 속에 간직하고 있었다는 것이다. 그녀 나이에 맞지 않는 소녀가 그녀의 입 속에 보존되어 있었다. 그녀는 그토록 황홀한 젊음의 르네상스에 놓여 있었던 것이다. 혁명이 그녀를 먹어치운 것이다. 헤어질 때 부검의는 부검이라는 카오스 속에서도 인간 존엄을 상기시키려는 듯 이렇게 말했다.

"아시다시피 우리는 시신을 검시하는 것이 아니라 진실을 검시하는 것입니다."

한 달 후 전국의 도시에는 조기가 내걸렸고 묵념 시간을 알리는 사이렌이 울렸다. 온 도시가 잠시 일을 멈춘 채 주작 항공 901기 폭파 사건의 115명 희생자들을 위한 묵념에 잠겼다. 택시도 시내버스도 슈퍼마켓도 주식시장도 3분간 문득 생계와 이익을 위한 동작을 멈췄다. 나도 사무실 창가에 선 채 묵념을 알리는 그 애절한 사이렌을 들었다. 거대한 창문으로 묵념 사이렌과 함께 바로 그 자리에 멈춰 선 차들과 의미 없이 초록 불을 켜고 있는 신호등과 아스팔트의 미끈한 청동빛 등판이 목격되었다. 그 묵념의 3분간 전 국민은 보이지 않는 통곡의 벽 앞에 서 있었다. 묵념 후 우리는 우리가 대체 어떻게 변해 있어야 할지 알지 못했다. 우리가 변화하지 않는 한 우리는 수년 후 다시 기차에서, 선박에서, 여객기에서 적의 공격과 학살을 당하지 않을 것이라는 보장이 없었다.

갑자기 정지해 버린 도시 속에서 나는 알았다. 우리에게는 이제 슬픔과 충격만이 유일한 휴식이 되어버렸다는 것을. 그렇지 않으면 우리는 제어 장치가 고장 난 자동차처럼 미친 듯 달린다. 벌겋게 달궈진 대뇌로 무기를 들고 광란의 질주를 하는 아목 살인마처럼 그렇게 미친 듯 달린다. 참변과 학살과 재앙이 우리를 멈추게 하는 그 시간까지. 그리고 극단적 슬픔 앞에서 우리는 사이렌 소리에 맞춰 이렇게 갑자기 3분간 정거한다. 그러고는 묵념 속에서 우리가 묵념을 드려야 하는 것은 정작 학살된 115명의 희생자가 아니라 우리 자신이라는 기막힌 사실과 만난다.

저 시민들이 지옥의 등극 장면 같던 그 참사 현장에 있지 않았던 것은 정말이지 다행스러운 일이었다. 그 현장을 보았다면 누구도 계속 사는 일을 저토록 정열적으로 희망했을 리 없다. 가장 끔찍한 죽음은 소사(燒死)라는 고대 이집트인들의 해석이 생각났다. 불에 타 재가 되어버린 그 육체가 문제였다. 이집트인들에게 죽음은 찢어지거나 균열된 그 무엇이며 수선하고 덧대어 복원해야 할 그 무엇이었다. 육체는 죽은 영혼이 내세에 휴식해야 할 유일한 집이고 대례복(大禮服)이었다. 이집트인들이 복강 속의 내장을 모두 제거한 후 시신을 원형에 가깝게 유지하려고 발버둥친 것은 바로 그런 연유였다. 그러나 소사는 그 대례복인 육체마저 재로 만들어버린다. 참사 현장에서 소사된 희생자들은 바로 영혼이 쉬어야 할 육체라는 집, 그 대례복이 없었다.

전국의 허공을 울리는 저 묵념 사이렌은 이런 엄청난 사건이 아니고서는 도무지 깨어나지 않는 세상, 이토록 참혹한 사건도 한 달 후면 망각 속으로 삼켜버리는 이 무서운 세상을 위한 자명종일까. 정말이지 이런 식으로 질문되어지지 않고는 깨어날 수 없는 우리였던가. 묵념 예식이 끝나면 115명의 학살 사건이라는 이 무서운 현재는 황급히 과거로 편입되어버릴 것이다. 현재는 그렇게 잊혀져 과거가 되고 미래는 현재가 되려고 이미 대열을 옮기고 있다. 세상은 지금까지 그들이 해왔던 방법대로 학살자를 영웅으로, 115명의 희생자를 불운한 한 떼의 승객들로 치부해 버리고 말 것이었다. 이 학살자, 이 괴물이 언론과 재판을 통해 1년 뒤 과연 어떤 모습이 되어 있을지는 아무도 장담할 수 없었다. 이 눈먼 대소동 속에서 정치가는 정치가대로, 기자들은 기자대로, 법률가들은 법률가대로 이 무대에 뛰어들어 이 사건이 점점 더 본질에서 멀어지는 데 한몫 할 것이 분명했다. 학살자가 점점 더 세상의 허공으로 떠오르는 동안 희생자들은 점점 더 고독한 무덤 속에 더 깊이, 더 무정하게 매장되어버릴 것이 분명했다. 그리고 오늘 저녁도 사람들은 다시 공중누각 같은 서울의 어느 고층 빌딩 옥상 라운지의 레스토랑에서 송이버섯을 씹으며 생의 심연을 아무런 예감도 철학도 없이 지그시 내려다볼 것이다. 그 중간 지대에 나와 내 팀이 수사관이라는 이름으로 포진해 있었다.

그 지극히 짧은 묵념의 시간 속에서 성찰의 폭탄이 잠시 우리 안에서 그렇게 폭발한다. 그러나 그 화약 냄새가 채 가시기도 전에 묵념의 종료를 알리는 사이렌이 울린다. 115명의 학살자를 추모하는 조기가 내걸린 증권 회사 건물 위에서는 한 남자가 광고판 속에서 반라의 상체를 드러내고 이중 날 전기면도기를 선전하고 있다. 실성한 속도가 다시 우리 안에서 우리를 밀쳐대자마자 거리에서는 앞차를 재촉

하는 최초의 경적 소리가 터진다.

　그날 석간신문은 바로 그 묵념의 시간에 한 아이가 태어났음을 보도하고 있었다. 한 사내아이가. 수백만 점의 잔해 가운데 하나인 초음파 사진 속의 그 아이가. 그 첫아들을 만나러 바그다드에서 고향으로 달려가고 있던 젊은 부친은 학살의 불속에서 재가 되어버렸다. 젊은 부친은 건설 회사의 측량 보조원이었다. 그는 그때 근무 32개월째였다. 그는 32개월 내내 중동 현장에 있었고 비행기 삯을 아끼기 위해 귀국하지 않고 있었다. 그의 부친은 장남인 그 아들의 회사에서 아들 월급을 입금했다고 보내주던 입금표를 손에 쥐고 있었다. 사실 그날은 그의 귀국일이 아니었다. 그는 곧 태어날 아들과 늙은 부친이 너무도 보고 싶어 귀국 날짜를 다른 동료와 바꾸었던 것이다. 첫 아들과 상견례하기 위해 헐레벌떡 귀국 비행기에 올랐던 그 측량 보조원의 단단한 젊은 육체보다 형광지에 탁하게 인화된 초음파 사진 한 장이 운명에는 더 강했다. 석간신문은 그 사내아이, 측량 보조원의 장자가 신장 51센티미터에 체중 2940그램이라고 썼다. 그렇다. 초음파 사진 한 장이 타지 않고 남았다. 여권 사진보다 조금 더 큰 그 사진 속에는 생후 5개월짜리 사내아이가 살아 있었다. 바로 그 아이가 부친의 묵념 예식 때 태어난 것이다. 건강한 사내아이였다.
　젊은 산모는 집에서 진통이 있고 파수가 되자 그날 새벽 산원으로 옮겨졌고 몇 시간의 배림(排臨) 끝에 정확히 그 묵념의 날 오전 11시 9분에 장자를 안산했다는 것이다. 그 석간신문 기자가 자연분만 대신 '안산(安産)'이라고 쓴 말이 그야말로 우리 모두를 안도하게 했다. 난산이 아니라 안산이라는 것이다. 왜 그 기자는 그 아이를 독자나 그저 사내아이라고 쓰지 않고 '장자(長子)'라고 썼을까. 그 장자의 젊은 부친의 고향은, 조선 임금 세조의 어련에 가지가 걸릴 듯하자 자신의 가지를 스스로 들어 올렸다는 정이품 소나무가 있는 국도를 지나 한동안 달리면 등장하는, 오죽이 많이 나는 외딴 동네라고 했다. 바로 그 사내의 마을에서는 그해에도 음력 정월 초사흗날 마을굿 영신제를 올렸다고 기자는 썼다. 마을굿의 절정인 소지 올리기 예식 때에는 소지의 불길도 빼어나게 잘 피어올라 좋은 징조를 예언했다는 것이다. 그날은 맹동(孟冬)인데도 조선 시대의 군령기처럼 황룡이 그려진 당기(堂旗)는 바람에 청청하게 날렸다는 것이다. 동네 정자나무와 모정(茅亭) 부근에는 상서로운 서기까지 흘렀다는 것이다.

묵념의 그날은 용도 연못에 몸을 잠그고 대침묵에 들어간다는 추분의 끝이었다.

누항

집도의는 의협심이 강한 남자였다. 그는 내게 기적적으로 뇌 손상과 얼굴 화상이 없고 기억상실에 빠지지 않은 것은 드문 행운이라고 했다. 그는 내가 116명의 탑승자 중 유일한 생존자임을 반복해서 강조했다. 116명 중 대부분이 폭발 때 숯덩이가 되어 사망했으며 나 혼자만 생존했다는 것이다. 나는 그 충격적인 보고를 듣고 그냥 잊었다. 115명의 사망자가 거의 다 숯덩이가 되었다는 말을 알아듣기 싫었다. 그렇다면 내 양친도 숯덩이가 되었다고 의사는 말하고 있다는 말인가. 나는 그 참사를 수락하고 이해할 힘이 없었다. 나는 내가 누구인지 안다는 것이 저주스러웠다. 눈을 뜨고 있었지만 반의식불명 상태로 수주간 악몽에 시달렸다. 악몽 속에서 나는 내게 닥친 파산과 재앙을 확인했다. 내가 무엇인가 인식하는 순간 다시 한 번 불행에 타버리거나 폭발해 버리리라는 공포가 있었다. 내가 인식해야만 하는 그 일, 인식되기 위해 내 앞에 서 있는 그 일을 인식하는 순간 나는 죽을 것이다. 그 현실을 알게 되는 순간 나는 죽는다. 가상만이 살길이었다. 무엇인가 아주 끔찍한 일이 발생해 버린 것이다. 아주 혹독하고 끔찍하고 직접적인 그 무엇이.

오른팔 절단 부위는 그 재앙을 전혀 숨기지 않았다. 봉합한 자리는 뭉뚝하고 둥그런 무우 모양이 됐다. 바흐나 슈만의 정교한 음들에 열광하고 절망하며 그 모든 연습 음들을 저장하고 있던 황금 같은 오른팔은 내 어깨에서 절단된 채 사라지고 없었다. 아무리 내 생명을 건지기 위한 결단이었다지만 저 의협심에 찬 집도의는 그 오른팔이 바로 내 생명 창고인 줄을 모르고 있었던 것이다. 외과의사들은 생명이란 언제나 심장이나 혈관 속에만 들어앉아 있다고 생각하는 것일까. 내가 그때 의식이 있어서 내 생명인 오른팔과 함께, 그 안에 깃든 괴사와 함께, 결코 절단당하지 않은 채 함께 죽겠다는 순교적 발언을 할 수 있었더라면 나는 우아하게 죽을 수도 있었던 것이다. 그것이 내가 선택할 수 있었던 피아니스트다운 종말이었다. 그러나 그때 나는 의식불명이었고 화상 3도의 재앙이 불을 토하는 괴물처럼 이미 내 오른팔을 먹어치우고 있었으며 괴사는 내 목을 확실하게 조르고 있었다는 것이다. 집도의는 내 오른팔은 이미 참사 현장에서 잘려나간 것이나 다름없었고 절단 수술은 재고의 여지가 없는 필연적 형식이었음을 강조했다. 그렇게 해서 그는 나를 116명 중 유일한 기적의 생존자로 만들어놓았던 것이다. 그러니 나는 생명 자체인 오른팔을 잘린 채 죽어버린 상태에서 살도록 강요받고 있는 셈이었다. 이 돌연한 재앙을 이해하는 일이 어려웠다. 나는 생명이었던 그 오른팔이 없는, 생존한 괴물인 나를 보았다. 나는 이제 피아니스트가 아니었다. 기적의 생존자, 그것이 이제 나의 새 직업이었다.

칠흑 같은 밤, 나는 취침 중 침대에서 일어나 몸을 일으키려고 했다. 오른팔로 내 몸을 지탱할 생각이었던 모양이다. 내게 오른팔이 없다는 사실을 잊었으므로. 오른팔로 침대 난간을 짚었다고 느끼는 순간 나는 병실 바닥으로 냅다 추락했다. 나는 힘껏 내던져진 화물처럼 추락해 병실 바닥에 내던져졌다. 무의식 중에 없는 오른팔로 침대 난간을 잡으려고 했던 것이 화근이었다. 그날 마침 침대 난간이 잠시 내려져 있었다. 그 어처구니없는 추락.

나는 팽개쳐진 채 숨죽여 울기 시작했다. 그 저지대에서 아무도 나를 받아주지도 받쳐주지도 않는 노골적 삶이 거기에 있었다. 나는 그 자리에서 처음으로, 나중에 치르기로 했던 양친에 대한 통곡을 시작했다. 그리고 오른팔을 잘리고 살아남은 유일한 생존자, 무자비한 운명을 증언하고 있는 나 자신에 대해 울었다. 나는 내가 꿈꾸었던 성공과 행복 같은 것이 얼마나 무서운 미신인지를, 희망이 얼마나 무서운 미신인지를, 추락해 떨어져내린 차가운 병실 바닥에서 보았다. 내 몸의 일부로서 나와 함께 전아한 바흐와 장려한 베토벤을 익히던 길고 예민했던 잘려나간 팔에 대해 울었다. 내 몸에 붙어 있었으므로 그 여객기에 탑승했고 화상을 입었고 결국 동맥과 정맥의 관계를 잃고 급하고 고독하게 썩어간 내 오른팔을 추도했다. 발견될 때 이미 작은 불기둥 같았다던, 작고 길쭉한 용암 덩어리 같았다던 내 오른팔을 추도했다. 손의 내전근 근육을 늘리기 위한 물갈퀴 수술 자국이 아련히 남아 있던 치열한 팔이었다. 어떻든 나는 온 내장이 전복을 일으켜 기도를 통해 목젖까지 쏟아져나오는 마지막 기분이 들 때까지 울었다. 그렇게 울다가 내 존재 자체가 갑자기 액화되어 무가 되어버릴 수 있다면 행복할 것 같았다. 그날 밤 나는 내가 일생 울 수 있는 것의 절반을 울어버렸다. 나는 피아니스트 대신 내게 맡겨진 새

배역인 '생존자'를 어떻게 치러내야 할지 알지 못했다.

집에 돌아오면 피아노 뚜껑을 열고 내 누에고치인 그 속으로 잠입해 들었다. 내 연주용 피아노는 운반할 때마다 흰 장갑을 낀 사람들에 의해 마치 생달걀을 다루듯 극진하게 취급되었다. 그 피아노 소리와 함께 나는 28년을 늙어왔다. 내 팔 안에 깃들어 있던 모든 혈관과 신경 조직, 뼈와 육질 안에 내가 연습하고 연주했던 모든 곡들이 저장되어 있었다. 손가락이 건반을 만지는 순간 내 오른팔은 이미 내가 무슨 곡을 칠 것인지 알고 있었다. 28년의 기쁨과 비명이 들어 있던 내 보물 창고였던 그 오른팔은 갔다. 근육을 늘리기 위한 물갈퀴 수술 자국이 아련하게 남아 있던 치열한 그 황금 팔은 갔다. 바그다드에서 연주했던 모차르트의 「피아노 소나타 가단조」 중 3악장의 그 몰아치는 광채 음이 생각났다. 눈물로 장님이 된 눈으로 나는 허공을 바라다보았다. 추억, 기쁨, 땀도 지워져버린 완전한 취소, 완전한 무효가 거기 있었다. 그러자 내가 희망의 영점 지대에 도착해 있음을 알았다. 문틈을 통해 복도 저편에서 건너오는 라디오의 휘몰이 잡가가 들려왔다.

사진 속에서 내 오른팔은 불타는 벽난로처럼 붉었다는 것이다. 아니, 벽난로 속에 타고 있는 긴 장작처럼 붉었다는 것이다. 그것이 내가 급히 국군 병원으로 옮겨지기 위해 헬리콥터에 실리기 전 내 화상의 정도였다. 머리카락도 눈썹도 다 타버렸다. 사진 속의 내 오른팔은 마치 늙은 산정에서 토해져나온 한 토막의 용암, 혹은 거대한 붉은 영덕게 같았다. 타버린 팔에서는 분명 인육 냄새가 났으리라. 조금만 더 타들어갔더라면 의사들은 그 안쪽에 가로놓인 뼈를 볼 수 있

을 정도였다. 수액을 들이부었을 때 아마도 그들은 내 살에서 수증기
가 피어오르는 것을 보았으리라. 그래도 잠시 후 살갗은 서로 어딘가
에 의지하여 건조되려고 서로를 미친 듯 잡아당겼다는 것이다. 실신
한 내게서는 맥박이 잡히지 않는 데도 파열된 곳마다 붉은 선혈이 솟
아오르더라는 것이었다. 그 무서운 가사 상태에서도 피는 여전히 붉
었다는 것이다. 사고 현장에서는 폭발적으로 인육 타는 냄새가 솟아
올랐다고 했다. 그것은 확실히 거대한 도살의 냄새였다. 나는 말하자
면 화재로 전소되어버린 28년짜리 선박이었다. 그 밤 나는 그저 목쉰
개처럼 컹컹대며 내 불운을 향해 미친 듯 짖어댔다. 그 새벽에 순회
간호원과 당직 인턴은 병실 바닥에 추락해 흥건히 젖은 채 누워 있는
나를 발견하고 경악했다.

"기절하진 않았어요."

담당 간호원이 말했다. 그녀는 내가 죽어도 기절할 수 없는 여자라
는 사실을 모른다. 기절하면서 삶을 신파로 살 수 있었다면 아마도
팔을 잘라내야 하는 막다른 골목까지 오지 않을 수도 있었으리라. 병
실 바닥이 그토록 물로 흥건했던 것을 보면 그때 나도 모르게 요실금
을 했는지도 모르겠다. 어떻든 나는 작은 연못 위에 떠 있는 인공 섬
처럼 발견되었다. 그들은 얼굴에 약간의 타박상과 비출혈이 있는 나
를 발견했다. 그들이 놀란 것은 내가 실신하지 않았으며 비상벨도 누
르지 않은 채 침착한 모습으로 그렇게 새벽을 기다리고 있었다는 사
실이다. 그들은 모르고 있었다. 사실 그 침대에서의 추락이 높은 고
도의 여객기로부터의 추락보다 더 참혹했다는 것을. 나는 병실 바닥
을 죽을힘을 다해 기었다. 그러자 내가 마치 마이애미의 악어 농장에
서 본 진흙 속을 기는 악어 같다는 생각이 들었다. 맨해튼 첼시아 구
역에서 본 '아낭케'라는 장의사도 생각났다.

삶은 피아니스트인 내 오른팔을 톱으로 잘라낸 후 비로소 내게 말을 걸고 있었다. 나는 그 순간부터 비로소 내 삶이 시작되고 있음을 알았다. 그 이전에 나는 삶을 산 것이 아니라 동화를 살았었다. 나는 국제 음악 콩쿠르에서 언제나 운이 좋았고 내 연주법과 대담한 곡 해석에 경탄과 갈채를 보내주는 평론가와 후원자들이 있었으며 여러 뛰어난 스승들의 제자가 되어 그들의 현존을 누리는 축복을 받았다. 그리고 바그다드의 호텔 스마락드의 한 고독한 방에서 피아노 조율을 끝내놓고 나를 기다려주는 아버지가 있었다. 부친인 안빈 총영사는 내 기사가 실린 모든 신문을 잘라 그의 서재에 붙여놓았다. 어머니는 그것을 '누항의 제단'이라고 불렀다. 그럴 때면 부친은 '그래, 난 누항교(敎)의 신자야.'라며 파안대소했다. 이제 모든 것이 숯덩이가 되었고 아버지는 곁에 있지 않았다.

바그다드 연주 때 아마로 지어 만든 소매 없는 모시 원피스를 입고 모차르트를 듣던 아름다운 어머니도 있었다. 아아, 어머니는 숯이 되어버렸다는 것이다. 불길도 그녀가 극도로 섬세하고 극도로 잘 보관된 가연성 물질 같은 존재라는 사실을 알아챘을까. 불은 거침없이 그녀를 공격했고 그녀는 가차없이 불길 속에서 연소되어버렸다는 것이다. 나의 서울 연주 방문 때 입으려고 여행 가방에 싸넣은 그녀의 연두 겹당의 한 벌도 타버렸다. 그녀는 이따금 그 당의에 옛 혼례용 나비잠을 뒷머리에 꽂아 아름다웠다. 나전 장롱과 민화 병풍을 사랑했던 그녀, 홍조를 띤 어머니의 사치스럽고 교정 불가능했던, 그래서 더 아름다웠던 세계는 갔다. 어머니는 그날 비행기에 오를 때 한 박물관장이 선물했다는 붉은 인줏빛 삼두일족응(三頭一足鷹) 부적을 가슴 깊이 간직하고 있었다. 그러나 머리 셋에 외발을 하고 있다는 그 장사풍의 길조(吉鳥)도 그 참혹한 재앙을 막아내지는 못했다. 아니,

그 길조도 함께 도살됐다. 남은 것이라고는 어머니의 왼쪽 무명지에 끼어 있던 잉크빛 실론 사파이어 반지였다. 다시 말하지만 불은 그녀 육체 안의 가장 깊고 작은 소조직까지 완전히 파괴하면서 그녀의 집인 육체를 전소시켰다.

그 가을은 계절 복판에서 자주 비를 뿌렸다. 비와 바람이 자주 가을 한가운데 기립해 있는 거목들 사이를 통과하는 것이 병실 창밖으로 바라다보였다. 병실과 세상의 국경인 창가에는 투명한 화병에 담긴 히아신스가 이따금 돌발적인 향기를 풍겼다. 가습기까지 멈추면 병실은 침묵의 요새가 됐다. 그것이 나의 우주였다. 그 고독한 대륙를 떠도는 것이라고는 요염한 히아신스 향기뿐이었다. 내가 하필 히아신스를 꽂아달라고 말했다는 것이다. 그것은 파스칼의 꽃이 아닌가. 그의 사구의 집 이타카에 있던.

침묵의 요새. 나는 내가 이따금 이 병실만한 승강기 안에 갇혀 있다는 생각이 든다. 갑자기 28층 고도에서 지하로 추락해 버린 후 영원히 멈춰 있는 승강기. 시간도 창세 전의 그 태고 속으로 추락해 있는 것만 같았다. 나는 침묵이 그토록 무서운지 몰랐다. 그 정적 안에 모든 희망과 감상을 단번에 잘라내는 거대한 원형 톱의 사나운 양날이 천천히 돌고 있는 것을 나는 보았다. 아니, 네 벽 병실은 내가 28년간 노를 저어 도착한 법정 같았다. 기소문도, 변론도, 선고도 없는. 선고 후 모두가 퇴장해 버리고 다시 태고의 침묵만이 꾸역꾸역 상륙해 있는. 그곳에 나 혼자만이 이미 낭독된 선고문의 내용조차 알지 못한 채 병상으로 꾸며진 흰 피고석에 누워 있었다. 판사가 판결문을 낭독했던가. 오른팔의 절단을 선고하는 그 판결문을. 일생 다시는 피아노를 칠 수 없다는 종신형 선고는 낭독됐던가. 피고인 나만이 법정에 앉아 있었다. 생존자라는 배역은 한 가지만이 가능하다. 미친 듯 계속해서 만신창이가 된 삶을 꾸역꾸역 살아내는 것이다.

참사 현장은 거대한 화장장이었다는 것이다. 참사 현장의 사진이 보여주는 파괴력은 너무도 참혹했고 그 카오스는 차라리 음탕하기조차 했다. 그 완벽한 파괴의 촉수는 파괴할 수 있는 그 모든 것을 정열을 다해 끝까지 파괴한 후 그 위에 파멸의 인장을 분명하게 찍었다. 이것이 살고자 하는 에너지의 대극에 존재하는, 지독하게 작은 행복까지도 가차없이 맷돌로 갈아버리는 악의 힘일까. 그래도 내가 연주 여행을 다녔던 피렌체, 베니스, 더블린, 런던, 쾰른, 뉴욕 도처에는 '에덴' '금모양피' '성배(聖杯)' '엘도라도' '아틀란티스' 같은 유토피아의 이름을 단 카페들이 있었다. 노골적으로 '파라다이스'라는 간판을 내건 주점도 있었다.

유럽에 있으면 덜 외롭다. 그곳 사람들은 고독의 장인들이다. 성년이 되면 그들은 일찍 자신의 지팡이를 들고 양친의 집을 나와 자신의 길을 간다. 그리하여 수십 년을 가족 없는 도상의 인간들처럼 산다. 그래서 그들은 지팡이를 짚고 도상에 서 있는 젊은 오이디푸스 같아 보인다. 그들은 모두가 자유롭기 위해 외롭다. 고독과 자유 중 어느 것이 인간에게 더 해로운지 모르겠다. 언젠가 베를린에서 연주회를 끝내고 피렌체 스승에게 전화를 걸었을 때 스승이 했던 질문이 생각난다. 그는 다짜고짜 물었다.

"이 통화가 끝나면 당신 대체 뭘 할 작정이요?"

그 질문은 충격적이었다. 세계적인 지휘자나 오케스트라와의 협연, 선망의 무대, 청중들의 열광적인 박수, 어떤 날은 감격적인 기립 박수까지 터진다. 매니저는 그 도시 최고의 호텔을 예약해 둔다. 그러나 공연이 끝나고 공연장 뒷문인 연주자용 출구를 통해 낯선 도시로 걸어나오면 대기 중인 것은 익을 대로 익어버린 낯선 도시의 밤뿐이다. 그 밤 한가운데 서서 손에 들린 무거운 연주복과 악보 가방을 들고 우리는 호텔 앞에서 헤어진다. 어떤 해에는 단 한 달도 같은 도시에 머물러보지 못했다. 1년의 절반 이상은 낯선 도시의 호텔에서 지내는 일이 계속된다. 그래서 스승은 피렌체에서의 첫 상견례 때 내게 물었다.

"세상에, 당신은 왜 하필 무섭도록 이 고독한 일을 하려는 거요?"

무대 위에서의 그 기막힌 긴장감, 행복감, 파도처럼 끼얹어오는 해일 같은 박수 소리. 무대에 서보지 않은 사람은 연주 후에 내가 느끼는 그 마법적 행복감을 이해할 수 없다. 그 행복감에 대한 복수로서 무대를 떠나면 절벽 같은 고독이 닥치는 것일까. 실연 후에도 연주를 마치고 무대 뒤의 연주자 방으로 돌아오면 만나고 싶은 사람은 기막히게도 언제나 특파원인 그였다. 연주가 끝난 밤, 함께 있고 싶은 사람은 예외 없이 언제나 방탕한 그였다.

연습실 밖에서는 창가에 제라늄이나 가꾸면서 인생을 길고 순진하게 연장시키며 사는 사람들의 맹목이 도처에 있었다. 남향의 베란다, 로코코풍의 정원 의자, 연기 없는 바비큐 기계, 영리한 보험사, 눈치 빠른 세무사, 주문 후 으레 서비스로 자두술을 내오는 식당들의 예약 번호, 이것이 그들 삶의 내용들이다. 그들에게 삶은 그 이상도 그 이하도 아니었다. 권태의 유령들이 도처에서 출몰한다. 그리고 나는 아마도 그들을 위한 고급 연주자였다.

내게 닥친 불면을 호소하는 것조차 부끄러웠다. 대체 무슨 희망이 남아 있다고 불면에 시달리는가. 밤이 되면 내게 잠을 강요했고 자학의 매로 나 자신을 늘씬하게 두드려 팬 후 잠 속에 매장시켰다. 나는 그렇게 날마다 절망에 살해되었다. 누구도 내 슬픔과 절망에 눈물 한 방울도 더 보탤 수 없는 절대 공황 속에 당도해 있었다. 아름답던 삶의 만찬은 끝이 났다. 생의 르네상스 한복판에서 나는 만찬의 스프를 뜨기 위해 은수저를 잡았던 오른손을 잃었다. 만찬은 끝이 났다. 눈부신 무대에 선 채 나를 피아노 연주자로 살도록 허락했던 황홀한 날들. 그것은 투우사가 삶이라는 콜로세움에서 내 눈앞에 흩날렸던 진홍빛 투우용 카포네였을까. 그리고 결국 내 삶의 목덜미, 삶의 경부에 예리한 단도를 내리꽂은 것은 아닐까. 그것도 정확히 오른손이라는 명치를.

나는 그 어떤 표상을, 이 압도적인 파멸 앞에서 이 파멸이 주는 의미를 생각해내려고 애썼다. 그리고 곧 모든 시도를 다 내던져버렸다. 이곳은 파멸의 종착역이니 더 이상 왜냐고 물을 단 한 치의 플랫폼, 뒤로 물러설 벼랑 뒤 땅 한 뼘도 가지고 있지 않음을 알았기 때문이다. 나는 나의 28년을 그토록 완벽하게 태워버린 거대한 화장장의 잿더미 앞에 앉아 있었다. 재앙을 보자 그만 눈이 멀어버린 여자처럼.

객석으로부터 겨우 1미터 50센티미터 정도 높은 무대라는 그 분지(盆地), 그곳에 섰을 때 불어오던 청중들의 기대감, 박수라는 그 우렁찬 바람, 나를 취하게 했던 그 황홀하고 건강한 취기와 절정감 없이도 내가 삶을 살아낼 수 있는 것일까. 다시는 무대에 설 수 없다는 이 믿을 수 없는 선고는 대체 무엇을 의미하는 것일까. 나의 음악적 항구였던 그 무대 없이 내가 과연 살 수 있기는 한 것일까.

문득 면사포를 머리에 쓴 채 입 안에 산탄총의 총신을 깊게 처넣은 채 방아쇠를 당겨 자살했던 전설적인 오페라 가수가 생각났다. 그녀는 지병 끝에 자신의 병상이었던 순백의 침대 위에서 그렇게 목숨을 끊었다. 면사포를 쓰고. 그녀도 나도 자신을 병상으로 된 법정의 피고로 만든 그 누군가가 있었다. 아아, 이 절망 위에서도 순간순간 환각처럼 번쩍이는 이 면사포는 대체 무엇인가.

아직 정체를 드러내지 않은 또 다른 그 무엇이 있다. 이 고통 뒤에 줄을 선 채 무대 뒤에서 대본을 뒤적이며 자신의 등장을 기다리는, 반드시 등장하도록 예정되어 있는 필연적인 그 무엇이 잠복해 있다. 그것이 다시 재앙이든 행복이든 나는 그것을 기다릴 권리가 있다. 아니, 솔직히 말한다면 나는 그것밖에 할 일이 없다. 이 막다른 골목에 서 있는 것은 멍청하게도 희망이란 이정표밖에는 없다.

그렇다. 절망에도 온기가 닿으면 고요한 점화가 일어나고 삶은 더워진다. 그러면 희망은 다시 공룡처럼 빙하 속에서 몸을 뒤척인다. 그렇다면 절망과 희망은 애초 내연 관계였단 말인가. 두 간통자들처럼 내 안에서 깊이 몸을 섞고 있단 말인가. 그러나 미래의 나는 대체 이 파산을 어떻게 정리하고 경악을 변제한 후 다시 삶으로 복귀해야 할지 와신상담하고 있었다. 내 안에서 부화(孵化)의 징조가 느껴지고 있었다. 이 부화의 징조는 내가 아직 살아 있다는 유일한 증명, 유일한 알리바이였다. 그 부화는 불행 앞에서 차라리 선정적이기까지 했다. 내가 이 재앙으로부터 건너뛰려는 저 황급한 피난처인 미래란 무엇일까.

내 삶은 그렇게 격렬하게 단조와 장조를 통과하고 있다.

계승

학살은 그토록 단숨에 이루어졌건만 저 학살자를 처형에까지 이르게 하는 수사와 재판의 길은 너무도 느리다. 적은 115명의 승객을 단한 줄의 해명도 없이 학살해 버렸는데 우리는 한 명의 학살자를 도주로에서 사살하지도 못한 채 산 채로 잡아 고급 호송기와 꼼꼼하게 다듬어진 고급 법률, 가령 국가보안법 제3조 제1항 2호, 항공법 제119조, 항공기 운항 안전법 제12조 같은 고등 법률에 의거해 그의 죄를 법의 저울에 달게 될 것이다. 그는 죽어도 법이 정한 처벌보다 1그램도 더 처벌되어서는 안 된다. 그가 저지른 범죄보다 1그램도 더 처벌되면 안 된다는 문명 법의 이 정언명령 때문에 수백 명의 수사 인원과 법률가가 그를 위해 시간을 낭비해야 하는 살인적 패러독스가 이미 예정되어 있다. 범행 때 그는 살인마였고 학살자였는데 수사와 재판 과정에서 그는 당당히 인간 취급을 받는다. 더구나 공식 기소 전까지 그는 학살자도 범인도 아닌 형사 피의자라는 합법적인 신분의 법적 귀족 상태를 누린다. 그는 자기에게 불리한 진술을 강요당하지 않을 권리와 수사 기관의 조사나 공판 때 신문에 대해 진술을 거부할 권리가 있다. 게다가 형사 피의자인 그는 이익, 불이익을 불문하고 묵비권을 행사할 수 있다.

끔찍한 것은 115명의 사망자 중 81명이 다섯 개 건설 회사를 통해 파견된 중동 건설 계약 노동자라는 사실이었다. 그들은 대개 가난한 집안의 가장들이었다. 115명의 사망자 명단에는 사고 여객기인 주작 항공 901기의 기장, 항공 기관사, 보안 승무원의 이름에서 시작해 중동 건설 계약 근로자들의 이름이 적혀 있었다. 이름 곁 괄호 속에는 크레인, 철골, 설비 배관, 형틀 목공, 타이어, 일반 미장, 토공, 한식 요리 같은 직업과 연령이 적혀 있었다. 명단 맨 마지막에는 '이상 사망자 115명'이라고 씌어 있었다.

그것이 내게는 가장 큰 충격이었다. 북한이 저지른 끝없는 만행의 목록 속에서 그들은 결국 그들 공화국의 주인이라고 말한 노동자들까지, 아니 바그다드-서울 노선 이용자 대부분이 중동 건설 사업에 파견된 계약 노동자라는 사실을 알고 있었으면서도, 그래서 유독 그 노선을 선택했고 주저 없이 살해해 버린 것 말이다. 그렇다면 북한은 이제 혁명 원칙의 마지노선, 혁명의 마지막 명예까지 내던져버리고 있는 것이다. 어떻든 우리에게서는 115명분의 희망이 사라져버린 것이다.

수사가 끝나면 그는 법정으로 옮겨지리라. 법정도 그 경악할 살육의 정체를 알기 위해 시간을 바쳐야 한다. 기록들이 운반되고 정독되고 법조문들이 적용된다. 과연 그 무정하고 참혹한 살육이 보안법과 형법 같은 재판 과정을 통해 문명적으로 다루어질 가치가 있는 것일까. 이것은 혁명이 아니라 학살이다. 그리고 나는 북한에서 파견된 한 혁명가를 심문하는 것이 아니라 학살자를 상대로 노동하고 있는 것이다. 나는 학살자가 저지른 만행을 뒤치다꺼리하는 자이다. 그는 시한폭탄으로 115명을 주저 없이 단번에 학살해 버렸는데, 우리는 한 학살자를 죽이기 위해 비용 많이 드는 이 길고긴 합법의 과정이 필요하단 말인가. 고등 법률에는 물론 복수의 법 같은 것은 아예 없다. 가령 115명의 피해자 가족이 115개의 권총으로 동시에 그를 쏘아 살해하는, 그래서 그가 115개의 탄환에 맞아 육질이 걸레처럼 떨어져나가 죽게 되는 그런 복수의 법 같은 것은 아예 없다. 더구나 그의 사형 집행을 위해 사형 선고인, 사형 집행인, 사형 확인인 그리고 성직자까지 준비해야 하는 것도 우리의 몫이다. 보안 직원들, 교무 간부, 사형 집행관, 담당 검사, 신부, 목사, 승려들을 준비해야만 하는 것 말이다. 머리에 씌우는 용수, 발목과 무릎과 두 팔을 묶을 밧줄을 준비해야 하는 것도 우리 몫이다. 학살자와 함께 내가 동행해야 하는 이 길고긴 수사와 재판의 길, 이것이 바로 우리가 우리 자신인 인간을 참아내야 하는 진땀 나는 문명의 길이다.

첫 심문을 위해 취조실로 불려나온 사내는 불안과 회의의 톱니바퀴에 사정없이 저작당해 버린 늙은 얼굴을 하고 있었다. 취조실은 질문의 궁전이다. 그의 얼굴 전체가 절망이라는 돌에 매달려 낙하하고 있었다. 주름은 처지고 수염은 자라 까맣게 질려 있었다. 시선도, 머리카락도, 입술도, 눈가에 생기기 시작한 반점도 낙하를 시작하고 있었다. 피부의 팬 곳마다 슬픈 그림자가 꼭꼭 들어차 있었다. 절망이 존재의 입구인 얼굴을 저 정도로 낙하시키고 나면 남은 것은 처형뿐이었다. 입술은 약간 벌어져 있었는데 입 안은 이미 말라서 사막 같아졌음에 틀림없었다. 갈등과 수면 부족 때문일까. 오른쪽 귀는 낡은 책장처럼 귀퉁이가 접혀 있었다.

그때까지도 위조로 밝혀진 이즈미 이초라는 이름을 집요하게 가면처럼 뒤집어쓰고 있는 그 사내는 아직도 전신 마취에서 깨어나지 않은 환자의 모습을 하고 있었다. 음독 자살 후유증으로 인한 육체적 마취 상태가 아닌, 수십 년간 그의 신——당과 수령——이 그에게 가한 전신 마취에서 깨어나지 않은 모습이었다. 그는 조국에 완전하게 점령된 얼굴, 당과 수령에게 완전히 선점되어버린, 사나운 맹수에게 가차없이 먹혀버린 모습을 하고 있었다. 확신하건대 그는 혁명 전사라는 이름의, 북한의 당과 수령이 만들어낸 맞춤 인간이었다. 그는 마치 북한이 만들어낸 기계, 사람에서 기계의 장으로 넘어간 존재처럼 보였다. 그럴 때 손등에 돋은 그의 혈관도 무의미하게 살 속에 박혀 있는 전선 덩어리에 지나지 않는다는 생각이 들 정도였다. 당과 수령이 그의 일생의 성화(聖畵)이거나 성화(性畵)였다. 그는 당과 수령, 그리고 혁명 전사라는 이름으로 기능했던 자기 초상에 균열을 느낄 때마다 신음하는 것 같았다. 혁명 전사라는 그의 결사적인 춤은 끝이 났다. 한 손에 시한폭탄을, 한 손에 자살용 독약 앰풀을 들고 추던 슬픈 춤은 검무는 끝이 났다. 그래도 아직 저 후줄근해진 테마인 '혁명'을 부여잡고 있는 남자가 거기 있었다.

다음날 심문실에 등장한 그를 보니 영락없이 고통 때문에 금이 간 판유리 같은 얼굴을 하고 있었다. 그렇다. 그는 이제 부서질 때가 되었다. 범죄 심리학자는 그를 전형적인 '연쇄 살인자'로, 다른 동료는 그를 '만성 스탈린 신드롬' 환자로 규정했다. 체포된 후에는 완전히 무장해제되었는 데도 나는 알고 있었다. 그 사내 안에 아무도 볼 수 없는 리볼버 하나가 남아 있다는 것을.

심문 시작 후 사흘이 지났을 때 나는 그가 설득되지도 회유되지도 않을 것을 알았다. 눈사태 같은 질문에도 그는 끄떡도 하지 않았다. 그의 침묵에서는 완강한 시멘트의 비린내가 났다. 포위당한 요새처럼 사내는 무엇이든 자기 밖으로 나가려는 것을 막으려고 했고 요새 내부의 것을 지켜내려 발버둥치고 있었다. 취조 시작 후 나흘 동안 그의 몸무게는 무려 5킬로그램이 줄었다. 그가 이즈미 이초라는 일본식 가면 뒤에 악착같이 숨은 채 거짓 진술을 하는 것은 조금도 이상한 일이 아니었다. 그는 자신이 어차피 감옥에 처넣어진 후 처형되리라는 사실을 알고 있었다. 어차피 죽어야 한다면 왜 그가 자기 신념을 바꿀 필요가 있단 말인가. 그는 조직적이고 침착한 담력의 소유자였다. 사내의 침착함이 나를 긴장시켰다. 저런 베테랑들에게는 자살도 처형도 결코 어려운 일이 아니다.

감옥 병동의 의사들은 한 해에도 수십 번씩 응급실로 황급히 수송되어온 죄수들의 위장 속에서 그들이 삼켜버린 라이터, 칫솔, 수저, 칼, 철사, 바늘, 침대 부속 같은 사나운 식량들, 낯선 분실물들을 끄집어내야만 한다. 감옥에서의 자살은 아무리 감시가 엄중하다 해도 어려운 일이 아니다. 시간이 지나면 면도날 하나쯤 얻는 일은 어려운 일이 아니고 면도날로 동맥을 끊는 일이 효과적이지 못하다면 알루미늄 종이에 싸서 입으로 삼켜버릴 수도 있는 것이다. 어느 감옥 병동이나 죄수들의 위장에서 끄집어낸 사나운 쇳조각들을 모아놓은 슬픈 상자 하나쯤은 있는 법이다. 어떤 죄수는 매일 아침 침대 부속인 갈고리 한 개씩을 삼켰고 의사는 매일 그의 위액 속에서 이미 녹이 슬기 시작하는 갈고리 하나씩을 끄집어내야만 했다. 마지막 날은 응급치료가 아니라 죄수의 내장이라는 바다에 앉아 낚시질을 하는 기분이 들었으리라. 물론 죄수들이 감방에서 이런 쇳조각을 삼키는 것은 분노나 관심을 얻기 위해서일 수도 있었다. 그러나 감옥에서마저 그토록 소동을 일으키는 것은 어린 잡범들이나 하는 짓이다. 감옥에서도 고요하고 품위 있는 죽음은 얼마든지 계획할 수 있는 법이다. 죽음은 소란스러워서는 안 된다. 전광석화처럼 빠르고 고요한 연출이 필요하다. 물론 그런 소동을 통해 감방에서 병원으로 후송되고 그 후송 과정에서 다른 공범들이 탈옥을 돕도록 계획될 수도 있었다. 고독 때문에 감방에서 숟가락이나 침대 갈고리를 삼키는 자들. 그렇다, 고독보다는 차라리 숟가락이나 침대 갈고리를 식도 속으로 처넣는 그 광기가 더 나은지 모르겠다. 그 일로 죽음에 이를지라도 그렇게 고독에게 복수해 보는 것이 죽음의 전령인 고독보다 나은지도 모르겠다. 가장 무서운 인간이 있다면 죽어도 절망하지 않는 인간이다. 더 무서운 일이 있다. 고독 말기 증세가 되면 죄수들은 감옥이 아니면 할 수 없는 일, 즉 푸른 지폐를 삼킨다. 그것도 고액권인 시퍼런 지폐를. 지폐를 삼켜버리고 나면 이 세상에 더 이상 무서운 것은 존재하지 않는다. 시퍼런 지폐가 보장하는 권력, 소유욕, 안락이 별것 아닌 것이 되고 나면, 돈을 욕망하는 그 속물 근성마저 사라지고 나면 그는 더 이상 인간이 아니다. 시퍼런 지폐를 삼켜버리는 순간 그에게서 인간은 증발되고 사물만 남는다.

　사형 집행도 삽시간에 일어난다. 처형장은 창문이 없다. 그것은 잠깐 동안의 절대적 단절이다. 조명은 의도적으로 어둡다. 처형장은 처형 과정 중 돌연한 악취나 비린내를 없애기 위해 애초에 난방 장치 같은 것이 없다. 사형수에게는 마지막 식사가 제공된다. 산 자의 땅에서 갖는 마지막 만찬이. 유언 절차가 끝나면 사형수 머리로 수인

번호가 적힌 용수가 씌워진다. 천정 도르래에 걸려 있는 올가미가 아래로 잡아당겨져 사형수 목에 걸린다. 교수용 밧줄은 사형수의 신장과 몸무게에 따라 그 길이가 결정된다. 저편 외벽에는 도르래를 작동시키는 큼직한 손잡이가 붙어 있다. 목에 밧줄이 걸리고, 도르래가 작동되고, 마루판이 돌연 아래로 꺼져내리고, 사형수 몸이 지하로 떨어지면서 밧줄에 척 매달리는 것으로 처형은 끝이 난다. 사망 진단서에는 '형사(刑死)'라고 기록된다. 시신을 실은 영구차는 뒷문을 통해 나간다. 연고자 없는 사체는 가매장된다. 저 사내가 학살극을 개시했던 바그다드에서는 공개 처형을 당한 죄수의 사체를 요구할 경우 탄알료, 관 값, 운송료 등 '처형료'를 납부해야 한다고 들었다. 바그다드에서는 사형수에 대한 가족들의 애도마저 철저하게 금지되어 있다는 것이다. 울어줄 가치조차 없는 인간, 그것이 바그다드의 사형수였다. 내가 바레인에 체류했던 몇 주 동안에도 바그다드에서 공개 처형이 있었다고 들었다.

베니스 거울이라고 불리는 대형 유리창이 한 면을 차지하고 있는 취조실에는 긴 책상과 두 개의 의자, 벽시계 하나가 걸려 있었다. 사내는 늘 취조실에 어울리는 얼굴을 하고 있었다. 그 얼굴 위로 이따금씩 혁명의 순교자 같은 표정도 낮달처럼 떠올랐다. 심문이 진행되는 그의 등 뒤 취조실 벽에는 달력 한 장이 달랑 걸려 있었다. 날짜 아래 아주 작은 명조체로 음력 날짜들이 적혀 있었다. 그래서 음력 날짜들은 마치 양력 날짜의 예명들 같았다. 그 방에서 진행되는 그에 대한 심문은 줄곧 촬영되고 청취되었다. 북한의 당과 수령이 그를 신인간으로 만들었듯 우리가 그를 다시 새 인간으로 만들 것인가.

어느 날 내가 그에게 말했다.

"당신에게 도살된 저 시신들을 봐. 저 피로 얼룩진 광대한 벌판과 수백만 개의 비행기 잔해들을 봐. 시체와 시신 조각들이 발견된 곳마다 꽂혀 미친 듯 펄럭이는 저 수많은 주홍 깃발들을 봐. 이것이 당신이 저지른 불바다, 당신의 격전지이다. 저 광대한 저지대에 잘리고 터지고 찢기고 연소되어 흩어진 시신들이 당신의 전리품이다. 115명의 시신 명단이 당신의 트로피이다."

내가 다시 말했다.

"넌 게임의 법칙을 넘어버렸어. 넌 사업의 원칙을 넘어버렸어. 난 네가 평양이 파견한 혁명 전사라는 소모품이라는 것을 알아. 혁명 전사라는 너는 다른 연쇄 살인범처럼 누군가 널 멈춰주지 않으면 멈출 수 없는 살인 욕구를 네 안에 가지고 있었지. 여자들에게 월경 주기가 오듯, 저주의 살인 호르몬이 주기적으로 네 안에서 흘렀고, 주기적으로 사람을 죽이는 일이 필요했지. 넌 아마도 연쇄 살인범들처럼 너의 첫 살인을 서른 살 이전에 시작했겠지. 넌 혁명 전사가 아니야. 넌 타고난 학살범이야. 학살범들은 끝없이 살인을 해대지. 이제 네가 죽인 사람들 숫자에 다시 115명을 더 보태게 됐군. 아니, 너도 다른 살인자들처럼 이미 네가 살해한 사람들의 숫자를 세는 일을 그만뒀겠지. 이미 셀 수 있는 숫자를 넘어버렸으니까. 악마라는 말조차 네게 너무 우아해. 내가 왜 너를 체포해 네 살인을 멈추게 했는지 모르겠군. 왜 너 같은 인간이 재판 후 처형 예식을 치르며 우아하게 처형당하도록 너를 체포했는지 모르겠군. 넌 몇백 명을 더 죽여야 혁명이 학살이라는 걸 알겠어? 넌 115명을 죽였는 데도 혁명의 성지인 지상 낙원에 있지 않고 적의 취조실에 도착해 있다. 넌 결국 사형을 기다리면서 너 같은 놈을 합법적으로 이 세상에서 쓸어버리는 이 지루한 작업을 우리에게 떠넘기고 있어. 네 목숨이 115개가 된다면 우리는 너를 처형하도록 놓아두겠어. 그러나 네 목숨은 겨우 하나야. 115명에 대해 너를 겨우 한 번밖에 죽일 수 없다는 것, 그것이 우리 수사관들이 느끼는 분노야. 네게 115년의 종신형을 언도한다고 해도 학살된 사람을 단 한 사람도 살려낼 수 없다는 것, 그것이 우리의 분노야."

어느 날 작은 응달거미 한 마리가 심문 중인 취조실 탁자 위로 기어들어왔다. 그때 나는 보았다. 그 사내가 숨을 죽인 채 자신의 손등 위로 그 응달거미를 기어오르게 놓아두는 것을. 거미가 장지 마디에 이르자 그는 일어나 조심성을 다해 창가로 다가갔다. 나는 그 사내가 응달거미를 살려 창밖으로 내보내주려는 것을 알았다. 내가 감시관에게 창문을 열어주라고 고개를 끄덕였다. 거미는 그의 손등을 타고 천천히 창밖으로 사라져갔다. 115명의 생명을 단번에 날려버린 자가 취조실로 기어든 작은 응달거미 한 마리의 목숨을 그렇게 아끼고 있었다. 그 섬뜩한 모순에 나는 소름이 끼쳤다.

그러자 다음 순간 한 가지 인식이 내 머리를 쳤다. 배가 오듯 천천히 간절한 고백의 순간이 오고 있다는 것을. 내 예감은 옳았다. 문득 그의 눈이 변하고 있었다. 자기 내부에서 일어나는 모든 것을 수화로 전하는 듯한, 말하는 그의 눈을 나는 보았다. 순간 그의 눈동자는 심산의 석청 같은 검은 벌꿀빛을 하고 있었다. 총명한 자들이 그렇듯 나는 그가 자신의 연극에 싫증을 내고 있음을 알았다. 어느 날 그는 자신이 진술한 거짓의 건축물이 무너져내리도록 그대로 놓아두었다.

그렇다. 배가 오듯 천천히 간절한 고해의 순간이 오고 있었다.

계류

북호텔. 나는 내 생애 엘바 섬을 그렇게 부른다. 북쪽으로 난 창 때문에 북호텔이라고 불리는 수사 3국의 이 지독하게 외로운 부속 동속에 서울에서의 내 유배지인 독방 한 칸이 들어 있다. 긴 복도와 복도 곁에 놓인 아홉 개의 구명보트 같은 독방들. 그중 한 칸이 적자인 서울에서의 귀양지인 나의 엘바 섬이고 나의 고치였다. 호송기는 돌연 쏟아지는 빗속에서 난파에서 건져진 거대한 선박처럼 적국인 서울에 입항했다. 여객기 가슴 아래 청조의 시신이 든 납관을 실은 채. 115명의 탑승자에 청조까지 죽어야 나는 잠을 깰 수 있었던 것일까. 나의 55년 된 잠을 깨우는 데 115명의 죽음에 청조의 죽음까지 필요했던 것일까. 우물 속 죽음으로부터 박하 한 잎을 물고 세상에 던져졌던 내가 115명과 청조를 한꺼번에 죽음의 우물 속으로 밀어넣었단 말인가. 55년 전 학살 직전 우물 속에서 구조된 내가 55년 후 115명과 청조를 한꺼번에 우물 속으로 처넣은 학살자가 되었단 말인가.

북호텔 내부는 의외로 정갈했다. 침대와 책상, 소파 한 점, 정결한 욕실과 양질의 세면도구들, 그리고 북쪽을 향해 난 반듯한 창이 그 방 소지품의 전부였다. 모든 가구들은 취조실에서 본 것과 똑같은 모양, 표정, 화색을 지니고 있었다. 유니폼을 입은 가구라는 생각을 나는 했다. 그 방에 도착하자마자 나를 찾아온 최초의 방문자는 의사였다. 그가 입 안에서 재갈을 들어냈고 바레인에서의 위 세척 후유증이 호전됐음을 확인했으며 나의 복부를 길게 관통한 운하 같은 수술 자국을 확인했다.

서울에서의 첫날 밤, 나는 북쪽으로 난 그 창으로 당돌하게 돋아난 북극성을 보았다. 북극성은 내게는 유정의 성좌였다. 내 생애 엘바 섬 위에 그 유정의 성좌가 떠 있었다. 놀라운 것은 내가 요구하지도 않았는데 그들이 나의 자동 수갑을 제거해 버렸다는 사실이었다. 작별할 때 검은 과부가 말했다.

"감시인은 독방 안이 아니라 독방 밖에 있어요. 그러니 당신은 오늘 밤 맘대로 잠꼬대를 해도 좋아요. 제발 영어가 아닌 당신 모국어로."

그날 운명은 나를 그렇게 평양의 직녀 호텔로부터 적국인 서울의 북호텔로 옮겨놓고 있었다. 사흘 후부터 취조가 시작됐다. 취조라기보다 질문의 폭격이었다.

나는 취조실에서의 내 모습이 모두 청취되고 촬영되고 있음을 알았다. 거짓의 건축물들은 무너졌다. 나는 점점 더 집중력을 잃어갔고 내 머리 속에 잘 정리되어 있던 위조된 증언을 뱉어낼 때마다 구토가 일었다. 적어도 30년 이상 해온 이 사업에서 나는 퇴장하고 싶었다. 거짓 진술들은 치밀하게 구조된 성냥개비 성과 같아서 집중력을 잃으면 사정없이 무너진다. 시간이 지날수록 검은 과부는 내가 거짓 진술을 하고 있다는 것을 알았다. 거짓이 얼마나 고독한 짓인지 나는 그때 알았다. 나는 내 안의 살인자가 튀어나오지 못하도록, 내 안의 백씨가 튀어나오지 못하도록 내 안의 유령들과 담판하느라고 진땀을 뺐다. 내 안에서 출몰하는 나라는 여러 개의 얼굴의 유령들과 담판해야 하는 일은 중노동이었다. 나는 너무 오랫동안 여러 가명과 역할들로 뒤범벅이 되어 있었다. 대체 115명의 사람을 죽였는데 왜 내 목숨 하나가 죽는 데 이토록 많은 절차와 생각이 필요하단 말인가. 그 지독하게 작은 눈물 모양의 독약 앰풀, 청조를 단숨에 처형해 버린 것과 똑같은 그 앰풀이 이미 내 단두대가 아니었던가. 나 같은 자는 알리바이를 포기할 때 이미 자살에 발을 들여놓고 있는 법이다. 평양은 내가 검거되었음을 알고 부인 작업을 서두를 것이다. 그들은 내가 왜 자결하지 않고 서울로 표류해 갔는지 분통이 터질 것이다. 그리고 그들의 혁명 사업에 또 한 명의 배신자가 탄생하리라는 예감에 몸을 떨 것이다.

심문 중 검은 과부는 이따금씩 직접 작설차를 따라준다. 그가 작설(雀舌)이라고 말할 때 내가 왜 부친 유정의 근무지였던 얼어붙은 압록강 백설 위에 찍혔던 까치의 발자국을 생각해내고 뜨거운 심정이 됐는지 모르겠다. 프라하에서 현엽과 먹었던 부추 스프도 생각났다. 현엽이 한 해 동안 머물렀던 프라하의 지독히 낡은 다락방은 태양이 이웃인 양 무섭도록 밝았다. 그의 방에 달린 낡은 문짝에는 흰 공단 드레스를 입은 여자가 공작 털로 만든 부채를 들고 마치 침몰해 가는 사람처럼 비스듬히 그려진 인쇄용 그림 한 점이 붙어 있었다. 공작 부채를 들고 있는 그 여자의 그 경사 각도. 그것은 침몰일까, 익사일까, 좌초였을까. 그 무렵 현엽과 나는 프라하에 '드보르자크'라고 불리는, 당에서 파견한 악성 감시자가 있다는 풍문을 들었다. 누군가 현엽이 당의 아편 사업에 깊이 개입되어 있다는 귀띔을 했던 적도 있다. 당이 개마고원 깊은 곳에 양귀비를 재배해 생아편을 생산해낸다는 소문이 있었다. 아편 생산과 밀매로 혁명 자금을 조달한다는 소문도 들렸다. 어쩌면 '작전명 유토피아'의 공작 기금도 그 붉은 양귀비에서 나온 것인지도 모르겠다. 그래서 그 자금에서는 화폐(貨幣) 대신 '화폐(花)' 냄새가 난다.

심문은 이따금 장소를 바꿔 검은 과부의 격리된 방에서도 열렸다. 그 방에는 적어도 수십 년 전 나무 좀벌레가 나무의 육질을 먹어 삼켰던 작은 구멍이 원목 표면에 다정하게 남아 있는 긴 책상이 외롭게 놓여 있었다. 인간과 곤충이 한 나무판을 그렇게 나눠 사용하고 있다는 것이 아름답게 생각되었다. 조사와 심문이 끝날 때마다 나는 서류에 서명해야 했다.

어느 날 검은 과부는 심문 없이 나를 데리고 바람난 사내처럼 드라이브를 떠났다. 그것도 이송 차량이 아닌 승용차에 싣고. 차에 동승한 두 명의 감시자는 말이 없었다. 모처럼 사람 사이에 끼어 있으니 좋았다. 그들이 아침에 바르고 나온 방향수 냄새가 빛처럼 내 후각 속으로 밀려들었다. 순간 나는 확실히 덜 고독했다. 빛 없는 북호텔에서 지냈던 나는 그날 오랫동안 실컷 태양을 마셨다. 태양, 그 황홀한 교란. 검은 과부는 나를 데리고 한강이 보이는 여의도라는 섬의 한 건물 위로 올라갔다. 그는 거기 방 한 칸을 이미 예약해 놓았던 것이다. 아무도 없는 그 방은 적요했다. 접근 금지 약속들이 되어 있었으리라. 그곳에서 나는 그날 처음으로 적국의 한강을 보았다.

남성적인 청청한 푸른빛의 한강은 마치 서울이란 도시 한가운데 누워서 역동적으로 몸을 뒤척이는 한 마리의 거대한 청룡 같았다. 저 강이 말로만 듣던 한강이었다. 한강은 정말이지 대하(大河)였다. 검은 과부의 말에 의하면 금강산에서 발원하여 서울과 임진강을 거쳐 황해로 몸을 던진다는 저 유장한 강. 평양 사람들은 지금도 한강을 아리수(阿利水)라는 고구려식 이름으로 불렀다. 그 청룡 같은 한강 위로 진줏빛으로 솟아오른 아름다운 빌딩 한 채가 석양을 받아 거대한 황금빛 여의주처럼 변했다. 순간 한강은 그 건물과 어울려 입에 황금빛 여의주를 물고 충천하는 장엄한 모습이 되어버렸다. 용이 그 입에 물고 있는 것은 여의주가 아니라 태양이라고 몇 번씩 수정해 주던 유정이 생각났다. "여의주는 몸집을 줄여 작아진 고체화된 태양이란다."라고 했던 유정의 말을 나는 적국의 강인 그 청청한 한강 앞에서 생각하고 있었다.

한강은 자연의 숭고한 업적으로서 거기 누워 있었다. 남과 북이 벌이는 이념 장사 같은 것은 아랑곳하지 않은 채 금강산으로부터 발원해 주저 없이 서울로 흘러드는 대담한 강이 거기 있었다. 침모로부터 전전해 노악에게로 떠날 때 나는 아마도 저 도도한 한강 자락에서 철썩인다는 지류인 임진강을 보았으리라. 눈부신 한강 앞에서 나는 처음으로 절망도 찬란할 수 있다는 것을 알았다. 청청하고 순결한 한강의 물결이 눈의 압력을 밀쳐대며 눈 속으로 달려 들어왔다. 내가 그토록 증오했던 적국과 한강은 내 안에서 사실 아주 다른 설계도를 가지고 있었다. 맨발로 한강에 뛰어들어 내가 부여잡고 있는 이 모든 연극을 무효로 만들고 싶은 객기가 치밀었다. 한강을 보는 순간 나는 내가 바로 저 강을 보기 위해 독약 앰플을 삼키지 않았음을 알았다. 그때는 그 행위가 무엇을 의미하는지 몰랐지만 결국 나는 살아서 이렇게 눈이 부신 적국의 강 앞에 서 있는 것이다. 세계를 다니며 네바, 몰다우, 엘베 같은 거대한 강들을 보았지만 부친 유정의 근무지인 압록강만큼 위대하지는 못했다. 그러나 한강을 보니 압록강과 똑같은 청잣빛 액체로 된 푸른 보석이 서울이라는 적의 도시의 심장을 엄청난 에너지로 관통하고 있었다. 한강은 정말이지 서울의 청춘이었다. 압록강에도 그렇게 했듯이 한강에도 저토록 황홀한 푸른 마법의 물감을 타넣은 누군가가 있었다. 남과 북을, 압록강과 한강을 똑같이 끌어안은 채 폭포 같은 애정을 퍼붓는 누군가가 있었다. 그리고 이곳 적국 땅에도 삶이라는 성스러운 투쟁을 해온 자부심에 찬 한 공화국이 존재하고 있었다. 한강 앞에서 나는 알았다. 내가 압록강의 아들이듯 한강의 아들이기도 하다는 것을. 다시 말하지만 저 물줄기는 금강산으로부터 왔다. 사람들을 안심시키기 위해 거대한 다이아몬드로 된 눈부신 몸을 나무와 바위와 이끼라는 외투로 살짝 감추고 있는 금강산이라는 이름의 그 기적의 산으로부터. 저 한강은 당과 수령이 비웃었던 죽어가는 사해(死海)가 아니었다. 한강 속에 청춘의 절정인 거대한 젊은 용 한 마리가 살지 않고서는 저토록 푸르고 역동적일 수 없다고 나는 생각했다. 더구나 한강변의 푸른 상록수들은 몸을 척 걸치고 쉬고 있는 거대한 청룡의 푸른 비늘 같았다. 한강의 그 폭발하는 청춘이 내 가슴에 단검처럼 박혔다. 강물이라는 저 거대한 액체는 이념처럼 고체가 아니니 죽어도 나뉘어 질 수가 없었다. 그때 검은 과부가 말했다.

"이것이 서울이요. 서울에 온 것을 환영하오."

내가 곧 처형될 그 땅에서 그날 나는 적국의 수도도 이토록 압도적으로 아름다울 수 있다는 것을 분노도 없이 바라보고 있다. 어떻든 나는 그 한강 앞에서 마치 다정한 외양간으로 돌아온 늙은 소 같은 울컥하는 심정에 사로잡혔다. 그것은 감상이나 노스탤지어가 아니었다. 그것은 평양이 내 집이었듯, 서울도 내 집이라는, 자기 집을 알아보는 영혼의 시력에서 오는 것이었다. 내 영혼이 한강과 함께 똑같은 속도로 파도치기 시작했다. 그렇다. 압록강이 그렇듯 민족과 함께 역사와 힘을 겨뤄온 위대한 투쟁자인 한강이 거기 누워 있었다. 그 출중한 한강 앞에 나는 경배자처럼 마음속으로 목례했다.

한강보다 더 시퍼런 아스팔트 위로 또 하나의 물줄기가 흐르고 있었다. 서울의 혈관을 흐르는 해일 같은 차의 물결들이었다. 한강변 도로를 줄기차게 달리는 엄청난 차량들의 땀내 풍기는 속도 속에서 나는 서울이라는 적의 도시 속에 팽팽하게 들어찬 선정적인 삶의 의욕이 주는 종소리를 들었다. 나는 평양에서도 자동차를 만들었던 일을 생각했다. 평양이 만든 차에는 조국 성산의 이름인 '백두산'이 붙어 있었다. 성산의 이름이 세례된 차는 생산이 실패로 돌아가 동해 폐철소에 처박혔다.

고층 건물의 고도로부터 서울의 석양이 시작되고 있었다. 나는 처음으로 서울에서도 평양처럼 대자연의 축복이 유효하다는 것, 이곳에도 또 하나의 제국이, 정의롭고 평화롭게 살기 위해 애쓰는 한 나라가 존재한다는 것을 알았다. 저녁 여섯 시, 태양은 도시 남쪽 언덕에 그의 광채를 쏟기로 했다. 한강 물결 위로 순은의 구슬들이 흐른다. 태양이 물결과 닿으면 액체는 당장 순은 구슬들이 되어 번쩍이며 그렇게 흐른다. 바람은 강의 허공에서 부서지는 얼음처럼 극적으로 파산한다. 석양의 핑크빛 후진이 한강 수면을 덮고 있다. 그 위로 작은 보트 한 척이 지나간다. 보트가 지나간 수면에는 핑크빛이 지워지고 강의 심연으로부터 치밀어오른 강의 속살인 푸른 광채가 거대한 긴 스카프처럼 봉기한다. 아, 석양을 역광으로 받으며 노를 젓는 자가 보인다. 석양 아래 한강은 당장 황금빛으로 변했고 노는 저을 때마다 마치 액체 황금을 쏟아내는 거대한 나무 주걱 같다. 벌판의 야생풀들은 바람이 불 때마다 풍향을 따라 엎드리며 번쩍인다. 바람이 지날 때 그들은 번쩍임으로써 그들 내부의 광채를 폭로한다. 아무도 기억하지 않는 그 고독한 야생풀을 애무하는 우아한 바람, 그것이 노악이 말한 신의 손길이다. 잔잔한 한강 위에 정지해 있는 몇 척의 배는 마치 빙하 위에 얼음의 뿌리를 내리고 남아 있는 듯 부동의 아름다움을 풍겼다. 일몰의 해가 푸른 바다 위에 떠 있었다. 일몰의 침강 속도는 빨랐다. 어느새 물과 불이 그렇게 만나고 있었다. 석양의 4할이, 3할이, 2할이 황금빛을 해변 숲 뒤에 숨겼다. 최후의 1할이 하현달만큼 남았다. 그 남은 석양 앞을 갈매기가 통과하는 것이 보였다. 이제 태양의 이마만이 남았다. 그러고는 사라져갔다. 오늘 근무를 마친 태양은 우주 가장 깊은 동쪽 흑치의 바다로 가서 그 물에 얼굴을 씻고 부상나무에 몸을 얹은 채 내일 일출까지 쉰다. 낙조만이 나신의 여자처럼 천공에 누워 있었다. 얼마 후 나는 대지가 밤안개를 밀어올리는 것을 보았다. 길 위에 순은을 부어놓은 듯한 안개의 띠가 바다처럼 가로놓여 있었다. 안개 속에 다리가 잠겨버린 강변 벤치들이 문득 다리를 잃고 허공에 마치 뗏목처럼 흐르고 있는 것을 나는 보았다. 우르르 핀 야생화들도 안개 속에서 수초처럼 목이 잠겨 떠 있었다. 안개가 그렇게 또렷했던 모든 상들을 갑자기 추상적으로 만들었다.

그리고 우리는 문득 그렇게 밤 속에 서 있었다. 강가 가로등으로 눈물이 고이듯 빛이 들어왔다. 그러자 밤은 야회복을 입은 듯 번들거렸다. 밤의 도시 속에서 아름다운 고층 건물은 그 복부에 통유리로 된 투명한 엘리베이터를 가지고 있었다. 엘리베이터는 시간의 허물을 벗기듯 밤 속에 꿈처럼 하강한다. 그러고는 다시 지상의 꿈을 선적한 후 수정 두레박처럼 다시 천공으로 상승한다. 저것이 나무꾼이 내어준 날개옷을 두르고 하늘로 승천하는 현대판 선녀의 전설은 아닐까. 한강 위의 달은 난황처럼 액화되고 묽어진 채 밤의 구름 속에 처박혀 있었다. 그러자 고향 평양을 관통해 흐르던 다정한 대동강과 보통강이 생각났다. 사금이 나는 순안 비행장 부근도 생각났다. 그렇다. 그 아름다운 서울의 밤, 적국의 밤 속에 인간이라는 혼성 괴물인 내가 서 있었다. 귀로에 검은 과부는 카세트 한 개를 승용차 옆구리에 끼워넣었다. 노래가 흘러나왔다.

궁초댕기 풀어지고
신고산 열두 고개 단숨에 올랐네.
무슨 짝에 무슨 짝에 부령 청진 간 님아.

신고산 열두 고개 단숨에 올랐네.
궁초댕기 잊으리까.
백 년 살자 굳은 언약 골수에 새겼소.

저것은 함경도 민요 「궁초댕기」가 아닌가. 조국 북한과 중국 사이로 난 그리운 천 리 국경선 위로 끝없이 흐르던 노래. 태양의 성화를 못 이겨 웃통을 벗어던지곤 했던 두만강가의 건장한 사내들 사이를 흐르던 그 유정한 노래가 아닌가. 하차 전 북호텔 앞에서 검은 과부가 말했다.

"당신 안의 신음과 절규에도 불구하고 115명의 피살자들을 생각하면 당신 목소리는 이 노래처럼 찬가(讚歌)야. 어떻든 당신은 아직 살아 있으니까. 난 당신이 평양이 보낸 소위 혁명 전사라는 걸 잘 알고 있어. 잘 들어둬. 혁명은 반드시 이겨야만 하는 것은 아니야. 혁명이 반드시 성공해야 한다고 갈망할수록 혁명의 실패도 엄연한 혁명의 일부야."

검은 과부의 그 말이 내 심장을 얼어붙게 했다. 나는 혁명에 대해, 혁명의 실패도 엄연히 혁명의 일부라고 당당하게 말해 주는 남자를 처음 보았다. 시동을 끄지 않은 차에서는 아직도 「궁초댕기」가 흘러 나왔다.

궁초댕기 잊으리까.
백 년 살자 굳은 언약 골수에 새겼소.

평양은 그대로 하나의 신전이다. 사방에는 네 개의 문이 있고 신성한 언덕인 만수산에는 인민의 신인 수령이 우관이 찬란한 두 마리 푸른 말레이시아 공작을 거느린 채 살고 있다. 수령의 거대한 동상은 평양의 허공에 걸어놓은 인민들의 거대한 부적(符籍)이다.

당과 수령은 인민을 좀 더 행복하게 하기 위해 인민을 감시한다. 기차역 플랫폼에서 화장실까지 거의 모든 곳에 당과 수령의 눈동자인 감시자들과 드물지만 감시 카메라가 처박혀 있다. 혁명은 그 감시 카메라가 건져 올린 네모난 벌집통 같은 모니터의 영상들 속에서 천천히 진행된다. 카메라가 없는 곳에는 망원경과 감시탑이 있다. 오직 국민을 감시하기 위해 엄청난 인력과 비용이 동원된다. 공화국 건국 후 그 인력들이 매일 적어 올리는 보고서들로 공화국의 모든 창고들은 이미 다 들어차버렸다. 보고서마다 극비 문서라는 붉은 도장이 찍힌다. 극비 문서의 그 붉은 도장이 늘어갈수록 조국은 점점 극비 공화국이 되어간다. 창고에 쌓여 있는 그 문서들의 낟가리, 그것이 조국 인민공화국의 기억 창고이다. 창고에 쌓인 그 문서들은 협동농장의 양곡 창고에 쌓여 있는 비축미보다 많다.

당과 수령이 제시한 것과 다른 모양의 유토피아를 동경하는 자는 가차없이 체포되고 심문을 받는다. 반대자들, 반국가적인 자들의 약점을 발견해 덫을 놓는 일이 필요하다. 심문실 탁자에서는 매일 커다란 녹음기가 충실하게 돌아간다. 심문의 내용은 남김 없이 녹음된다. 심문은 대개 어두운 방에서 악몽처럼 두서없이 계속된다. 이념 없는 개들, 이 진영도 저 진영도 아닌 저 개들만이 감시도 심문도 받지 않은 채 정처 없이 거리를 횡단할 권리가 있다. 거리에 늘어선 거대한 집단 가옥들, 그 수많은 창 뒤에는 어김없이 삶이 존재한다. 아무도 나를 우리를 볼 수 없다. 인민들은 감시 카메라 앞에 노출되어 있고 우리는 바로 그 카메라 렌즈 뒤에 있으므로. 아주 작은 순은 하모니카 같은 미녹스 카메라 하나로 우리는 그렇게 타인의 재앙을 수집한다. 카메라는 끝없이 돌면서 렌즈 안에 걸려든 모든 삶을 영상 창고에 저장한다. 그리고 당과 수령은 그 염탐과 함께 공화국 헌법 위에 존재한다. 그리고 그들의 사병인 나와 동료들은 헌법 밖에 존재한다. 다시 말하지만 우리는 헌법 밖에 존재한다.

감시자들인 우리의 사무실은 작고 좁다. 전화기 한 대, 벽에 걸린 달력 한 점, 지도 한 장, 그 위에 수령의 사진이 모든 도시를 조망하는 백두산 독수리처럼 성산인 백두산 천지를 배경으로 떠 있다. 보고 중 무전기에서 솟아오르는 음파 장애의 그 끝없는 경고음들……. 이렇게 함으로써 우리는 끝없이 우리가 적보다 더 우월함을 증명해야만 한다. 우리는 우리가, 공산주의가 적들의 자본주의보다 우월해야만 한다는 이 신념을 죽어도 포기할 수 없다. 그리고 인민을 감시하는 자인 우리도 누군가에 의해 감시당하고 있음을 나는 안다. 평양에서 내 편지들은 검열되고 있었으리라. 내 둥지의 네 벽 어딘가에는 나를 당에 고발해 주는 충직한 도청물들이 성능 좋은 외눈을 처박고 있을 가능성이 크다. 나는 그야말로 움직이는 정보 상자가 아닌가.

집단 가옥 입구에 켜 있는 외로운 참욋빛 외등들. 인민들이 잠든 밤이면 우리가 그들의 밤을 지킨다. 이 모든 것이 애국이라는 신성한 문둥병의 이름으로 치러진다. 눈 위에서 구르는 힘겨운 차들, 사무실의 낡은 문고리들, 해져버린 계단들, 해진 상의와 헌 바지, 영양실조의 조짐이 시작되고 있는 몸을 이끌고 우리는 유토피아로의 긴 여행을 계속하고 있다. 유토피아만이 우리가 반드시 도착해야만 하는 마지막 희망이다. 왜냐하면 조국은 언제부터인가 우리가 살고 싶지 않은 땅이 되어버렸으므로. 북한의 기차는 가난한 서쪽 도시에서 그보다 더 가난한 동쪽 도시로 하루 종일 덜컹대며 오간다. 그래서 가난은 호흡기 전염병처럼 두 도시 사이를 빽빽이 채워간다. 그 기차의 차창에서 나는 협동농장 부근에서 외출 중인 한 떼의 늙은 여자들을 본다. 낡고 질 나쁜 가방들이 옷걸이에 걸리듯 늙은 팔 아래 걸려 흔들거린다. 그 여자들의 손이 전쟁의 잿더미를 치운 손들이다. 그리고 평양을 다시 재건한 손들이다. 그래서 평양 여자들은 근육적이다. 그들이 텅 비어버린 위장을 숨긴 채 양곡 배급장 앞에 섰을 때 양곡 껍질이 벗겨져나가듯 인간의 위엄은 탈곡되어 사라져버린다. 순간 희망도 낙엽처럼 살짝 떨어져나간다. 한참 후 그들은 성인 1인당 5백 그램의 쌀 배급을 받는다.

레닌과 마오쩌둥은 미라로 만들어져 광장 복판 투명 유리관 속에 누워 있다. 그 유리관을 인민들은 영묘(靈廟)라고 부른다. 유리관 속에 누워 있는 것은 백설공주로 족한 것은 아닐까. 유리관은 동화의 장치가 아닌가. 인민들은 대체 왜 이런 짓을 하고 있는 것일까. 레닌과 마오쩌둥은 미라가 됨으로써 죽음이라는 영원으로의 퇴장을 차단당하고 있다. 그곳에 방부된 미라로 남아 분장한 시신으로라도 그들은 인민을 가르쳐야만 한다. 그렇다. 우리는 죽은 시신을 미라로 만들어 질질 끌고서라도 우리의 이념이 적들의 것보다 더 우월하다는 것을 가르쳐야만 한다. 우리가 반드시 적보다 우월하지 않으면 안 된다는 것을 가르쳐야만 한다. 그래서 유리관 속에 미라로 남은 그들의 시체가 대낮에도 도시 광장 한가운데 누워 있는 엽기가 계속된다. 거리에서 음란한 시신 냄새가 난다.

수령도 사망하면 백설공주가 되어 어김없이 유리관 속에 처박히리라. 그는 과연 그 무독한 동화 속으로 들어가 누울 권리는 있는 것일까. 확실한 것은 수령은 불가침의 존재이며 흠 없는 인간이어야만 한다는 것이다. 그의 정치적 집인 당도 우리를 유토피아로 이끄는 고귀한 그 무엇이다. 수령이 모든 행사를 통해 인민 앞에 모습을 드러낼 때 그의 등장은 극도로 계산된 연극 속에서 극적으로 이루어진다. 그것은 우리 인민들 사이에 감동과 감격, 애모의 정을 일으킨다.

수령이 40년간 외쳐온 지상낙원이라는 유토피아는 꿈속에만 존재하는 장소인지도 모르겠다. 깨어서는 죽어도 찾을 수 없는, 마치 물속에 넣어야만 문자가 살아나는 암호로 된 땅인지도 모르겠다. 신이 꿈만 꾸라고 준 도시를, 우리는 꿈에서 깨어나 찾겠다며 이 몽유의 세월을 보내는지도 모르겠다. 그래서 혁명은 인간이 꿀 수 있는 최고의 악몽, 최고의 수수께끼인지도 모르겠다. 수수께끼는 그렇게 죽어도 해독되지 않음으로써 수수께끼의 역할을 감당한다. 무려 40년간 집단이 함께 꾸는 이 악성의 몽유병. 리볼버라는 음산한 악기를 들고

꾸는 혁명이라는 꿈. 차디찬 소련제 권총 마카로우를 손 안에 부여잡고 꾸는 이 무서운 엽기. 확실한 것은 당과 수령은 유토피아에 도달하는 대신 무려 40년간 유토피아의 처방전만을 쓰고 있다는 사실이다. 명령들은 처방전이다. 그렇다면 나는 수령의 손에 잡힌 낚싯대일까. 필연에 의한 것이 아니라 그가 던지고 싶은 곳으로 그때마다 던져지고 파견되는 정처 없는 낚싯대는 아닐까. 나는 수령이라는 마지막 희망을 잃을까 봐 그를 내 안에서 살아 있는 신으로 만들어가는 것은 아닐까. 그가 내 마지막 지참금은 아닐까.

북호텔에 밤이 오면 온 신경이 운하처럼 끝없이 기억들을 운반해온다. 나는 북호텔의 느리고 고독한 밤 속에서 익어간다. 밤 속에서 무엇인가 부화하고 있다. 추억이라는 순은의 금고가. 추억이 거대한 파충류처럼 내 목을 조를 때 추억은 더 이상 순은 금고가 아니라 판도라 상자이다. 이때 황급히 추억으로부터 용퇴하지 않으면 죽는다.

나는 한 번도 아버지 유정의 가랑이에 앉은 적이 없었다. 우리가 앉아야 할 때면 그는 항상 두 개의 방석을, 장성한 후에는 두 개의 의자를 준비했고 그래서 남성 대 남성으로 마주 앉았다. 그럴 때면 내 방석도, 내 의자도 언제나 정확히 그의 것만큼 동일하게 컸다. 그것은 그 방석의 크기만큼 내 존재를 키워가라는 유정의 교시였다. 내가 최초로 유정 곁을 떠난 것은 어린 척탄병이 되어 뛰어들었던 전쟁 때문이었다. 군사우편으로 평양의 유정에게 도착했던 내 편지들. 그 참혹한 전쟁 속에서도 동료들은 참호 속에서 연애편지를 썼고 0013 같은 군사우편으로 편지를 보냈고 전방 휴가를 받아 빌린 양복을 입고 결혼을 하면서 자신들을 미래로, 미래로 밀어붙였다. 그들은 남북한의 모든 전방이 쉬게 되는 날 신부에게로 돌아가 가정이라는 전장에서 가장이 되는 일을 꿈꾸고 있었다. 그러나 살아서 평양에 돌아올 수 있었던 자들은 가정의 전방이 아닌 혁명의 전방으로 다시 내몰렸다. 군복을 혁명의 유니폼인 인민복으로 갈아입은 채.

검은 과부와의 외출에서 돌아온 그 밤에 나는 오랫동안 잠들지 못했다. 아니, 단호하게 말하고 싶다. 나는 잠들고 싶지 않았다고. 외출 때 목격한 그 한강이 밤새도록 내 대뇌 속에서 힘차게 철썩였다. 새벽 세 시, 나처럼 불면증인 얼룩 고양이 한 마리가 외딴 북호텔 저편 대로로 나선 것이 철창 밖으로 드러난다. 자기 둥지가 싫은 호기심 많은 이놈은 길 숲 저편으로 월경하려고 하고 있다. 새벽 승용차의 전조등이 저 멀리서 드러났을 때 나는 가슴이 조였다. 이놈은 그 숲에 갈 수만 있다면 잠도, 둥지도 포기할 각오를 하고 그곳에 서 있었다.
"거기 머물러!"
차의 전조등과 얼룩 고양이의 간격 속에서 내가 소리쳤다. 새벽 차들은 빨리 달린다. 숲에 도달하고 싶은 새벽 고양이의 동경도 절박하다. 고양이는 이미 길가에 몸을 드러냈다. 그는 거리를 보지 않고 그가 도달하려는 숲의 장엄한 그림자를 주목하고 있었다. 그곳에 단숨에 도달하기 위해 그는 그의 몸 안에 있는 최고의 활강을, 창세기부터 그의 몸 안에 저장된 자기 안의 표범을 일으키려는 듯 비범한 활강을 만들었다.
"멈춰!"
나는 열 수 없는 철창을 두드리며 소리쳤다. 그러나 그놈은 이미 멈출 수 없는 출발, 멈출 수 없는 도약을 시도했다. 그는 아마도 지금 그 대로를 건너지 않으면 영원히 그 숲에 도착할 수 없다고 생각했음에 틀림없었다. 그는 도약했다. 비범하고 역동적인 도약이었다. 그때 나는 돌연 접근한 죽창 같은 차의 전조등을 보았다. 그 순간 나는 멈출 수 없는 차의 악마적 추진력과 멈출 수 없는 새벽 고양이의 비범한 활강이 허공에서 번개처럼 딱 하고 부딪치는 것을 보았다. 고양이는 그의 활강을 유지한 채 3,4미터 앞에 나가떨어졌다. 차는 떨어진 그를 확인사살하듯 다시 한 번 바퀴로 직인을 찍고 지나갔다. 그 고양이는 너무 빨랐다. 그의 안에 있던 표범은 태초의 활강의 힘까지 이끌어냈고 저 숲에 도달하려고 했던 고양이 안의 동경의 힘은 너무 강하고 뜨거웠다. 그의 활강과 도약이 너무도 강하고 빨라 그는 죽었다. 보통 도보였다면 그는 차의 전조등까지도 채 가지 못했으리라. 보통 도보였다면 그는 자기 안의 겁(怯)을 보았으리라. 그의 완벽한 빠름이 그를 죽였다. 나는 그 자리에 털썩 주저앉았다. 새벽 네 시가 되어 북호텔 감시관이 내 방의 문을 열었을 때 내가 말했다.

"대로에 표범의 시체가 있습니다. 매장해 주세요."

"표범이라구요?"

그가 반문했다. 내가 다시 말했다.

"부탁입니다."

제승

증거품 제66호인 사내의 지갑을 열었을 때 나는 투명 비닐 아래 놓여 있는 청회색 사진 한 장을 발견했다. 그것이 색 바랜 가족 사진일 것이라고 생각하면 오해다. 그것은 하늘을 향해 얼굴을 들고 있는, 목덜미로부터 몸통까지 검푸른 벨벳 코트로 덮여 있는 귀족적인 한 물고기의 사진이었다. 길고 공격적인 아가미 아래 대리석으로 깎아 만든 듯한 불투명하고 작고 사나운 눈이 놓여 있었고 벌린 아가미 천정 위로 넉 장의 은빛 수염이 돋아나 있었다. 그 아래 무섭고 미끈한 몸통이 대담하게 시작되고 있었다. 등은 청회색 벨벳 광채로 덮여 있었고 그 대담한 빛깔은 복부와 가까워질수록 갑자기 약해지면서 꿈 같은 샴페인빛을 띠고 있었다. 그리고 그 미끈한 몸통 아래, 마치 강인한 닻 같은 공격적인 꼬리가 배의 갑판실 아래 선미 수조키처럼 대지에 추를 내린 듯 달려 있었다. 여섯 장의 지느러미마다 심해의 푸른빛이 깊이 물들어 있었다. 그때 그 비범한 꼬리는 그 물고기를 날지 못하도록 지상에 정박시키는, 대담하게 휘어진 닻 쌍묘박 같았다. 더구나 그 물고기는 목덜미 아래부터 복부를 지나 마지막 지느러미에까지 이르도록 전선 같은 붉은 동맥이 들여다보였다. 그 물고기가 치켜든 순백의 아가미 끝에 33Q라고 적혀 있었다. 당장 창공으로 비상할 것 같은, 그러나 다른 극점인 강인한 꼬리로 대지를 다잡고 비수처럼 서 있는 이 물고기와 그 위에 적힌 33Q는 저 학살자와 대체 무슨 관계가 있는 것일까. 그것은 그저 여행 기념품에 불과한 하찮은 소지품일까. 나는 그 사진을 어류학자에게 전송하도록 지시했다. 어류학자의 대답은 전화로 왔다.

"그놈은 철갑상어입니다. 그놈은 2백만 년 전부터 이 지구에 존재해 오는 바다 공룡입니다. 이놈들은 한때 유럽의 모든 바다를 가득 채웠지요. 지금은 거의 멸종 상태입니다. 우리는 그놈들을 '살아 있는 화석'이라고 부르지요. 1,200년 전 그들은 다시 유럽 동해와 캐나다 해를 기분 좋게 유랑하며 그들 종족을 번식시키면서부터 기록을 남깁니다. 그날로부터 멸종이 예상되는 지금까지 끈질기게 살아남은 겁니다. 철갑상어의 생명 주기는 인간과 비슷합니다. 숫놈은 6년에서 7년, 암놈은 더 길어서 8년이나 15년은 되어야 성년에 이르기 때문이죠."

"난 철갑상어의 대부(代父)입니다."

그것이 그 사진 앞에서 토한 사내의 고백 첫마디였다. 이 첫마디 때문에 나는 그것을 자백이라고 말하지 않고 고백이라고 말한다. 그것이 사내가 밝힌 그의 첫 신분이었다.

"엘베 강에 있는 다섯 살짜리 수컷 철갑상어. 동독 쪽을 흐르는 엘베 강 말입니다."

그가 다시 말했다.

"내 신분은 당신이 말한 대로 조선 인민공화국 혁명 전사요."

그가 자신의 신분을 혁명 전사라고 말하는 것을 들었을 때 나는 그가 이제 모든 것을 완전하게 고백할 각오임을 알았다. 혁명 전사는 그들에게는 명예로운 이름이었으므로.

"난 조선 인민공화국에서 파견된 동독 주재 동유럽 전문가입니다. 1960년대 그곳 오더 강에서 철갑상어가 사라져버렸죠. 멸종이 예언된 붉은 목록에 그 이름이 올랐던 놈입니다. 오직 철갑상어를 다시 얻기 위해 동독인들은 수년간 엘베 강을 맑게 유지한 후 북해에 있는 철갑상어를 사와 엘베에 풀어 번식시키기 시작했던 겁니다. 그놈들을 다시 엘베의 심해에 가득 차게 하기 위해 후견인들을 모집했죠. 그렇게 해서 다섯 살짜리 철갑상어 한 마리가 내 대자(代子)가 된 겁니다. 내가 체포될 때 가지고 있던 모든 미화와 소련 루블, 동독 마르크를 내 대자인 철갑상어에게 송금해 주십시오. 송금 구좌 번호는 내 지갑 가장 깊은 곳, 지퍼 속에 있습니다. 드레스덴 은행이라고 씌어 있습니다."

내 앞에 이미 인생에서 더 잃을 것이 없는 절벽 앞의 남자가 앉아 있었다. 그에게 사형선고를 내린다 한들, 115명의 희생자를 위해 115번의 종신형을 내린다고 한들, 그는 더 잃을 것이 없었다. 종신형은 천천히 진행되는 침묵의 처형이다. 자신의 죽음을 월부로 갚아가는 것, 그것이 피를 말리는 종신형이다. 사형은 너무 짧고 단호해 저자에게 너무 행복한 종말이다. 그런데 저 남자가 내게 자신의 마지막 지폐들을 모두 훑어 철갑상어 재단에 보내달라고 부탁하고 있는 것이다. 그것도 엘베 강이 있는 동독 드레스덴 은행 구좌로. 그의 검은 지갑 가장 깊은 곳 지퍼 속에서 발견됐던 두 번 접힌 메모지 한 장이 바로 그것이었다. 그곳에는 드레스덴 은행, 구좌 번호 170555905, 송금 제

목: Stor-철갑상어-라고 씌어 있었고 은행 번호도 적혀 있었다.

"내 대자인 소년 철갑상어는 33Q라는 이름표의 작은 발신기를 몸에 지닌 놈이지요. 33Q는 연구소의 거대 양어장 수조 번호입니다. 내가 그놈을 입양했을 때 그놈은 신장 1미터에 체중 3킬로그램짜리 신생 동물이었어요. 그 발신기를 따라 연구가들은 그놈이 엘베 강과 오더 강을 오가며 어떻게 잃어버린 신세계를 다시 복원해 가는지 보게 됩니다. 물론 그놈들의 모든 이동은 교육받은 낚시꾼들과 수상 운동가들에 의해 보호되고 보고됩니다. 애초 그놈은 겨우 생후 며칠짜리 1만 마리 치어들에 끼어 비행기로 북해에서 동독 연구소로 옮겨진 겁니다. 그놈은 이미 수년간 그 연구소 수족관에서 살다가 소년이 되자 조상의 고향인 엘베로 옮겨져 신생(新生)을 시작한 겁니다. 그렇습니다. 33Q라는 이름의 철갑상어는 그렇게 해서 조상의 왕국인 엘베 강에서 신생 시민이 되어 신세계를 살아가기 시작한 것입니다. 내 양자인 그에게 어느 날인가 33Q 대신 '수몽'이라는 아명을 줄 때를 기다리고 있었죠. 수몽은 한때 나의 황홀한 아명이었습니다."

수몽, 33Q, 철갑상어. 그러자 내가 그 이름만큼 열린 그의 영혼의 문틈에 대고 그 문이 닫힐까 봐 황급하게 말했다.

"그렇다면 수몽이라는 그 황홀한 아명으로부터 당신 얘기를 시작하도록 하지요."

"내 본명은 인간이요."

그가 말했다.

"그리고 그 인간으로서의 내 이름은 '한세류' 요."

그가 고백을 끝내던 날은 그해 단오였다. 그가 고백을 시작한 것이 맹동이 시작되던 12월 첫날의 일이니 나와 수사관들은 그와 함께 긴 고해의 강을 노 저어온 셈이었다. 임진강변 대홍수로부터 시작해 '작전명 유토피아'에 이르는 거대한 괄호 속에 그 사내 한세류가 반생을 바쳐 걸어온 수많은 역의 이름들이 명멸했다. 아니, 그것은 차라리 그의 56년짜리 우주의 천공 위에 떠 있는 셀 수 없는 성좌들의 이름이었다. 양조장 백씨, 어린 침모, 폐기된 우물, 박하 잎, 강의 신 하백, 유대인 선교사, 자금성의 소년 환관, 혁명 전사, 삼손의 갱도, 동정녀 다리, 니벨룽겐의 노래, 호텔 직녀, 자정의 남자, 묘향산 영천수, 향수화, 수령궁의 황금 책, 침향 그리고 '작전명 유토피아'……. 그의 고백 속에 드러난 그 여로야말로 그 자신이 직접 몸으로 쓴 멸망의 시 「니벨룽겐의 노래」였다. '작전명 유토피아'에 사용되었던 두 덩이 침향, 휴대용 라디오 적죽 모델 번호 RA-32, 백금으로 된 수제품 타이머, 노란 건전지에 닻을 내리고 있던 뇌관, 홍콩 위스키 무릉도원, 액체 폭약 PLX, 헥소겐 350그램, 말보로 담배, 독약 앰풀 청산가스 100밀리그램 등이 드러났다. 그는 자신의 신분이 평양 제8국 해외부 소속 혁명 전사임을 분명히 밝혔다. 그리고 자신의 이름이 이즈미 이초가 아닌 한세류라는 것도. 그의 젊은 여자 공범은 그의 딸 이즈미 모모꼬가 아닌 이발사의 딸 김청조였다. 그녀는 한때 압록강 잉어 축제의 '잉어 여왕'이었다는 것이다.

그 단오절에 우리는 서로 더 물을 것도 고백할 것도 없는 시간이 왔음을 알았다. 수사 기록을 종결해야 할 때가 온 것이다. 그것은 사건 수사 기록 이상의 것이었다. 그것은 그 사내에 대한 수사 기록이며 동시에 한 남자의 좌초의 기록이었다. 한 학살자의 범죄 기록이며 동시에 한 남자가 어떻게 날아올랐고 어떻게 추락했는가에 대한, 어떻게 항해했고 어떻게 파선했는지에 대한 좌초의 기록이었다. 애초에 희망다운 것을 희망하지 않았던 자들에게 좌초 같은 것은 아예 없다. 승진, 고소득, 호화 아파트, 고급 승용차, 해외 여행 같은 꿈은 희망이라 불리지 않는다. 희망이라면 적어도 정의, 진보, 진리 정도는 되어야만 한다. 비상해 보지 않은 자에게는 추락도 없다. 그렇다면 저 사내, 저 학살자는 적어도 날았단 말인가.

진땀 나는 취조의 시간 속에서 그의 머리는 눈사태를 맞은 듯 급하게 희어졌다. 오른쪽 가르마를 상류 삼아 흘렀던 은발은 이제 그의 양쪽 귓가를 확실하게 점령했다. 취조 기간 동안 그의 눈은 더 깊어졌고 안광은 더 강한 출력을 뿜었다. 머리가 길어지고 턱수염이 자라자 그의 이마와 턱을 지배하고 있던 그 눈이 시린 잉크빛 푸르름, 돌연한 절박감이 없어 좋았다. 갑작스러운 이마의 주름만이 그가 이 행성에서 맡은 배역이 얼마나 고단하고 가차없는 것인가에 대한 알리바이가 되어주었다. 고백을 끝낸 사내의 눈은 고향 시냇물에 젖은 듯 정결한 물기를 담고 있었고 이마를 반달처럼 가린 머리카락 때문에 미소년 같았다. 그의 안광은 황홀하게 확장되어 있어 마치 그의 눈동자 안에 점등해 놓은 두 덩이 반딧불 같았다.

잘 훈련된 혁명 전사답게 그는 단호하고 거침없는 자백을 토해 놓았다. 사내는 56년 된 시간 창고의 격납고를 열어젖힌 채 자신이 추수한 슬픈 알곡들을 정직하게 공개하고 있었다. 그렇다. 그것이 재앙이라 해도 그는 무엇인가 추수했다. 그는 적어도 자기 생의 무임승차자는 아니었다. 철야 근무 때 눈을 붙이기 위해 이층 침대에 누웠던 한 후배 수사관이 했던 말이 생각났다.

"혁명, 완전한 개혁, 유토피아가 오기 전에 죽음이 먼저 옵니다. 이 세상에서 혁명가, 개혁가, 원칙주의자가 되기 전에 죽음이 먼저 들이닥친단 말입니다. 혁명가나 반동가가 되기에는 우리는 너무 일찍 죽게 된단 말입니다. 혁명가들은 모두가 확신범들이에요. 그들은 이 세계를 바꿀 수 있다는 불순한 꿈을 꾸고 있어요. 이 세상은 죽어도 바꿀 수 없는 그 무엇이에요. 왜냐하면 이 세상 주민인 인간은 죽어도 바뀔 수 없는 그 무엇이기 때문입니다."

취조 중 범죄 심리학자인 의사는 차단 유리인 베니스 거울 뒤에서 내게 말했다.

"저 범인은 더도 덜도 아닌 네크로필리아 환자입니다. 죽은 것, 시체에 대한 사랑, 네크로필리아 말입니다. 공산주의자들은 모든 과학을 동원해 레닌을, 마오쩌둥을 미라로 만드는 일에 돈과 정열을 쏟았습니다. 마치 옛 이집트인들이 죽은 자를 미라로 만들어 화려한 목관과 마스크를 씌워 거대한 무덤인 피라미드에 보관했듯이. 그렇습니다. 저들에게는 죽은 자가 문제입니다. 살아 있는 자의 평화나 삶의 질은 아랑곳 않습니다. 그의 직업인 혁명 전사, 테러리스트는 냉정하게 말한다면 살아 있는 인간을 시체로 바꾸는 능력을 가진 자들의 이름입니다. 가령 저 남자는 살아 있는 여자에게는 관심이 없어요. 그는 한 여자를 사랑하고 유혹하고 성교하는 짧지만 완전한 황홀경에 이를 능력이 없어요. 사랑이라는 이름으로 살아 있는 여자, 살아 있는 그 한 존재와 대결할 능력이 없다는 겁니다. 살아 있는 자와 삶을 나누고 삶을 계획하는 일에 저 사내는 완전히 무력합니다. 폭군인 그의 생부가 그에게서 산 자와 만나 사랑하고 생식할 그 찬란한 기능을 잘라내버린 겁니다. 그의 안에 생부에 대한 원한이 콜타르처럼 흐릅니다. 그의 피는 아마도 삶에 대한 원한 때문에 콜타르빛일 겁니다. 그 이후 성교는 그에게는 극도로 비위생적인 사건이며 재앙의 우물 앞에서 추는 춤입니다. 그는 살아 있는 것과 함께 대결하고 변하고 적응하며 살아갈 능력이 없는 자입니다. 그는 오직 죽은 자 앞에서만

삽니다. 보세요. 그는 어쩌면 죽은 여자 앞에서는 울 수 있을 겁니다. 죽어서 동작이 없는, 대결할 힘이 없는 사물 앞에서만 그의 존재는 안도하며 살기를 시작합니다. 그는 중증의 네크로필리아에 시달리고 있어요. 그는 깊이 병든 자입니다. 자신의 행위가 범죄인지조차 모를 만큼 깊이 병든 자 말입니다. 그는 세계를 파괴함으로써 자신이 세계에 의해 으깨지는 것을 피하는 것입니다. 저 사내가 저지른 여객기 학살 사건이 바로 그 증명입니다. 출생 후 무려 5년간이나 삶에 입장하지 못한 채 문 밖에 서 있어야만 했던 그 무서운 무력감에 대한 추억을 그는 혁명이라는 이름으로 타인을 죽임으로써 타인의 삶과 죽음을 결정하는 전능의 체험으로 변모시키는 것입니다. 사형 집행인이 되는 것이죠. 저런 사내에게 살인은 적신호 앞에서의 신호 위반 정도에 불과하죠. 타인과 유대를 맺을 수 없으니 자기 안으로 숨어들어가 자기 도취의 감옥 속에 자신을 감금시켰던 겁니다. 그리고 임무지에 파견되어 적을 파괴함으로써 그는 자신이 살고 있음을 증명했던 것입니다. 그러니 파괴는 곧 그의 존재 증명입니다. 저런 자들은 자신들을 신인간이라고 부릅니다. 그들 안에 신과 인간, 독재자와 심판자가 동시에 깃들어 있지요. 그는 증오에서 삶으로 건너뛰지 못했습니다. 그는 아직도 그의 어머니를 죽였고 그를 죽이려고 했던 그 우물 주위를 맴돌고 있습니다. 증오, 복수, 파괴 이외의 다른 차원이 그의 안에서 터져나오지 못했습니다. 그는 그렇게 삶을 증오하고 포기하고 삶을 제대로 살지 않음으로써 도리어 살아남을 수 있었는지도 모르죠. 결국 저 참혹한 115명 승객의 학살 광경은 삶을 살지 못한 남자가 삶을 사는 자들에게 가한 복수의 현장이라고 할 수 있겠죠. 그는 부친을 거세시키고, 자신을 우물 속에 처박은 그 세상에 대해, 그 비정한 만인에 대해 복수하고 있는 겁니다. 그는 내부에 충격, 공포, 고독, 증오, 절규 같은 잡화로 진열된 슬픔의 점포 주인으로 살고 있는 겁니다."

슬픔의 점포 주인.

"그 불운, 그 재앙, 그 저주가 저 사내의 재산 목록입니다. 저 남자가 폭탄 자체입니다. 증오와 복수의 화약이 그의 안에 있어요. 화약이 가득 장전된 폭탄이. 수사관인 당신과 범죄 심리학자인 나, 검사와 판사들은 그 폭탄의 뇌관 제거자일 뿐입니다. 애초에 생을 축복된 탄생이 아니라 참사로 시작해 버린 남자 안에 장치된 폭탄의 뇌관을 제거하는 자들, 그것이 우리입니다. 그에게 사형을 언도하는 일은 우리가 할 수 있는 가장 쉬운 방법입니다. 그는 사실상 정신 파산자이고 그가 가야 할 곳은 교수대가 아니라 정신 감호 병동입니다. 그것이 우리와 북한의 다른 점일 수 있다면 말입니다."

의사는 다시 말했다.

"저 사내는 더도 덜도 아닌 서기 1987년에 발견된 카인의 화석입니다. 저 남자가 혁명 전사가 되기 위해서 배운 저 탁월한 파괴의 실력이 무효가 되는 날이 오면 과연 유토피아가 도래할까요? 아니, 유토피아란 과연 존재하기는 하는 겁니까?"

의사는 나를 바라다보았다. 의사가 던진 유토피아란 말이 문득 법정 전염병인 재귀열의 다른 이름처럼 들렸다.

"그 안에 사는 동물, 저 사내 안에서 죽어도 자라지 않은 채 우물에서 방금 건져 올려진 얼굴로 입에 박하 잎을 문 채 매번 그에게 복수를 칭얼대는, 영원히 자라지 않는 생후 1개월짜리 아기, 그것이 문제입니다. 그 안에서 그 아기가 울기 시작하면 그는 다시 살인을 하는 겁니다. 30년간 그가 혁명 전사로 살아왔다는 것은 곧 당과 수령의 사병으로서 30년간 만성 살인자로 살아왔다는 것을 의미합니다.

이럴 때 혁명 전사들이란 연쇄 살인범의 또 다른 이름일 뿐입니다. 그들에게는 유토피아가 사명이 아니라 바로 살인이 사명이 되는 것입니다. 연쇄 살인자들 중에는 살인 도구인 흉기와 함께 반드시 양초 두 자루를 휴대하고 다닌 자도 있지요. 살인 후 시신을 난도질하고 이윽고 그 시신을 먹어치울 때 정찬처럼 두 대의 촛불 아래서 먹고 싶어서. 그러니 저 살인자가 말하는 낭만적인 말들, 그러니까 잉어 여왕, 향수초, 교향곡 「환희」, 침향, 철갑상어 따위는 그의 흉기인 시한폭탄 곁에 놓인 그 변태적인 양초 두 자루가 갖는 사치스럽고 엽기적인 장치 이외에 아무것도 아닙니다."

취조 중 사내는 자꾸만 자신의 생모가 양조장 주인에게 능욕당했다고 주장했다. 어느 날 내가 취조를 중단하고 사내에게 말했다.

"당신은 왜 당신 어머니가 능욕당했다고 주장하는 겁니까. 그 여자가 보조 침모이고 그 여자의 동침 상대가 그녀의 고용주인 양조장 주인이라는 것, 그 여자는 동침 당시 겨우 16세였고 양조장 주인은 70세였다는 것이 그녀가 그 사내에게 능욕당했다는 증거라도 된단 말입니까. 당신은 왜 어린 침모였던 당신의 어머니가 그 늙은 양조장 주인을 의도적으로 유혹했을 수도 있다고는 생각지 않습니까. 여자 나이 열여섯이면 생에 대해 수동적이지만은 않다는 것을 당신은 압니까. 사건 속에서 여자는 늘 수동적이고 무죄이고 피해자이며, 연소자는 늘 피해자이고 연장자는 늘 가해자이며, 고용주는 가해자이고 노동자는 피해자임이 분명하다고 믿을 만큼 당신은 삶에 대해 그토록 순진합니까. 열여섯 살짜리 가난한 보조 침모가 겁도 없이 늙은 양조장 주인을 몸으로 유혹해서 신분 상승을 노렸을 가능성은 왜 없다는 겁니까. 그것도 아니라면 왜 16세 여자와 70세 남자 사이에 짧은 사랑

같은 것이 존재할 수 없었다는 겁니까. 더구나 그녀가 낳은 사생아가 다른 남자의 아이가 아닌 그 늙은 양조장 주인의 아이였다는 명백한 알리바이라도 있는 겁니까. 늙고 돈 많고 남자라는 사실이 가해자의 조건이며, 젊고 가난하고 여자라는 사실이 피해자의 조건이라는, 당신 삶의 시작에 장승처럼 서 있는 이 어처구니없는 가설은 대체 무엇입니까. 당신은 당신 어머니를 늙은 양조장 주인에게 능욕당한 여자로 만듦으로써 고아가 된 당신의 상황을 정당화하는 늙은 침모와 고아원 선교사가 지어낸 동화의 천막 아래서 운명의 장대비를 잘도 피해 다녔던 겁니다. 그렇게 해서 늙은 양조장 주인의 능욕설이 결국 당신 제국의 기원설이 된 겁니다. 그러나 당신 어머니가 늙은 사내를 유혹했고 욕정을 나눴고, 임신했고 그리고 그 엄격한 사회에서 결국 사생아를 낳아야만 하는 처녀 신분으로 남았을 때, 야무지고 야심에 찼던, 그러나 참을성 없는 그 여자는 출구가 없자 욕정의 산물이었던 당신을 안고 우물 속으로 추락해 버린 겁니다. 결국 그 여자는 행실 나쁜, 야무지고 발칙한 유혹자였고 자기 아들을 함부로 처리해 버린 영아 살인 미수범이었으며, 존속 살인범일 수도 있다는 가능성을 당신은 왜 모릅니까. 당신은 왜 알리바이도 없이 그 늙은 양조장 주인에게 간접 도살을 당했다고 평생을 증오 속에 사는 겁니까?"

아아, 사내는 햇빛을 손으로 가리듯 자신을 손으로 차단하며 신음 속에서 말했다.

"내 어머니의 초상화를 깨뜨리지 말아요."

그때 나는 내가 그의 최고의 재산인 그의 어머니의 추억에 함부로 손을 대고 있음을 알았다. 손상되지 않고 남아 있는 유일하게 성스러운 원형에. 나는 그날 처음으로 그의 열여섯 살짜리 어머니가 그의 성스러운 마돈나임을 알았다. 그의 어머니야말로 그의 길을 가로막고 있는 그가 죽여야 할 용이었다. 그는 유토피아에 도착하는 순간 자신의 어머니가 재생하여 우물에서 다시 솟아오르고 자신이 생후 한 달 된 아이로 변해 그녀의 품에 뜨겁게 안기는 그 재건, 그 복원이 일어날 것이라고 믿고 있었다. 그녀의 품에 안기는 순간의 그 영원을 그는 갈망했다. 그러나 그는 모르고 있었다. 그 여자의 얼굴에서 사람의 가면이 벗겨지고 동물인 암컷이 드러난다. 여자는 자신이 그렇게 이 차원에서 저 차원으로 넘나들면서 한 세계의 허물을 벗고 다른 세계로 관통해 진입하는 그 초공간을 경험한다. 그러면서 여자는 자신의 지옥과 재앙을 만들어간다. 아니, 열여섯 살이던 그의 모친은 여전히 미숙해서 다시 유혹당하거나 겁탈당할 것이고 다시 무자비한 정액을 받아 더 불행한 기아를 생산해내리라는 것을. 그녀의 무지가 문제다. 유토피아는 소멸한다.

한 여자가 그의 앞에 나타나 그를 사랑에 빠지도록 유혹함으로써 그를 어머니의 악몽에서 해방시키고 그의 삶 속에서 원한이나 복수 같은 만성적인 마취 상태를 중단시킨 뒤 그의 삶을 보편화시키는 그 필연적 고열, 그 에로스가 필요했다. 저 사내의 금욕은 방탕보다 더 나쁘다. 아니, 저 사내의 금욕이 바로 저 사내의 방탕이다. 그가 진정으로 한 여자와 사랑에 빠질 수 있었더라면 그는 그의 마돈나이며 동시에 마녀인 그의 어머니의 상을 파괴해 버릴 수 있었을 것이다. 그 열여섯 살의 여자가 어미라는 이름으로 사사건건 그의 통로를 막은 채 복수를 칭얼댄다. 취조실로 가는 엘리베이터를 열면 어린 모친은 그때도 거기 서 있었다. 그녀는 일생 그렇게 세상의 모든 문 앞에서 그 아들을 기다림으로써 그에게 칭얼대면서 그를 소유한다. 그의 잉태자이며 파괴자인 어머니. 그 어머니가 그의 마돈나이며 동시에 요부라는 아킬레스건이다. 그에게는 심리적 폭발이 필요했다. 정작 시한폭탄이 터졌어야 했던 곳은 어머니 신화를 유골 단지처럼 부둥켜 안고 있는 그의 심장이었다.

그는 학살을 통해 유토피아에 도착하려고 했었다. 내일 살인과 불의가 없는 사회를 창조하기 위해 오늘 그는 기꺼이 살인을, 불의를 택한 것이다. 대체 그가 원하는 유토피아와 적화통일은 어떤 에덴이기에 그곳에 도착하려는 자는 미안하지만 오늘 이곳에서 살인과 불의를 저지른 후 피 묻은 장화를 신고서야만 도착할 수 있는 성역이란 말인가. 어떻든 적의 살해와 암살이 포함된 유토피아에 대한 열정은 색정적 열정이다. 아직도 평등이니 지상천국 같은 골치 아픈 단어를 사용하는 저 사내. 가슴에 권총을 감추고 완전무장한 채 서명하는 평화 조약의 희생자들, 그것이 우리였다. 40년간 남과 북 사이의 화해는 보류되었다. 용서는 비무장지대에 보관되어 있었다. 분단 후 남북 모두 유토피아라는 이름의 사나운 사육제에 참여한 것이다. 북한이 유토피아를 지상낙원으로 바꿔 부르는 동안 남한은 유토피아를 복지 국가로 바꿔 부르기 시작했을 뿐이다. 유토피아라는 말에서는 유혈의 냄새가 난다. 유토피아는 인간이 만들어낸 불안에 저항하려는 부적이다. 유토피아를 꿈꾸는 것도 재앙이고, 유토피아를 꿈꾸지 않는 것도 재앙이다. 이제 혁명가들의 얼굴은 술병에 붙여져 상품으로 팔려나간다. 혁명은 그렇게 천천히 농담이 되어간다. 그리고 지상의 어떤 나라든 정치인들은 국민을 향해 정의를 장사한다.

여객기 속에서 그는 여러 번 '작전명 유토피아'가 옳은지 점검할 수 있었다. 운명은 그에게 충분히 검증할 순간들을 제공했다. 특히 운명이 태어날 아이의 초음파 사진을 손에 든 남자를 유독 그의 앞에 앉혔을 때 그는 운명이 그에게 무엇이라고 말하는지 경청했어야만 했다. 그러나 그는 당과 수령, 인민, 서울 올림픽 저지 같은 단순 구조 속에서 탈출하지 못했다. 그는 부친 유정이 준 다른 차원의 해석에 이르지 못했던 것이다. 저런 혁명 전사들에게서 가장 무서운 것은 그들의 존재를 가득 채우고 있는 바로 저 도덕의 진공이다.

아아, 저 사내는 왜 몰랐을까. 유토피아는 죽어도 도착할 수 없음으로 인해서 더 찬란하고 더 유혹적이라는 것을. 그는 지상천국, 평등, 정의, 영원, 불사 같은 완전한 이미지들이 품 안에 단도를 숨기고 있는 무자비함과 가혹함을 왜 몰랐을까. 유토피아는 인간의 불안이 만들어낸 삶 저편 연못에 비친 무영탑은 아닐까. 인간 존재의 절벽 앞에 걸어놓은 부적 한 장은 아닐까. 인간의 거대한 이상들은 역사 속에서 저렇게 학살이라는 괴물로 변해 간다. 유일하고 필멸인 육체와 무한하고 불멸인 영혼을 한 존재 속에 꿰차고 있는 존재인 우리가 미치지 않고 살아갈 수 있다는 것 자체가 기적이 아닐까. 불멸, 절대 멸망하지 않는다는 것은 필멸, 필연코 멸망한다는 것만큼 무서운 일은 아닐까. 이 세상에는 유한이라는 시계가 있고 유토피아에는 영원이라는 시계가 있는 것은 아닐까. 그 무서운 극단이 우리 안에 자리를 임대하고 앉아 있다는 것을 인식하는 순간 우리는 미쳐간다. 미치지 않은 자, 그가 타락한 자다.

나의 유토피아는 다르다. 내게 유토피아는 어느 한 상태에 불과하다. 그것은 되어진 완성태가 아니라 되어져야 할 그 무엇, 원석이고 원료이다. 단언하건대 파멸, 타락, 고통, 모순, 붕괴가 있는 이 지상 세계는 바로 그렇기 때문에 필연적으로 유토피아의 일부라는 것이 내 생각이다. 그것은 인간에 의해 통치되면서 그 무엇이 되길 기다린다. 그러므로 내게 있어 가장 무서운 세상이란 오직 혁명 전사만이 있는 세상이다. 그것은 오직 범죄자만 있는 세상보다 더 무섭다.

저 사내는 내게는 결국 한 치수 큰 코트, 한 치수 큰 신발 차림에 시한폭탄을 들고 있는 남자의 모습을 하고 있다. 그에게 유토피아는 결국 한 치수 큰 코트, 한 치수 큰 신발의 이름이 아니었을까.

어떻든 혁명과 박하 잎, 시한폭탄과 철갑상어를 창백한 핑크빛 심장에 동시에 휴대할 수 있는 그의 거식증이 무서웠다. 나는 그에게 양조장 백씨와 그 우물을 찾고 싶으냐고 물었다. 그때 세류는 놀랍게도 이렇게 대답했다.

"유정 외에는 난 부친이 없소. 난 내시가 낳은 기적의 아들이오."

수사 기록을 닫으면서 내가 그에게 말했다.

"이 순간 당신 소원이 뭐요?"

사내가 대답했다.

"베토벤의 「환희」를 듣고 싶소."

그가 고백을 끝내던 날 그 사내와 옛 잉어의 여왕이 두 덩이 침향으로 저지시키려고 했던 제24회 세계 서울 올림픽은 석 달 앞으로 성큼 다가와 있었다.

얼마 후 검찰에 의해 '작전명 유토피아'에 대한 사건 전모가 발표됐다. 대개 충격적인 대규모 사건 수사는 여차하면 수년간의 수사 기간이 필요한 법이었다. 그러나 이 사건의 유일한 형사 피의자인 한세류의 확신에 찬 명료한 고백은 수사 기간을 놀랍도록 줄였다. 내가 사법 경찰관 수사관 자격으로 검찰청 검사장에게 보낸 수사 전모 기록에 의한 검찰 조사도 한세류의 거침없는 자백에 의해 극적으로 빠르게 진행되었던 것이다. 재판 일정도 신속하게 진행될 것이 분명했다. 그날 처음으로 사내는 이즈미 이초라는 일본식 가명을 벗고 비로소 그의 부친 유정이 그에게 헌정했다는 아름다운 이름 '한세류'로 불렸다. 사건의 전모 속에서 유토피아라는 이름의 색정적이고 엽기적인 함정만이 커다랗게 입을 벌리고 있었다. 그날부터 언론들은 그 사건을 주작 항공 901기 폭파 사건이라고 부르는 대신 '작전명 유토피아 학살 사건'이라고 불렀다.

사건 수사와 재판 내내 바로 그 유토피아가 문제였다.

파스칼

　서울 연주 일정은 취소됐다. 마지막 객석까지 매진됐다는 꿈의 연
주회는 가차없이 취소됐다. 누항은 사고 여객기인 바로 그 바그다드
발 서울행 주작 항공 901기에 탑승한 것으로 알려졌다. 연주 전에 두
주나 시간을 내어 그녀는 맨해튼에서 바그다드로 날아갔다. 모처럼
양친과 함께 서울로 귀국하는 드문 호사를 꿈꾸었던 것이다. 연주 일
정에 따라 세계 도시를 유랑하는 연주자들에게 가족이란 말이 호사
일 때가 있다. 주작 항공 바그다드 공항 직원들에 따르면 그 세 사람
은 나란히 일등석에 세 개의 좌석을 가지고 있었다는 것이다. 누항의
자리에는 승무원들이 선물한 부겐빌리아 꽃이 생수가 찰랑거리는 플
라스크에 꽂혀 있었을 것이라고 했다. 누항의 모친이 기관지 천식으
로 산소통 세 개를 주문했음도 밝혀졌다. 그 산소통이 비행기 폭발
때 얼마나 부정적인 역할을 했을지를 생각할 때 누항과 누항 가족의
생존은 거의 바랄 수 없는 것이 되었다. 사고 당일부터 누항의 이름

은 사망자 명단을 오르내렸다. 그녀와 슈만을 협연할 예정이었던 나와 청년 필이 받은 충격은 이루 말할 수 없는 것이었다. 누항은 세계 도시들 중 고향인 서울에서의 연주가 가장 어렵다고 말한 적이 있다. 고향은 누구에게나 안전하지 않은 곳이다.

그래도 연주 일정은 반드시 지켜져야 한다고 서울 측도 생각했지만 우리 모두 누항의 사망 기사 앞에서는 압도적으로 무력해졌다. 단지 머리카락이 다 불타버린 한 여자가 혼수에 빠진 채 장작처럼 벌겋게 불에 탄 팔로 군용 헬리콥터에 실려 현지 국군 병원으로 이송됐다는 보도가 세계를 한 바퀴 돌았을 뿐이었다. 긴급수송된 여자가 탑승자 116명 중 유일한 생존자가 되는지는 아무도 장담할 수 없는 상태였다. 그녀가 누항일 가능성은 116분의 1보다 더 희미한 것이었다. 그 다정한 가족 셋 사이에는 산소통이 끼어 있었다고 보도되지 않았던가. 며칠 후 유일한 생존 후보자인 그 무명의 여자마저도 생명을 위해 오른팔 절단 수술을 끝냈다는 보도가 있었다.

그 여객기 폭파 사고가 세계 올림픽을 꼭 1년 앞둔 서울의 희망을 단숨에 폭파해 버리고 있었다. 서울에서는 115명분의 희망이, 세계 음악 무대에서는 재능에 찬 비범하고 성실한 피아니스트 한 사람이 사라진 것이다. 세계가 한 사람의 눈부신 음악가를 가지기까지는 적어도 2, 30년의 시간이 필요했다. 한 나라가 잠시 정신적 공황 속으로 깊이 추락하는 것을 세계가 보고 있었다. 누항이 포함된 115명의 죽음 앞에서 양측이 서울 연주 취소에 동의한 것은 당연한 일이었다. 유일한 생존자마저 혼수상태에서 불길이 먹어버린 오른팔 절단 수술을 감행했다는 보도가 있자 결국 우리는 베를린 교외 교향악단 본부인 바로크 성 서쪽 거관(居館) 창을 열고 긴 검은 휘장을 늘어뜨림으로써 누항의 사망을 추모했다. 세계 방송들은 누항의 사고 소식을 전하면서 그녀의 대표 음반이다시피한 정열적인 1악장으로 시작되는 슈만의 「환상곡 다장조 Op. 17」을 방송했다. 그날 교향악단 본부 복도에는 온종일 누항과 협연 예정이었던 슈만의 「피아노 협주곡 가단조 Op. 54」가 흘렀다. 3년 전 누항과 우리는 그 곡을 잘츠부르크에서 함께 협연했다. 곡이 시작되자 쏟아지는 누항의 강렬하고 정력적인 탄주가 우리를 압도했다. 회오리 치듯 질주하는 누항이 만들어낸 그 찬란한 피날레……. 오보에가 피아노를 추격해 나오지 않았더라면 우리는 결코 위로받을 수 없었으리라.

여객기 폭파 용의자가 특별기로 압송되어 서울에 도착한 장면을 조간신문에서 보았을 때 나는 그 사내를 서울 공항에 토해 놓은 특별기가 사내에게는 요나의 고래 뱃속이 아닐까 생각했다. 폭우 속에서도 특별 호송기의 푸른 등판에는 '서울 올림픽 1988'이라는 거대한 글자가 여객기 지느러미까지 가로지르며 새겨져 있었다. 그 조간신문을 읽고 있던 빌딩에서 내려다보이는 맨해튼 한 모퉁이에 핑크빛 사타구니를 한 실리콘 조각품이 비에 젖은 채 서 있었다. 누군가 맨해튼의 저 마천루들은 돈이 주인이 된 도시의 자기 표현이라고 말한 적이 있다. 업무용 건물인 그 기세 좋은 마천루들이 성당과 정치 건물들을 먹여 살리고 있다는 것이다. 이 무서운 신철기 시대, 기관총, 대포, 폭탄, 탄도탄, 로켓탄 같은 무기들로 가득 찬 이 저주받은 신철기 시대.

맨해튼의 비가 뭄바이 연주 때 만났던 잊을 수 없는 몬순의 비를 생각나게 했다. 몬순의 비는 정말이지 적처럼 내린다.

신문을 펼치면 세상 도처에서 수천 년 전 욥에게 도착했던 그 헐떡이는 전령사들의 비보가 들려온다. 대화재, 지진, 학살, 납치, 충돌,

인질극……. 온 세상이 수천 년 전 족장 욥이 받았던 그 숨찬 재앙의 수신자로서 끊임없는 비보에 진저리 치고 있다. 온 우주는 무엇을 알리려는 경보의 예감들로 가득 차 있다. 참극은 우리에게 무엇인가 끝없이 송신해 온다. 그렇게 함으로써 참극은 끝없이 무엇인가를 계시하고자 한다. 그러나 우리는 그 계시를 받아들이기에는 너무 둔감하거나 아니면 그 상징과 계시를 해독할 수 있는 암호 해독의 독법 같은 것을 아예 배우지 못했다. 우리는 그 계시들 맞은편에 선 저능하고 태만한 수신자다. 이 헌 우주, 수백만 년 된 닳아빠진 이 늙은 우주, 잊혀질 대로 잊혀지고 왜곡될 대로 왜곡된 채 첫 모습, 첫 진실이 무엇인지 알아내기 불가능해져버린 땅. 하기는 인간이 인생에서 투쟁과 패배 이외에 보여줄 것이 무엇인가. 영광과 자랑과 희망을 다 무효로 만들어버리는 죽음이 결국 오고야 마는데, 모든 것을 무효로 만들어버리는 그 독재자가 오는데 그 앞에서 우리가 대체 어떤 승리를 꿈꿀 수 있단 말인가. 그래도 희망이 있다면 미래는 아직 도착하지 않았다는 것이다. 꿈과 열망 속에서 현재가 되기 위해 천천히 슈미즈를 벗어던지는 그 미래가.

말이 나왔으니 말이지 나 같은 유대인에게는 인생은 욥기에서 시작해서 욥기로 끝난다는 생각을 했던 적이 있다. 욥기는 담력이 큰 자들만이 읽을 수 있는 제8봉인의 책이다. 봉인을 열면 거기 무서운 비밀과 무서운 현실이 있다. 하나님의 천국 공의회에 사탄이 당당히 참여하고 있는 것이다. 시편에서 경계하라고 경고했던 그 자칼, 그 리바이어던이 그 천국 회의에 당당히 참여하고 있다. 하나님의 궁정 천국 회의에서는 대천사 가브리엘, 미카엘, 라파엘뿐만 아니라 악마도 하나님이 주신 지정 좌석이 있고 리바이어던도 우주의 물밑에 하나님이 정해 주신 지정 좌석이 있다. 이것이 신의 차원일까. 악마는 회의 탁자에 세상의 활동적인 보고자로 출석하고 있다.

초청 연주와 순회 연주로 인해 나는 거의 1년에 6주밖에 집에 머물 수 없다. 그 기간을 나는 절반씩 맨해튼 월세 집과 하이델베르크의 이타카에서 머문다. 서베를린에 본부가 있기는 해도 우리는 나머지 시간들을 수많은 도시의 크고 작은 호텔에서 머문다. 나도 단원들도 정착을 그리워하지만 그러나 우리는 유랑 없는 생활을 상상도 할 수 없는 자들이 되어버렸다. 연미복을 입은 20세기 유목민, 그것이 우리였다.

음악원 시절만 해도 내 주위에는 항상 가족들이 있었다. 새해 첫날이면 온 식구가 모여 푸른 아가미 잉어 요리를 먹었다. 겨울이면 구운 사과에 바닐라 소스를 발라 꿀과 향료를 넣은 겨울용 더운 적포도주와 함께 먹었다. 성 금요일에는 음악당으로 바그너의 오페라「파르시팔」을 들으러 갔다. 어머니는 반드시 그레테 노악이라는 새 신부 시절의 이름이 소중하게 적혀 있는 연한 계핏빛 표지의「파르시팔」의 오페라 대본을 들고 갔다. '레클람 우니버잘 비블리오텍'이라고 씌인 작고 얇은 이 책은 5640이라는 출판 일련번호를 달고 있었다. 『리하르트 바그너의 파르시팔』이라는 제목 아래 전(全) 원고 수록이라는 표시와 맨 아래 25페니히라는 그 시절의 가격표가 아예 인쇄되어 있었다. 그것은 조부 노악 선교사가 외아들의 신부인 그녀에게 준 결혼 선물이었다. 어머니는 그 작은 오페라 대본을 손수 만든 명주 손가방에 간직했다가 공연 직전 흰 공단 장갑을 낀 손으로 꺼내들었다. 첫 페이지를 열면 노악 선교사가 푸른 잉크로 적은 짧은 인용문이 적혀 있었다.

"그대에게 상처를 준 이 창(槍)만이 그대의 상처를 고칠 수 있다."

그것은 이 오페라 마지막 3막에서의 파르시팔의 선언이었다. 그것은 신성한 상처와 한 구의 창에 관한 얘기였다. 예수 십자가 처형 때 그의 옆구리를 찔렀던 가해의 창, 그 창에 묻은 피만이 인간을 구원할 수 있다는 것이었다. 가족 중 아무도 조부 노악 선교사가 그 작은 오페라 대본 첫 페이지에 적어놓은 그 계시적인 말을 진지하게 명상하려 하지 않았다. 신성한 상처와 신성한 피, 그리고 예수의 몸에 닿자마자 가해자의 창이 신성한 창으로 변화되는 이야기들이 그 속에 잠복된 채 평균적 정신을 가진 가족들에게 무엇인가 비범한 것을 계시하려 꿈꾸고 있었다. 그러나 그 연한 계피색 표지의 책은 1년에 한 번 성금요일에만 어머니의 명주 손가방에 담겨졌고 공연장에서 그렇게 단 한 번 펼쳐졌으므로 명상의 길은 막혔다.

봄의 마지막 자정인 오월 전야 발프르기스의 밤마다 도시 도처에서는 약간의 소동들이 있었다. 파우스트 시대부터 계속된 소동이었다. 대개는 좌우익 청년들의 충돌 소동이었다. 그 자정이 지나면 봄의 절정인 오월이 기다리고 있었다. 도시는 언제나 봄의 절정을 두 가지 방법으로 맞았다. 시내 중심가에서는 노동절 폭동이 있었다. 데모대들은 경찰차에 불을 지르고 싶어했다. 그리고 원앙새 가득한 강 하류의 경마장에서는 그해 첫 경마 대회가 열렸다. 경마장에 가는 것은 그 도시의 다른 사람들처럼 어머니에게도 봄맞이 예식이었다.

어느 해인가 나는 어머니와 경마장에 갔다. 경기 시작 전에 2번 말의 출발점에 서지 않으려고 버티는 바람에 기수가 애를 먹었다. 말은 그를 출발점으로 밀어넣으려는 진행자들에게 뒷발질을 했다. 결국 출발점에 밀어넣어지자 그 말은 출발대의 철판을 폭풍처럼 차고 가장 먼저 달려나갔다. 담장 고가 사다리 위에는 카메라 외벽을 비닐로

싼 사진기자가 그날 비가 예고되었음을 증명하고 있었다. 풀들은 씩씩하게 자랐다. 겨울과 봄의 집요한 싸움에도 불구하고 사람들은 그 풀을 밟으면서 알게 된다. 이제 봄은 전복할 수 없는 확고한 그 무엇이 되었다. 이제는 누구든 봄에 복종해야만 한다. 경마장 동쪽에는 맥주 광고를 담은 녹색 깃발 석 장이, 서쪽에는 자동차 회사 광고를 담은 깃발 석 장이 바람에 흩날리고 있었다. 말들의 안장은 커피와 은행 광고들로 범벅이 되어 있다. 말들은 달리면서 그 광고들을 충성스럽게 실어 나른다. 관중석 위로 솟아 있는 두 개의 목조탑 창에 커다란 관악기 모양의 확성기가 떠 있다. 관중들은 모두 경마를 핑계로 봄과 상견례를 하러 나온 것이다. 대로에서는 극좌, 극우파들의 의례적인 노동절 폭동이 있었다고 들었다.

기수와 말들이 소개됐다. 7번 기수는 푸른 금강석 무늬의 모자와 점퍼를 입고 있다. 그들은 천천히 트랩으로 나간다. 약간의 긴장이 경마장 위에 철썩거린다. 저만치 담장 너머로 막 도착한 노란 노선 버스가 보인다. 촬영대의 사다리는 더 높이 공중으로 올려졌다. 경마장 아나운서의 음성이 터져나온다. "말이 복스로 들어갑니다. 신이 좋은 날씨를 선사하셨습니다. 자이델 씨는 판정석으로 들러주십시오. 이 경기는 텔레비전으로 중계됩니다. 아직 후보 말 세 마리가 복스에 들어서지 않고 있습니다. 아목이 선두를 달립니다. 델라는 3위입니다. 트라움도이터는 4위입니다." 트라움도이터는 해몽가라는 뜻이다. "나실은 뒤떨어졌습니다. 아목이 승리했습니다." 시계탑의 시계가 14시 27분을 가리키고 있었다. 시계탑은 낮아 다정했다.

경기와 경기 사이에는 긴 휴식이 온다. 경기가 끝날 때마다 질주를 끝낸 말들은 경마장 풀밭을 가로질러 퇴장한다. 삼바 음악이 쏟아지고 사람들은 새삼 안부 인사를 나눈다. 흰 앞치마를 두른 젊은 남자가 경마장 복판 잔디 위 천막 식당으로 버섯 상자를 나르고 있다. 파나마 중절모를 쓴 사람들. 여자들의 모자 위에 달린 오렌지색 리본이 그해 최초의 봄바람에 실려 날아다닌다. 막 통에서 뽑아낸 맥주에서 풍기는 맥아 냄새들이 바람에 실컷 날린다. 아이들은 풀밭에서 대나무에 종이를 엮어 만든 글라이더를 날린다. 선지를 넣어 만든 암갈색 소시지와 계피를 넣은 아이스크림들이 팔려나간다. 3회전에서는 실버걸이라는 경주마가 이겼다. 말들이 폭풍처럼 떠나간 출발점 부근에서는 인부 네 사람이 나무 공이를 들고 팬 잔디들을 능숙하게 메우고 있다. 스칸디나비아 해안에서 남행했다는 일기예보 속의 해풍이 도시의 깃발들과 가로수 잎들, 행인들의 옷자락에 도착하여 흔들리고 있다. 귀로에 보니 경마장 숲에서는 수선화가 지고 있었다.

그해 어머니의 정원에는 달리아가 피어 있었다. 그녀는 부엌 동쪽 대리석 창턱 위에 조리 때 쓸 파슬리와 박하와 양파를 키우고 있었다. 부엌으로 통하는 발코니에는 양념에 쓸 꿀풀과 라벤더와 로즈마리를 키우고 있었다. 그녀의 정원은 작은 마법으로 가득 찼다. 그녀는 키가 낮은 작은 꽃들을 키웠다. 풍경초, 각시 패랭이꽃, 의붓어미꽃, 애기 미나리아재비, 집시꽃들이 타자기로 끝없이 찍어놓은 말없음표처럼 조용하고 단정하게 자라고 있었다. 그녀가 아끼는 박쥐 얼굴꽃은 붉은 꽃의 외벽 안에 흑보랏빛 내벽 겹꽃을 가졌다. 흙보랏빛은 정말이지 박쥐의 얼굴을 닮아 그런 진귀한 이름을 얻었다는 것이다. 그 사이로 의도적으로 잘 배치한 난쟁이나무들, 어린 재스민, 실측백, 아기올리브 묘목들이 자라고 있었다. 거울만한 인공 연못 곁의 어린 갈대들은 어린 개구리들을 숨겨주고 있었다. 그 정원에는 무엇보다 고슴도치들이 살고 있었다. 대로 건너 공원에서는 봄의 절정 내

내 마로니에와 보리수들이 뒤엉켜 뿜어내는 식물의 정액 냄새들로 가득 찼다.

간통하는 버릇으로 결국 별거 상태에 들어간 어머니를 부친이 증오하지 않았던 것은 이상한 일이다. 부친이 언젠가 내게 말했다.

"그 여자는 내가 사랑해서 결혼한 사람일 뿐 아니라 한때 이 세상에 너와 네 동생을 태어나게 한, 생명을 실어 나르는 수레였어."

부친은 애정이란 우리 몸속에 이미 주어져 있는 것이라 믿고 있었다. 그것은 배우거나 어느 날 문득 획득되는 것이 아니라는 것이 부친의 생각이었다. 식욕처럼 성욕도 생명의 일부이며 차라리 생명 자체라는 것이었다. 그렇다면 사랑은 성욕이라는 번들대는 기름 위에서 펄럭이는 불꽃이다. 애당초 한 남자가 한 여자를, 한 여자가 한 남자를 일생 사랑해낼 능력이 있다면 그는 이미 신이 되었을 게야. 한순간만이라도 그 사랑이 진실한 것이었다면 그것만으로도 족한 것이지. 부친은 말했다. 부친은 그즈음 사랑은 자신이 띄운 연애편지보다 더 빨리 변색한다는 것을 인정하고 있었던 것일까. 삶은 어차피 성공해도 좌초라고 조부 노악은 말했다는 것이다. 조부 노악의 좌우명은 "좌초, 또다시 좌초, 더 나은 좌초"였다. 그러나 노악이 말하는 '더 나은 좌초'란 대체 무엇일까.

음악원 졸업 후 내가 뉴욕으로 떠날 때 어머니는 내게 무엇인가를 선물하고 싶어했다. 나는 돌연 바로 그 책 『파르시팔』을 기억해냈고 그것을 원한다고 말했다. 그 책은 그렇게 해서 내 첫 뉴욕행 비행기 표와 여권 사이에 끼여 노악가의 손자인 나와 함께 세상으로 출고되었다.

장작처럼 붉어진 봉화 같은 오른팔을 절단하고 혼수에서 깨어난 그 단 한 명의 생존자가 바로 누항이었다. 그녀는 사흘 만에 혼수에서 깨어났는데 순간성 시력 장애가 있는 데다 회복 후 도보에 문제가 있을 수도 있다는 발표가 있었다. 여객기 폭파 용의자가 특별 수송기에 실려 바레인에서 압송되어 서울에 도착하던 날, 누항도 집도의와 함께 군용기에 실려 서울로 도착했다. 이 세상에서 가장 창조적인 것, 그것은 바로 '비극'이라는 게 내 생각이다. 그것은 아주 작은 질료만 있어도 서로 연합하여 참사와 재앙을 만들어낸다. 그것도 아주 다양하고 독창적인 형태로. 질병이 인류 역사상 대체 얼마나 무섭도록 다양하고 아양 떠는 모습으로 독창적으로 발전해 왔는가 보라. 누항의 등판을 내리치고 그녀의 양친과 오른팔을 단숨에 삼켜버린 것도 바로 그 비극의 역동성이다.

사고 이전에 누항과 나 사이에 있었던 시간들은 해독되지 않은 금석문처럼 미완성의 악보로 남아 있었다. 나는 내가 조금이라도 생을 이해하는 자여서 그 미완성 악보를 완성시키지 않기를 간절히 바랐다. 이 미완성 때문에 우리는 서로를 애절하게 그리워하고 있었다. 그 그리움이 그토록 가까이 있는 우리에게 신비의 거리, 신비의 간격을 선물하고 있었다. 그것이 바로 미완성 악보가 주는 연금술적 거리였다. 그러나 나는 내가 그 간격을 곧 파괴해 버리고 감히 그 미완성을 완성하겠다고 덤벼드는 예측할 수 없는 짓을 저지를 수 있음을 알고 있었다. 모든 연금술을 무효로 만드는 탈마법의 순간이 닥친다. 인간은 그렇게 스스로 연금술적 기적을 기어코 파괴한 후 다시 낯익은 집, 낯익은 둥지인 비극으로 돌아온다. 그토록 행복을 갈망하다가도 막상 행복이 닥치면 간직할 힘이 없어 기어코 제 방식대로 행복을 파괴한 후 다시 미지근한 비극의 욕조에 들어앉는 것, 그것이 인간의 상습적 범죄다. 그래도 사랑은 우리가 이 필멸을 이기는 부적이다. 잊을 수 없는 누항의 따뜻한 노릇빛 갈색 눈만이 비극의 허공에 한 장 연처럼 걸려 있었다.

　나는 개인 자격으로 서울로 날아갔다. 누항을 만나지 않고는 견딜 수 없었다. 오른팔을 절단당한 그녀. 나는 그녀가 115명이 사망한 그 엄청난 사건의 유일한 생존자가 된 그 기적과 연주자로서의 절정에서 가차없이 오른팔을 잘려야만 하는 그 악몽이 이루어내는 퍼즐을 도무지 이해할 길이 없었다. 나는 공항에서 내려 택시를 타고 곧장 그녀가 있는 병원으로 갔다. 공항에서도 병원에서도 모여든 기자들을 피하는 일은 어려웠다. 기자들은 내 방문 이유를 물었다. 나는 누항과 다음 협연을 의논하기 위해 왔다고 말했다. 기자들은 누항이 다시 연주를 계속 할 수 있을 것인가 물었다. 수술이 끝났으니 연주자가 다음 연주회를 준비해야 하는 것은 당연하지 않은가. 내가 반문했다. 당신은 연주자 안누항이 오른팔을 잃은 것을 아느냐고 누군가 물었다. 나는 왼손만을 위한 피아노 곡은 백 곡도 넘는다고 가차없이 대답했다.

　도착한 병원 로비에서 나는 누항이 면회를 사절하고 있다는 얘기를 전해 들었다.

누항

고통은 그리 대단한 것이 아닙니다. 선교사였던 외조부는 선교지인 원산에서 알코올 중독자가 되어 탈출 도중 홍콩에서 죽을 고생 끝에 정크선을 얻어 탔는데 그만 서투른 선원 아이를 구하려다가 바다에 빠져 소년을 살리고 익사했어요. 그는 그렇게 죽고 나서 두 달 후작은 가죽 가방 하나로 귀향했습니다. 우리 가문에서는 내가 그의 이름인 파스칼을 물려받았죠. 나는 그 이름에 빚을 지고 있죠. 그의 시체요. 아마도 홍콩 만의 어족들의 먹이가 되었겠죠. 그는 수많은 고아들의 아버지였고 결국 죽는 순간에도 그가 살려야 할 동양 소년 하나를 살리고 죽어간 겁니다. 그런 부당한 죽음도 불행 앞에서 변명하지 않습니다. 누항, 당신이 왜 이렇게 되어야 하느냐고 반문하지 말아요. 누가 당신에게 행복의 보증서라도 써주었단 말입니까. 사람은 어느 지점에 있든지 자신이 있는 그 지점의 소리를 내기만 하면 됩니다. 오케스트라의 화곳 주자처럼 말입니다. 그 음을 만들어요. 왜 유독 당신만 불행하면 안 된다는 말입니까. 그런 응석을 부릴 정도로 당신은 인생 속에서 아낌을 받았다는 말입니까. 당신은 그럴 정도로 미숙하다는 말입니까. 세상에는 얼마나 불행한 자들이 많습니까. 계속 진군하는 것만이 삶에 대한 경의입니다. 삶이 당신을 흉하고 왜곡된 독버섯으로 만들지 않도록 방어하십시오. 당신은 아직도 한 손이 남아 있습니다. 고통 속에서 당신이 사용해야 하는 정신의 출력을 찾으세요. 당신은 피아노를 치면서 건방지고 과장하고 엄살 떨 시간이 있었던 겁니다. 그러나 다른 여자들은 그 시간에 참혹하게 몸을 팔고 머리를 뜯기고 순결을 도난당합니다. 다른 참혹이 그들에게 있는 겁니다.

왜 당신은 계속 우아하고 성공적이어야만 합니까. 당신이 받은 행복에 유효기간이라도 있다는 겁니까. 누항, 나는 당신을 위해 비행기를 타고 이곳까지 날아왔습니다. 우리 사이에는 음악을 초월한 그 무엇이 있었다고 믿었으므로. 당신은 긴급출동한 군용 헬리콥터에 실려 그 도시 최고의 의료진이 있다는 국군 병원에서 급히 수술을 받았고 온 세계가 당신의 생존을 보도했습니다. 신이 당신을 그토록 대우해 주었다면 이제 여기서 그 긴 응석은 끝을 내십시오. 당신의 고통을 장사하지 말아요. 당신에게는 아직 강인한 한 팔과 기억력이 남아 있습니다. 아니, 당신은 한 팔 말고는 아무것도 잃지 않았어요. 살면서 팔을 잘려야 했던 사람은 수없이 많아요.

우리 가족과 친척 중 열여덟 명이 아우슈비츠에서 죽었습니다. 그들은 당신처럼 살아남지 못하고 수레에 실려 한구덩이에 쏟아넣어져 매장되었어도 엄살을 떨지 않았습니다. 무덤조차 없는 자들도 있어요. 그 죽음을 수락한 사람들이 만들어준 흙과 거름덩이 위에서 우리는 꽃처럼 만개해서 삽니다. 아직 당신 손가락에, 당신 지문 속에 음의 기억들이 들어 있습니다. 이제 남은 한 손으로 피아노의 우주인 전 건반을 다 연주하는 겁니다. 그건 연주가 아니라 통치입니다. 당신 왼손이 아직 한 번도 만지지 못한 피아노의 다른 편 우주를, 오른 손만이 더듬었던 그 우주를 왼손으로 만지는 겁니다. 당신은 대체 이 새로운 탐험에 가슴이 두근거리지도 않습니까. 그렇지 않다면 당신 은 음악가가 아니에요. 당신은 유사이고 가짜입니다. 이 지구 위에서 행복한 자가 있다면 그는 저능아입니다. 삶이라는 이 카오스 속에서 대체 어떻게 행복해질 수 있다는 겁니까.

'좌절이 최고의 방탕'이라고 나는 부친에게서 배웠어요. 할아버지 인 노악 선교사의 좌우명이었던 모양입니다. 신이 왜 인간에게 음악 을 주었는지 압니까. 좌절이라는 그 방탕에 빠지지 말라고. 당신은 지금까지 늘 타인을 위해서만 피아노를 연주했지요. 그리고 그들은 당신에게 명예와 허영을 동시에 지불해 주었어요. 그것이 당신과 청 중 사이에 존재했던 물물교환이었지요. 아주 낮은 단계의 장사 말입 니다. 그러나 이제 당신 자신을 위해 음악을 하는 겁니다. 당신이 최 초로 다섯 살 때 피아노 앞에 앉았을 때 음악은 청중이 아니라 지금 바로 당신 자신을 돕기 위해 당신에게 다가왔는지도 모릅니다. 당신 음악이 당신 자신을 살릴 수 없다면 그 음악이 타인에게 대체 무슨 소용이 있다는 겁니까. 음악이 삶을 생산해내지 못한다면 음악도 사 실은 독이고 적입니다. 당신이 절망한다는 것은 당신이 아직도 시간 이 있다는 겁니다. 내가 참을 수 없는 것은 바로 그것입니다. 인간은 절망이 얼마나 무서운 시한폭탄인지 모르기 때문에 그것을 만지작거 립니다. 솔직히 말한다면 당신은 시간이 없어요. 당신 삶은 이미 끝 났어요. 삶이 당신 이마에 무효의 붉은 엑스 자를 긋기 위해 물감통 깊이 붓을 담그고 있는 것을 보십시오.

누항, 당신은 피아노라는 대농장, 대장원, 대제국의 여주인입니다. 당신이 아는 것이라고는 음악밖에 없으니 바로 그 음악이라는 연장을 들고 당신 앞에 서 있는 생애 최고의 용을 난타하세요. 피아노의 건반을 난타하세요. 남아 있는 왼팔로. 원래 영웅들은 두 손으로 창을 쓰지는 않아요. 한 손으로 용을 향해 창을 날렸죠. 115명이 학살당한 사고 속에서 당신 혼자 살아남아 유일한 생존자가 되었다는 이 엄청난 기적을 농담으로 만들지 마세요.

이 20분짜리 곡. 당신도 잘 아는 바로 이 곡은 왼손으로 피아노의 전 우주인 전 건반을 통치하도록 작곡되어 있어요. 바로 이 악보가 당신 생명의 비밀이 담긴 비밀의 서(書)라고 생각하세요. 이 곡은 두 손을 가진 사람이 멀쩡한 오른손을 내버려두고 단지 왼손만을 사용해 치는 그런 호사스러운 곡이 아닙니다. 두 손을 모두 소유한 사람은 이 곡을 연주할 자격이 없습니다. 그들에게 이 곡은 금지되어 있습니다. 이 곡은 작곡가의 손에서 탄생될 때부터 오직 왼손만을 가진 피아니스트에게 바쳐진 신성한 예물입니다. 이 곡은 오른손을 잃은 자가 그 절벽 같은 고통을 지닌 채 남아 있는 왼손으로 받아치도록 헌정된 곡입니다. 아직도 행복하게 두 손을 모두 가진 자들은 이 곡을 연주할 상한 심장이 없어요. 그들이 이 곡을 연주한다 해도 이 곡은 그들을 향해 결코 그 비밀의 문을 열지 않습니다. 행복한 자들에게 이 곡은 봉인된 금서(禁書)와 같단 말입니다.

파스칼은 너무 추상적인 요구를 하고 있었다. 그는 너무 흥분해 있는지도 몰랐다. 그는 지금 한 피아니스트가 자기 몸에서 한 팔을, 한쪽 날개를, 그것도 오른쪽 날개를 절제당했다는 것이 대체 무엇을 의미하는지 모른 채 순진하게도 영웅적 요구를 하고 있었다. 아니, 그는 서울까지 헐레벌떡 날아온 자신이 대체 후배이며 동료인 내게 무엇을 요구하고 있는지조차 모르고 있는지도 몰랐다. 그러나 나는 그가 돌연 경어가 아닌 반말로 던진 장엄한 말을 잊을 수 없었다.

"누항, 네가 일어날 수만 있다면 나도 팔을 자르겠어. 사는 데 반드시 두 팔이 있어야만 한다는 것은 기억과 습관의 고집이야. 꼭 있어야 하는 것은 오직 생명뿐이야. 숨만 쉴 수 있다면 입을 닥쳐야 하는 것이 삶이다."

그의 말이 번개처럼 나를 내리쳤다. 지금까지 아무도 내게 이렇게 말한 사람은 없었다. 단 한순간만이라도 내 불행 속으로 그토록 겁 없이 깊게 발을 들여놓은 사람은 없었다. 한 인간의 불행은 타인에게는 종종 진열장 같은 것이었다. 그것들은 그의 불행을 기웃거리며 위로할 때도 오직 불행의 출입문 앞까지만 접근해서 그렇게 문 앞에서 위로를 끝낸다. 결코 그 안으로 발을 들여놓아서는 안 된다. 불행은 감염력이 강한 페스트이므로. 타인을 위로하는 것은 언제나 이익이 남는 장사. 적어도 자신은 지금 그처럼 불행하지 않다는 사실의 확인 말이다. 그런데 황급히 서울까지 날아와 나를 위해 자신의 팔을 자를 수도 있다고 선서하는 남자가 있다. 그것이 그에게는 순간적인 감정이었다 해도 나는 그가 내 귓가에 전한 그 말 속에 담겨 있는 경이를, 내가 청력을 가진 이후 들을 수 있었던 최고의 기적의 말을 깊이 호흡했다. 아마도 내 귀는 바로 그 말을 듣기 위해 지금까지 내 얼굴 지평에 붙어 존재해 왔는지도 몰랐다. 그는 또 말했다.

"누항. 행복한 자들은 저능아예요. 이 무서운 카오스 속에서 대체 어떻게 행복해질 수 있다는 겁니까. 인간은 모든 것을 악용하지요. 당신도 지금 슬픔이라는 피륙으로 몸을 감싼 채 절망을 악용하고 있는 겁니다. 절망은 마치 메데이아가 마법의 실로 짜서 그녀의 연적인 왕녀 글라우케에게 보낸 옷과 같아요. 그 옷을 입는 순간 그녀의 몸에는 맹독이 퍼지고 불이 붙어 우물 속으로 뛰어들어 죽고 말죠. 그 저주의 옷을 짠 섬유는 절망이라는 맹독이었습니다. 당신은 지금 어쩌면 이 병상이라는 무대에서 청중을 향해 할 수 있는 유치한 마지막 연극 대본을 몸으로 쓰고 있는지도 모르죠."

  그날 내가 파스칼에게 무슨 짓을 했던가. 나는 파스칼 앞에서 그가 내민 악보를 난폭하게 낚아챘다. 순간 그는 창백해졌다. 그는 두 손을 뻗었다. 마치 오케스트라에게 피아니시시모(ppp)를 요구할 때와 똑같은 그 극도의 만류의 표시를. 다음 순간 내가 내던진 악보가 병실 바닥에서 절명하는 소리를 냈다. 그는 두 팔을 뻗은 채 뒷걸음질 쳤다. 그는 내가 그렇게 악보를 내던질 수 있다는 데 경악했다. 나도 내가 악보를 그렇게 내던질 수 있었는지 몰랐다. 그것이 내가 내 지옥인 그 병상에서 그에게 주고 싶은 메시지였다. 내게 감히 다시 음악을 요구하는 자, 악마적 불길에 오른팔을 먹혀버린 피아니스트인 내게 다시 피아노 앞에 앉으라고 선동하는 자—아아, 피아노라는 그 명사가 내게 끼쳐오는 그 그리움의 독을 그는 모른다—에게 나는 폭동을 일으킨 것이다. 내게는 극단밖에 남아 있지 않았다. 악보는 피아니스트였던 내게는 경전이 아니었던가. 경전인 악보를 그렇게 사납게 내던져버리는 것, 그것이 내게는 최고의 타락이었다. 나는 분노의 독에 취해 있었고 참혹한 생존 조건에 부르르 몸을 떨고 있었다. 절벽에 서 있는 자인 내게는 더 이상 아낄 것이라고는 하나도 남아 있지 않았다. 그것이 악보든 피아노든 말이다. 파스칼은 그가 내민 악보가 병실 바닥으로 힘껏 내팽개쳐져 절명하던 악몽을 안고 출국했다. 나는 알고 있었다. 내가 연주를 위해 반드시 다시 무대에 서야만 하는 것은 아니다. 내가 연주할 수 없다면 내가 연주했던 그 자리를 대신할 그 누군가가 분명히 있다. 그것이 삶의 운동력이 갖는 무서운 탄성이다. 삶은 수많은 대기자와 지원자, 응모자들로 채워져 있으며 언제나 가차없이 다음 주자가 준비되어 있는 법이다. 삶은 그렇게 단 한순간도 공백 없이 기능한다. 결코 한 개인의 부재나 불운 같은 것에 나가떨어져 휘청댈 삶이 아니다.

파스칼이 돌아간 후 나는 병실의 모든 불을 끄고 정방형의 어둠 속에 앉아 있었다. 어둠이 들어찬 병실은 재앙을 적재한 네모난 판도라 상자 같았다. 금줄이 쳐진 고통의 게토. 나는 그 게토의 거주자였다. 나는 내게 오른팔이 없음을 그렇게 그 밤 속에 숨기고 싶었다. 무대에 설 때마다 사용했던 아름다운 음악 홀들의 녹색 연주자 방들을 생각했다. 창밖에는 밤 열한 시의 가로등에게 자신의 오른쪽 아랫가지만을 비추게 하는 거대한 느티나무가 서 있었다. 위로라고는 없는 파스칼의 가혹한 위로가 농도 높은 독주처럼 내 존재를 만취하게 했다. 아무도 나를 그런 식으로 위로하지 않았다. 모두가 내 상처를 건드릴까 봐 전전긍긍하고 있었다. 오른팔이 잘린 여자에게 피아노를, 다시 그 피아노를 치라고 악을 쓰기 위해 비행기를 타고 황급히 극동의 서울까지 날아온 한 남자가 있었다. 나는 그 사실만을 강하게 붙잡고 있었다. 수년 전 무대에 피아노 두 대를 놓고 나와 자신의 청년 필과 함께 뿔랑의「두 대의 피아노와 오케스트라를 위한 협주곡 라단조」를 탁월하게 연주했던 남자 파스칼.

그는 악보를 남기고 갔다. 누군가 내던져진 악보를 배설량을 기록하는 병상의 탁자 위에 집어 올려놓은 것이 보였다. 겨잣빛 악보 위에「울트라머린 블루」의 작곡가 모리스 라벨의 서명이 인쇄되어 있었다. 그의 서명 위에는 '왼손을 위한 피아노 협주곡(Concerto pour la main gauche pour piano et orchestre)'이라고 씌어 있었다. 'Durand S. A Editions Musicales'라는 출판사 간행본 표시도 적혀 있었다. 그 아래 서적상이 자신을 위해 연필로 흐리게 적어놓은 #24868이라는 상업적 암호와 그 곁에 124,——라는 가격이 스케치되어 있었다. 가격은 서독 마르크이리라. 언젠가 그는 이 악보를 조국 독일에서 샀으리라. 나는 악보를 외면했다. 그 악보를 반갑게 맞을 한 손이 사라지고 없었다. 나는 유명한 그 악보의 첫 페이지를 알고 있었다. '파울 비트겐슈타인에게.' 작곡가 라벨이 제1차 대전에 징용되어 오른팔을 잃은 당대의 탁월한 피아니스트인 파울 비트겐슈타인에게 보내는 헌사가 적혀 있는.

파스칼의 소유라고는 프란츠 슈베르트라는 이름의 눈부신 문장(紋章) 장식이 달린 뵈젠도르프 모델 225와 네카 강 사구(砂丘)의 별장 한 채가 전부였다. 강물 때문이라고 그는 말했다. 그는 베를린에서도, 맨해튼에서도, 로마에서도 언제나 월세 집에 살았다. "산다는 것이 어차피 할부 아닌가요." 그가 말했다. 젊은 그가 삶을 시한부라고 생각하는 그 이성이 나는 무서웠다. 그의 고향인 하이델베르크의 네카 강 사구의 92평방제곱미터짜리 이층 아파트는 그의 유일한 이타카였다. 그는 그 집을 이타카라고 불렀으니까. 젊은 오디세이처럼 그는 1년 내내 계속되는 세계 연주 일정과 순회 연주가 끝나면 강변 이타카로 돌아와 4주 정도 쉬었다. 그 집은 문을 열면 강이 그대로 창가까지 들어와 있었다. 그래서 마치 나룻배 속에 체류하는 기분이 들었다. 그 집에는 흰 회벽과 떡갈나무 바닥, 적대리석에 도금 문짝이 달린 벽난로와 일인용 나무 침대가 전부였다. 그림 한 점, 장신구 한구,

커튼 한 자락 없는 집이었다. 철썩이는 강물 자락이 그의 커튼이었다. 일곱 개의 초록 램프, 한 개의 검박한 수정등이 전부였다. 강가에 바람이 일면 바람은 곧장 벽난로 굴뚝으로 기습해 들어와 사이렌처럼 선정적인 교성을 지르며 오래 울었다. 그것이 그의 이타카였다.

그 집에서 그는 전화도 없이 오직 거실에 놓인 뵈젠도르프 한 대와 악보들과 살았다. 초록 유리갓을 쓴 낮은 등들은 저녁이면 수련처럼 피어났다. 벽난로는 동쪽에 놓여 있었다. 벽난로 앞에는 검은 버찌나무 책장이 있었고 그 위에 히아신스가 꽂혀 있었다. 그는 언제나 히아신스를 샀다. 샴페인빛과 보랏빛의. 히아신스 향기는 강하고 독했다. 장미보다 농밀한 향기의 독, 숨 막힐 정도로 최면적인 탐미적 향기가 거기 있었다. 그 강가 부두에는 '로토파겐'이라는 이름의 그리스 식당이 있었다. 로토파겐은 연을 먹는 식연족이 살고 있다는 한 유토피아 섬의 이름이었다. 우리는 그곳에서 꼬치에 꽂혀 나오는 양고기를 썰어 내온 야생 양파와 함께 먹었다. 후식은 언제나 식당 주인이 직접 만든 요구르트에 크레타 섬에서 왔다는 야생 들꿀을 섞어 먹었다. 그 식당의 노천 탁자들 앞, 강으로 나서는 입구에는 나무로 깎아 조각한 오디세이가 턱을 괴고 앉아 있었다. 그 옆에는 '이 부두 부근에서는 모든 개는 목줄 착용 후 산책이 허용됩니다.'라고 씌어 있었다.

또 밤이면 이마에 초록 불을 켠 배가 강 위로 포물선을 그으며 천천히 미끄러져갔다. 배는 푸른 발광체를 이마에 단 곤륜산에서 날아온 삼족조 같았다. 파스칼의 말에 의하면 그 배는 그 도시의 시청 지소로, 밤의 강물 위에서 결혼 서약을 하기 원하는 남녀를 실어 나르는 '혼인의 배'라는 것이었다. 시청 사무실이 아닌, 밤의 강에 배를 띄우고 그곳에서 결혼 서약을 하고 싶은 사람들은 관리들 앞에서 그렇게 결혼 서약을 한다는 것이었다. 그 밤에도 그 '혼인의 배'에 초록 불을 켠 채 누군가 결혼 서약을 하고 있었다. 세상은 그 밤 속에서도 한 남녀로 하여금 강 위에 혼인의 배를 띄우고 결혼 서약을 하게 했던 것이다. 사랑이 절절 끓어서.

파스칼은 말했다.

"오늘 밤 기러기 떼는 외출 중이야. 그들은 오늘 이 강에서 잠들지 않아. 그들이 서로 잠을 청하며 내는 그 황홀한 후렴 같은 합창이 들리지 않으니 말이야. 마치 무반주의 「그레고리안 성가」 같은 그 합창 말이야."

그는 또 말했다.

"난 매일 강가에 나가 내 열 손가락을 철썩거리는 강물 자락 깊숙이 담근다. 강물은 매일 다른 우주를 돌아온 상류의 물을 싣고 이리로 와서 철썩여. 온 우주를 돌아 우주의 구석인, 우주라는 거대한 옷자락의 솔기이거나 옷단 같은 이 작은 강 하류까지 흘러오지. 강물속에 열 손가락을 담근 채 나는 그 우주의 속살을 만져. 나는 그렇게 액화된 우주와 내통을 해. 강물이 매일 내 손에 그렇게 우주의 교서(教書)를 전해 줘. 매일 열 손가락을 강물 속에 담그면서 내 안에서 새 차원이 열리기를 기다려. 산다는 것은 아주 황홀한 외출이야. 나는 가스실에서 죽어간 내 삼촌보다 무려 15년을 더 살고 있어. 사형이 선고된 감옥 문을 열고 배당받은 삶이라는 이 외출은 얼마나 황홀해. 종신형을 받은 자가 삶이라는 파티에 참여하고 있는 이 기적은 얼마나 눈이 부셔. 강의 물살들이 몰려오면서 내는 파도 소리는 내게는 마치 브람스의 「피아노 협주곡 2번」 속에서 쏟아지는 저 장엄한 안단테의 제국 같아."

젊은 남자가 삶을 종신형으로 이해하는 것은 끔찍한 일이다.

그해 예수 고난일인 성금요일에는 비가 왔다. 빗속에서도 부두의 깃발은 비 가운데로 바람이 통과하고 있음을 알리기 위해 펄럭였다. 한 남자가 잠수 연습장 앞 보리수 곁에서 빗속에 독수리 연을 날리고 있었다. 연은 빗속에서도 풍속에 척 몸을 맡기고는 하늘 위로 치솟았다. 사내 곁의 개는 빗속에서 아련한 잿빛 병풍이 되어 있는 강 맞은편을 응시하고 있었다. 강안 서쪽으로 산보에 나선 한 가족이 보였다. 각각 다른 높이로 펼쳐든 우산 때문에 그것은 아주 느린 렌토로 진행되는 애수적인 장례 행렬 같아 보였다. 비가 그치면 강 맞은편 숲 위로 핑크빛 석양이 왕관처럼 떠올랐다. 그 사구의 집에서 대침묵 동안 매일 강물에 손을 담그고 우주의 내피를 만져본 남자여서일까. 파스칼은 협연 리허설 때 이렇게 말한 적이 있었다.

"누항, 그 음을 다 눌러 치지 말고 하현달처럼 그리운 윤곽만 남겨두세요."

파스칼은 그날 창문으로 쏟아지는 달빛 아래서 슈베르트의 「방랑자」4악장을 쳤다. 달빛이 그의 등 뒤에서 입장하여 피아노 건반 위에 사금빛 광채를 남겼다. 그 위로 프레스토를 쳐대는 그의 손이 두 장의 날개처럼 치솟아 올랐다. 달빛 속에서 그의 손은 마치 물속의 건반을 헤엄치는 것 같았다. 프레스토를 관통해 이윽고 알레그로에 도달했을 때 그는 마치 강물 속에서 나온 존재처럼 흠뻑 젖어 있었다. 슈베르트의 프레스토는 회오리 같아 한눈을 팔면 실족한다. 손과 영혼이 기체인 허공과 고체인 건반을 정확하고 단호하게 접촉하지 않으며 실족한다. 피아노 건반들은 그의 손가락이 닿는 즉시 빼어난 미항(美港)인 소리의 격납고를 열어젖혔다. 그의 열 손가락 끝에 저장된 온기와 압력 속에는 건반과 통절하게 내통하는 암호가 숨겨져 있음이 틀림없었다.

파스칼의 이웃은 친지가 선물했다는 목고니를 정원 연못에 띄워놓고 있었다. 바람에 따라 연못의 물결을 타는 그 나무새. 그 정원에서는 바위 틈에 심은 보랏빛 수국이 지고 있었다. 날아온 젊은 새가 담장에 앉은 채 지는 수국을 바라보고 있었다. 수국이 지자 봉화처럼 도처에서 아카시아가 피기 시작했다. 대낮에는 저만치 간주곡처럼 놓여 있는 작은 벌판으로부터 날아온 딱정벌레들이 유리창을 기어오르다 우르르 추락하곤 했다. 밤이 깊으면 선착장 입구에는 늙은 밧줄이 가로 걸려 있었다. 그 밧줄은 마치 정박한 배들의 잠을 방해하지 말라고 누군가 입에 손가락을 대고 내는 '쉿' 소리 같았다. 어떤 날은 강 저편 위로 불꽃놀이 폭죽이 솟아올랐다. 그의 이타카 집 편지통을 열면 언제나 강변으로부터 날아온 사슴빛 모래들이 편지통 바닥에 꿈처럼 고여 있었다. 그것이 파스칼의 소우주였다. 그는 그 사구의 집에서의 시간을 대침묵이라고 불렀다. 그는 그곳에서 자신을 비움으로써 자신을 충전했다. 그런 남자와 사랑한다는 것은 무서운 일이다.

　우리가 사랑에 빠질까 봐 나는 언제나 예정보다 먼저 그의 별장을 떠났다. 그렇게 함으로써 파스칼과 나는 사랑보다 사랑의 예감을 철저하게 아끼고 있었다. 그렇다. 우리는 서로 사랑에 빠질까 봐 겁을 내고 있었다. 우리는 우리 안에서 사랑이라는 이름으로 타오르는 이 성화(聖火)가 우리가 사랑하기로 결심하는 순간 추악한 대화재로 변해 버릴까 봐 겁을 내고 있었다. 언젠가 파스칼이 말했다.

　"독일인들은 말이야, 사랑을 시작하면 우선 사랑을 괴로워하는 데 천재적 재간이 있어. 괴테의 『젊은 베르테르의 슬픔』 이후부터 닥친 전염병이지."

파스칼과 나는 그 간격, 사랑을 좌초하게 할 그 황금 간격을 잘 지켜내고 있었다. 그를 만나고 이타카에서 돌아오면 흰 셔츠 아래 피어 있던 백합 같은 그의 눈부신 두 손이 나를 압도해 왔다. 무서운 재능으로 가득 찬 두 송이 백합 같은 아름다운 그의 두 손이. 나를 뜨겁게 정복할 준비가 되어 있던 그 두 손 말이다. 그를 만나던 첫날도 나는 그 두 손을 보았다. 첫눈에 미모사처럼 과민한 남자라는 것을 알 수 있었다. 그의 긴 손이, 축복받은 긴 손이 낙탓빛 반코트 소매 아래로 두 송이 백합처럼 피어 있었다.

파스칼은 언젠가 그 강에 띄울 돛 두 개짜리 배라도 한 척 사들였으면 했다. 그러더니 언젠가는 외돛이면 좋겠어, 했다. 에메랄드빛으로 발광(發光)하는 강에 외돛배를 띄우겠다는 것이다. 그 말은 애수적 예언처럼 들렸다. 그 말 속에 고독에 대한 그의 고집이 있었다. 외돛배를 몰고 단독자로 그의 뱃길을 항해한다. 고독에 대한 고집. 그렇다. 우리는 자유롭기 위해 외롭다. 우리는 고독이라는 지폐를 지불하고 자유를 산다. 자유롭기 위해 힘껏 펼친 우리의 두 날개가 허공에서 계속 서로 충돌하고 있었다. 작별의 악수 속에서 마주 잡은 손 안의 뜨거운 악력이 통증을 불러일으키는 것은 바로 그 힘껏 펼친 날개들의 접촉 사고 때문이었다. 우리는 날든지 사랑하든지 양자택일을 해야만 했던 것일까.

그는 사랑 대신 지휘봉과 총보를, 나는 사랑 대신 피아노를 선택한 후였다. 우리는 사랑에 뛰어들기 위해 알몸과 맨발이 되어 발가벗은 오관으로 열애라는 대화재를 맞을 준비가 되어 있지 않았다. 사랑이라는 불로 온 존재가 대화재를 맞는 그 맹목, 대화재가 끝난 후의 대파국을 우리는 겁내고 있었다. 악보와 피아노가 우리의 무기였다. 그래도 우리는 기적을 열망했다. 우리가 맹목이 되고 음악을 잊고 인간을 잊고 청청한 두 마리 암수가 되는 그 일을. 우리가 금욕적일수록 그의 지휘도 내 연주도 점점 더 관능적이 되어갔다. 파스칼의 지휘에는 언제나 안일한 곡 해석을 강타하는 에너지의 폭풍이 있었다. 연주 후 우리는 흠뻑 땀에 젖어 있었다. 그리고 우리는 작별했고 외돛배처럼 각각 혼자 잠들었다. 그 외돛배 같은 외로운 침대가 우리의 유배지, 사랑을 끝없이 연기하고 있는 자들에게 선고된 고독의 게토였다.

연습으로 지친 피곤한 몸을 침대 위에 눕힐 때에야 나는 비로소 내가 하루 종일 파스칼을 그리워했음을 깨닫고는 했다. 연습 때도 파스칼은 유령처럼 악보 속 음표와 기호들로 난 길목에 수없이 출몰했다. 그러고는 밤과 잠의 경계 속에서도 나는 파스칼이 서 있음을 본다. 그러나 그는 내가 죽어도 해석할 수 없고 그래서 암기할 수 없는 악보처럼 닫혀 있다. 그럴 때면 나는 승강기 단추를 누르듯 침대 등의 단추를 끈 후 지하 9층쯤 되는 잠 속으로 천천히 하강해 간다. 자면서 나는 파스칼이 내게 했던 말들을 천천히 재생해 본다.

"누항, 난 그토록 강한 네게서 네 존재 입구에 마치 '깨지기 쉬운 물품'이라고 씌어 있는 항공 화물의 경고문 같은 것을 읽어. 그토록 강한 네 안에 그토록 깨지기 쉬운 너의 미로가 보여."

그는 또 언젠가는 짧은 엽서 한 장을 보냈다.

"누항, 내가 당신에게 엽서를 보내는 것은 이 먼 곳에서 저 먼 곳의 당신에게 잔을 들어 '건배'라고 말하는 거야."

어떻든 파스칼은 내 선배이며 동시에 치열한 세계 음악 무대에서 함께 살아남은 전우였다. 그 완만한 잠의 하강 속에서 나는 슬펐다.

절단 수술 후 석 달이 지나면서부터 의사들은 내 오른쪽 어깨에 걸

상완의수(上腕義手) 작업, 즉 인공팔을 준비했다. 나는 그들이 이미 한 달 전부터 내게 걸어줄 의수를 준비하고 있다는 사실을 알았다. 특별히 그들은 내 오른팔의 절단 부위가 어깨로부터 간신히 5센티미터에 이르는 것을 대단한 행운으로 여기고 있었다.

주치의가 수술 때 내 오른팔의 상완 부분을 그 마지노선인 어깨로부터 적어도 5센티미터쯤 남겨놓기 위해 무진 애를 썼음에도 나는 나중에서야 알았다. 집념에 찬 집도 솜씨가 아니고서는 그 상황에서와 내 팔의 절단을 정확히 어깨로부터 상완 길이 5센티미터를 만들어내는 그 기막힌 행운을 성공시킬 수 없었다는 것이다. 반드시 팔을 절단해야 한다면 최고의 행운은 팔꿈치 아랫부분의 절단, 소위 전완 절단이었다. 그러나 불가피하게 팔꿈치를 절단해야 할 경우 의사들은 환자에게 적어도 어깨로부터 5센티미터 정도의 상완을 남겨두길 원했다. 그 행운의 5센티미터가 환자가 이상적인 의수를 착용할 수 있는 최소한의 육체적 항구였다. 어깨 관절을 절단할 경우 의수 착용에 문제가 많다는 것이었다. 말하자면 병원에서의 내 신분은 그래도 견관절 절단자가 아닌 행복한 상완절 절단자라는 것이 그의 설명이었다. 나는 인공팔 장치를 거절했다. 아직도 내 안의 존재는 내가 오른팔을 절단당했다는 사실을 인정하지 않은 채 공황의 늪에 주저앉아 있었다. 오른팔 절단 후 나는 휑하게 비어 있었다. 그 충격이 주는 정신적 실신은 깊고 압도적이었다. 내게는 상완 절단, 견관절 절단 같은 무서운 용어들은 재활 가능성의 엄청난 차이에도 불구하고 아무런 의미가 없었다. 의사가 내게 전한 종이에는 이렇게 씌어 있었다.

상완 의지의 역학적 원리.

상완 의지는 두 개의 분리된 케이블에 의해 조작된다. 한 케이블은 의지의 주관절 굴곡과 의수를 조작하기 위한 것이고, 또 다른 케이블은 의지의 주관절을 잠그고 풀 때 사용하기 위한 것이다. 의지의 주관절 굴곡 및 의수 조절용 케이블. 이 케이블이 통과하는 하우징은 둘로 분리되어 있다. 근위부는 의지의 상완부 전면에 부착되고 원위부는 전완부에 부착된다. 이 케이블은 멜빵의 조절 끈에서 시작해 근위부의 하우징을 통과하여 의수의 주관절을 지나 의수에 부착된다.

그리고 설명 밑에는 의지의 주관절, 즉 팔꿈치의 굴곡과 의수를 조절하는 케이블에 대한 그림 네 개가 그려져 있었다. 그러고는 그 아래 작은 글씨로 분리된 케이블 하우징 때문에 의지의 주관절은 굴곡된다는 등의 설명과 주관절 자물쇠 조절 케이블, 케이블 조절 끈 같은 부분 명칭들이 잘게 씌어 있었다.

어느 날 갑자기 나는 오른쪽 손가락에 무서운 통증을 느끼고는 신음했다. 그것은 종종 피아노 건반을 너무 오래 강하게 타격했을 때 손가락 끝에서 손목까지 치밀어오르는 격렬하고 숨 막히는 발작적 통증이었다. 그 통증은 그토록 낯익은 데도 번번이 숨을 멎게 하는 악질적인 것이었다. 신음하면서 나는 황급히 손가락을 마사지할 생각이었다. 그때 내 눈에 들어온 것은 그토록 또렷한 손가락 통증에도 불구하고 그곳에는 내 오른팔이 존재하지 않는다는 사실이었다. 존재하지 않는 오른팔과 또렷하게 존재하는 오른쪽 손가락의 발작적 통증 앞에서 나는 이해할 수 없는 현실이 주는 공포감에 압도되어 비명을 질렀다. 대체 어떻게 이런 일이 가능하단 말인가. 오른팔은 잘려나갔는 데도 오른팔 절단 부분 끝 저편에 보이지 않는 추상적인 오른손이 여전히 존재한 채 내 오감 속에 낯익은 통증을 고집스럽게 재현하고 있었다. 비명을 듣고 달려온 의사에게 내가 했던 첫마디는 짧았다.

"오른손 무명지 끝이 끊어질 듯이 아파요." 내 존재가 잘려버린 오른팔을 단념하는 일이 그토록 어려웠을까. 내 몸은 오랫동안 잘려진 오른팔 끝에 이제는 더 이상 오른손 같은 것은 없다는 그 단념과 그 수락을 고집스럽게 거부했다. 오른손은 잘려나가 사라져버렸는 데도 번개처럼 오른쪽 손가락 끝이 아파오는 그 분명한 통증은 여러 번 나를 압도했다. 그때마다 나는 그 이해할 수 없는 현상이 주는 극단적인 비극과 비의 사이에서 전율했다. 오른팔의 존재함과 비존재함이 그렇게 덜컹대며 바람처럼 기습해 와 오랫동안 나를 절망 속에서 펄럭거리게 했다. 어떤 날은 또렷하게 검지가 아파왔다. 가없은 손가락의 유령들. 그것이 나와 함께 다섯 살 때부터 23년간 피아노 건반을 만지며 건반 속에서 소리를 불러냈던 내 아름다운 오른쪽 다섯 손가락들의 펄럭이는 영혼들이었을까.

"당신의 뇌는 절단된 오른팔 끝에 이제 아무것도 없다는 사실을 인정하는 일을 거부하고 있어요. 당신의 뇌는 아직도 손가락 끝으로부터 어깨로 치솟아오르는 싱싱한 신경섬유들이 살아 있다고 고집하고 있는 겁니다. 당신의 뇌는 오른팔이 절단된 후에도 '환상지(幻想指)'라고 부르는 추상의 손가락들과 함께 살고 있어요. 그리고 당신의 뇌는 바로 당신 자신입니다."

의사가 말했다. 오른쪽 손가락과의 이별 과정은 길었다. 나의 뇌는 오랫동안 환상의 손가락과 관계했고 나는 그 환상의 다섯 손가락이 주는 통증과 미련, 교태와 아양 속에서 기꺼이 착란의 시간을 살았다. 의사는 그것을 환상지라고 불렀지만 나에게는 내 몸에 붙어 23년간 나와 함께 피아노 건반 위에서 소리를 탐험해 갔던 손가락의 유령이었다. 그렇다. 나는 거의 백 일 가까이 그 다섯 손가락의 유령들과 착란의 시간을 살았다. 주치의는 정신 상담을 처방했고 나는 단호하게 거부했다. 착란이 차라리 내게는 구원이었다. 착란 속에서라도 내가 유령적 손가락이나마 그 추상적인 손가락을 소유할 수 있다면 그것이 더 위안이었다. 이런 카오스 속에서 왜 정신 상담을 통해 제정신을 차리는 일이 필요하단 말인가. 이럴 때 차라리 착란이라는 마취적 축복이 필요한 것은 아닐까. 오른팔 절단 부위에 모여 있는 신경종에 멍울이 지고 통증을 느끼는 일이 시작됐을 때 주치의는 내 유령의 시간이 끝났음을 알았다. 그는 아무 말도 하지 않고 내 등 뒤에서 절단 부분을 아주 부드럽게 마사지해 주었다. 그러고는 길게 접은 신문지로 오랫동안 반복해서 내 어깨를 두드려댔다. 그가 내 귀에 대고 말했다.

"종이 끝에서부터 당신 어깨에 가해지는 이 타격이 당신의 감각을 떨어뜨려줍니다. 민감하면 지옥입니다. 당신은 살기 위해 극도로 둔감해져야만 합니다."

피아노 앞에서 모든 스승들은 내게 말했다. 오관을 탈곡해내서라도 극도의 민감함에 이르러야만 한다고. 그러나 20여 년 후 주치의는 내 어깨를 대충 접은 신문지 끝으로 두드리며 말하고 있었다. 살기 위해서는 극도로 둔감해져야만 한다고. 민감하면 지옥이라고. 손가락 끝의 그 유령적 통증은 결국 그렇게 해서 절단 부분으로 옮겨졌다. 주치의는 환상지가 주는 유령의 시간이 끝났음을 알았다.

내가 그 유령의 시간을 보내는 동안 주치의는 보조 의지를 위한 황금 시간을 기꺼이 놓쳐버렸다. 설상가상으로 오른팔 절단 부위는 그때까지도 부종이 심했다. 수술 후 절단 부위는 흉측하도록 부피가 커져 있었다. 의사는 부종을 빼기 위해 무진 애를 썼다. 부종이 가라앉

자 곧 압박 붕대로 커지고 뭉툭해져버린 절단 부위를 갸름하게 만드
는 일이 시작됐다. 특수 붕대로 조여 갑자기 홀쭉하게 된 그 부분이
바로 보조기가 걸쳐질 부분이었다. 어깨 근육과 뒤쪽 날개뼈 부근의
근육을 살리기 위해 팔의 절단 부분은 의도적으로 그런 퉁명스러운
모습으로 아물어야만 했다. 특히 팔꿈치가 다 잘려나간 상태였으므
로 절단 부분은 더 뭉툭하고 퉁명스러워 보였다. 그래도 그 끝은 보
조기를 대기 위해 필연적으로 홀쭉해져야 했으므로, 상체를 벗고 측
면에서 촬영한 사진 속에서 잘린 팔의 남은 부분은 갸름한 끝부분 때
문에 마치 어깨에 붙어 있는 짧고 단호한 화살표처럼 보였다. 그러자
나는 처음으로 내 팔이 사실은 나의 날개였음을 알았다. 절단되고 남
은 그 어깨 죽지와 행운의 5센티미터는 그래도 날고 싶어 전면을 향
해 짧게 뻗어 있었다. 보조 의지를 가장 성공적으로 사람 몸에 끼울
수 있다는 황금의 시간은 그렇게 지났다. 새해가 되고도 다시 긴 연
기의 시간이 있었다. 팔이 절단되었다는 사실을 인정하는 것, 보조
의지를 수락하는 것. 이런 모든 것이 내게는 모두 불가능해 보였다.
황금의 시간들, 그 적기를 훨씬 넘겨버린 것에 대해 의사들은 초조해
하고 있었다. 내 재활은 점점 보장할 수 없는 것이 되어가고 있었다.

   그러나 대체 무엇을 위한 재활이란 말인가. 라텍스로 만든 보조용
팔로 물건을 집고 사물을 집어 올리면서 최소한의 일상을 가능하게
하는 그런 재활은 내게 전적으로 무의미했다. 그 손이 다시 피아노를
칠 수 있게 되는 것만이 내게는 재활이었다. 어차피 그 손으로 다시
피아노를 연주할 수 없다면 재활은 무의미했다. 누구에게나 되돌아
가야 할 재활의 지점은 다른 법이다. 나는 의학적 재활을 넘어 존재
하는 인간적 복권을 원하고 있었는지 모르겠다. 그래도 의사들이 상

완 부분을 계속해서 '위쪽 날개'라고 불렀다. '위쪽 날개'란 말이 주는 서러운 서정에 나는 눈시울이 뜨거워지곤 했다. 나는 번개처럼 내가 다시 나을 수 있을지도 모른다는 착각에 빠졌다. 지난 28년간 그토록 아름다운 오른쪽 날개를 지니고 살았다는 사실이 황홀하게 여겨졌다. 그 날개 끝에 달려 있던 길고 잘 단련된 다섯 손가락으로 나는 음악의 혼을 불러내며 사는 기적의 시간을 살아왔던 것이다. 그것이 기적이고 신비인지를 그때는 몰랐다. 이 병동에서의 체류가 끝나면 병동 밖에서 나를 기다리고 있는 것은 대체 무엇일까.

의지를 내 어깨에 고정시키는, 따뜻한 소가죽으로 된 장치대가 만들어지고 그곳에 소켓과 접수부와 수선부가 연결되면서 소켓이 짧은 나의 상완의수가 완성되어갔다. 문제는 수선부라고 불리는 손목과 손가락 부분의 작업이었다. 솔직히 말해서 인공손을 능동적인 곡구로 해야 할 것인가 아니면 외관상 실제 손처럼 보이는 라텍스 인공손을 착용하게 할 것인가의 문제였다. 그들은 내 의지가 열한 군데에서 잠글 수 있게 설계된 아주 섬세한 동작 기능을 가진 것임을 누누이 강조했다. 관절 아래의 손을 움직여주기만 하면 견관절의 내회전과 외회전의 역할이 적극적으로 이루어진다는 것이었다. 특히 그들은 내 의지의 착용 멜빵에 신경을 썼다. 상완의지 착용자가 주관절과 의수를 조작하려면 케이블을 그보다 두 배 이상이나 움직여야 한다는 것이 그들의 설명이었다. 멜빵은 물론 의지 내부에 설치되는 조절 부품들의 정확한 위치 설정에도 그들은 신경을 썼다. 저격수들이 권총을 착용할 때 사용하는 멜빵 모양의 이 밴드는 전방과 측방을 지탱해주는 지지 끈, 조절을 담당하는 부착 끈, 등 뒤를 엑스 자로 묶어주는 교차 끈, 그리고 소위 주관절 자물쇠의 조절 끈들로 이루어져 있었다. 겨드랑이 안에는 악와루프라는 금속 올가미도 끼어 있었다. 그들은 내게 전기 의수를 권했다. 전기 의수는 팔꿈치 아랫부분 손목 사이의 전완 부분 속에 특수 배터리를 장치해서 기능의 섬세함을 지원한다는 것이었다.

"이것은 우리가 당신에게 얼마나 더 힘찬 날개를 달아줄 수 있느냐에 관한 문제입니다."

주치의가 말했다. 그는 내 인공팔과 엄청나게 복잡한 장치의 멜빵 그리고 다시 특수 건전지의 문제가 나오자, 내가 "그러니까 내가 결국 로봇이 된다는 겁니까?"라고 묻게 될 히스테리를 그렇게 단번에 막아버리고 있었다. 나는 내 주치의가 매일 저녁 동료 심리학자와 물리치료사와 기능 훈련자와 의수 제작자와 함께 내 재활에 대해 토론한다는 사실을 알고 있었다. 어느 날부터인가 그들은 내 인공팔을 인공팔이나 의지라고 부르지 않기로 약속한 것 같았다. 문득 모든 의사가 인공팔을 '오른쪽 날개'라고 부르기 시작한 것이다.

"이것은 우리가 당신에게 얼마나 더 힘찬 날개를 달아줄 수 있느냐에 관한 문제입니다."

'유능한 인공팔'이라는 말 대신 '힘찬 날개'라는 말은 순간 절망으로 절벽이 되어버린 내 가슴을 저격하며 지진을 일으켰다. 인공팔을 날개라고까지 바꿔 부르며 나를 일으키려고 하는 사람들이 있었다.

어느 날인가 지물포 사장인 외삼촌이 나를 찾아왔다. 나는 모든 면회와 인터뷰를 단호하게 거절하고 있었으므로 외삼촌조차 만나기를 거절했다. 그는 내 비밀스러운 휠체어 산책 길인 재활원 뒷산 중턱에 미리 와 서 있었다. 그가 말했다.

"누항, 네가 팔 하나를 잃었다면 나는 무려 팔 네 개를 잃었다. 누이와 안 영사는 내게 부모 같은 분들이었어. 누항, 너의 수학은 네가 팔 두 개 중 하나를 잃었다고 주장하지만 제발 그 눈먼 수학을 버려라. 이건 무려 115명의 삶이 무가 되어버린 희망의 영점 지대에 관한 얘기야. 115명의 죽음이라는 이 무서운 학살 앞에서 너의 잃어버린 팔 하나가 왜 이토록 오랫동안 문제가 되어야 한다는 말이냐. 그 잃어버린 팔이 하필 피아니스트의 것이라는 게 네 비극이지. 그러나 누항, 네 오른팔은 한때 네게 피아니스트로서의 세계적 명성을 준 기적의 팔이었고 지금은 스스로를 자르면서까지도 네 생명을 구해서 너를 이 사건의 유일한 생존자로 만들어준 기적의 팔이야. 네가 계속 잃어버린 오른팔 때문에 이 엄숙한 생존에 시비를 건다면 넌 어쩌면 절대자가 잘못 고른 생존자인지도 몰라. 115명이 죽고 단 한 명이 살아남았는데, 네가 과연 그 단 한 명의 생존자로서의 자격이 있는지 묻고 싶다. 외삼촌과 조카로서 우리는 만날 기회가 적었지. 그러나 안 영사가 살아 있었다면 네게 무슨 말을 했을지 생각했어. 오늘 나는 너의 부친 자격으로 이곳에 왔다. 네가 피아니스트로서 네 직업을 그토록 눈부시게 치러냈듯이 이제 생존자라는 네 새로운 배역을 잘 치러내길 바란다. 누항, 여기 작은 선물이 있다. 이 세상에서 이 곡을 가장 잘 연주하는 여자가 여기 살아 있어. 네가 그 여자를 보고 나면 불일 듯 그 여자를 질투하기를 바란다."

그날 밤 간병인은 주말 외출을 하면서 머리맡 서랍 절반을 의도적으로 열어두고 나갔다. 그 서랍에는 외삼촌이 내 무릎 위에 놓고 떠났던 누런 서류 봉투가 있었다. 간병인은 서랍의 절반을 의도적으로 열어둠으로써 내게 그 봉투를 망각하지 말라고 발언하고 있었다. 외삼촌도 누런 봉투도 내게는 모두 쓸데없는 삶의 연장에 불과했다. 이

극한상황 속에서도 삶은 그런 작은 소도구들을 통해 내 삶을 지루하게 연장시키고 있었다. 다 끝장난 삶인데도 마치 다 시들어버린 감자 위에 돋아나는 독한 싹들처럼 매일 크고 작은 부가물들이 주변을 오갔다. 그 누런 봉투 속에 내게 옛 오른팔을 되돌려줄 수 있는 기적의 약속이 없는 이상 내게는 필요한 것이 없었다. 더구나 가장 끔찍한 것은 통속적이고 평균적인 위로였다. 내게 닥친 이 무서운 재앙의 정체가 무엇인지 아무 예감도 없는 자들이 편안한 일상 속에서 올라오는 미지근하고 악취 나는 말들로 쏟아내는 그 쌀뜨물 같은 위로의 언어들. 그런 것들로 더럽혀지기에 내 재앙은 차라리 신성하다는 것이 내 마지막 자존심이기도 했다.

그런데도 그 늦은 밤 나는 왼손을 뻗어 열린 서랍의 누런 봉투를 들어올리고 있다. 단정하게 입을 다물고 있는 그 봉투는 그래서 나를 더 유혹하고 있었다. 침대에 비스듬히 기댄 채 왼손으로 가슴 위에 놓인 봉투를 열었을 때 나는 아! 하고 탄식했다. 외삼촌의 말이 생각났다.

"이 봉투 안의 여자를 보고 네가 불이 일듯 그 여자를 질투하기 바란다."

그곳에서 나는 청동 계단 위에 앉아 있는 한 젊은 여자를 보았다. 강렬한 잉크빛 비단 정장과 천장을 향하고 있는 얼굴 위로 쏟아지는 황금 불빛, 그 뒤로 의기양양한 파도 자락 같은 역동적인 긴 검은 머리카락이 철썩대고 있었다. 오른손은 자신 있게 죽 뻗은 채 윗난간에 닿아 있었고 긴 목과 가슴까지 황금 조명이 길고 황홀한 빛의 기둥을 늘어뜨리고 있었다. 그 몸은 바지 자락 아래로 드러난 번쩍이는 검은 스타킹과 굽 높은 검은 자카드 구두로 마감되어 있었다. 그곳은 피렌체의 보석 같은 옛 방직공장 계단이었다. 그리고 그 청동 계단에 앉아 긴 머리를 드리운 채 고개를 젖히고 떨어지는 황금 조명을 바라보고 있는 잉크빛 비단 바지의 여자는 나, 누항이었다. 그때 나는 스물한 살이었다. 그것은 애초에 「밤의 제국, 야상곡들」이라는 제목으로 출시된 데뷔 음반의 표지 사진이었다. 수년 후 그 음반은 다시 CD로 제작되면서 그때의 표지 사진을 축소해서 그대로 사용하고 있었다. 외삼촌의 CD는 아주 낡아 있었다. 플라스틱 뚜껑은 아귀 부분이 어긋난 채 투명 테이프로 수선되어 있었다. 뚜껑을 조심스럽게 열자 그곳에 작고 둥근 크롬빛 CD 음반 한 장이 누워 있었다. 왼쪽에 음반 회사의 인주색 상표가, 그리고 그 위에 '누항 안, 밤의 해석'이라고 씌어 있었다.

설명할 수는 없지만 외삼촌이 수없이 들었음이 분명한, 자신 있게 지친 듯한 그 작은 음반을 왼손에 소중하게 받쳐 들고 나는 침대에서 일어났다. 세면대 앞 거울 앞까지 걷는 데도 나는 세 번씩이나 몸의 균형을 잃었다. 거울 앞에 섰을 때 나는 생면 타래를 잘라 만든 모자를 쓴, 재앙의 28세를 지나 망각의 29세를 통과하고 있는 한 여자를 보았다. 여객기가 폭파하던 순간 구조대가 나를 헬리콥터에 실었을 때 불은 이미 내 머리카락을 삼켜버린 다음이었다. 불이 내 머리카락을 먼저 삼킨 후 내 오른팔도 먹기 시작했는지는 알 길 없다. 아니, 그 모든 것이 삽시간에 일어났으리라. 삽시간이라는 말은 무척 장엄했다. 그것은 내게 뭐랄까, 순간이면서 동시에 영원인, 말하자면 '영원적 순간'이었다. 기자들은 그것을 그저 삽시간이라고 썼다. 그 무섭도록 짧은 순간이라는 이름의 토막 속에 깃들어 있는 그 무섭고 긴 라르고로서의 영원.

그날 이후 나에게는 머리카락이라고는 없다. 내 안에서 머리카락을 밀어올리던 성장샘이 정지해 버린 것이다. 나중에 안 일이지만 사고 후 월경도 멈췄다. 그날 이후 나는 무월경의 세월을 산다. 거울을 볼 때마다 나는 허공에서 번번이 공중분해되는 나를 본다. 그날도 나는 거울 속의 내 초상이 고정되지 않은 채 암석이 파열되듯 금이 가고 균열이 깊어지면서 공중분해되는 내 얼굴을 보았다. 그 특파원 사내가 면회 신청을 했다고 들은 것도 그즈음이었다. 그는 결국 나를 만나지 못하고 돌아갔다.

외삼촌은 부유한 지물포 상인임에도 불구하고 부친의 유언을 지키느라 그때까지도 흑백 텔레비전 수상기를 가지고 있는 중년 사업가였다. 물건에 대해 정결한 그가 음반 케이스 귀퉁이가 어긋날 정도로 그것을 반복해서 들었던 모양이다. 나는 파스칼의 편지를 생각했다.

"누항, 넌 오늘도 과거라는 이름의 수프를 마신다. 그것이 매일 네 안에 들어차 너의 수렁, 너의 익사가 될 때까지."

그리고 파스칼은 마지막에 이렇게 적었다.

"누항, 네가 도저히 살 수 없어 이대로 죽어버리는 것이 더 명예롭다 하더라도 살기 위해 부디 숭고한 핑계를 만들어라."

그렇다. 내가 아는 것이라고는 이 고통은 해석이 금지된 그 무엇이라는 사실이다. 침묵만이 살 길이다. 그날 밤 나는 침대 맡의 비상벨을 눌렀다. 간호원이 달려오자 내가 말했다.

"이 음반을 듣고 싶은데요."

그리고 다시 말했다.

"당장."

그날 밤 나는 스물한 살의 여자가 연주했던 야상곡들——쇼팽, 드뷔시, 라스피기, 차이코프스키——을 밤새 들었다. 이전의 나는 비겁하게도 내 연주 음반을 끔찍이도 듣기 싫어하는 타입이었다. 내가 치러냈던 수백 회의 연주회들이 생각났다. 연주회가 시작되고 시간이 흐르면 문득 설명할 수 없는 그 어떤 연금술적 순간이 온다. 독주자도, 협연자도, 청중도 소리 속에서 형태도 없이 완벽하게 액화되어버리는. 그 연금술적 시간의 마력 때문에 나는 연주를 계속했는지도 모르겠다. 피아노 연주는 혹 내가 기꺼이 앓았던 황홀한 중독은 아니었을까.

음반을 다시 음반집에 넣을 때 나는 어둠 속에서 그 크롬빛 음반이 날카롭게 번쩍이는 것을 보았다. 문득 그것이 지금 병상 앞에 세워진 내 비석 같다는 생각이 스쳤다. 나는 한때 내 자신이었던 스물한 살의, 양팔을 모두 가진 그 행복한 여자를 그리워했다. 내가 '녹턴'을 듣던 그 밤 병실 밖은 칠흑처럼 검었다.

바그다드 영사관에서의 연주회가 생각났다. 그것이 내 생애 마지막 연주일 줄 알았더라면 피아노 건반들로 하여금 내 존재의 전 호흡을 들이마시게 해줄 것을. 나는 그때 파스칼과 협연할 서울 연주회를 위해 사소한 손상도 피하려고 본능적으로 두 손을 아꼈던 일을 후회했다. 그러나 그날 안빈 총영사도, 청중들도, 나도 모르고 있었다. 그것이 내가 건강한 두 손으로 연주했던 최후의 피아노 독주회가 될 운명이었다는 것을. 그날 연주 실황은 영사관 직원에 의해 평범한 방법으로 녹음되었다. 그 테이프는 당시 내가 양손의 소유자였다는 알리바이로 남아 있다. 그때만 해도 섬약한 손을 인대 하나 다치지 않은 채 명주결처럼 간직한 채 무덤에 들어갈 수 있는 자는 생에 대해 배임죄를 지고 있다는 것이 내 생각이었다. 아, 바그다드 연주 때만 해도 나의 일용할 양식은 명성의 절정을 반드시 지켜내려는 긴장 호르몬, 즉 아드레날린이었다. 많은 연주자들도 생애 내내 출렁대는 그 독(毒)을 안고 무대에 올랐다. 나도 기꺼이 그랬다.

이튿날 새벽 회진을 나온 의사가 조간신문을 내밀며 내게 말했다. "어젯밤 개기월식이 있었다는 겁니다."

한 달 후 나는 파스칼로부터 등기우편물 한 통을 받았다. 봉투에는 서베를린의 우편 소인이 찍혀 있었다. 누런 봉투 속에는 편지 한 장과 안전 비닐로 소중하게 싸넣은 작은 인주곽만한 물건이 들어 있었다. 그것은 아주 가뿐해서 마치 그가 공기를 사냥해서 그 비닐 속에 가둬둔 것 같은 기분이 들 정도였다. 그의 편지는 이렇게 시작됐다.

누항, 널 다시 일으켜 피아노 앞에 앉히고 네 손이 닿는 순간 건반 아래서 모든 음들이 황금이 되어버리는 그 마이다스의 시간을 나는 기다린다. 오늘 내가 지니고 있던 것들 가운데 가장 소중한 것을 네게 보낸다. 내가 보내는 이 지독하게 작은 합(盒)은 우리 조상의 고향에서는 천상의 나무라고 불리는 장미목 중 가장 상품의 나무를 택하여 어느 늙은 장인이 만든 것이다. 이 위험하고 떨리도록 작은 장미목 합이 청년 노악을 신의 우체부인 선교사로 만들었다고 반복해 말하는 아버지의 설명을 나는 들었다. 아버지는 나이 예순이 되던 해, 마치 반드시 그래야만 하는 것처럼 이 작은 합을 내게 상속해 주었다. 우리는 겨우 4.7그램짜리 장미목 합을 물려주고 물려받으며 네 세대가 살아왔다. 이 합을 물려받는 동안 우리 가문에서는 무려 열여덟 명이 강제수용소에서 가스로 살해되었고 세 명은 요절하는 눈물 계곡을 지났다. 그러니 우리 가족에게는 어디서건 멈춰서서 눈을 감으면 그 앞이 바로 통곡의 벽이었다. 어린 시절 나는 집안 추도식 날이면 온 가족이 모여 촛대 위에서 깃발처럼 펄럭이는 촛불 아래서 이 작은 합을 여는 침묵 예식을 지켜보았다. 정말이지 단 한마디 설명도 없는 예식이었다. 4.7그램짜리 작은 합을 여는 이 예식을 통해 우리 가문은 묵묵히 그 축축하고 잔인한 눈물 계곡을 도강해낸 것이다. 우리 가문을 네 세대 내내 살려낸 이 기적의 합이 누항 네게도 기적을 일으키길 바란다.

서베를린에서 파스칼.

안전 비닐에 싸인 자줏빛 가죽 케이스를 열자 결이 아름다운 장미목 합이 모습을 드러냈다. 지름이 겨우 상아 도장만한 적동빛 나무 합이었다. 그 합은 너무도 작아서 아주 작은 인주곽보다 깊이가 조금 더 깊었을 뿐이었다. 간병인의 도움을 받아 조심스럽게 뚜껑을 열자 그 작은 합 속에 또 하나의 장미목 합이 안치되어 있었다. 그리고 그 안에 또다시 더 작은 합이, 점점 더 작은 합들이 그 안에서 아기처럼 태어났다. 그리고 맨 마지막에는 손끝으로 겨우 잡을 수 있을 만한 극도의 섬세하고 작은 합이 드러났다. 이제 그보다 더 작은 합은 존재할 수 없는 마지막 합이 거기 있었다. 간병인이 그 마지막 합의 장미목 뚜껑을 열었다. 그 합의 문이 열렸을 때 문득 가슴이 철렁 내려앉았다. 그 안에 합에 꼭 맞는 지독하게 작은 화사한 순금 구슬 하나가 담겨 있었다. 나는 그 구슬을 내 손바닥 안으로 가만히 부어냈다. 손바닥 안에서 구슬은 눈이 부셨다.

새벽 산책 길에 나는 휠체어에 앉아 있었다. 다리 아래 강물 속으로 내가 몸을 얹고 걸어가도 될 또렷한 부교의 그림자가 누워 있었다. 다리는 작아도 이름은 만년교였다. 그것이 청명하고 바람 없는 날의 기적이고 특권이다. 그런 날 강물은 소요 없는 거울 같은 수면으로 그가 계시할 수 있는 우주의 비밀을 계시하고 있다는 생각이 들었다. 그렇다. 수심을 알 수 없는 강물 속에도 강물 위에서와 똑같이 내가 온 체중을 다 얹고 통과해도 될 또렷한 다리 하나가 존재한다. 지상에서와 똑같이 아름다운 사슴빛 나무 위에 관처럼 열두 개의 가로등을 이고 있는. 그렇다, 수심을 알 수 없는 이 참혹한 파괴, 오른팔을 절단당하고 다시는 피아노를 칠 수 없게 된 이 무서운 개인적인 참사 속에도 내가 온 체중을 다 얹고 통과해도 될 또렷한 목교 하나가 남겨져 있는지도 모르겠다. 그러자 숙명 속에 숯이 되어버린 어머니, 훈장만을 남겼다는 아버지, 내 육체라는 성채를 습격해 왕관 같은 오른팔을 약탈해 간 이 재앙이 우연이 아니라 예정된 그 무엇이었는지도 모른다는 자각에 정신이 번쩍 들었다. 누군가 내 오른팔을 절단시킨 후 나를 유일한 생존자로 만들어놓고 싸우자고 덤벼들고 있었다. 의식 속에서 참사의 모든 과정이 다시 한 번 무성영화처럼 음향 없이 천천히 반복해서 돌았다.

가장 끔찍한 것은 바로 그 환상통이었지. 신경들은 자꾸만 잘려나간 팔과 손가락의 지류를 향해 뻗어내려왔고 계속해서 흐를 수 없다는 사실에 경악하고 있었지. 신경들의 그 충격은 내 안에 가혹한 통증의 갈기를 일으키며 대뇌와 함께 자폭해 버리는 것 같았지. 그때마다 결국 나는 모르핀을 맞았지. 놀랍지만 모르핀조차 나를 돕지는 못했지. 결국 극단적 통증을 줄이기 위해 나는 8주 동안 엎드린 채 그 고통을 버텼지. 육체의 협곡마다 통증이 창궐했지. 내가 어떻게 그 청청한 신경세포들에게 내 오른팔의 부재를 신고할 수 있었을까. 악마적인 통증에 익숙해질 때쯤 되자 도적처럼 우울증이 덮쳤지. 차라리 그렇게 횡사해 버리는 것이 더 존엄했겠지.

건강하고 모든 것이 가능했던 시절, 나는 강 속에 비친 다리를 그림자라고 불렀다. 그러나 이제 보니 그것은 그림자가 아닐 수도 있는 것이다. 가상이 아닐 수도 있는 것이다. 수심을 알 수 없는 이 절망의 강 속에도 무엇인가 있다. 참혹한 난파자인 나를 감싸고 있는 이 수심을 알 수 없는 고통의 바다 속에도 내가 잊혀졌던 한 거대한 도시가 있다. 가라앉거나 멸망하거나 침몰한 도시가 아닌, 애초에 그곳에 건강하게 존재하는 장대한 도시가 있을 수도 있다. 내 온 존재와 온 절망의 무게를 다 얹고 통과해도 넉넉할 장엄한 도시 말이다. 거대한 연주용 피아노 몇 대쯤은 충분히 견디어낼 수 있는 영웅적인 다리 하나가 존재하는 것 말이다. 실체처럼 보이는 저 다리는 사실상 강 속에 존재하는 다리가 하늘 위로 자신의 모습을 투영한 것은 아닐까. 어느 것이 실상이고 어느 것이 가상인가. 강물 속에 서 있는 저 또렷한 나무의 모습들이 진정한 존재이고 내가 여기 휠체어에 앉아 목도하고 있는 저 강 위의 목교가 혹시 가상은 아닐까. 그러자 그 목교의 네 기둥 위로 네 개의 초상이 떠올랐다. 부친 안빈 총영사와 어머니, 파스칼과 외삼촌이 각각 그 네 기둥에 기대선 채 이만치에서 휠체어에 앉아 있는 나를 맞이하고 있었다.

간병인에게 휠체어를 멈추게 했다. 나는 꼭 한 시간만 혼자 있고 싶다고 말했다. 간병인은 떠나고 나는 극도로 고요한 강 위에 떠 있는 한 마리 청둥오리를 보았다. 아직 짝을 찾지 못한 청년 새 같았다. 그의 젊은 발은 강물 위에 떠 있기 위한 최소한의 움직임으로 강물 위를 떠가고 있었다. 강물에는 그 작은 물새밖에 없었다. 그는 헤엄치는 것이 아니라 거의 정지해 있는 것 같았다. 그때 나는 보았다. 그가 단지 강물에 머물러 존재하기 위해 만드는 그 극소의 움직임, 그 지독한 피아니시모를. 그리고 나는 보았다. 물새의 그 극소의 피아니시모적 움직임에도 불구하고 강이 온 수면에 수백 개의 물 주름을 만들며 그의 존재에 반응하고 있는 기적을. 그 작은 새로부터 퍼져나간 수십 개의 물 주름이 강의 수면을 다 채우고 있었다. 그것이 자연이 살아 있는 한 존재에게 보내는 섬세한 지원이고 갈채였다. 강의 우주는 그렇게 한 고독한 생명체의 작은 움직임에도 경의와 탄성으로 반응하고 있었다. 그것이 우주가 살아 움직이는 것에게 보내는 경의이자 박수였다. 살아 있음의 특권이 거기 있었다. 극세밀의 피아니시모 속에 깃들어 있는 그 장엄한 극단의 포르테. 자연과 살아 있는 것이 이루어내는 장엄한 협연.

잠시 후 저만치 강 하류에 목조 보트를 띄운 채 노를 젓고 있는 두 사내의 모습이 드러났다. 그들이 동시에 팔을 회전할 때마다 노는 호박빛 나무 보트 옆구리에 닿아 경쾌한 마찰음을 냈다. 마찰음은 고요한 강의 침묵을 규칙적으로 건드렸다. 눈을 감고 그 마찰음에 귀를 기울이자 그 나무 보트가 과민하게 음향에 반응하는 놀라운 탄성을 지니고 있음을 알게 된다. 말없이 강 상류로 올라가는 저 두 사내의 보트는 가문비나무로 만들어졌음이 틀림없다. 가문비나무는 피아노의 음향판으로 있을 때뿐만 아니라 보트가 되어서도 사물에 닿으면 저렇게 과민하게 노래한다. 사내들 뒤켠에서 거대한 온혈동물처럼 수증기 같은 더운 김을 발산하며 새벽 속에서 꿈틀대며 천천히 진행하는 장엄한 새벽 강을 나는 보았다.

그 새벽 산보로부터 사흘 후 나는 최초로 인공팔 착용 작업에 동의했다. 다시 3주 후 나는 저격수처럼 장착대에 가죽과 멜빵이 달린 최초의 인공 오른팔을 내 몸에 고정시킨 후 착용하고 있다. 원통 모양의 팔 아래로 다섯 손가락이 분명한 라텍스 손이 달려 있었다. 인공팔 착용은 낯설 뿐 아니라 통증을 동반했다. 나는 태생적으로 작은 통증에도 극도로 예민한 비실용적인 육체를 휴대하고 있었다. 저격수처럼 가죽 멜빵이 장착된 인공팔을 착용할 때 나는 잠시 눈을 감았고 심호흡을 했다.

지금 여기 내게서 일어나고 있는 이 일들, 이것은 내 앎의 저편에 있다. 운명은 내게 여기까지 입장하도록 허락하고 있다. 115명의 사망자에게는 금지된 지독하게 위험하고 비밀스러운 이 지대 속에 나 혼자만이 인공팔이라는 낯선 장비를 휴대한 채 입장하고 있는 것이다. 착용식이 끝나자 주치의는 내 음반 한 장을 내밀며 서명해 달라고 말했다. 미국 중부의 한 유명한 교향악단과 협연했던 라흐마니노프의 「피아노 협주곡 3번」이었다. 그가 내민 서명 펜은 내 왼손 앞에 놓여 있었다. 내가 왼손으로 겨우 서명을 끝냈을 때 그가 말했다.

"내일 작업용 의수가 완성됩니다. 팔 끝에 쌍곡구가 달려 있는. 당신만 허락한다면 그 쌍곡구가 최고의 기능을 발휘할 때까지 우리는 당신을 연습시킬 준비가 되어 있습니다. 그 오른쪽 작업 손으로 당신 음반에 서명할 수 있는 그날까지."

쌍곡구는 겹갈고리 손을 의미했다.

세 류

고백을 끝내던 밤 나는 누군가 내 북호텔 독방 문을 두드리는 소리를 들었다. 문은 밖에서 잠글 수 있게 되어 따로 노크할 필요가 없었다. 문이 열렸고 거기 검은 과부가 서 있었다. 마치 전기 수선공처럼 오른손에 들쥐색 연장통을 들고. 그가 연장통을 책상 위에 놓을 때 보니 휴대용 CD 레코더였다. 그는 레코더를 소켓에 꽂았고 품 안에서 CD 한 장을 꺼내 말없이 책상 위에 내려놓았다. 작별 때 나는 그가 취조실에서 수사 기록을 닫으며 했던 말을 생각했다. 검은 과부는 말했다.

"주작 항공 901기 폭파 사건의 수사 전모 기록이 곧 완성되는 대로 검찰 조사가 시작되고 그 후 당신은 곧장 이 사건의 제1피의자로 기소됩니다. 한세류 씨. 제2의 피의자인 당신 제자 김청조는 자살로 인해 공소권이 소멸되었으므로 불기소처분될 것입니다."

비망록에 5B 연필로 적어 만든 달력이 옳다면 내가 고백을 시작한 날은 12월의 시작인 맹동이었다. 그날 문을 닫을 때 맹동의 한 자락이 맹수처럼 문 끝을 덮치는 것을 보았으니까. 고백을 마친 그날은 단오였다. 그날 검은 과부가 취조실 탁자에 백도라지를 꽂아놓았다. 백도라지는 내게는 평양의 꽃이었다. 진술을 다 끝냈을 때 검은 과부가 말했다.

"진술 내용 중에 수정할 것이 있습니까?"

고해를 시작한 후 심문은 도리어 더 엄격해졌다. 검은 과부와 수사팀은 내가 시작한 이 고백이 어떤 이유로든 중단되지 않도록 치밀하게 일했다. 검은 과부는 내 고백을 한 번도 자백이라고 부른 적이 없었다. 그의 수사팀 모두가 그랬다. 검은 과부의 야심이란 가장 최근에 체포된 혁명 전사인 내게서 평양의 당과 수령이 가지고 있는 북한 혁명의 최신 설계도를 얻으려는 것 같았다. 그러나 그 심문은 내게는 돌연 과거로의 긴 여행이 되어버렸다. 고백 속에서 나는 이따금 나의 사나운 삶 위에 떠 있는 유정이나 노악 같은 성자들에 대해 마음속으로 울었다. 검은 과부는 무섭도록 민감한 남자였다. 고백 중 내 눈동자 위로 천천히 눈물 커튼이 드리워지는 지점에 이르면 그는 영락없이 심문을 중단했다. 그러고는 음악회의 중간 휴식처럼 휴지를 선언했다. 문득 취조가 파하고 나를 차에 싣고 인왕산에 간 날도 있었다. 진달래가 우르르 핀 곳에 차가 멎었을 때 나는 수갑을 찬 손으로 산진달래 잎을 따 입에 넣었다. 인왕산 산진달래 꽃잎은 고향 평양의 진달래 맛과 기막히도록 같았다. 휴식 시간에 그는 종종 나를 위해 손수 차를 끓였다. 작설차나 말리화차를. 말리화차에서는 동생 현엽의 냄새가 났다. 그것은 내가 현엽과 북경에서 월병과 함께 먹던 그리운 차였다. 고백을 시작한 지 한 달 후쯤 작은 기적이 일어났다. 막 말리화차 첫 모금을 마시려고 했을 때였다. 갑자기 취조실에 음악이 흐르기 시작한 것이다. 절절하게 멜랑콜리한 트럼펫 서주와 함께.

화창한 어느 일요일
한 남자가 죽어 강변에 누워 있네.
모퉁이를 돌아가는 인간이 있으니
그를 매키메서라고 부른다네.

나는 내 귀를 의심했다. 그것은 매키메서의 살인 가요가 아닌가. 검은 과부가 내 고백 속에 등장한 「서푼짜리 오페라」를 준비한 것이다. 나는 부끄럼도 모르고 찻잔 속에 깊이 얼굴을 묻은 채 노래 속에서 익사해 가는 파산자처럼 그 노래를 들었다.

선한 인간이 되라고?
그래, 누가 그걸 마다하랴.
가진 것을 가난한 자와 나누라고?
왜 안하랴.
소박한 삶은 좋다는 놈이나 살아지.
나는 이제 질려버렸으니까.

그리고 포주의 발라드가 흘러나왔다. 이제 보니 당과 수령, 혁명 전사의 관계는 결국 포주와 창녀의 관계였다. 나는 혁명 전사라는 이름으로 세계라는 유곽, 세계라는 홍등가를 시한폭탄을 들고 서성였던 것이다. 혁명이 창녀라는 말은 이럴 때 옳다. 저 근사한 악당이 오페라 속에서 무자비하게 파죽지세로 고발하는 진실은 너무 아프다.

이 노래의 공격성, 뻔뻔함, 끔찍한 정숙성. 라이프치히 시절에 옌스와 나는 거의 매일 저 「서푼짜리 오페라」를 들었다. 옌스는 그때, 1928년 여름 베를린에서 있었다는 이 오페라의 전설적 초연을 녹음한, 바니시를 바른 축음기 판을 다시 녹음해 만든 카세트 한 장을 가지고 있었다. 블루스 템포로 시작되는 멋진 매키메서의 살인 가요, 탱고 템포로 시작되는 포주의 발라드, 대포의 노래……. 저 근사한 악당 매키메서도, 혁명 전사도 결국 종착역은 교수대이다. 이 고전적 종말. 나는 그 살인 가요를 들으며 스탈린 시대의 건축 양식들이 늘어선 동유럽의 내 활동 구역을 배회하던 그 고독한 시절을 운다.

그리운 노래 속에서 나는 그 음반을 구해 내게 들려주고 있는 검은 과부에 대해 생각했다. 그의 치밀함과 집요함에 대해. 나는 우연히 '작전명 유토피아'의 종착역에서 검은 과부라는 저 사내, 저 조용한 거물을 만나고 있었다. 비범한 감수성과 인내로 무장된 저 무서운 인간을. 그는 수사가 인간 탐험이라는 것을 아는 남자였다. 그는 인간 영혼에 대해서는 문맹자인 다른 수사관들과는 달랐다. 아니, 애초에 그는 수사 연장이 동료들과는 다른 자였다. 개아마꽃 한 줌을 들고 그가 바레인 호텔 니느웨로 찾아오던 날부터 나는 이미 그의 승리를 예감했어야만 했다. 개아마꽃, 한강의 조망, 궁초댕기, 작설차와 말리화차, 「서푼짜리 오페라」 같은 연질의 수사 장비를 들고 지하 350미터짜리 삼손의 갱도 같은 나의 내부로 걸어들어온 비범한 갱부, 그가 검은 과부였다. 「서푼짜리 오페라」가 끝났을 때 나는 내가 '작전명 유토피아'의 마지막 역에서 검은 과부에게 체포되었음에 감사했다. 그 조용한 거물급 수사관은 그렇게 무서운 학살자인 내 추락을 두 손으로 받아안고 있었다. 검은 과부가 아니었다면 내가 과연 고백을 시작하기나 했을까. 취조실 카세트 녹음기는 이중창인 「대포의 노래」
를 노래했다.

　　존은 전사하고
　　조지는 실종되어 꺼져버렸지.
　　아아, 그 와중에도 핏빛은 여전히 붉다네.

　그가 두고 간 CD를 집어 올렸을 때 나는 놀랐다. 베토벤의 심포니
9번 「환희」였다. 독창자 네 사람의 이름, 로시니 축제 합창단, 그리고
엔텔레게이아 청년 필하모니의 이름 아래 지휘자의 이름인 'Pascal
Noack'이 적혀 있었다.
　"파스칼 노악."
　지휘자의 이름은 놀랍게도 노악 선교사의 이름과 동명이었다. 그
우연에 가슴이 멎는 듯했다. 나는 곧 젖에 굶주린 아이처럼 손을 떨
며 어미의 유방 같은 둥근 음반을 레코더집에 넣었다. 시작 버튼을
누른 후 나는 얼른 북쪽으로 난 창가로 가 벽에 얼굴을 묻었다. 벽에
얼굴을 묻고 두 귀를 드러낸 채 장렬하게 시작되는 타악기의 폭풍을
숨죽인 채 들었다. 음악은 이럴 때 마법이다. 나의 내부에서 정리되
지 않은 채 내던져둔 모든 것들, 아직 제 중량도 가지지 못한 것들이
타악기가 일으키는 폭풍에 휩쓸려 의식의 천정까지 까맣게 날아오르
며 낙진을 일으킨다. 낙진 속에서 나는 라이프치히의 게반트하우스
에서 들었던 그 바리톤 가수의 발언을 생각한다. 회의와 회유의 물결
속에서 벌떡 일어나 외치던, 연미복에 흰 나비넥타이를 했던 그 시시
포스를 생각한다. 그가 고통의 바위 앞에서 벌떡 일어나 발언한다.

"오오, 친구여, 이 소리가 아니다."

그 목소리 속에, 그 정언명령적 부정 속에 문득 내 안에 새겨넣어진 카인의 표적, 시시포스의 흔적이 만겨진다. 오보에가 그 부정에 악센트를 부어넣었다. 바순들이 침착한 음성으로 오보에 뒤에서 다시 발제한다. 마지막 악장이 시작되었을 때 목관악기들은 질문을 주고받았다. 명상, 사변, 회의, 회유, 염세, 신음이 뒤섞인 짧은 카오스가 왔다. 그때 갑자기 그 카오스를 뚫고 바리톤의 위대한 웅변이 치솟아올랐다.

"오오, 친구여, 이 소리가 아니다."

마지막 악장 속에는 서주와 3악장 때 소리의 천체 위에 떠 있던 바이올린의 그 집요하고 숭고한 주제음은 이미 없다. 테너가 일어나 화답한다.

"태양이 그의 황홀한 천체의 궤도를 질주하듯, 달리자, 형제들이여, 그대의 숙명을!"

그러자 이내 합창을 이끌어내는 두 개의 오보에가 꿈꾸듯 울었다. 그리고 합창이 쏟아졌다.

"환희여, 신들의 섬광이여, 이상향의 딸인 환희여."

마지막 4악장 속에서 이 노래는 인간의 지옥과 극락을 한꺼번에 만지고 있다. 나는 눈을 감았다. 합창은 계속된다.

"네 온순한 날개가 체류하는 바로 그곳에서 너희는 형제가 된다."

이것은 대체 무슨 예언일까. 우리가 날기를 멈추는 그 지점에서 우리는 형제가 된다는 이 밀의는. 그렇다면 우리의 날개는 우리의 구원이며 동시의 저주라는 말인가. 희망이며 동시에 재앙이라는 말인가. 이 밀의 속에 숨겨져 있는 예언의 번쩍이는 푸른 비수는 대체 무엇이란 말인가. 우리가 날기를 멈추지 않는 그 지점, 우리가 계속 날기를 소망하는 그 지점이 우리가 바로 적이 되는 저주의 지점이라는 말인가. 아아, 대체 우리가 어떻게 날기를 멈출 수 있다는 말인가. 두 대의 금관 악기 호른이 마지막으로 다시 한 번 초인간적인 소망을 기억시킨다. 그러자 합창이 다시 반복한다.

"인류여, 뒤엉키라! 휘감기라! 얼싸안으라! 포옹하라!"

그렇다. 인간은 밀의에 찬 이 예언곡을 통해 오늘 두 개의 모순된 신탁을 받고 있다. 테너 가수는 내게 말한다.

"태양이 황홀한 천체의 궤도를 질주하듯, 질주하라. 세류여, 그대의 운명을."

그러나 합창자들은 곡의 종말에서 이렇게 예언한다.

"네 온순한 날개가 멈추는 바로 그곳에서 너희는 형제가 된다."

질주와 멈춤. 바이올린들은 함께 모여 톱으로 절단된 듯한 스타카토로 절벽에 선 인간의 숨겨진 단말마를 토해낸다. 목관악기들이 소리의 천막으로 바이올린의 모가 난 절망의 모서리를 싸안는다.

"세류여, 이 소리가 아니다!"

"세류여, 네가 네 삶 속에서 절창하고자 했던 것은 이 소리가 아니다!"

북호텔의 창밖은 단오이다.

제승

　　그해 소위 유토피아 학살 사건 제1심 재판 108호 법정은 한세류에
게 사형을 선고했다. 그가 소지하거나 착용하고 있던 모든 것들, 여
권, 항공권, 화폐, 카메라, 계산기, 신문, 복용 약물, 옷가지와 세면도
구, 암호 수첩까지 샅샅이 증거물로 채택되었다. 앰풀 속에 든 청산
가스를 마시고 사망한 여자 공범 김청조의 소지품도 증거물로 채택
되었다. 증거물에는 일일이 번호가 매겨졌다. 가령 위조 일본국 여권
에는 증거물 제63호, 체포 직전에 소유했던 아부다비-암만-로마 간
항공권에는 증제 88호, 미화 30달러를 납부하고 받은 바레인 체류 사
증에는 증제 87호, 체포 때 착용했던 흰색 와이셔츠는 증제 72호, 회색
신사복에는 증제 111호, 바레인 니느웨 호텔 메모지에는 증제 75호, 말
보로 담뱃갑에는 증제 100호, 출국 신고 카드에는 증제 98호, 담배 속
에 은닉했던 독액 앰풀 편린에는 증제 54호 같은 번호들이 붙은 채
그가 주작 항공 901기의 폭파범임을 증명하고 있었다. 재판 기간은

의외로 짧았다. 충격적일 만큼 명료한 세류의 고백이 전 재판 과정을 단번에 줄였다. 법정에서 그는 국가보안법, 항공법, 항공기 운항 안전법 등 각각 다른 11개 조항의 법을 명백하게 위반한 것으로 밝혀졌다. 3개 조항의 형법, 가령 형법 제12조, 제30조, 제51조, 그리고 형사소송법 제383조가 그에게 적용되었다.

그날 법정 피고석의 한세류의 젊은 변호사는 이렇게 말했다.

"피고 한세류는 무려 40년간 혁명이라는 고열을 앓고 있는 땅, 북한에서 온 혁명 전사입니다. 혁명은 북한이 40년간 앓아온 풍토병이며 그 혁명의 최전선이 바로 피고 한세류의 자리였습니다. 그는 북한 인민이 유토피아로 가는 길을 닦도록 혁명 최전선에 파견된 자였다는 말입니다. 북한의 당과 수령이 외치는 유토피아, 즉 지상천국은 곧 적화통일을 의미합니다. 피고는 단지 적에게 죽음을 배급하라는 당의 명령인 '작전명 유토피아' 대로 움직인 하수인에 불과하며, 결국 그 명령자인 북한의 당과 수령이 피고의 손을 이용해 115명의 승객을 살해했던 것입니다. 피고의 배후에는 대한민국의 민간 여객기 폭파가 유토피아를 위한 합법적 살해라고 가르쳤던 당과 수령이 있었습니다. 어이없지만 피고는 '작전명 유토피아'의 수행이 유토피아로 한걸음 더 다가가는 일이라고 생각했던 것입니다. 피고는 말하자면 북이 파견한 혁명 전사라는 살인 기계였습니다. 북한의 혁명 전사는 타인을 죽이지 않으면 자신이 죽을 수밖에 없는 저주받은 직업입니다. 혁명 전사는 지령자인 당과 수령에게 결코 질문할 수 없습니다. 질문한다는 것은 곧 죽는 것이기 때문입니다. 혁명 속에는 '왜?'라는 그 철학적 순간이 없는 겁니다.

그의 적이며 동시에 형제이기도 한 대한민국이 피고에게 사형을 언도한다면 남도 북도 그에게 줄 수 있는 것이라고는 무덤밖에 없다는 말입니까. 대한민국 115명의 시민을 겨냥한 살육 작전이었던 '작전명 유토피아'의 주범인 북한의 당과 수령을 이 법정에 세울 수 없다면, 그 하수인인 피고를 처형하는 것이 대체 무슨 의미가 있단 말입니까. 다시 말씀드립니다. 피고는 결국 북한이라는 40년 된 혁명공장의 컨베이어 벨트 위에 놓인 가련한 부품, 적화통일의 광란자들에게 감염된 보균자, 유토피아라는 주문(呪文)에 최면된 자객이었습니다. 피고는 결국 왜곡된 혁명호의 슬픈 난파자, 한반도의 허리를 절단한 분단이란 단두대의 희생자입니다."

젊은 변호사는 잠시 침묵한 후 다시 말했다.

"이런 처참한 참극도 결국 분단의 일부라는 사실을 우리는 대체 언제나 깨닫게 될 것입니까. 휴전 35년째인 1988년, 분단이 주는 남과 북의 이 폭력의 순환에 새로운 해석이 필요한 바로 그 시점은 혹시 아닙니까."

세류는 그 젊은 변호사가 자신을 당과 수령이 만든 살인 기계였다고 표현하는 일을 수락하고 있었다. 세류는 애초에 변호사를 필요로하지 않았다. 그는 재판조차도 원하지 않았다. 그는 재판이라는 긴소란 없이 교수형에 처해지길 원했다. 그러나 그는 새 세대인 그 젊은 변호사가 이 '작전명 유토피아'의 재판을 통해 남과 북을, 분단을, 혁명과 학살을 어떻게 분석하고 있는지 경청하고 있었다. 이 모든 것이 한번은 반드시 분석되어야 할 그 무엇이라고 그는 생각하고 있는 것 같았다. 세류에게 그 젊은 변호사는 남도 북도, 수사관도 재판관도 아닌 자유로운 제3자의 의미를 지니고 있었다. 세류에게 그 젊은 변호사는 분단과 혁명의 굴레를 뛰어넘을 수 있는 객관적인 세대처럼 보였다. 수사가 끝나고 검찰에 의해 기소되고 재판이 시작될 무렵 내가 그에게 어떤 변호사를 원하느냐고 물었을 때 세류는 말했다.

"동정심 없는 젊은 변호사요!"

세류의 법정 진술은 서면으로 제출되었다. 서면 진술은 그 젊은 변호사가 낭독했다.

"저 한세류는 1988년 남과 북의 분단 시대가 벗어치워야 할 56년 된 낡은 외투의 이름입니다. 레닌그라드 유학 시절, 저는 '혁명은 도끼의 예술'이며 '도끼만이 인민의 정의'라고 배웠습니다. 혁명, 즉 레볼루션(Revolution)과 총, 즉 리볼버(Revolver)는 운명적으로 동일한 어근, 즉 'Rev'를 가지고 있다고 배웠습니다. 내일 살인과 불의가 없는 유토피아에 도착하기 위해 오늘은 이곳에서 살인을 해야만 하는 딜레마, 그것이 혁명 전사의 숙명인 줄 알고 살았습니다. 유토피아, 즉 황홀한 신세계는 혁명의 적을 제거하는 살인이라는 경악을 통과해야만 도착할 수 있다고 믿었습니다. 그러나 지금 적국의 땅인 이곳에서 저는 당과 수령이 외쳐온 왜곡된 혁명, 수상하고 불순한 유토피아의 정체를 봅니다. 뼈아픈 일이지만 유토피아는 결국 당과 수령이 인민에 대한 지배를 계속하기 위한 40년간의 주문(呪文)이었음을 알았습니다. 그들은 혁명을 통해 유토피아로 가는 것이 아니었습니다. 그들 혁명의 종착역은 결국 '지배(支配)'였습니다. 그 지배라는 피비린내 나는 목표 앞에서는 인민도 혁명 전사도 모두 단순한 재료에 불과했습니다. 제 부친인 유정이 휴전되던 해에 이미 알았던 사실을 아들인 저는 35년 후인 지금에야 알게 됩니다.

저는 이 법정에서 '작전명 유토피아'를 통해 남한 시민 115명을 살해한 남한의 분명한 적이며 그 작전 내용을 모두 고백해 버린 지금, 동시에 북한의 적이기도 합니다. 저는 남과 북에게 동시에 적입니다. 115명의 소중한 시민을 공중에서 살해하고 단 한 목숨으로 빚을 갚는다는 것, 115와 1이란 숫자 사이에 있는 그 엄청난 격차가 저를 아연하게 합니다. 저를 115번 교수할 수 있다면, 그래서 115명의 희생자와 그 가족에게 빚을 갚을 수만 있다면 기꺼이 그렇게 하고 싶습니다. 그것이 제가 제 범죄의 계산서를 지불하는 가장 유일한 길인지도 모릅니다.

정의로운 이상이 밀려오는 새 시간을 위해 불화의 시대의 상징인 제가 교수대로 가야만 한다는 이 자연법칙을 차단하지 마십시오. 제게 다른 길이 있다고 생각하지 마십시오. 재판장님, 북의 당과 수령이 만들어낸 살인 기계라고 저를 동정하지 마십시오. 당과 수령, 혁명 전사는 무서운 공범 관계였습니다. 저는 엄청난 권한이 부여된 특별대우를 받는 동구권 전문가였고, 제가 원하기만 했다면 언제든 망명할 수 있는 최소 열 가지 길을 알고 있었습니다. 제가 제 의지로 독약을 흡입하지 않았듯 저는 제게 내려진 모든 지령을 거절하고 부정할 충분한 시간이 늘 있었던 겁니다. 115명의 학살은 유토피아, 즉 보다 나은 신세계에 대한 제 광신, 혁명에 대한 제 잘못된 해석, 그리고 생에 대한 제 근본적인 분노에서 시작된 예정된 범죄였습니다. 당과 수령은 희극적 장치에 불과했는지도 모릅니다. 제가 혁명 전사로서 열심히 살인 기술을 습득할 때부터 이 학살은 이미 예정되어 있었던 것입니다. 당과 수령이 저를 이용한 것인지, 제가 당과 수령을 이용한 것인지는 저울에 달아봐야 할 일입니다. 우리는 서로 삼투하며 그 불순한 유토피아를 위해 재앙을 만들어왔던 것입니다. 혁명의 하수인, 부품, 재료, 사병, 살인 기계 같은 변명의 말은 1988년에 맞지 않습니다. 저를 이 인식에 이르게 한 것은 남한의 한 수사관이었음을 밝힙니다. 이름을 밝힐 수 없는 그가 저로 하여금 '작전명 유토피아'의 선한 속편을 쓰게 한 겁니다. 세상에는 저처럼 115명의 희생자, 한 피아니스트의 오른팔 절단, 그리고 여자 동지의 죽음이 있은 후에야 긴 무지의 잠에서 깨어나는 동면이 긴 동물도 있습니다.

재판장님, 무엇인가 오기 위해 무엇인가 가야 합니다. 1987년 그 범죄의 가을, 분단된 남과 북의 각각 다른 유토피아가 충돌하는 바로 그 지점에 고성능 폭탄 두 덩이를 들고 서 있던 모순의 용이며 불화의 용인 제 목을 치고 다른 역사의 차원으로 넘어가는 겁니다. 지금 제 가슴에는 황홀한 빙관(氷冠)을 머리에 이고 있는 성산 백두산과 여의주인 태양을 입에 물고 서울 심장을 관통하며 비상하는 젊은 청룡인 한강이 고요히 겹쳐 있습니다. 이것이 바로 제가 도착한 유토피아입니다."

그날 방청석에는 희생자 가족들이 앉아 있었다. 피아니스트 안누항은 끝내 단 한 번도 방청석에 나타나지 않았다. 세류는 그날 희생자 가족과 피아니스트 안누항에게 공개적으로 사과했다. 놀라운 일이 있었다. 세류는 또 자신에 의해 학살된 측량 보조원의 유복자인 '장자'에게 사과한다고 말했던 것이다. 그가 문득 가슴속에서 장자의 탄생 기사가 실린 오래된 신문 기사를 꺼내들었을 때 그의 사죄는 절정에 달했다. 손때 묻은 그 신문 기사는 그의 손에 들린 채 잠시 법정의 허공에 작은 연처럼 떠 있었다. 법정은 잠시 돌연한 침묵에 휩싸였다. 그때 누군가 방청석에서 신음하듯 "쇼다!"라고 말하지 않았더라면 그 침묵은 별수 없이 더 계속되었으리라. 재판관도 간섭할 수 없었던 압도적 침묵이었다.

"남한 시민에게 장자를 부탁드립니다."라고 그가 말했을 때 법정의 센티멘탈은 절정에 달했다. 그리고 그는 "교수형조차도 내게는 너무 늦습니다!"라고 말했다. 그것은 그가 "남한에는 왜 즉석 공개 처형이 없는가. 115명의 사망자에게 진 빚을 면제하기에는 긴 격식을 거쳐 이루어질 교수형은 너무 늦다."라는 울림을 담은 채 법정을 단번에 감정의 카오스로 만들어버렸다. 그의 발언은 그저 찰나적인 센티멘탈이었을까. 그렇게 해서 장자라는 유복자의 이름이 법정에 모인 사람들의 가슴에 아프게 박혔다. 방청석에서 누군가 다시 울부짖듯 "쇼다!"라고 외쳤다. 그러나 그들은 그렇게 세류의 법정 진술이 세류의 고해성사임을 인정하고 있었다. 그날 그는 또 자살한 여자 공범 김청조를 용서해 줄 것을 부탁했다.

그는 또 법정에서 절대 항소하지 않을 것이라고 잘라 말했다. 재판관은 재판 중 그 발언은 절대 불필요한 것이라고 경고했다. 항소심에 관한 것은 재판이 끝난 후 피고가 변호사와 의논할 문제라고 말했다. 그의 젊은 변호사는 적어도 그를 사형에서만은 구할 목적으로 꼭 항소해야 한다고 그에게 주장했다. 세류가 젊은 변호사에게 말했다.

"당신은 역사를 다시 돌려놓을 생각이오? 내 죽음 하나로 부족하단 말이오? 난 절대 항소하지 않소. 강요된 항소는 고문과 같소."

시민들 사이에서 세류의 사면 운동 움직임이 일어났다. 시민들이 세류의 진술에서 그의 진실을 보았던 것이 문제였다. 그가 살인자이며 동시에 깨달은 자라는 그 복잡한 초상이 시민들의 마음을 움직였다. 진실을 모두 말해 버린 후 자유로워진 자유인인 한 학살자를 시민들은 보았던 것이다. 그러나 사면은 사실상 시민들의 몫이 아니었다. 이미 사형이 언도된 그에게 특별 사면을 내릴 수 있는 법적 집행자인 대통령의 몫도 아니었다. 내용상 세류의 사면을 결정할 수 있는 것은 오직 세류에 의해 학살된 115명의 희생자 가족과 그에 의해 오른팔이 잘린 피아니스트 안누항뿐이라는 것이 내 생각이었다.

그날 법정에서 그는 죽기 전에 자신의 이름 '한세류'로 살 수 있는 나날을 준 남한에 감사했다. 그의 성자인 유정이 준 그 이름을. 그러나 나는 알고 있었다. 그가 항소를 원치 않듯, 사면도 원치 않는다는 것을. 그는 자신이 북한인이 아닌 것을 상상도 할 수 없는 남자였다. 사면을 받고 살아남아 남한 시민이 된다는 것은 변신은 그에게 불가능해 보였다. 세류는 이미 죽음을 꿈꾸고 있었다. 115명의 죽음과 한 여자의 절단된 오른팔에 대한 부채를 청산하며 죽을 그 자유의 순간을. 그것은 그에게는 혁명의 명예에 관한 문제였을까.

그는 항소하지 않았고 북호텔을 떠나 감옥으로 갔다. 그가 항소하지 않겠다고 말했을 때 나는 그가 이미 죽음을 준비하고 있음을 알았다. 나는 그가 자살 위험이 높다는 의견서를 감옥에 보냈다.

그즈음 나는 임진강변 백씨의 옛 양조장과 후원의 우물은 사라지고 그곳은 시외버스 회사의 종점 차고지로 변해 버렸다는 보고를 받았다. 양조장 주인 백씨의 아들들은 하나같이 간 질환으로 요절했고 귀먹은 늙은 장녀와 넥타이 공장을 하다 파산했다는 장남의 아들만이 생존해 있다고 했다. 주위 사람들 중 그 양조장 후원의 우물을 기억하는 세대는 이미 없다는 보고였다. 그 시절 우물에 투신해 죽었다는 열여섯 살짜리 세류 생모의 무덤을 찾는 일은 더 불가능해 보였다. 단지 세류의 간경변만이 그가 백씨의 아들이라는 유전적 알리바이로서 그의 몸속에 남아 있는 셈이었다.

세류가 감옥에 수감되던 날, 감옥 3층 쇠창살에 튼 둥지에 한강에서 날아온 야생 오리가 여덟 개의 알을 낳은 것 때문에 감옥은 야단이었다. 죄수들도 간수들도 모두 오리의 양친인 양 우쭐해 있었다. 시립 동물원의 암사자의 배가 점점 둥글게 솟아오르고 있다고 한 신문은 썼다. 젖꼭지는 점점 또렷하게 윤곽을 드러내고 있다는 것이다. 그것은 바로 출산 준비라는 것이다. 출산을 준비하고 있다는 신호였다. 사육사들은 이미 사자 구역 안에 어미 헛간을 만들었다는 것이다. 출산이 가까워오면 임신한 암사자는 휴식과 짧은 은둔이 필요하다는 것이었다. 임신 기간은 족히 석 달이며 두 마리 내지 네 마리 새끼를 낳게 된다는 것이었다. 새끼 한 놈의 무게는 약 천 그램이며 출생 후 족히 6,7개월은 다부지게 어미젖을 빨아야만 한다는 것이었다.

그해 가을 제24회 세계 서울 올림픽이 개최됐다. 서울 올림픽의 시작은 청잣빛 한강으로부터 눈부신 일출을, 황금 돛대를 단 장대한 거북선에 실어 올림픽 주경기장으로 실어 나르는 태양 예식으로 시작되었다. 뱃전을 건너질러 있는 횡량 위로 치솟아 오른 뱃머리 용두 뒤 황금 돛은, 24회 서울 올림픽을 상징하여 황금빛 돛베 스물네 필을 잘라 만든 것이었다. 그 옛날 그리스 사람들은 올림픽 기간을 '신의 날'이라고 불렀다. 절대 평화와 화해의 시간, 그것이 올림픽이었다. 올림픽 기간 동안 전쟁은 가차없이 휴전되었고, 사형수의 처형도 절대 금지되었다. 말하자면 그 시절의 올림픽은 절대 도살 없는 시간의 이름이었다.

불참한 국가는 거의 없어서 세계 올림픽은 서울에서 다시 르네상스를 누리고 있었다.

누항

퇴원 결정이 내려지던 날, 주작 항공 901기 폭파범에 대한 검찰의 수사 발표가 있었다. 재앙의 새가 된 그 여객기 속에 그 사내는 한 개도 아닌 두 개의 고성능 폭탄을 장치해 두었다는 것이다. 사내는 그것을 두 덩이 침향이라고 불렀다는 것이다. 퇴원 전날 오후에 나는 몰래 택시를 불러 타고 부친인 안빈 총영사를 만나러 갔다. 아무에게도 내 외출을 알리고 싶지 않았다. 택시의 문을 닫았을 때 차창에 투명 나방처럼 달려와 투신하는 그 오후 최초의 빗방울을 나는 보았다. 나는 그날 가발을 쓰고 의수를 장착하고 있었다.

합동 묘원에는 115기의 묘가 조성되어 있었다. 22기는 이미 이장해 나갔다. 아버지 안빈 총영사의 묘비는 103호, 어머니 이애휘 여사는 104호였다. 묘비 번호는 두 개였지만 그들은 합장되어 있었다. 죽음 후 힘차게 결합되어 있었다. 묘원 가운데 희생자 위령탑이 거대한 화강암 꽃처럼 피어 있었다. 나는 혼자 택시에서 내렸다. 그날 나는 그곳에서 우연히 한 남자를 만났다. 그는 나보다 먼저 그곳에 와 있었다. 그가 내게 다가왔을 때 나는 알았다. 그는 바그다드 탑승 때 부겐빌리아꽃을 직접 전해 주었던 그 경쾌한 기장과 지독하게 닮았다.

"안누항 씨죠?"

그 젊은 남자가 말했다.

"남 기장의 아들 남천(南天)입니다. 제 이름 속에 제 아버님의 하늘이 있죠. 저는 예비 파일럿입니다."

나는 꼿꼿이 선 채 왼손을 내밀어 악수했다. 왼손을 내밀면서도 균형을 잡으려면 내 몸을 의도적으로 더 꼿꼿이 세워야만 했다. 악수 후 그가 말했다.

"당신은 아버님이 조종하던 비행기 속에서 피어난 기적의 꽃입니다. 이 참혹함 속에서도 거절할 수 없는 광채가 자꾸 어른대는 것은 유일한 생존자인 당신 때문입니다."

대기 중이던 택시로 걸어가 그가 택시 기사를 돌려보냈다. 그리고 우리는 빗속을 걸었다. 그 끔찍한 화상 이후 나는 무서운 한발에 시달린 대지 같아서 내 영혼의 바닥은 쩍쩍 갈라져 분노의 화기가 전쟁의 포연처럼 들어차 있었다. 그래서 그 비는 축복이었다.

그날 우리는 그렇게 빗속에서 115명의 비문이 세워진 묘지들을 일일이 방문했다. 견고하고 침착하게 내리는 조국의 비. 과묵하고 힘찬 남성적인 비였다. 대지를 견실하게 임신시킬 수 있는 건강하고 주저함 없는 비였다. 나는 그 비가 내 온몸과 온 존재를 삽시간에 적시도록 허락했다. 우리는 철저하게 젖었고 철저하게 침묵했다. 우리는 마치 비의 낭독회에 초대된 사람들처럼 오관을 주목하여 비의 시를 들었다. 그도 나처럼 실신할 정도로 비에 젖어야 할 이유가 있음을 느꼈다. 그도 혼자 비에 젖기 위해서 그곳에 온 것이다.

"부친은 DC-10기를 몰고 바그다드에 갔었습니다. 그는 공군 사관 학교 출신으로 중령으로 예편한 후 민간 항공기 조종사가 됐죠. 그해 가 그의 근무 16년째였습니다. 그는 출항할 때면 언제나 집안 달력 위에 그의 귀국 날짜를 초록 펜으로 표시해 놓고 귀국 시간까지 메모 해 놓고 나갔죠. 어머니는 그 초록 표시를 좋아했어요. 아버지는 열 기구광이기도 해서 저도 언젠가 아버지의 열기구에 동승해 한강에서 강화도의 갑곶리까지 날아갔죠. 착륙 지점은 바로 그 유명한 4백 년 수령의 강화 갑곶리 탱자나무 부근이었어요. 발 아래 흐르던 그 다정 한 온대림의 숲들, 그날 그 숲들 때문에 저도 결국은 파일럿이 되었 죠. 참사의 그날 부친은 안타깝게도 근무 변경을 했고 화를 당했죠."

우리는 빗속에서 우리가 잃어버린 총영사, 출판업자의 딸, 그리고 민항기의 기장을 생각했다. 우리는 그들이 우리와 함께 혈육으로 살 았던 황홀한 추억에 감사했다. 추억은 빗속에서 마치 유통된 낡은 화 폐 같은 서러움을 풍겼다. 그래도 추억만이 우리가 시간 속에서 조금 씩 지불하면서 살아야 할 뼈아픈 지참금이고 유산이었다. 우렁찬 빗 속에서 우리는 함께 산 같은 합동 위령탑을 바라다보았다. 빗속에서 전진하기 위해 내딛고 있는, 광채를 잃고 나가떨어진 해쓱한 그의 구 두코에서 나는 그가 흠뻑 젖고 있다는 것을 알 수 있었다.

빗속에 그가 있어서 좋았다. 자신을 예비 조종사라고 소개한 그 남 자가 있어서 좋았다. 그와 함께 그렇게 모든 묘비를 방문하는 일을 약속도 없이 해낼 수 있어서 좋았다. 혼자라면 해내지 못했을 것이 다. 묘비 앞에 설 때마다 그 작은 대리석 위로 쏟아지는 힘찬 빗소리 가 우리의 조사를 대신했다. 모든 묘비를 다 돌았을 때 밤이 되었다. 이토록 많은 사람들이 학살되었다는 사실이 믿어지지 않았다. 그 학 살, 그 폭력이 믿어지지 않았다. 날은 이미 빗속에서 더 고독하게 어두워져 걸음을 옮길 때마다 마련되어 있는 꼭 한 걸음만큼의 밝기 속을 우리는 걸었다. 어둠 때문에 그의 승용차가 무슨 색이었는지는 알 수 없었다. 그것은 마치 닻에 걸려 고정된 작은 배처럼 어둠의 빗속에 떠 있었다. 그는 승용차의 문을 열고 마치 길쭉한 글라디올러스 다발을 다치지 않고 뒷좌석에 안치하듯 나를 차 속에 안치시켰다. 잠시 후 그가 차의 시동을 거는 소리와 창의 와이퍼가 움직이기 시작하는 최초의 음을 들었던 것 같다. 나는 반수 상태로 그의 뒤에 앉아 있었다. 비가 나를 취하게 했고 비가 가한 타격에 기진해 있었다. 외투가 된 어둠과 차 뒷좌석의 길쭉한 공간이 마치 나를 수납하고 있는 검소한 관 같았다.

병원 앞에서 작별할 때 내가 그 예비 파일럿에게 말했다.

"내일 퇴원합니다."

마치 종신형 집행 후 사면을 받아 출소하는 사람처럼 내가 말했다. 그날 나는 왜 그 젊은 예비 파일럿에게 내 퇴원을 알리고 있었던 것일까.

퇴원 무렵 병상에서 나는 오직 한 가지 생각에만 매달렸다. 죽을 수 없다면 이제 사는 수밖에 도리가 없는 것이다. 내게 산다는 것은 곧 연주한다는 것이다. 다른 삶은 배우지 못했으니까. 문득 어머니가 말했던 경주 신종의 몸체에 씌어 있다는 1천 자의 명문이 생각났다. 내가 마치 그 종이 되어 재앙과 절망으로 된 1천 자 명문을 내 육체에 새겨넣는 듯한 통절함을 느꼈다. 황동 12만 근 속에 아이를 던져넣어 만들었다는 그 신종. 그렇다면 나도 내 생의 절창을 위해 내 음 속에 던져진 아이는 아니었을까. 그렇다. 병상 초기에도 그러했듯 절망에도 온기가 닿으면 고요한 점화가 일어나고 삶은 더워진다. 그러면 희망은 다시 공룡처럼 빙하 속에서 몸을 뒤척인다. 퇴원의 날, 주치의는 내게 놀라운 말을 했다.

"안누항 씨. 당신이 반드시 알아야 할 사실이 있어요. 지금 당신 육체의 모든 부분은 기적적으로 건강합니다. 인조 가발과 인조 날개 외에는 필요한 것이 없어요. 이토록 빠르고 완전한 회복은 정말이지 기적입니다. 당신의 육체는 당신이 다시 피아노를 치도록 완벽하게 회복되어 있다는 말입니다. 다시 말하면 당신은 이제 육체적인 이유로 피아노를 칠 수 없다는 변명은 할 수 없게 되어버렸다는 말입니다. 다시 피아노를 칠 것인가 아닌가는 더 이상 육체적인 문제가 아니라 의지의 문제가 되어버렸다는 말이죠. 더구나 육체의 극한적 고통은 당신의 오관이 팽창되고 확장될 수 있는 경계까지 당신을 밀어붙였죠. 새 감각의 개안이 왔을지 누가 압니까. 당신이 원한다면 다시 무대에 서는 재기의 그날까지 우리 팀은 당신과 동행합니다. 그 지점까지가 우리의 과제죠. 그 첫 무대가 있은 후에 우리 팀은 당신의 인생에서 기꺼이 하차할 것입니다."

그리고 그는 다시 말했다.

"다시 월경이 시작되면 당신 머리카락도 다시 돋아날 것임을 장담합니다."

퇴원 후 백송나무 부근에 있는 안빈 총영사의 집으로 돌아오던 날, 양친의 효자동 집 거실은 열 장 반짜리 유리창으로 쏟아져들어오는 여름 햇빛 때문에 빛으로 만든 수족관 같았다. 거실 한가운데 차단창 앞에 다정한 스타인웨이가 놓여 있었다. 그제서야 나는 거실이 내 연습실로 개조되어 있음을 알았다. 그 양친의 집 이층에는 오래된 나의 연습실이 있었다. 그러나 계단 사용을 금하라는 주치의의 조언을 받아 외삼촌은 1층 거실을 연습실로 개조해 놓았던 것이다. 서울에 귀국할 때마다 나를 반기던 스타인웨이를 조율해 놓고 나를 기다려준 것도 외삼촌이었다. 피아노는 가죽 덮개가 이미 벗겨진 채 그 날개를 젖혀줄 오랜 반려자인 나를 기다리고 있었다. 그것은 내가 이 세상에서 가장 잘할 수 있는 일이었다. 양친과 내게 대체 무슨 일이 일어났던가. 언젠가 부친이 말했던 중동 지방의 시로코 동풍이 생각났다. 드문 장마 후에 분다는 참혹한 위력의 건조한 바람, 모든 것의 씨를 말려버린다는 그 시로코 동풍이 양친과 내게 불어닥쳤던 것이다.

퇴원 이후 내가 그 효자동 집에서 했던 일이라고는 오로지 그 한 곡 라벨의 「왼손을 위한 피아노 협주곡 라장조」에 매달린 것이었다. 수개월 동안 나는 오직 파스칼이 내게 선물했던 그 악보로 라벨의 왼손 곡만을 연습하고 있었다. 파스칼이 병상의 내게 주고 간 그 곡으로 언젠가 그와 함께 무대에서 겨누게 될 날이 있을지도 모른다는 미친 희망 때문이었다. 그러자 다른 왼손 곡들도 새 인상으로 내게 다가왔다. 가령 리스트의 왼손 곡 「헝가리의 신」, 브람스의 「샤콘느」, 생상의 「엘레지」, 카알 라이네케의 「왼손을 위한 피아노 소나타 안단테 Op. 179」 같은 곡들 말이다. 재활팀들은 정기적으로 나를 방문했다. 주치의의 재활 목표는 집요한 것이었다. 아아, 그 여름 내내 부친의 정원에는 황홀한 무궁화가 지천으로 폈다.

그리고 어느 날, 파스칼로부터 기적의 원산 공연 소식이 온 것이다. 바로 그 라벨의 「왼손 협주곡」을 들고 평양을 거쳐 원산으로 가자는. 그 기적 속에서는 운명의 유황 냄새가 났다.

체류

　제1심에서 사형선고를 받고 북호텔에서 감옥으로 이송되던 날, 검은 과부는 묵묵히 나와 동행해 주었다. 이송차는 '입춘대길(立春大吉)'이라고 쓴 춘첩자(春帖子)가 아직도 붙어 있는 조선 시대 주택가 앞을 지났다.

　"감옥에서는 입맛을 잃으면 끝이오."

　아직도 자동 수갑 속에 갇혀 있는 내 손 뒤에서 검은 과부가 말했다. 입맛이 끝나는 지점. 그 밤 내내 검은 과부의 그 음성이 나를 따뜻하게 했다. 북호텔을 떠나 내던져진 사형수 독방 감옥 속에서 나는 생각했다.

　청산 가스 마시기를 멈추고 감행한 남한으로의 이 여행은 아름다웠다. '작전명 유토피아'의 끝이 대관절 무엇인지를 보고자 했던 내 미친 열망은 행복하게도 답을 얻고 있었다. 외출해서 한강을 보았던 날 이후로 내 안에서는 매일 밤 압록강과 한강이 함께 뒤엉켜 장엄한

물결을 일으키며 황홀하게 철썩이는 것이었다. 재판 중 피고의 최종
진술을 통해 115명의 희생자와 그 가족들, 피아니스트 안누항에게 사
죄할 수 있었던 것, 그것이 내게는 바로 '작전명 유토피아'의 완성이
었다. 솔직히 나는 내게 반드시 항소해야 한다고 호소하는 그 젊은
변호사의 의협심이 싫었다. 죽음도 구원일 수 있다는 것을 삶의 극단
을 살아보지 않은 그 젊은 남자는 상상도 하지 못하는 것이다. 재판
관이 "피고 한세류."라고 호명했을 때 그 이름은 내 귀에 아름답게
울렸다. 나는 내가 아버지 유정이 준 그 아름다운 작위인 내 이름으
로 다시 불릴 수 있다는 사실이 황홀했다. 그러나 나는 최후 진술에
서 정작 마지막 소원 두 가지를 말하지는 못했다.

주작 항공 901기의 내 좌석 앞에서는 한 젊은 남한 중동 노동자가
앉아 그의 동료에게 작은 초음파 사진을 보여주고 있었다. 그는 그
사진 속의 아이가 5개월 된 태아라고 말했다. 그 젊은 노동자는 곧 태
어날 아들을 맞이하러 서울로 귀국하는 길이었다. 다섯 시간 후면 아
버지와 뱃속의 아들이 만날 수 있었던 그 운명의 시간 사이에 나와
두 덩이 침향이 있었던 것이다. 아카시아 츄잉껌 냄새가 나던 젊은
노동자. 다시는 생후 1개월 된 아이가 어미 품에 안겨 우물 속으로 추
락하지 않는 세상을 창조하기 위해 혁명 전사가 된 나는 젊은 노동자
를 살해함으로써 세상에 태어나기도 전에 한 아이를 불행한 유복자
로 만드는 엄청난 학살을 저지르고 있는 것이다.

아카시아 향기를 풍기던 남자의 아들이 태어났다는 보도가 실린
신문을 검은 과부가 전해 주었다. 내게 마지막 소원이 있다면 '장자'
라는 이름의 그 젊은 측량 보조원의 아이를 한번 가슴 깊이 안아보는
것이었다. 또 다른 소원은 감옥에서라도 좋으니 피아니스트 안누항

을 만나 직접 사과하는 것이었다. 몇 년 전 프라하의 드보르자크 홀 무대에 등장했던 그녀의 모습이 생각났다. 그날 나는 오른쪽 어깨를 대담하게 드러낸 그녀의 비취색 롱드레스와 그녀의 26년 된 당당한 육체를 받치고 있는 굽 높은 황금 구두를 보았다. 금지된 땅, 금지된 무대에 선 그녀의 모습은 너무도 강렬하고 유혹적이어서 나는 하마터면 신음할 뻔하지 않았던가. 그로부터 2년 후 우리는 운명에 대한 아무 예감도 없이 바그다드에서 같은 날, 같은 시각, 같은 여객기에 탑승하고 있다. 가방 속에 그녀는 악보를, 나는 두 덩이 폭탄을 휴대한 채. 그렇게 해서 내가 그녀의 오른팔을 내리치고 있다. 아아, 그녀가 그 비행기에 탑승한 줄 알았더라면 내가 폭탄을 장치하지 않았을 수도 있었을까. 검은 과부가 기적적으로 살아난 유일한 생존자의 이름이 안누항이며 그녀가 세계적인 피아니스트라고 말했을 때 나는 신음하며 취조실 바닥에 그대로 주저앉았다. 그녀가 오른팔을 잘렸다고 말했을 때 나는 귀를 막은 채 취조실 바닥에 처박혔다. 그녀의 팔을 내가 자르다니, 나는 그때 내가 '작전명 유토피아'를 통해 그녀의 오른팔을 자르도록 저주받고 있음을 알았다. 과연 그녀를 만난다면 내가 그녀의 잘린 오른팔을 직시할 수 있기는 한 것일까. 그래도 나는 그녀에게 이렇게 말하고 싶었다.

"프라하 신년 음악회에서 난 당신의 연주를 보았소. 당신은 그날 라흐마니노프의 「파가니니 광시곡」을 연주했지요. 그날 남한 여자인 당신 연주는 너무도 눈부셔서 북한 사내인 나를 신음하게 했소. '작전명 유토피아'를 통해 내가 당신의 팔을 자른 것, 그것이 내가 받은 최고의 저주요."

그날 내가 감히 남한 여자의 연주를 듣기 위해 당의 금족령도 어기고 프라하 신년 음악회에 갔던 일은 왜 평양의 당에 즉시 보고되지 않았을까. 그때 프라하에서 누군가가 나를 보호하고 있었던 것은 아닐까.

사형선고를 받고 내가 가장 두려워했던 것은 내가 감옥으로 옮겨지리라는 사실이었다. 그렇다고 내가 감옥을 두려워했던 것은 아니다. 감옥에 가면 어쩌면 밤하늘을 볼 수 없다는 것, 내가 계절마다 정해 놓은 '유정좌'를 볼 수 없다는 것, 그것이 내게는 공포였다. 그렇다. 유정은 내 삶의 천공에 떠 있는 성좌였다. 나의 하늘에는 사계절 내내 또렷하게 유정좌가 떠 있었다. 평양의 모든 불빛은 바로 유정의 댐에서 배전된 것이었다. 독립운동 중에도 만주로부터 들고 온 홍잣빛 자주초롱꽃을 묘향산에 옮겨 심은 남자, 그가 유정이었다. 남성을 거세당함으로써 남성 이상의 존재가 된 자, 그가 유정이었다. 밤하늘을 볼 수 없고 그래서 내 밤을 이기게 하는 유정의 성좌를 하늘 복판에 정할 수 없다는 것, 그것이 내게는 감옥이고 무덤이었다. 어머니의 감옥은 우물이었다. 그 우물이 그녀의 무덤, 그녀의 타지마할, 그녀의 피라미드였다. 그 우물에서 건져지고 만 56년 만에 나는 사형수가 되어 내 무덤인 적국의 감방에 도착해 있었다.

사형수에게 감옥이란 살아서 경험하는 무덤이다. 사형선고나 종신형이 내리면 그때부터 죄수는 내용상 이미 살아 있는 시신이기 때문이다. 사형장은 멀리 있는 것이 아니다. 처형되기 위해 어느 들판으로 불려 나가는 것도 아니다. 형장은 바로 그 감옥 안에 있다. 간수의 무정한 소리에 의하면 죽음은 간수의 제복을 빌려 입고 새벽에 온다는 것이다. 죽음은 그렇게 접근한다. 죽음은 엄숙하게 오지 않는다는 것이다. 춤을 추듯 온다는 것이다. 언젠가 프라하에서 젊은 당나귀 한 마리가 푸른 배에 실린 채 한 사공에 의해 천천히 도강하는 사진을 본 적이 있다. 평생 등에 엄청난 무게의 화물을 지고 나르던 그 당나귀가 난생 처음 짐을 벗고 스스로 화물 그 자체가 되어보는 그 순간의 완전한 경량감, 그것이 내게는 죽음이다.

평양에서 모든 사형은 총살로 치러진다. 평양에서는 반역, 간첩, 모살, 태업, 살인, 강간, 간통, 공금횡령 범죄자들에게 총살형이 내려진다. 그러나 당도, 검은 과부도, 간수의 제복을 빌려 입고 반드시 새벽에 온다는 그 죽음도 나를 처형할 수 없다. 다시 말하지만 나는 내 안에 내 사약(賜藥)을 가지고 있다. 그 사약은 고체일 수도 액체일 수도 있다, 아니, 나는 광물질 사약으로 죽으리라 결심했다.

나는 제2동 감옥에 수용됐다. 긴 복도의 몇 개의 철창을 지나면 남한의 내 둥지인 267호 독실감방이 보인다. 나는 감옥이 주는 이 밀폐감, 이 질식감이 좋다. 벽은 거친 붓으로 회화적으로 칠해져 있다. 세면대 곁에 변기가 처박혀 있다. 독방은 하나하나가 모두 표류한 섬들 같다. 267호 감방은 북향 감방이다. 북호텔처럼 이곳에도 저 천정 아래 환기통 같은 북쪽 창이 있다. 그 창을 열고 계속 걸어가면 그곳에 대동강이 흐른다. 태양은 이곳까지는 절대 미치지 않는다. 이 북쪽 감방에는 수선 불가능한 인간들인 나 같은 사형수들이 잠시 머문다. 미래에 대해서 결코 생각하지 않는 것, 그것이 사형수에게는 최선이라 말이 있다. 그래도 나는 처형된 후 내 시신을 덮게 될 따스한 황톳빛 이불인 흙을 생각하면 가슴이 저려온다. 어딘가 내 시신을 포옹하기 위해 준비된, 내 키보다 조금 큰 땅 한 조각이 있으리라. 아니, 내가 유언할 수 있어 내 유골을 화장해서 저 화려하고 장려한 한강에 뿌려달라고 말한다면 사치일까. 한강은 금강산에서 발원하여 서울을 거쳐 임진강으로 흐른다. 내 어머니의 우물에 들어찼던 그 임진강물. 아아, 성인이든 사형수든 우리는 이 아름다운 도시와 지상에서 살다가 각각 다른 시간에 죽어 우리의 플랫폼인 지상의 묘지들로 흩어져가는 것이다. 그렇다. 나는 독방 267호 감방에 내 새살림을 차렸다. 적국인 서울의 감방에 갇혀 있다는 것만으로도 내가 왠지 실컷 바람을 피우고 있는 남자처럼 생각되었다. 법무 장관은 사형 판결 확정으로부터 반년 안에 반드시 사형 집행 명령서에 서명해야만 한다.

감옥 안마당에 나갈 수 있는 날이면 죄수들은 전광석화처럼 짧은 휴식 시간에 목격한 산 것들을 몰래 감옥으로 들여온다. 질경이, 토끼풀, 큰달맞이꽃 같은 것들 말이다. 해바라기를 하면서 나는 아예 안마당에 털썩 누워버리는 날도 있다. 감옥 담장 위 두 겹의 철조망은 잿빛 구름처럼 저만치 떠 있다. 죄수들은 마치 눈부신 샹들리에에 걸린 무도회장에 초대된 사람들처럼 의기양양해진다. 태양이 바로 우리의 샹들리에다. 감옥은 태양이 없다는 것 때문에 감옥이라는 생각을 나는 한다. 우리 위로 흰 눈나비가 날아간다.

"눈나비의 유충은 쑥을 먹고산다우. 장정이 되면 졸참나무에 붙어 사는 진딧물의 단물을 핥아먹는다우. 내 고향에 졸참나무가 참 많다우."

곁의 사내는 나중에 혼잣말하듯 말한다.

"눈나비를 보면 불길하다는데."

그 사내는 영원히 졸참나무가 밀생한다는 고향에 가지 못할는지도 모른다. 눈나비를 보면 불길하다는데. 무기수 사내가 말하는 불길함이란 대체 무엇일까. 어차피 모든 사람이 운명적으로 무기수라면 유독 종신형을 받은 그가 더 불길한 존재일 이유가 있을까. 살아 있다는 것이 어차피 가장 불길한 사건은 아닐까. 일반 죄수들에게는 일주일에 한 번 의복 회수와 차입의 시간이 있다. 이따금 나는 검은 과부가 넣어준 신문을 차입받는다. 그런 날 나는 독방에서 천천히 조간신문을 읽는다. 북한과 남한이라는 적이 똑같은 모국어를 쓰고 있다는 사실이 황홀하다. 검은 과부는 이따금 꽃을 차입해 주기도 한다. 그것도 평양의 꽃인 진달래를. 잠꼬대로 타인의 잠을 깨우는 자들도 있다. 가끔 감방 저편에서 누군가 노래한다. 「아리랑」을. 간수가 금지했는데도 그는 노래한다.

　사내의 만가 같은 아리랑을 들으면 왜 그토록 평화로울까. 그의 만가는 내게는 모르핀 같다. 온몸 안에 습기와 안개를 일으키고 내 애수의 한복판에 포환 같은 평화를 던진다. 검방(檢房) 때에는 복도의 간수와 감방의 죄수가 주고받는 구령과 보고 소리가 울려온다. 지난해 모스크바에서는 시월 혁명 70주년을 기리는 경축 행사가 열렸을 것이다. 러시아력으로 10월 25일에. 70년간 공산주의를 실험했던 모스크바의 보고서를 나는 적국인 서울의 이 깊은 감옥에서 듣고 싶었다. 나는 사실 사회주의가, 당과 수령이 오류였다는 보고를 죽어도 듣고 싶지 않았다. 나는 수령이 유토피아라는 달콤한 솜사탕을 팔아온 이념의 플레이보이라는 사기극의 보고를 듣고 싶지 않았다. 그것은 평양 인민 모두의 삶이 실패했음을 의미하는 것이었다. 유정이 전쟁 후 숙청 전에, 그러니까 진실이 제 얼굴을 들이밀기 전에 죽을 수 있었듯이, 나는 사회주의의 종말이, 평양의 종말이 오기 전에 죽고 싶었다.

　감옥 밖에서 시민들 사이에 나를 위한 사면 운동이 자발적으로 일어나고 있다는 소식을 전해 준 것은 검은 과부였다. 그러나 죽음은 누군가의 말대로 내게는 평지보다 그저 6피트 아래쪽에 누워 있는 것 외에는 아무것도 아니었다.

파스칼

그해 초가을에 두 가지 기적이 일어났다. 첫 번째 기적은 오슬로로 날아왔다. 그때 나는 오슬로에서 엔텔레게이아 청년 필과 순회 연주 중이었다. 음악 감독이 내게 서베를린 교향악단 본부인 바로크 성으로부터 날아온 편지 한 장을 전했다. 평양의 당으로부터 내년 5월 1일에 개최되는 평양 세계 청년 축전 개막 행사의 연주 초청이 왔다는 것이었다. 초청장 전문은 금박 없는 검소한 독일어 장식 문자로 되어 있어 엄숙해 보였다. 내년 5월 1일에 있을 연주회라니 너무도 급박한 일정, 너무도 늦은 초대였다. 세계 평양 청년 축전을 한 달 앞서 열리는 그 연주회는 한 달 후 평양에서 개최되는 축전을 세계에 알리는 전야제의 상징성을 지니고 있다고 적혀 있었다. 더욱 평범치 않은 것은 연주곡은 반드시 쇼스타코비치의 교향곡 7번 「스탈린그라드」여야 한다고 다짜고짜 씌어 있는 것이었다. 「스탈린그라드」. 그 곡은 우리 청년 필에게 세계적인 명성을 안겨준 곡이었다. 평양은 바로 그 곡을 원하고 있었다. 초청장 전문 오른쪽에는 '인민의 이름으로.'라는 혈서 같은 도장이, 초청장 마지막에는 '사회주의의 인사를 나누며.'라는 평양적인 인사말이 적혀 있었다.

그 여름에 들렀던 바이로이트의 바그너 축제 개막 공연 때 나는 우연히 내 곁에 앉았던 한 연방 장관으로부터 짧고 인상적인 인사를 받았다. 그는 내 귀에 대고 "노악 씨, 예언하지만 우리는 어쩌면 본에서 만나게 될 거요."라고 했다. "아주 특별한 음악회에 대한 얘기요." 그는 다시 덧붙였다.

평양으로부터 날아온 당의 초청장을 보았을 때 나는 바그너 축제에서 연방 장관이 했던 말을 기억해냈다. 평양은 어쩌면 이미 우리 교향악단의 초청건을 맹방인 소련이나 동독과 의논했음이 틀림없으며 연방 장관은 이미 그 정보를 받았음이 틀림없다는 생각이 들었다. 나중에 안 일이지만 평양은 이미 그해 봄부터 소련이나 동독과 내년 평양 세계 청년 축전에 우리 교향악단을 초청하는 문제를 놓고 신중히 의논해 왔던 것이다. 확실한 것은 평양의 당이 그 청년 축전에 당시 세계적인 명성을 얻고 있던 엔텔레게이아 청년 필을 초대하고 싶어했다는 것이다. 바르샤바도 모스크바도 이미 엔텔레게이아 청년 필을 초대함으로써 화해 제스처를 보여준 적이 있었다. 여객기 폭파 참사와 서울 올림픽 성공 이후 열리는 평양 청년 축전에 엔텔레게이아 청년 필의 초대는 더 필연적인 것이 되어버렸던 모양이다. 평양이 국경 없는 평화적 세계관을 가지고 있다는 제스처를 보일 필요가 있었으리라.

평양에서 날아온 정중한 초청장 앞에서 나와 음악 총감독이 받은 충격은 대단했다. 특히 내가 받은 충격은 더했다. 북한은 내게는 조부 노악의 성지이며 체류지가 아닌가. 나는 그 초청장이 평양의 당이 아니라 조부 노악이 내게 보낸 초청장이라고 생각했을 정도였다. 물론 평양에 들어가는 데는 수많은 입국 절차와 공산국가들이 보여주는 갖가지 폐쇄적인 히스테리와 싸워야 할 것임이 분명했다. 그러나 수년 전 우리는 이미 모스크바, 바르샤바 공연들도 거뜬히 치러냈다. 더구나 우리는 두 도시 모두에서 길고 감동적인 기립 박수를 받았었다. 스탠딩 오베이션──모스크바의 당 기관지는 그렇게 노골적으로 기립 박수를 받은 우리 청년 필에 찬사를 보냈다. 동독 드레스덴에서의 공연만이 절차상의 어려움이 없었던 것은 분단 상황 속에서 인상적인 일이었다.

두 번째 기적은 내가 오슬로 연주를 끝내고 서베를린의 바로크 성으로 돌아왔을 때 일어났다. 서울에서 한 수사관의 편지가 도착해 있었던 것이다. 그 편지 속에서 수사관은 놀랍지만 내게 조부 노악 선교사에 대해 물었다. 주작 항공 901기 폭파 사건의 담당 수사관이라고 자신을 소개한 서제승이란 남자는 한세류를 여객기 폭파범이라고 하지 않고 평양에서 온 남자라고 썼다. 그는 편지 서두에 이렇게 쓰고 있었다.

"확신범 수사의 한계는 급히 옵니다. 그들에게는 영웅적인 일이 우리에게는 범죄입니다. 결국 확신범에 대한 수사는 나의 정의와 타인의 정의에 관한 문제입니다. 그들은 폭력과 살해를 통해 좀 더 나은 세계를 만들겠다는 황홀한 유혹에 빠져 있습니다. 내일의 살인 없는 유토피아를 위해 오늘 이곳에서 살인을 저지르는 광기 말입니다. 그들은 불치의 몽유병을 앓고 있는 겁니다. 그들은 폭력적인 도덕주의자들이죠. 그들은 자신들을 혁명 전사라고 부릅니다. 확신범들은 심판자, 독재자, 신을 한 인간 안에 소유하고 있는 사람들의 이름입니다. 그들은 말하자면 인간 신이죠. 물론 그가 유토피아를 꿈꾸는 동안 체포와 처형은 너무 빨리 옵니다. 좌초는 너무 빨리 옵니다. 무서운 것은 한 사람의 확신범이 처형되고 나면 그 자리에 다시 또 한 사람의 확신범이 등장한다는 사실입니다.

유일한 생존자인 피아니스트 안누항 씨를 통해 한때 북한에 거주했다는 독일인 선교사 파스칼 노악이 당신의 조부일 수도 있다는 전갈을 받았습니다. 여기 주작 항공 901기의 폭파범인 평양에서 온 남자 한세류가 당신에게 쓴 편지를 동봉합니다. 한세류는 노악 선교사가 운영하던 원산 고아원에서 한때 기아 33번으로 머물렀던 어린 소년이었음을 밝힙니다. 한세류는 평양에서 파견된 과거 동구권 전문 요원으로 이 편지는 그가 직접 독일어로 작성했음을 알립니다. 그는 지금 형사 피의자이며 법정 피고인으로 서울의 특정 감옥에 수감 중입니다. 이 편지가 개인 서신이 아닌 수사 과정의 일부임을 기억해 주시기 바랍니다. 편지 공개는 금지됨을 말씀드립니다. 서울에서 서제승."

주작 항공 901기 폭파범, 기아 33번, 노악의 원산 고아원. 나는 이두 번째 기적을 주는 편린들을 이해하려고 잠시 애썼다. 평양에서 온 남자의 편지는 이렇게 시작되었다. 표준 독일어인 고지 독일어로 된 탁월한 동독식 문어체였다.

노악 선교사는 작은 키에 머리 한복판이 가만히 벗겨진, 그러나 귓가의 머릿결은 고요히 남아 있는, 검은 양복과 검은 넥타이의 남자였습니다. 내가 원산의 사진 액자 속에 남아 있던 그의 용모가 전형적인 유대인의 모습이라는 사실을 안 것은 라이프치히 카를 마르크스 대학에 유학하던 짧은 기간 동안의 일이었습니다. 물론 노악 선교사에 대한 기억의 대부분은 내가 가진 지극히 어린 시절의 추상적인 영상의 단편들과 얼마 후 다시 양부 유정과 노악을 만나러 간 때의 기억들, 그리고 유정이 이따금 내게 들려준 노악의 얘기들로 이루어져 있습니다. 그것이 내가 지닌 선교사 파스칼 노악의 지도입니다.

노악은 고아들에게 매일 성경을 읽어주었습니다. 내가 세상에 태어나 처음으로 들은 이야기, 양부 유정의 손에 이끌려 그 고아원을 떠나기까지 내가 알고 있는 유일한 책은 오직 성경뿐이었습니다. 그것이 내가 최초로 접견한 소우주였습니다. 공산화가 되고 성경이 평양에서 사라져버린 이후에도 나는 세계 현상을 성경으로 해석하는 노악의 유산을 버리지 못하고 있었습니다. 노악은 인간이 에덴에서부터 전과가 있었다고 말했습니다. 어차피 삶은 에덴에서부터 사고가 있었다는 것입니다. 에덴이라는 인류 최초의 유토피아로부터. 나는 유신적 공산주의자였던 셈입니다.

노악의 말에 의하면 신이란 그 존재는 이 세상의 모든 비와 이슬을 낳았고, 지상의 모든 눈과 우박을 보관한 창고를 가지고 있으며, 폭풍과 남풍을 담아둔 바람 궁전의 소유자이고 태양의 숙소인 태양 연못의 지배자라는 것이었습니다. 나는 그때 노악의 손을 잡고 그 우박 창고, 바람 궁전, 태양 연못에 가보고 싶었습니다. 노악의 손을 잡고 비와 이슬을 임신하고 순산한다는 그 기적의 존재를 문틈으로나마 경의를 다해 바라보고 싶었습니다. 우주의 태에서 바다가 쏟아져나올 때 그것을 받았던 분에게는 산맥들도 옷의 주름 같다고 노악은 말했습니다. 그리하여 신은 우리와 가장 가까운 존재이며, 동시에 우리가 일생을 걸려 도착해야 할 지독하게 먼 마지막 역의 이름이라고 했습니다. 나는 그때 노악이 그 기적의 존재에게 가는 지도를 가지고 있다고 확신했습니다. 이후 그 존재에게로 가는

지도는 도살장에서의 진혼가, 베토벤의 「환희」, 알코올 중독이 이루어내는 애수적인 휘장 속에서 자꾸 몸을 뒤채는 것이었습니다.

신화에 능한 그는 시야가 좁은 동료들로부터 사이비 범신론자로 몰리면서 고독과 알코올에 빠져들었다고 유정은 말했습니다. 그는 알코올의 파도에 빠지면서도 두려워하지 않았습니다. 나는 그렇게 아름다운 알코올 중독자를 본 일이 없었습니다. 그는 마음 놓고 술 속으로 타락해 갔습니다. 그것은 타락이 아니라 차라리 술 속으로의 거침없는 황홀한 잠수였습니다.

노악 선교사의 고아원과 저만치 보이는 철로변 사이에는 넓적하고 누런 비스킷 같은 논과 텃밭, 그리고 토질이 나빠 수확이 없는 황폐한 과수원 하나가 있었습니다. 신작로를 건너면 다시 불쾌한 늪지대가 있었고. 푹 꺼진 듯한 저지대에 상여를 보관하는 작은 오두막이 있었습니다. 그 늪지대에는 등에 검은 점이 있고 황갈색 복부에 빰이 패들어간 두꺼비가 모여 산다고 들었습니다. 그 상여가 있는 저지대를 훌쩍 뛰어넘어 갑자기 거대한 언덕 하나가 치솟아 있었는데 인적 없는 이곳 해 뜨는 언덕에 그 도시에서 가장 오래된 도살장이 있었습니다. 도살장 동쪽 절벽에는 그 도시에서 가장 먼저 일출의 빛을 받았다는 2백 년 된 늙은 소나무 금강송이 서 있었습니다. 사람들은 그 노송을 당목이라고 불렀습니다. 이 당목 아랫도리에는 금줄이 묶여 있었고 금줄 왼새끼에는 한지나 광목 끈들이 끼워져 있었다는 것입니다. 자신의 소를 도살장에 두고 오는 날이면 사람들은 당목 아랫가지에 소의 명복을 비는 흰 광목 끈 한 가닥을 질끈 묶어놓았다는 것입니다. 일출 때면 광목들은 따스해진 배때기를 금빛으로 반짝였다는 것입니다. 그 거대한 당목 아래 자주 황토를 뿌려 도살된 동물의 혼령인 잡귀들을 막았다는 것입니다.

나는 그곳에서 이따금 아주 둔하게 들려오는, 지독한 안개를 관통해 들려오는 도살되는 소의 단말마를 들은 적이 있었습니다. 그곳은 일반 사람들에게 금지된 구역이어서 그곳에 가본 사람은 거의 없었습니다. 노악 선교사는 제야에는 으레 도살장 책임자의 전갈을 받고 그곳에 초대되어 그 한 해 동안 죽어간 짐승들의 영혼을 위해 소위 진혼 예배를 드리곤 했습니다. 노악의 말에 의하면 그곳에도 어둠 때문에 천정 높이를 알 길 없는 거대한 도살 회랑이 있었는데 큰 짐승과 작은 짐승 그리고 따로 돼지만을 도살하는 도살방이 있더라고 했습니다. 그리고 아주 작지만 날짐승을 잡는 계류사도 있었다고 했습니다. 긴 회랑 끝에는 도살된 짐승들의 창자, 밥통, 숨골, 선혈들을 처리하는 곳, 그리고 따로 가죽을 모아놓는 원피 처리방들도 있었다고 했습니다. 선혈들에서 솟아오르는 수증기, 피와 더운 물이 함께 뒤엉켜 풍겨오는 냄새들, 그리고 도살되기도 전 병든 것으로 분류되어 그대로 폐기된 짐승의 육질에서 풍겨오는 역한 냄새들, 이런 것들로 도살장의 내장실은 가득 차 있었던 모양입니다.

대낮에도 도살장은 그의 초상을 한 번도 뚜렷하게 주민에게 보인 적이 없었으며 언제나 태양의 역광 속에 그의 뒷모습만을 보인 채 마치 회색 휘장으로 덮인 거대한 상여처럼 언덕 위에 떠 있었습니다. 도살장에서는 1년 중 단 하루, 그것도 제야에만 도살이 금지됐습니다. 노악 선교사는 바로 그날 그 도살장에 초대되어 도살장 서기가 그에게 내민 누런 종이에 적힌, 한 해 도살된 짐승들의 종류와 수를 보며 도살된 짐승들을 위한 속죄 예식을 올렸다는 것입니다. 오직 다른 동물을 도살함으로써 목숨을 유지해 갈 수 있는 사나운 인간 숙명에 대해 그는 생각했을 것입니다. 도살장이 그를 초대한 것은 그가 도살장과 가장 가까운 곳에 있으며 연말 종교 행사에 초대받지 못한 유일한 사제였기 때문입니다. 그러나 그 도살장 책임자는 알고 있었을까요. 그 지역에서 그보다 더 짐승의 영혼을 위해 잘 기도할 수 있는 사람은 없다는 사실을. 그는 누가 뭐래도 도살된 짐승을 위한 최고의 사제였습니다. 그는 향기로운 육계와 계피에 동백기름을 넣어 손수 예배용 관유를 만들었고 그것을 도살된 짐승들의 목을 걸었던 장소에 부으며 검소한 속죄제를 거행했던 것입니다. 언젠가 노악은 내게 "그 도살장에는 외부 사람에게는 말할 수 없는 한 가지 비밀이 있단다." 라고 했습니다. 나는 그 비밀이 무엇인지 끝내 확인하지 못했습니다. 그 시절에도 또 그 후에도 그 도살장은 금지의 성이었습니다. 특히 나 같은 어린 소년에게는 더욱더.

그는 알코올 중독자가 되어 말년엔 세상에서 격리되었습니다. 그렇습니다. 그 동양 땅 원산이 그에게 준 직무란 그 도시에서 가장 크고 외로운 도살장에서 해마다 공식적으로 도살된 소와 가축들의 영혼을 위한 제야 기도회를 가지는 일이었습니다. 기도회라고 해야 그곳에서 1년 내내 소의 목을 땄던, 동물의 목숨과 힘줄을 끊었던 사람들과 동네 이장이나 참가하는 조촐한 것이었다고 합니다. 내용상 그것은 도살된 동물들의 원혼을 달래는 진혼굿이었습니다. 그러나 정식 진혼굿은 비용이 많이 들었고, 굿음식을 마련하는 것도 만만치 않았던 것입니다. 그 추모 기도회에서만은 도살된 소에 칼들이 걸려 있지 않았고 원한이 될 만한 도살된 동물들의 피도 말끔히 치워졌다는 것입니다. 유정의 말에 의하면 선교사 노악은 제야뿐만 아니라 봄의 한 날 단오절을 잡아 단 하루 도살 없는 날로 정하는 소위 춘제(春祭)를 제의했던 모양입니다. 물론 노악이 바랐던 그 도살 없는 날, 춘제는 묵살당했던 모양입니다. 단 하루만이라도 도살 없는 날을 소망한다는 것이 인간에게는 그토록 어려운 일이 되어버렸던 것입니다.

노악 선교사가 거의 회복될 수 없는 환자가 되었을 때 그를 조국으로 돌아가도록 홍콩으로 가는 배편을 마련해 준 것은 다름 아닌 나의 양부 유정이었습니다. 홍콩에 가면 영국행 선박을 타는 일이 어렵지 않았습니다. 노악은 영국으로 가는 홍콩 선박 속에서 콜레라로 죽었습니다. 고국 독일로 가기 위해 얻어 탄 영국행 홍콩 정크선 안에서 콜레라로 절명한 것입니다. 그의 유언은 자신을 태워 육지에 묻음으로써 바다 고기들에게 콜레라균이 해가 되지 않게 하라는 것이었습니다. 그러나 선원들은 깊은 밤, 그의 시신을 모포에 감아 바다에 던져버렸다는 겁니다. 뻣뻣한 건어 두 마리를 묶어 십자가를 만들어 그의 모포 속에 넣은 채. 콜레라 보균자였던 그를 즉시 선박으로 격리시키는 일이 시급했기 때문일 겁니다. 그것은 도덕의 문제가 아니라 생존의 문제였을 겁니다. 아마도 콜레라균은 알코올 중독으로 면역 능력이 약해진 노악을 사정없이 공격했을 겁니다. 아니, 다른 소문에 의하면 노악은 물에 빠진 동양 소년을 구하려다 익사했다는 것입니다.

노악의 죽음은 이렇게 두 가지로 나뉘면서 신화가 되었습니다. 어느 죽음이 맞는지 알 수 없지만 중요한 것은 내 양부 유정이 노악의 죽음을 '순교'라고 내게 해석해 주었다는 것입니다. 노악의 유품들은 선원들에 의해 영국을 거쳐 독일에 도착했다고 들었습니다. 노악과 더불어 기적의 존재에게로 가는 나의 유토피아 지도도 함께 소멸했습니다.

서울의 감옥으로부터 온 편지는 거기서 끝이 났다. 편지는 문득 절벽에 이른 듯 끝이 났데도 나는 오랫동안 그 편지에서 눈을 떼지 않았다. 그리고 나는 천천히 알게 되었다. 조부 노악이 그 편지 속에서 일어나 그의 원산으로 나를 부르고 있다는 것을. 그 원산으로 가는 길이 그 가을 노악이 내게 준 유토피아의 지도일는지도 모른다는 확신이 왔다.

연방 장관의 예언대로 사흘 후 나는 수도 본에서 장관을 만났다. 장관은 모든 것을 나와 청년 필에 일임한다는 말을 했다. 그는 내게 그 초청에 북한의 맹방인 동독의 입김이 컸던 것 같다고 귀띔해 주었다. 본에서 돌아온 나는 총감독과 단원들과 마주 앉았다. 그들은 나의 원산 도살장 연주 계획에 대해 절대적인 동의를 보내주었다. 그날 우리는 폭력과 불화가 있는 곳에 평화의 전령으로 파견되는 것, 현실 태인 불화에서 완성태인 평화로 나아가는 것, 초국가, 탈이념이라는 청년 필의 창단 철학을 생각하고 있었다. 회의 끝에 총감독이 내게 물었다.

"교향곡 「레닌그라드」는 연주 시간이 약 70분이오. 당신은 틀림없이 심중에 또 하나의 협연곡을 준비하고 있음이 틀림없죠, 파스칼."

총감독도 단원들도 그때 이미 누항을 생각하고 있었음이 틀림없다.

나는 평양의 당에게 바로 원산의 그 도살장에서 연주할 수 있다면 연주 초청을 받아들이겠다는 대담한 답장을 썼다. 모든 일은 음악 총감독이 조율하게 되어 있었지만 내가 직접 답장을 썼다. 그 편지 속에 내가 조부 노악의 옛 편지 사본과 그가 매년 제야에 속죄 예식을 드렸던 원산의 도살장에 관해 적었을 때 평양의 반응은 놀라운 것이었다. 평양은 내가 그 도살장에 대해 그토록 상세하게 알고 있는 데 대해 놀라는 것 같았다. 북한은 내가 한세류로부터 한 통의 편지를 받은 것을 알지 못했다. 알았더라면 결코 초청되지 못했으리라. 평양의 당은 단번에 원산 연주를 거절했다. 그들은 아주 엄숙하게 평양에는 세계 최고의 음악당들과 비교해도 손색없는 10여 개의 대규모 공연 무대가 있음을 강조했다. 평양의 답장에 따르면 원산의 그 도살장은 여전히 존재하며, 놀랍지만 10여 년 전까지도 드물게나마 도살장으로 사용되어오다 지금은 협동농장 주민들의 집회 장소로 꾸며져 소극적으로 사용되고 있다는 것이었다. 미신적인 이유는 아니지만 아무도 선뜻 옛 도살장을 다른 용도로 사용할 의욕을 가지지 못했을 수도 있다.

두 번째 편지에서 나는 유명 교향악단들이 세계 각국의 유명한 옛 폐허에서 연주했던 일들을 상기시켰다. 바로 그 폐허가 주는 역사의 힘, 상징, 광휘, 침묵의 웅변이 중요하다고 썼다. 그것이 엔텔레게이아 청년 필과 세계 청년 축전의 주최국인 북한이 세계를 향해 줄 수 있는 소중한 상징임을 나는 강조했다. 북한은 원산의 그 도살장에서 공연이 불가능함을 증명하기 위해 그 도살장 가운데 수리되어 협동 농장 행사장으로 쓰이고 있는 중앙 건물과 아직 수리되지 않은 채 폐허로 남아 몰락해 가는 부속 건물 사진들을 증거로 보내왔다. 평양으로부터 온 그 도살장의 잿빛 폐허들을 보았을 때 나는 노악을 보았던 것 같다. 나는 수년 만에 오래 울었다.

평양의 당은 평양에서 개최되는 세계 청년 축전 개막 전야제 음악회가 평양이 아닌 원산에서 열려야 한다는 데 이의를 제기했다. 그러나 도살장과 음악이라는 이 기막힌 화해의 이미지가 세계에 전할 그 상징성 때문에 원산 도살장 음악회는 결국 평양의 당의 허락을 받았다. 결국 놀랍게도 엔텔레게이아 청년 필이라는 광휘와 도살장이라는 화해의 의미가 주는 강렬한 상징이 북한의 정치적 배짱, 정치적 허영과 맞아떨어진 것이다. 원산의 도살장을 연주가 가능한 장소로 보수해 보겠다는 짧은 회신이 왔다. 나는 내심 그 도살장이 가능한 한 아주 조금만 보수되길 바랐다.

이 일은 동독 정부와 모스크바, 세계 각국의 쇼스타코비치 학회의 조언과 보이지 않는 음악 외교가 만들어낸 기적이었다. 평양도 세계에 그들의 화해 능력을 보일 필요가 있었으리라. 여객기 폭파 사건은 아직 재판 중이었다. 그즈음 한 일본 공산당 기관지의 평양 특파원이었던 로엥이란 한 사내가 피고 한세류가 자신의 친구이며 평양 시민이었음을 분명하게 증언했다는 기사가 보도되고 있었다. 어차피 세계는 그 참사가 북한의 당에 의해 계획되고 명령된 공중 테러이고 준 선전포고였다는 명백한 심증을 가지고 있었다. 그렇다고 남한이 북한에 선전포고를 할 수는 없는 일이었다. 휴전 협정 후 남북한은 이미 셀 수도 없이 많은 국경과 해안 분쟁, 불꽃 튀기는 첩보전으로 이미 30여 년간 육지와 해안에서 수백 건의 소규모 준전쟁을 치러오고 있었다. 남한은 그것을 침략이라는 말 대신 '침투' 혹은 '침입'이라는 범죄 수사적 용어로 수위를 낮춰가며 전쟁 대신 휴전이라는 분단의 숙명을 견뎌오고 있었다. 공격적인 무장 침투 조직들이 국경 부근, 산간과 해안에 늑대나 하이에나처럼 출몰했던 일을 남한은 거의 연례행사처럼 치러오고 있었다. 그러나 남북한 진영 모두가 멸망을 원치 않았으므로 그들은 서로 치명적이지 않을 정도만 공격하고 멸망하지 않을 정도로만 항의한다는 느낌을 주고 있었다. 어차피 115명의 민간 여객기 승객 학살은 북한 특수 요원인 한세류와 그의 여자 공범이 저지른 요지부동의 범행으로 밝혀졌다. 남한은 경제 부흥 중이었고 올림픽 주최국까지 될 수 있었던 비범한 행운을 북한과 대결하는 일로 무효화하고 싶지 않아했다. 휴전 상태는 두 진영의 휴전 협정서 속에 보장된 한시적인 평화 대신 30여 년간의 참을 수 없는 불확실성과 지긋지긋한 입씨름을 남겼다.

평양은 연주 프로그램을 요구했다. 북한은 우리 청년 필에 명성을 안겨준 레퍼토리인 쇼스타코비치의 교향곡 7번 「스탈린그라드」를 원했다. 스탈린에 대한 노스텔지어가 평양에 흐르고 있었는지 나는 모르겠다. 역설적이지만 그 곡의 분명한 메시지는 '반폭력'이었다. 북한이 스스로 그 테마를 원하고 있다니 충격적이었다. 그것은 도살장에서의 연주와 어울리는 것이었다. 나는 기꺼이 수락했다. 그제서야 나는 우리가 동양의 위대한 곡들에 대해 어떤 레퍼토리도 가지고 있지 않음을 알고 후회했다. 나는 「스탈린그라드」 교향곡 전에 적어도 20분짜리 협주곡을 계획하고 있음을 서면으로 알렸다. 협연곡은 아직 미정이라고 썼다. 북한은 어떤 협연이든 그 협주자가 북한에 우호적이거나 적어도 중립적인, 세계적 명성을 가진 일류 협연자가 되어야 한다는 조건을 적어 보냈다.

솔직히 나는 그때 이미 한 곡의 피아노 협주곡을 생각하고 있었고, 그 협연자는 누항일 수밖에 없다는 생각을 했다. 평양의 당, 원산의 도살장, 서울에서 온 누항의 협연, 그보다 더 세계적이고 상징적인 음악적 사건은 있을 수 없다는 생각이 들었다. 그것은 아마도 그 1989년에 이 푸른 행성인 지구에서 일어나야 할 가장 아름답고 필연적인 사건 중 하나라는 신념이 내게 있었다. 노악과 누항, 나는 소중한 그들을 원산 도살장에서 만날 생각이었다.

물론 나는 누항의 이름을 몇 달 전까지도 비밀로 했다. 모든 준비가 끝나고 세계를 향한 공식 보도가 있어야 할 때 나는 협연 곡과 협연자인 누항의 이름이 포함된 전체 연주 프로그램을 적어 평양에 보냈다. 평양의 당과 청년 필의 공식 서신은 모두 독일어로 작성되었으므로 그날 서신 속의 연주 프로그램도 독일어로 평양에 전달되었다.

Entelechie Phillharmoniker

Pascal Noack, Dirigent

Nu-Hang Ahn, Klavier

Maurice Joseph Ravel(1875-1937)

Klavierkonzert D-dur 'frürdie linke Hand'

I. Lento

II. Allegro

III. Tempo primo

****

Dmitri Dmitrizevich Shostakovich(1906-1975)

Symphony Nr.7 'Leningrad' in C-dur, Op.60

I. Allegretto-Moderato

II. Moderato poco allegretto

III. Adagio largo

IV. Allegro non troppo

Gesamtspieldauer ca. 90Minuten mit Pause

프로그램 밑에는 교향악단 참가 단원들의 이름이 제1,2 바이올린, 비올라, 첼로, 콘트라베이스, 플루트, 오보에, 클라리넷, 바순, 호른, 트럼펫, 튜바 등의 순으로 적혀 있었고 악보 담당자와 무대 기사까지 포함해 모두 123명이 참여할 것이라고 씌어 있었다.

이튿날 나는 단원들과 함께 서베를린 교향악단 본부 바로크 성에서 전격적으로 기자회견을 가졌다. 나는 남한 출신의 세계적 피아니스트인 안누항의 출연이, 그녀를 북한에 입국시키고 원산의 도살장에서 연주하게 하는 그 일이 북한의 수준을 세계에 증명하는 일이라고 발언했다. 다음날 유럽 신문들은 피아니스트 안누항과 그녀의 평양 협연과 관련하여 평양 측에 보낸 나의 제의를 문화면 톱기사로 보도했다. 평양과 서울, 115명의 학살과 절단된 누항의 오른팔이 주는 참담한 메시지가 다시 한 번 세상에 떠오른 것이다. 취리히의 한 신문은 우리 청년 필의 제안은 '115명의 피로 만든 뗏목을 타고 절단된 팔 아래 흔들리는 빈 소맷자락을 휴대한 채 화해의 길로 가는 일에 관한 것'이라고 썼다. 평양은 나를 남한의 하수인이라고 욕설을 퍼부었다. 곧 평양으로부터 모든 초청 과정을 무효화한다는 전갈이 왔다. 그 후 그들은 모스크바에 있는 한 세계적 교향악단에 초청 의뢰를 보냈던 모양이다. 모스크바와 동베를린과 바르샤바에서 나의 제의를 받아들이고 엔텔레게이아 청년 필을 초대하라고 조언했던 모양이다. 평양 축전 측이 우리 청년 필을 초청했다는 소식은 이미 세계에 보도된 후였으므로 평양의 당이 깊이 고심했음은 물론이다. 그들은 모스크바와 동베를린과 바르샤바의 조언을 받아들여 내게 새 편지를 보냈다. 그들은 법적으로 남한 국적 소지자가 북한에 입국하는 것은 헌법으로 금지되어 있다고 썼다. 그러나 조국통일 5대 강령 중 제2항, 남북한 문화 교류 적극 실현 원칙에 의거해 대담한 정치적 해석을 시도해 보겠다고 썼다. 결국 협연자인 누항과 청년 필 단원 전체를 하나의 교향악단으로 인정하여 닷새간의 입국과 체류 허가를 발급하도록 숙고 중이라고 했다.

어차피 세계 청년 축전 기간 동안 평양은 북한 헌법에 규정된 적과 동지의 개념을 뛰어넘어 모든 참가자가 평양에 입국할 수 있는 시한부의 해방 구역이 되는 셈이었다. 평양은 다른 선택의 여지가 없었다. 우리 청년 필의 초청을 취소할 경우 평양 청년 축전 참가 신청국들이 한 달 후 열릴 정식 축전을 거부할 가능성은 의외로 컸다. 세계는 평양이 어떻게 민간 여객기 학살 지령국에서 그들 손에 묻은 학살의 피를 씻고 상징적이나마 평화 상태로 복귀할 것인지 주목하고 있었다. 세계 정치 무대에서의 고립은 곧 죽음과 불명예를 의미하는 것임을 평양도 잘 알고 있었다. 누항의 평양 연주는 남한에도 까다로운 법해석과 적용이 필요한 문제였으리라. 결국 누항은 남북 모두로부터 북한에 정식초청된 엔텔레게이아 교향악단의 협연자 자격으로 평양 입국 특별 허가를 받았다. 평양 연주가 그렇게 확정되었을 즈음 서울 올림픽이 폐막되었다. 서울로부터 올림픽 성화 작별식이 온 세계에 중계되었다. 서울 올림픽은 대성공이었다. 불상사 하나 없는. 단지 신화적인 단거리 선수가 흥분제인 아나볼리카를 복용했다는 도핑 사건이 내내 화젯거리가 되었다.

여담이지만 나는 사실 평양의 당보다 누항을 설득하는 일이 더 어려울까 봐 겁이 났다. 그때 누항은 감옥에 있는 세류를 만나본 후 평양행을 결정짓겠다고 통고해 왔다. 그녀가 마음의 결정만 내린다면 그녀 생애 최고의 연주를 해낼 것이라는 확신이 내게 있었다. 그렇다. 누항은 그때 세류를 방문한 후 평양 무대에 서겠다고 대답했다. 그녀는 머리엔 가발 없이, 그리고 오른쪽 상완에 의수 없이 평양 무대에 서겠다고 말했다. 내가 공연 장소가 평양이 아닌 원산의 옛 도살장이라고 말했을 때, 그녀는 전화선 저편에서 "세상에!"라고 짧게 독백했었다.

누항

학살자 한세류는 어두운 감방에 앉아 있었다. 그는 마치 기름이 동이 나 심지가 꺼져버린 램프 같았다. 아니, 산탄총의 저격을 받은 채 철창 속에 갇혀버린 상처 입은 짐승 같았다. 어두운 정물이었다. 그의 앞에 섰을 때 내가 왜 문득 칼 오르프의 카르미나 브라나 중 '운명은 상처를 입힌다'와 '처녀는 서 있었네'의 처연한 멜로디를 생각했는지 모르겠다.

세류의 눈을 보았을 때 그 학살자에게서 풍기는 진지함과 치열한 체취에 가슴이 철렁 내려앉았다. 이 학살자가 길을 잃었듯 나도 길을 잃었음을 알았다. 그렇다, 우리는 서로 토론할 것이 있었다. 학살이라는 대격변을 치른 후 우리는 학살자와 피해자로 그렇게 서로 마주 보고 서 있었다. 그도 나도 희망이 완전히 정지된 지점에 도착해 있었고 길을 잃었음이 자명했다. 그는 사형수로 죽을 것이고 나는 오른팔 없이 평생을 살아야 하는 극단에 도착해 있었다. 그런데도 우리는 사형수 이전, 절단 수술 이전처럼 여전히 삶을 이해하지 못한 채 다른 차원의 암흑 속에 추락해 있었다. 그 암흑 속에서 나는 어렴풋이 삶이 그 어둠 속에 그어놓은 화살표를 보는 기분이 들었다. 그 남자, 감옥 창살 저편에 상처 입은 시베리아 호랑이처럼 서 있는 그 남자가 바로 177센티미터짜리 화살표였다.

그의 눈은 평균적인 도덕과 평균적인 위선, 평균적인 수입과 평균적인 비겁함으로 절여진 평균 175센티미터 신장의 오이 피클처럼 살아가는 남자들과는 다른 빛을 띠고 있었다. 그의 눈은 혼자서 직접 회의와 의심의 터널을 건너온 사람만이 가지는 다른 볼트의 광도로 빛나고 있었다. 그는 어떻든 미친 유토피아에 뛰어든 소수의 도전자들 중 하나였다. 혁명 전사라는 이름의 학살자임에도 불구하고 그에게서는 방황하는 인간의 냄새가 났다. 저 아득한 인간 체취, 방황과 좌초 속에서도 신세계에 눈이 멀었던 오디세이나 이카루스의 향기 말이다. 눈멀지 않으면서 이 속물을 벗고 저 신세계로 갈 수 있는 다른 왕도가 대체 있단 말인가. 그는 성인인데도 아직도 정액 이전의 상태로 남아 회색 덩어리로 부유하는 저 진절머리 나도록 미숙한 집단인 다른 남자들과는 달랐다. 학살자도 대체 저런 모습을 하고 있을 수 있단 말인가. 어떻든 그는 의심, 회의, 희망, 절망 같은 색색의 줄로 자기 목에 걸릴 교수형 밧줄을 짰다.

그러나 그는 적어도 그에게 배달된 계산서 — 사형 — 를 자기 목숨으로 지불할 준비가 되어 있는 채무자였다. 항소라는 떠들썩한 연극과 변명 없이 마지막 재산인 목숨으로 학살을 변제하겠다고 명백하게 진술한 가해자였다. 주저함 없이 죽음을 맞이하려는 그는 학살자와 순교자의 얼굴을 동시에 지니고 있었다. 다 거덜 난 유토피아라는 난파선 같은 감옥 철창을 뱃전처럼 움켜잡고 있는, 검버섯이 피기 시작한 창백한 그의 두 손을 나는 보았다. 그렇게 함으로써 그는 '작전명 유토피아'가 결국 서울의 사형수 독실 감방에서 산산이 찢긴 핏빛 닻을 내리고 있음을 증명해 주고 있었다. 두 개의 분단, 두 개의 이념, 두 개의 유토피아 사이에서 존재가 비틀리도록 입덧을 치뤘던 저 과민한 인간. 감옥에서도 베토벤의 「환희」를 듣고 싶다고 했다는 저 남자. 그는 기꺼이 장님이 되어 마시지 말아야 할 마지막 푸른 독— 유토피아—을 마셨던 것이다. 저 사내의 가슴에 단검처럼 박혔던 유토피아. 그곳에 당도하기 위해 두 손에 꼭 움켜쥐고 올랐던 두 장의 탑승권인 두 덩이 침향. 그런 탓일까. 그에게서는 아직도 매캐한 화약 냄새가 났다. 내 삶은 이 지점에서 저 사내를 만나도록 운명 지워져 있었던 것일까. 그는 마치 삶의 의미를 묻는 스핑크스처럼 내 성문 앞에 앉아 있었다. 학살자이면서 동시에 이정표인 그 남자가. 저 사내를 만나지 않고는 내 삶은 이 길을 통과할 수 없었던 것일까. 더구나 자살한 김청조는 나와 동갑이라고 하지 않았던가. 그날 학살자인 그가 내게 건넨 말은 짧았다.

"프라하의 신년 음악회를 기억합니까? 당신은 그날 라흐마니노프의 「파가니니 광시곡」을 연주했지요. 나는 그날 그 드보르자크 홀의 객석 13열에 앉아 있었습니다. 당신 연주를 듣고 싶어 당의 금지령도 어겼지요. 당신 연주는 황홀했소. 2년 후 나는 '작전명 유토피아'를 통해 당신의 오른팔을 베어내도록 저주받았소. 그것이 내게 내려진 최고의 저주였소."

면회를 마치고 수많은 독방 감옥 창살들이 쇠비린내를 풍기고 있는 긴 복도를 빠져나오며 나는 복도에 울리는 내 구둣발 소리에 알았다. 내가 평양에 가게 되리라는 것을. 그가 시한폭탄 두 덩이를 들고 서울에 왔듯, 나는 라벨의 「왼손 협주곡」 악보를 들고 평양으로 간다. 나는 그가 폭파시켜버린 내 오른팔을 넘어 남아 있는 왼손에 시한폭탄 대신 라벨의 악보를 들고 평양에 간다. 학살자 한세류라는 저 이정표를 통과하여 나는 원산으로 간다. 그는 용서할 가치가 있는 남자였다. 그는 용서할 가치가 있는 좌초였다. 아니, 내가 살기 위해 그를 용서하는 것 외에는 별 도리가 없음을 알았다. 감옥 복도 끝 입구를 빠져나올 때 나는 흔들리는 오른팔의 빈 소맷자락이 문틈에 끼일까 봐 왼손으로 가만히 그 빈 소맷자락을 잡았다. 나는 그날 처음으로 그렇게 내 오른손의 부재를 침착하게 인정하고 있었다.

내가 분단의 칼에 팔이 잘린 마지막 여자이기 위해, 안빈 총영사와 115명의 승객이 분단의 칼에 도살된 마지막 희생자가 되기 위해, 나는 바로 가해자의 땅인 원산 도살장에서 남아 있는 왼팔로 라벨을 치고 싶었다. 피아노라는 여신의 상앗빛 가슴을 다 풀어헤치고 나와 피아노가 만들어내는 폭포 같은 화해의 젖을 원산이 마시게 하고 싶었다. 내가 탄주하는, 음악이라는 아리아드네의 실로 분단이라는 미친 미궁에서 조국을 구조해내고 싶었다. 가해자의 땅인 북한에 가는 것, 잘린 팔과 다 타버리고 돋지 않는 머리로 그 도살장에서 라벨을 연주하는 것, 그것이 운명이 내게 아직도 한 팔을 남겨둔 이유인지도 모른다는 생각이 들었다. 그 소명에 응답하는 것만이 피아니스트로서 내가 분단된 조국을 향해 할 수 있는 마지막 음악적 웅변일는지도 모른다는 생각이 들었다. 이 모든 것은 내 인식 저편에 있다. 재앙이 저 사내와 나를 비극이 선사하는 이 지독한 밀의에까지 입장하도록 허락하고 있었다. 저주, 증오, 복수, 화해와 용서가 뒤엉킨 이 의미의 카오스 속으로. 우리의 발밑은 절벽이다.

한 여간수가 감옥의 출구까지 나와 동행했다. 감옥 복도가 끝나갈

때 나는 유토피아라는 위조지폐를 겁 없이 찍어내고 있는 한세류의
당과 수령을, 그리고 지상의 다른 수많은 정치가들을 생각했다. 감옥
출구가 열릴 때 저 사내 한세류가 감방 속에서도 간절히 듣고 싶어했
다던 베토벤 「환희」의 마지막 합창이 생각났다.

"인류여, 뒤엉키라! 휘감기라! 얼싸안으라! 포옹하라!"

묵직한 쇠빗장이 걸린 그의 사형수 독방 감옥 저 너머로 알량한 행
복과 이익을 지켜내기 위해 매일 벌어지고 있는 삶이라는 경범죄로
가득 찬 도시가 열려 있었다.

돈과 치즈로 덮인 도시가.

누항

　서베를린 바로크 성 안에 있는 교향악단 총연습장에서 나와 마주 앉은 파스칼은 자신이 침묵하는 것이 좋겠다는 것을 알았던 것 같다. 비행기 폭파 사고와 오른팔 절단 수술이 있었던 저 가을과 원산 도살장 연주회를 앞둔 이 봄 사이에 마치 아무 일도 없었다는 듯 그는 자신의 총보를 꺼내놓으며 마주 앉았다. 나는 서울에서 그가 내게 선물했던 바로 그 라벨의 악보를 펼쳤다. 그는 늘 그렇듯이 "시작합시다."라고 짧게 말했다.

　"43번, 퓨비보에도 악첼레란도 말입니다."

　내가 말했다. 우리는 함께 오작교처럼 늘어선 아름다운 8분음표의 숲을 바라다보았다.

　"어떻게 연주하고 싶으시죠?"

　그가 의도적으로 객관적 경어체로 물었다. 나는 악첼레란도라고 씌인 43번 부분의 지시어를 다시 보았다. 악첼레란도는 '점점 달려가

듯이' 라는 지시어이다. 파스칼은 라벨에 대한 경험이 많은 남자였다. 그는 피아니스트 시절에도 라벨과 프랑스 작곡가에 심취해 있던 남자였다. 더구나 그의 교향악단은 고전에서 근대에 이르는 폭넓은 레퍼토리를 가지고 있었다. 그런 지휘자들은 자신의 구체적인 경험을 통해 이 추상적 부분——점점 달려가듯이——같은 곳에 명료한 해결책을 가지고 있는 법이었다. 그 곡상, 비범한 리듬과 창조적 속도에 대한 답은 이미 손 안에 쥐고 있는 법이었다. 그러나 명료한 해결책, 그 구체적 지시에도 불구하고 사실상 이런 부분은 적어도 50가지 이상의 해석이 가능했다. 물론 대개의 지휘자들은 이런 부분을 피아니스트의 독자적인 해석에 맞춰 연주할 준비가 되어 있었다. 피아니스트들은 피아니스트들대로 이런 부분에서는 지휘자들의 실용적 지시를 들을 준비가 되어 있었다. 나도 경어체로 말했다.

"전 이 부분을 조금 느리게 칩니다. 그러니 알고 계십시오. 또 50번 카덴차는 의도적으로 레가토로 연주하려고 하니 제 독주 부분을 모두 들어주신 뒤 오케스트라로 들어가주십시오."

그 부분은 무려 여섯 페이지 정도의 피아노 독주부가 시작되는 곳이었다. 격정적인 포르테가 산맥처럼 등장하고 그래서 닥치는 고독은 더 깊었다. 아아, 이 곡은 도처에 극단과 긴장이 만연해 있었고 그래서 심장은 자주 폭발하는 것 같았다. 그 곡의 극단이 왼손을 기꺼이 혹사하게 하고 있었다. 왼손 근육으로 전해 오는 타격도 깊었다. 파스칼은 진지하게 메모했다. 그는 나의 카덴차 부분에 기대가 크다는 느낌을 눈으로 전했다. 아니, 그 독주 부분에 대해 얘기할 때 그는 내가 이 부분에서 무엇인가를 음으로 말하거나 신음하고 싶어한다는 것을 알았다. 그렇다. 내 왼손은 이 카덴차에서 이 곡의 가장 고독하고 카리스마적인 구간을 지난다. 그곳은 피아노가 맘껏 자신의 창조적 해석을 누릴 수 있는 부분이기도 하다. 영웅적인 도입부가 지나고 두 개의 주제, 두 개의 이념이 대결하는 이 치열한 음악의 웅변 속에서 나는 잘린 오른손을 휴대한 채 벌떡 일어나 왼손만으로 피아노의 전 우주인 88개의 건반을 가차없이 통제해내는 카리스마를 선보이게 된다.

"이 부분에 관한 한 누항 당신에게 모든 재량권을 주겠어요."

파스칼이 말했다. 나는 파스칼을 보지 않았다. 이 부분에서 지휘자가 연주자에게 모든 재량권을 준다는 것은 곧 연주의 영광과 지휘자의 신뢰를 모두 내게 선물한다는 것을 의미한다. 감사 대신 나는 악보를 탁자 위에 놓았다. 악보 가득 넘치는 극적인 멜로디와 아름다운 레가토를 요구하는 음표들이 물결쳤다. 어차피 이 곡은 전체가 격렬한 재앙이며 동시에 환희이다.

단지 홀로 살아남은 왼손으로 나는 피아노의 우주인 전 건반을 통치해 나가리라. 라벨은 이 곡을 통해 더 본능적이고 더 피아노적인 그 무엇을 보이고자 의도하고 있다. 재즈 리듬의 볼레르풍이 뿜어져 나오는 14번, 스타카토 후 레가토로의 비범한 추락이 필요한 16번, 바순이 터져나오는 28번, 제1테마가 다시 등장하는 327번 마디 등에 대해 파스칼은 언급했다. 나는 그때 그가 언젠가 했던 말을 생각했다. "연주란 작은 음까지도 모두 지진이지요."

오케스트라가 입장하고 연습이 시작되자 첫 음에 벌써 존재의 통증이 왔다. 양친의 집 연습실에서 무려 열 달 이상을 신들린 듯 연습한 곡인데도 첫 음에 영락없이 통증이 오고 있다. 이 곡은 악장의 구분 없이 렌토와 안단테 알레그로를 거쳐 피날레로 거침없이 몸을 던진다. 카덴차에서 윗소리와 아랫소리는 극단적으로 벌어진다. 이때 몸체와 어깨의 견고함이 중요하다. 오케스트라는 내 피아노 독주 부분을 다시 받아친다. 97번 안단테에서 제2바이올린이 솟아올랐다. 이때 피아노 건반은 '레'까지 올라간다. '레' 음은 너무 높아 오른쪽 둔부에 힘을 견고하게 실어놓지 않으면 의자 아래로 추락할는지도 모른다. 가령 12번은 활이 현 위에서 튀듯 고도로 숙달된 엄지의 기적적 탄력이 필요하다. 완벽하게 숙달된 엄지가 아니면 연주 불가능한 지점이 바로 그 12번이었다. 이 부분을 통과하기 위해 그동안 내가 얼마나 엄청난 양의 손목 운동을 반복해야 했는지 모른다. 더구나 온몸의 균형은 사납도록 왼쪽으로 몰려와 있었으므로 연습 때마다 왼쪽 허리 부분에 예정된 통증이 왔다. 왼발로는 바닥을 계속 견고히 짚고 오른발로는 위치에 따라 힘을 조절하는 반복 훈련이 필요했다. 206번에서 운명적으로 주제가 고음까지 올라간 후 다시 오케스트라와 제 박자에 맞추기 위해서는 피아노의 정확한 리듬이 생명이었다. 어떤 부분에서 오케스트라는 고집스러울 정도로 견고하고 고정된 음을 냈다. 탄식하듯 계속되는 오케스트라의 피아니시모.

제2주제는 렌토의 속도로 서럽고 외롭게 쏟아져 나온다. 그 뒤로 증인처럼 심장의 고동 소리가 겹쳐오면서 타악기가 추가되기 시작하는 것을 나는 듣는다. 그것이 죽음의 진군, 죽음의 행진이다. 불안의 점령이 고조된다. 그러고는 마치 마녀의 광란 같은 선정적 혼돈이 다가온다. 트럼펫이 첨가되면 광란의 춤은 혼돈과 어둠의 극치를 이룬다. 그리고 다시 스케르초가 습격해 온다. 두 개의 카덴차가 포함된 이 곡. 그 아래로 저음 악기들이 심해의 신비한 어족처럼 울었다. 라벨의 양손 협주곡인 '사장조'의 시작은 물의 유희 같은 8분음표들의 미칠 듯한 약동으로 시작했다. 그러나 왼손 곡인 이 심미적인 라장조는 다르다.

비극적 위엄으로 가득 찬 이 곡 앞에 앉으면 내 왼손의 다섯 손가락은 더 이상 내 육체에 운 좋게 남아 있는 빈약한 연장이어서는 안 된다. 등대처럼 악보 곳곳에 잠복한 채 거대한 입을 벌리고 있는 크레셴도는 내게 존재가 찢어질 정도로 한계를 걷어차고 존재를 확장시켜 나가라는 단호한 정언명령처럼 보인다. 그럴 때 내 왼손은 힘찬 글리산도와 열렬한 아르페지오(펼침화음)로 뒤엉킨 사나운 파도 같은 음들을 좌측 건반 마지막에서 우측 건반 마지막까지 가차없이 실어 날라야만 한다. 88개의 전 건반, 88개의 시퍼런 도끼날 같은 이 위험한 악기로 소리를 다스리고 빚어내야만 한다. 그러면서도 두 손이 연주하는 듯한 장엄한 위력을 잠시도 잃어서는 안 된다. 고통의 침전물들은 건반 아래로 스며들어 눕는다. 곡이 진행될수록 제1주제와 제2주제, 두 개의 이념은 더 이상 대립하지 않고 서로 당당하게 화해한다. 그때 세 마디에 걸린 눈부시게 화려한 내 피아노의 아르페지오가 등장한다. 오케스트라와 심벌이 함께 절정으로 치솟아오른다. 그리고 습격 같은 피날레가 온다.

모든 음들 하나하나가 통증이며 신음이고 몸부림일 줄은 몰랐다. 파스칼도 피아노 건반에서 불어오는 이 추상적 포효를 짐작할 수 없으리라. 불길이 내 오관의 외피를 몽땅 태워버린 것일까. 나는 마치 내가 연주한 음들이 유탄처럼 날아와 새살이 돋지 않은 상처 한복판에 와 박히는 것을 본다. 화상으로 외피가 다 벗겨진 내 존재의 내피로 나는 아프게 그 소리들을 받는다. 보청기 사용자였다가 돌연 청력을 회복해 버린 자처럼 나는 거의 30년 만에 비로소 소리의 정체를 듣는 기분이 들었다. 내 육질을 뚫고 삼투해 들어와 다른 차원으로 울리는 저 소리의 정체를.

파스칼

평양으로 가는 비행기 속에서 나는 작고 얇은 오페라 「파르시팔」의 대본을 펼쳤다.

'그대에게 상처를 준 이 창만이 그대의 상처를 고칠 수 있다.'

며느리인 어머니를 위해 조부 노악 선교사가 푸른 잉크로 적은 인용문. 노악 선교사는 배를 타고 평양으로 갔으리라. 그리고 그가 죽은 지 50여 년 후 지금 내가 평양으로 가고 있다. 단원들과 함께 나는 동서독 국경인 서베를린 찰리 검문소에서 통과 비자를 받았고 영토인 동베를린의 쇠네펠트 비행장에서 모스크바행 소련 비행기를 탔다. 모스크바에는 우리 교향악단만을 위한 북한 항공 조선 민항 특별편이 기다리고 있었다.

혼례를 앞둔 열아홉 살짜리 며느리에게 바그너의 마지막 작품인 「파르시팔」의 오페라 대본을 선물로 줄 때 조부는 알았을까. 바로 그 책을 손에 들고 그의 마지막 임지였던 원산으로 자신의 이름을 그대로 물려받은 손자인 내가 가게 되리라는 것을. 그것도 바로 그가 진혼 예배를 드렸던 원산의 그 도살장으로. 한국인들은 그것을 진혼 예배 대신 진혼굿이라고 불렀다고 한세류는 썼다. 그가 운영했던 고아원이 그랬듯 그 도살장도 신이 그에게 지정해 준 성스러운 임지였다. 내가 지금 그곳으로 가고 있다. 부친 에곤은 노악 선교사가 나이 서른이 훨씬 넘어 얻은 늦둥이었다. 그 외아들이 나이 스물에 혼례를 치르자마자 노악은 중국을 통해 생애 마지막 임지가 된 한국의 원산으로 들어갔다는 것이다. 물론 노악은 그전에 다마스쿠스에서 선교 기간을 거친 것으로 알려졌다. 부친 에곤은 조부 노악이 다마스쿠스의 비단 공장 부근 숙소에서 보낸, 다마스크라는 아랍어 우편 소인이 찍힌 옛 편지 한 장을 보관하고 있었다. 다마스쿠스로 가기 전에 노악은 이미 아내를 잃었다.

　일부러 뉴욕에서 비엔나를 거쳐 모스크바로 가지 않고 출발지를 분단 도시이며 청년 필 본부가 있는 서베를린으로 택한 것은 나였다. 출발 전 나는 하이델베르크에 들러 부친을 방문했다. 부친은 내가 조부의 마지막 임지, 그것도 바로 그 원산 도살장에서 음악회를 지휘한다는 사실에 격렬한 충격을 받고 있었다. 그 고가구 수선가는 넥타이를 매고 단출하고 짧은 하이델베르크 중앙역 플랫폼에 서 있었다. 그는 늘 그렇듯 스페인산 바스크 모자를 쓰고 있었는데, 그것은 대머리를 가리기 위한 그의 오랜 습관이었다. 그는 악수하면서 나를 끌어안았다. 일생 파괴된 것들을 기막히게 복원해 온 손이었다. 젊은 시절, 그는 수십 개의 고성과 전쟁 때 파괴된 도서관들의 복원 작업에 참여했다. 그는 옛 건축물이나 가구들에 대해 지칠 줄 모르는 경탄을 지니고 있었으므로 그보다 더 열정적으로 그 일을 할 수 있는 사람은 없었다. 정년퇴임 후 그는 고가구나 옛 시계들의 수선을 주문받아 자신의 작업실에서 일했다. 지층에 있는 그의 작업실은 천여 개의 크고 작은 연장들로 가득 차 있었고 그곳에서 그는 그의 고대와 중세를 살았다. 그를 세상과 연결시키는 것이라고는 작업실 구석에 놓인 올리브색 구형 전화기 한 대뿐이었다.

그의 두 손 아래서는 모든 것이 주저 없이 복원되었다. 그러나 그는 무너져버린 자신의 결혼 관계를 복원하지는 못했다. 어머니가 한 물리학자와 동거를 시작한 이후 그는 수염을 기르기 시작했다. 그는 그녀의 통정에 대해 단 한마디도 하지 않았다. 단지 그는 나와 여동생 이브옛에게 어머니가 자신과 물리학자 중 자신이 아닌 물리학자를 선택했다고 짤막하게 보고했을 뿐이다. 우리가 학교 스키 캠프에서 돌아온 날 밤의 일이었다. 우리가 남부 흑림(黑林)에 있는 스키장에서 보냈던 그 일주일이 문제였다. 그 짧은 기간 동안 아버지와 어머니의 혼인 관계는 무효가 되어 있었다. 어머니는 새 남자에게 너무도 열중해 있어서 부친이 우리를 키우겠다고 말했을 때 주저함 없이 동의했다. 가정법에 따라 주말이면 우리는 그녀에게 갔고, 그곳에서 그녀가 밤이면 아버지가 아닌 새 남자의 품에서 교태에 찬 소프라노로 사내와 통정하는 소리를 들었다. 나는 그제서야 그녀가 노악 선교사의 혈통이 아니라는 사실을 알았다. 노악 가문에는 이상하게도 엄숙하고 스토아적인 것이 흐르고 있었다. 그것은 노악 가문의 일원이 선교사가 되었건 문화재 복원가가 되었건 지휘자가 되었건 마찬가지였다. 동생 이브옛은 예외였다. 그녀는 대학에 입학하기 전에 세계일주를 떠났고 귀국할 때는 임신해 있었다. 호주 사탕수수 밭에서 한 노동자와의 눈먼 정사가 문제였던 것이다.

나는 그렇게 서베를린으로 떠나기 전 단 하루를 아버지 곁에서 지냈다. 우리는 대부분의 시간을 아버지 정원에 있는 유다나무 아래에 앉아 있었다. 전승에 의하면 그 나무는 가롯 유다가 스승인 예수를 배신한 후 목매어 자살한 나무로 알려져 있었다. 유다나무는 그해 한 달 먼저 심홍빛 꽃을 활짝 피웠다. 그것은 너무 붉어서 절절한 자색처럼 보일 지경이었다. 그래서 유다나무는 꽃을 피운다기보다는 마치 각혈하듯 꽃을 토해낸다고 조부 노악은 말했다는 것이다. 조부 노악은 아마도 각혈하듯 피는 그 심홍빛 꽃이 배신자 가롯 유다의 통절한 후회라고 생각했으리라. 어떻든 조부 노악이 청년기를 보낸 라이프치히 음악가 구역 베토벤 가에 있던 집 후원에는 초여름이면 유다나무가 절절하게 꽃을 피웠다는 것이다. 그것은 마치 후원의 붉은 보석 같았다는 것이다.

동베를린 노동자 봉기 때 부친은 조상의 집을 버리고 쫓기듯 서독으로 피신해 와 하이델베르크에 정착했다. 실향민이 된 그는 초여름만 되면 그 유다나무 꽃이 그리워 절절맸다는 것이다. 부친은 서정적이라기보다는 지독하게 즉물적인 남자였다. 그런데도 그 유다 꽃은 동독에 두고 온 댄스파티에서 만난 아름다운 소녀 헬가, 그가 동정을 바쳤던, 회사 실습생 시절의 연상의 여비서였던 첫사랑 미리암보다도 더 그리웠다는 것이다. 하이델베르크에 헌 집을 사들여 손수 증축한 후 그가 했던 최초의 일은 수목원에서 유다나무를 구하는 것이었다. 당시에도 서독에서 유다나무를 구하는 것은 어려운 일이었다. 결국 수목원 주인의 도움으로 그는 그의 정원에 그리스산 유다나무 한 그루를 가지게 되었다. 그날로부터 유다나무는 그의 정원 한가운데에 낮은 등대처럼 서 있었다. 그리고 부활절이 지나고 오순절이 되면 문득 정원 한가운데에서 등대처럼 붉고 돌연한 불꽃을 피웠다. 그때마다 나는 부친이 조부 노악을 그 꽃 속에서 만났다고 장담할 수 있다.

그의 정원에 만개한 유다나무 사이로 맞은편 골짜기에 자리 잡은 옛 수도원이 바라다보였다. 아버지는 일주일에 한 번 그 수도원의 수도사가 판매하는 살균되지 않은 우유를 사러 갔다. 살균되지 않은 우유를 마시는 것은 아주 위험하다고 내가 말렸지만 자연식 예찬자인 그는 자신의 소신을 꺾지 않았다. 우리는 잠시 환경 정당이자 평화운동가들인 녹색당 소속 당원들에 대해, 아버지 정원에 살고 있는 뇌막염을 매개하는 위험한 진드기들에 대해, 그리고 원인 모르게 늘어나고 있는 그의 혈액 속의 백혈구 숫자들에 대해 잡담했다.

나는 아버지가 나를 더 이상 아들이 아니라 지휘자로 대하고 있음을 알았다. 그는 내가 그의 고향 부근에 위치한 드레스덴 젬퍼 오페라하우스에서 오케스트라를 지휘했다는 사실을 감격에 차서 거듭 회상했다. 그날 밤 나는 이층 침실로 올라가기 전에 계단 구석에 놓인 낡은 피아노가 깨끗이 닦여 있는 것을 보았다. 피아노 앞에 달린 촛대 장식에는 두 자루의 새 양초가 꽂혀 있었다. 그것이 아버지가 아들을 맞기 위한 준비임을 나는 알았다. 계단을 내려가 피아노 앞에 앉았다. 마호가니 뚜껑을 열고 바그너의 「파르시팔」 종막에서의 파르시팔의 독창, '그대에게 상처를 준 이 창(槍)만이 그대의 상처를 낫게 하리라.'의 멜로디를 연주했다. 그 연주가 잠시 그를 신부 크레테와 부친이 공동소유했던 사랑의 날들로, 아직 다치지 않고 남아 있던 행복의 날들로 접어들게 했다. 아버지가 내 어깨에 손을 얹었다.

"조부 파스칼 노악을 만나 뵙거든 그의 아들 에곤은 잘 있다고 전해라. 노악 집안의 사내답게 늙고 있다고. 또 정직하고 성실했다고. 널 초대한 것은 평양의 조선 노동당이 아니라 조부인 노악 선교사야. 두 파스칼이 50년 후 이렇게 만나게 되는구나."

두 명의 파스칼, 조부와 나 사이에는 많은 사건이 있었다. 독일 패전, 동서독 분단, 동독 건국, 화폐개혁, 노동자 봉기……. 동독 건국 후 숱 많은 머리를 땋아 얹은, 동독 조폐공사 대표가 된 여자는 한때 조부의 여자 친구였다.

어머니에게는 전화를 걸지 않았다. 어머니는 이미 노악 선교사의 며느리가 아니었다. 시아버지인 선교사 노악의 추억은 불운하지만 지속적인 애정 편력을 가진 그녀에게는 가혹하도록 금욕적일지도 모른다는 생각 때문이었다. 그녀는 새로운 남자들과 거듭 불행한 연애에 빠졌고 사정은 점점 더 나빠졌다. 만년의 그녀는 약간 망가진 헝겊 인형 같은 얼굴을 하고 있었다. 그래도 우리는 늘 생일이 되면 그녀를 방문했고 그녀의 파선을 묵묵히 확인했다. 그래도 나는 대화 중에 그녀가 아직도 남자들을 유혹할 교태를 잃지 않고 있으며 기회만 오면 다시 사랑에 빠질 준비가 되어 있음을 알 수 있었다. 여동생 이브옛은 어느 날 내게 말했다.

"그녀 안에 집시의 피가 흐르고 있는 것이 분명해."

"그렇다면 우리 안에도 그 작은 집시가 있겠지."

그때 리스트의 「헝가리 광시곡」이 생각났다. 광시곡 속에 들어 있는 헝가리 집시들의 유랑. 그것이 집시들의 병이고 힘이었다. 삶을 대하는 어머니의 경솔함은 가히 범죄적이었다. 사랑이 만든 황무지가 바로 그녀였다.

지난해 어머니와 헤어질 때 마로니에가 지고 있었다. 신호등 부근에서 우산을 등에 멘 채 한 굴뚝 청소부가 전통 복장으로 하행 버스를 기다리고 있었다.

"행운의 징조야."

어머니가 속삭이듯 내게 말했다. 굴뚝 청소부는 행운을 가져다준다는 전승을 그녀는 믿고 있었다. 그녀가 그 늙음 앞에서 바라는 행운은 과연 어떤 것일까. 그녀는 혹 부친 에곤에게로 다시 돌아갈 꿈을 꾸고 있는 것은 아닐까. 그 경솔한 여자는 끝없이 그녀의 희망을 향해 전진했다. 도리어 희망하지도 타락하지도 않은 채 금욕적으로 살아가는 부친이 생에 대해 더 불순한 것은 아닐까.

이튿날 부친은 나를 그의 늙은 차로 프랑크푸르트 공항까지 실어다 주었다. 그의 차는 늙었으나 나는 그가 그의 자동차 운전대 아래에 있는 코일스프링에서부터 밸브 장치 속 타이밍 기어에 이르기까지 모든 관절들을 완벽하게 파악하고 있다는 것을 알고 있었다. 운전대 앞에 앉으면 그는 그야말로 차의 지휘자였다. 그는 나사들의 낡은 정도와 대체 기간까지 머리 속에 넣고 있었다. 그의 자동차 부품들은 교체되어야 할 시간에 정확히 폐기되고 교체되었다.

자기 영토인데도 베를린 영공으로는 독일 여객기 운항이 금지되어 있었으므로 나는 미국 항공사 비행기를 타고 서베를린으로 갔다. 그것이 독일이 아직도 세계 역사에 빚을 지고 있으며 전범 국가의 지위에서 복권되지 않았음을 증명해 주는 것이었다. 서베를린 테겔 공항에서 잠시 인터뷰가 있었다. 주작 항공 901기 폭파 사건, 누항의 잃어버린 팔, 그녀의 평양행, 원산의 옛 도살장이 주는 파격과 과격성 때문에 기자들도 그 연주회가 갖는 시대적 상징성 안에서 길을 잃고 있었다. 한 기자가 내게 혹시 안누항과 연인 관계인지를 물었던 것도 기억난다. 단원들과 함께 나는 동서독 국경인 베를린 체크포인트 찰리에서 국경 통과 도장을 받은 후 서베를린을 지나 동베를린 쇠네펠트 공항으로 갔다. 공항으로 가는 길목에서 나는 거리에 세워놓은 거대한 동독 공화국 수립 40주년 기념 선전탑을 보았다. 나는 당시에 그즈음 인접국 국경을 통해 끊임없이 조국 동독을 탈출하고 있는 동독 시민들을 잠시 생각했다. 파선 직전의 거대한 선박에선 쥐들이 탈출한다는 알레고리가 생각났다. 동독은 파선 중인 것일까. 공항에는 모스크바행 비행기가 우리를 기다리고 있었다.

　모스크바 공항에서 우리는 누항과 합류했다. 그녀는 백러시아 여자들처럼 황금빛 스카프를 머리에 쓴 채 공항 특별 대기실에서 우리를 기다리고 있었다. 우리는 첫눈에 그녀가 왜 스카프를 쓰고 있는지 알았다. 바로크 성에서의 총연습 후 우리는 헤어졌다. 우리는 그녀가 교향악단과 동행하길 원했지만 그녀는 거절했다. 협연자들은 대개 연주하기 전에 집중하기 위해 혼자 있고 싶어하는 법이다. 동구권에서 연주한 경력이 있는 그녀에게 동구권 통과는 문제될 것이 없었다. 황금빛 스카프를 두른 그녀는 아직도 재앙에 질린 채 창백한 느낌이었지만 그래서 더 아름다웠다. 모스크바에는 평양의 당이 보낸 평양행 조선 민항 특별기가 기다리고 있었다.

　비행기는 얼음과 늪지대, 청회색 땅과 갈라진 얼음, 물이 고인 심연의 호수들을 지났다. 집들은 그때까지도 눈과 얼음에 덮여 마치 아연으로 만든 모형 집 같았다. 석양은 지독한 미모였다. 그것이 모스크바와 이별하고 옴스크에서 우랄로 가는 길인 시베리아였다. 비행기는 그렇게 대기 온도 영하 58도의 한랭 지역을 지났다. 유리창에는 동화처럼 성에가 꼈다. 어느 지점에선가 평양까지의 도착 잔여 시간이 세 시간 십구 분이라는 기장의 안내 방송을 들었다. 기내에서 내려다본 평양 대로는 붉은 구리 지퍼 같았다. 특별기는 평양 활주로에 내려앉으면서 무용을 하듯 살짝 꼬리를 치켜올렸다. 평양에서 우리는 다시 특별 열차를 타고 원산으로 갔다. 열차 속에서 나는 조부 노악도 수십 년 전 바로 이 열차의 선로를 달려 원산에서 평양을 오간 적이 있을까 생각했다. 우리는 통역과 경호를 가장한 수십 명의 감시자에 둘러싸여 있었으므로 기차는 마치 병영 열차 같았다.

　도살장 동쪽 절벽에 선 채 가장 먼저 일출을 받았다는 2백 년 된 금강송은 베어지고 없었다. 사람들은 그 노송을 당목이라고 부르며 자신의 소를 도살장에 두고 오는 날이면 당목 아랫가지에 소의 명복을 비는 흰 광목끈 한 가닥을 질끈 묶어놓았다고 한세류라는 사내는 적었었다. 당신은 노신(路神)인 서낭보다 상위 신이라는 것이다. 더구나 거대한 당목 아래에는 자주 금빛 황토를 부려 도살된 동물의 혼령인 잡귀들을 막았다는 것이었다. 그러니 그곳은 도살장이면서 동시에 성소였다. 금강송이 서 있던 절벽 아래 저지대에는 꿈처럼 우르르 메꽃이 피어 있었다.

　도살장 앞은 커다란 진입 금지 표시로 시작되고 있었다. 옛 도살장 부속 건물이었던 입구 건물은 젖빛의 차단 유리들이 거의 모두 깨어져 있었고 유리를 창문에 고정시켰던 납땜 흔적도 기운을 잃은 채 부식 중이었다. 부속 건물의 중문은 첩경이 무섭게 녹슬어 있었고 그 문에 걸린 노란색 출입 금지 표시가 아니라면 겁낼 일이 없는 세월 아래 무장해제 상태였다. 전선들은 옛 방식대로 흰 사기로 된 애자와 결합된 채 낭만적으로 걸려 있었다. 수로처럼 시원하게 뻗어 있는 낭하 끝에는 아직도 장엄한 인상을 잃지 않은 육중한 문이 버티고 있었다. 문의 손잡이 하나는 동쪽으로, 하나는 북쪽으로 비틀어져 있었다. 그 문 앞에 민들레가 우르르 피어 있고 문짝 틈에는 푸른 이끼가 돋아 있었다. 더운물과 더운 증기를 도살장으로 실어 날랐을 것이 분명한 거대한 관이 질긴 거적에 감긴 채 차력사 같은 건장한 두 개의 붉은 기둥 위에 얹혀 있었고 그 곁에 붉은 칠을 한 기둥이 쭉 뻗어 있었다. 도살이 있는 날은 바로 그 위에 깃발이 걸렸던 모양이다. 그 곁에 수십 년 된 아카시아가 만개해 있었다. 그렇다. 도살장은 아카시아 숲 속에 세상과 잠시 단절되어 있었다. 세상과 도살장 사이의 짧은 진공이 거기 있었다. 깨어진 유리창 속으로 어둠 속에 쌓아놓은 탈곡이 끝난 묵은 짚단 더미가 바라다보였다. 이 건물을 통해 노악 선교사는 진혼 예식이 있었던 중앙 도살실로 갔으리라.

　침식의 동록(銅綠)으로 적은 엘레지 같은 그 부속 건물을 채 통과하기도 전에 장사형의 남성적인 중앙 도살실이 모습을 드러냈다. 겨드랑이까지 늙은 화강암을 단정하게 끼워 차고 있는 중앙 홀의 용마루 옥척은 장대하고 수려한 나무로 서까래를 받치고 있었다. 높게 떠있는 아홉 개의 거대한 창문들 사이에 원산의 청회색 장석들을 쌓아 만든 중간 기둥들이 짓이겨 넣은 푸른 시멘트로 단정하게 마무리되어 있었다. 네 벽은 허리 부분까지 모두 힘차게 각이 진 장대석들로 마감되어 있었다.
　그 용마루 위로 드높게 떠 있는 천정을 보았을 때 나는 섬뜩했다. 천정에는 규모가 장대한 천정화가 그려져 있었는데 부리나케 손을 본 흔적이 느껴졌다. 한 남자가 손에 무엇인가를 들고 수십 장의 날개로 된 천상의 옷을 입은 채 아련한 금빛 공간을 날고 있었다. 그 주위를 네 마리 신비한 동물들이 수호하고 있었다. 특히 남쪽에는 아직 변색되지 않은 웅장한 붉은빛 가슴에 붉은 관과 붉은 꼬리를 하고 있는 불새 한 마리가 그려져 있었다. 그 새는 지금도 마치 그 어떤 가상의 발광체에 휩싸여 있는 것 같았다. 그 아래 꿈 같은 풀과 구름이 아름답게 뒤엉킨 채 그려져 있었다. 나는 그 옛 도살장의 돌연하고 웅장하고 찰나적인, 어떤 방향을 향해 일제히 날아가고 있는 듯한 천정화에 압도되었다. 놀라운 것은 벽화 속의 모든 사물들, 그러니까 벽

화 중심에 놓인 사내도, 사방에 배치되어 있는 신비한 네 마리 동물
도, 꽃과 구름도 정지하지 않은 채 모두 휘날리고 있다는 사실이었
다. 찰나적 황홀, 그 말이 옳으리라. 그때 통역자가 벽 등의 스위치를
올렸다. 벽 등은 봉화처럼 이른 저녁 여섯 시의 허공 위에 폈다.

"뭐랄까, 이것은 이 땅에 있었던 옛 왕조의 대묘에서 발견된 벽화
속의 우주를 베껴 그린 것입니다. 마치 한 폐비의 영묘 같던 이 건물
이 도살장으로 사용되기 훨씬 이전부터 저 그림은 저 천정에 떠 있었
던 것입니다. 손에 초두를 들고 있는 저 사내가 입은 옷은 구름과 공
기, 우주의 바람과 영원이라는 시간으로 지어진 천의(天衣)입니다.
우리는 저 그림을 비천상이라고 부르죠. 날개 같은 저 천의 속에 영
원이라는 무서운 시간이 깃들어 펄럭입니다. 그 비천상을 둘러싸고
있는 저 네 마리 짐승은 우리가 사신(四神)이라고 부르는 내세의 수
호자들—청룡, 백호, 주작, 현무—입니다. 그것은 푸른 용, 흰 범,
붉은 봉황, 검은 거북과 뱀이라는 현세의 말로 단순히 해석될 수 없
는 그 무엇입니다. 남쪽의 붉은 새를 보십시오. 아직도 불속에서 빛
을 발하고 있는 것 같지 않은가요. 이 비천상 속에서는 모든 것이 우
주의 바람에 흩날립니다. 날개 같은 천의 자락 속에 영원이라는 무서
운 시간이 깃들어 펄럭입니다. 이 벽화는 세계에 공개될 역사적 음악
회를 위해 반드시 필요한 부분만 채색이 더해졌고 먼지가 털렸습니
다. 이것은 분명히 말씀드리지만 이 건물이 도살장으로 쓰이기 전에
누군가 그려넣은 겨우 1백 년 정도 된 모조 벽화입니다. 이 도살장이
폐기되지 않은 채 지금까지 건재할 수 있는 것은 바로 저 벽화 때문
이라는 생각이 듭니다."

그리고 통역자는 다시 말했다.

"저 그림 속에 나부끼는 영원의 바람을 보면 사람 일생이란 그저

달걀 한 개 반숙되는 시간보다 더 짧다는 건방진 생각이 듭니다."

비천상 아래 놓인 커다란 무대는 자줏빛 벨벳 휘장이 폭포처럼 흘러내려 있었고 휘장 뒤로 수백 개의 철근 기둥을 받쳐 만들었다는 무대가 놓여 있었다. 원산 해변에서 산다는 방풍림 해송을 잘라 만들었다는 무대 바닥은 눈부신 치즈빛이었다. 화란산 에담 치즈의 속살 같은. 나는 손으로 가만히 무대 바닥인 원산 해송의 속살을 만졌다. 그 해송으로 된 무대 위에 연주자용 의자들이 정갈하게 배치되어 있었다. 그 가운데 지휘자석이 이미 준비되어 있었다.

그때 문득 무대 왼쪽에서 젊은 군인 다섯이 무엇인가를 밀며 천천히 등장했다. 검은 그랜드 피아노였다. 피아노는 지휘자석과 수석 주자석 가운데 멈춰 섰다. 나는 제법 높은 무대를 단번에 뛰어올라갔다. 그 젊은 군인들은 내 방문을 보고받았음이 틀림없었다. 나는 그들과 악수했다. 그러고는 피아노로 다가가 숨을 멈춘 채 천천히 건반 뚜껑을 열었다. 동독산 블뤼트너였다. 건반을 만지려다가 나는 누항을 생각하고 손을 멈췄다. 그녀가 아직도 이 원산의 블뤼트너와 인사를 나누지 않았다는 생각 때문이었다. 나는 점점 그 도살장 무대에 마력을 느꼈다. 저 천정화, 해송으로 된 무대 바닥, 깊은 음으로 명성 높은 전아한 블뤼트너, 그리고 도살장 입구에서 만났던 부속 건물의 남성적 폐허.

통역자는 얼마 전만 해도 이 도살장은 습기의 궁전이었다고 말했다. 환기하지 않으면 습한 곳이었으리라. 도살을 위해 사용된 더운 물, 증기, 피, 도살되는 동물과 도살하는 자가 흘렸던 진땀, 이 모든 것들이 이 장소를 운명적으로 습기에 차게 만들었으리라. 그러나 지금은 모든 것이 수십 년간의 시간을 수습한 채 잘 건조되어 있었다.

습기의 정도를 확인하기 위해 구석에 약간 젖혀놓은 양탄자 자락이 보였을 뿐이다.

조명등은 무대 위에 별들처럼 떠 있었다. 전체 조명은 벽에서 천정을 향해 쏟아지는 방식으로 이루어져 있었다. 객석의 거대한 뒷벽에는 아홉 개의 조명등이 마치 화물차의 전조등처럼 튀어나와 있어 전투적인 느낌이 들었다. 객석의 등들은 만개한 넝쿨식물처럼 기둥에 우르르 붙어 있었다. 여기저기 전기 시설을 위해 급조된 관들이 관통하고 있었다. 붉은 커튼 뒤로 숨겨놓은 소화기통도 보였다. 무대 왼쪽 구석에 중앙 조명을 관리하는 듯한 붉은 뚜껑의 전기 집합장이 보였다. 줄지어 선 의자는 하나같이 선연한 붉은색들이어서 선동적인 기분이 들었다. 좌우 각각 세 개의 출입문 뒤쪽에 단상을 놓아 만든 객석들이 이어져 있었다. 객석 아래 깔아놓은 받침대들은 진줏빛 페인트가 칠해져 있었다. 통역자는 모두 540석이라고 했다. 입구에는 놋종 하나가 종추에 긴 줄을 달고 걸려 있었다. 의외로 잘생긴 무대라는 생각이 들었다. 이 옛 도살장은 근본적으로 견고하게 지은 비범한 건물이라는 생각이 들었다.

나는 기막히게 정렬된 붉은 의자들의 긴 행렬과 잘생긴 무대를 바라다보았다. 비천상, 사신도, 구름과 당초문, 선교사 노악과 지휘자 노악. 옛 도살장이 연주장이 되기 위해 폐허로부터 늙은 근육을 꿈틀대는 것을 격렬하게 느끼며 나는 두 노악 사이에 놓인 시간의 힘찬 고리를 느꼈다. 40여 년 전 조부 노악은 향기로운 육계와 계피, 동백기름을 넣어 손수 만든 예배용 관유를 들고 이 도살장에 왔고 손자 노악은 지휘봉을 휴대한 채 지금 이곳에 도착해 있는 것이다. 나는 그날 그곳에서 조부와 내가 시간의 빗장을 밀어젖힌 채 함께 그 비천상을 바라보고 있다는 감격과 만났다. 조부도 보았을 바로 그 비천상을 손자인 내가 보고 있었다. 조부 노악은 한세류에게 왜 저 비천상에 대해 침묵했을까. 조부는 저 아름다운 비천상이 유혈이 낭자한 이 도살장을 이기는 마지막 영혼이라고 믿었을까. 연주회를 끝내고 원산을 떠나면 나는 그 비천상에 대해 적어 기아 33번으로 이 원산에서 살았던 서울 감옥의 한세류에게 보내리라 생각했다. 나는 그날 비천상 천의 속에 깃들어 있다는 영원이 연주장으로 변한 옛 도살장에서 두 사람의 노악을 그토록 힘차게 재회시키고 있는 관대함에 깊이 경배했다.

중앙 도살실 복도 맨 위 계단에서 보니 저편으로 도시 원산이 바라다보였다. 그곳에선 한세류가 편지에 적은 원산 잔교가 내려다보였다. 멀리 장덕산도 보였다. 그 옛날 조부 노악이 거닐었던 아름다운 원산의 유종 거리, 원산 세관 앞 다리들은 더 이상 존재하지 않는다고 했다. 노악은 설화(雪靴)를 신고 중정 거리에 쌓인 거대한 눈 더미들을 지나 도살장으로 갔다는 것이다. 해안 다리 위에서 불어오는 바람이 서풍이었는지 아카시아들은 서쪽으로 기울어지며 흔들렸다. 아카시아 사이로 잘생긴 오동나무들이 들어서서 품위를 풍겼다. 담장 너머로 다시 거대한 폐허가 시작되고 있었다. 차고에서 졸고 있는 화물차 두 대가 보였다. 차들은 낡아 마치 화물차의 공동묘지 같았다.

나와 단원들은 수많은 순회 연주를 통해 온 세계의 각각 다른 음향 구조, 각각 다른 청중 앞에서 최고의 연주를 보여주어야 하는 일에 훈련되어 있는 전천후 음악가들이었다. 그러나 나는 평양의 초청으로 이루어질 원산에서의 연주가 어쩌면 나와 교향악단에게 가장 어려운 연주가 될지도 모른다는 걱정을 했다. 나는 평양 수령의 초상화나 당의 선전화가 아닌, 영원과 찰나가 대격변을 치르는 저 치열한 천정화 아래서 나와 누항이 라벨과 쇼스타코비치를 연주할 수 있다는 데 감사했다. 그리고 나를 이 원산으로 밀어붙였던 조부 노악에 대한 그리움의 힘에도 감사했다.

"내일 총연습은 정각 열 시에 시작됩니다."

내가 말했다.

"내일 총연습은 세계 기자들의 참관이 허용됩니다."

통역자가 말했다.

모레는 연주의 날이었다.

도살장에서 나오니 밤이었다. 입구에는 평양의 당에서 보낸 소련제 승용차 볼가 한 대가 그때까지도 나를 기다리고 있었다. 도살장에 도착했을 때 나는 혼자 도살장을 돌아보겠다고 말했다. 그들은 규정에 어긋난다고 단번에 거절했다. 차에 오르자 밤은 갑자기 더 깊어졌다. 안내자이며 통역자인 남자가 뒷문을 열어주었다. 4월 하순의 밤속에 이미 봄의 체온이 느껴졌다. 원산은 서울보다 봄이 약간 늦게 온다고 들었다. 차에 시동이 걸리고 전조등이 켜졌을 때 전조등 빛속에서 나는 차 앞으로 걸어가고 있는 서너 명의 여자들을 보았다. 머리에 수건을 쓰고 있는 여자들도 있었다. 그들은 하나같이 손에 작은 양은 양동이들을 들고 있었다. 그들 앞에도 한 남자가 혼자 빈 양동이를 들고 걸어가고 있었다. 그들은 산보 중인 것 같았다. 그러나 모두 양동이를 들고 있는 것이 특이했다. 그때 통역자와 운전수가 뭐라고 말하는 소리가 들렸다. 차는 극도로 느린 속도로 움직였다. 통역자가 내게 말했다.

"이 지역 일대는 좁고 긴 띠 모양의 축축한 녹지가 형성되어 있어서 두꺼비들의 천국이지요. 요즘 같은 4월이 되어서 기온이 상승하면 이놈들은 천천히 습한 녹지 띠를 떠나 신작로 맞은편에 있는 저편 연 못으로 대이동을 합니다. 그렇게 대이동을 하려면 그 많은 두꺼비들 이 녹지를 기어 나와 신작로를 횡단하는 일이 필요합니다. 연못으로 가려는 이놈들의 본능은 거의 맹목적이죠. 해만 저물기 시작하면 까 맣게 모여 무작정 이 신작로를 건너는 겁니다. 그놈들 머릿속에는 신 작로 맞은편에 있는 연못에 대한 동경밖에 없는 겁니다. 그러니 한밤 중에 자전거나 농기구, 노선 버스 바퀴에 깔려 죽는 놈들이 있게 마 련이지요. 양동이를 들고 가는 저 주민들 보셨지요. 주민들은 4월 내 내 자발적으로 저 두꺼비들의 이동이 끝나는 4월 말까지 신작로를 마 구 건너뛰려는 놈들을 양동이에 주워 담아서는 곧장 저쪽 연못으로 던져 넣어줍니다. 그것이 이 주민들에게는 4월의 전통적인 야간 행사 가 되어버렸지요. 아침에 일어나 자전거나 농기구, 노선 버스에 깔려 죽은 두꺼비를 보는 것이 그들에게는 가슴 아픈 일이죠. 그래서 봄밤 에는 으레 저렇게 양동이나 우묵한 그릇을 들고 산책을 나서는 겁니 다. 아주 온난한 밤에는 한 사람이 무려 50마리 이상의 두꺼비를 주 워 담아 건너편 연못으로 이동시켜준다는군요. 길가에 꽂아놓은 저 초록 깃발이 보입니까. 이곳 주민들이 돈을 모아 자발적으로 만들어 건 깃발입니다. 깃발에는 두꺼비가 그려져 있지요. 4월 한 달간 두꺼 비 깃발이 펄럭이는 이 구간을 과속으로 달리는 사람들은 타지인뿐 이에요. 어차피 이 신작로로는 승용차 통행이 아주 드뭅니다. 한여 름이 되면 두꺼비들은 호수에 모여 힘차게 합창을 해대는 것으로 주 민들에게 보답하지요. 차가 늦게 달리더라도 양해하십시오. 다행히 이 구간은 그리 길지 않습니다. 우리는 곧 다음 깃발을 통과하게 됩 니다."

나는 차창 밖에서 들려오는 여자들의 낮은 잡담 소리를 들었다. 어둠 속에 뒷짐을 쥔 한 남자의 손에 들려진 양동이가 전조등 빛에 닿아 수은처럼 번쩍였다. 옛 도살장 부근에 흐르는 그 고요한 봄밤과 양동이를 들고 두꺼비의 습지로 다가가고 있는 주민들의 목가적 전경이 믿을 수 없게 느껴졌다. 시한폭탄으로 승객 115명을 학살한 이 공화국의 한 마을은 밤이면 주민들이 두꺼비를 구하려고 양동이를 들고 습지로 가고 있는 것이다. 그들은 그렇게 두꺼비를 습지에서 길 건너편 호수로 옮겨준다. 두꺼비의 이동이 끝나는 4월의 마지막 밤까지.

두꺼비의 깃발이 가까워지자 운전수는 승용차 확인등을 깃발을 향해 쏘았다. 깃발 속에 한 사람의 손과, 그 손 안에 놓여 있는 수줍은 모양에 유독 뺨이 패 들어간 젊은 두꺼비가 그려져 있었다. 불빛 속으로 또렷이 알아볼 수 있는 놈의 왼쪽 눈은 약간 대지를 향하고 있었는데 통역자의 말대로 신작로 건너편 연못에 도달하려는 맹목적인 동경이 들어차 있는 것처럼 보였다. 어둠 속에서 그 두꺼비들이 가고자 하는 신작로 건너편 연못은 그저 뭉뚱그려진 어둠의 덩어리로만 놓여 있었다.

누항

첼로의 남성적 방백이 중얼거리듯 시작된다. 그것은 아직 음으로 태어나지 않은 야생의 그 무엇이다. 그 야생과 태고의 방백 위로 안개처럼 제1주제가 비의에 차 그 몸을 드러낸다. 그 주제를 관악기 바순이 밀어젖히며 그 위에 제2의 주제를 대립시킨다. 두 개의 주제가, 현악기들과 관악기들이 펄럭이며 대결한다. 위대한 논쟁은 막대한 크레셴도를 따라 고조된다. 그러고는 문득 빙하처럼 순결한 휴지의 순간이 온다. 그 침묵 위로 피아노가 예언자처럼 영웅적 등장을 한다. 영웅적 왼손이 건반의 좌측 끝에서 우측 끝으로 비범하게 날아가며 피아노 건반이라는 피아노의 전 우주를 연주하며 통치해 간다.

원산 연주회의 그날 그 무대에서 나는 가발을 쓰고 있지 않았다. 삭발한 듯한 내 민머리 때문에 나는 무관의 어린 사슴 같았다. 나는 그날 한강의 물결을 잘라 만든 듯한 청잣빛 푸른 드레스를 입고 있었는데, 의수는 착용하지 않아 오른쪽 푸른 반소매 아래로 원산 도살장의 수정빛 정기(精氣)가 그 오른팔의 부재를 끝없이 어루만지고 있었다. 그 원산 도살장 무대에 서는 순간 나는 비로소 파스칼이 기내에서 내게 낭독해 주었던 말, 오페라 「파르시팔」 제3막의 파르시팔의 선언, '그대에게 상처를 준 이 창(槍)만이 그대의 상처를 낫게 하리라.'를 이해하고 있었다.

첫 음에 벌써 장렬한 존재의 통증이 왔다. 재앙과 악몽을 침착하게 저작(咀嚼)하는 내 존재에 새겨진 삶이라는 이 깊은 화상, 어디선가 날아온 신검 엑스칼리버에 단숨에 베인 내 오른팔, 그 오른팔 속에 절단의 날 직전까지 들어차 있던 소리의 정령들을 지나 소리의 대로로 걸어갔다. 나는 천천히 비극과 운명의 위력이 내 왼손과 왼팔 어깨에 내려와 얹히는 것을 보았다. 나는 그때까지 내 왼손이 그토록 크고 거대하며 그토록 압도적인 소리들과 싸우는 영웅적인 완력을 가지고 있는지 알지 못했다. 나는 그날 내 왼쪽 어깨가, 비극이나 운명 같은 엄청난 하중의 화물들을 거뜬하게 받쳐내고 있는 프로메테우스 같은 넙적한 어깨가, 내 왼쪽에서 산맥처럼 자라고 있음을 보았다.

그때 파스칼과 오케스트라가 소리로서 나를 향해 다가왔다. 타악기가 추가되기 시작하는 것을 나는 듣는다. 아아, 나는 그때까지 인간 육체란 엄살 많고 상하기 쉬운 육질들로 만들어진 아양 떠는 조악한 피조물인 줄로만 알았다. 고통은 용일까. 고통을 삼킬 때마다 내 안의 근육이 늘어난다. 고통을 먹고 무엇인가가 태어난다. 고통과 증오의 열기가 내 안의 근육을 달구고 내 안의 크기를 넓혔다. 그러자 문득 나는 그 옛 도살장 무대에서 내 육체가 신전이 되는 느낌을 갖는다. 내 넙적다리는 신전 초석이 되고 내 머리는 궁륭이 되고 내 눈은 창문이 되고 내 눈물은 신전 성단의 성수가 되는 체험 말이다. 그제서야 나는 인간 육체가 일생 동안 수천 번이라도 변신할 수 있는 엄청난 탄력과 예언적 모습으로 건축되어 있음을 알았다. 그제서야 나는 인간은 어차피 예언적 미래태의 모습으로, 인간임을 뛰어넘기 위해 인간으로 남아 있음을 알았다. 그제서야 나는 성인이란 바로 자기 안에서 자기를 몇 번이고 낳을 수 있는 황홀한 난생동물의 이름임을 알았다.

중요한 것은 원산 도살장 연주 내내 나는 내 왼쪽 어깨 위에 돋아오른 거대한 산맥 위에 삶 전체를 조망하는 장대한 독수리가 내려앉아 있는 듯한 장엄한 느낌과 만나고 있었다는 사실이었다. 그때 오케스트라에서 바순이 다시 한 번 운명의 테마를 연주했다. 그렇다. 운명은 내게 자주 바순의 식물적인 언어로 말한다.

건반에 타격을 가할 때마다 나는 내 열려진 화상에 그대로 손을 대는 대담함과, 그때마다 등줄기와 온 존재 속으로 스프링클러처럼 솟아오르는 진땀을 한꺼번에 느꼈다. 내가 살아남은 왼손으로 건반을 두드리며 운명의 테마를 연주하는 한 나는 더 이상 운명이나 비극의 하수인도 노예도 아니다. 그 운명과 비극의 테마를 연주하는 자, 그가 운명과 비극의 지배자이며, 건반으로 그것을 계량하고 분배하는 자이며 수락하고 견뎌내는 자이다. 이 반복을 통해 나는 내 어깨가 엄살 떠는 육체에서 장대한 산맥으로 변해 가는 변신의 장을 지난다.

바이올린의 활이 그의 현을 극상의 고음까지 치솟아오르게 하면서 운명의 제1주제는 더 커지고, 더 넓어지고, 더 힘차고, 흐느끼도록 더 자유로워지면서 피아노 주자인 내게 이 곡 마지막 장엄한 카덴차의 길을 열어주고 있다. 나는 이제 피하지 않고 운명과 비극의 주제들과 건반으로 동행한다. 카덴차의 음표들이 상승과 하강을 반복할 때마다 나도 피아노 위에서 격렬하게 몸부림친다. 홀로 남은 당당한 왼손은 카덴차의 최후의 음까지 가차없이 건반으로 실어 나른다. 운명의 주제는 아직 내 엄지에 닻처럼 남아 있다. 그러나 다음 순간 나는 그 운명을 오케스트라에 내어준다. 나는 다시 제2주제인 스케르초 주제를 연주한다. 이제 피아노와 오케스트라 사이에 주제의 구분 같은 것은 없었다. 우리는 함께 운명과 비극 사이로 음의 갈기를 날리며 우리의 카오스이며 우리의 지옥인, 그리고 동시에 우리 재생의 문인 그 문짝을 음의 발로 냅다 걷어차며 열광에 찬 음의 환열, 크레셴도에 몸을 싣고 우리의 유토피아로 돌진한다. 아주 짧고 돌연한 재즈풍의 축제의 순간이 온다. 그러고는 갑자기 '헉' 하는 돌연한 경악, 돌연한 피날레, 돌연하고 위대한 수락의 순간이 온다.

연주가 끝나고 파스칼과 나는 그윽하게 몰락해 가고 있는 누각 같은 도살장 부속 건물 폐허 앞에서 깊이 포옹했다. 두 팔을 모두 소유하고 있을 때 파스칼을 뜨겁게 끌어안아주지 못한 것에 대한 통렬한 후회가 왔다. 나와의 협연이 끝난 후 파스칼과 청년 필은 쇼스타코비치의 제7교향곡 「스탈린그라드」를 연주했다. 교향악단에 세계적 명성을 가져다준 대표곡답게 압도적으로 탁월한 연주였다.

원산 옛 도살장에서의 그 연주는 나와 파스칼이 나눈 연금술적인 시간이었다. 그가 내 잃어버린 오른팔을 그의 온 존재로 채워주고 있다는 최고의 느낌을 나는 받았다. 나는 그와 결혼하고 싶다는 생각을 했다. 아니, 나는 내가 이미 그와 결혼 상태에 있었음을 알았다. 그가 오른팔을 절단당한 나를 찾아왔던 그날, 그는 이미 내게 다른 언어로 청혼했던 것이며 우리는 이미 운명적으로 정신적 혼례를 치렀던 것이다. 나는 파스칼이 내게 청혼하고 싶어하는 것을 알았다. 나도 그에게 청혼하고 싶었다. 남은 것은 이제 청혼 절차뿐이었다. 그러나 동시에 파스칼이 내게 청혼하지 않을 것임을 알았다. 나는 우리가 이미 내 팔의 절단 이후 깊은 혼례 상태에 있었으며 혼례 이상의 그 무엇을 함께 치러내고 말았다는 것을 알았다. 그것은 연애나 열애 같은 것을 훨씬 뛰어넘는, 그와 내가 세 팔로 힘차게 노 저어 치러낸 눈물 계곡임을 알았다. 나는 나의 이전 불행을 안고 그의 전 존재 속으로 습격해 처박혔으며 그는 자신의 전 존재를 열고 그 안에 재앙으로 숯이 되어버린 여자를 포용했던 것이다. 그 부딪침 속에서 섬화(閃花)가 일어나 잿더미 속의 내게 재생의 섬광을 던져주었다는 것이 내 생각이다. 파스칼은 그렇게 나의 재생이라는 대격변을 함께 치러내주고 있는 것이다. 그리고 그 재생이란 대격변은 지금 원산 도살장이라는 용광로를 통과하고 있는 것이다. 나는 나를 원산 도살장까지 밀어붙이고 있는 파스칼의 열애에 감사했다. 그는 내 재앙의 불속을 주저 없이 동행해 준 남성 수호자였다.

이제 파스칼과 나는 더 이상 결혼 같은 것은 필요 없었다. 우리는 결혼 이상의 그 무엇이 필요했다. 결혼이 두 남녀에게 줄 수 있던 최상의 것을 우리는 이미 통과해 버렸다. 결혼을 지나 또 다른 역이 존재한다면 그곳이 파스칼과 내가 서야 하는 곳이었다. 그렇다. 우리는 이제 결혼해야 할 당위가 없었다. 우리의 기막힌 혼례. 절단한 팔로 누워 있던 서울 병실에서부터 연주장이었던 원산의 옛 도살장까지의 거리, 그것이 그와 내가 함께 치러낸 무섭고 황홀한 혼례의 시간이었다. 그것이 서울에서 원산에 이르는 긴 면사포의 시간이었다.

파스칼과 이별해야 한다면 원산이 가장 알맞은 곳이었다. 옛 도살장과 540석의 의자, 그것이 우리 이별을 위한 무대장치였다. 나는 내가 혼자 원산에서 평양으로, 그리고 평양에서 모스크바를 경유해 비엔나로 날아갈 것임을 알았다. 서울에 도착하면 우체국에 들러 가장 깊은 내실에 순금 구슬을 간직하고 있는 그 적동색 장미목 합을 등기우편으로 파스칼에게 띄울 것임도 알고 있었다. 1년 전에 파스칼이 그 기적의 나무 합을 내게 등기우편으로 보냈듯. 파스칼 가문의 보석인 그 장미 합은 이제 주인에게 돌아갈 시간이 된 것이다. 그의 가문과 그의 미래의 가족에게로. 또 서울에 도착하면 반드시 경주에서 1200년을 울고 있다는, 이 지상의 종이 낼 수 있는 최고의 절창을 부른다는 황동으로 된 그 신종 소리를 반드시 들으러 가겠다고 생각했다.

서울에 도착하면 고독도 거기에 이미 도착해 나를 기다리고 있으리라. 잘 차려입은 남성 수호자 메피스토펠레스처럼. 그러나 나는 알고 있다. 고독은 자유라는 비단실에 싸여 있는 백색 고치임을. 그렇다. 인간의 관명(冠名)은 자유이다. 인간의 아호(雅號)는 자유이다.

평양 순안 비행장을 떠나던 날, 나는 30세였다.

비행기가 평양을 이륙할 때 나는 다시 월경이 시작되었음을 알았다.

에필로그 1

이튿날 동경, 뉴욕, 런던, 서베를린에서 발행된 조간신문과 동구권 일간지들에는 누항과 파스칼의 원산 옛 도살장 음악회에 관한 기사가 실려 있었다. 레닌그라드 일간지는 파스칼과 쇼스타코비치의 「스탈린그라드」에 관해 썼다. 서베를린의 한 신문은 누항과 파스칼의 사진을 일 면에 나란히 실었다. 동베를린의 당 기관지에는 파스칼 대신 누항의 사진을 실었다. 마침 그날 발간된 서베를린의 유명한 시사 주간지는 황금 톱니바퀴를 드러낸 고급 수제 시계 선전이 있는 일 면에 누항과 파스칼의 사진을 나란히 싣고 그 위에 '불새'라고 썼다. 생명의 종말이 오면 향목으로 둥지를 튼 뒤 그 둥지에 불을 붙여 몸을 태워 죽은 후 그 잿더미에서 다시 새 생명으로 날아오른다는 새. 사진 속에서 누항은 무관의 어린 사슴처럼 민머리에 한강 물결을 잘라 만든 듯한 청잣빛 드레스를 입고 있었다. 드레스 오른쪽 반소매 아래로 그녀 오른팔의 부재 대신 원산 옛 도살장을 흐르던 수정빛 정기가 가득 차 있었다. 그때 사진 속에서 누항의 왼손은 건반 위에서 무려 여섯 페이지에 이르는 눈부신 카덴차의 마지막 부분을 치고 있었음이 분명하다. 왜냐하면 그 사진 속에서 그녀는 건반의 전 우주를 통치하기 위해 문득 몸을 벌떡 일으키고 있었으니까. 북경발 한 일간지 해외판은 마오쩌둥의 친필인 붉은 제호 아래 파스칼의 사진을 실었다. 타블로이드판 파리발 신문은 신간 소설 광고와 10년 후 인간은 체내에서 펌프 작용을 대신할, '사자의 심장'이라고 불리는 휴대용 인공 심장을 이식해 살게 될 것이라는 기사 위에 누항의 옆모습을 싣고 '투명한 음, 숨겨진 정열, 불꽃을 거느린 기적의 라벨 연주'라고 썼다. 마드리드의 한 일간지는 제호 아래 피카소의 「게르니카」와 함께 누항과 파스칼이 협연하는 사진을 실었다. 뉴욕발 신문은 아주 흥미로운 소식을 알리고 있었다. 뉴욕에서 활동 중인 부다페스트 출신의 명성 높은 한 망명 작곡가가 누항을 위해 작곡한 곡을 그녀에게 헌정한다는 보도였다. 그 노작곡가가 그녀에게 헌정했다는 곡의 이름은 「왼손을 위한 피아노 소나타 1987」이었다. 그 작곡가는 그 곡이 내년, 주작 항공 901 폭파 사건 당일인 9월 6일에 사고 지점인 방콕에서 피아니스트 안누항에 의해 직접 초연되기를 소망한다고 말했다. 모든 비행을 잠시 정지시킨 후 거대한 공항 활주로에 설치된 무대 위에서 초대형 피아노를 놓고 열리게 될 이 독주회에는 세계 각국의 시민 대표들이 초대될 것이라고 그는 말했다. 서울발 신문은 누항과 파스칼의 모습을 전 일 면에 그리고 그 아래 세류의 죽음을 알리는 기사를 싣고 있었다.

다시 이튿날 한 남자가 취리히발 프랑크푸르트 경유 서울행 비행기로 김포 공항에 도착했다. 취리히에서 탑승한 승객 여섯 명 중 다섯은 스위스의 생모리츠와 다보스를 관광하고 돌아오는 단체 관광객들이었다. 한 사람은 비엔나에서 기차를 타고 취리히에 도착해 이 비행기에 오른 핸섬한 중년 남자였다. 그는 이마 위로 출렁 흘러내린 긴 앞머리와 목 중간까지 자란 축복받은 머릿결을 가지고 있었고 파리풍의 암녹색 트렌치코트에 자줏빛 긴 비단 목도리를 세련되게 걸치고 있었다. 그는 그즈음 유행하기 시작한, 우아한 경금속으로 된 은빛 알루미늄 서류 가방을 손에 들고 있었다. 프라하에는 평양에서 동유럽에 파견한 모든 외교관들과 요원들을 감시하는 유능한 한 악성 밀정자가 있다는 소문이 오래전부터 나돌았다. 암호명 드보르자크로 불린다는 이 남자를 아는 사람은 아무도 없었다. 그러나 그의 직무 수행 능력은 대단해서 평양의 당은 동유럽에서 일어나는 요원들의 반동과 태만과 작은 연애 사건까지 상세하게 보고받고 있다고 했다. 그 남자는 서울발 석간신문을 읽고 있었다. 그날 기내에서 배급된 서울발 일간지는 하루 전에 발행된 것이었다.

그 남자는 세류의 자살 기사를 세 번이나 정독했다. 그러고는 단정하게 네 번 접은 신문을 오른손으로 강하게 부여잡고 입국 수속대를 향해 걸어갔다. 그 남자는 무용가의 아들 현엽이었다. 그가 프라하의 비밀 요원인 드보르자크라는 사실을 아는 사람은 아무도 없었다. 그에게 서울 잠입 명령을 내린 것은 평양의 당이었다. 그날 서울도, 평양도, 서베를린도, 동베를린도 일곱 달 후면 베를린 장벽이 무너져내릴 것을, 그리고 그 장벽과 함께 동유럽 블록이 거대한 40년짜리 대륙의 빙하처럼 장엄하게 무너져내릴 것을 예감하지 못하고 있었다.

에필로그 2

 교도소의 침모는 세류의 옷을 꿰매준 뒤 바늘집에 든 바늘을 세는 일을 잊었다. 그녀는 바늘 한 점을 잃어버렸다는 보고서를 썼다. 보고서에 의하면 평범한 손바느질용 6호 바늘이라는 것이었다. 검시 후 세류는 바로 그 바느질용 6호 바늘로 정확히 그의 왼쪽 젖꼭지 아랫부분을 찔렀던 것으로 밝혀졌다. 그 바늘은 그의 심장 뾰족한 심첨부를 정확히 손상시켰고 이어 심근 부분을 급속하게 파괴시켰다는 것이다. 그렇게 해서 그는 절명했다. 아무도 그 사실을 믿을 수 없었다. 시신 부검만이 그 사실을 입증해 줄 수 있었다. 부검의의 말에 의하면 누구든 왼쪽 가슴 아래에 손을 대어보면 심장이 박동할 때마다 심첨부가 전 흉벽의 뒷면을 치는 것이 느껴진다는 것이었다. 바늘 끝이 바로 망상 구조를 이루고 있는 그 심첨부와 심근을 급하게 파괴함으로써 발작성 쇼크가 일어났다는 것이었다. 흉골부의 격통, 구토, 부정맥, 호흡 교란, 혈압 강하, 쇼크로 이어지는 과정이 순식간에 가차

544

없이 일어나 정확히 세류를 절명시켰다는 것이었다. 부검의는 단지 바늘 하나로 자살할 수 있는 세류의 실력에 놀랐다. 그것은 그 사내가 얼마나 치밀하게 인간 몸에 관해 잘 알고 있는지를 증명하는 것이라며 혀를 내둘렀다. 그제서야 나는 언젠가 세류가 했던 말, "내 안에 나만의 사약(賜藥)이 있소."라는 세류의 말을 이해했다. 그러나 그의 사약이 겨우 6센티미터짜리 손바느질용 6호 바늘로 된 광물성 사약일 줄은 꿈에도 몰랐던 것이다. 그는 오랜 기간 동안 그 광물성 사약으로 자신을 처형할 것을 계획해 왔던 것이다. 감방 밖에서의 사면 운동도 그의 가차없는 자기 처형을 멈추게 하지는 못했다. 우리는 그의 사면을 장담하고 있었다.

그는 자신의 수의 솔기를 일부러 찢어 손상시켰고 수선을 부탁했고 간수는 그가 세탁실 침모에게로 가는 길에 동행했던 것이다. 세탁실은 교도소 안에 있는 데다 그곳에서의 탈옥이란 불가능한 곳이었으니까. 감옥 안에서도 이따금 기적처럼 그런 전원적 일상이 잠시 벌어질 때가 있다. 침모가 자신의 바늘집에 바늘 한 개가 비어 있는 것을 안 것은 이튿날이었다. 손바늘질용 6호 바늘이. 적어도 교도소 세탁실 침모들은 도구들에 대한 숫자를 기록해 두고 있는 법이다. 마치 병원 병동에서 약장 속의 주사약과 모르핀 앰풀의 숫자를 기록해 인수인계하듯이. 세류는 그날 그렇게 해서 제6호 바늘이라는 1그램짜리 자신의 광물성 사약을 손에 넣었다.

부검실에서 세류의 뇌는 열 개로 잘려져 단층의 순서에 따라 쟁반 위에 놓였다. 죽은 자의 뇌는 더 이상 희로애락이 저장된 영혼의 블랙박스가 아니다. 살아 있을 때는 기계들을 통해 감정의 광휘와 고통을 추적할 수 있는 데도 말이다. 죽은 후 뇌는 생리학적 두개골 속의 물컹한 내용물에 불과하다. 광휘나 고통의 흔적 같은 것은 더 이상 미행당하지 않는다. 그의 뇌는 이미 더 이상 유정한 추억 창고는 아닌 것이다. 그의 폐는 그것이 잘려지자 거대한 무용복 같은 모습을 하고 있었다. 폐 표면에는 그물 같은 검은 줄들이 거칠게 그어져 있었다.

문제의 심장은 샅샅이 잘려져 육안으로 조사되고 촬영되었다. 그의 심장은 유난히 질긴 데다 점액성을 띠고 있었다. 심장을 자르자 안쪽으로 수없이 그어진 번개 같은 빗살들이 끝없이 퍼져 있었다. 장대비처럼 황급하게 그어진 그 빗살들 속에 그의 죽음의 비밀이 숨겨져 있는 것처럼 보였다. 육안으로 판독할 수 없자 의사는 현미경 관찰을 위해 심장 조직 일부를 실험실로 보냈다. 실험실로 가기 전 그의 심장은 다시 한 번 창문 앞 넓적한 저울 위에 올랐다. 이미 과립상이 생겨난 굳어진 그의 간은 가장자리에 아주 불길한 오렌지빛 황달의 광배를 두르고 있었다.

검시대 위에서 그는 약간 다리를 벌리고 있어 발레를 하는 것 같았다. 최종 보고 때 그의 두개골과 장기들은 그의 누운 몸 왼쪽에 마치 사열식 사병처럼 정렬해 누워 있었다. 그것이 그 사내가 57년간 휴대하며 투쟁해 온 그의 전사들이었다. 발 치수 42호짜리 유럽산 구두를 신고 서울에 왔던 그 평양 사내는 창백한 맨발이었다. 그의 머리 위 저만치 그가 임종 때 입었던, 그의 생애 마지막 대례복인 수의 한 벌과 흰 고무신 한 켤레가 정물처럼 놓여 있었다.

그때 놀랍지만 검시대 창밖에서 뻐꾸기가 울었다.

마치 사내의 죽음을 추도하는 예포처럼 간격을 두고 세 번 울었다.

세류는 감옥 욕장에서 목욕하는 초하룻날을 골라 욕장의 한 욕조에서 자결했다. 그달 초하루인 그날 그는 침모의 바늘집에서 집어낸 바늘을 들고 욕실로 갔던 것이다. 간수가 그와 동행했다. 감방 복도 서쪽 깊이 붙어 있던 그 욕장은 급탕 설비 배관과 환풍기 한 대가 천정 높이 떠 있는 안전지대였다. 안누항과 파스칼이 원산 옛 도살장에서 연주했던 바로 그 시간, 세류는 감옥 욕장 그 욕조에서 제6호 바늘로 자신의 심장을 찌르고 있었다. 내가 세류에게 누항이 모스크바에서 파스칼과 합류해 원산으로 갔다고 말했을 때 그는 "그녀가 내가 베어낸 팔로 내 요람인 원산으로 갔다구요?"라며 추락하듯 손 안에 얼굴을 묻었다. 바늘로 심장을 찌르기 전에 세류는 욕실 천정 환풍기를 밀치고 들어오는 풍력 속으로 원산, 안변, 평강, 연천을 거쳐 서울의 그 감방 욕실에 도착하고 있는 바람이 싣고 온 누항의 연주를 혹들었을까.

그 욕조가 그의 우물이고 그의 베니스였다. 그는 강 위에 띄운 배처럼 욕조의 물 위에 떠 있었다. 선수와 선미가 휘어져 올라온 곤돌라 같았다. 57년간 긴 도선용 운하를 저어가다 문득 도강을 멈춘 한척 곤돌라, 그것이 세류였다. 그날 그의 입술에는 더 이상 박하 잎 같은 것은 없었다. 그는 그렇게 57년 후 그의 모친이 있는 우물로 갔다. 그의 성자 유정의 말대로 강의 신 하백이 살고 있다는. 그가 벗어놓은 죄수용 흰 고무신만이 그의 어린 모친이 죽던 그날처럼 욕조 앞에 흰 입장권처럼 놓여 있었다.

감방에는 그가 연필로 적은 그의 비망록의 마지막 페이지가 열려 있었다. 거기에 이렇게 씌어 있었다.

"검은 과부, 당신이 동행해 준 남한으로의 이 여행은 아름다웠습니다."

그 별사야말로 수령궁의 황금 책에 황금 문자로 씌인 것이 아닌, 세류가 자기 비망록에 적은, 그의 생애 마지막 황금의 서(書)였다.

에필로그 3

　반년 후인 그해 1989년 10월 9일, 동독 라이프치히 시의 니콜라이 교회 광장에서 당의 독재와 만성 거짓에 항의하는 촛불 시위가 시작되었다. 촛불의 불길을 간직하기 위해 두 손이 필요했으므로 시위에 나선 십만 명의 시민들은 손에 무장한 인민 경찰을 향해 던질 돌을 들 수 없었다. 그날 카를 마르크스 광장을 통과하고 있던 시위 군중 속에 촛불을 들지 않은 한 사내가 있었다. 촛불 대신 노란 카나리아 한 마리가 든 새장을 들고 있던 그 남자는 옌스였다. 그 카나리아는 채탄부들이 가장 깊은 지층인 삼손의 갱도로 들어갈 때 동행했던, 산소 부족과 채굴 막장의 붕괴를 고지해 주던 어두운 시절의 새였다. 그날 과즙이 떨어질 듯 농익은 석양이 옷걸이처럼 우뚝 치솟은 카를 마르크스 대학의 본관 위에 척 걸려 있었다. 그것이 동독 시월 무혈 혁명의 시작이었다.

그로부터 한 달 후인 1989년 11월 9일에 베를린 장벽이 무너졌다.

동서독의 분단 놀이는 끝났다.

저자의 말

유토피아라는 이름의 고열(高熱)

하이델베르크 대학의 한 스승이 어느 날 내게 "라이프치히로 가시오."라고 말했을 때 나는 그것이 내 운명이 될 줄은 몰랐다. 얼마 후에 나는 그가 건네준, '라이프치히 대학 독일문학연구소'의 주소가 적힌 메모지 한 장만을 달랑 들고 라이프치히로 가는 밤 열차를 탔다. 낯선 도시 라이프치히에 도착해서 대학이 있는 음악가 구역의 유일한 영국식 레스토랑인 '피카딜리'에서 나는 하필 러시안 수프를 주문했고 세면실로 가 거울 속에 드러난 생애 최초의 흰머리 한 가닥을 뽑아낸 후 옷을 갈아입고 학교로 달려가 면접시험을 봤다. 그렇게 해서 라이프치히 대학은 나의 모교가 되었다.

그날 이후 나는 독일 통일의 배후에 펼쳐져 있는 동독 공화국의 멸망이라는, 40년 된 거대한 에포스(Epos, 서사시)의 목격자로 살아간다. 도시 곳곳에 버티고 서 있던 그들 공화국의 성자(聖者)였던 카를 마르크스 동상은 무대 세트처럼 철거되고 동독 인민공화국이라는 40년짜리 축제극 휘장은 그렇게 내려진다. 통일 후 몇 년이 지난 거리에는 그때까지도 유명한 공산혁명가들의 이름이 붙어 있었다. 로자 룩셈부르크 거리, 칼립 크네히트 거리, 아우구스트 베벨 거리, 클라라 체트킨 공원……. 그래도 카를 마르크스 광장만은 너무 노골적이었는지 아우구스투스 광장이라는 순진한 이름으로 막 바뀐 후였다. 동독 건국 후 카를 마르크스 대학으로 불리다가 통일 후 다시 라이프치히 대학이라는 제 이름을 되찾았던 대학 본관 위에는 너무도 거대해서 그때까지도 철거되지 못했던 유명한 카를 마르크스의 부조(浮彫) 한 점이 걸려 있었다. 동독 공화국 절정 때, 6백 년 된 눈부신 고딕 대학 교회를 가차없이 폭탄으로 파괴해 버린 뒤 기세등등하게 세웠던 대학 본관 정면의 마르크스 부조를 조각했던 청년 조각가는 이미 늙어 중풍에 걸려 있었다. 그 조각 전면에는 마르크스와 함께 민중들을 유토피아로 인도하는 아름다운 성처녀 한 사람이 부조되어 있다. 그 성처녀의 모델은 당시 라이프치히 최고의 미녀였다는 그 조각가의 약혼자였다. 그녀는 동독의 상황에 절망하여 서독으로 탈출을 꿈꾸다 좌절하자 자살했다. 나는 그렇게 40년간 유토피아라는 광기 어린 고열을 앓았던 도시가 흘리는 식은땀을 본다.

지상낙원, 그 유토피아의 문을 여는 황금 열쇠를 가지고 있다고 주장했던 당(黨). 당은 그렇게 해서 동독 인민의 종교가 되었었다. 그러나 인민을 이끌고 유토피아에 도착하겠다던 당은 언제부터인가 문득 인민들의 편지를 검열했고, 전화를 도청했고, 이웃을 탐지했고, 가택을 수색했다. 공화국 말년, 동독은 국가 부채 지불 불능 상태였고 희망도, 유토피아도 지불 불능 상태가 되어버렸다. 유토피아라는 이름의 그 40년짜리 주문(呪文), 추문(醜聞)들로 이루어진 유토피아…….
다시 말하지만 지상낙원의 문을 여는 황금 열쇠를 가지고 있다고 주
장하던 당은 그들의 혁명 전사들에게 살육(殺戮)의 기술을 가르쳤다.
당과 혁명 전사의 처절한 공범 관계는 그렇게 시작된다. 한 혁명 전
사가 시한폭탄 한 덩이를 들고 섰던 바로 그 절망의 지점, 그곳에서
탄생한 것이 이 소설 『피아노 소나타 1987』이다.

이 소설 속에서는 "억압과 살인이 없는 내일의 세상을 창조하기
위해 우리는 오늘, 여기에서 살인을 해야만 하는가."라고 묻는 카뮈
의 독백, "이데올로기는 유토피아로 가는 것이 아니다. 이데올로기의
종착역은 지배이다."라고 갈파한 아도르노의 예언, "인간은 유토피
아를 계획하는 동물이다. 우리는 앞뒤를 바라보며 현존하지 않는 것
을 갈망한다."라고 단언한 플라톤의 웅변, 그리고 동독 말년에 "관청
에서 빌려준 집에서, 그대들처럼, 나는 배 터져라 먹고 있네, 사료(飼
料)를!"이라고 외쳤던 폴커 브라운의 비명이 어깨를 부딪히며 교차한
다. 중세 시절 원탁의 기사들이 찾아 나섰던 그 황홀한 성배(聖杯),
그것이 20세기 시민에게는 유토피아였을까. 블로흐의 말대로 유토피
아는 "아직 의식되지 않은 그 무엇, 아직 승차하지 않은 열차의 시간
표처럼 열려 있는 경향(傾向)"일까. 정말이지 이 지상에는 도살(屠殺)
이 관계되지 않은 순결한 낙원, 순결한 유토피아란 죽어도 존재할 수
없는 것일까.

모국어 대신 독일어라는 유럽어로 살아가기 시작하면서 나는 수년
간 무서운 치매의 시절을 통과했다. 요즘은 내 안에서 아름다운 모국
어가 독일어와 힘차게 내통하는 힘을 본다. 그러기 위해 무려 10년

이상이 필요했다. 그렇다고 해도 장기 체류자의 나날은 외국어로 살아가야 하는 그 종신형을 견뎌내는 일이다. 모국어와 유럽어 사이에서 입덧을 해대며, 이념과 분단이 주는 감정의 카오스 속에서 멀미를 해대며 이 소설을 썼다. 어차피 소설을 쓴다는 것은 결국 자기 노정(路程)에 대한 고백이다. 소설이라는 봉화(烽火)를 추켜올리며 내가 지금 이곳에 도착해 있고 또 어디론가 다시 나아가고 있다는 보고서 말이다. 모교에서 독일어권 최고의 작가가 되겠다고 벼르는 학생들을 가르치며 그들과 함께 강의실과 인간 운명의 현장들——감옥, 정신병원, 법정, 검시실 등——의 문짝을 밀고 그곳을 드나들면서 오늘도 나는 한 인간에게 유토피아는 과연 무엇인지를 묻고 있다.

작업 전 과정에서 자문을 주었던 탁월한 전문가들의 비범한 도움이 없었다면 이 소설은 탄생할 수 없었다. 소설의 무대가 된 모스크바, 페테스부르크, 프라하, 라이프치히, 하이델베르크, 베를린, 뉴욕, 런던, 피렌체, 북경, 서울에서 취재하던 날들이 다시 그리워진다. 출판을 맡아준 민음사와 박상순 선생님께 깊은 감사를 드린다.
그래도 유토피아는 단검(短劍)처럼 인류의 가슴에 박혀 있다.
독일 체류 최초의 소설인 이 책을 주님께 드린다.

2005년 8월
라이프치히 대학 독일문학연구소에서
강유일

감사의 말

이 소설은 다음과 같은 분들의 각별한 도움의 산물이다.

화상 외과 전문의 김세경 교수, 항공의학 전문의 한복순 교수, 재활의학과 조현우 전문의, 독일 체류 콘체르트 피아니스트 서승연 씨, 김유경 씨, 라이프치히 대학 법의학 연구소장 베르너 요한 클레만 교수, 독극물 연구가 한스 트라우어 박사, 작센 주 내무부 경찰국 토마스 쇼른 경정, 폭약 전문가 베르너 홀뤼겔 씨와 토마스 랑에 씨. 총기 전문가 마티아스 베르크만 씨, 라이프치히 지방 법원 위르겐 니마이어 부법원장, 한스 야겐라우프 부장판사, 국제 앰네스티 협회 롤란드 빌트 씨, 라이프치히 교도소 호파흐 소장, 범죄학자 페터 핑크 씨에게 깊은 감사의 마음을 드린다.

피아노 소나타 1987

Piano
Sonata
1987

1판 1쇄 찍음 · 2005년 10월 10일
1판 1쇄 펴냄 · 2005년 10월 15일

지은이 · 강유일
편집인 · 박상순
발행인 · 박맹호, 박근섭
펴낸곳 · ㈜민음사

출판등록 · 1996. 5. 19. 제16-490호
서울시 강남구 신사동 506번지 강남출판문화센터 5층(135-887)
대표전화 515-2000 팩시밀리 515-2007
www.minumsa.com

값 12,000원

ISBN 89-374-8075-1 (03810)